經典反戰文學‧捷克國寶作家‧哈謝克崇高遺作

好兵帥克

雅洛斯拉夫‧哈謝克——著　蔣承俊、徐耀宗——譯

一部挑釁意味濃厚、大開時代玩笑的書！

作為一名作家，至今哈謝克仍是個難以辨析的象形文字。

——博胡米爾・赫拉巴爾（《過於喧囂的孤獨》作者）

帥克模仿著這個愚蠢的世界，人們卻無法分辨他是否真的愚蠢。他輕鬆而愉快地適應了統治者制定的法則，並不是因為他在其中發現意義，而是他發現了其中的無意義。……他把這個世界變成了一個大玩笑。

——米蘭・昆德拉（《生命中不可承受之輕》作者）

就算捷克只誕生了哈謝克這麼一位作家，也依然為人類文化遺產提供了一部具有永恆價值的作品。

——尚・理查・布洛克（法文版《好兵帥克》序言作者・作家・評論家）

如果沒讀過《好兵帥克》，我不會寫出《第二十二條軍規》。

——約瑟夫・海勒（《第二十二條軍規》作者）

每一位煞費苦心的談判者、坐困愁城的政客之妻，或任何身陷失控現況而束手無策的人，手邊都應該要有一本主旨堪稱「別讓那些混蛋打倒你」的哈謝克經典小說《好兵帥克》。這部小說反戰、反建設性、反宗教，甚至反任何榮譽表揚。它比《第二十二條軍規》更有趣，而約瑟夫 海勒正是以帥克作為《第二十二條軍規》主角約塞連的藍本。

——《衛報》好書推薦／蘇・阿諾（新聞記者・作家）

哈謝克深諳一次大戰前後，生活於捷克斯洛伐克的種種荒謬現象。《好兵帥克》是一本挑釁意味濃厚、大開時代玩笑的書，一九二五年，捷克斯洛伐克軍方圖書館禁止收藏本書。一九二八年，這本書在波蘭遭全數沒收，在保加利亞遭取締。一九三三年，本書也在納粹焚書行動中葬於火海。……如今，也許，該是重新展讀的時候了，瘋狂的時代需要瘋狂的書。

——《電報》好書推薦／馬丁・奇爾頓（文化版新聞記者）

目錄

導讀

《好兵帥克》的捷克驕傲
從哈謝克的文學生涯一窺捷克民族精神與大戰的虛無

文／國立政治大學斯拉夫語文學系副教授　林蒔慧

雅洛斯拉夫・哈謝克（Jaroslav Hašek）出生於奧匈帝國長期統治下的布拉格，孩提時期的他應該作夢也想不到，在他有生之年，捷克民族有了屬於自己的國家，布拉格則成為一九一八年建國的捷克斯洛伐克共和國首都。

《好兵帥克》誕生之前：國族精神與政治意識啟蒙

十九世紀與二十世紀交替之際，腐敗的奧匈帝國已經無力掌控全局，國族主義在歐洲紛紛四起。一八八一年六月十一日，捷克人民自行募款興建的布拉格民族戲劇院（Národní divadlo）落成開幕，象徵打破長期被德語和拉丁語壟斷的語言位階，捷克人民終於可以盡情使用捷克語從事各項藝文活動，這更是為國族主義者帶來莫大的鼓舞。在文學方面，早在十九世紀初期，以民族詩歌來歌詠偉大的捷克民族過往儼然成為潮流，與當時國族存在備受威脅的景況形成強烈對比：埃爾本（Karel Jaromír Erben）畢生致力收集捷克民間歌曲與神話傳說，成功喚起捷克人民的想像認同；涅姆措娃（Božena Němcová）一八五五年的著名長篇小說《外祖母》（*Babička*）以小說主人翁外祖母的形象，強調捷克傳統語言、風俗習慣甚至民族價值仍保存在民間，為當時被日耳曼民族以及社會階級制度壓迫的捷克人民重新尋回了民族存在感；內魯達（Jan Neruda）的詩集更是打破了捷克詩歌的宿命論，表現出捷克文學難得一見的樂觀主義。《好兵帥克》一書的作者哈謝克便是在這樣的氛圍之中誕生的。

哈謝克的童年並不順遂。擔任數學教師的父親是位宗教狂熱分子，無心也無力改善家中經濟，因為貧窮，必須時常舉家搬遷，哈謝克十三歲時，父親酒精中毒過世，家中經濟更是一落千丈。此時就讀中學的哈謝克遇到了一位日後影響他深遠的歷史教師伊拉塞克（Alois Jirásek），伊拉塞克不僅是位活躍於當時文壇的現實主義歷史小說家，更積極參與捷克斯洛伐克共和國的建國運動。他在一八九四年出版的《捷克古老傳說》（*Staré pověsti české*）被視為定調捷克國族的重要文獻，不僅成功強化捷克民族認同感，並為當時的建國運動帶來莫大助力。這位歷史教師的崇高國族理念對於一直無法在家庭安身的哈謝克來說不啻是盞明燈，年少輕狂的哈謝克開始熱中參加反奧匈帝國的示威運動，十五歲的他因此被迫輟學，當了藥販，也做過賣狗生意，還時常混居在流浪漢和吉卜賽人群中，然而他最終仍輾轉取得一紙商業學校的文憑。

在商業學校就讀期間，他逐漸展露小說創作天賦，一九〇一年，非正式地發表了第一部短篇小說，一九〇三年，與朋友哈耶克（Ladislav Hájek）共同編寫並發表抒情詩《五月的吶喊》（*Májové výkřiky*）。哈謝克在這部詩集中首次嘗試嘲笑悲傷，開始進入幽默文學的殿堂。然而，回到現實面，為了家人的生計，哈謝克必須把從事寫作的念頭先擱在一旁，並到銀行擔任職員。但是，他那渴望出口的靈魂卻無法安然妥協，很快地，哈謝克又開始熱中文學和新聞，並結識了無政府主義者，過著波希米亞式的漫遊生活，最終還是遭銀行解聘。

結識無政府主義者的哈謝克，也開始加入無政府主義者運動，並且擔任無政府主義雜誌《科穆納》（*Komuna*）的編輯。一九〇七年，哈謝克遇到了瑪葉蘿娃（Jarmila Mayerová），兩人墜入愛河，並於一九一〇年結婚。然而，因為他那放蕩不羈的漫遊方式以及激烈的無政府主義者形象，使瑪葉蘿娃的父母極力反對他倆的婚姻。為此，哈謝克曾經嘗試放棄他激進的政治傾向，也暫時遠離無政府組織運動，但是仍然乞求不到來自婚姻的救贖。婚後隔年，瑪葉蘿娃求去，哈謝克則被迫意識到自己是一個永遠無法擁有正常婚姻的人，因而企圖結束生命，最後被送至精神醫院度過一段時日。

大戰洗禮與《好兵帥克》的執筆

一九一四年，第一次世界大戰爆發，哈謝克參加捷克軍團並遠赴俄國作戰。當時，他並沒有向任何人透露自己入伍的動機，有的說法是他自己也不斷在過程中尋找答案，另一種說法則認為他是被迫徵召入伍。一九一五年九月，他被俄軍俘虜，成為俄軍戰俘營的捷克志願軍團一員，反轉向奧匈帝國作戰，並同時在軍團發行的雜誌《捷克斯洛伐克》（*Čechoslovan*）擔任記者。在俄國戰俘營裡，因為先天性的健康問題，他總是被指派較為輕鬆的任務，例如擔任戰俘營長官的祕書等。一九一六年，他離開戰俘營，加入甫成立的捷克軍團（Czech Legion）。一九一七年，俄國十月革命之後，哈謝克成為布爾什維克黨黨員，在紅軍各宣傳雜誌上支持俄國以及世界無產階級革命，這一切逐漸讓他意識到自己在革命運動中的重要地位與作用，也促使他的文學創作更加純熟且富使命感。旅俄期間，他結識了在印刷廠工作的爾沃沃娃（Alexandra Grigorjevna Lvovová），並與她締結了另一次婚約。一九二〇年，當他一回到布拉格，隨即便加入捷克斯洛伐克工人社會民主黨，這導致哈謝克無法及時向眾人闡明放棄無政府主義並投向社會主義思想的原委，因而引起來自各方的不諒解，視哈謝克為「叛徒」與「重婚者」。這樣的控訴讓哈謝克投靠無門，而在這段時間醞釀寫作的《好兵帥克》便也無法獲得出版的支持。

事實上，遠在戰爭爆發之前，哈謝克便開始著手構思撰寫《好兵帥克》一書。但是，書中大量的人物描寫都是根據哈謝克在戰爭期間所遇到的人所刻畫而成的，因此書中的人物形象一直到戰後才有更具體的定調。同時，戰前便與哈謝克熟識的捷克著名畫家拉達（Josef Lada）也進一步透過畫筆將好兵帥克這個主人翁的模樣，重現在他自己主辦的漫畫雜誌上，以及哈謝克的小說插畫裡，活靈活現地深深刻印在捷克以及全世界讀者的腦海中，進而創造出更獨一無二的好兵帥克。

帥克是為一次大戰所下的「捷克式注腳」

《好兵帥克》一書描寫的是一位名叫帥克的捷克士兵在第一次世界大戰期間的荒謬軍旅經歷。帥克是一位非常天真、愚蠢的人，甚至是會把戰爭比擬成一場酒館爭執的傻子。他甚至不知道一九一四年被暗殺的奧匈帝國皇儲斐迪南大公是誰，更從沒把軍隊裡的紀律當一回事。然而，奇妙的是，從戰爭前線到在俄國被虜，帥克總是能不可思議地逢凶化吉。小說情節看似平鋪直敘，卻充斥著令人無法預料的發展，讓原本嚴肅的戰爭場景變得饒富興味。書中人物的生動語句，即便有些顯得粗鄙不堪，或是太過直接，卻反而恰到好處地勾勒出當時人們生活的氛圍。整部作品藉由帥克這麼一個平凡小人物，反映出一段歷史的面貌：奧匈帝國的崩壞、帝國主義國家的相互殘殺、軍隊的墮落以及教會的貪婪腐敗，並且成功地嘲諷了整場戰爭，為第一次世界大戰下了個「捷克式的注腳」。同時，哈謝克也藉由這部作品描繪出捷克人民的普遍性格：膽小、迴避問題、缺乏自信、焦慮並且虛偽，但同時也充滿機智、熱忱，與憨厚，強調民族的歷史經驗總是能讓他們在異族統治下找到生存之道。哈謝克筆下的這位主人翁深受捷克讀者的喜愛，甚至深獲他們認同，至今，《好兵帥克》應是捷克文學作品中最多種語言譯本的小說。

哈謝克於一九二一年至一九二三年間集中氣力寫作《好兵帥克》一書。第一部完成時，剛從俄國返回布拉格的哈謝克陷入窘境，遍尋不著願意合作的出版商，只好和友人自行刻印販售，直到獲得讀者的迴響，才有出版商願意出版。哈謝克也才能用這筆得來不易的收入在位於布拉格東南方的利普尼采小鎮（Lipnice）買間小屋，並在那裡繼續寫作小說的第二、三部。原本全書預計規畫書寫六部，但是哈謝克在戰爭期間染上的肺病日漸嚴重，當病重無法繼續寫作時，哈謝克只能在利普尼采鎮的住家臥床上口述章節內容，讓爾沃沃娃替他摘錄筆記。一九二三年，哈謝克終不敵病痛逝世，時年僅三十九歲。因此，整部《好兵帥克》在他去世前僅完成前三部，第四部則是由他的好友瓦涅克（Karel Vaněk）接續完成。

與卡夫卡並列世界級的捷克國寶作家

哈謝克一生寫了一千多篇短篇小說、政論文章、劇本和三篇長篇小說，可謂是位多產作家，但是他的文學地位在過世後才被世人所見。哈謝克的文學地位常與同年出生的卡夫卡（Franz Kafka）相提並論，即便他倆的寫作風格和內容迥異，但是他們都關注「人」這個課題，並且成功地透過文學將那個時代的各種面貌刻畫而出。此外，他倆的文學作品還有一個共同點，都是經由捷克作家布羅德（Max Brod）的引介，才有機會躍上世界舞台，讓世人藉著文字，細細品味捷克這群人、這塊土地。

本次麥田出版社所出版的完整版譯稿是出自中國社會科學院研究員蔣承俊和徐耀宗之手。兩位先生都是中國於五〇年代派遣至捷克學習的捷克語專業人才，與翻譯捷克文學家赫拉巴爾作品的楊樂雲先生同期，雖然蔣先生和楊先生已相繼離世，他們為華文知識圈所帶來的捷克視角，影響無遠弗屆。在此由衷感謝這群長期耕耘捷克文學中譯的老師們，並致上深深的敬意。

主要人物表

■第一部

帥克

本書主人翁。為人和善，一張親切笑臉如「一輪明月」、像「純潔的嬰孩」。和任何人都能天南地北、推心置腹地談天，做事認真老實，卻往往弄巧成拙，讓旁人哭笑不得，更讓想逞威風的長官、想誣陷他於不義的小人反而自討沒趣、狼狽不堪。在本書中歷經誣陷遭入獄、坐困瘋人院、淪為戰俘等劫難，卻總能憑著滿口滔滔不絕的雄辯和不屈不撓的天真性格，屢屢化險為夷。

布雷特施耐德

國家密探。性喜出入酒館等公眾場所，混入人群中偷聽眾人談天，藉故套話、探聽，再將對方話語斷章取義，以「叛國」、「侮辱皇帝」等罪名逮捕。酒館老闆、酒客與他談話都非常謹慎小心，但仍舊落入其陷阱。

奧托·卡茲

隨軍神父。與帥克偶遇後，便指定要他擔任自己的勤務兵。神父嗜酒如命，常喝得爛醉如泥，為喝酒不惜向人借錢、變賣家當。其彌撒內容常是胡說八道、臨場發揮，常忘了準備彌撒用的道具，卻不忘準備佈道時要喝的酒。在一場賭局中，好賭的卡茲神父意外地扭轉了帥克的命運，這場賭局成了帥克遠赴戰場的遠因。

盧卡斯

陸軍上尉。

性格耿直，脾氣暴躁，不善與長官、同僚相處，軍中人員不佳，也苦無晉升機會。在帥克轉而擔任勤務兵之後，上尉的生活更是變得一團亂。除軍中事務之外，最費心之事便是周旋於眾多女子之間的感情生活。

■第二、三、四部

札格納

陸軍大尉。九十一團先遣營營長。

過著整天花天酒地的生活。性喜痛罵士兵、為大家來一段長時間的訓話。

施羅德

陸軍上校。

重度近視，性格孤僻難相處。

杜布

陸軍中尉。

喜歡找下級的碴，尤其對帥克更是看不順眼，總想從其言行中揪出小辮子以便處死他。

萬尼克

十一先遣連的軍需上士。

主要工作就是管理名冊，整理軍中給養帳目，等於全連的財政部長。嗜飲愛吃，常伺機領酒喝、在伙房拿食物吃。

沃吉契卡　工兵。帥克的老友，性格魯莽衝動，痛恨匈牙利人，總蓄勢待發想找藉口與匈牙利人打架。

馬列克　一年制志願兵。想到什麼就說什麼，性格愛唱反調，被上級視為眼中釘，禁閉室的常客。與帥克於禁閉室相識。後被任命為九十一團先遣營的營史編寫員，勤快地為全營尚未到來的勝利編寫出輝煌的戰績。

巴倫　勤務兵。繼帥克之後擔任盧卡斯上尉的勤務兵，身材高大如神話中的巨人，性格溫和膽小。食量驚人，常哀怨道自己從未吃飽。一見食物便無法克制地狼吞虎嚥起來，連長官的食物、存糧也不放過。

約賴達　炊事兵。神祕感強烈的異教徒，喜讀古印度的《般若經》，常談論未知的生死觀、輪迴概念。

好兵帥克

前言

偉大的時代造就偉大的人物。一些默默無聞的謙卑英雄，既無拿破崙的英名，也沒有他那樣的豐功偉業。可是若分析一下他們的品德，就連馬其頓亞歷山大大帝的榮光也將相形失色。如今，你如果走在布拉格的大街上，就會遇到一位衣衫襤褸的士兵，他根本不覺得自己在這個偉大的新時代裡有著如何偉大的了不起之處。他謙遜地走著自己的路，誰也不去打擾；同樣地，他也不會受記者煩擾，要求會面或發表高見。如果你要問他一聲尊姓大名，他會非常簡樸而謙恭地回答：「我是帥克。」

原來這一聲不吭、毫無架子、衣著寒磣的士兵，正是我們的老朋友——好兵帥克。早在奧匈帝國統治時期，帥克的驍勇善戰和剛直不阿，在波希米亞王國全國人民當中就已是家喻戶曉、有口皆碑的，即使到了共和國時代[1]，他的名望依然。

我很喜歡這位好兵帥克。我相信，如果我把他在世界大戰中的種種遭遇講述一番，各位一定會同情、喜歡這位默默無聞的謙卑英雄。因為他絕不像黑若斯達特斯[2]那個古希臘笨蛋，只為了能讓自己的劣跡登在報上、寫進教科書裡，就縱火焚燒了以弗所城的女神廟。

僅此一點足矣。

作者雅洛斯拉夫・哈謝克

---

1 指第一次世界大戰結束後，於一九一八年十月二十八日成立的捷克斯洛伐克共和國。

2 古希臘時代，黑若斯達特斯（Herostrates）為了出名，於公元前三五六年燒毀了家鄉以弗所的阿提密斯女神廟。至今「黑若斯達特斯」在數種語言中都有「為謀取個人名聲不擇手段」之意。

第一部

在後方

帥克後來描繪瘋人院裡那段生活經歷時，大量運用了非同一般的讚美之詞來加以述說：「我還眞想不通，這些瘋子被關進了瘋人院爲什麼還要生氣呢？在那裡每一個人都可以赤身裸體躺在地板上……那裡有社會主義者連作夢都不曾夢到過的自由。……每個人在那裡都可以信口開河，想怎麼說就怎麼說，跟在議會裡差不多。」

1 帥克干預世界大戰

「他們就這樣殺了我們的斐迪南！」女傭人告訴帥克先生。自從幾年前軍醫審查委員會鑑定帥克為白痴後，他就退伍還鄉，在家以販狗謀生，替奇醜無比的雜種狗偽造正宗血統之類的證明書。

除了這門生意之外，帥克還為風溼症所苦。這時，他正用風溼油搓著他的膝蓋。

「哪個斐迪南呀？穆勒太太？」帥克一面問，一面繼續搓著膝蓋。「我認識兩個斐迪南。一個是替雜貨店老闆普魯什當傭人的，有一次他不小心喝下一瓶生髮油；另一個就是斐迪南．柯柯什卡，他是一個撿狗屎的。他倆無論誰被殺掉都不可惜。」

「可是，先生啊，死的可是斐迪南大公[3]呀。就是住在科諾皮契城堡的那個，又胖又虔誠的那位呀！」

「我的天哪！」帥克尖叫了一聲：「這太妙了。那大公的事故是在那裡發生的？」

「他們是在塞拉耶佛幹掉他的。先生啊，您知道

嗎？用的可是左輪手槍呢。當時他正帶著大公夫人坐著汽車兜風呢。」

「妳瞧，多神氣呀！穆勒太太，坐的可是汽車呀！當然哪，也只有像他那樣的體面人士才坐得起。可他沒料到，坐個汽車兜兜風，就嗚呼哀哉命歸黃泉了。而且還是在塞拉耶佛！這不是波士尼亞的首都嗎？我猜大概就是土耳其人幹的了。我們本來就不該把他們的波士尼亞和黑塞哥維那[4]搶過來。妳看看，穆勒太太，結果那位大公果然就上了天堂！他大概受了好久的苦才死去的吧？」

「大公當場就中彈身亡。您知道，左輪手槍可不是玩具，前不久我們老家努斯列也有一位先生找來一把左輪手槍找樂子，結果是全家人都挨了子彈，連跑上四樓查看的門房也被打死了。」

「穆勒太太，有一種左輪手槍就算用力扳動也不會發射，這種玩意兒還真不少。可是他們用來幹掉大公的那種絕對比我說的要強得多。而且我還敢打賭，幹這件事的人，那天他的穿著一定特別講究。畢竟，向一位大公開槍這事有多難啊！絕對不像一位偷獵者朝守林人放個冷槍那麼容易。難就難在得先想辦法接近他，得像他那樣顯貴，如果你穿得破破爛爛的，就別想靠近他。你得戴上一頂大禮帽，否則不等你下手，你就會先被警察帶走。」

「聽說他們背後是有一票人呢，先生。」

「那就對啦，穆勒太太，」帥克說，這時正搓完他的膝蓋。「打個比方，如果你想去幹掉一個大公或皇帝什麼的，你終究得找幾個人商量商量。常言道，三個臭皮匠勝過一個諸葛亮嘛。某人出個主意，另一個人再獻個妙計，就像我們國歌說的，功德就圓滿了，事業馬到成功。最重要的是你得精準掌握那

3　指奧匈帝國皇儲法蘭茲・斐迪南（Archduke Franz Ferdinand of Austria）。一九一四年六月二十八日，於塞拉耶佛檢閱奧匈帝國軍隊演習時，被塞爾維亞祕密民族主義組織「青年波士尼亞」成員刺殺。此事件成為第一次世界大戰導火線。

4　波士尼亞和黑塞哥維那十五世紀末屬土耳其，十九世紀末又為奧匈帝國侵占，第一次世界大戰後劃入南斯拉夫版圖。

位大人車子開過來的那一剎那。就像，妳還記得當年用一把銼刀捅死可憐伊麗莎白皇后的那位魯謝尼[5]嗎？他當時還和她一起散步哩！這年頭我們還能相信誰呀？自從這件事發生後，再也沒有哪位皇后敢隨便出來散步了。等著遇上這種事的大人物還有的是，一個個都會輪到的。妳等著瞧吧，穆勒太太，沙皇和他的皇后也會有這一天的。願上帝保佑不會如此，但也許有一天我們的皇帝也在劫難逃，既然他們已經拿他的叔叔[6]開了刀。這位皇帝的仇人可不少，比起斐迪南還要多。就像前不久酒館裡有位大哥說得好，早晚有一天，那些當皇帝的一個個都得被幹掉，就算國家的軍事部門也救不了他們。當時由於這位大哥付不出酒錢，於是老闆就叫警察來抓走他。他給了老闆一耳光，又打了警察兩巴掌，最後他們就將他裝上囚車押走，想給他一點厲害嘗嘗。唉，穆勒太太，如今的新鮮事還真不少呢。這件事對奧地利來說想必算是一大損失。想當年，我服役的那個隊伍裡，一個步兵開槍打死了一個連長，他拿著上了膛的步槍，走進辦公室。辦公室裡的人叫他別在這裡閒逛，他卻非要待在那裡，還說必須要與連長談話。連長一出來，二話不說就宣布他不得離開營房一步。這位步兵端起槍，砰的一聲就朝連長胸膛開了一槍，子彈從連長的後背穿了出來，把辦公室弄得個亂七八糟，墨水瓶被打翻了，墨水在所有公文上流淌。」

「你剛說的那個步兵後來怎麼樣啦？」沒過多久，帥克穿上外衣，穆勒太太問道。

「用一條皮帶上吊了。」帥克邊刷著大禮帽邊回答：「那條皮帶甚至還不是他自己的，還是從看守那裡借來的，因他謊稱自己的褲子老是往下掉。這種人還需要勞煩別人來替他處刑嗎？要知道，穆勒太太，無論是誰，只要犯下這種事，人頭都得落地。至於那位看守，也倒了大楣，丟了飯碗不說，還判了六個月的徒刑，不過他沒等服刑期滿就逃到瑞士去了，現在在某個教會裡傳道。如今，世上的老實人是愈來愈少嘍，穆勒太太。我覺得斐迪南大公在塞拉耶佛一定是錯看了槍殺他的那個人，他一定是以為對方是個紳士，一位體面正派的人，對自己滿嘴甜言蜜語，歌功頌德。結果正是這位紳士把他幹掉了。他們說這人開了一槍或是好幾槍？」

「先生，報紙說大公被打得變成了一個篩子。那人把子彈全射光了。」

「他手腳可真敏捷，穆勒太太，乾淨俐落。如果換我去幹這種事情，那我得去買把白朗寧。這種手槍看起來像個玩具，可是只需兩分鐘，就可以打死二十個大公，不管他是瘦還是胖。不過，我們得關起門來說個老實話，說真的，穆勒太太，胖的還是比瘦的好打一點。大家都還沒忘記當年葡萄牙人是怎樣槍殺自己的國王的，那傢伙就是個胖子。畢竟，哪有骨瘦如柴的國王呢？好啦，我現在要去『喝兩杯』酒館啦。如果有人來取那隻付過訂金的短毛歪腿矮狗，妳就告訴他，我已經把牠放在我鄉下的養狗場裡啦，前不久，我剛替牠剪齊了耳朵，得等牠長好了才能領去，否則會生病的。妳就把鑰匙交給那位女看門人吧！」

「喝兩杯」酒館裡只有一位顧客，就是為國安部門當密探的便衣警察布雷特施奈德。老闆巴里維茲正洗著各種玻璃杯盤。布雷特施奈德想方設法想和他談點正經事，可就是聊不起來。

5 伊麗莎白皇后（Empress Elisabeth of Austria）為奧匈帝國皇帝法蘭茲．約瑟夫一世之妻，於一八九八年遭無政府主義者魯謝尼（Luigi Lucheni）刺殺身亡。

6 實際上法蘭茲．約瑟夫一世皇帝才是斐迪南大公的叔叔，帥克將兩人關係說反了。

巴里維茲的開口成「髒」可說是遠近馳名，沒幾句就是屁呀屎的。然而他卻滿腹經綸，像個讀書人，常奉勸天下眾生都去讀一讀雨果某本書裡的最後一章，也就是指拿破崙一位老近衛軍在滑鐵盧戰役中給英國佬最後答覆的那一段[7]。

「今年夏天滿不錯的。」這是布雷特施奈德鄭重談話的前奏。

「不錯個屁。」巴里維茲答道，並將杯盤放進櫥櫃裡。

「他們在塞拉耶佛可給我們幹了樁好事啊！」布雷特施奈德似乎嗅到了什麼，接上了這一句。

「在哪個塞拉耶佛呀？」巴里維茲反問了一句：「是在那個努賽爾酒館？那裡可每天都有人幹架的，眾所周知那個努賽爾。」

「是波士尼亞的那個塞拉耶佛，老闆。他們在那邊槍殺了斐迪南大公。您對此有何看法？」

「我向來不過問這類鳥事。如果有人存心想找我談這種事，請他先來親我的屁股吧！」巴里維茲先生小心謹慎、禮貌周全地回答，一邊點上他的菸斗。「如今，誰敢跟他媽的這種事情扯上關係，那不就是等於找死嗎？我是個生意人，顧客進門要喝杯啤酒，我就去給他倒一杯。什麼塞拉耶佛，什麼政治，或者死了個什麼大公呀，跟我們有他媽屁關係？誰如果自認他媽的多有能耐，狗膽去管這種鳥事，我看多半不會有好下場，就等去龐格拉茲監獄了。」

布雷特施奈德沒再說下去，他四下望了望空無一人的酒館，很感失望和掃興。

「這裡曾經掛過一張皇帝肖像的。」過了一會，他又找起話題來說：「而且就是如今您掛鏡子的地方。」

「嗯，說對啦，」巴里維茲回答：「從前就是掛在那裡的，可蒼蠅總在畫像上拉一攤攤屎，我只好將它挪到房頂與天花板之間的閣樓裡，那裡最保險。您也明白，說不定哪天遇上個愛說閒話的，恐怕就要大禍臨門。我他媽碰得起這種事嗎？」

「塞拉耶佛那邊一定糟透了，老闆。」

對這類奸詐、單刀直入的提問，巴里維茲先生回答起來更是格外謹慎小心：「嗯，在波士尼亞和黑塞哥維那的氣候向來都熱得要命。記得我在那邊服役時，他們都要在我們長官頭上放冰塊。」

「您在哪裡服役？老闆？」

「我可記不住這種芝麻綠豆大的小事，我對這種鳥事不感興趣，而且也從不打聽過問，」巴里維茲先生回答：「多管閒事就多惹是非。」

聽了這話，這位便衣警察布雷特施奈德就再也不吭一聲了。他陰沉不快的表情直到帥克的到來才開始好轉。帥克一跨進酒館門檻，就要了一杯黑啤酒，並說：「維也納今天也披黑紗了。」

布雷特施奈德的兩眼立即放射出希望的光芒，簡短地接上一句：「科諾皮契城堡也有十幅黑紗披掛在國旗兩旁。」

「該掛十二幅才對。」帥克暢飲了一大口啤酒後說道。

「您為什麼說該掛十二幅呢？」布雷特施奈德問道。

「好記嘛！一打也比較好算錢，成批成打地買絕對比零買便宜多了。」帥克答道。

又是一陣沉默，直到帥克的一聲嘆息才將它打破。「唉，怎麼就真的命喪黃泉啦。眼看就要當上皇帝，怎麼就死了呢？想當年，我服役時也有個將軍從馬背上摔了下來，死得如此從容不迫。當時大家想幫他一把，想重新把他扶上馬背，可是仔細一看，才發現他已經徹底斷了氣，死得乾脆俐落。他原來也正準備升為大帥什麼的，卻在那次軍事演習中送命。這些演習通常都不會有好結果的。在塞拉耶佛也是有這種演習。記得有一次，我趕上了那種軍事演習，你知道，他們竟然看出我的軍服上少了二十顆釦子，於是便將我送入單人禁閉室，關了我十四天，頭兩天我簡直就像個重傷軍人，動彈不得，因為他們

7　法國作家維克多・雨果（Victor Marie Hugo）在《悲慘世界》一書中，寫一八一五年六月十八日滑鐵盧戰役時，法國將軍康布巒納以「屎」一詞來回答英軍的勸降。在此，巴里維茲不過是藉這段情節為自己的粗俗談吐找理由。

把我的手腳捆綁在一起，害我不停打滾。不過話說回來，軍隊就是軍隊，還是要有紀律規矩，否則，如果每個都馬馬虎虎，精神渙散，成何體統呢！我們的馬科維茲上尉就經常訓誡我們：『軍紀這種東西就是要對你們這群混蛋天天洗腦，否則你們就會像群只會爬樹的猴子，現在軍隊要把你們變成人，你們這群笨豬。』這話有什麼錯？您不妨設想一下，假如在公園裡，比方說就在布拉格的查理廣場公園好了，如果公園裡每一棵樹上都蹲著一位不遵守軍紀的士兵，那場面能看嗎？唉，我最怕的就是這點。」

「在塞拉耶佛的那件事情是塞爾維亞人幹的吧？」布雷特施奈德把話題又扯了回來。

「這您可就錯了，」帥克回答：「這是土耳其人幹的，是為了波士尼亞和黑塞哥維那兩個省才幹的。」於是，帥克就奧地利當局對巴爾幹半島的外交政策發表了一番高見。「土耳其人於一九一二年敗在塞爾維亞、保加利亞和希臘的手裡；他們想讓奧地利出來幫個忙，可事與願違，所以就來槍殺斐迪南。」

「你喜歡土耳其人嗎？」帥克轉過頭來問酒館老闆巴里維茲：「你喜歡那些信奉多神教的狗嗎？你不喜歡他們，對嗎？」

「顧客就是顧客，」巴里維茲說：「即便他是土耳其人。對於我們這些生意人來說，政治都是他媽的胡扯，我們沒那閒工夫去理會。你們付了酒錢就坐下來喝酒，愛聊什麼就去聊，不關我的事。這是我的規矩。管他幹掉我們斐迪南大公的是他媽的塞爾維亞人還是土耳其人，是天主教徒還是回教徒，是無政府主義者還是青年捷克黨人[8]，對我來說都一樣。」

「那好，老闆，」布雷特施奈德開始來勁了，他感到事情有譜了，有希望能從這兩人中抓住一點話柄。「可是您不得不承認這件事情對奧地利是個很大的損失呀。」

帥克替老闆回答：「損失倒是個損失，這無法否認。而且是個驚人可怕的損失。斐迪南可不是隨便

8　青年捷克黨（Young Czech Party）建立於一八七四年。引領捷克政黨的民主化，也是日後建立捷克斯洛伐克共和國的重要力量之一。

哪個二百五都能代替得了的。但他如果再胖點也許就更好了。」

「您這是什麼意思？」布雷特施奈德開始興致高昂。

「我這是什麼意思？」帥克頗為自滿地答道：「我的意思是，他如果長得再胖一點的話，那他老早就會在這件事之前送命的。早在他還住在科諾皮契城堡，不時追趕到他領地去撿柴火、採蘑菇的老太太們的那時候，如果他當時再胖一點，應該早就會在奔跑追趕過程中中風而死，不就不必這樣死得丟人現眼了嗎！我認為，他好歹也是我們皇帝的親叔叔呀，他們居然就這樣斃了他。所有報紙不談別的，專談此事，唉，真是醜事一樁！幾年前，在我們老家布傑約維采的市場裡，一群人為了一點小事爭吵起來，結果就拿刀捅死了一個叫盧德維克的牲口販。這位盧德維克有個兒子叫博胡斯拉夫，這樣一來，博胡斯拉夫沒地方賣豬了，人人都在說：『他就是那個被捅死的人的兒子，搞不好也會是個無賴。』最後，博胡斯拉夫無路可走，只好從庫倫諾夫橋上縱身躍入伏爾塔瓦河。人們不得不下水去打撈他，為了讓他甦醒，在他的肚子上狠狠擠壓。醫師還得給他注射一種藥水，但最後還是死在醫師的懷裡。」

「閣下的比喻未免有點古怪了，」布雷特施奈德意味深長地說：「您一開始說的是斐迪南，最後卻又扯到一個牲口販。」

「我可沒那意思，」帥克為自己申辯道：「上帝為我作證，我可從來不想把誰比作誰，老闆是很懂我的，不是嗎？我只是替大公的那位寡婦深表同情與擔心。現在她該怎辦？留下孤兒一群，科諾皮契領地沒有了主人，難道再去嫁一個什麼新的大公？又會是什麼樣的下場呢？如果她再次隨他去塞拉耶佛，那她是不是又得再次守寡？許多年前，赫盧博卡附近的茲利維有個護林人，名字有點怪，叫小雞什麼的。他被一群偷獵者打死，留下一位寡婦和兩個孩子。一年後她又嫁給了一個叫佩皮克的夏沃洛維茲護林人，這任丈夫又被槍殺了。寡婦第三次嫁人，還是嫁給了一個護林人，可是她這次說了：『事不過三，逢三遇吉。如果這次再倒楣，那我真不知道該如何是好。』哪知道，新丈夫又被弄死了。她跟前後三任丈夫總共生了六個孩子。有一天，她直奔赫盧博卡地區爵爺府抱怨，說她跟這些護林人遭盡了苦難，於是他們推薦了她一位從拉日茲堡來的捕魚人雅列什[9]。你們猜猜接下來怎麼樣？這位漁夫老公在捕魚時竟被人淹死在魚池裡。她跟這任丈夫又有了兩個孩子，之後她又嫁了一位來自沃德尼亞尼的閹豬人，這個屠夫某天夜裡用斧頭砍死了她，隨後自首。皮塞克法庭準備將他吊起來處刑時，他竟然一口咬下神父的鼻子，並且自稱沒什麼可懺悔的，同時還對皇帝說了些髒話。」

「那您知道他對皇帝說了些什麼嗎？」布雷特施奈德以一種滿懷希望的聲音追問道。

「那我可不能說出來，誰都不敢重講一遍。聽說那話說得既難聽又可怕至極，以致一名法官聽了當場就給嚇瘋了，至今還被關在隔離室裡，怕他抖出這件事。這可不像那些酒鬼們的胡言亂語而已呢！」

「那酒鬼們又是如何辱罵皇帝的呢？」布雷特施奈德繼續追問。

「哎呀，兩位行行好，換個話題吧！」巴里維茲老闆說：「你們是知道的，我是最不喜歡聊這些的。一旦閒扯、胡扯，最後煩惱就找上了你。」

「您問酒鬼們是如何辱罵皇帝的？」帥克重複一遍後說：「罵的可多了！簡直是五花八門。您不妨試試，先把自己灌醉，等奧地利國歌一響起，到時您一定也會開始數落起皇帝來。這些酒後瘋話就算只有一半是真的，也夠皇帝丟一輩子臉了。不過，這老頭子說真的還沒到該死的地步，但也夠苦了。您看看，皇太子魯道夫英年早逝，死因不明；皇后伊麗莎白被人用銼刀捅死；揚・奧爾特生死未卜，音訊全無；當上墨西哥皇帝的弟弟也在一座碉堡牆下遭人處死[10]。現在，人家又把他好好的親叔叔打成一副篩

9　作者外祖父也叫雅列什（Jareš），也是位漁夫。

10　奧匈帝國皇太子魯道夫（Crown Prince Rudolf of Austria）為法蘭茲・約瑟夫一世獨子，死因成謎。揚・奧爾特（Johann Orth）為托斯卡尼大公揚・薩爾瓦特（Archduke Johann Salvator of Austria）放棄皇室頭銜後的名號，為魯道夫的表弟兼摯友，在某次海上航行時下落不明。馬西米連諾一世（Maximiliano I）為法蘭茲・約瑟夫一世的弟弟，曾任墨西哥皇帝，後遭墨西哥軍事法庭逮捕槍決。

子。他還真要有一副鐵石心腸才能承受得住這一切。如果碰上一個酒鬼大發酒瘋，對著皇帝大罵，他怎麼會受得了啊！如果今天宣布開戰，我一定心甘情願替皇帝效力，就是粉身碎骨也在所不辭。」

帥克大大喝了一口酒，接著又說：「您認為皇帝會忍氣吞聲擱著這事不管嗎？那您就太不了解他了。您記住我這句話，向土耳其人開戰是必然的事。哼！你們竟敢殺了我的叔叔，好哇，那我就先回你一個耳光。仗是一定要打嘍。塞爾維亞和俄國在這場戰爭中會助我們一臂之力的，到時一定打到血流成河！」

帥克想像著未來，神態是如此壯觀動人。他滿臉純真，笑得像輪明月，整個人煥發著無比熱忱。對他來說，所有細節都是那樣歷歷在目，觸手可及。

「可能會是這樣，」帥克繼續描繪著奧地利的未來：「假如我們向土耳其開戰，德國人就會來進攻我們，因為德國人同土耳其人是綁在一起的，他們都是些下流胚子。但我們也可以和法國聯合呀，他們從一八七一年起就看德國不順眼。等著看熱鬧吧。這仗絕對是要打的，其他的我就不再多說了。」

布雷特施奈德站起身來莊重地宣稱：「您確實不必多說了，請跟我到走道去一下，我有點事情跟您說。」

帥克隨便衣警察來到走道上，一個小小的驚喜在此等著他。前一刻還是他鄰座酒客的人，現在卻掏出祕密警察的雙頭鷹證章來給他看，宣稱要逮捕他，並立即送往警察署。帥克竭力想解釋，一定有什麼誤會，他是個清白無罪的人呀，連一句可能得罪、傷害別人的話都不曾說過呀。

而布雷特施奈德卻對他說，實際上他已經犯了好幾樁刑事罪，叛國罪就是其中之一。

隨後兩人又返回酒館來了。帥克對巴里維茲先生說：

「我喝了五杯啤酒，吃了一個夾香腸的麵包。現在得再給我來一杯李子酒，喝了我就得走了，因為我被捕了。」

布雷特施奈德掏出雙頭鷹證章給巴里維茲先生看，對他望了一陣子之後問道：

「您結婚了嗎？」

「我結婚了。」

「您假如不在店裡，這段時間，您老婆可以來顧店嗎？」

「可以。」

「那好，一切都安排好了，老闆，」布雷特施奈德愉快地說：「那您就叫您老婆到這裡來，把生意交給她吧。我們晚上就來逮捕您。」

「您一點都不用擔心，」帥克安慰他說：「我也只不過是因為叛國罪才被抓的。」

「可是我犯了什麼罪呢？」巴里維茲先生抱怨道：「我明明是如此謹言慎行啊！」

布雷特施奈德微微笑了笑，很是得意地說：

「就因為您曾經說蒼蠅在皇帝畫像上拉滿了屎！我要您把對皇帝種種該死的想法統統從腦子裡挖出來。」

於是帥克帶著他那一臉愉悅、親切的神情，跟著便衣警察離開了「喝兩杯」酒館。他們走上大街時，帥克便問了一句：

「我是否該在人行道上爬著走？」

「為什麼？」

「我想我既然被捕了，那我應該沒有權利在人行道上挺著腰桿，昂首闊步向前走才對呀。」

他們一跨入警察署的大門時，帥克又說了：

「真是不知不覺，晃來這裡的路上竟然還滿舒服的。您經常去『喝兩杯』酒館嗎？」

他們將帥克帶進傳訊室時，巴里維茲老闆正在「喝兩杯」酒館向哭哭啼啼的老婆交代生意，並安慰她：

「妳別哭啦！我就不信他們真的能為了那張蒼蠅拉屎的皇帝畫像把我給怎麼樣！」

就這樣，好兵帥克以他可愛又動人的方式干預了世界大戰。他對未來有著如此卓越的遠見，這點必將引起歷史學家極大的興趣。如果說往後局勢的發展與他在「喝兩杯」酒館發表的高見有些許出入的話，那麼我們必須考慮到，帥克畢竟不曾受過任何系統性的外交知識訓練。

2 帥克在警察署

塞拉耶佛的刺殺事件使警察署裡擠滿了無數倒楣鬼，他們一個個被帶了進來，坐在傳訊室裡的老巡官用和善友好的口吻說：

「這個斐迪南實在是害你們吃了大虧嘍！」

他們把帥克關進二樓的一間牢房時，帥克發現已經有六個人待在那裡了。五個圍桌而坐，另外一個中年男子卻坐在屋角的一張草墊上，像是有意避開大夥。帥克便開始一一盤問他們被捕的原因。

圍桌而坐的五個人幾乎異口同聲地對他說：「都因為塞拉耶佛那事……」「都是那斐迪南……」「因為大公被刺的那件事……」「那個斐迪南……」「就因為那個大公在塞拉耶佛被幹掉的事……」

第六位，也就是那個不理睬其他五位的人則自稱，他之所以不願同其他人打交道，就是怕惹來嫌疑。他被關進來的原因，只不過是由於企圖對霍利

茲的一位老闆行凶搶劫罷了。

於是帥克便和圍桌而坐的那群叛逆分子坐在一起。他們又把如何被關進這裡的經過翻來覆去地講了十多遍。

除一個人之外，其餘都是在飯館、酒館或咖啡館這類地方被抓來的。例外的那位是個異常肥胖的先生，戴著副眼鏡，兩眼噙滿淚水。他是在自己家裡被捕的，因為塞拉耶佛刺殺事件爆發的前兩天，他正在「布萊伊什卡」酒館與兩名塞爾維亞的理工科大學生喝酒，之後被密探布里克斯看見他們在鏈條街的「蒙瑪特」夜總會喝得酩酊大醉。這一次的酒錢也是他付的，這一點他在審訊紀錄上已簽字供認了。

在警察署時，他對於所有問題都千篇一律地哭訴著回答：

「我開了間文具店。」

因此他所得到的回答也同樣是千篇一律的：

「這不成理由。」

在酒館裡被捕的那位小個子先生是位史學教授，當時他正在為酒館老闆講述各種暗殺的歷史。逮捕他時，他正用一句話來為每樁暗殺案的心理分析做結論：「暗殺的思想簡單得就像『哥倫布能立起一顆蛋』一樣，立蛋雖然簡單，但終究有人是頭一個做到的。」

「是的，簡單得就如同龐格拉茲監獄總是恭候您的大駕。」一個警察在聽了他的高見後補充了這麼一句話。

至於第三位叛逆分子，竟還是個霍特科維奇地區的「好心腸」慈善會會長。刺殺事件當天，好心腸慈善會正在舉行一場隆重的花園音樂會。這時憲兵大隊長來了，要求驅散聽眾，說是奧地利有喪事，好心腸會長好言請求：

「是否能允許我們稍等片刻，讓他們把《嘿，斯拉夫人！》[11]這首歌曲演奏完畢？」

如今，這位會長垂頭喪氣地坐在這裡哭訴道：

「八月我們就要選新的理事會長，到時候我不在家，就有可能落選。我都當了十屆會長。我怎麼受得了這種奇恥大辱啊！」

輪到第四位被已逝的斐迪南莫名其妙折騰的受害者，他可說是一位品德純潔高尚、完美無瑕的厚道人。兩天來他都是守口如瓶。避而不談，隻字不提「斐迪南」這三個字，可是當夜晚來臨，他去咖啡館玩撲克牌時，他用梅花七幹掉了黑桃國王，嘴上還說了一句：

「我用七發幹掉了你，就像在塞拉耶佛一樣。」

第五位則承認自己是說了「大公在塞拉耶佛遭刺」才被抓到這裡來的，至今他都還怒髮衝冠，氣得鬍鬚直翹，怒髮衝冠的腦袋就像關在牲畜欄裡的哈巴狗。

這人在他被捕的飯館裡一句話都不曾說過，連刊登有關斐迪南事件的報紙也沒讀過。他一個人獨自坐在桌邊，後來，來了一個陌生人在他的對面坐了下來，很快地問他：

「您看報了嗎？」

「沒看。」

「您知道這事件嗎？」

「不知道。」

「您知道它的來龍去脈嗎？」

「不知道，我不關心這類事。」

「您必然會對此感興趣的。」

「我就不知道，我為什麼必然會對此感興趣呢？我只管抽我的雪茄，喝上幾杯，吃我的晚飯，而我

---

11 《嘿，斯拉夫人！》（*Hej, Slované*）是一首讚頌捷克語，充滿熱烈民族情懷的歌曲。二戰後曾為南斯拉夫與塞爾維亞與蒙特內哥羅國歌。

是不看報的，報上謊話連篇，我一看就生氣。」

「您連塞拉耶佛的刺殺案都不感興趣？」

「我對任何刺殺案都沒興趣，無論是發生在布拉格、維也納、塞拉耶佛或是在倫敦。一旦對這些事感興趣，那就離法庭和警察署不遠了。如果說在某時某地有某個人被殺，他活該，誰叫這傻子不多加注意，竟然隨便被人幹掉了！」

這就是他在這場對話中說的最後一段話。接下來，每隔五分鐘他就扯著嗓子叫一遍：

「我無罪、我無罪呀！」

這句話他走到哪裡就叫到哪裡，剛跨進警察署大門時就喊了這句話，到布拉格刑事法庭時嚷的還是這句，進了牢房後依然少不了這句。

帥克聽完了所有人顛覆國家的可怕故事後，覺得自己應當指出他們身處之情勢是毫無希望可言了。

「我們全都糟透了，」他開始如此安慰眾人：「你們說我們都不會倒楣的，這想法是不對的。國家要警察來做什麼的？不就是為了懲治我們這些愛嚼舌根的嗎？時局危急，連大公都挨了子彈，像我們這種人被警察抓進來又算得了什麼呢？他們之所以這樣做，不就是為了斐迪南的喪事能辦得熱熱鬧鬧嗎？抓進來的人愈多愈好不是嗎？那樣一來，我們這裡就不會悶得發慌了，大家就能過得開心多啦。想當年我服役的時候，我們連隊半數以上的人都被關了起來。不知有多少無辜的人遭到判刑。這種事情不只在軍隊會有，法院裡也有。記得有一次，一名婦女被處決，說她掐死了剛出世的雙胞胎。儘管她對天發誓，她說絕不可能掐死一對雙胞胎，因為她只生了一個小女孩，還說這小女孩不曾受到任何痛苦就被她成功掐死了。結果仍判她為雙重謀殺罪。還有比如住在薩別利斯的一個無罪吉卜賽人，人家硬說他夜裡闖進一家雜貨店，搶走聖誕節那晚敬獻給上帝的供品，他發誓說他只進去取暖了一會，可仍然於事無補。你一旦落入法庭法官的手裡，你就等著倒楣吧，倒楣的事多著呢。儘管他們也認為這些人並不真的都是些流氓無賴。可是如今，特別是在斐迪南被刺的這個節骨眼上，你又怎能去辨別好人與壞蛋呢？想當年，我在布傑約維采服役時，有人在操練場後面的樹林裡打死了連長的一條狗。連長知道這事後，立刻叫全連緊急集合，我們排好隊報數，每逢尾數十的人得往前一步。我猜我鐵定會是尾數十的其中一個。於是我們排好隊，立正站好，連眼睛都不眨一下。連長在我們面前踱來踱去，大聲嚷道：『你們這幫流氓、壞蛋、下賤胚、害蟲、斑鬣狗、畜生，為了這條狗我恨不得把你們統統放到蒸籠裡去蒸，丟進湯鍋裡去煮，在砧板上剁成肉醬，斃了你們，或者把你們一個個都揍得鼻青臉腫。你們給我搞清楚，我是不會放過你們的，每個人都去給我蹲十四天的禁閉。』你們想想，那時還只是因為一條小狗，而如今畢竟是為一位大公呀。當然要搞得恐怖非常，可怕至極，好讓喪事辦得像樣點。」

「我無罪，我無罪呀！」那個頭髮倒豎的男人又嚷了一遍。

「耶穌有罪嗎？」帥克說：「他們不是照樣將他釘在十字架上？無論何時何地都一樣，誰會管你有罪沒罪？就像軍隊裡常對我們說的一句話：『少廢話，繼續幹活！』這才是盡善盡美的境界。」

帥克往草墊上一躺，心滿意足地入睡了。

這時他們又帶進來兩個人。其中一個是波士尼亞人。他咬牙切齒地在牢房裡來回轉圈圈，每說一句話都帶上髒字「他媽的」。他擔憂的是待在警察署的這段時間裡，他很怕會弄丟他的賣貨籃。

另一個新來的貴客不是別人，正是巴里維茲老闆，他看見自己的老朋友帥克，便立刻叫醒他，十分悲戚地喊了一聲：

「我還是被弄到這裡來啦！」

帥克衷心地握了握他的手，然後說：

「你來了我很高興，打從心裡高興。那位先生已經告訴你他會來接你，我早就想到他不會食言的，他是說話算數的。想到人們是如此認真守信用，一絲不苟，真是一件好事。」

可是巴里維茲先生不以為然，他說這樣的認真守信用連屁都不值。同時他小聲地問帥克，其他羈押嫌犯是不是小偷，畢竟，和他們在一起將有損他生意人的名聲。

帥克告訴他，除了那個企圖以暴力搶劫霍利茲老闆的人以外，其餘的人跟他一樣都是因為那位大公的事。

巴里維茲先生聽了有點生氣，他說，他可不是因為那個笨蛋大公，他是因為皇帝的事才被帶到這裡來的。這一來，大夥燃起了興致，都想聽聽是怎麼回事。於是他便興致勃勃地從頭說起了蒼蠅在皇帝畫像上拉屎那件事。

「是那些畜生把皇帝的畫像給弄髒的，」他在結束自己不幸遭遇的故事時說：「結果卻是我被關進了監獄。我絕饒不了那些蒼蠅。」最後他還以威嚇的口氣補上一句。

帥克又躺下睡了，但是沒睡多久，有人就來帶他去偵訊。

於是，他沿著樓梯走到第三小隊去偵訊。帥克正背著自己的十字架向各各他[12]山上走去，絲毫沒覺察到自己這是去殉難啊。

當帥克瞧見「走廊上嚴禁吐痰」的提示牌後，他就請求警察允許他到痰盂處去吐，隨後胸懷坦蕩、容光煥發地跨入傳訊室，問候道：

「恭祝各位晚安！」

沒人回答，取而代之的是有人朝他肋骨處捶了幾下，把他推到一張桌子面前，桌子後面坐著一位紳士，擺出一副冷冰冰的官架子，樣子凶得就像是剛從龍布羅索[13]那本《論罪犯典型》中跳出來的。

他凶狠惡毒地掃了帥克一眼，然後說：

「把你那一臉白痴相收起來！」

「我無能為力，」帥克鄭重其事地回答：「我在軍隊時，就因為神經不健全被取消了軍籍，一個專門委員會正式宣布我是白痴。我是官方認證的白痴。」

那位一臉罪犯相的紳士一邊咔嚓咔嚓地磨著牙，一邊說：

「少來，從你被控告和你所犯的案子來看，你可一點也不傻，神經正常得很。」

接著他開始數落帥克的罪名，從叛國罪直至侮辱皇帝陛下以及皇室各成員。在這一大串罪名中，最引人注目的莫過於「對刺殺斐迪南大公事件表示讚賞」這項罪名了，從這裡甚至還可衍生出無數個新罪名來，其中例如「光明正大煽動叛亂」，因為他所有罪行都是在大庭廣眾之下犯的。

「你對此還有什麼可說的嗎？」那位野獸般凶殘的官員得意洋洋地問道。

「我已經說不少了，」帥克天真無邪地答道：「少而精，多則濫。」

「這麼說，你招認了？」

「我什麼都招認。嚴厲乃是必要的。一個人如果缺乏嚴格要求那就會一事無成。想當年，我服役那時……」

「你給我住嘴！」警察署長大聲斥喝：「我問什麼你就回答什麼！明白嗎？」

「我能不明白嗎？」帥克說：「報告長官，我全明白了，您的字字句句我都聽個一清二楚。」

「你和誰有來往？」

「和我自己的女傭人，長官。」

「難道你在當地政界就沒有個熟人什麼的？」

「這我有，長官，我訂了一份午間版的《國家政策報》，也就是眾所周知，大家戲稱的《小母狗報》。」

「滾出去！」那位野獸般凶殘的官員咆哮起來。

當他們把帥克帶離傳訊室時，帥克還道了一聲：

「祝長官們晚安！」

---

12 根據《聖經》，「各各他」是羅馬帝國統治時期於耶路撒冷專門用以處決異族人的刑場，耶穌即在此地被釘於十字架而死。

13 龍布羅索（Cesare Lombroso），義大利犯罪學家。

帥克一回到自己的牢房，就告訴其他犯人：「這裡的審訊還真可笑，他們先對你吼幾聲，然後就把你一腳踢出去。」

帥克繼續說：「要是在從前，那可有得受呢！我讀過一本書，上面說，被告為了證明自己無罪，就得從燒紅的烙鐵上走過，然後還要喝一杯熔化了的鉛。或者套上一雙千斤重的西班牙靴子，然後吊在梯子上。如果還不肯招認，那就用一枝大火把燒他的腰，比如他們對聖人臬玻穆的若望[14]就是用這一招。據說他在遭受這種拷刑時，他就像有人在鋸他的腿一般慘叫，直到他被裝進一個不透水的大口袋裡，從艾利什卡橋扔下去之後，慘叫聲才停止。這樣的例子多的是，例如將犯人劈成四大塊，或者銬上枷鎖，讓他站在民族博物館附近示眾。像這樣的犯人，一旦被丟進牢裡，他便會覺得自己好像是死而復生了。

「如今我們被關了起來，日子就跟扮家家酒一樣滿有趣的，」帥克津津樂道地接著說：「沒人把我們劈成四大塊，也沒人要我們套上西班牙靴子呀。我們有的是草墊、桌子、凳子；住得又不像罐頭裡的沙丁魚那樣擠；有湯喝、有麵包吃，不時還送壺水來，廁所就在你跟前，這一切表明世界多先進呀！說真的，就是偵訊室離我們遠了點，還得走上三樓去。但話又說回來，樓梯間裡既乾淨又熱鬧，犯人川流不息，男女老少全齊備。大家應感到高興才對呀，這裡絕非你孤身一人，人人都可以心滿意足地各走各的路，也不用擔心偵訊室會突然說：『我們決定，根據您本人的意願，明天，您將被劈成四大塊，或者活活燒死。』假如真的那樣宣判，那簡直是難以想像。我想，各位仁兄，我們若是遇到當年情景，那真是要嚇得魂飛魄散了。現今許多情況都變得對我們有利多了。」

他才剛誇完公民在現代化的監獄裡生活待遇是如何如何大有改善，獄卒便打開了牢門嚷道：

「帥克，穿上衣服，出來偵訊！」

「我這就來穿，」帥克回答：「我欣然接受，只是我擔心是否有什麼差錯，因為我已經從審訊室裡被趕出來過一次了。我怕和我一起坐牢的難兄難弟會生我的氣呀，『你這傢伙都偵訊第二次了，我們一次機會都還沒有。』他們有可能嫉妒我的。」

「你給我滾出來，少廢話！」這是對帥克君子風度的回答。

帥克又站到那位野獸般凶殘的紳士面前了。那人出其不意地以極其粗暴冷酷的聲音問道：

「你都招認了？」

帥克用他那雙和善友愛、碧藍如水的眼睛盯著那心狠手辣的人，輕聲柔和地說：

「假如長官您需要我招認，我就招認，這對我不會有什麼損害。如果您說：『帥克，你什麼都不要承認。』即便是粉身碎骨我也要繞著圈子轉，極力避重就輕。」

那位嚴酷的紳士在文書上寫了些什麼，然後遞給帥克一隻鋼筆，催促他，要他在上面簽字。

帥克於是就在布雷特施奈德的誣告書上簽了字，而且還加了這麼一句：

以上對我之控告，均以事實為依據。

約瑟夫・帥克

14 臬玻穆的若望（St. John of Nepomuk），捷克一位殉道聖人，因拒絕對波希米亞國王瓦茲拉夫四世（Václav IV）說出皇后告解內容，遭判淹死於伏爾塔瓦河。後世視為捍衛教會自主權的象徵。

帥克簽完了字，就掉過頭來對那位嚴酷的紳士說道：

「還有什麼文書需要我簽的嗎？要不要明天早晨我再過來一趟？」

對方回答：「明天早上你就該上刑事法庭嘍！」

「請問幾點呢？長官，我的上帝，但願我不要睡過頭了。」

「滾！」這是那天第二次從桌子對面向帥克發出的吼聲。

帥克在返回自己鐵窗下的新居時，對押送他的一位獄警說：

「一切都進行得非常順利嘛！」

帥克走進牢房，牢門剛一關上，同房的人就爭先恐後問了起來。帥克毫不含糊，有條有理地一一回答：

「剛才我已經招認了，斐迪南大公大概是我殺的。」

六個大男人被嚇得在滿是蝨子的破毯子裡縮成一團，唯有那位波士尼亞人說了一句：

「祝你好運！」

帥克一躺在草墊上，就說道：

「這下糟了，我們這裡缺個鬧鐘。」

第二天早晨，就算沒有鬧鐘，想當然耳也會有人來叫醒他。六點整，一輛「黑色瑪利亞」囚車把帥克押至州刑事法庭。囚車駛出警察署大門時，帥克對同車的人們說：「我們搶先了，早起的鳥兒才有蟲吃！」

3 帥克面對醫療專家

州刑事法庭裡的偵訊間既清潔又舒適，給帥克留下了一個極好印象。牆壁潔白如雪，鐵柵漆黑晶亮，還有胖乎乎的首席檢察官德馬爾丁先生，他繫著紫羅蘭色的領章，戴鑲花邊的帽子。紫羅蘭色不僅在這裡擔任主要色調，在舉行宗教儀式和封齋期的第一天以及耶穌受難日，也都負責增添美好氣息。古羅馬統治耶路撒冷的光輝歷史在這裡大有重演之勢。他們把犯人從地下室帶到一樓那群一九一四年的彼拉多[15]面前。這些審判官，也就是新時代的彼拉多，不但不先淨淨手以示光明正大，反而還命人去特西戈飯店買燉牛肉濃湯和比爾森啤酒來大吃大喝，並且不斷朝總檢察總長遞上一批又一批新的起訴資料。

這些資料欠缺分析，大多無邏輯可言，全是些像這樣的玩意——占了上風。用力掐。發了神經，口沫橫飛。嘲笑，威脅，他殺了人。絕不寬貸。這些法官成了法律的雜耍演員、法律條文的術士、貪吃被告的大肚漢、奧地利叢林中的餓虎，他們幾乎是根據條文章節的篇幅來計算逮捕被告時該跨多大的步伐。

當然也存在少數幾位例外的法官（在警察署裡也一樣），他們把法律當兒戲。一向都是魚龍混雜的。

15　彼拉多（Pontius Pilatus），公元一世紀羅馬帝國駐猶太的總督。據《新約全書》記載，耶穌由他判決釘於十字架。宣判前，彼拉多為表明自己與陰謀無關，先洗了一遍手。

他們正好把帥克帶到了其中一位例外的紳士面前受審。這位老先生年事已高，看起來一副老好人的樣子，即便是在審判曾經轟動一時的凶案犯人瓦萊什[16]時，他也不忘對他說：「您請坐，瓦萊什先生，這裡正好有個空位。」

當他們把帥克帶到他面前時，他依然用他那娘胎裡帶來的天生禮貌請帥克坐下，然後說：

「那麼，想必這位閣下就是帥克先生吧？」

「想必一定是這樣，」帥克回答：「因我爹叫帥克，我媽叫帥克太太。我不可能給他們丟臉，否認自己的真實姓名。」

老法官的臉上掠過一絲柔和的微笑。

「您可幹了不少好事。您良心上一定非常不安吧！」

「我良心始終是不安的，」帥克說，笑得比法官還要親切和藹。「我的良心一定比許多人不安，大人。」

「這從您簽了字的法庭審訊紀錄上可以看得出來。」法官用比帥克還要柔和的口氣說：「警察署沒給您施加什麼壓力吧？」

「怎麼會呢？大人。是我自己問他們我該不該在上面簽個字，他們說需要，於是我就依照他們的吩

咐簽了。反正我不會為簽一下自己的名字去和他們爭論的。那樣做對我一定不好。規矩是必要的，凡事一定要按部就班嘛！」

「帥克先生，您是不是自認十分健康？」

「十分健康？不能這麼說，大人。我有風溼，我平常都用風溼油搓揉膝蓋。」

年事甚高的這位法官又和藹可親地笑了笑：「我們請醫療專家來幫您檢查一下，好不好？」

「我覺得我沒什麼大不了的毛病，不值得勞駕這些大人，白費他們的時間。況且在警察署裡有位醫師已經替我做過檢查，他懷疑我是不是得了淋病。」

「儘管檢查過了，帥克先生，我們還是得請專業醫療人員來替你查一查。我們會正式組成一個委員會，找一批優秀的人員來進行全盤檢查，同時，您可趁機好好休息一番。目前我只剩一個問題，根據您的口供，您曾經宣稱並散布以下訊息：現在開始，戰爭隨時可能爆發，是這樣嗎？」

「是呀，親愛的大人，很快就會爆發戰爭的。」

「您會不會常感覺筋疲力竭，快要昏倒？」

「這倒沒有。只有一次在查理廣場差點被汽車撞上，但那已是好多年前的事了。」

偵訊就這樣結束了。帥克跟法官大人握了握手，一回到小牢房就對同牢的人說：

「為了刺殺斐迪南大公這樁案子，他們現在要派專業醫師來檢查我啦。」

「我也被醫療專家檢查過呀，」一個年輕人這麼說：「就是我偷地毯的那一次，他們認定我有神經衰弱症，因此成了一個神經不健全的人。這次我又吞了一架蒸汽打穀機，他們也奈何不了我。昨天我的律師還跟我說，我只要一度被宣布為神經不健全，那我將終身受益。」

「我一點都不相信那些醫療專家，」一個樣子看起來很機靈、有點文化修養的人說：「前一次我偽造

16　瓦萊什（Valeš）於一九〇二年殺害一對匈牙利夫妻，將屍首藏於自己負責園藝工作的花園中，兩年後才被發現。

了期票，為了做好萬無一失的準備，我就去聽捷克著名的精神病學教授海維洛赫醫師的課。後來，他們來抓我的時候，我就依照海維洛赫醫師的描述，假裝發作了一陣羊癲瘋。我朝委員會一名醫師的腿上咬了一口，我舉起一個墨水瓶，喝光了裡面的墨水。對不起，各位，我甚至當著整個委員會的面，在屋子角落拉了一泡屎。沒想到，正因為我狠狠咬了一口那個醫師的腿，他們竟宣布我壯碩如牛，這下我就沒救了。」

「我才不怕那些專家的檢查，」帥克說：「想當年，我服役那時，還是一個獸醫替我檢查的，結果也滿不錯的嘛！」

「所謂的醫療專家都是豬，」一位個頭矮小、有點聳肩的人說：「不久前，有人在我的草原裡挖出一副人骨，於是醫療專家們就說了，從這副骨架看，死者大約在四十年前被一種鈍器猛擊腦袋而死。我今年才三十八歲，竟然就被關了起來，儘管我手上有出生證明、戶口名簿和居住證等資料。」

「我想，」帥克說：「我們看一切事情都要公平點。普天下的人誰能說自己從不犯錯？而且一個人愈在一件事情上用心思，就愈難免出差錯。醫療專家也是人，只要是人就難免出錯。就像有一次在努斯列的博易契河橋上，一天夜裡，我正從班柴迪回家時，有位先生走到了我跟前，不問青紅皂白就揮起皮鞭朝我頭上抽來，等我昏倒在地，他用電筒照了照我，連忙說：『打錯了，不是他。』緊接著他又因打錯了人而惱火，竟然又一次朝我屁股抽鞭子。有的人就是想方設法將錯就錯，這是人之常情嘛。比如還有一次，一位仁兄夜裡發現了一條凍得半死的瘋狗，便將牠帶回家，塞進了太太床上，一等那畜生暖和過來恢復了獸性，竟咬了全家，甚至將還躺在搖籃裡的一個嬰兒咬碎吞嚥下去。我還可以跟你們說個例子，就是我們老家那裡的一位車工如何捅了大婁子的事。有一回他用一把鑰匙打開了教堂的門進去，他誤以為是自己家，把鞋子脫到了聖器室，以為進了自家廚房，接著倒在祭壇上，以為躺到了自己床上，還順手將繡有聖人題言的小台布蓋在自己身上，更拿取來一本《新約聖經》和幾本聖書充當枕頭。一早，教堂看門人發現了他。他清醒後，便和顏悅色地向教堂看門人解釋，說自己一時迷糊了。教堂看守人說：『好個一時迷糊！就為這一時迷糊，我們必須重新淨化教堂。』之後這位車工站在醫療專家面前。所有專家都證明他的神智清醒，頭腦清楚，如果說他真的喝多了，他手上的鑰匙絕對插不進教堂大門的鎖孔，隨後這位車工就死在龐格拉茲監獄裡了。我再說個克拉德諾一頭警犬的迷糊例子，牠就是赫赫有名的憲兵大隊隊長羅特爾的那隻狼狗。羅特爾大隊長養了不少狗，他專門找流浪漢作為馴狗的對象，嚇得他們每個都不敢到克拉德諾來。於是大隊長對憲兵下了一道命令，無論如何都要抓個嫌疑犯來。某天，憲兵們終於替他抓來了一位穿著十分講究的人，這人是在朗恩森林裡被發現的，當時他正坐在樹樁上。他們很快將他的大衣下襬剪了一塊下來，然後將這塊布拿去給憲兵隊的那些警犬嗅一嗅，隨後將此人領到郊外一個磚瓦廠裡，再放出那些受過訓練的狗，讓牠們去跟蹤那人的足跡，結果還真找到了他，把他帶了回來。從此這個人就沒完沒了地爬梯、翻牆、跳進魚池裡，因為那群狼狗總在後面追著他跑。最後，他們發現，這人竟是一名捷克激進派議員。因為議會的那一套令他厭煩透頂，於是才跑到朗恩森林來郊遊散心。所以我常常說，只要是人就會有錯誤，不管是學識淵博或是傻瓜笨蛋，就那些內閣大臣也有出差錯的時候呀。」

醫療委員會出現了，準備前來判定帥克的精神狀態、神經健康等條件是否符合所有被控罪名。該委員會由三位嚴肅認真的紳士組成，這三人當中，每一個人的見解都和另外兩位的見解存有相當可觀的距離。

在精神病學方面，他們分別代表三種不同的學派。

而這三種南轅北轍的學派在帥克這個案子上竟取得了如此一致的意見，僅僅是由於帥克給了整個委員會一個了不起的，可說是壓倒一切的印象。他一走進這間即將對他神經健康進行全面檢查的房間，見到牆上掛著奧地利元首肖像後，便立即喊道：「諸位大人，願吾皇法蘭茲・約瑟夫一世[17]萬歲！」

17　法蘭茲・約瑟夫一世（Franz Josef I），奧地利皇帝兼匈牙利國王，奧匈帝國創國者，也是第一位皇帝。

事情這下清清楚楚了。由於帥克這番由衷的告白，使得他們沒有必要再發出一連串的提問。但有幾個最關鍵的問題還是得問一下，以便藉此證實由三位精神病學專家卡萊爾遜博士、海維洛赫博士，以及英國人衛金代表的三種體系，他們對帥克的判定。

「鐳比鉛重嗎？」

「啊呀，我可從來沒去秤過。」帥克回答道，臉上滿是甜蜜蜜的微笑。

「您相信世界末日嗎？」

「我總得先看到這個末日再說呀！」帥克大剌剌地答道：「恐怕明天我還是等不到它的。」

「您能計算出地球的直徑來嗎？」

「啊呀，這我可沒那個能耐，」帥克回答：「我也有個謎題，不妨請各位尊貴的大人們猜猜看：有座三層樓的房子，每層有八面窗戶，屋頂有兩扇天窗和兩個煙囪，每層樓住有兩家房客。那麼，請教諸位大人，請你們告訴我，這座樓房的看門人，他的奶奶是哪年死的？」

專家們意味深長地彼此對望，但其中一位還是提了這麼一個問題：

「您是否知道太平洋最深處有多深？」

「啊呀，這個我可不知道，」回答聲響起：「不過我可以相當有把握地說，它應該比維舍堡懸崖深處的伏爾塔瓦河更深一點吧。」

委員會的主席簡短地問了一句：「問夠了吧？」可其中一位委員又提了這麼一個問題：

「一萬兩千八百九十七乘以一萬三千八百六十三等於多少？」

「七百二十九。」帥克連眼都不眨一下地就回答道。

「我想這已足夠了，」委員會主席說：「你們可以把這位被告帶回原處去了。」

「謝謝諸位大人，」帥克謙恭地說道：「我也覺得問夠了。」

帥克離開後，三位同行取得一致意見，認為根據精神病學者訂下的一切自然規律，帥克應是個聲名狼藉的笨蛋和白痴。

他們在給法官的報告裡寫了這麼一段話：

在本報告上簽名之諸位醫療專業同仁一致鑑定約瑟夫．帥克為道道地地、徹頭徹尾之精神愚笨遲鈍者和先天的智商不足，如天生的白痴。現舉例說明之：凡瞧見牆上掛像，總要立正高呼「吾皇法蘭茲．約瑟夫一世萬歲！」僅此一點就足以說明約瑟夫．帥克之精神狀態實屬白痴、笨蛋之流。鑑於此，委員會建議：一、停止審問約瑟夫、帥克；二、將約瑟夫．帥克送交精神病院觀察，以查明其精神狀態對周遭之危害程度！

正當這份報告編寫之際，帥克同時間卻對自己的獄友如此闡述：「他竟擱下斐迪南的事情不管，跟我閒聊一堆愚蠢至極的事。扯到最後，彼此都感覺受夠了，這才結束。」

「我不相信任何人，」那個有點聳肩的小個子，也就是地裡被挖出一副人骨的那人發表了自己的看法：「這全都是竊盜行徑、詐騙行為。」

帥克往草墊上一躺，說道：「詐騙是必然的，假如每個人都對彼此誠實相待，那所有人很快就要鬧得打起架來了吧！」

4 帥克被瘋人院趕出來

帥克後來描繪瘋人院裡那段生活經歷時，大量運用了非同一般的讚美之詞來加以述說：「我還真想不通，這些瘋子被關進了瘋人院為什麼還要生氣呢？在那裡每一個人都可以赤身裸體躺在地板上，學狼叫，可以發狂，可以咬人。假如在有人群散步的地方這樣做，人們就會大驚小怪，在那裡這種行為卻是司空見慣、家常便飯。那裡有社會主義者連作夢都不曾夢到過的自由。每一個人都可以把自己當成上帝或聖母瑪利亞，當成教皇或英國國王，甚至當成皇帝或聖瓦茲拉夫[18]。雖然有一個人被死死地捆綁著，光著身子，孤獨地躺在一個角落裡。還有一個人，老是嚷嚷自稱是大主教，但他除了狼吞虎嚥、大吃大喝，其他什麼事也不做，你們難以想像，請原諒我直說，他甚至還在那裡隨意大小便，一點也不覺得害臊，即便如此都還能得到寬恕原諒。那裡還有這麼一個人，為了能領取兩份食物，竟然說自己就是西里爾和美多德兄弟倆[19]。那裡還有一位先生硬說自己懷孕了，並邀請每個人去參加他孩子的受洗宴。那裡還關了許多棋手、政客、漁夫、童子軍、集郵愛好者和業餘攝影師。有個人老是把玩一批骨董瓷罐，把它們當成骨灰罐。有個老人總穿著拘束衣，他說這樣就算不出哪天是世界末日。我在那邊也遇過幾位教授，其中一位老跟在我後面，總要向我解釋捷克與波蘭邊界的克爾科諾謝山麓是吉卜賽人的搖籃。而另

18 聖瓦茲拉夫（Wenceslaus I），捷克國大公，是基督教最熱情傳播者。死後被教會封聖。

19 西里爾與美多德（Saints Cyril and Methodius）兩兄弟是東羅馬帝國時期希臘人。他們通曉斯拉夫語，被邀請來大摩拉維亞公國傳播基督教並奠定文化教育基礎。

一位教授則試圖對我闡述，地球內部存有比地球外部還要大的一個球體。

「每個人在那裡都可以信口開河，想怎麼說就怎麼說，跟在議會裡差不多。有時他們會說些故事，假如故事裡的公主有著悲慘的下場，他們就會互相打起來。在那裡鬧得最厲害的就是那位硬是自稱《奧托百科全書》[20]的仁兄了，他要求每個人都來『翻閱』他，並找出『負責縫合厚紙板的女工』這個詞條，否則他就不存在了。這場鬧劇持續鬧到他們為他穿上拘束衣之後才暫時打住。隨後他又自我欣賞起來，說他已進入到裝訂書頁這道工序了，要求人家替他修整得好看點。這裡的日子就跟在天堂裡一樣過得快活，你可以粗聲喊，尖聲叫，又可唱又可跳，號哭，學羊叫，也可以大聲怪叫，亂蹦亂跳，還可以禱告；也可以翻筋斗，可以爬著走，可以蹺起一隻腳來跳，可以轉圈圈，可以跳舞，亂鬧，爬牆或整天蹲在地上。誰也不會走過來跟你說：『您可不能這樣做，也不准那樣做，先生，這些行為有失身分，您真該感到羞恥才對，虧您還是個有教養的人。』那裡也有一些文謅謅的瘋子，有一個有學問的發明家，他老是摳鼻子，一天只說一句話：『正是我發明了電。』正如我說的，那裡真是美妙無比，棒極了。我在瘋人院裡度過的那幾天，可說是我一生中最美好的時刻。」

確實如此，他們為了觀察帥克的精神狀態，將他從州刑事法庭送到瘋人院來，在此受到的歡迎是大大出乎帥克意料之外的。他們先是把他脫得個精光，然後給他披了件居家大袍子，帶他去洗了個澡，一路上還親密地攙扶著他，同時，另一個護士還給他講了一些有關猶太人的笑話來讓他開心。在澡堂裡，他們先將帥克浸泡在一盆燙水裡，然後又將他拖出來，用冷水淋浴。如此來回三遍，然後問帥克喜不喜歡。帥克說這遠比查理大橋附近的那些澡堂要好得多了，並且說，他很喜歡洗澡。「如果你們能再替我剪剪指甲、理理髮，那我就再快活不過了。」他這麼補充了一句，還向他們快慰地笑了笑。

一切照帥克所要求的辦了。他們還用一塊海綿為他全身上下擦了一遍，用一張被單將他包裹起來，並把他抬到一號病房的床上，扶他倒下來，替他蓋好被子，吩咐他睡覺。

直至今日，帥克仍以一種愛戀之情來敘述它：「你們想想，那是多麼美好！他們把我安頓到床上，那時我簡直是幸福到了極點。」

帥克果真在床上甜美地墜入夢鄉。隨後他們叫醒他，給他一罐牛奶和一個長麵包。麵包已經切成碎塊。一個護士抓住帥克的雙手，另一個將一塊塊碎麵包放進牛奶裡沾溼，然後餵帥克吞下，就像拿麵團填鴨一般。填完後，他們又攙扶他去上廁所，他們要他在那裡排泄大小便。

帥克把這一刻形容得那麼有聲有色，回味無窮，我在此就沒必要重複廁所中發生的事了。但我只提及帥克說的一句話：

「就在我拉屎拉尿的那時，其中一個人還將我抱在他懷裡。」

他們從廁所把帥克帶回來後，又扶他到床上，一再叮囑他，讓他好好睡覺。可當他睡著後，他們又把他叫醒，帶他去觀察室。帥克又一次被脫得個精光，站在兩位醫師面前，這情景不由得使他想起自己應召入伍前進行體檢的那些莊嚴日子，於是他情不自禁地說了聲：

「合格。」

「你在說什麼呀？」一個醫師的聲音響起：「你向前走五步，再向後退五步。」

帥克走了十步。

「我不是跟你說了嗎？」醫師說：「先走五步。」

「我不在乎這是幾步。」帥克說。

於是兩位醫師都吩咐帥克坐在椅子上，其中一位來敲了敲他的膝蓋，然後告訴另一位說，膝反射很正常。那位醫師卻搖了搖頭，自己也開始來敲帥克的膝蓋。剛才那位醫師又翻了翻帥克的眼皮，看看瞳孔。之後他們就走到桌邊，用拉丁文術語互相討論了一番。

「喂，聽我說，兩位大入，」帥克回答：「儘管我沒有好歌喉，也沒有韻律感，但是，恭敬不如從

---

20 《奧托百科全書》（*Otto's encyclopedia*）出版於二十世紀初，是規模最大的捷克語百科全書。

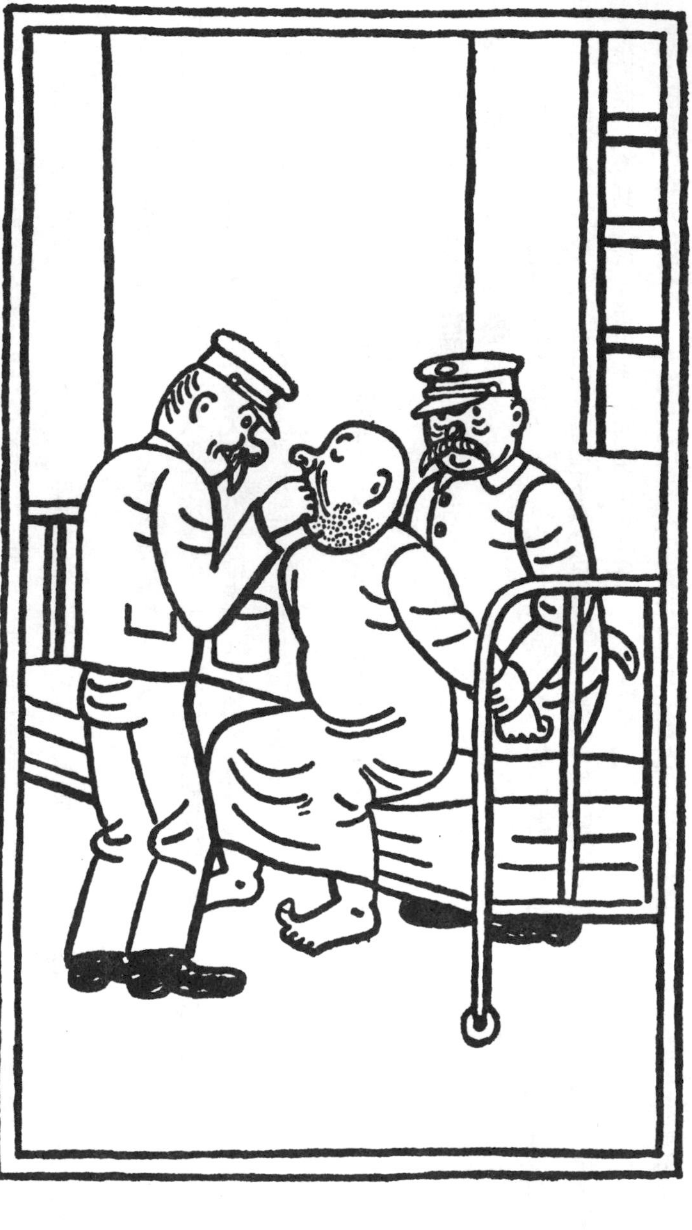

命，我不妨來試試看，讓你們高興高興。」

於是帥克的歌聲響起。

年輕的修士河岸坐，
右手扶額思緒重，
苦澀而灼熱的淚兩滴，
掛在蒼白的腮幫悲戚戚。

「接下來我就不會了，」帥克接著說了一句：「假如你們願意，那我就再給你們獻上一首。」

我的心充滿惆悵，
痛楚在胸中流淌。
靜坐把遠方瞭望，
那裡有我的祈求。

「唉，接下來我又不會了，」帥克嘆了一口氣說道：「我還會唱《何處是我家》[21]的第一句，最後我還是只會一句『太陽在東方現出笑容，溫迪斯格雷茲統帥和軍士將領們整裝待發。』我還會唱幾首民歌，比如《上帝保佑我們》或《千百次向你致意》……」

21《何處是我家》（Kde domov m j?）原為戲劇配樂，後因大受歡迎，一九一八年捷克斯洛伐克共和國誕生時其中一段成為國歌，一九九二年共和國解體後仍為捷克共和國國歌。

兩位醫師相互看了看，其中一位問了帥克這樣一個問題，「你以前曾經檢查過神經狀況嗎？」

「在軍隊裡檢查過，」帥克的回答是如此莊嚴而驕傲。「我被軍醫大人們正式宣布為聲名狼藉的白痴。」

「但是我感覺你是一個假病號。」另一位醫師對帥克高聲說了一句。

「您說我，兩位大人？」帥克為自己申辯道：「我絕不是一個假病號，我真的是個白痴。不信你們可以到駐紮在布傑約維采第九十一團的團部或者到卡爾林納地區的預備役隊司令部去打聽。」

兩個醫師中年紀較長的那位無奈地擺了擺手，然後指著帥克向護士們說：「把這個人的衣服拿來，把他帶到第一條走廊的三號病房去。接著回來把他的全部檔案送交辦公室。告訴他們，早點幫他結案，我們可不想老是照料這個人。」

醫師們又一次惡狠狠地瞪了那畢恭畢敬、邊退出門口邊鞠躬的帥克。護士問他這愚蠢動作是在做什麼，帥克回答：「因為我赤身裸體，啥也不想讓這些人瞧見，免得他們說我不講禮貌、撒野。」

自從護士們奉命把衣服還給帥克後，他們就不

再關懷和理睬帥克了。他們要他穿好衣服，把他帶到三號病房去。帥克還需要在那裡待幾天，等一份辦公室許可他出院的文件，因此他還有機會繼續享受那很合他胃口的觀察。大失所望的醫師們在報告裡給帥克寫下如此的鑑定：「弱智的假病號」。由於他們在午飯前就要釋放他，所以還掀起了一場小小的風波。

帥克宣稱，沒有一個人應該不吃午飯就被趕出瘋人院，因此也不能讓他沒吃到午飯餓著肚子就走。鬧得瘋人院的看守人只好叫來巡警，於是巡警便將帥克帶到了薩莫瓦大街的警察署去了。

5 帥克在薩莫瓦大街的警察署裡

帥克在瘋人院裡的那些大好風光，已成明日黃花，接踵而至的是荊棘叢生、充滿磨難的日子。巡官布勞恩接見了帥克，他凶殘、冷酷得活像羅馬皇帝尼祿德政下一名劊子手。那些劊子手在當年就曾說過：「把那個混蛋基督徒扔進獅子口裡！」因此巡官布勞恩也學他們惡狠狠地說：「把這個臭小子給我扔進牢籠！」

這話說得既乾又脆，真是言簡意賅。只是巡官布勞恩在說這句話時，他的眼裡卻閃現出了一種古怪而又有點變態的快感。

帥克行了個禮，並十分豪爽地說：「我準備好啦，長官大人。我想，所謂的牢籠也就是單間牢房的意思吧？這沒什麼可怕嘛。」

「你可別把這裡當自己家了！」巡官火冒三丈地嚷道。帥克卻說：「我是虛心接受，由衷感激您為我所做的一切安排。」

牢房裡有一個人無精打采地坐在一張板床上沉思，即便牢門的鑰匙咔嚓響起，從他的表情看來，顯然他也並不覺得是一種將放他自由的跡象。

「您好，尊敬的先生，」帥克邊說邊在板床上那人的旁邊坐下。「不曉得幾點鐘了？」

「鐘點已與我不相干了。」那位在沉思的人回答說。

「這裡不錯嘛，」帥克還接著找話往下說：「這張板床還是用刨平的木頭做的哩。」

那人繃著臉不搭腔。他站起身來，在牢門和板床的咫尺間來回快步踱著，像是急著想挽回什麼。

這時，帥克興致勃勃地審視了牆上那些亂七八糟的題詞。一個未署名的犯人對天發誓，要跟警察拚個你死我活。他這麼寫：「你們等著瞧。」另一個犯人寫道：「閃一邊去吧，你們這些死公雞[22]！」還有一個直截了當地記錄一段實況：「我於一九一三年六月五日在此坐牢，待遇尚可。沃爾舍維采商人約瑟夫・馬列切克。」在此也有一些出自內心的題詞：「寬恕我呀，主啊……」下面還寫什麼「吻我的『屁』吧。」「屁」字又被塗掉，然後在旁邊寫上「屁股」。就在這「屁股」兩個字的旁邊，一位滿懷幽思的先生題了首詩：「愁來溪旁坐，夕陽入山隈，岡丘映微光，佳麗在何方？」

那個在牢門與板床之間來回疾走，彷彿將獲得馬拉松冠軍的人停下腳步，氣喘吁吁地坐回原位。雙手抱著頭，突然喊：「放我走吧！」隨後又喃喃自語：「不會的，不會的，他們不會放的。我從早上六點就待在這裡了。」

接著他忽然想找人說話了，站起來問帥克：

「你應該有皮帶，讓我用它來結束這一切吧！」

22　據說奧匈帝國的警察帽子上總插著根公雞尾毛，捷克人戲稱他們為「公雞」。

「我很樂意效勞，」帥克邊解皮帶邊回答：「我還從沒見過牢房裡如何用皮帶上吊呢。」帥克四下看了看說：「可是，這裡連個鉤子也沒有。窗子的插閂應該無法撐起你的重量，不然，我想，你可以跪在床邊上吊，就像布拉格的艾瑪烏澤修道院裡那個修士一樣，他為了一位年輕的猶太姑娘，在十字架上吊死。我十分欣賞自殺的人，您就放手去上吊吧！」

那個滿臉愁容的人，看了看帥克遞到他手裡的皮帶，把它扔到角落裡，隨即大哭起來，他一邊用髒手抹著眼淚一邊喊道，「我是有兒有女的人啊！因為酗酒、生活放蕩被關到這裡，天哪！我可憐的老婆啊！我的同事又會怎麼看我呢？我是有兒有女的人啊，因為酗酒、生活放蕩被關到這裡的。」他反覆嘮叨個沒完。後來他總算稍稍平靜了些，走到牢門口，用拳頭在門上亂捶。門外傳來一陣腳步聲，一個聲音問道：「你要幹什麼？」

「你們放我出去！」他的聲調絕望得彷彿已經沒有生存下去的意義了。「放你去那裡呢？」門外問。「讓我回去上班。」這個身為父親、丈夫、公務員、酒徒與浪蕩分子的愁苦仁兄回應。

在走廊的靜寂中，可以聽到一陣嘲笑聲，非常可怕的嘲笑聲。腳步聲也漸漸遠去。

「看樣子，那傢伙並不喜歡你，所以才這樣嘲笑你。」帥克說，這時那個絕望的人坐回到他身旁。「這種看守稍不順心就會出鬼主意，假如再惹他們，他們什麼事情都做得出來。你既然不想上吊了，那就平心靜氣坐下來，看看事情怎樣發展吧。我認為，像你這樣一個在公家機關上班，又有老婆孩子的人來說，這是件很麻煩的事。我如果沒猜錯，你一定認為自己會被解雇吧？」

「很難說，」他嘆了一口氣：「問題是連我自己也搞不清楚我到底幹了些什麼。我只記得，他們把我從一個地方趕了出來，可我還想回去抽根雪茄。一開始原本是很開心的，我們科長為了慶祝命名日，請大家到一家酒館去，接著又到第二家、第三家、第四家、第五家、第六家、第七家、第八家、第九家。」

「要不要我幫您數？」帥克問：「這我可內行。有一天晚上，我到過二十八個地方，可是，我以名譽發誓，我在每一家喝的啤酒都不過三杯。」

「總而言之，」這位為慶祝命名日大講排場的科長先生的倒楣下屬說：「當我們去過一打之多、各式各樣的小酒館後，發現科長不見了。儘管我們用了一根細繩繫著，像牽狗一樣把他帶在身邊，可是他還是溜掉了。我們四處找他，最後連我們自己也紛紛走散了，最後我就待在維諾堡的夜間咖啡館裡了。那個地方滿不錯的，在那裡我直接用瓶子喝了一公升酒。後來還做了些什麼我就不記得了，只知道他們把我拉到警察署來的時候，兩個警察說我喝醉了，言行放肆。說我打了一位太太、從衣帽架上把別人的禮帽拿下來用刀割、轟走了一個女子管弦樂隊、當眾誣賴一位服務生偷了二十克朗。我甚至敲碎了我座位上的大理石桌面，又故意往鄰座一位陌生人的咖啡杯裡吐口水。除此之外，就沒做別的事了，至少我自己想不起來我還搗了什麼亂。請您信任我，我是一個十分顧家、從不胡思亂想的老實人，有教養的人。您對此事有何看法？我可從來不是一個愛胡鬧的人啊！」

帥克沒有回答他的問題，反而興致勃勃地追問：「您是費了九牛二虎之力或是不費吹灰之力就敲碎那塊大理石桌面呢？」

「一下子。」這位很有教養的先生回答說。

「這下您可沒救了，」帥克傷感地說：「他們會以此推論，認為您苦練武術的目的在於幹這種勾當。您在陌生人咖啡杯裡吐口水時，有沒有摻蘭姆酒？」

帥克沒等回答就直接進一步闡述：「如果摻了蘭姆酒，那事情就更糟了，因為它的價錢會更貴。法庭上，他們都喜歡把所有帳都算在一起，好讓你罪名成立。」

「在法庭上……」這位盡心竭力、恪盡職守的一家之主低著頭，沮喪地喃喃自語，像一個良心受到譴責的人般陷入困境。

「你被關起來的事家裡知道嗎？」帥克問道：「也許要等到上了報他們才會知道吧？」

「你認為這事會登報嗎？」這位替上司揹黑鍋的人天真地問道。

「這已是必然的事。」帥克回答得很乾脆，因為他從來不習慣隱瞞他人。「這篇報導將會引起讀者極大的興趣。我也喜歡閱讀報上有關酒鬼以及他們如何耍酒瘋這類的專欄文章。前不久，在『喝兩杯』酒家，就有一位顧客真的什麼都沒幹，只不過把一個玻璃杯往上一拋，自己又剛好站在了玻璃杯的下方，於是杯子就直接砸破了他的腦袋，他接著就被帶走了。第二天早上我們就讀到了有關這件事的報導。還有一次，在布拉格的佩特洛夫卡夜總會，我朝一個辦喪事的人甩了一記耳光，他也回敬了我一下。於是，為了替我們調解糾紛，我倆被關了起來，這件事情當天下午就見諸報端。還有一次，在『僵屍』咖啡館裡，一位參事先生打碎了兩個盤子，你想必認為可以饒過他了吧？但第二天這件事照樣登報了。你唯一的辦法就只有從牢裡寫份更正聲明寄到報社去，說明報上所述之一切與已無關，您與這位同名同姓的先生既無親戚關係，又無任何瓜葛，接下來馬上寫封信寄回家，要家人將這份更正聲明剪下來，保存好，讓你出獄後能讀一讀。」

「你冷嗎？」帥克發現這位頗有教養的先生打著哆嗦，便十分同情地問道，「今年夏末是滿涼爽的。」

這位獄友哭得喘不過氣來。「我啊，已是個無望的人了！我啊，我是愈陷愈深啦！」

「那倒是，」帥克欣然附和道：「等你刑滿出獄後，你的工作單位是否還接納你，這是個問題，我不知道你是否能很快找到別的職位，因為即便是你願意去幫剝死野獸皮的人做事，人家也都得先確認你是否有過犯罪紀錄呀。唉，只圖一時的痛快，實在是太不划算了！在你坐牢這段時間裡，你的太太和孩子們靠什麼生活？她會不會被逼得去上街要飯，或者教孩子們走上歪路呢？」

一陣抽泣聲響起。

「我可憐的孩子們呀！我可憐的妻子啊！」

這位受到良心責備的悔過之人站了起來，開始說起他的孩子們來：他有五個孩子，最大的有十二歲，還參加了童子軍。這孩子只喝涼水，並且應該成為他父親的榜樣，儘管他父親還是有生以來頭一次幹出這樣的事情來。

「還參加了童子軍！」帥克喊叫了一聲：「我最喜歡和童子軍相關的一切了！有一次，在布傑約維采赫盧博卡鎮的米德洛瓦爾，我們九十一團正好在那裡演習，當地的農民們在樹林裡圍捕為他們植樹造林的童子軍，抓住了三個。其中最小的一個，當農民們把他捆綁起來的時候，他又哭又鬧，連我們這些當兵的男子漢也不忍看這種場面，只好走到一邊去。在農民們捆綁這三個童子軍的過程裡，有八個農民被他們咬傷。後來在村長的鞭打下，他們才招認，為了晒太陽，林中每塊空地都被他們踩得一塌糊塗。他們還招認，他們用刀子將麥穗割下來，拿來烤著吃，結果麥田著了火，他們還說那是出於偶然。農民們還在林中一個洞裡找到了五十多公斤被啃過的家禽、林中野獸的骨頭、一堆堆櫻桃核和尚未熟透的蘋果核，以及別的好東西。」

這位值得同情的童子軍父親心情極不舒暢。

「我前世造了什麼孽啊！」他哀怨道：「我的名聲這下要跌入谷底了。」

「那倒是，」帥克以他天生的直率說道：「出了這種事，你一輩子的名聲都好不了啦。一旦見諸報端，一些熟人甚至還會幫你添油加醋一番。這是人之常情嘛。你也不必大驚小怪，如今世上名聲遭損的人比名聲好的人起碼要多十倍。你這只是芝麻綠豆大的一點小事，算不了什麼。」

此時，走廊上響起沉重的腳步聲，鑰匙在鎖孔裡咔嚓響了一聲，牢門開了，巡警喊帥克的名字。

「對不起，」帥克十分豪爽地說：「我是中午十二點才來到這裡的，這位先生卻是早上六點就在這裡等了。我不急的。」

巡警不答話，一手將帥克拖到走廊上，一聲不吭地把他帶上二樓。第二間房間裡的桌邊坐著一位胖乎乎的巡長，樣子看來很和藹，他對帥克說：

「呃，你就是那位帥克？你是怎麼到這裡來的？」

「太簡單不過了，」帥克回答：「是一位巡警先生陪我到這裡的。由於他們不讓我先吃午飯就要把我攆出瘋人院，我不答應。這也太不像話了吧！他們簡直把我當成了大街上的野雞般任人擺布。」

「你聽我說，帥克，」巡長大人和藹地說：「他們為什麼要在這裡，在薩莫瓦大街同您過不去呢？我們送你去警察總署去不是更好嗎？」

「眾所周知，到了這裡，一切都得聽您的，」帥克心滿意足地說：「從這裡到警察總署，也會是一段挺開心的黃昏散步。」

「很高興我們在這一問題上見解一致，」巡長興高采烈地說：「意見一致比什麼都好，對嗎？帥克？」

「不論和誰都一樣，我都願意好好商量，」帥克回答：「請您相信我，巡長大人，我將永遠銘記您對我的慈悲。」

帥克深深地鞠了個躬，就在一名巡警的陪伴下來到樓下的警衛室，十分鐘後，帥克又現身在耶茲納大街街角和查理廣場了。押送他的是另一位巡警，他的腋下還夾了一本書，標題是用德文寫的：《犯人名冊》。

在大街一角，帥克和押送他的人看到一群人擠在一個告示牌周圍。

「那是皇帝的宣戰布告。」巡警對帥克說。

「我早料到了，」帥克說：「可是瘋人院裡的人還不知道。其實，他們的消息應該更靈通。」

「為什麼？」巡警問。

「因為那裡關了許多軍官先生。」帥克解釋說。

當他們走近宣戰布告周圍的人群時，帥克高聲喊道：「法蘭茲・約瑟夫皇帝萬歲！這場戰爭我們必勝！」

亢奮的人群中，不知是誰在他那大得遮住耳朵的寬邊帽上敲了一下。就這樣，好兵帥克穿過熙來攘往的人群，再次踏進了警察總署的大門。

「我再說一遍，諸位先生，在這場戰爭中我們必勝！」帥克用這句話與簇擁著他的人群告別。在遙遠而古老的歐洲歷史上，曾經驗證過這麼一條真理：明天將會使今天的一切計畫落空。

6 帥克終於踏上返家之路

警察總署大樓到處瀰漫著一片肅穆氣息。當局一直在揣摩百姓對戰爭究竟有幾分熱心。總署裡，除了少數幾個人意識到自己是這個民族的一分子，而這個民族注定要為了與自身完全無關的利益而流血，其餘的都是一批官僚機構的冠冕堂皇的野獸，他們的腦子裡想的不外乎監獄的絞刑架，而他們就靠這些東西來維護他們手下制定的那些殘暴、被扭曲的法律條文。

審問時，他們帶著一副惡意的和悅神色來對付落在他們掌心裡的犧牲品，每句話到嘴邊之前都先斟酌一番。

「我感到非常之遺憾，你又落到我們手裡了。」那些制服上縫著黑黃袖章的野獸之一，看見帥克被帶到他面前時說：「我們都以為你會改過自新，可是你卻使我們大失所望。」

帥克默默地點了點頭，表示同意。他的神情是那樣天真無邪，使得那頭繡著黑黃袖章的野獸不解地望著他，然後加重語氣說：

「不准再露出那副白痴相！」

但是他馬上又換了一種客氣的腔調接著說：

「說實在的，我們把你抓起來，我們心裡也不好受。我可以對你老實說，依照我的看法，你的事情並不怎麼大，因為，考慮到你的智商不高，可以想見你一定是受了別人的唆使。請你告訴我，帥克先生，究竟是誰要你去做那些蠢事呢？」

帥克咳嗽幾下，然後說：

「實在對不起，我完全不懂您所說的『那些蠢事』指的是什麼？」

「那好，帥克先生，」他用長輩的口氣說：「根據押送你的巡警先生說，你在街上的宣戰布告前引起一大堆人的注意，高喊『法蘭茲．約瑟夫皇帝萬歲！這場戰爭我們必勝！』的口號，你說，煽動人們不正是一樁蠢事嗎？」

「我不能袖手旁觀，無動於衷。」帥克解釋說，用他那雙善意的眼神凝視著眼前的長官。「我看見他們讀宣戰布告時，完全沒有一點興奮，我火氣就上來了。怎麼連個高呼勝利、喊個『太好了』的人都沒有？大人，他們沒有任何表示，就好像這事情與他們毫無任何關係一般。我畢竟是九十一團的老兵，實在是忍無可忍，於是我就喊出了那些話。我想，大人您假如處在我這個位置，你一定也會忍不住這麼做的。既然要打仗，就得打贏，就應對皇帝高喊三聲萬歲呀！這件事誰也別想來攔住我。」

徒具招架之功而無還手之力的黑黃袖章野獸，完全沒敢正眼看帥克這天真無邪的羔羊，於是趕快將視線投到公文上說：

「我完全認同你這份熱忱，不過你應該在別的場合來展現它。你自己明明知道，你是被巡警押送著的，因此，你的愛國言行就可能、甚至必然會被公眾看作是一種譏諷，而非出於嚴肅的誠意。」

「當一個人由巡警押解著走路，」帥克回答：「可以說是他一生中非同小可的艱難時刻。然而，如果這個人即使在這種境遇下也不忘開戰以後自己該做些什麼，那麼依照我的看法，這樣的人是不見得壞到哪裡的。」

繡著黑黃袖章的野獸嘟囔了一句什麼，又直瞪了帥克一眼。

帥克對他投以天真、柔和、謙恭與溫順的目光。

他們又彼此瞠目相視了一陣子。

「這次就放過你，帥克，」官架子十足的大鬍子終於嘟囔道：「假如你再被弄到這裡來，那我什麼也不會問，直接將你交給赫拉昌尼區的軍事法庭去受審了。明白嗎？」

沒等他理會，帥克冷不防撲上前去吻了他的手，說：

「願上帝為您做的功德祝福您！無論何時，如果您想養一隻純種狗，就請光顧。我是個賣狗的。」

帥克就這樣重獲了自由，踏上了回家之路。

在路上，他想了一下，要不要先到「喝兩杯」酒館去。終於，他推開了前不久便衣警察布雷特施奈德押著他走出去的那扇門。

酒館死一般沉寂，幾位酒客坐在那裡，其中有布拉格聖阿波利奈爾教堂執事。他們個個愁眉不展。櫃台後面坐著老闆娘巴里維茲太太，她漠然呆望著啤酒桶的扳柄。

「喂，我又回來啦！」帥克快活地說：「給我來一杯啤酒吧。巴里維茲先生呢？他也回來了吧？」

巴里維茲太太沒有回答，卻哭了起來。她嗚咽著，在每個字詞的重音上強調她的不幸：「一個……星期……之前……他們……判了他……十年……」

「嘿，這可真沒想到！」帥克說：「那麼他已經坐了七天牢了。」

「他明明是如此謹慎呀，」巴里維茲太太哭著

說：「他自己也是這麼說的。」

酒館裡的客人們還依然沉默不語，就像巴里維茲的幽魂仍在這裡遊蕩，警告他們還得更加謹慎小心似的。

「謹慎乃智慧之母。」帥克邊說邊坐到那張為他放了一杯啤酒的桌子旁，巴里維茲太太給帥克端來啤酒時，眼淚滴在了酒裡，使杯裡的啤酒泡沫上出現了一個個小洞眼。「如今就是這樣一個時代，每個人都被逼得綁手綁腳。」

「昨天我們那裡有兩個下葬的。」聖阿波利奈爾教堂執事轉開了話題。

「一定是又有人死了。」第二位酒客說。

第三位酒客問：「下葬時沒有靈台棺座嗎？」

「我倒想看看，」帥克說：「打仗的時候，軍人下葬會是個什麼樣子。」

酒客們站起身來付了酒錢，一個個不聲不響地走了，屋裡就剩下帥克和巴里維茲太太。

「我可真想不到，」帥克說：「竟給一個無辜的人判了十年徒刑。給一個無罪的人定五年徒刑的事情我倒聽說過，可一判就十年，實在有點多。」

「可是我丈夫他招認了，」巴里維茲太太哭著說：「在警察署和法庭上，他重複了一遍在店裡他是怎麼提到蒼蠅和畫像的。我本以證人身分出席那次審判，但我又能作什麼證呢？他們說我和我丈夫是親屬關係，因此我也可以不作證。我被這個親屬關係嚇壞了，生怕又弄出什麼是非來，所以最後只好放棄作證權利。我可憐的老伴看了我一眼，我至死也忘不了他盯著我時的那對眼睛。判完之後，當他們把他押走時，他被眼前的這些事弄糊塗了，在走廊裡還朝著他們喊了一句『自由思想萬歲！』」

「那位布雷特施奈德先生還到這裡來嗎？」帥克問道。

「來過幾趟，」老闆娘說：「他總是要一、兩杯酒，然後盤問我有誰來過這裡。顧客們在這裡談足球賽，他也偷聽。他們一看到他來了就立即轉談足球比賽的事。讓他常打哆嗦，好像馬上要發狂或抽筋似的。這一陣子，只有橫向街的一個裱畫師傅上了他的當。」

「引誘人上當，這是經過訓練的，」帥克評論道：「這個裱畫師傅笨嗎？」

「跟我丈夫差不多，」巴里維茲太太哭著回答：「布雷特施奈德問他是不是用槍打過塞爾維亞人。他說，他不會用槍，只有一回在遊藝場打靶時射穿了一個克朗[23]。然後我們都看見了布雷特施奈德立即拿出記事本說：『瞧，這又是一樁新的大叛國案。』隨後就把裱畫師傅帶走，自此就再也沒有回來過。」

「他們大部分都回不來了，」帥克說：「麻煩給我來杯蘭姆酒。」

便衣警察布雷特施奈德走進酒館時，帥克正開口要了第二杯蘭姆酒，布雷特施奈德飛快地掃了一眼穿蕩蕩的酒館，然後在帥克身邊坐下，要了杯啤酒，等待帥克開口。

帥克從報架上拿了一份報紙，照著後面一版的廣告欄說道：

「你們看，什特拉什科維采村五號房的欽貝拉，出售他的莊園連同三百六十四公畝耕地，那塊領地上還有學校、公路。」

布雷特施奈德用手指神經質地敲著桌子，轉向帥克說：

「我很好奇，你怎麼會對莊園如此有興趣，帥克先生？」

「啊，原來是您呀！」帥克說，伸出手去和他握手。「我剛才沒認出您來。我這記性真壞。如果我沒搞錯，我們最近一次該是在警察總署道別的。近來有何貴幹？您常到這裡來嗎？」

「我今天是特意來找你的，」布雷特施奈德說：「我從警察總署裡得知，你是個賣狗人。我很想弄一條上等的捕鼠犬或者一隻獵犬，或者是這一類的什麼狗。」

「這我都能為您辦到的，」帥克回答：「您要純種的還是隨便一條雜種的？」

「我想，」布雷特施奈德回答：「還是來一條純種的吧。」

「您為什麼不搞一條警犬呢？」帥克問。「這種狗能幫您追蹤一切人事物，把您領到作案現場。沃爾估維采有位屠夫有一隻這樣的警犬，整天幫他拉小車。這隻狗真可以說是所學非用。」

「我還是要一隻獵犬好了，」布雷特施奈德平靜而又固執地說：「一條不咬人的獵犬。」

「您是要一條沒牙的獵犬嘍？」帥克問：「德依維采一個飯館老闆有隻這樣的。」

「要不，還是一條捕鼠犬吧。」布雷特施奈德猶豫不定地說，他對狗的知識極其膚淺。要不是警察總署有命令，他絕不會知道有關狗的任何事情。上頭的命令下得簡短扼要而且緊急，那就是：必須藉由帥克的販狗生意，掌握他的一切。為達目的，布雷特施奈德有權為自己挑選助手，還能用公款買狗。

「捕鼠犬有各種尺寸，有大有小，」帥克說：「我知道有兩條小的，三條大的，這五條都可以抱到膝蓋上玩耍。我熱忱地為您推薦牠們。」

「對我也許合適，」布雷特施奈德問：「多少錢一條？」

「得看大小了，」帥克回答：「問題就在這裡，一條捕鼠犬跟一頭小牛不一樣，剛好相反，尺寸愈小愈貴。」

「我想要一條大的看家用。」布雷特施奈德說，他不敢多動用國家撥給警察總署的祕密款項。

「好吧！」帥克說：「大的我賣您五十克朗一條，再大一些的就四十五克朗。可我忘了說一件事，您是要年齡大一點的狗嗎？要公的還是要母的？」

「對我而言都一樣。」布雷特施奈德回答。他似乎被這些莫名其妙的問題糾纏得夠煩了。「你替我去辦吧，明晚七點，到你那裡去帶狗。可以直接帶走嗎？」

「您就儘管來吧，可以的，」帥克回答得十分乾脆：「可是目前這情形，我必須請您先預支給我三十克朗的訂金。」

布雷特施奈德爽快地付了錢，「可以，現在，我們一人來四分之一公升的葡萄酒，我請客。」

兩人喝乾後，帥克付了自己那四分之一公升的酒錢。布雷特施奈德對帥克說，叫他別怕他，他今天

23　捷克文「Koruna」即「克朗」（貨幣單位），另一個意思為「皇冠」。此處意即打掉了一頂「皇冠」。

不辦公，可以和他談談政治。

帥克卻聲明，他從不在酒館裡談論政治，又說政治都是騙小孩的。

布雷特施奈德對此卻有更為激進的見解，他說每個弱小國家都注定要滅亡的，他還問帥克，對此有何看法。

帥克聲明，對國家他無能為力。但有一回，他照料一條虛弱的聖伯納犬，餵牠軍用餅乾，結果還是死了。

當他們各自喝乾了第五輪四分之一公升時，布雷特施奈德自稱是名無政府主義者，還請教帥克，他該加入哪個組織好。

帥克說，有一次一個無政府主義者用一百克朗從他那裡買了一條萊歐堡犬，可是尾款到現在都還沒付給他。

等他們喝到第六輪四分之一公升時，布雷特施奈德便大談起革命和反對宣戰動員令來，帥克趕忙靠近他，在他耳邊悄悄說：

「酒館裡剛進來了一位客人。如果他聽到您的這番言論，您就糟糕了。您瞧，老闆娘已經在哭了。」

巴里維茲太太確實正坐在櫃台後面的椅子上哭泣。

「妳為何哭呢？巴里維茲太太？」布雷特施奈德問道：「三個月後我們就能打贏這場戰爭，到時候，實行大赦，妳丈夫就會回來了。那時我們再到妳這裡來聚餐，慶賀一番。」

「你或許不相信我們能打贏吧？」他轉過來問帥克。

「你怎麼總在這話題上翻來覆去扯個沒完呢？」帥克說：「仗一定會打贏的。好啦，我該回家了。」

帥克付了酒錢，就回到他的老傭人穆勒太太那裡去了。她看到用鑰匙開門進來的是帥克時，不禁大吃一驚。

「我還以為大人您得好多好多年以後才能回來呢，」她用慣常的坦率口氣說：「因此，我出於同情，收留了一位夜間咖啡館的門房住在這裡。有人來搜查過三次，什麼也沒找到，他們說您毫無希望了，是個無可救藥的人，還說您很狡猾。」

帥克立即意識到，這名素昧平生的房客在他這裡過得很愜意：睡著他的床，甚至很高尚地只占用半邊，另一半讓給一個長髮美女占著，她似乎滿懷感激之情，正摟著他的脖子酣睡著。男女兩人的內衣扔在了床邊。從這個光景可以看出，這位夜間咖啡館的門房想必是興高采烈地帶著他的情人來到這裡的。

「先生，」帥克搖著這位乘虛而入的房客說：「先生，你別誤了午餐。您如果對大家說我是在沒地方吃午飯時攆走你的，那我可就太冤枉了。」

夜間咖啡館的門房睡意正濃，好半天都沒搞清楚是床主回來了。他再三堅持說，他有權利睡這張床。

和所有夜間咖啡館的門房一樣，這位先生也表示：假如誰打擾了他的瞌睡，他就要狠狠地揍他一頓。說完這句話，他企圖繼續睡覺。

這時帥克撿起他的內衣，送到床上，使勁搖著他說：

「你們如果還不起來穿好衣服，我就把你們扔到大街上去，像現在這個樣子扔出去。你們最好還是穿上衣服，從大門端端正正走出去的好。」

「我想睡到晚上八點。」門房邊穿褲子，感到十分尷尬地說：「我付給這位太太每晚兩克朗的床位費，並且講好我可以把咖啡館的小姐帶來的。瑪森娜，起床吧！」

當他扣上領子，繫好領帶時，他已經清醒到能向帥克介紹：「含羞草」夜間咖啡館是最好的夜間娛樂場所之一，只有那些獲警察署頒發體檢合格證的女人才進得去，並衷心地邀請帥克能去那邊賞光。

然而他的女伴卻對帥克不以為然，賞了他好幾句相當得體的話，其中最棒的一句是：「你這個大主教養的小子！」

不速之客離去之後，帥克就去找穆勒太太算帳，可是連她的影子也沒找著，他只找到一張小條子，上面留有穆勒太太的潦草筆跡，十分輕鬆地表明了自己擅自將帥克的床租給門房這一不幸事件的想法：

「請原諒我吧，大人，我再也見不到這個世界了，因為我要跳窗了。」

「胡扯！」帥克說，開始等著她。

半小時後，不幸的穆勒太太悄悄地溜進了廚房。從她那憂鬱的神情可以看出，她正期待著帥克對她說幾句寬慰的話。

「妳如果想跳窗戶，」帥克說：「妳就到臥室去跳，我已經把窗子打開了。從廚房的窗子跳下去的話，我可不同意，因為妳會落到玫瑰園裡，把花叢壓壞了，妳得賠償損失；如果從臥室的窗口跳下去，正好落到走廊上，運氣好的話，只把脖子摔斷。如果不太走運，也只不過摔斷所有肋骨和手腳之類的，但也還得繳住院費用。」

穆勒太太哭了，她輕手輕腳地走進帥克的臥室，關上窗戶，回來時說：「開著窗戶有風，對大人的風溼症不利。」

然後她走去整理床鋪，格外認真地收拾著一切。她滿含淚水回到廚房裡，向帥克彙報：「大人，我們在院裡餵的兩隻小狗死了。那隻聖伯納犬在他們來家搜查的時候跑掉了。」

「我的上帝哪！」帥克叫道：「這傢伙出去一定會倒楣的。警察一定正在找牠呢。」

「有位警察先生在搜查中把牠從床底下拖出來時，牠咬了他一口，」穆勒太太接著彙報說：「一開始是警察中的一位先生說，床底下藏了一個人，接著就以法律的名義叫那隻聖伯納犬出來，可牠就是不出來，於是他們就動手拖牠。牠恨不得將他們都吞掉才好，隨後便跑到門外去了，再也沒有回來。他們也詢問了我，問有誰常到我們這裡來，是否曾經從國外收到錢，後來他們覺得我是個傻子，因為我說了，只是偶爾從國外收到匯款，就在前不久，就收到了布爾諾[24]一名司機寄來買安哥拉獵狐犬的六十克朗，就是您曾在《國家政策報》上登過廣告的那條狗，結果您沒把那隻狗寄去，卻把一條瞎眼小狐狸狗裝進棗木箱裡寄去了。後來他們又特別和氣地介紹這個夜間咖啡館的門房，就是被您轟出去的那個門房，讓他來往，說是免得我獨自住在屋裡害怕……」

「我真受夠了這群警察，穆勒太太，」帥克嘆了一口氣。「妳等著看熱鬧吧，接下來不知會有多少他們的人即將到這裡來買狗！」

我真不知道，政權被顛覆後，倘若有誰查閱警察總署的檔案，在祕密撥款項目中讀到下列符號時，是否懂得其中的含義，如：B——四十克朗，F——五十克朗，L——八十克朗，等等；如果他們錯將「B」、「F」、「L」當做人名縮寫，以為這些人為了四十、五十、八十克朗就把捷克民族出賣給了黑黃雙頭鷹[25]的話，那就大錯特錯了。

「B」代表體形高大的聖伯納種犬，「F」的意思是狐狸狗，「L」則指一種猛犬。所有這些狗都是由布雷特施奈德從帥克那裡帶到警察總署去的。這都是些與純種狗毫無相同之處，也極其難看的醜八

24　其實它就是捷克的一座工業城市，並非國外。

25　奧匈帝國的徽號。

怪，但帥克卻把牠們以純種狗之名賣給了布雷特施奈德。

他賣出的所謂聖伯納犬是由一隻雜種鬈毛狗和大街上的一條野狗交配的；所謂的狐狸狗，長著一對獵獾狗的耳朵，個子跟條猛犬一樣大，兩腿歪叉著，就像患了軟骨病似的；而那條所謂的猛犬，滿頭粗毛，尾巴剪得短短的，個子有臘腸狗那麼高，屁股光溜溜，跟有名的美國禿毛狗一樣。

密探卡魯斯後來也去買狗，他牽回來了一隻驚恐萬狀、膽小如鼠的怪物，像是一條周身斑點的鬣狗，長著蘇格蘭牧羊犬式的狗毛。於是在總署裡的祕密費用中又寫上了D——九十克朗這筆新開支，這條怪狗據說還被當成猛犬使用過。

然而卡魯斯也沒能從帥克那裡撈到什麼，與布雷特施奈德一樣功敗垂成，就連他那老練而又巧妙的政治談吐也被帥克轉移到替小狗治病的話題上了。密探們費盡心機設置的圈套，其結局往往是布雷特施奈德不得不再次向帥克買下一條醜陋的雜種狗。

狡猾密探布雷特施奈德的末日終於來臨。當他的住宅裡已經養了七條這類醜狗時，他就把自己和牠們一起關在後邊的房子裡，而且總是不給牠們吃飽，最後，這些狗就毫不留情地把他給吃掉了。

他的一大功能乃是為國庫省了一筆殯葬費。在警察總署裡人事檔案中，他的資料加上了充滿悲劇性的幾個字：「被自家養的狗吞食」。

帥克得知這一悲劇事件後，便說：

「我真想不透，等輪到他接受末日審判的時候，他們該如何替他將屍骨拼湊齊全呢？」

7 帥克從軍去

當奧地利軍隊從加里西亞[26]拉包河岸的森林全軍潰退，在塞爾維亞成師的奧地利軍隊也正狼狽地吃著他們想當然耳的敗仗時，奧地利陸軍總部忽然想起了帥克這個人，希望起用他，把帝國從危難中拯救出來。

帥克接到通知，要他一週之內到斯特舍列茲基島去進行體檢的時候，他正躺在床上，風溼症又復發了。

穆勒太太在廚房裡給他煮著咖啡。

「穆勒太太，」帥克用平靜的語調在臥室裡叫道：「穆勒太太，請到我這裡來一下。」

等女傭人站到他床旁時，帥克又以同樣平靜的語調說：「請坐，穆勒太太。」

他的聲音裡帶著一種神祕的莊重。

穆勒太太坐下以後，帥克從床上坐了起來說：「我要從軍去了！」

「我的上帝哪！」穆勒太太尖叫了一聲：「您去那裡做什麼呢？」

「打仗，」帥克用一種陰沉的聲調說：「奧地利前線吃緊。在北線上，敵人正向我們的克拉科夫推進，在南線上，他們正向匈牙利開進。我們前後皆敵，所以才召我入伍。昨天我還讀過報紙不是嗎？我們的國家上空仍然滿布烏雲哪！」

26　加里西亞（Galicia）在波蘭南部，第一次世界大戰前為奧匈帝國所侵占。

「可您還動彈不得啊！」

「那沒關係，穆勒太太，我可坐著輪椅前去慷慨從戎。人們都認得街口上那家糖果店的老闆，他就有我要的那種玩意。前幾年，他就用這種輪椅推過他家那位壞脾氣的瘸腿爺爺出來透透氣。穆勒太太，妳就用這樣的輪椅推著我去從軍吧。」

穆勒太太哭起來了。「大人，我還是給您去請醫師來吧！」

「用不著，穆勒太太。除了我這雙不聽使喚的腿，其餘部位都是很好用的砲灰。而今奧地利國難當頭，每一個殘疾人士都應當站在自己的崗位上。妳就好好去煮咖啡吧！」

這位淚流滿面、心煩意亂的穆勒太太去沖咖啡時，好兵帥克卻躺在床上放聲大唱：

旭日東升，
溫迪施格雷茲的將士們上了前線。
衝，衝，衝！
他們去作戰，直向主呼喊：
願耶穌與聖母瑪利亞保佑我們，
衝，衝，衝！

驚恐萬分的穆勒太太受這首可怕戰歌的影響竟忘了咖啡，她渾身發抖，害怕地聽著好兵帥克在床上繼續唱道：

與聖母同在，守住四座橋塞，

彼艾蒙特[27]呀，前哨要增強。
衝，衝，衝！
索爾菲林[28]一役，血戰正酣，
鮮血膝下流。
衝，衝，衝！
鮮血膝下流啊，人體成肉醬！
十八好男兒，英勇殺敵去。
衝，衝，衝！
十八好男兒啊，遇難別驚怕，
就在你身後呀，車運軍餉忙。
衝，衝，衝！

「大人，我求求您！」廚房裡傳來了懇求的聲音，但帥克還是堅持繼續唱完那首戰歌：

軍糧錢餉車上裝，
全軍實力強，
衝，衝，衝！

27 彼艾蒙特（Piedmont）位於義大利境內。一八五九年奧軍與義大利軍隊在此對峙。
28 一八五九年奧軍於索爾菲林（Solferino）一役中被擊敗。

穆勒太太奔出房門去找醫師。一個小時後，醫師來了，此時帥克正在打盹。

一位身材魁梧的先生叫醒帥克，在他的額頭上摸了摸說：

「別緊張，我是維諾堡的巴威克醫師。手伸過來給我看看，把這個溫度針夾在腋下……對了，就這個樣子……我看看你的舌頭，再伸出來一點，別動。你父母是得什麼病死的？」

於是，當維也納當局號召奧匈帝國內各民族都要為忠君報國做出榜樣時，巴威克醫師卻針對帥克的愛國熱情開著鎮靜劑之類的藥方，囑咐這位驍勇而和善的士兵帥克，千萬不要去想入伍的事。

「先躺平，好好休息。我明天再來。」

第二天他來了，在廚房裡向穆勒太太詢問患者的情況。

「他的病況更嚴重了，醫師，」她深感憂傷地回答：「昨天晚上，他的風溼症又犯了。您猜猜怎麼樣了？他竟唱起了奧地利國歌來了！」

巴威克醫師只好加重處方劑量，以抑制病人發作的忠君愛國表現。

第三天穆勒太太報告醫師說，帥克的病情更嚴重了。

「醫師，下午他叫我出去，給他找一張標示他所謂戰場的地圖。晚上他就開始東想西想，還說奧地利一定得勝。」

「那藥粉有嚴格按照處方服用嗎？」

「沒有，醫師，他不讓我去拿。」

巴威克醫師對帥克大發雷霆，堅決表示再也不給拒絕服藥的人看病，說完便揚長而去。

還有兩天，帥克就得去徵兵委員會報到。

在這期間，帥克做了適當的準備：首先，他叫穆勒太太替他買了一頂軍帽，接著他又叫她去街角糖果店那裡弄輪椅，就是糖果店老闆曾經用來推瘸腿爺爺出門透氣的那副。然後，他又想起自己還需要一把枴杖。碰巧糖果店老闆還保存著那把枴杖，那是他們一家人為了紀念過世祖父而保留的。

現在他只缺一束佩戴胸前的鮮花了。穆勒太太連這個也替他找齊全了，她這幾天瘦了許多，簡直是走到哪哭到哪。

於是，在一個富有紀念意義的日子裡，布拉格大街上便顯現了一幅忠君報國的動人場景：

一個老婦人推著一把輪椅，上面坐著一個頭戴軍帽的男子，他那嵌著「弗朗基克」奧皇標誌的帽徽明亮閃爍，手裡揮動著一副柺杖，外套上面還裝飾著一束豔麗刺目的鮮花。

這個人不斷地揮著柺杖，沿著布拉格街道大聲喊道：

「打到貝爾格萊德去！打到貝爾格萊德去！」

他後面跟著一群人，是在帥克出發入伍的那棟房子前聚集起來的。一開始只是一小群，後來愈聚愈多了。

帥克斷定，那些站在十字路口的警察也都在向他致意。

瓦茲拉夫大街上，在帥克的輪椅兩側跟著圍觀的人又多了好幾百。在克拉科夫街角，有個戴帽的德國大學生挨了打，因為他對帥克用德語大吼：

「萬歲！打倒塞爾維亞人！」

在沃奇切克街角，一隊騎警趕來驅散人群。

當帥克拿出白紙黑字的公文，向巡官證明他當天確實是光明正大要去徵兵委員會時，巡官似乎反而有點失望。為了制止他繼續擾亂治安，就由兩名騎警把帥克連同他的輪椅一起送到設在射擊島的徵兵委員會。

有關這一事件，在《布拉格官方新聞報》上出現了這樣一篇文章：

【殘疾人的愛國情結】

昨日上午，布拉格街道上的行人目睹一件可歌可泣之壯舉，國難危急之際，吾國男兒實乃忠君報國之最佳典範，亦為希臘羅馬古風之再現。昔司凱沃拉[29]置其灼傷之手於不顧，而猶率軍勇猛作戰。昨日，一手執枴杖之殘廢者，乘其老母所推之輪椅，奔赴疆場。如此情景，即為神聖感情之動人表現。捷克民族即使身子殘疾，仍自願從軍，以期為我君王獻出其自家生命。布拉格大街對其所呼之「打到貝爾格萊德去！」莫不熱誠讚許，益足彰明布拉格民眾對其祖國及皇室之無限愛戴。

德語報紙《布格拉日報》也以類似筆調描繪了這件事。文章的末尾說，這位自願從軍的殘疾人士後面跟著一群德國人，他們用身子防護著他，以免他受協約國捷克籍特務的毆打。

德語報紙《波希米亞報》登載了這麼一段新聞，要求對這位殘疾的愛國志士給予獎勵，並且說，凡德籍公民願好心捐贈給這位無名英雄的，可以直送到該報館去。

按這三家報紙說法，捷克國土上彷彿再也找不到第二個如此高尚的公民了。然而徵兵委員會的大人們卻另有高見。

其中尤其是主管軍醫鮑茲醫師抱持不同意見。他是一個心如鐵石的人，在他看來，所有人都企圖用欺騙的手段逃脫兵役，不願上前線，害怕子彈和榴霰彈。

他經常掛在嘴上的一句話非常有名：「沒有一個捷克人不是逃避兵役的匪徒。」十個星期以來，經他手中檢查的一萬一千個男子之間，有一萬零九百九十九名查出是裝病逃避兵役的，剩下的那一個僥倖者，如果不是因為在鮑茲醫師大叫一聲「向後轉」時中風而死去的話，想必也會湊齊一萬一千名的整數，並同樣被抓起來。

「把這個裝病的逃兵給抬走。」鮑茲醫師確定那人已經死了後，如此說道。

就在那難忘的一天，帥克與那群裸露的人一樣，一絲不掛地站在這位醫師面前，不好意思地用那支撐著自己身子的枴杖遮住最令人害羞的那一部分。

「這可真是一片不錯的無花果葉啊，」鮑茲醫師說：「據我所知，這種無花果葉在天堂裡還不曾有過呢！」

「此人由於神經不健全，被斷定為白痴。」軍曹長一面翻閱著病歷檔案，一面說。

「你還有什麼別的毛病嗎？」鮑茲問。

「報告長官，我有風溼病。可是我粉身碎骨也要效忠皇帝！」帥克謙遜地說：「我的膝蓋腫了。」

鮑茲惡狠狠地瞪了好兵帥克一眼，嚷道：「你是一個裝病的逃避兵役者！」然後轉耳用冷冰冰的平靜的語調對軍長說：「立即將這傢伙關起來！」

兩個士兵扛著上了刺刀的步槍把帥克押到軍事監獄裡去了。

穆勒太太扶著輪椅在橋上等帥克，直到看到他被上了刺刀的士兵押解的時候，她流了淚，掉頭就走，把輪椅丟在原地，再也沒有回去撿了。

而好兵帥克卻非常謙恭地行進在國家武裝保衛者隊列之間。

29 穆修斯・司凱沃拉（Gaius Mucius Scaevola）為公元前六世紀羅馬帝國的一名英雄。

刺刀在陽光下面閃爍著，當他們轉到小城廣場的奧地利元帥拉德茲基紀念碑前時，帥克回頭對跟在他後面的人群喊道：

「打到貝爾格萊德去！打到貝爾格萊德去！」

紀念碑上的拉德茲基元帥塑像似乎用夢一般的眼睛俯瞰著好兵帥克，看著他佩戴在外衣上的新兵花束，拄著兩根舊楞杖一瘸一瘸地走遠了。這時，有位一本正經的先生告訴周圍的行人，他們護送的是一個「逃兵」。

8 帥克成了一名假病號

在這大時代到來之際，軍醫們總念念不忘如何打擊那些假病號肚子裡消極怠惰的鬼胎，以便將他們重新送回軍隊。

這類分子所裝的病有好多種類：肺結核、風溼症、疝氣、腎臟炎、傷寒、糖尿病、肺炎和各種雜症。

裝病逃兵者應受之苦刑均已訂定了制度，苦刑等級計分為：

一、絕對的飲食控制——不論患有何種症狀，一律早晚各飲茶一杯，連飲三日；無論自訴所患何症，為了發汗，每次服阿斯匹林一劑。

二、為了避免這些假病號誤認為軍隊如糖似蜜，每人須服大劑量奎寧。

三、每日用一公升溫水洗胃兩次。

四、用肥皂水和甘油灌腸。

五、用冷水浸溼之被單裹身。

有些勇者五級苦刑全都受過，然後被裝進一具簡易的棺材，送往軍用墓地去埋葬。可是也有一些膽小鬼，剛到灌腸的階段就宣稱藥到病除，別無他求，唯一的願望就是隨下一個先遣營馬上進入戰壕。

一到軍事監獄，帥克就被關在一個權充病房的茅棚裡，幾個膽小的假病號已經待在那裡了。

「我實在受不了哪。」坐在他旁邊床上的一個人說。他剛從門診部被帶回來。在那裡他已經洗了兩次胃了。

此人是假裝自己近視。

「我決定明天就進軍隊。」左邊的另一個人說，他剛灌完腸。這人假裝自己耳朵聾得像塊木樁。

入口處的床上躺著一位奄奄一息的肺病患者，他的身子被裹在了一條涼水浸過的被單裡。

「這是本週內第三個了，」坐在帥克右邊的人說：「你有什麼病啊？」

「我有風溼症。」帥克回答說，聽他這話後，周圍的人都咯咯笑起來。連那個假裝肺病的傢伙，本來看起來好像快嚥氣了，現在也放聲笑了。

「風溼症跟我們比起來可真是沒什麼，」一個肥胖的男子十分嚴肅地提醒帥克：「風溼症在這裡算不得什麼病，跟腳上長個雞眼差不多。我貧血，又切掉了大半個胃，拿掉了五根肋骨，可還是沒人相信我。前不久，這裡來了個聾啞人士，每隔半小時換一床涼水浸過的被單，居然這樣裹了十四天，每天還要灌腸、洗胃。醫師給他開催吐劑的藥方時，所有衛生兵都認為他贏了，他可以回家了，然而這些酷刑把他整得死去活來，他變得膽怯了，他說：『我不行了，我裝不下去了，我還是恢復我那耳朵和嘴巴的功能吧。』所有病友都勸他少說話，別出聲，可他還是大談特談他和別人一樣，既不耳聾，更能說話。到早上查病房時，他也依然這麼宣稱。」

「他的確堅持得夠久的了，」一個假裝一條腿比另一條腿短十公分的人說：「不像那位假裝中風的人，只經過三片奎寧、一次灌腸和一天禁食就承認自己沒病。還沒等到洗胃，他的中風病就蕩然無存了。只有那個說是被瘋狗咬了的人堅持的時間最長。他又是亂咬，又是狂吠，的確學得滿像那麼回事情，可就是無法讓嘴裡吐出白沫來。我們當初也竭盡全力來幫助他，在查病房之前的一小時裡，我們搔癢他的脖子好幾次，弄得他抽起筋來，臉也憋紫了，可就是無法口吐白沫。這可糟糕透頂。到早上醫師查房時，他只好放棄這套把戲。我們都替他惋惜。他只能像支蠟燭一樣筆直地站在床前行著軍禮說：『報告長官，看來咬我的那隻狗並非瘋狗。』那位長官用一種怪異的目光死盯著他，致使這位遭狗咬了的人渾身哆嗦並繼續說：『報告長官，其實我不曾被任何一條狗咬過。而是我自己往自己手上咬了一口。』坦白交代之後，他們就給他定了一條自殘的罪名，說他想把自己的手咬下來，以逃避上前線打仗。」

「凡是需要口吐白沫的病，一般都很難裝得像。」那位裝病的胖傢伙這麼說：「癲癇就是一例。這裡也有個患癲癇的，他總跟我們說，猝發一次不算什麼。他一天有時就發十多次。當他發作時，手攥得緊緊的，眼睛瞪得像銅鈴，自己抽打自己，舌頭也伸了出來。總而言之一句話，那可稱得上是道地、一流的癲癇，逼真極了。突然有一天，他長癤子了，脖子上有兩個，背上也有兩個。在抽搐了一陣之後，腦袋也動彈不得。坐也不是躺也不是，只好趴在地板上抽打自己，還發了燒。就在醫師查房時，他還燒得把自己所有祕密都抖了出來。他帶著這些癤子和我們待了三天，對我們也是不小的折磨。給他吃了兩天病患餐，早上是麵包加咖啡，中午有湯、麵餃、肉汁，晚上還有粥或湯喝。而我們卻飢腸轆轆，肚子裡只有灌洗過的胃，眼巴巴地瞧著這小子大吃大喝、舔嘴咂舌、打著飽嗝。他這種做法使其他三人大上其當，紛紛也交代他們裝的是心臟病。」

「最好是裝瘋賣傻，」其中一個裝病者這麼說：「我們隔壁房間裡有兩個教師委員會的人，一個不分晝夜地叫喊：『焚燒布魯諾的木樁上還在冒煙！重審伽利略案[30]！』另一個不停學狗叫，一開始開始是汪——汪——汪三聲慢的，隨後是汪、汪、汪、汪、汪五聲快的，接著又是慢的，就這樣來回不停地喊叫，他倆已堅持三週有餘。我原本也想裝成個瘋癲的宗教狂，宣揚教皇的至聖至賢。後來我改變計畫，乾脆花十五克朗讓小城區的一個剃頭匠給我身上弄個胃瘤。」

「我認識一個住在布舍夫諾瓦掃煙囪的人，」另一個病號說：「你只要花上十克朗，他就會弄得你全身發燒，燒得你想從窗口跳出去。」

「那算不了什麼，」又一個病號說：「在沃爾舍維采有個接生婆，你只要給她二十克朗，她能讓你的踝骨直接脫節，保你殘廢一輩子。」

「我只用了五克朗就把腳給弄脫了節，」靠窗戶的一排床上有個聲音說：「正確說來，是五克朗和三杯啤酒。」

「我這病已經花了我兩百多克朗啦！」坐在他隔壁的一個骨瘦如柴的人說：「我敢跟你們說，天底下沒有我沒吃過的毒藥，隨你們舉例，我都快成了毒藥倉庫啦。我喝過氯化汞，吸過水銀蒸氣，嚼過砒霜，抽過鴉片，嘗過撒上嗎啡的麵包，吞過番木鱉鹼，喝過磷的二硫化碳和苦味酸。我毀了自己的肝、肺、腎、膽、腦子、心臟、腸子，可誰也搞不清楚我究竟得了什麼病。」

「我覺得最好就是在手臂皮膚底下注射點煤油，」靠門邊的一個人解釋道：「我的一個表哥就是這麼做的，他們把他的手臂從手肘以下鋸了下來，從那以後，軍隊就再也不找他的麻煩了。」

「你們瞧，」帥克說：「為了效忠皇帝，每個人都得吃點苦頭。不是抽胃液，就是灌腸。想當年，我在服役那時情況比這還糟呢。如果一個人病了，他們就把他的手臂倒綁起來，扔到一個洞裡，讓他在那裡養病。那裡可不像這裡，沒有床，沒有床墊，也沒有痰盂。病人就躺在板子上。有一次，一個人真的得了傷寒，睡他隔壁的人得的是天花。兩個都被捆綁起來，團部的軍醫還用力踢他們的肚子，說他們是假病號，後來這兩個軍人都死了。這件事傳到了國會，還上了報。於是團裡立即禁止我們閱讀這些報紙，還要檢查我們的行李，看誰擁有這些報紙。我就是這麼倒楣，整個團到處都查不到，卻唯獨在我箱子裡發現了報紙。於是他們就將我帶到團部辦公室。我們的上校，那頭死閹牛，對我又吼又叫，命令我立正站好，要我說出是誰替這些報紙寫稿。如果不說，他就要把我的嘴巴從左邊耳朵撕裂到右邊耳朵，並把我關進大牢裡。之後，團軍醫走過來，在我鼻子底下揮動拳頭，咆哮辱罵：『你這條該死的狗，你這個大混蛋，你這個倒楣的畜生，你這個社會主義的狗！』而我卻十分坦誠地直瞪著他，連眼睛都不眨動一下，話也不吭一聲，我右手舉至帽沿，左手緊貼褲縫站著。他們像一條條惡犬在我周圍來回

30 布魯諾（Giordano Bruno）為十六世紀義大利哲學家，伽利略（Galileo Galilei）是十六世紀義大利著名物理學家、天文學家，兩者都支持「日心說」，前者遭處火刑，後者受迫害。

亂竄，對我狂吠，而我仍然一聲不吭。畢恭畢敬，左手一直緊貼褲縫。他們如此狂吼了半個小時後，上校就又跑到我面前來吼道：『你是不是個傻子呀？』『報告，上校長官，我是個傻子。』『為了打掉他那股呆傻勁，關他個二十一天的禁閉！每週禁食兩次，一個月內不准出營地，戴上四十八小時的銬子，立即將他給關起來，不給他飯吃，把他捆好，讓他搞清楚：我們的國庫裡絕不庫存你這個傻子。你這個混蛋，我們要把這些報紙從你的腦袋瓜裡搜刮出來！』這就是上校先生在來回胡亂思考一陣之後作出的決定。我遭到關押期間，兵營裡出了不少怪事。我們那位上校禁止士兵讀任何東西，連《布拉格官方新聞報》也不准讀。食堂不准用報紙包香腸、碎起司。然而剛好從這時開始，軍人們偏偏對讀報燃起興趣來了，我們這團竟成了最有文化修養的團，遍讀所有報紙。每個連裡都有人作詩、寫歌來故意和這位上校唱反調。團裡如果發生了點什麼事情，立即就會有人用『虐待士兵』之類的標題在報上發表文章。他們還會寫信給維也納的議員們，要求他們為其申訴。這些議員便會在議會裡接二連三地指罵我們的上校是個畜生。有位部長還派了一個小組到我們這裡來調查。結果，來自赫盧博卡的弗朗茲・赫契魯還被關了兩年，因為他在出操時挨了上校一記耳光後，於是便向維也納的議員們告了一狀。調查組一走，上校便把我們全團集合起來訓話，說士兵就是士兵，應該『少廢話，繼續幹活』，假如誰有什麼不滿，那就等於不遵守軍隊裡的隸屬關係。『混蛋們，你們以為那個檢查組能幫你們的忙？』上校說：『能幫你們個屁忙？現在每個連都得從我這裡正步走過去，並大聲重複一遍我剛才所講的話。』於是，我們馬上便故意一個接著一個連，臉朝上校所站的位置來個『向右看齊』，持槍行禮，對著他怒吼：『混蛋們，我們以為那個檢查組能幫我們的忙，能幫我們個屁忙！』上校捧腹大笑，一直笑到第十一連從他眼前通過為止。第十一連正步行進，腳打著地叭叭直響，走得威風凜凜。可當他們經過上校時，怪了！鴉雀無聲！一點聲音都沒有。頓時，上校的臉像隻大公雞一樣漲紅了，他要十一連重回原地，再走一次。於是他們又正步行進，但仍是鴉雀無聲，只見一排接一排地怒視著上校。上校下了口令：『稍息！』自己卻在院子裡亂竄了一陣，用鞭子抽打著自己的高筒靴，啐著口水，然後突然停下來，大叫一聲：『解散！』接著騎上他那匹瘦馬奔出了院門。我們都在等著，不知十一連要倒什麼大楣，結果什麼事情也沒有。我們等了一天、整整一個星期，可一直沒發生什麼事。從此以後，這位上校再也沒在兵營裡露過面。這下子所有人都樂壞了。後來調來了新的上校，聽說前一位上校進了間療養院，因為他親筆上書皇帝，說十一連造反了。」

快到下午查房的時候了，只見格林史坦軍醫一張張床仔細檢查，醫務兵拿著名單跟在後面。

「馬楚納在嗎？」

「在！」

「給他灌腸和服阿斯匹林！波科爾尼呢？」

「在！」

「給他洗胃、吃奎寧。科瓦西克在嗎？」

「在！」

「灌腸和服阿斯匹林。科恰特克在嗎？」

「在！」

「洗胃和吃奎寧。」

於是，事情就這麼一個接一個，無情地、迅速地進行下去。

「帥克在嗎？」

「在！」

格林史坦醫師對這位新來的盯了一眼。

「你那裡不舒服？」

「報告長官，我有風溼症。」

格林史坦醫師在他幹醫務工作期間，沿用了一種略帶嘲諷的態度對待病人，他發現這比斥喝還有效。

「啊哈，風溼症？」他對帥克嘲諷道：「你這個病可真不輕啊！不過還真巧呢！早不得晚不得，偏偏在爆發世界大戰，需要人到前線去打仗的時候得了這種病，我想你心裡一定非常著急吧？」

「報告長官，我確實非常著急。」

「這麼說，你還真著急啊？這實在是太妙了，患著風溼症還偏偏此刻想到了我們。在不打仗的時候你這可憐的人活蹦亂跳得像隻小山羊，可是剛一打仗，馬上你的風溼病就來了，膝蓋也不靈啦。膝蓋疼吧？」

「報告長官，疼得厲害。」

「夜夜睡不著覺，對不對？哼，風溼症，這種病很是危險，很是難受，也很是麻煩。我們對風溼病很有辦法，有包你滿意的辦法。嚴格的飲食控制和種種療法是很靈的。不信你等著瞧吧！你在我們這裡治療絕對比那些知名療養地有效多了。來了，你就能大踏步地開赴前線，你的屁股後頭還會揚起一片塵土。」

接著他轉身對醫務兵說：

「記下來：『帥克，絕對的飲食控制，每天洗胃兩次，外加灌腸一次。』至於下一步如何安排，看看再說。現在就把他送進門診室，把他的胃洗得乾乾淨淨，等洗夠了，再給他灌腸，要灌個夠，灌個飽，灌得他哭爹喊娘，這樣一來他的風溼症就被嚇跑了。」

接著他朝所有病床發表了一番演說，話裡充滿了睿智和風趣十足的警句：

「你們千萬別以為你們是在跟一頭蠢牛打交道，認為隨便你們玩個把戲就可以混過去，我一點也不在乎你們的那些藉口。我曉得，你們都在裝病逃避兵役，想當逃兵，那我就照你們的程度來對付你們。像你們這種兵，我對付過不知幾百幾千個！這些床上曾收容過大批大批的壯丁，他們什麼病也沒有，就是欠缺軍人精神！他們的同胞在前方拚死拚活，他們卻想賴在床上不起來，吃著醫院提供的一頓頓飽餐，想袖手旁觀戰爭的結束。哼，這可他媽的打錯了如意算盤！而你們這幫狗養的恐怕也想如法炮製，我警告你們，再過二十年，你們如果作夢想起當初在我這裡裝病，你們鐵定還會嚇得從夢裡驚叫起來的。」

「報告長官，」靠窗口一張床上有個人輕聲地說：「我完全好了。昨天夜裡我就注意到我的氣喘病痊癒了。」

「你叫什麼名字？」

「科瓦西克。報告長官，我同意灌腸。」

「好，上路之前你還得再灌一次腸，」格林史坦醫師決定說：「免得你今後埋怨我們這裡沒幫你好好看病。現在全體病患注意：念到名字的人，就跟醫務兵去領自己那一份。」

於是，每個人都領到醫師開的一大堆藥。有人試圖懇請執行醫囑的人開開恩，手下留情，或是威脅對方，有朝一日他們也可能栽進自己手裡，然而帥克卻表現得非常勇敢。

「別憐惜我，」他向給他灌腸的工作人員提議：「別忘了自己曾經宣誓效忠皇帝。即使是你自己的爸爸或者親兄弟躺在這裡，你也要照樣為他灌，連眼珠子都不要眨一下。你一心只能想著：奧地利全靠灌腸才能穩如磐石。勝利必屬於我們！」

第二天格林史坦醫師查房的時候，問起帥克對軍醫院的印象。

帥克回答道，這是一所管理良好、非常高尚的機構。醫師為了獎賞他，除了第一天該吃的分以外，另加了一些阿斯匹林和三片奎寧，叫他當場用一杯水沖服下去。

就算是蘇格拉底當年被判服毒時，也沒有帥克服用奎寧那麼泰然自若；格林史坦醫師如今把各級的苦刑都在帥克身上試過了。

他們把帥克裹進溼被單裡，送到醫師的面前，醫師問他現在感覺如何，帥克是這樣回答的：

「報告長官，就像在浴池裡或者跟在海邊度過夏日一樣。」

「你還有風溼症嗎？」

「報告長官，我的病好像還沒好。」

於是帥克又得忍受新一輪的折磨。

同時間，一位已故步兵元帥馮・博策海姆男爵遺孀想盡辦法，希望找到前不久在《波希米亞報》上提到的那位殘疾愛國士兵，報上說他請人用輪椅推著他去入伍，嘴裡還喊著「打到貝爾格萊德去！」為了他的愛國表現，《波希米亞報》編輯部號召讀者為這位殘疾者——效忠國家的英雄開展募捐活動。

終於，男爵夫人從警察總署打聽到，這位士兵就是帥克，下一步就好辦了。馮・博策海姆男爵夫人和她的女伴帶上提著籃子的男僕，來到了赫拉昌尼的軍醫院。

然而可憐的男爵夫人搞不清楚，他怎麼會躺進了軍事監獄開的軍醫院裡？這是怎麼一回事呀？她遞上名片，軍事監獄的大門就為她打開了。辦公室的人對她十分客氣。五分鐘後，她已經得知她所要打聽的那位「好兵帥克」就躺在第三病房的十七號床上。格林史坦醫師因為這次造訪慌了手腳，親自陪同男爵夫人前往探視。

帥克在結束格林史坦醫師所制訂的每日苦刑之後，坐回自己床位上，卻被一群骨瘦如柴、飢餓不堪的假病患團團圍住。他們至今尚未繳械投降，還在嚴格控制飲食的戰場上和格林史坦醫師進行頑強的抗爭。

假如有誰聽到了他們的談話，一定認為自己是置身於廚師協會，或是在一個高級烹飪學校以及什麼美食訓練班裡。

「即使是那些劣質品一般的油渣，只要還是熱乎乎的，也還是可以吃。」那個患「經久不癒胃炎」的人仍繼續說：「油炸的時候，先把油渣擠乾，再撒上點鹽和胡椒，我敢向你們保證絕對好吃得連鵝油渣也都比不上的。」

「別提鵝油渣啦，」那位得「胃癌」的假病號說：「真沒有比鵝油渣更好吃的了，一般油渣哪能和它比呀！當然，得用猶太人那樣的熬法，把它熬得金黃剔透。他們都是拿著一隻肥鵝，連皮帶脂撕下來煉油。」

「你知不知道，如果熬出來的是豬油渣，那你的說法就不對了，」帥克隔壁那一位說：「當然，我說的是用家禽脂肪煉出來的油渣。所以叫家常油渣。既不是褐色，也不是金色，應該是介乎兩者之間的顏色。這種油渣不能太軟，也不能太硬。不可用牙咬，否則就是炸過頭了。要能在舌頭上化掉的，同時還不能讓你有油往下巴上流的感覺。」

「你們中有誰吃過馬油渣嗎？」不知是誰的聲音，可沒有人回答他，因為這時有人跑了進來說：

「都給我到床上去躺著，有個大公爵夫人要來這裡。你們誰也不准把又髒又臭的腳從毯子下面露出來！」

就算是真正的大公爵夫人進來也不會像馮．博策海姆男爵夫人那樣講究排場。她後面跟著一大隊人馬，連醫院祕書也跟了進來，因為他對於這次來訪擔憂的是可能將有一隻祕密查帳的手介入，把他從後方油水充足的食槽邊，扔到前線的鐵絲網下去餵榴霰彈。

祕書的臉色蒼白，格林史坦醫師的臉色比他還要白。印有「將軍遺孀」頭銜的老男爵夫人的小小名片，以及與這個稱呼有聯繫的一切：交情、庇護、控訴、調去前線等可怕的事情在他眼前輪番上演。

「這就是我們的那位帥克。」醫師強裝鎮靜地說，將馮．博策海姆男爵夫人領到帥克床前。「這人很難纏。」

馮．博策海姆男爵夫人在帥克床前的一張椅子上落座，然後用不甚標準的捷克文說：

「你們『切克兵』是好兵，即便是殘廢的兵也還是英勇的兵，奧地利人非常喜歡你們『切克兵』。」

她說著邊撫摸了一下帥克長滿鬍鬚的臉，接著說：

「我從報上讀到了一切，我給您送來好多吃的、嚼的、抽的、含著的。您是『切克兵』，好的兵。約翰，你過來！」

這位男僕留著一臉鋼針般的落腮鬍，好像捷克古代知名的巴平斯基大盜。他拎著籃子走到床前，男爵夫人的女伴，一位滿目淚痕、身材瘦長的夫人坐在帥克的床沿，幫他收拾壓在背下的草墊子。她打從心底認為：應當妥貼服侍所有患病的英雄。

此時男爵夫人把禮物從籃子裡一件件地拿出來：十二隻烤春雞，用玫瑰色絹紙包著，上面還繫了一根紅黃絲帶；兩瓶貼有用德文寫的「願上帝懲罰英國」的軍用烈性甜酒，瓶子另一面還貼著法蘭茲．約瑟夫與威廉兩人手拉手，像兒童們準備玩遊戲一般的商標。

然後她又從籃子裡拿出三瓶滋養身體的葡萄酒和兩包香菸。她把禮品一件件從容不迫地擺在帥克床上的空位。接著又添了一本裝幀精美、題名《一國之君生活逸事》的書，這是官方報紙《捷克斯洛伐克共和國報》當今走紅的功勛主編撰寫的，他從這位老法蘭茲皇帝身上似乎看到了自己的影子。後來，那床上又添了幾塊同樣印有「願上帝懲罰英國」商標的巧克力糖，反面同樣是奧地利和德國皇帝兩個人的畫像，但在包裝紙上他們二人已不是手拉手而是背靠背坐著。男爵夫人還拿出一把有著兩行鬃毛的漂亮牙刷，上面印著一句拉丁語「依靠共同的力量」，使每一位擁有這種牙刷的人都能想起奧地利來。還有一件在前方陣地和戰壕裡都一定用得著的雅致禮物——一套剪指甲的工具，盒子上畫著榴霰彈在爆炸，一個戴鋼盔的人端著刺刀往前衝，下面用德文寫著：「為上帝、為皇帝和祖國而戰！」還有一包餅乾，上面倒沒有任何圖畫，卻有一首詩，另一面印著捷克文譯文：

啊，奧地利，你是一座神聖的大廈，
展開你的旗幟
迎風飄揚吧！
啊，奧地利，你將永遠屹立於世。

最後一份禮物是一盒潔白如玉的風信子。

所有禮物都放在床上後，男爵夫人自己不禁激動得淚流滿面。有幾個飢餓不堪的假病號已經饞得在嚥口水了。男爵夫人的女伴正扶著坐起來的帥克，也流下了熱淚。病房內顯得像在教堂裡一樣肅靜。突然，帥克雙手合十打破寂靜說：

「天國的國君，我們的父親啊，祢的名字奉為至聖，祢的樂土從天而降……對不起，尊敬的夫人，我說得不對，我想說的是：『上帝呀，我們在天之父，祈求祢把這些禮物賜給我們吧，由於祢的慷慨，我們將盡情享用，阿門！』」

帥克說完了這幾句話後，便立即從床上抓起一隻烤雞吃了起來，格林史坦醫師用極其驚恐的目光看著他。

「瞧，多合這位可愛士兵的口味啊！」老男爵夫人興奮地對格林史坦醫師耳語道。「他已經好了，可以去戰場了。我真高興，這多麼順他的意啊！」

之後，她又沿著一張張床分發香菸和夾心巧克力糖，轉完一圈後再度回到帥克床邊，撫摸著他的頭髮，用德文說：「願上帝保佑您。」隨後便帶著全體同行人員消失在門外了。

在格林史坦醫師送走男爵夫人從樓下回來之前，帥克已經把烤雞分給了其他病友。他們狼吞虎嚥，等到格林史坦醫師回來時已不見烤雞的蹤影，只留下一堆堆的骨頭。這些骨頭被啃得如此之乾淨，活像小雞一出世就落入老鷹的利爪中，而被啃淨的骨頭精光得像是遭太陽曝晒了好幾個月似的。

軍用甜酒和三瓶葡萄酒被喝得一滴不剩，一包包巧克力和餅乾也都消失在病號們的胃裡，有位老兄甚至連一小瓶指甲油也喝了下去。這瓶東西是和那一套剪指甲的用具放在一起的，和牙刷放在一起的牙膏也被咬了一口。

格林史坦醫師回來了，原形畢露，重新擺出他那副好鬥的架勢，作了一通長篇演說。來訪結束了，壓在他心頭的一塊大石頭總算落了下來。一堆堆被啃得精光的骨頭更加堅定了他的想法，這些裝病逃避兵役的都是一群無可救藥的壞蛋。

演說開始了。「士兵們，假如你們還稍稍有點腦子的話，你們就該讓這些東西原封不動地擺著，並且會暗自說：『假如我們把東西都吃掉，醫師大人他就不會相信我們身患重病了。』可是現在你們的表現就已經表明，你們並不體恤我的好意。我給你們洗胃、灌腸，大力支持你們絕對禁食，你們卻把胃塞得滿滿的！你們是不是想得胃炎？你們打錯了算盤！我告訴你們，在你們的胃尚未來得及消化之前，我就要把它洗得一乾二淨，叫你們至死也忘不了，將來還會對你們自己的孩子講，你們曾經有一次是怎樣吃掉了烤雞和其他美食，但這些東西又是怎麼在你們的胃裡停留不到十分鐘，就趁熱被抽了出來。現在一個個跟我來！好讓你們別忘了，我並不是一頭像你們一樣的蠢牛，好歹比你們所有人加起來還聰明一點。我還得告訴你們：明天我還要把徵兵委員會的人請過來。你們賴在這裡也夠久的了，根據你們剛才的所作所為，既然你們能在五分鐘內把胃塞滿，弄得髒兮兮的，那就說明你們誰都沒有病。現在，正步走！」

輪到帥克時，格林史坦醫師瞅著他，想到今天這次令人捉摸不定的訪問，便問帥克道：「你認得這位男爵夫人嗎？」

「那是我的後母。」帥克從容自若，十分坦然地回答。「我還小的時候，她把我隨便一扔，如今她又找到我了……」

格林史坦醫師只簡單地說了句：「回頭再給帥克灌一次腸。」

夜晚來臨，病房籠罩著一片悲戚的氛圍，幾個小時前大夥胃裡還盛著各種美味佳餚，如今只有一杯淡茶和一片麵包。

靠窗二十一號床位上的病友說：「喂，朋友們，你們信不信，我說炸雞比烤雞好吃？」

有人嘟囔了一句：

「他這不是欠揍嗎！」然而大伙兒在經歷了此次失敗宴會之後，感到非常虛弱無力，誰都動彈不得，對這一話題也就不感興趣了。

格林史坦醫師的話兌現了。上午從聲名狼藉的委員會裡來了幾位軍醫。

他們殺氣騰騰地走過一張張床鋪，只有一句話：「把舌頭伸出來！」

帥克把舌頭伸得長長的，眼睛瞇成了一條線，看起來好不滑稽可笑。

「報告長官，參謀長大人，我的舌頭已經伸到不能再伸的程度了。」

帥克和委員們展開了一場有趣的對話。帥克堅持認為，他完全有必要補上這麼一句，以免委員們疑心他把舌頭藏起了一半。

委員會全體成員對帥克的判斷各持己見。

半數人認為帥克是白痴，而另一半卻認定他是一個壞蛋，一個有意看輕軍隊所有相關事物的惡棍。

「假如我們鬥不過你，那真是要天打雷劈了！」委員會的主任對著帥克吼著。

帥克以無辜孩子般天真無邪的目光望著全體委員。

一位軍區參謀級的醫師走近帥克，說：「我倒想知道，你這隻昏了頭的笨豬，現在究竟在想些什麼鬼點子！」

「報告長官，我什麼也沒想。」

「混蛋！」有個委員的佩刀碰得鏗鏘一響，並大聲喊道。「原來他什麼也沒想！你這頭蠢驢，你為什麼啥也不想呢？」

「報告長官，因為軍隊禁止士兵們想問題，所以我什麼也不想。想當年，我在九十一團服役期間，我們的大尉長官總這麼說：『當兵的人什麼都不要去想，你的長官已經替你想好了。當兵的一旦動起腦子來，那就不是士兵了，而是滿身沾上泥土的臭老百姓一個。思想絕不能……』」

「住口！」委員會主任狠狠地打斷了帥克的回話。「我們對你早有所聞。你以為我們真相信你是個白痴嗎？你根本不是什麼白痴，帥克，你鬼得很，你奸猾得很，你是個流氓、無賴、地痞，聽懂了嗎？」

「報告長官，我聽懂了。」

「我已經跟你說過了，叫你閉嘴！聽見了嗎？」

「報告長官，我已經聽見了，叫我閉嘴。」

「我的上帝呀，叫你閉嘴你就得閉嘴呀！我這是在訓話，你不准說廢話！」

「報告長官，我明白了不准廢話。」

這幫長官彼此交換了一下眼神，喊來醫務兵：「把這個傢伙給我帶到樓下辦公室去等候發落！」委員會裡的那位軍區參謀級的醫師指著帥克對軍士說：「在警備司令部拘留所裡，保證他不會再有這麼多廢話。這傢伙壯如公牛，他就是裝病，想逃避兵役。他還胡扯，拿他的上司來開玩笑。他以為到這裡來是尋開心，把軍隊工作當成一場鬧劇、一齣笑話。帥克，等你進了拘留所，他們就會讓你明白：軍隊工作豈非兒戲！」

帥克由醫務兵帶往辦公室，經過院子時他還哼著歌兒：

我一向這麼看，
當兵真好玩。
玩個一兩週，
就可把家還……

當值日官在辦公室對帥克吼叫，說像他這樣的傢伙理應槍斃時，委員們還在樓上病房裡繼續折磨其他裝病逃避兵役的人。七十個病號中只有兩個倖免於難：一個是手榴彈炸掉了一條腿的，另一個是患了真正慢性骨膜炎的。

只有這兩位沒收到「合格」的評斷，其餘的人，連同三位奄奄一息的肺結核病患者均被宣布為可服兵役者。這時，這位軍區參謀級的醫師並不放棄大作演講的機會。

他的演說由五花八門的罵人話拼湊而成，內容單調乏味。所有壯丁都被說成是畜生、臭狗屎，說只有在他們為皇帝英勇奮戰時，才能回歸人的社會，也只有如此，到戰爭結束後，他們曾經想離開軍隊、裝病逃避兵役的罪過才能得到寬恕。但他自己都不相信他們會幡然悔悟、改邪歸正。他認為，他們每個都應被絞死才對。

有一位年輕的軍醫，心地純潔無瑕，他請求這位軍區參謀級的醫師允許他講幾句話，他的言辭充滿樂觀、天真幼稚的精神，與他頂頭上司的講話迥然不同。他操著一口流利的德語。

他誇誇其談，闡述著每一個離開醫院而到自己隊伍打仗的地方的人，都算得上是一位勝利者，一名勇士。他堅信，他們一定能熟練地掌握武器，無論在作戰時，還是在其他所有戰爭年代的私人生活中，都能保持自己的榮譽。他們將是繼拉德茲基和歐根・薩沃依斯基王子等名將之後的榮耀軍事家，他們將以自己的鮮血澆灌神聖帝國的遼闊大地，並勝利地完成歷史所賦予他們的使命。他們將剛毅果敢，不惜自己的生命，在那面飽經戰火的軍旗下前進，衝向新的榮譽、新的勝利。

之後，那位軍區參謀級的醫師在走廊上對這位天真幼稚的年輕軍醫說：「我可以向您保證並負責地說：這一切都是徒勞無益白費勁。不管是拉德茲基或者是您的那位歐根・薩沃依斯基王子，都無法把這些混蛋培養成一批戰士。不管你如何像天使般溫柔，還是魔鬼般兇殘地對他們講話，全都一樣。你要知道，壞蛋就是壞蛋。」

9 帥克在拘留所裡

拘留所是那些不願去打仗的人最後一個避難處。我認識一位代課老師，他是一名數學老師，理應在砲兵部隊服役，但是他不願意去，於是便故意偷了一個上尉的手錶，以便被關進拘留所，他之所以這樣做是經過了一番考慮的：戰爭既不能激發他的熱情，也不能令他陶醉。開砲射殺敵人，或者用榴霰彈和手榴彈炸死對面同自己一樣不幸的一些數學代課老師，他認為這簡直是愚蠢至極。

「我是因為不願意做一個由於自己暴行而受別人憎恨的人。」他對自己這麼說，於是才坦然地偷了錶。起初，他們對他的神經系統進行了檢查，後來，當他自己供認，偷錶是為了發財，於是他被押到了拘留所。這種由於偷盜詐騙案而被關進拘留所來的人多如牛毛，唯心論者與非唯心論者均有。還有一些發戰爭財的人，他們是在後方和前線均不擇手段地貪污士兵糧餉的各級軍需官。還有一些小偷，但他們比送他們到這裡來的人要誠實一千倍。拘留所裡還關著一些只是犯了軍事相關罪行的士兵，如違犯軍紀、企圖煽動騷亂、潛逃。此外，還有一批特別類型的犯人，即政治犯，其中百分之八十完全是無辜的，但百分之九十九的人都判了刑。

對群眾實行專政的機構規模不小。面對著普遍的政治腐敗、經濟衰落與道德淪喪，每個國家都沒有這種執法機構。昔日武功的光榮與聲譽，必須賴法庭、警察、憲兵活動，同時收買告密的惡棍來加以維持。

奧地利所有軍隊裡都養著一批告密者，他們專靠告發平時與自己同臥草墊、行軍途中和他們分食麵包的伙伴維生。

為拘留所提供情報的還有國家警察局的克利馬、斯拉維切克[31]及其同夥。軍隊書刊檢查局還把一些通信者送到這裡來，只因為這些在前線和留在家裡處於絕望狀態的人們互相通信。憲兵們還把一群窮苦老農送了進來，只因他們在寫信給前線親人時提到了軍事法庭，還寫了一些安慰的話，並提及家中嚴苛的貧困狀態。

從赫拉昌尼的拘留所有一條經過布舍大諾大通向打靶場的道路。一個戴著手銬的人走在荷槍實彈的押送隊伍前方，後頭跟著一輛拉著簡陋棺材的大車。把靶場上響起了「舉槍！瞄準射擊！」的口令聲。事後在所有團和營裡宣讀了團部的通知：暴動分子已被處決。該犯被徵入伍時，因為連長大人用馬刀砍死了他那位不願和他分開的妻子，他就掀起了一場暴亂。

拘留所由三人把持著：軍獄看守長斯拉維克、林哈德連長和外號叫「劊子手」的軍士謝帕。有多少人被他們折磨死在單身牢房中啊！如今成立了共和國，林哈德連長可能仍舊是連長。我希望把他在拘留所裡服役的時段也算在服役年限裡。斯拉維克和克利馬的服役年限該從他們在國家警察局的時候算起。謝帕已經退役，繼續當他的泥瓦匠去了。他在共和國誕生後說不定還成了某愛國團體的成員呢。

軍獄看守長斯拉維克在共和國成立之後當了小偷，現在在蹲監獄。這個可憐蟲沒能像許多軍官那樣，在共和國裡謀個一官半職。

這是很自然的事情，當軍獄看守長斯拉維克一見到帥克，便向他投以充滿無限責備的目光。

「你既然被關到我們這裡來了，那你的名聲也算夠臭的了。小子，我們要讓你在這裡過上好日子，跟其他落在我們手中的傢伙一樣。可我們的手絕不是女人那纖細的小手兒。」

為了加強他那責備的目光，他還把自己那粗大的拳頭伸到帥克的鼻子底下說：

31　兩人皆為布拉格分局裡的密探，一九一八年後分別升官為警察局局長。

「你來聞一聞，你這下流胚！」

帥克聞了聞，然後對此發表了一點想法：

「我的鼻子可不想碰著它，它散發出一股墳墓的氣味來。」

這句平和而沉著理智的話使軍獄看守長十分滿意。

「喂！」他用拳頭捶了一下帥克的肚子說：「站直嘍！你這些口袋裡裝了什麼？香菸是可以隨身帶著的，錢要放在這裡，免得被別人偷了。什麼也沒有？真的沒有？可別撒謊呀！撒謊是要挨罰的。」

「把他關到哪裡？」軍士謝帕問。

「關到十六號房間去。」看守長作出決定說：「把他跟那些只穿條內褲的人放在一起，你難道沒看見林哈德連長大人在這公文上面寫的『嚴加看守』幾個字嗎？」

「沒問題。」看守長轉向帥克，板著臉說：「下流胚就是下流胚，就得按下流胚的辨法處理。誰搗蛋，就把誰關單人牢房去，再打斷他所有肋骨，讓他在那裡動彈不得，一直躺到死去。我們有權這樣做。謝帕，你一定還記得我們是怎樣對付那個屠夫

的。」

「唉，那傢伙可費了我們不少力氣啊，看守長大人！」軍士謝帕若有所思地回答：「那傢伙真是體壯如牛。我在他身上踩了足足有五分多鐘，他的肋骨才咯登咯登一一斷掉，鮮血從他嘴裡淌出來。事後他還活了十來天。好一個經得起摔打、身子結實的人。」

「你現在該清楚了吧？下流貨，我們是這樣對待那些搗蛋傢伙的！」看守長斯拉維克結束他的訓話說：「假如誰想逃兵，那就等於自殺。在我們這裡對逃兵也是這麼懲罰的。上帝關照你，你這個臭小子，如果巡查組來了，你可別想趁機告狀！如果巡查組問：『您有什麼意見、抱怨嗎？滿意嗎？』你應該馬上立正，行個軍禮，報告：『報告長官，毫無意見，沒有一點抱怨，十分滿意。』你這草包，馬上給我重複一遍！」

「報告長官，毫無意見，沒有一點抱怨，十分滿意。」帥克用非常可愛的神情重複著，以致看守長誤以為是他坦白與誠懇的表現。

「好，那就把衣服褲子都脫下來，只留一條內褲，到十六號牢房去，」他說得很和氣，沒有用他慣常使用的「無賴」、「臭狗屎」、「壞蛋」之類的罵人話。

帥克在十六號牢房裡見到了十九個只穿內褲的人，他們的資料上的確都標有「嚴加看守」幾個字，因此大家對他們都看管得很嚴，以防他們跑掉。

如果說他們的內褲都是乾乾淨淨的，窗上也沒裝鐵柵欄的話，乍看之下，可能還以為自己是進了某個浴室的更衣室呢。

軍士謝帕把帥克交給了「犯人的頭」，這條大漢敞著襯衣鈕釦，袒露著毛茸茸的胸脯。他把帥克的名字寫在一張小紙條上，貼在牆上，然後對帥克說：

「明天我們這裡有場好戲可看。他們要把我們帶到小教堂裡去聽佈道。我們這群只穿內褲的人，將緊貼著講壇排排站。那光景簡直滑稽可笑！」

與所有牢房、監獄一樣，拘留所的犯人也常很喜歡造訪地方上的小教堂。這倒不是因為這種強制性訪問能使犯人與上帝更加親近，或是讓他們能夠多懂點道德的緣故。這種無聊蠢事是絕對不可能發生的。

對拘留所的犯人們來說，做彌撒和聽佈道確是一種愉快的消遣，這可以暫時使他們擺脫拘留所那種窮極無聊的生活。當然，這倒不是說他們因此可以更加親近上帝，而是因為一路上都充滿希望，在去教堂的路上、在走廊和院子裡都有可能撿到點香菸和雪茄菸的菸頭。一個丟在痰盂裡或者滿是灰塵的地上的小菸頭，就可能把上帝完全排擠到一邊去了。這個味道薰人的小玩意，一下子就勝過了上帝和拯救靈魂的期望。

其次，這種佈道本身就是一種消遣，鬧著玩的。而團隊隨軍神父奧托・卡茲又是個極為可愛的人。他的說教很吸引人，很能逗人發笑，能給拘留所的乏味生活增添一絲生氣。他把上帝那永恆、無盡的恩德講得天花亂墜、娓娓動聽。上帝的永恆無盡，使那些卑賤的囚犯，那些失掉了榮譽的人們精神為之一振。他可以從講壇上用令人聽了很開心的話語咒罵，也可以在祭台上用雄壯的聲調朗讀「彌撒完畢，請走」這句話。他別出心裁地主持聖禮。拿彌撒大典開玩笑，把順序弄得顛三倒四。如果他多喝了幾杯，還會編造一段新的禱文和彌撒曲，總之是一段前所未有的、獨家使用的禱告詞來。

有時候他手裡拿著聖杯、執杖或彌撒書，一不當心摔倒時，那簡直滑稽到了家。這時，他便大聲斥責從囚犯中挑出來的助祭者，說這人有意用腿絆倒他，立刻在聖餐保存器前宣布處罰助祭者。受罰的人還覺得挺有意思，很滿意，因為這都是監獄教堂鬧劇的一部分，而他自己在其中扮演著重要角色，並且演得挺出色。

奧托・卡茲是隨軍神父中的佼佼者，是個猶太人。這沒有什麼值得大驚小怪的。大主教科亨也是猶太人，而且還與知名捷克詩人馬哈爾是朋友哩。

隨軍神父奧托・卡茲還有一段精采經歷，遠勝聲望極高的科亨大主教。

他曾在一所商業學校念書，還以一年制志願兵身分在軍隊裡服過役。他自認為自己對證券交易法和期票等業務都極為精通，以致在一年之內便把他父親的「卡茲公司」弄得一塌糊塗，徹底破產。老卡茲不得不背著和他合夥的人（此人當時在阿根廷）與債主們簽訂了一份善後補償協議，隨即就到北美去了。

正當年輕的奧托．卡茲毫不惋惜地把「卡茲公司」分給了南北美洲時，他自己竟落到一無產業可以繼承、二無安身之所的境地，於是他只好從軍去了。

然而在這之前，這位一年制的志願兵奧托．卡茲還做了一件高尚的事：他受洗了。他虔誠地祈求基督保佑他官運亨通。他把這一招當成與聖子耶穌之間的一筆交易。

他的受洗儀式是在艾馮烏澤修道院隆重舉辦的，由阿爾巴神父親自主持，場面十分宏大。到場的有來自奧托．卡茲服過役團上一位虔誠的少校，有赫拉昌尼貴族女子專科學校的一個老處女，一位寬臉大嘴的主教團代表還當他的教父。

他順利地通過了軍官考試，於是奧托．卡茲這位新出殼的基督徒便留在軍隊裡了。起初他前途似錦，甚至還想到參謀部的訓練班去深造。

可是有一天，他喝得爛醉而進到修道院，把馬刀扔在那裡並換來了一件教袍來穿。他曾受赫拉昌尼的大主教的接見，後來他進了神學院。在為他舉行授予神職的儀式之前，他竟在統帥街後一座非常正派、規矩並配有女招待的房子裡喝得酩酊大醉，然後直接從這樣一個尋歡作樂的地方逕自跑去接受神職。之後他就到他的團裡來尋找避風港了。當他被任命為軍團裡的隨軍神父之後，他便買了一匹馬，騎著牠在布拉格大街上蹓躂，還十分積極地參加自己團裡軍官們的各種酒宴。

在他住房的走廊裡，經常響起教徒的咒罵聲。他常常將街上的「野雞」帶到屋裡或是派自己的勤務兵去叫她們來。他愛玩牌，大夥都察覺到他打牌時很不老實，可誰也不敢戳破他在教袍大衣袖裡藏了一張ＡＣＥ。軍官們都尊稱他為聖潔的父親。

他佈道之前從來不準備，與曾經來拘留所佈道的前任神父截然不同。前任神父固執地認為，通過神壇佈道就可以使關在拘留所裡的士兵們悔過自新。這位恪盡職守的神父虔誠地轉著眼珠，對囚犯們講解諸如娼妓問題的法律改革、必須改善對未婚媽媽的關懷，以及私生子的教育問題。但他的佈道從抽象到抽象，與現實情況毫無關聯，令聽眾感到索然無味。

與前任神父這種作風相反，人人都盼著聽奧托・卡茲隨軍神父的講道。

這一刻太奇妙不過了，十六號牢房的貴客們只穿著內褲被領進教堂來，但也只能讓他們穿著內褲了，因為如果穿了長褲，就意味著中途可能會有人逃跑。這二十個穿內褲的純潔天使被安排在講經台跟前。有幾個走運的，嘴裡還叼著在路上拾來的菸屁股，因為他們身上沒有任何口袋可裝，只好這樣叼著。

他們的四周站滿了拘留所裡其他犯人。這些犯人開心地瞧著站在講經壇下面這二十名只穿著內褲的寶貝。隨軍神父登上講經壇，腳後跟的摺凳鏗然作響。

「立正！」他喊著口令：「我們來祈禱！你們跟著我念！喂，站在後排的，你，這頭野豬，別用手擤鼻涕。你是在主的神殿裡，再這樣我就叫人把你關起來。你們這幫無賴，你們沒把《我們的父親》的主禱文給忘了吧？好，那我們就來試試看！……看，我就知道你們一定念不好的。管他什麼《我們的父親》！只要來兩片肉，一盤扁豆沙拉，吃得飽飽的，捧著肚子往草地上這麼一躺，摳摳鼻孔，根本不把天父放在心上。你們難道不是這樣嗎？」

他從講經壇上往下望了望這二十位著內褲的純潔天使，他們跟在場其餘的人一樣，開心得很哩。在後排的人正在玩「相互猛彈臀部」的遊戲。

「這真不對，滿有意思的！」帥克小聲對身邊的一個人說，這個人是個嫌疑犯。據說他用一把斧子把朋友一隻手的指頭全部剁了下來，為了讓他的朋友能脫離軍隊，收費三克朗。

「你等著瞧吧，好戲還在後頭呢！」那人回應說：「他今天喝得不少，他就要嘮叨起罪惡的荊棘之路了。」

果然，隨軍神父今天的興致極好。他總是不自禁地往講經台一邊靠，差點失去平衡，就要跌了下來。

「唱點什麼吧！小伙子！」他朝下面大聲喊道：「要不，讓我來教你們一首新歌？好，那就跟我唱吧！」

我有個心上人，
她是我的至愛，
哪只我一人追她呀？
她的情人有千千萬。
我的這個心上人呀，
就是那聖母瑪利亞。

「看來一輩子也學不會，你們這群廢物，」神父接著說：「所以我贊成把你們統統都斃了。聽懂我的話了嗎？我站在這個神聖的位置斷言：你們這幫廢物，上帝不怕你們，而且有方法治你們的。你們都得變成大傻瓜，因為你們不願意親近基督，甘願走罪惡的荊棘之路。」

「我不是說過馬上就要發作了嗎？瞧，他開始了！」帥克旁邊那人很開心地對帥克說。

「那罪惡的荊棘之路呀，就是那和罪惡相搏鬥的路。你們這些蠢東西，你們都是一些浪子。你們寧願在單身牢房裡混日子，也不願回到天父身邊來。可是你們只要抬頭往遠望、往上面看，看看高高在上的天，你們就能戰勝罪惡。你們的靈魂就會得到安寧。你們這群下流的東西！喂，後排那個人別打呼好不好！你又不是一匹馬，也不是被關在馬廄，這是天父的神殿呀。我要警告你們，我親愛的人兒呀。好啦！我剛才講到那裡啦？對，靈魂就會得到安寧，記住！你們這群畜生，你們是人，你們可以從烏雲裡朦朧地看到未來，你們應該知道，萬物皆是過眼浮雲，只有上帝是永在長存。難道不是這樣嗎？很好！我本應該日日夜夜為你們祈禱，祈求仁慈的上帝，求祂將祂的靈魂灌到你們冰冷的心裡，用祂聖潔的慈愛洗淨們的罪惡，使你們永遠屬於祂；求祂永遠愛你們，你們這群歹徒。可是你們打錯算盤了！我不打算把你們都帶到天堂去。」說到此，神父打了一個嗝。「我不打算！」他固執地重複了一句：「我不會幫你們這個忙的。我作夢都不會管你們的事，因為你們是一群無可救藥的惡棍。在你們生命的歷程裡，天主的恩典無法引導你們。上帝的愛也沒辦法感召你們。因為我們那至聖的天父根本不會想到要拯救你們這些歹徒。你們聽見了沒有？喂，坐在下面穿內褲的這群人？」

這二十名穿內褲的人仰起頭來，異口同聲地回答：

「報告長官，聽見了。」

「單單聽見了還不夠，」神父又接著講：「生命的歷程布滿烏雲，上帝的笑容也不能解脫你們的愁苦。你們這群沒腦子的賤貨！因為上帝的恩賜也是有限的。坐在後面的那頭蠢驢，你別咳嗽好不好？要不然我把你關起來。你們這些坐在下面的，別以為這是在逛街。上帝的仁慈、恩賜也是有限的。他恩賜正派人，絕不給人間的敗類。這個社會無法用法律和軍事條令來改造這些敗類。這就是我要對你們說的。你們連個禱告都不會做。你們以為上教堂就是來尋開心的，以為這裡是個雜耍團或電影院什麼的？我要把你們這些念頭統統從腦子裡趕出去。你們別以為我到這裡來是為給你們消遣解悶的，給你們尋開心的。我把你們一個個關到單身牢房裡去！我說話是算數的，你們這幫混蛋！我在這裡跟你們白糟蹋時間，我看得出來我所作的努力都是白費勁。其實，就是大元帥或者大主教來，你們也同樣本性難移，同樣不會親近上帝的，但早晚有一天你們會記得我的，你們會明白我是為你們著想的，想幫你們的。」

在二十名穿內褲的人中間突然傳出一聲嗚咽，那是帥克，他哭了。

神父往下一看，帥克正站在那裡用拳頭擦著眼睛。周圍的人都愉快地欣賞著。

神父指著帥克繼續說：

「你們大家都要拿這個人來做榜樣。他在做什麼呢？他哭泣。別哭，我跟你說，別哭啦！你想改惡從善嗎？小伙子，對你來說這可是件不易之事啊！你現在痛哭流涕，等你一回到那間小屋裡，仍舊是壞蛋一個，所以你還得多想想上帝那無盡的恩惠和仁慈，多動點腦筋，使你那罪惡的靈魂在世上能找到一條正道。今天我們親眼看見一個人感動得流了淚，他要把他的心改正過來。你們其餘的人打算做什麼呢？什麼也不做？那邊還有個人在嚼著什麼哪，難不成是從小和牛一起長大的嗎？那邊還有一個在內衣裡捉蝨子呢！竟然是在主的神殿裡做這種事？你們就不能回牢房裡再捉嗎？而偏要挑在做彌撒的時候！看守長，你好像什麼都不管？要知道，你們都是軍人，不是混帳老百姓。既然在教堂裡，就得像個軍人的樣子，真他媽的一些混蛋！你們趕快跟我集中起精力，跟隨上帝，別的事留著回家再幹。我就說到這裡了。你們這群流氓，我要你們在做彌撒時放規矩些，不要像上次那樣，後排一個傢伙竟拿公家發的內衣去換麵包，趁著做彌撒的時候狼吞虎嚥。」

神父走下講經台就進了聖器室。拘留所看守長跟在他後面。不一會兒，看守長出來，逕自走向帥克，把他從二十名穿內褲的人中間叫出來，領進了聖器室。

神父自由自在地坐在桌子上，手裡捲著一根香菸。

看見帥克進來神父便說了：

「對，我要的就是你。我考慮了半天，我覺得我看透了你的心，懂嗎？小伙子，從我到教堂以來，這可是頭一回有人在聽我佈道時竟流下眼淚。」

他從桌上跳下來搖了搖帥克的肩膀，一幅巨大而模糊的法蘭茲．撒勒斯[32]像下嚷道：

「招認吧，你這惡棍，剛才你只是為了鬧著玩才裝哭的吧？」

32 法蘭茲．撒勒斯（St. Francis of Sales）是日內瓦的主教，死後被教會封為「聖人」。

此時，撒勒斯的畫像似乎帶著質疑的神情凝視著帥克，另一幅畫像上的殉道者則像從另一個角度心神不安地望著帥克。殉道者的胯下有一道被無名羅馬士兵鋸過的痕跡，但從殉道者的臉上既看不出任何痛楚之感，也不見一絲快樂之情。因為沒有體現出殉道者所應顯示的光輝，所以樣子顯得那麼驚慌失措，似乎在說：「我怎麼會幹出這樣的事來呢？各位大人，你們究竟該拿我怎麼辦呢？」

「報告神父大人，」帥克很莊重地說，他決心孤注一擲了。「我在萬能的上帝和您，也就是尊敬的父親面前坦白懺悔，您，站在天父位置上的莊嚴父親，我方才的的確確是為了開個玩笑而裝哭的。我想著您的佈道裡正好缺少一個改過自新的罪人，而這個罪人又是您在傳教時白費力氣找了好半天也沒找到的。因此，我想幫您個忙，讓您高興高興，讓您覺得世上還存在著幾個誠實的人。同時，藉這個玩笑，我自己也可以開開心。」

神父把帥克天真無邪的模樣仔細打量了一番。一道陽光從法蘭茲·撒勒斯陰沉沉的像上掠過，也為對面牆上那位心神不定的殉道者添了一股溫暖的氣息。

「這麼說，我倒開始喜歡上你了。」神父說著，重新坐到桌子上。「你是哪個團的？」他打起嗝來。

「報告神父大人，我算是九十一團，又不是九十一團的，我根本就不知道這究竟是怎麼回事。」

「那你為什麼蹲在這裡呢？」神父問道，繼續打著嗝。

這時從教堂裡傳來了管風琴的聲音，演奏者是一位因為逃兵而被禁閉起來的教師。他演奏著最悲傷的宗教樂曲，而隨軍神父的嗝聲比琴聲還要高出半個音。

「報告神父大人，我實在搞不清楚，為什麼我會蹲在這裡，我對此毫無怨言。我只是覺得自己倒楣，我什麼事都從好處著想，可到頭來總是事與願違，就像那幅掛像上的殉道者。」

神父望了望掛像，笑了笑說：

「你還真是令我喜歡。不過我還得要到相關人士那裡去打聽一下你的案情。不行，我不能再跟你閒扯了。我還得結束這場彌撒。歸隊！解散！」

帥克回到講壇底下那群穿內褲的伙伴當中後，他們問他，神父叫他到聖器室去做什麼，他非常乾脆俐落地回答：

「他喝多了。」

大家都用極大的注意和毫不掩飾的讚許望著隨軍神父的新表演，也就是他主持的彌撒。其中一位甚至在講壇下面打賭說，隨軍神父手裡拿著的聖餅盤子絕對會掉下來的。他用自己的那份麵包和對方承諾的兩記耳光打賭，結果他贏了。

人們在教堂裡全神貫注地望著隨軍神父主持的儀式，但這並不代表信徒抱有神祕主義或真正的天主教徒所懷有的那種虔誠之心。這情景猶如在劇院裡觀賞一齣情節曲折而又無法預知劇情的戲時，焦急地想知道結局一樣。這位隨軍神父大人以極大的忘我精神在祭壇上為人們表演，大家似乎沉浸在這幅精采的畫面之中。

到場的聽眾們懷著高昂的興致欣賞著神父反穿的祭袍。並以一種熱切的心情注視著祭壇上的一舉一動。

火紅色頭髮的助祭，一位教會的逃兵、二十八團的竊盜專家，正拚命從記憶中挖掘彌撒的全套手續、技巧和經文。他不僅是隨軍神父的助祭，而且還要為他提詞。因為隨軍神父已心不在焉了，把整段整段經文念得顛三倒四的。他用耶穌降臨為題的晨禱詞代替通常的彌撒曲，對聽眾大聲唱了起來，大家聽了都滿開心的。

他既無好嗓音，也缺乏音樂感。他一張口，教堂的拱頂下便開始回響起一陣粗一陣細的號叫聲，活像是從豬圈裡發出來的。

「他今天喝得可真夠多的！」靠祭台站著的人們心滿意足地說：「瞧他那樣子醉如爛泥。絕對又是在哪個女人家裡喝飽了！」

神父從祭壇上第三次誦起「彌撒完畢，請走！」聲音之大，猶如印第安人在戰場上的吶喊，震得窗戶直響。

之後，隨軍神父瞄了瞄杯中，瞧瞧是否還剩點酒，接著他作出一個厭煩了的手勢，對聽眾說：

「那就完事了，混蛋們，你們可以回去了。我已看出來了，你們這群下流胚子在教堂裡、在至聖天主面前，你們並沒表現出應有的虔誠。你們在至高無上的主面前不知羞恥地大聲說笑、咳嗽和吼叫，甚至在我這位代表聖母瑪利亞、耶穌基督和天父的人面前把腳碰得個吱吱作響。你們這群流氓！下次再敢這樣，我就給你們罪有應得的懲罰，狠狠整你們一頓。我要讓你們明白，我前不久講到的冥界地獄不僅真的存在，還有一座人間地獄。即使你們從前一座地獄超脫了，後一座你們也還是逃不掉的！解散！」

隨軍神父將那套把戲在囚犯聽眾面前精采地表演了一番，就到聖器室更換新衣，把荊棘筐酒瓶裡的聖酒倒進葡萄酒杯裡喝了下去，爾後由火紅頭髮的助祭扶他上了拴在院子裡的馬。可是他突然記起了帥克，於是又下了馬，走到軍事法庭的貝爾尼斯辦公室。

軍事法庭的貝爾尼斯是一個交際很廣的人，一個頗有魅力的交際舞行家，一個道德敗壞者。他對自己的差事感到十分無聊，喜歡在紀念冊上插幾行德文詩；他的詩句來得很快，似乎早已成竹在胸。他是軍法處裡最重要的人員。大量的訊問筆錄和雜亂無章的起訴書都匯集在他手裡，因此使他受到赫拉昌尼軍事法庭全體同仁的尊敬。他總是不小心遺失記載著起訴細節的公文，於是只好另外編造新的。他張冠李戴，常常搞錯人名，編著編著竟丟失了訟訴案情的線索。於是又隨心所欲地再杜撰一番。他把逃兵當成竊盜案子來審，又把竊盜犯當成逃兵來判刑，他還會憑空捏造政治案件，瞎說一通，幫人編造五花八門、人們連做夢也夢不到的一些罪名。他虛構侮辱皇帝的罪名，捏造起訴書，把罪名和證據胡亂歸在某些人身上。這些人最初遭到指控的原件也早已在亂七八糟的檔案中遺失了。

「您好，日子過得怎麼樣？」隨軍神父問道。

「不怎麼樣，」法官貝爾尼斯回答道：「他們把我的檔案弄得一塌糊塗，現在只有鬼才搞得清楚哪是頭哪是尾了。昨天我把一個被指控為叛亂分子的廢物好好地送了上去，他們卻又退了回來，說這不是叛亂案，只是偷罐頭的竊盜犯。現在我又送上去了另一份，看他們還會有什麼招數，上帝才知道。」

法官啐了一口口水。

「您還常去玩牌嗎？」隨軍神父問道。

「我把一切都輸在牌上了。最近一次我們跟一位老上校玩撲克，我輸了個精光。可是我卻認識了一個小姑娘。聖潔的父親，您近來怎麼樣？」

「我需要一個勤務兵，」隨軍神父說：「前不久我倒有一個沒受過高等教育的老會計，他真是天下第一號蠢豬。一天到晚就會喃喃禱告，求主保佑他。於是我打發他跟先遣營一起去了前線，據說這個營已被打得落花流水。之後又給我弄來一個傢伙，什麼事也不幹，老蹲在酒館裡喝酒，竟然還記在我帳上。這個混蛋懶得叫人無法忍受，我不得不把他也打發到先遣營去了。今天我在佈道的時候發現了一個傢伙，他為了跟我開個玩笑，竟號啕大哭起來。我倒需要這麼一個傢伙。他叫帥克，關在十六號牢房。我想知道他犯什麼罪，看看可不可以想個辦法弄他出來。」

法官在雜亂的抽屜裡找著有關帥克的公文，像往常一樣，他什麼也沒找到。

「一定是在林哈德連長那裡，」他找了半天才說：「鬼知道我那些檔案放到哪裡去了。我一定是把它們送給林哈德了。我立刻就給他掛電話。……喂，我是法官貝爾尼斯上尉。連長，請問，您那裡有沒有一份叫什麼帥克的案卷？……咦？應該在我這裡？那就怪啦……我從您那裡拿去的？真是怪事……他是十六號牢房的……我知道，連長，十六號牢房歸我管。可是我想，帥克的案卷可能在您的辦公室裡跑程序……怎麼？我不應該對您這樣講話？東西不可能在您的辦公室裡跑程序？喂！喂！……」

法官貝爾尼斯在桌旁坐下，對於檔案管理的混亂現況大為不滿。他和方才那位林哈德連長之間早就有些隔閡，而且互不相讓。假如林哈德的案卷落到法官貝爾尼斯手裡，貝爾尼斯就把它隨便塞進一個角落，最後誰都找不到，而林哈德也用同樣的手法回敬貝爾尼斯的案卷。他們甚至還故意丟掉彼此案卷裡的一些附件[33]。

（帥克的案卷直到時局轉變後才從軍事法庭檔案室被找了出來，上面的批注為：該犯準備撕開假面具，公開跳出來反對我們的國君本人以及反對我們的國家。帥克的案卷被塞在了一個名叫「約瑟夫．利烏德拉」的卷案夾裡，封套外頭畫上了一個小小的十字架下面寫著「已辦」字樣和日期。）

法官貝爾尼斯對隨軍神父說：「這麼說，我這裡就沒有帥克的案卷嘍。我這就叫人把他帶來，如果他什麼也招不出來，我就放了他。叫人送他到您那裡去，剩下的手續您自己到團部去辦吧。」

隨軍神父走後，貝爾尼斯吩咐把帥克提來，先讓帥克站在門口等他。因為他此時正好接到警察總署的電話，告知有關步兵曼克辛納爾的七二六七號起訴書，所需資料已經由辦公廳一科收到，是林哈德連長簽收的。

這時候，帥克趁機打量了一下法官的辦公室。

他對這間辦公室的印象不怎麼好，尤其是對牆上那些照片，全都是部隊在加里西亞和塞爾維亞執行各種死刑的照片，一些所謂的藝術照，不是拍被燒毀的茅屋，就是樹幹上吊著死人的大樹。還有一幅塞爾維亞拍攝的特別精緻的照片，那是一家老小被絞死的情景。被吊死的是一個小男孩和他的父母，兩名手持刺刀的士兵看守著那棵吊著死者的大樹，前面站著一位神氣十足的軍官，嘴裡叼著菸捲，照片的另一角，靠右邊，可以看見一個炊事兵正在做飯。

「帥克，你到底是怎麼回事？」法官貝爾尼斯問道，隨手把電話記錄單胡亂放進卷宗裡。「你究竟惹了什麼麻煩？你是否願意自己坦白？還是要等人揭發你？我們不能總這麼下去呀！你別以為你這是在那些愚蠢文官主持的法庭上，我們這裡是軍事法庭，而且是『皇家王室軍事法庭』，你如果想免除嚴厲的、正義的判決，唯一的出路就是坦白交代。」

法官貝爾尼斯在丟失被告資料的情形下，往往會使出我們以上看到的這一番絕招。其實這一招並沒有什麼不得了之處，我們大可不必驚訝，因為這種審訊的結果常常是水中撈月，一場空。

然而貝爾尼斯總是自作聰明，在既無資料、不知被告所犯何罪、為何被關在拘留所裡的情況下，他自認只需察言觀色，根據被審問者的言行神情就能知曉之所以被關的大致原因。

他自認高超的洞察力與理解力簡直到了高深莫測的程度，以致能把一個竊盜犯指控為政治犯。有個吉卜賽人因偷了幾打內衣（遭倉庫管理員當場抓獲），被關進了拘留所，貝爾尼斯指控他犯了政治罪行，說此人在一個小酒館裡蠱惑一些士兵，要他們起身建立以斯拉夫人國王為道、由捷克和斯洛伐克王室的國土組成的一個獨立民族國家。

「我們這裡擁有確鑿的證據，」他對這位倒楣不幸的吉卜賽人說：「你唯一的出路就是坦白交代。你是在哪個酒館裡講的？聽眾是哪個團的士兵？這件事是何時發生的？」

倒楣的吉卜賽人只好瞎編日期、酒館名稱，以及憑空臆想出來的士兵團號。被審之後，他乾脆就從拘留所逃跑了。

此時，面對沉默得像座墳墓的帥克，貝爾尼斯說：「你這是不想坦白交代嘍？你也不說說你是犯了什麼罪被判刑到這裡來的？至少你應該先告訴我，別等我來揭發你呀！我再勸你一遍，坦白交代對你有好處。我們辦起來也省點事，你的刑罰也會判得輕些。在這一點上我們和民事法庭是一樣的。」

「報告長官，」帥克那善良的聲音響起：「我就像一個孤兒一樣，被押在拘留所裡。」

「此話怎講？」

「報告長官，我可以簡明扼要地說清楚這一點。我家那條街上住著一個賣炭的人，他有一個完全無罪的兩歲兒子，這個小男孩從維諾堡走到利布尼，坐在人行道上，警察在那裡撿到了他，把他送到了警察署，後來他們就把這個兩歲的小孩子關了起來。您瞧，小男孩一點罪也沒有，竟被關了起來。如果他會說話，人家問他為什麼被關在這裡，他也會不知道該如何回答。我就是這種情況，也是一個撿來的孩

33　作者注：拘留所裡那些所謂的法官，有三十名在該所混過整個大戰時期，但連一次審訊案都不曾辦過。

子。」

法官用銳利的眼睛把帥克的臉和全身打量了一番，摸不透他。站在他面前的這個人身上帶有一股滿不在乎和天真無邪的神氣，害得貝爾尼斯氣沖沖地在辦公室裡踱來踱去。要不是他已經答應把帥克交給神父，天曉得帥克會落到什麼下場。

最後法官在桌旁站住了。

「你聽著，」他開口對帥克說道，而帥克正漠不關心地望著方。「假如我再碰上你，一定給你點顏色瞧瞧……帶下去！」

帥克被重新帶回到十六號牢房。貝爾尼斯派人把看守長斯拉維克叫來。

「接下來的決定，」他簡單地說：「將帥克移交給卡茲神父先生處理。填好他的釋放證。派兩個人把帥克押送到隨軍神父那裡去就行了。」

「路上要給他戴手銬腳鐐嗎，上尉長官？」

法官用拳頭在桌子上捶了一下。

「混帳！我剛剛不是清楚說過要你把他的釋放證寫好嗎？」

今天一整天與哈德林連長、帥克打交道所積下的怨氣，一下子像瀑布般傾瀉到看守長頭上了。貝爾尼斯法官最後說：

「你現在總該明白自己是一頭戴著王冠的笨牛了吧！」即使法官可以對國王、皇帝們這樣說話，但這位沒戴王冠的普通看守長對此仍然氣惱不已。他從法官那裡出來時，就伸腳去踢正在被罰打掃走廊的犯人來出氣。

至於該拿帥克怎麼辦才好，看守長想，不妨讓他在拘留所裡至少再多待一個晚上，額外享受一點什麼。

在拘留所裡度過的夜晚總是讓人難以忘懷的。十六號牢房的隔壁是個「單號子」，一個黑漆漆的祕洞。那天晚上，就聽到一個關到裡面的士兵大哭大叫。那人是因為犯了所謂的軍規，謝帕軍士奉斯拉維克看守長的命令，打斷了那個士兵的肋骨。號啕聲平息後，從十六號牢房傳出了捏蝨子的聲音，這些蝨子就在犯人兩個手指的指甲上一一死去。

牢房上方的牆洞裡安有一盞煤油燈，用鐵絲罩將之保護起來。燈光昏暗，黑煙籠罩。煤油味摻和著長年無法洗澡的人體汗味和馬桶的糞便臭味。馬桶在每次用過後，都要掀起一股新的令人嘔吐噁心的臭氣傳到十六號牢房來。

糟糕透頂的伙食使所有犯人都消化不良。許多人還得忍受著寂靜夜晚吹進來的冷風，大家只好相互開開玩笑以打發難熬的時日。

在走廊裡可以聽見哨兵們整齊的腳步聲，牢門上的洞眼孔不時被打開，看守就從這洞孔往裡面探望。

中間的一張床上響起輕微的說話聲。

「在我想要越獄逃跑、被關到你們這裡來之前，本來是關在十二號牢房的。關在那裡的人罪行一般都比較輕。有一次一個可愛的鄉下人進了那間房，被關了十四天，起因是他留了幾個士兵在他家過夜。起初以為他是在搞政治陰謀，後來終於搞清楚他只是為了賺幾個小錢。原本他應該和那些罪行最輕的人押在一起，但那裡住滿了人，於是他就和我們關在一起了。他所有東西都是從家裡帶來的，家人還給他捎來許多好吃的東西。因為他得到許可，允許獨自吃飯開伙，可以吃得好一點，他們還允許他抽菸。他有兩塊火腿，一大塊烤麵包，還有雞蛋、奶油、香菸、菸草……哼，總而言之，凡大家想要的東西他應有盡有。他把這些東西放在兩個背包裡，隨身帶著。嗯，這傢伙總認為當然是由他一人來獨吞啊。他既然不願意像其他人獲得食物時便分享給大家，我們也只好開始央求他。可這吝嗇鬼說什麼也不肯分點出來，說他要在這裡坐十四天的牢，這裡發的那點甘藍菜和烤馬鈴薯會弄壞他的腸胃。他說他可以把公家給他的那一份麵包和飯菜讓給我們，隨我們分著吃或輪著吃。我跟你說，他這個人簡直是妙極了，他怎麼也不肯坐到那只馬桶上去，寧可憋到第二天放風時到院子裡的茅坑裡去拉。他嬌貴得連擦屁股用的紙也從家裡拿來。我們對他說，我們並不稀罕他那點食物。我們就這樣忍了一天、兩天、三天。這小子就在我們面前這樣大吃特吃他的火腿、在麵包上抹奶油、剝雞蛋，總而言之，日子過得真不賴。他還抽香菸，可連一口也不給別人抽，說什麼不准我們抽菸，說假如看守撞見他給我們抽了一口菸，他就要倒楣。總之，我們忍了三天，到第四天夜裡我們就受不了了。這小子早上一醒來……唉，我還忘了對你們說，他每天早晨、中午和晚上開始大吃大喝之前，都要做好長的禱告。這天早上他做完禱告，便到他的床板底下去摸那兩個背包。背包還在，可是癟癟的，像個乾李子。他大喊被偷了，說背包裡只給他留了捲衛生紙。他思考了五分鐘，說我們是在和他開玩笑，把他的東西藏起來了，他還高興地說：『我知道，你們在惡作劇，反正我相信你們會還給我的。你們幹得真俐落呀。』其中一個利布尼人就對他說：『嘿，這樣吧，我給你出個主意，你拿一條毯子蓋住頭，數到十，然後再去看看自己的兩個背包。』他真的像一個乖巧聽話的小孩子那樣用毯子把頭蒙起來，數著『一、二、三、四……』利布尼人又說：「不能數得這麼快，要數慢一點。」他只好又在毯子裡面慢慢數，每數一下都等好久。等他數到十了，便從毯子下鑽出來看他的背包。『老天爺呀，我的上帝啊，』他開始嚷叫起來：『這不是跟剛才一樣嗎？還是兩個空背包啊！』你看他真是大傻瓜，把我們都逗得哈哈大笑。可是利布尼人又說：『你再試著數一次吧！』真的不騙你們，那個傻瓜又數了一遍，等他發現包裡除了衛生紙之外還是什麼都沒有時，他便開始拍打牢門嚷道：『他們把我的東西偷走了，他們把我的東西偷走了，幫幫我呀！開門哪！我的上帝，開門哪！』所有巡邏哨兵聞聲都趕來了，還把看守長和謝帕軍士也叫來了。可我們異口同聲地說他發瘋了，說他昨天明明一直吃到深夜，一個人把所有東西都吃光了。他只是不停哭著說：『不管到那裡去了，至少該有些殘渣碎片留下來的呀！』於是他們就幫他找那些殘渣碎片，可什麼也沒找到，因為我們可聽明了，凡是一時吃不完的，我們就用一根線繩繫著送到三樓上去了，而那個大傻瓜還一直嚷嚷：『總該留點痕跡吧！』後來，他一整天沒吃東西，只是專注地盯著，看是否有人吃東西或抽香菸。第二天午餐時間，他還不肯碰發下來的飯，到了晚上，他開始對那些烤馬鈴薯和甘藍菜有胃口了，不同的是，他不像以前吃火腿、雞蛋時那樣，先做一番禱告才開動。後來我們有一個人從外面弄到點便宜菸草，這時他才頭一次開始和我們講話，求我們給他一口菸抽。我們才不給他呢。」

「我本來還擔心你們會給他抽一口，」帥克插話說：「如果那樣，就可惜了這個精采的故事。如此高尚、大度的行為，只有在小說裡才有，在拘留所裡如果真的這樣做，那簡直是傻到家了。」

「你們沒揍他一頓？」有人問道。

「我們忘了這麼做。」

然後大家又針對該不該揍他一頓的問題，小聲議論了一番。結果多數人認為應該揍一頓。

這個故事也就慢慢地接近了尾聲。他們在蝨子最多的腋下、胸口和肚皮上搔著癢，慢慢入睡。為了不讓煤油燈光干擾睡眠，他們用滿是蝨子的毯子蓋著腦袋進入夢鄉。

早上八點鐘，帥克被提到辦公室裡去了。

「通往辦公室大門的左邊有一只痰盂，裡面丟了許多菸頭，」一個獄友告訴帥克說：「上到二樓你還可能碰到另一只痰盂。九點才打掃樓道，現在去，你說不定還能撿到點什麼。」

可是帥克讓他們大失所望，他再也沒有回到十六號牢房。十九位穿內褲的同屋室友聚在一起胡亂猜測著帥克的種種遭遇。

一個滿臉雀斑、想像力特別活躍的靶場衛兵宣布，帥克曾開槍打死了自己的連長先生，今天就要送他去處決。

10　帥克當了隨軍神父的勤務兵

一

帥克正在兩名背了刺槍的士兵光榮押送下，開始了他奧德賽一般偉大的史詩之旅。他們正要送他到隨軍神父那裡去。

這兩個押送兵剛好相互截長補短：一個又高又瘦，一個又矮又胖；高個子瘸著右腿，矮個子拐著左腿。兩個人都在後方服役，因為他們在戰前就都完全被免除兵役了。

他們嚴肅而有規律地沿著便道往前走著，不時斜著眼輕蔑地看看走在他們中間、見人就行禮的帥克。他的便服以及他在應徵時戴的那頂軍帽，都在拘留所的貯藏室裡給弄丟了。可是在釋放他之前，他們給了他一套舊軍裝。軍裝的原主是個大胖子，比帥克高出一個頭。因此這套大得出奇的軍服，褲腿寬得足足容得下三個帥克，褲腰高出他的胸口，上下全是皺褶。他這身打扮使滿街行人好不驚奇。袖筒全是補丁的上衣滿是油污，髒兮兮的。帥克穿著它搖來晃去，猶如一個穿著長袍的稻草人。他穿著那條肥大的褲子，活像馬戲團的小丑，他們在拘留所裡為他調換來的那頂大得要命的軍帽蓋住了他的耳朵。

對於街上行人的微笑，帥克也用自己那甜蜜熱情的微笑和溫柔善良的目光予以回報。

他們就如此這般地向神父住處卡爾林走去。

又矮又胖的那位首先和帥克攀談起來，這時他們正好走在小城廣場下面的拱廊裡。

「你從哪裡來？」矮胖子問道。

「布拉格。」

「你大概會從我們手裡跑掉吧？」

高個兒也參加到談話中來了。有這麼一種奇特的現象：大凡矮胖子，大多是些菩薩心腸的樂觀主義者，而高瘦個子恰恰相反，大多是些懷疑主義者。

所以這位瘦高個兒對矮胖子說：「一有機會，他一定會跑。」

「他幹麼要跑呢？」矮胖子說：「從拘留所裡出來，不就等於進到自由之鄉了嗎？何況我這裡還有封公文呢。」

「到神父那裡去帶這公文做什麼？」高瘦個子問。

「這我就不清楚了。」

「瞧你，不清楚你就不要說嘛。」

他們一聲不吭地走過查理大橋。上了查理大道，那個矮胖子又開口對帥克說：

「你知道我們為什麼把你押到隨軍神父那裡去嗎？」

「去懺悔，」帥克信口答道：「明天他們就要我弄上絞刑架。一向如此，人們說這是刑前的精神安慰。」

「他們為什麼要把你弄……？」高瘦個子小心翼翼地問道。同時，那個矮胖子也以同情的目光望著帥克。

這兩人都曾是有妻兒老小的農村手藝人。

「我不知道。」帥克回答說，臉上帶著和藹可親的微笑。「我完全不清楚，我想是命該如此吧。」

「你或許是生來有禍，」矮胖子以行家的口吻同情地說：「在我們那塞納村，在普魯士戰爭時期，他們也這樣絞死過一個人。他們來找他，二話不說，就在約瑟夫村把他吊死了。」

「我認為，」高瘦個子懷疑地說：「絕不會無緣無故被絞死的，總會有原因的，總得說出個理由來呀。」

「非戰爭時期，」帥克插話說：「可能還能講出個原因來，可是一旦打起仗來，一個人的命就不是那麼重要了啊。要不戰死在沙場，要不被吊死在家鄉！反正都一樣，都是個死。」

「喂，你該不是個什麼政治犯吧？」瘦高個子問道。從他訊問的音調可以聽出，他對帥克開始有些同情了。

「我當個政治犯可是綽綽有餘哩。」帥克笑了笑說。

「你該不是個民族社會黨分子吧？」現在矮胖子也開始謹慎小心起來，也參加了問話。「這關我屁事，」他說了：「瞧，周圍不少人都在盯著我們，一定是這些刺刀引起了他們的注意，我們要不要在哪個僻靜地方把它們卸下來？你不會跑掉的吧？你如果跑了，我們可就遭殃啦，你說是不是，托尼克？」

他轉身對瘦高個子說。

瘦高個子小聲說：

「我們可以把刺刀卸下來，他畢竟是我們自己的人呀。」

他已不再疑神疑鬼了，心中充滿著對帥克的同情。於是，他們找了個地方把刺刀拔了下來。這時，矮胖子還允許帥克走在他的身旁。

「你一定想抽支菸了吧？」他說：「誰知道……」他本想說「誰知道他們會不會准許你在上絞架前抽支菸」，但不敢把話講出來，他覺得在這種時刻這麼說恐怕很不得體。

他們三人都抽起了菸。押送帥克的人開始向他談起他們在克拉洛夫・赫拉德茲地區的家庭、孩子、一小塊土地、唯一的一頭耕牛。

「我渴了。」帥克說。

瘦高個子和矮胖子相互望了望。

「那我們也可以到什麼地方去喝個一杯，」矮胖子覺得瘦高個子是會同意的，「可得要找一個不顯眼的地方呀。」

「那麼我們就去『蒙面人』酒館吧，」帥克提議說：「你們可以把槍放在廚房裡。塞拉波納老闆是雄鷹體育協會的會員，你們用不著怕他。」

「那裡有小提琴和手風琴的表演，」帥克接著說：「去那裡的人都不壞，多是妓女，和一些不喜歡講究闊氣排場的那種人。」

瘦高個子和矮胖子又互相望了望。瘦高個子說：「那我們就去那裡吧，到卡爾林之前還有好長一段路要走哩！」

一路上，帥克給他們講著各種笑談趣事，興致勃勃地進到了『蒙面人』酒館。他們一進門就依照帥克的建議，先將槍枝藏到廚房裡，然後走進酒吧。小提琴和手風琴正在演奏著一支流行曲子：「在尼克拉茲的小山岡上，林蔭道旁柳樹成行……」

一位姑娘正坐在一個梳著油頭的年輕人大腿上，那青年因生活放縱無度，看起來很是衰老憔悴。她用嘶啞的嗓音唱著：

> 我曾有位訂了婚的姑娘，
> 有人從我這裡奪走了她。

一個喝醉的賣魚人在一張桌子邊睡著了，瞇了一會兒又醒來，捶著桌子嘟囔了一聲：「這不行！」接著又繼續睡去。在一塊大鏡子下面的撞球台邊坐著另外三個姑娘，對著一位列車員喊道：「年輕的先生，請我們喝杯苦艾酒吧！」琴師旁邊坐著的兩個人正針對一個女孩瑪森卡昨天被夜間巡邏隊抓去的事爭論不休，一個硬說他親眼看到她是被抓走的，另一個卻說她是跟一個大兵到「瓦爾西」旅館去睡覺了。

緊靠門邊，一個士兵坐在幾個老百姓中間，正在對眾人講述自己在塞爾維亞受傷的事，他的手臂上纏著繃帶，口袋裡裝滿了他們送給他的香菸。他說他實在不能再喝了。這一堆人中，有個禿頭老頭卻一直勸他喝：「您盡量喝吧！我們的戰士，誰知道我們還能不能再聚一堂啊？我讓他們給您演奏點什麼？您喜歡《孩子成孤兒曲》嗎？」

這是禿頭老頭最喜歡的曲子。果真沒一會兒，小提琴和手風琴就合奏出那令人聽了心碎的調子來。老頭眼裡已噙滿淚水，並用顫抖的聲音唱道：「待他懂事了，他就去問他媽媽，他就去問他媽媽……」

隔壁那桌有人發話了：「嘿，別唱了，停止那種曲調，和那個年輕人一起滾蛋吧！」

與他對著幹的對面那張桌子有人打出了最後一張王牌，高聲唱道：「別了，唉，別了，我的心呀，已經碎了……」

「弗朗達！」當那伙人扯著脖子唱著《孩子成孤兒曲》，把嗓子都唱啞了的時候，有人便叫那個傷兵過來。「別跟他們玩，快坐到我們這裡來吧！也拿點菸捲來給我們。你會跟我們玩得開心的，傻小子！」

帥克和押送他的士兵饒富興致地望著這一切。帥克回憶起戰前他經常光顧這裡時的情景。那時，德拉什尼爾警官常到這裡來進行盤查，妓女們很怕他，於是集體為他創作了一首嘲諷歌曲，有一次她們的合唱隊還演唱了這首歌：

> 德拉什尼爾大人在場時亂糟糟，
> 瑪森娜呀喝得入醉鄉。
> 哪怕他德拉什尼爾呀，
> 她仍是那樣醉醺醺。

說時遲，那時快，唱到這裡時，德拉什尼爾正好帶著一批人馬進了酒館，他一副窮凶極惡的樣子，顯得毫不留情。接下來的場面就像圍捕一群鷓鴣那樣，那一次，帥克也被圍在其中。由於德拉什尼爾警官要查帥克的身分證，於是在這倒楣時刻，帥克不得不對德拉什尼爾提問說：「這次行動是經警察總署同意的嗎？」帥克還回想起了一位詩人，這位詩人常常就坐在這塊大鏡子底下，在「蒙面人」酒館那習以為常的歌聲和琴聲中寫一些短小的詩歌，讓妓女朗讀。

但押送帥克的兩位士兵卻沒有一點類似這種的回憶，對他們來說這都是十分新鮮的事，他們開始喜歡上了這裡。對這裡首先感到完全滿意的是矮胖子，因為像他這一類的人除了天生擁有樂觀主義的精神外，大多還信奉古希臘唯物主義哲學家伊比鳩魯的享樂主義；高個子稍稍猶豫遲疑了一會兒，接著，那股懷疑情緒似乎已蕩然無存，他也把自己的嚴肅謹慎拋諸九霄。

「我也跳場舞去。」他在喝乾第五杯啤酒，看到一對對男女跳著波爾卡舞曲的時候說。

矮胖子那就完全沉浸在享樂之中了。他的身邊坐著一位姑娘，這姑娘談吐挑逗，矮胖子兩眼都泛著光彩。

帥克啜飲著酒。高個子舞畢就同舞伴一起來到桌旁。隨後這兩位押送兵又是唱又是跳，不停飲酒，並且還亂摸著他們的舞伴。在這一片廉價愛情、煙霧瀰漫和酒氣薰天的氛圍中，他們不知不覺沉浸在一句古老的話「我死後任憑洪水泛濫」[34]所描繪的情景中。

下午，一個士兵坐到他們當中來說，只花五克朗他就可以讓他們的血管中毒。他說他隨身就帶著注射器，可以把煤油[35]打到他們的腿上或手上，那足以叫他們至少躺上兩個月。如果他們在傷口上不斷地

34　此話出自路易十五的情婦龐畢度侯爵夫人（Madame de Pompadour），表示全然不在乎身後之事。

35　作者注：這是一種逃進醫院的有效辦法。可是水腫中的煤油氣味仍不能很快清除，用汽油就好一些，因為它易於揮發，後來發展為用乙醚來摻汽油，之後人們又想出了其他更為完善的辦法。

塗口水，甚至可以躺上六個月，那就可能完全免掉兵役。

高個子已經完全失去平衡，缺乏理智，居然讓那士兵到廁所裡去給他腿上注射一針煤油。

天快黑的時候，帥克提議繼續上路前往隨軍神父處。那個矮胖子這時說話開始有些含糊不清，他勸帥克再待一會兒。那高個子欣然同意，還說神父可以等一等嘛。但是帥克對「蒙面人」酒館已經沒多大興趣了，他恫嚇說，如果他們還不走，他就自己上路。

他們好不容易才同意動身前往。但是帥克還得答應他們在路上再找個地方歇腳。

於是他們又進了弗洛倫采街一家小咖啡館，矮胖子在那裡把自己的一隻銀殼錶賣掉了，為的是能使大家繼續開心痛快地玩一下。

出了門，帥克得攙著他倆手臂走，一路上把帥克累得要命，因為他們的腿不聽使喚，老是差點就跌跤，嘴裡還一個勁地嘮叨，還想找個地方再痛快地玩玩。矮胖子還差點弄丟那封給神父的函件。帥克只好拿過來自己保管。

每當迎面而來某位軍官或者帶有官銜的人，帥克都得提醒他們注意。帥克費了九牛二虎之勁，總算把他們成功地送到國王街隨軍神父的住處，他還得親自幫他們把刺刀插到槍上，並不時用力捅捅他們的肋骨，提醒他們好好地押著他，而不是他在押著他們。

二樓的一扇門上貼著一張名片：隨軍神父奧托．卡茲，一個士兵替他們開了門，裡面可以聽到嘈雜的人聲和鏗然的杯瓶碰撞聲。

「我們——報告——隨——隨軍——神父大人——」高個子一面向那個開門的士兵敬禮，一面吃力地用德語說：「我們——帶來——一份函件——和——一個人。」

「進來吧，」那士兵說：「你們在哪裡喝成這個樣子？隨軍神父大人也……」士兵啐了口口水。

士兵拿著函件走了。他們在前廳等了好久門才打開，隨軍神父從裡面不是走出來，而是飛竄出來。他只穿了一件馬甲，手裡夾著一只雪茄。

「原來你已經在這裡了，」他醉醺醺地對帥克說：「是他們帶你來的？喂……你有火柴嗎？」

「報告隨軍神父大人，我沒有。」

「唔，你怎麼會沒有火柴呢？每一個士兵都應當隨身帶著火柴，以便點個菸什麼的，不帶火柴的士兵，就是……就是什麼呀？」

「報告長官，就是一個沒帶火柴的人。」帥克回答。

「說得好，就是一個沒帶火柴的人，就沒辦法給人點個火抽個菸，這是其一。第二，你的腳臭不臭，帥克？」

「報告長官，不臭。」

「第二就這樣了。現在再說第三，你喝俄國白酒嗎？」

「報告長官，我不喝白酒，只喝蘭姆酒。」

「很好！你瞧瞧那個大兵。他是我從費爾德胡貝爾上尉那裡找來，要在今天使喚的，原本是他的勤務兵。這傢伙滴酒不沾，是個禁、禁、禁酒主義者，這樣的人很適合去先遣隊。因為我不要像他這樣的人，這種人沒辦法要，他不是勤務兵，是一頭母牛，這頭母牛就只會喝白開水，像頭閹牛那樣嬌滴滴地哞哞叫。」

「你是個禁酒主義者，」他回過頭來對那位士兵這麼說：「你也不知道羞恥，笨蛋、傻瓜，你真該挨兩耳光。」

這時隨軍神父將注意力轉向兩個押送帥克的士兵身上，那兩位士兵拚命想站直，可腳下總是晃晃悠悠的，想靠來福槍支撐也不成。

「你、你們醉啦？」隨軍神父說：「出勤務時喝醉了，那得讓人把你們關、關起來。帥克，你卸掉他們的槍，再帶他們到廚房裡去，你看好他們，直到巡邏隊把他們帶走為止。我立刻打、打、電話到兵營去。」

這樣，拿破崙的那句名言「戰局瞬息萬變」在此又應驗了。

那天早上，這兩個人還押送著帥克，嚴防他半路脫逃，中途變成帥克領著他們走，到了最後，竟然演變成由帥克看管他倆。

起初，他們對這個變化還沒什麼感覺，等到他們坐在廚房裡，由帥克端著上了刺刀的槍站在門口時，他們才發覺局勢起了絕大的變化。

「唉，我還真想喝點什麼。」樂觀主義的矮胖子嘆了一口氣說。而那個高個子又犯起疑心病來。他說，這是一種無恥下流的出賣行為，他大聲譴責帥克，怪他害他們落到了這步田地。他認為帥克很會裝傻，告訴他們自己明天就要上絞架，可是現在他們才知道，懺悔、絞架什麼的，根本沒那回事！全是胡說！

帥克不語，在門口踱來又踱去。

「我們都當了他媽的笨牛！」高個子嚷道。

帥克聽完所有斥責之後，終於說道：

「現在你們至少知道一點了吧？軍事工作可不是什麼蜜糖。我在履行自己的職責。我和你們一樣落到這步田地，可正如俗語所說：『幸運女神正向

我微笑。』」

「我真想喝點什麼！」樂觀主義者絕望地重複說。

高個子站起來，踉蹌地往門邊走去。「你放我們回家去吧，」他對帥克說：「唉，大哥，別胡鬧啦！」

「你給我走開！」帥克回答：「我必須看著你們。現在我們必須六親不認。」

隨軍神父出現在門口說話了：「我、我怎麼也打不通兵營的電話。那麼你們就回去吧！可是要記、記住，出勤務時可不准再喝、喝酒啦。起步走！」

為了尊重隨軍神父，我們在這裡應當補充一句：他並沒打電話給兵營，因為他家根本就沒裝電話，他只是對著燈柱嘮叨了幾句。

二

帥克當起隨軍神父奧托・卡茲的勤務兵已經整整三天了，在這期間，他只見過隨軍神父一次。第三天，海爾米赫上尉的一個勤務兵來通知帥克，要他去接隨軍神父。

路上，那個勤務兵告訴帥克說，隨軍神父和上尉吵了一架，把鋼琴也砸壞了，現在醉得不省人事，說什麼也不肯回家。

海爾米赫上尉也醉了，把隨軍神父趕到走廊去，隨軍神父也就在門邊倒地睡了。

帥克到了現場，搖晃著隨軍神父。隨軍神父嘟囔了幾句，當他睜開眼時，帥克就給他敬了個軍禮說：「報告隨軍神父大人，我來了。」

「你來這裡做什麼？」

「報告，來接您，隨軍神父大人！」

「你是來接我的？接我上、上、上哪裡去呀？」

「回您府上去，神父大人！」

「為什麼要回自己家？我、我、我這不是在自己家裡嗎？」

「報告隨軍神父大人，您現在坐在人家走廊上。」

「那我是、是、是怎麼到這、這、這裡來的？」

「報告，您是來拜訪人家的。」

「我不、不是來、來拜訪人家的。你一定搞、搞、搞錯了。」

帥克把隨軍神父拉起來，讓他靠牆站著。隨軍神父東倒西歪，靠在他身上說：「你要把我摔倒啦！」

「我要摔倒啦！」他又重複了一遍，傻笑了一陣。帥克終於還是抵著牆，硬把隨軍神父拉了起來，隨軍神父卻以這種怪異的姿勢再次進入了夢鄉。

帥克叫醒了他。「您要做什麼呀？」隨軍神父說著，並竭力想靠著牆角坐到地上，但使不上力。「您到底是什麼人？」

帥克將他按回牆邊站著，同時回答道：「我是您的勤務兵呀，隨軍神父大人。」

「我根本就沒有一個什麼勤務兵，」隨軍神父費力地說著，想企圖重新倒在帥克的身上，「我也不是什麼隨軍神父。」

一個醉鬼是會吐真言的。「我是一頭豬，您放棄我吧！大人，我不認識您。」

兩人糾纏了一陣。最後還是帥克完全勝利了。他趁勢隨軍神父從走廊拖下樓，到了門廳，隨軍神父不讓帥克把他拖往街上。「大人，我不認識您，」他一邊同帥克糾纏，一邊再三聲明。「您認得奧托・卡茲嗎？那就是我。」

「我到過大主教的官邸，」他死死抓住門框大聲嚷道：「梵蒂岡也很器重我，您聽明白了嗎？」

現在帥克把「報告」二字丟在一邊去了，而改用了一種十分親切和藹的聲調來跟隨軍神父說話。

「我跟你說，你把手鬆開吧，不然的話，我就痛揍你一頓。現在我們就回家去，夠了，什麼話都不要說了。」

隨軍神父鬆開了門，然後又抓住了帥克。「我們現在上那裡逛逛去吧。可就是別到『舒希』妓院去，我欠他們錢。」

帥克連推帶拉，終於帶他出了門廳，沿著人行道朝家的方向拖去。

「那傢伙是你什麼人呀？」街上看熱鬧的人群中有一個問道。

「他是我哥哥，」帥克回答道：「他休假來看我，一高興就多喝了點，因為他以為我已經死了。」

隨軍神父哼著一支誰也聽不清楚的輕歌劇曲調，他聽了帥克剛才講的最後幾個字時，便站直了身子朝圍觀的人說：「你們當中如果有誰死了，限三日內向軍團指揮部報告，好給他的遺體灑聖水。」

之後隨軍神父又老要往人行道上跌倒，帥克就攙扶著他往回拉。

隨軍神父的腦袋往前墜，兩隻腳卻拖在後面，就像一隻扭傷腰的貓那樣晃蕩著，嘴裡還嘟囔道：「願主和你們同在，也和你的心靈同在，願主和你們同在。」

來到出租馬車站，帥克扶著隨軍神父靠牆坐下，就來和馬車夫們講價錢。

其中一個馬車夫聲明說，他太了解這位大人了，已經幫他趕過一回車，再也不願為他趕第二回了。他直言道：「他吐了我一車，連車錢都不付。我趕了兩個多小時的車才找到他家，我去找過他三次，足足過了一個星期才只願意付給我五克朗。」

費了半天唇舌，終於有一個馬車夫答應為他們拉車。

帥克回到隨軍神父身邊，發現他已經睡著了。他頭上戴的硬頂黑禮帽（因為他平時出門散步總是著便裝）也被人摘下來拿走了。

帥克叫醒他，有馬車夫幫忙把他塞進了車廂。隨軍神父在裡面始終神智昏迷，把帥克當成七十五步兵團的約斯達上校，反覆咕噥說：「你別生我的氣，朋友，我跟你說話老是沒大沒小，我真是一頭豬！」

有那麼一會兒，馬車和地面的碰撞聲似乎震得他終於有幾分清醒了。他坐正身子開始哼了幾句誰都聽不懂的歌曲。很可能是他自己幻想編造出來的：

當他坐在我的腿上搖擺，
我憶起了我的金色年代。
那時我們同住在，同住在，
麥克林納的多瑪日利采。

但是緊接著他又神智不清了，回過頭來對帥克瞇起眼問道：「您今天好嗎？親愛的夫人？」

「您到哪裡去避暑了？」稍停了一會兒他又說。一切事物似乎都成雙成對地出現在他眼前。於是他又問：「您已經有這麼大的兒子啦？」說完，用手指著帥克。

「坐下！」當隨軍神父想爬到車夫座位上去時，帥克嚷道：「你別以為我沒辦法教你放規矩

點！」

隨軍神父立即靜了下來。他用一雙豬仔般的眼睛從車廂窗口往外凝視，對他周圍的一切感到莫大的驚奇，一點也不明白到底發生了什麼。

他完全恍惚了，轉向帥克淒涼地說：「夫人，讓我去解決一件大事吧！」說著馬上就試著解開褲子。

「立刻扣好褲子！你這下流胚子！」帥克對他吼道：「所有馬車夫都認得你了。你已經有過前科，吐過一次啦！現在還想搞這個。不要像上次那樣呀！」

隨軍神父憂鬱地雙手托腮，開始哼唱起歌來：「誰都不喜歡我呀……」可是他又立刻不唱了，開口說道：「對不起您，親愛的朋友，您是個大笨蛋，我愛唱什麼就唱什麼。」

顯然他是想用口哨來吹個什麼曲子，可沒吹成口哨，卻從嘴唇裡噴出一大串「噗噗」聲，連馬車夫也嚇得停了車。

聽到帥克的吩咐後，車夫才繼續趕車前行。隨軍神父想把菸嘴點燃。

「它點不著，」他把一盒火柴用光了以後悵然尖叫道：「都是您，我點一回您就吹一回。」

但他說完又忘了自己正在說什麼，突然開始大笑起來。

「真好玩，電車上就只有我們而已。你說對不對，同事大人？」說著又去掏自己的口袋。

「我把票弄丟啦！」他嚷道：「停車，我必須找到這張票呀！」

接著又做了一個無可奈何的手勢說：「那就開吧……」

隨後，他又嘮叨起來：「在大部分情況下……對的，一切正常……在任何情況下……您弄錯了……在三樓上？那只是個藉口。這跟我沒關係，而是跟您有關係，親愛的夫人……買單！……我喝過一杯黑咖啡……」

在這種夢囈的狀態下，他以為自己在餐館裡，在幻想中和他爭靠窗桌位的一位對手爭吵著。隨後，他又把馬車當成火車，將身子探出窗外，用捷克語和德語朝街上嚷道：「寧布爾克站到了，換車！」帥克於是用力把他拖回到自己身邊。隨軍神父忘掉了火車的事，開始模仿起各種動物叫聲來。裝公雞叫裝得最久，他從馬車裡傳來的啼叫聲清澈而響亮。

有一陣子他興奮得怎麼也穩不住，總想從馬車裡跳出去，咒罵所有行人，說所有人都是流氓。後來，他將一塊小手絹從馬車上扔出去，大喊停車，說是丟了行李。接著又胡亂說起故事來：「布傑約維采有一名軍鼓手，他結了婚，一年後就死了。」他忽然又大笑起來，問：「這個笑話不好笑嗎？」

在整段馬車上的時光裡，帥克對隨軍神父毫不留情。

每逢隨軍神父使出種種可笑辦法，比如想跳下馬車或是弄壞座位等，帥克就朝他的肋骨狠狠揍上幾下，隨軍神父對此已無動於衷，習以為常了。

只有一次他企圖造反不聽話，想跳馬車，表示再也不肯往前，他說他知道馬車不是到布傑約維采，而是到波德莫克里去的。可是帥克只用了幾分鐘的時間，就將他的造反徹底鎮壓下去了，逼著他回到原來的座位上，監視著他，不讓他睡覺。「別睡了，你這頭累死人的牲口！」這是帥克在這趟馬車上說過最溫和的一句話。

忽然，隨軍神父勾起了一陣愁思，哭了起來，問起帥克是否有母親。

「而我呢，我的天哪，在這世上是孤身一人，」他衝著馬車外嚷道：「你們就把我收養了吧！」

「你別給自己丟臉了！」帥克訓誡他說：「住嘴，不然大家都會說你喝多了。」

「我什麼也沒喝呀，朋友，」隨軍神父回答：「我清醒得很。」

但是他忽然站起身來，行了個軍禮，說：「報告，上校大人，我喝醉了。我是一個豬狗不如的人。」

他滿懷著絕望的心情，真情實意地把這句話重複了十遍。

爾後他過頭來對帥克不停地央求說：「您就把我從汽車裡扔下去吧，您為什麼要帶我乘車呀？」

他又坐下來嘟囔著說：「月亮周圍有一個圈圈兒，您相信靈魂不朽嗎？連長大人？馬能升天堂嗎？」

他開始笑了起來，但是過了一會兒這股興致又蕩然無存，他漠然地看著帥克說：「請問，大人，我好像在那裡見過您。您去過維也納吧？我記得您好像是從神學院來的。」

不一會兒他又開始背誦起一些拉丁文詩句來使自己開心：「曾經有個黃金時代，那時毋需法官。」[36]

「再也不要走了，」他說：「您還是把我扔出去吧。為什麼不推我出去啊？我不會跌傷的。」

「我想來個鼻子先著地。」他用堅強的口氣說。

「大人，」接著他懇請說：「親愛的朋友，給我個耳光吧！」

「是要一個還是幾個？」帥克問。

「兩個耳光。」

「好吧，這就打嘍！」

隨軍神父大聲地數著挨耳光的數目，滿臉高興。

「痛快極啦，」他說：「這對胃有好處，有助於消化，您再替我來一下！」

「衷心感謝！」在帥克立刻滿足了他的要求之後，他喊道：「我太滿意了。現在勞駕您，把我的背心撕開吧。」

他提出了各式各樣離奇古怪的要求。他要帥克弄斷他的腳、掐死他一會兒、剪他的指甲、拔他的門牙。

他表現出一種急於想做殉道者的渴望，要求將他的腦袋割下來，裝入布袋裡，扔到伏爾塔瓦河去[37]。

「我的腦袋周圍最好像聖徒一樣有一圈星星，」他興致勃勃地說：「十顆就夠了。」

然後他又談起賽馬，緊接著他又扯到芭蕾舞上面，在這一話題上也沒逗留多久。

「您會跳查爾達斯舞[38]嗎？」他問帥克：「會跳熊舞嗎？是這樣跳……」

他高興地跳動起來，沒想到跌倒在帥克身上。帥克給了他幾拳，把他放倒在座位上。

「我想要點什麼，」隨軍神父嚷道：「可我自己都不知道要什麼。您知道我要什麼嗎？」說著，他的腦袋不由自主地往下一垂。

「我要什麼，那跟我有什麼關係？」他鄭重地說：「大人，這也不是您的事。我不認得您，您憑什麼那樣瞪著我？您會擊劍嗎？」

有那麼一剎那他變得凶猛起來，企圖把帥克從座位上推下去。

帥克以他體力上的優勢輕鬆制服了隨軍神父之後，神父又問他：「今天是星期一還是星期五？」

他還好奇地打聽，現在究竟是十二月還是六月。他此時表現出了很高的智商，試著提出五花八門的問題，諸如「您結婚了嗎？您愛吃奶酪嗎？你們家裡有過臭蟲嗎？您過得還好嗎？您的狗是否患有犬瘟熱？」

他的話愈來愈多，成了個健談家了，說他買的馬靴、鞭子和馬鞍，到今天還沒付錢，又說他幾年前得過淋病，是用高錳酸鉀治好的。

「沒時間去想別的啦，」他說道，隨意打了一個嗝。「您也許嫌麻煩，可是，請您告訴我，這叫我怎麼辦，所以您必須原諒我。」

「所謂熱水瓶，」他又繼續說，把前面說的話全忘了。「乃一種可以使飲料及食品保持其原有溫度之容器也。喂，同事大人，您覺得哪種遊戲比較公道？橋牌或二十一點？」

36　引自古羅馬詩人奧維德《變形記》第一卷。

37　傳說捷克天主教聖徒le臬玻穆的若望遭判淹死於伏爾塔瓦河時，落水前頭頂出現了五顆星形成的光環。

38　查爾達斯舞（Czardas）是一種匈牙利民間傳統舞蹈。

「真的，我在哪裡見過你，」他喊了起來，還試圖去擁抱帥克，用他那流著口水的嘴唇去吻他。「我們常常一道上學去。」

「你是一個好小子！」他柔和地說，一邊撫摸著自己的腳。「自我們分手以來，你長成大人啦！我見到你的那種高興，驅散了我的一切痛苦。」

說著說著，他詩意大發，完全沉浸在詩一般的情緒中，開始大談特談如何重返幸福快樂的心境之中。然後他跪下來，開始禱告：「聖母瑪利亞，願您健康快樂。」同時開懷大笑。

馬車總算到達了他的住宅門前，把他弄出馬車來可費了九牛二虎之力。

「我們還沒到哩！」他嚷道：「你們救救我呀，他們要綁架我，可我還要接著往前走呀。」他還真像被煮熟的蝸牛肉被往殼外拉似的，被帥克從馬車上拖了下來。有那麼一會兒他好像就要被撕成兩半，因為他的兩隻腳和座位分不開了。

在這種情況下，他也仍然大聲笑著，說自己騙過了他們。「你們真心非要扯斷我才罷休嗎？諸位大人。」

最後他被拖進了門廳，上了樓梯到了自己的房間。在那裡，他就像只布袋般被扔在沙發上。他聲明，他絕不付這份不是自己租的汽車錢，他們足足花了十分鐘向他解釋說他坐的是馬車。

即便如此，他還是不肯付錢，否認自己坐了馬車。

「你們想糊弄我，」隨軍神父說，意味深長地向帥克和馬車夫擠了擠眼。「我們一路都是走來的。」

忽然間，他又十分慷慨大方地把他的錢包扔給了馬車夫：「你都拿去吧！我可以付錢，多一個少一個銅板都無所謂，我不在乎這幾個小錢。」

其實精確來說，他當然不在乎這三十六個克萊查[39]，因為他錢包裡就只有這點小錢。馬車夫有幸將隨軍神父的全身上下搜查了一遍，一面說著要搧他的耳光。

「那你就來搧我一下吧，」隨軍神父回答：「你以為我承受不住嗎？我挺得住你五下。」

馬車夫在隨軍神父的背心口袋裡找到了一枚五克朗硬幣，拿走了，一路抱怨自己倒楣，命不好，隨軍神父耽誤了他的時間，還少給了車錢。

隨軍神父好半天還沒入睡，因為他不斷地設想著各種新計畫。他什麼都想做：彈鋼琴，練跳繩，炸魚吃，等等。

隨後他又許諾要把自己根本就不存在的妹妹嫁給帥克。他還要求人們把他放到床上去，最後又說，他希望別人能承認他是一個人，一個與一頭豬的價值相等的人，說著說著，他終於入了夢鄉。

三

早晨，帥克走進隨軍神父的房間時，發現他正躺在沙發上苦苦尋思：怎麼可能發生這樣的事呢？竟然有人用一種特殊的方法將他淋得全身溼透，以致兩只褲腿全都緊貼在皮沙發上了。

「報告神父大人，」帥克說：「您昨天夜裡……」

他三言兩語就替隨軍神父解釋清楚了，說是他錯以為自己被水淋溼。神父頭昏腦脹，心情沮喪。

「我記不清自己是怎麼從床上爬起來跑到沙發上的。」他說。

「您根本就沒上過床。我們一回來就把您扶上沙發，再也無力移往別處了。」

「我幹了些什麼事？我做了什麼沒有？我難道是喝醉了？」

「醉得不省人事。」帥克回答：「報告隨軍神父大人，您還來過小小一陣痙攣性的酒瘋。我建議您最好還是換換衣服，擦洗擦洗，這樣舒服些。」

「我覺得我好像被誰狠狠揍過一遍似的，」隨軍神父抱怨說：「而且後來我口渴得要命。昨天我沒跟

39　奧匈帝國最小錢幣單位。

別人打架吧？」

「還沒鬧到那種境界，隨軍神父大人。至於您的口渴嘛，那是因為昨天您喝多了，這口渴可不容易治。我認得一個木匠，他在一九一〇年除夕，生平第一次喝醉了。第二天元旦早晨，他口渴得厲害，他感到很不舒服，便去買了條青魚，又喝了起來。天天如此，足足喝了四年。誰也幫不了他的忙，因為每逢星期六他就去買一條青魚，吃上一個星期。正如九十一團的一位老軍士說的，這是一種惡性循環。」

隨軍神父此時無精打采，心情鬱悶。這個時候誰如果聽他講話，一定會以為他常去聽亞歷山大・巴切克[40]的演說：「讓我們向酒魔發起一場你死我活的戰爭吧！這魔鬼正殘殺著我們最優秀的男兒。」或者熟讀他寫的《一百朵道德的火花》。

真的，他稍微有些變化。他說：「假如一個人喝的是一種高貴的飲料，如南亞的甜酒、義大利的櫻桃酒、法國的白蘭地酒，那就好了。可是昨天我喝的卻是松子酒。我自己也感到奇怪，我怎麼會如此大口大口地喝呢？其實味道很不好，就算是黑櫻桃酒也都好一點。人們仿製出各式各樣的次級品來，然後讓你像喝水一樣喝下去。我喝的這種松子酒不僅味道不好，顏色也不鮮亮，喝了會刺激嗓子。如果來點真正的杜松酒也好，就像我上次在摩拉維亞喝的那種一樣。可這次喝的松子酒卻是用一種木酒精和油熬出來的。你瞧，我老打嗝。」

「白酒是毒藥，」他繼續斬釘截鐵地說：「必須是原汁原味的原裝貨，而不是猶太人從廠子裡用冷卻法生產的那一種。真正的白酒跟蘭姆酒一樣，好的蘭姆酒不多見。」

「如果我此刻有點真正的櫻桃白蘭地酒就好了，」他嘆了口氣道：「它對我的胃有好處。這種白蘭地在普魯斯采的施納布爾連長大人那裡有。」

於是他開始翻口袋找錢包了。

40　亞歷山大・巴切克（Alexandr Sommer Batěk）是位作家、和平主義運動者、世界語推廣者。

「好傢伙，我總共就剩下三十六個克萊查了。把這沙發賣掉好不好？」他想了一下對帥克問道：「你說呢？有沒有人想買這沙發呢？當然我可以對房東說把它借給別人了，或者是被人偷走了。不，沙發還是要留著。那我派你到施納布爾連長大人那裡去，叫他借給我一萬克朗，他前天玩撲克贏了錢。如果在他那裡弄不到錢，就到沃爾舍維采兵營去找馬勒爾上尉。如果那裡還要不到，你就到赫拉昌尼找菲舍爾連長，告訴他說我得付馬料錢，可這筆錢又被我喝掉了。假如連那裡也借不到，我們就只好把鋼琴當掉，不管它三七二十一。我每處都給你寫上一個字條帶著，別讓他們把你搪塞走。你就說我已經到了山窮水盡的地步。你愛怎麼編就怎麼編吧，就是別空手回來，否則我就把你送到前線去。你順便問一下施納布爾連長他的櫻桃白蘭地酒是在哪裡買的，替我買兩瓶。」

帥克把事情辦得很漂亮。他的天真和他誠實的樣子使他去找的幾個人完全相信他說的是真話。

帥克認為對這幾位長官說隨軍神父給不起馬料錢不太妥當，他思忖，最容易得到別人支持的，莫過於說隨軍神父付不出私生子的津貼了。於是，他在每個人那裡都弄到了錢。

當他帶著三百克朗勝利凱旋的時候，隨軍神父（這時已經洗了澡，換上了乾淨衣裳）簡直大吃一驚。

「我一下就全都弄到手了，」帥克說：「這一來我們明天，甚至後天就不需要再操心錢了，事情一點也不難辦，只不過在施納布爾連長那裡，我得在他面前下跪，那傢伙壞透了，不過，當我告訴他說要付私生子津貼的時候……」

「私生子津貼？」隨軍神父重複了一句，嚇了一跳。

「對了！私生子津貼，隨軍神父大人，就是付給姑娘們的錢。您不是說，讓我隨便編嗎？我當時真想不出別的什麼理由來了。我們老家有個鞋匠，一次要給五個女孩付私生子津貼費，弄得狼狽不堪。他也靠借錢過日子，誰都相信他的境況不佳。對了，他們還問，那姑娘長得怎麼樣，我說長得很漂亮，說她還不到十五歲，於是他們甚至還想問她的地址。」

「你可把事情搞糟了，帥克！」神父嘆了一口氣，在房裡來回踱步，邊搔抓著腦袋。「這太丟人現眼啦！這下我頭痛死了！」

「我就把我們街上一個聾老太婆的地址抄給了他們，」帥克解釋說：「我想把事情辦得穩當些，因為命令就是命令呀！我得想個說法，不能讓他們搪塞我。現在外邊門廳裡有人等著搬那架鋼琴，是我把他們叫來的，好讓他們把它抬到當鋪裡去。隨軍神父大人，搬走這架鋼琴不是一件壞事。這麼一來，既騰出了地方，又積攢到不少錢，我們不就可以過上幾天不愁吃不愁喝的清靜好日子了嗎？如果房東問起我們為什麼搬鋼琴，那就說斷了幾根鋼絲，把它送到樂器廠去修理。我也跟門房老太太打過招呼了，免得她看到搬鋼琴上卡車的大陣仗就大驚小怪。你要賣的沙發我也找到主顧了，是位我認識的二手家具商，他下午來。如今一只皮沙發值不少錢哩。」

「你還幹了些什麼？帥克？」隨軍神父問，仍然捧著腦袋，樣子很沮喪。

「報告隨軍神父大人，您叫我買兩瓶像施納布爾連長買的那種櫻桃白蘭地酒，我買了五瓶，好讓

我們有點存貨，天天都有得喝呀。現在，要不要趁當鋪還沒關門，讓他們抬走鋼琴吧？」
隨軍神父無可奈何地擺了一下手。一轉眼，鋼琴已經被他們搬上貨車運走了。
當帥克從當鋪回來時，發現隨軍神父坐在一只又開了瓶的櫻桃白蘭地酒瓶面前，正為中午吃的肉排沒炸透而發著脾氣。
隨軍神父很快又醉如爛泥。他向帥克表明，說從明天起他要重新做人，過一種新的生活，因為喝烈酒是庸俗的唯物主義，人必須過一種高尚的精神生活。
他這種充滿哲理的論調說了有半個鐘頭。正當他擰開第三瓶酒時，舊家具商來了。隨軍神父以半賣半相送的低價賣給了他。他請家具商別忙著離去，他想和他聊聊，可那人使他很失望，他請求隨軍神父原諒，說他還得忙著去買一只床頭櫃。
「遺憾呀，我沒這東西，」隨軍神父抱歉說：「不過一個人不可能什麼都面面俱到啊。」
舊家具商走了之後，隨軍神父和帥克又友好地聊了一番，順便喝起另外一瓶酒。部分話題是隨軍神父個人對女人和撲克所持的態度。
他們邊喝邊聊了半天，黃昏時，帥克和隨軍神父的友好談話還在進行中。
可是到了晚上，情況就變了。隨軍神父又恢復成前一天的醉樣，把帥克當成另外一個人，並對他說：「不，絕不，您別走，您還記得那位棕色頭髮的見習軍官嗎？」
這支田園牧歌般的插曲一直演到帥克對隨軍神父說：「我已經煩透了！現在你給我爬上床去乖乖地睡吧，明白嗎？」
「我去睡，親愛的，我這就爬上去睡，你說得對呀！我為什麼不爬上床去呢！」隨軍神父嘟囔著：「你還記得不記得，我們同在五班待過，我還替你做過希臘文的練習題呢？你有座別墅，可以從那裡坐著汽艇遊伏爾塔瓦河，你知道伏爾塔瓦河是什麼嗎？」
帥克逼著他脫下鞋子，再脫衣服。隨軍神父一邊照辦一邊對著空氣裡一群憑空想像出來的聽眾抗議，他對著櫃子和一盆無花果樹說：「各位，你們看！我這幫親戚對我有多麼凶呀！」

「我不要認自己的這幫親戚了！」上床時，他突然用堅定的口氣說：「就算天地都跟我作對，我也不認他們……」

屋子裡很快地響起隨軍神父的鼾聲。

四

就在這段時間裡，帥克還抽空去了一趟他的老傭人穆勒太太住處，見到的卻是穆勒太太的表妹。她向帥克哭訴說，穆勒太太就在她用輪椅推帥克去入伍的那一天也被逮捕了。老太太遭到軍事法庭的審訊，由於找不到任何足以問罪的證據，於是就將她送到斯特因霍夫集中營去了。她曾經從集中營寄過一張明信片。

帥克拿起家裡這份珍貴的遺物讀道：

親愛的安寧卡：

我們在這裡過得很舒服，大家都健康。躺在我隔壁床上的女人患●症，還有人得了天●。除此之外，其餘一切都還正常。我們的食物夠吃，有時撿些馬鈴薯●煮湯喝。我聽說我家大人帥克已經●●，請妳打聽一下他埋在何處。等打完仗我們才能替他上個墳。我還忘了告訴妳，閣樓角落上有一個小盒子，裡面有一條小狗。自從他們把我●●後，牠就幾個星期沒有進食了。我想要餵牠也為時已晚，小狗恐怕也已經真的命●●●。

信上橫蓋著一個玫瑰紅色的戳子，上面批注：此函業經帝國及皇家斯特因霍夫集中營檢驗。

「那隻小狗果然早就死了。」穆勒太太的表妹嗚咽著說：「您也認不出來您曾經住過的這間房子了，因為我找了一些女裁縫住在這裡了，她們把這裡布置得像個小客廳。滿牆都是時裝圖片，窗台上也擺滿了鮮花。」

穆勒太太的表妹顯得很激動，怎麼也平靜不下來。

她始終嗚咽著、怨訴著，甚至表現出有些擔憂、顧慮，怕帥克是從軍隊裡逃出來的，還想來連累她，給她帶來不幸，於是她突然改變了態度。

「這玩笑開得絕妙之極，」帥克說：「這令我特別開心。格拉依謝娃太太，我如果被他們知道我是逃出來的，而且還很不容易，我必須幹掉十五個警衛和軍士。妳對誰也不要說出去……」

帥克離開那間不肯收留他的自家房子時，最後說道：「格拉依謝娃太太，我還有幾條衣領和背心在洗衣房裡，請妳替我取出來。等我從軍隊復員回來好有個衣服換。還要請妳注意，別讓衣櫃裡生蟲蛀了我的衣服。此外，請替我向那些在我床上睡覺的女士們問好。」

隨後，帥克也來到「喝兩杯」酒館看了看。巴

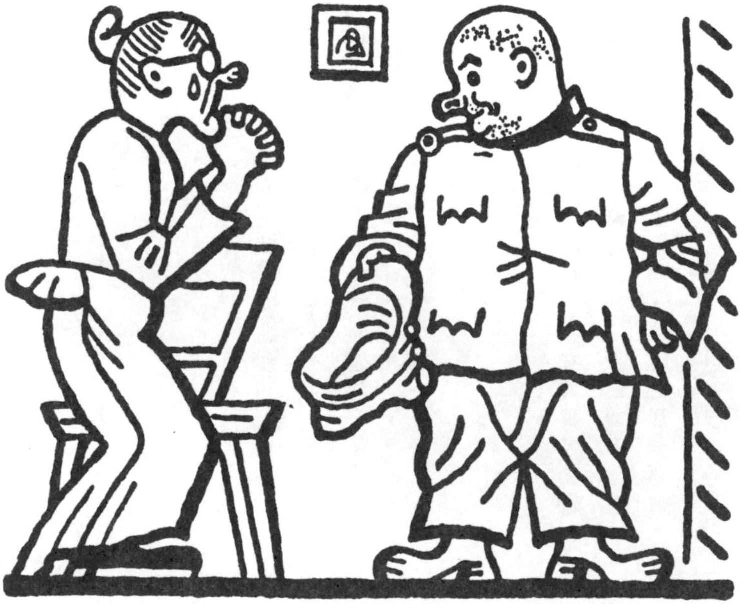

里維茲太太一見到他，就聲明絕不給他倒酒喝，因為她也認為他恐怕是逃兵逃出來的。

「我家男人，」她開始老調重彈：「他為人是那麼謹慎，卻無緣無故地蹲進大牢。有些人卻從軍隊裡開了小差，如今逍遙自在，到處閒轉。上星期他們還來搜捕過您呢！」

她繼續說：「其實我們比您謹慎得多，可我們還是倒了大楣。不是人人都像您那樣走運啊！」

談話間，有一位年長鉗工走到帥克跟前說：「勞駕，先生，請在門外等我一下，我有話跟您說。」

他在街上和帥克交談了一陣。根據老闆娘巴里維茲太太的介紹，他也把帥克當成了逃兵的。

他告訴帥克說，他有一個兒子也從軍隊逃兵回來了，如今躲在耶塞納的奶奶家中。

帥克向他保證自己絕對不是逃兵，這人卻怎麼也聽不進去，硬把十克朗塞進帥克手裡。

「這是給您應急用的，」說著就把帥克拉到酒館的一個角落裡：「我是理解你的，用不著怕我。」

帥克回去的時候已經夜深了，可是隨軍神父不在家。

直到第二天凌晨他才回來，叫醒帥克說：「明天我們得去給野戰軍做彌撒。你給煮點摻有蘭姆酒的黑咖啡，或者熬點格羅格酒[41]更好。」

41　蘭姆酒或其他烈酒加糖和水熬成的烈性飲料。

11 帥克陪隨軍神父去做戰地彌撒

一

屠殺、滅絕人類的一切準備工作，總是假借上帝或人們想像中所虛構出的神靈名義來進行的。

古代腓尼基人砍下戰俘頭顱之前，總要舉行隆重的祈禱儀式，這就跟幾千年來一代又一代的戰士以火與劍去消滅敵人時的所做所為如出一轍。

幾內亞與波利尼西亞島嶼上的一些食人族在將他們的俘虜和不需要的人，如傳教士、旅行者、各種貿易公司的經紀人或者一般獵奇者開席吃掉之前，首先要祭祀自己信奉的各種神靈，舉行種種宗教儀式。由於那時還沒有僧袍祭服這一類的文明玩意兒，於是就用一些禽鳥鮮豔的羽毛扎在臀部周圍，作為裝飾。

中世紀神聖的宗教法庭燒死他們的犧牲品之前，總要舉辦最隆重的祈禱儀式，高唱福音歌曲的彌撒大典。

每當處決肇事者時也總有神父登場表演，折騰犯人。

在普魯士是由牧師將可憐的犯人領到斧頭下，在奧地利則由天主教神父帶到絞架旁，在法國是帶到斷頭台下，在美國，則由神父帶到電椅上，在西班牙，是帶到一把安有小巧精緻的窒息器的電椅上，而在古老的俄國，則由一個大鬍子的神父來給革命者舉行儀式。

各國在處死犯人時都要拿出耶穌受難的十字架，好像在說：「只不過是把你的頭砍掉，把你絞死、勒死，往你身上加十五萬伏特的電壓而已，可是這點苦是務必要嘗一嘗的。」

世界大戰這場大殺戮自然也少不了神父們的一番祝福。所有軍隊裡的隨軍神父都要做祈禱，舉行彌撒，替給他們飯碗的一方祈求勝利。

參加兵變的叛亂者被處決時，有神父出現。處死捷克軍團的成員時也有他們在場。

這種情況至今也毫無改變——被尊為「聖徒」的海盜沃依捷赫曾經一手執劍，一手拿十字架，屠殺波羅的海沿岸的斯拉夫人。

整個歐洲，人們就像牲口一樣，大批大批地被趕進屠宰場，驅趕他們的除了一幫屠夫——皇帝、國王、總統和權勢顯赫將領之外，還有各種宗教體系底下的傳教士，為他們祝福，說出虛偽的誓言，諸如什麼在地上、在天上、在海上、我們無處不在等等。

戰地彌撒總得來兩遍：一遍是在軍隊開往前線的時候，另一遍是到達前線，在爬出戰壕要去屠殺、流血之前。記得有一回，正在舉行這種戰地彌撒時，一架敵機正好將一顆炸彈投在讀經台上。正在做彌撒的神父被炸得粉身碎骨，現場只剩下幾片染血的破布。

後來，報紙把這位神父當成殉道者來宣傳報導，同時，我們的飛機也為對方的神父準備了同樣的光榮下場。

我們將這看做極大的笑話。一夜之間，臨時插在神父墳頭的十字架上，出現了如下一段墓誌銘：

> 原本是我們的遭遇，卻讓你碰上。你曾許諾我們，朋友啊，一定能升上天堂。欣逢彌撒大典，豈料禍從天降，如今只有你那幾片染血的破布，永遠留藏在這個土堆下。

二

帥克煮的格羅格酒非常美味可口，遠比所有老水手釀的都要好。這種酒即使是十八世紀的海盜喝了也會很滿意的。

奧托．卡茲隨軍神父十分高興。「你在哪裡學來的本事，煮這麼一手好喝的酒？」他問道。

「那是多年前我在外流浪的時候，」帥克回答：「在不來梅，從一個放蕩不羈的水手那裡學來的。他說過，格羅格酒必須濃到讓你喝了它之後，即使落到海裡也能游過整個英吉利海峽。如果只喝了幾杯淡的格羅格酒，你就會像狗養的一樣沉入海底。」

「帥克，肚子裡如果有了這種烈性的酒，那我們這次的戰地彌撒一定會做得很棒的，」隨軍神父說：「我想在臨走之前說幾句話。做戰地彌撒可不是鬧著玩的。不像拘留所裡做彌撒，或者隨便給那些混蛋佈道那樣！在做戰地彌撒的場合下，一個人確實得全神貫注，機智靈活。戰地彌撒用的經台那我們已經是早就有了，那可是一個可以摺疊起來的袖珍經台。」

他突然用手抓住腦袋大喊：「我的老天爺！帥克！我們真是笨牛！你知道我把這個可以摺疊的戰地經台塞到哪裡去了嗎？對了，塞到我們已經賣掉的沙發裡了！」

「糟了，隨軍神父大人！」帥克說：「我雖然認得那位舊家具商，可是前天我只看見了他的老婆。據說他本人因為偷了個什麼櫃子被關了起來。我們那張沙發已經轉到了沃爾舍維采一名教師手裡。沒有這個戰地經台可就沒辦法辦事了！我們最好喝完這點格羅格酒之後就去找它。」

「我們還真的就缺這個經台了，」隨軍神父發愁地說：「不過在演習場上一切都準備好了，木匠已經在那裡搭起了一個講壇，聖體匣由普謝夫諾夫修道院借給了我們。我自己應該有一只聖杯，可是那玩意兒在哪……」

他沉思了一會兒說：「就當它搞丟了吧，我們可以把七十五團的魏廷格上尉那只體育獎杯借來用一用。那是好久以前他代表『體育愛好者』俱樂部賽跑得來的獎品。他曾是一位優秀的賽跑運動員，從維也納到穆德靈的四十公里馬拉松賽跑中，他才用了一小時四十八分鐘，他總跟我們吹噓這件事呢！昨天我跟他說好了。我真是個畜生，什麼事都拖到最後一刻才想得起來。我為什麼不早點查看一下沙發呢？我真是飯桶一個！」

他在按照水手說的祕方煮出來的格羅格酒影響下，開始大罵自己，用各種庸俗的箴言來數落自己。

「我們還是去把那個戰地經台找回來吧！」帥克提議道：「已經是早晨了。我還得穿上制服，再喝一杯格羅格酒。」

最終他們還是出發了。在前往舊家具商妻子住處的一路上，隨軍神父都在跟帥克講述他昨天在玩「上帝賜福」牌時贏了好多好多的錢，談得好的話，也許可以把鋼琴贖回來。

這事的可能性就跟異教徒答應要為天主獻上祭品一樣。

他們從舊家具商睡眼惺忪的老婆大人那裡打聽到了沙發的新主人，沃爾舍維采一位教師的地址。隨軍神父表現得瀟灑大方，不僅捏了捏她的臉蛋，還搔了搔她的下巴。

他們一起步行到沃爾舍維采，因為隨軍神父聲稱，他需要呼吸新鮮空氣，好想想別的一些事情。

他們到了沃爾舍維采的這位教師住處，不禁大吃一驚，原來這位虔誠老教徒在沙發裡發現了戰地經台之後，認定是上帝的一種安排，於是便把它送給了沃爾舍維采區教堂的聖器室，還在摺疊經台的背面寫上：「教師戈拉西克於一九一四年夏奉獻於上帝，讚美我們神聖的主。」此時的他只穿了一條內褲，顯得困窘、惶恐、不知所措。

從與他的交談中可以明顯地感覺到，他把這一發現視為一種奇蹟和上帝的旨意，賦予它特別的意義。自從他買到這張沙發後，他就彷彿聽到裡面有一個聲音在說：「你去看看沙發夾縫裡有什麼東西。」他還說他曾夢見了一位天使如何直接對他下命令：「翻開沙發的夾縫！」他聽從了。

他說當他發現那個帶有壁龕的、畫得很精緻的三面摺疊袖珍經台時，馬上跪倒在沙發前，熱忱地禱告了一番，讚美著上帝，並視之為天上來的旨意，讓他取來裝飾沃爾舍維采教堂的。

「我們對此不感興趣。」隨軍神父說：「您應該把這種不屬於自己的東西上交給警察局，而不應該送到什麼天殺的聖器室去。」

「為此奇蹟，」帥克補充說：「您可能要倒大楣。他們買的是沙發，而非屬於軍隊財產的經台。所謂的上帝旨意可能讓他們付出很大的代價！根本就不應該往天使上扯。茲霍爾有一個人也曾在地裡挖出個什麼聖杯來，是一個聖物竊盜犯埋的，自己卻忘了這事。挖出聖杯的那人也把這事情當成上帝的旨意。他倒沒把聖杯拿去熔掉，而是拿著它去找神父大人，說是他想把它獻給教堂。神父大人認為他一定是因為自己偷了聖物受到良心責備才送來的，於是帶他到村長那裡。村長又把他轉交給憲兵隊。他就這樣無辜地被判成聖物竊盜犯。由於他原先沒完沒了地嘮叨什麼奇蹟，後來他想為自己辯護時，也提到了什麼天使，甚至把聖母瑪利亞也扯了進去，結果判了他十年徒刑。您最好是趕快和我們一起去找這裡的教區神父，把公家的財產拿回來還給我們。戰地經台可不是一隻什麼小貓小狗或者襪子，你想送誰就送誰呀。」

老教師渾身發著抖，穿衣服時牙齒還直打顫：「我真的沒有不懷好意！我只是想用上帝的賜予來裝飾一下我們沃爾舍維采這座教堂。」

「這是濫用軍事物資，不是很明顯嗎？」帥克乾脆、嚴厲地打斷了他的話：「真是謝天謝地！哪有如此的上帝賜予！霍捷博爾有個叫比沃卡的，有一次不知怎麼地將人家的一頭牛連同套子一起牽到自己的手上了，也說是上帝的賜予。」

那可憐的老頭被這番話嚇呆了，他不再申辯，只想著盡快穿好衣服去了結這樁麻煩事。

沃爾舍維采教區的神父還在睡覺，被喧嘩聲音弄醒後便開始罵人。睡眼惺忪的他認為是外面有人來要他去為哪個死者舉行臨終塗油禮。

「就算是舉行臨終塗油禮也得先讓人安穩地睡上一覺嘛，」他嘟囔著，極不情願地穿上衣服說道：「人家睡得正香，還要被那些想去死的人打攪，最後還得讓你為幾個手續費去討價還價。」

就這樣，他們在前廳見面了。他，作為上帝在沃爾舍維采居民和天主教徒中間的代表，而另一邊則是上帝在人間軍事機關裡的代表。

總而言之，此乃軍民雙方之間的糾紛。

教區神父堅持認為戰地經台不該放在沙發裡，而隨軍神父則強調指出，正因如此，那就更不該讓它從沙發裡被取出來，送到只有老百姓才去的教堂聖器室。

帥克也站出來幫腔說，一個窮教堂要靠占軍事機關的便宜來發財是很容易的。他所說的「窮」是打了引號加以強調的。

最後，他們一起來到教堂聖器室，教區神父交出了戰地經台，記事簿上寫道：

茲收到偶然流失至沃爾舍維采教堂之戰地經台一件。

隨軍神父　奧托・卡茲

這件尊貴、有名的戰地經台是維也納的莫里茲・馬勒爾——一家猶太人開的公司做的。他們專門製造各種彌撒和宗教儀式所需用品，諸如念珠、聖像。

經台由三面摺疊而成，上面貼有厚厚一層假金

箔，就跟所有聖殿一樣，壯麗輝煌。

如果沒有豐富的想像力，就難以辨認三塊板上的東西其實都有深刻的含義。毋庸置疑，它就是個經台，但這個經台連住在非洲贊比亞的多神教徒、布里亞特族和蒙若族的巫師似乎都可以使用。

經台的顏色鮮豔奪目，有點像是用來測試鐵路員工是否為色盲的彩色板。

只有一個人像是突出的。那是個一絲不掛的男人，頭上現出光環，周身發青，好像一隻已經腐爛發臭的鵝屁股。

誰也沒有對這位聖徒做出不敬的動作，但是他的兩側各有一個長著翅膀、代表天使的形象，這讓觀眾感到這位一絲不掛的男人似乎被他周圍的環境嚇得大吼大叫。因為那對天使畫得像是童話中的妖怪，像是某種不明生物，介於長翅膀的野貓和《啟示錄》中的怪物。

經台另一面畫的是一個表現三位一體的聖像。那隻鴿子，總體而言精湛表現了畫家的手藝，他把牠畫成了一隻如同美國品種大白雞那樣的鴿子。

而天父卻被畫得像血腥驚悚電影裡的西部荒野大盜。

有別於天父，天父之子卻被畫成了一個快活的年輕男子，肚臍下那突起的部分是用游泳褲似的東西遮擋起來的，給人一種優秀運動員的印象。手捧十字架，就像手握網球拍那般瀟灑自如。

從遠處看，一切都和樂融融，給人感覺像是一列正要進站的火車。

第三幅畫簡直令人弄不明白它到底表現的是什麼。

士兵們在看彌撒時總要爭吵，搶著猜畫謎。有人甚至認為這就是一幅薩扎瓦河畔的風景畫。

而畫下卻寫著：聖母瑪利亞，耶穌之母，饒恕我們吧！

帥克將得手的戰地經台順利放進馬車，然後自己跟趕車的坐在前廂，而隨軍神父一個人舒舒服服地坐在車廂裡，兩隻腳搭在象徵三位一體的經台上。

帥克與馬車夫聊起戰爭。

馬車夫屬造反派，他就奧地利軍隊炫耀武力的問題作了種種評述，諸如「對方在塞爾維亞大力推進」等等。馬車駛入糧站的地盤時，一個小職員前來詢問車裡裝的是什麼。

帥克回答：

「三位一體的經台、聖母瑪利亞和隨軍神父。」

這時候，各步兵連的新兵在演習場上等待得不耐煩了，他們已經等了很久。因為帥克和隨軍神父他們先得到魏廷格上尉那裡去借運動獎杯，然後還得到普謝夫諾夫修道院去借聖體匣、聖餅盒和其他做彌撒的物器，包括一瓶進聖餐用的酒。足以見得，做一場戰地彌撒並非一件容易的事。

「我們做這種工作總是隨隨便便，馬虎行事。」帥克對馬車夫說。

他說對了。因為他們到了演習場，走近講台，木頭架子旁邊放了張桌子，上面安放著戰地經台，直到此時才發現隨軍神父忘了找輔祭來。

過去這個職務總是由團部派一名固定的步兵來擔任的，但這人寧可去當接話員，隨後就上前線去了。

「這沒關係，隨軍神父大人，」帥克說：「我就可以頂替他了。」

「你會當輔祭嗎？」

「我倒從來沒當過，」帥克回答：「但什麼事都可以試一試嘛。如今是在打仗，一旦打起仗，來人人都在做著過去連作夢也不會夢到的事。我想，只要在您講完『上帝降福於你們』這句經文之後，我扯上一句『與你的靈魂同在』不就行了嘛！愈到後來，我想應該就愈簡單了，就像一隻貓兒圍著一碗飯那樣繞著您走一圈，然後替您洗手，把酒從杯裡倒出來……」

「好吧，」隨軍神父說：「可是你別替我斟水，最好你馬上幫我第二只杯子裡也斟上酒。反正我隨時都會告訴你，現在該走右邊或是左邊。我輕輕地吹聲口哨，那就是右邊，如果兩聲，就是左邊，禱文的事你也用不著發愁。其他的就很容易了，你不會緊張害怕吧？」

「我沒有什麼可害怕的，神父大人，就連當輔祭這類的事我也不在乎。」

事情很順利地過去了。

隨軍神父的話說得很簡練：

「士兵們！今天我們在這裡聚集一堂，是為了讓我們在奔赴戰場之前將自己的心轉向上帝，求祂賜給我們勝利，保佑我們安康。我就不多耽誤你們的時光了，祝你們一切都好！」

「稍息！」站在左邊的老上校喊道。

戰地彌撒之所以說它是「戰地的」，就因為它像戰場上的戰略戰術一樣，受同樣的法律約束。在三十年戰爭[42]那樣漫長的軍事行動中，戰地彌撒也往往被拖得極長。在現代化的戰略戰術中，軍隊的行動該要快速而敏捷，因此戰地彌撒也隨之變得短小精悍。

這場彌撒剛好只用了十分鐘。靠近經台站著的士兵都感到十分奇怪，隨軍神父在做彌撒時為什麼要吹口哨。

帥克對於暗號表現得機警且胸有成竹，他一會兒走到祭台的右邊，一會兒又轉到左邊，嘴裡只是不停地念著：「與你的靈魂同在。」

這看起來簡直就像一個印第安人在圍著一塊祭石跳舞。但整個儀式給人良好的印象，趕走了塵土飛揚的演習場沉悶氣氛，也驅散了演習場後面那條樹林蔭道上一排茅坑所散發出來的臭氣。這股臭氣倒是代替了哥德式教堂裡那股神祕的香氣。

每個人都在瞎扯淡。軍官們圍著上校講笑話。一切運轉得非常正常。士兵隊伍裡到處都能聽到這句話：「給我來一口吧。」

一縷縷菸草薰出的青色雲朵，猶如經台上的煙霧，從各個連隊直冒青天，他們看到上校點燃菸捲，也都跟著抽起來了。

最後只聽得一聲「跪下祈禱」，頓時塵土飛揚，一律灰色制服的士兵隊伍立即朝魏廷格上尉從維也納到穆德靈的馬拉松賽跑中得來的銀杯屈膝跪倒。

銀杯裡的酒盛得滿滿的，隨軍神父擺弄著那杯酒之時，隊伍中也正竊竊私語傳遞一句話：「酒被隨軍神父一飲而盡啦！」

這種表演又來了一遍。然後又是一聲「跪下祈禱」，接著，樂隊奏起了《主佑我等》的調子，野戰軍的士兵列隊離去。

「整理整理那些東西，」隨軍神父手指著經台吩咐帥克說：「我們還是把它歸還原主吧！」

於是他們又和馬車夫一同回去了。除了那瓶彌撒酒以外，其他物器都規規矩矩、老老實實地歸還給原主了。

他們到家以後，先吩咐那倒楣的馬車夫到司令部去領這趟長途趕車的車錢。帥克問隨軍神父：「報告神父大人，輔祭和主祭人必須是同一個教派嗎？」

「那當然，」隨軍神父回答：「不然彌撒就不靈啦。」

「那麼，神父大人，剛才不就鑄成了大錯了？」帥克說：「我什麼教派都不是。您說我怎麼就如此倒楣呢！」

隨軍神父望了望帥克，沉默了一會兒，然後拍拍他的肩膀說：「瓶子裡還剩下一點聖餐用的酒，你喝了它，就當你已入了教，你是教會的人啦！」

42　三十年戰爭從一六一八年打到一六四八年，本為神聖羅馬帝國內戰，最後演變成歐洲各國均參戰的大規模戰爭。

12 宗教辯論

已有好幾天了，帥克一直沒見到那位無數軍人靈魂的培養者。隨軍神父把自己的神職工作時間大幅讓位給飲酒作樂。他很少回家，而且總是滿身油垢，髒兮兮的，就像一隻沿著屋頂東竄西跳的發情公貓。

他一回到家裡，如果頭腦還算清醒的話，在入睡之前，總要和帥克閒扯一番他那些崇高的目標、那些激情以及那些思維的樂趣。

有時他也試著談論一些詩歌，不時還引用幾句海涅的詩。

帥克還陪隨軍神父到戰壕裡再次做了一回戰地彌撒。那次，由於辦事人的失誤，竟然多請來了一位隨軍神父。這位神父從前當過神學教師，是一位篤信上帝的人。當他瞧見自己的同行卡茲在舉行宗教儀式時，帥克竟然從隨身帶著的野戰軍用壺裡給卡茲放了一口白蘭地酒，他不禁驚愕地望了自己同行一眼。

「這是名牌，很不錯，」隨軍神父奧托・卡茲說：「您如果喝夠了就請回吧！我自己能對付這場面，我需要在廣闊的藍天下來做這場彌撒，因為今天我的頭有點痛。」

那位篤信上帝的隨軍神父搖頭大嘆地離去了。卡茲同往常一樣，順利地完成任務。

這次他把聖酒換成了葡萄汽泡酒，佈道也拖得較長，同時每隔兩句話就夾上「如此等等」和「毋庸置疑」的詞句。

「士兵們，你們今天即將奔赴前線，如此等等。現在就請你們把自己的心轉向上帝，如此等等，毋庸置疑。你們不知道，你們將會出什麼事情。毋庸置疑，如此等等。」

經台上不斷傳來「如此等等」和「毋庸置疑」的話語，夾雜上帝、聖徒以及一切聖事的名詞。

在熱情洋溢、慷慨激昂的演講中，隨軍神父竟將歐根・薩沃伊斯基王子提升為聖人，說他將會保護在河上架橋的工兵們。

這場戰地彌撒整體說來結果是好的，沒有引起更多反感，很是愉悅而有趣。工兵們感覺玩得挺開心的。

在回家的路上，他們不讓帥克和神父把摺疊式的戰地經台放到車上。

「小心我用這聖物砸你的腦袋！」帥克對售票員威嚇道。

當他們終於到家後，發現聖餐匣竟然遺失在路上某個地方了。

「不要緊，」帥克說：「最早的天主教徒們做彌撒時也不用聖餐匣。如果我們宣稱丟了聖餐匣，那位撿到它的老實人就可以來向我們要賞錢。如果丟的是錢，那就未必能找到一個老實的拾金不昧者，這種人還有的是。在我們布傑約維采的團隊裡有個

士兵，倒是一條老實的笨牛。有一次他在街上拾到六百克朗，交到了警察局。各報鋪天蓋地將他的事跡大登特登，大加表揚這位拾金不昧者，結果反而害他丟盡了顏面，誰都不願理睬他，反而對他嘲弄道：『你真是一個笨蛋，怎麼幹出這樣的蠢事來！你身上如果還存有一點尊嚴，你到死都會為這件事感到難過的。』在這之前，還有個女孩願意跟他來往，這時也跟他分手了。他回老家去探親，朋友也因為這事把他從小酒館裡攆了出去。眼看他一天天消瘦下去，腦子裡總裝著這件事，最後走上臥軌自殺的絕路。還有一次，有個裁縫在我們街上撿到了一只金戒指。大伙提醒他別上交給警察局，他死也不聽。警察們非常親切地接待了他，說是已經有人報案了：丟了一只鑲有鑽石的金戒指。後來他們看了看戒指上的那塊石頭，對裁縫說：『老兄，這可是塊玻璃而非鑽石啊！你用這顆鑽石換了多少錢啦？這樣老實的拾物案件我們見得多啦！』後經查明，的確有一個人真的丟了一枚假鑽石的金戒指，是一件家庭紀念品。然而那裁縫卻不得不蹲上三天的牢房，因為他一氣之下侮辱了警察。依照規定，他拿了百分之十的賞金，也就是一克朗二十哈萊什，因為這破玩意兒本身只值十二克朗。裁縫立即將這筆合理合法的賞金朝著戒指失主的臉上扔過去，失主控告他侮辱人格尊嚴，裁縫反而遭罰十克朗。後來他走到哪裡就說到哪裡，說每個撿到財物老實報案的人都應罰款二十五克朗，把他打個鼻青臉腫的，而且還要當眾打，讓人人都能牢記並稟照辦理。我想，我們那聖餐匣是沒有人會還回來的，何況聖餐匣背後蓋有團部大印，誰也不願跟軍隊的東西沾邊，寧可把它扔到水裡，也比惹禍好。昨天我在花環酒館跟一個鄉下人聊天，他已經五十六歲了，他到新巴克區公所去詢問他們為什麼沒收他的四輪馬車，卻被趕了出來。在回家的路上，他瞧見了一列運輸車隊正好停在廣場上，一個年輕小伙子拜託他幫忙看一下馬，說自己是給軍隊送罐頭的。可是小伙子再也沒出現了。後來，這車隊得繼續往前時，這位五十六歲的鄉下人不得不跟著他們一直往前走。車隊到了匈牙利，他只好照樣求人在車隊旁等他一會兒，這下他才得以脫險，否則還得跟著去到塞爾維亞。一路上他都驚恐萬分，從此他再也不願和軍隊的任何事物沾上邊了。

晚上，有人到隨軍神父家來串門子，這人就是早上那位在同一場彌撒偶遇的虔誠隨軍神父。他可說是一個宗教的盲信者，巴不得人人都來親近上帝。早在他擔任神學教師的時候，他就靠敲後腦勺來強化孩子的宗教感。各種雜誌上，不時地刊登以〈殘暴的神學教師〉或者〈專敲後腦勺的神學教師〉等為題的文章來評論他。他堅信藤條制度是促進孩子學習的最佳助力。

他其中一隻腿有點瘸，這是一個挨過他打的學生家長找他算帳的結果。那個學生因對三位一體表示一點懷疑，後腦勺就挨了他三拳：第一拳為聖父，第二拳為聖子，第三拳為聖靈。

今天他之所以來找他的同行卡茲，其目的是要將同行引上正道，他跟同行進行了發自肺腑的談話，開頭是這樣說的：「真令我吃驚，您這裡竟沒掛耶穌受難的十字架。您在那裡念禱文？您房間裡的牆頭上連一張聖像都不掛。您的床上掛的是些什麼？」

卡茲微微一笑說：「這是《蘇珊娜沐浴圖》，下面那張裸體女人是我的一個老情人。右邊是一張日本壁畫，畫的是一個日本老武士和幾名藝妓間的性活動。的確，太有獨創性了，是不是？我的禱告書放在廚房裡。帥克，你把它拿來，翻到第三頁。」

帥克倒是上廚房去了，可是從那裡接連傳來三下開酒瓶塞子的聲音。

桌上出現三瓶酒的時候，虔誠的神父大為驚訝。

「這是做彌撒用的淡葡萄酒，同行大人，」卡茲說：「非常好的品種。酸味白葡萄酒，跟法國產的味道差不多。」

「我不會喝的，」虔誠的神父固執地說：「我是想來跟您推心置腹地聊聊。」

「您的嗓子會乾的，同行大人，」卡茲說：「您先喝一點，我再洗耳恭聽。我是個十分寬容大度的人，各種意見我都能聽得進。」

虔誠的神父啜了一口，頓時眼睛就睜大了起來。

「真他媽的好酒。不是嗎？同行大人！」卡茲說。

這位宗教的盲信者固執地回答：「我發現你說話好像總要帶個髒字。」

「習慣了，」卡茲回答：「有時我甚至發覺自己犯了瀆神罪。帥克，給神父大人斟酒。我跟您坦白吧，我還常說『操你媽！他奶奶的！他媽的！』這類髒話。我想，等您也像我一樣在軍隊裡混久了，您也會走到這步田地的，這並不困難。在宗教方面，我們不是也會說：『天國、上帝、十字架、莊嚴聖潔』這一套嗎？聽起來是不是很悅耳動聽？一下就能使我們親近起來呢？喝吧，同行大人！」

這位昔日的神學教師機械式地喝著。很明顯，他想說點什麼而又難以啟齒。他正在竭力思索。

「同行大人，」卡茲接著說：「把頭抬起來，別那麼愁眉苦臉，好像再過五分鐘他們就要來將您送上絞刑架似的。我聽人說起過您，說您有一次把星期五誤認為是星期四了，於是就到餐館裡去吃了一塊豬排，後來您就跑到廁所去將一個手指伸進喉嚨裡，好吐出那塊豬排來，您以為上帝會因此懲罰您。我可不怕在大齋期吃肉，也不怕地獄。對不起！您請喝！舒服一點了嗎？或許您是一位隨著時代精神和改革者的步伐一同前進的人，您對地獄有什麼高見？您是否認為地獄裡不再用普通的硫黃鍋，而改用蒸汽鍋？也就是用高壓鍋來煎熬不幸的罪人？罪人們是不是都被塗上了乳瑪琳，串在電動鐵叉上烤人肉串呢？百萬年後，還會用一種修公路的壓路機從人身上軋過去，把他們碾成粉末，牙科技師會用一種特別的器械把罪人的牙齒咯咯直響地一一拔出，他們的哭叫聲也能錄製成留聲機的唱片，然後送到天堂，供正人君子欣賞。在天堂裡，用噴霧器噴香水，交響樂隊總演奏布拉姆斯的樂曲，一直演奏到人們寧可下地獄去受苦受難，也不願再繼續聽下去。天使們的臀部都裝上了飛機用的螺旋槳，免得翅膀飛得太累。您請喝，同行大人！帥克，給他斟白蘭地。我感覺他好像不行了。」

虔誠的神父清醒過來後，就輕聲地說：「宗教是一種理智的思考。誰也不相信三位一體的存在……」

「帥克，」卡茲打斷他的話說：「再給隨軍神父大人倒杯白蘭地，讓他清醒過來。你和他聊點什麼吧！帥克。」

「報告隨軍神父大人，在伏拉西馬，有個修道院的院長，」帥克說：「他的老女管家帶著一個小男孩和錢跑掉之後，他便雇了一個新的女僕。這位院長年歲也不小了，卻研究起聖奧古斯丁[43]來。人們都說，聖奧古斯丁在教會裡算是一位聖父了。這位院長從一本書上讀到過，誰如果相信地球另一面有人居住，誰就得遭到詛咒。於是他把自己的女僕叫來對她說：『妳聽著，有一次妳對我說過，妳的兒子是個鉗工，到澳洲去了，這就是說他生活在地球另一面。可是聖奧古斯丁有令，誰相信地球另一面有人居住，誰就得遭到詛咒。』女僕對他說：『尊敬的先生，可是我兒子從澳洲給我寄來信和錢。』修道院院長硬對她說：『這是魔鬼的欺詐！據聖奧古斯丁的學說，澳洲根本不存在。這是魔鬼把妳引上了歧途。』星期日那天，他在教堂裡當眾把她臭罵了一頓，並使勁地嚷著澳洲不存在。人們便將他從教堂直接送往瘋人院。好在那裡聚集了不少像他這樣的人。根據他們說，烏爾舒林卡的修道院裡有一瓶聖母瑪利亞用來餵耶穌的牛奶，貝內舍夫孤兒院裡，他們給孤兒們運來了法國盧爾德城的聖水，結果孤兒們喝下肚後，腹瀉拉得滿地都是。」

虔誠的神父頭暈眼花，剛喝下去的白蘭地鑽到他的腦子裡，使他精神又亢奮了起來。

他瞇著眼問卡茲：「您不相信聖母瑪利亞是處女受胎，您不相信完好保存的揚．克什吉德爾聖徒的大拇指是真的？您到底信不信上帝？您如果不相信，那您為什麼又成了隨軍神父呢？」

「我的同行大人，」卡茲親切地拍了一下他的後背說：「只要國家還認為這很必要，是一件很好的事情，當士兵們在去打仗送死之前非要上帝的祝福不可，那麼，隨軍神父就是一門錢掙得多，又不太勞累的好差事了。對我來說，這比在演習場上東奔西跑，動不動就要操練好得太多。想當初，我代表著一個根本不存在的人物，並且自己扮演上帝的角色。若我不想寬恕某人的罪惡，他就算朝我下跪，我也不會

43 聖奧古斯丁（Augustine of Hippo），羅馬帝國基督教思想家。宣揚「原罪學」，聲稱人生來都是有罪的，只有信仰上帝才能得救。

饒他的。不過這種人他媽的近來也很少見到。」

「我熱愛上帝，」那位虔誠的隨軍神父說。他此時已經開始打嗝了。「我非常愛祂，請您給我一點葡萄酒吧。我敬重上帝，」接著他又說：「非常敬重和熱愛祂。我從不曾對其他人像對祂那樣敬重。」

他用拳頭重捶桌子，捶得桌上的瓶子都跳了起來：「上帝具有一種超凡的至高無上的品格，祂光明正大，誠實正直，他像太陽一樣，光芒萬丈，誰也休想動搖我這個信念。我也尊重聖若瑟，我敬重所有聖徒，就連聖塞拉皮翁[44]也在內，儘管他有一個如此難聽的名字。」

「他應申請改名。」帥克插了一句。

「我也喜歡聖女魯德米拉以及聖徒貝爾納德，」昔日的神學教師接著說：「這位義大利修道士曾拯救了許多朝聖者。他脖子上總掛著一瓶白蘭地，去尋救被大雪覆蓋的行人。」

他們的話題又轉向了。這時虔誠的神父說起話來已經是語無倫次。「我敬重所有小動物，十二月二十八日是牠們的節日。我恨希律王，母雞睡覺時生下的蛋，您吃起來一定不覺得新鮮。」

他開懷大笑，同時又開始歌唱：「啊，神聖的上帝，神聖的，全能的。」

但他又立刻停了下來，站起來，轉向卡茲，尖銳地問道：

「您難道不相信八月十五日是聖母瑪利亞升天節？」

他們的暢談簡直達到最高潮，於是桌上又添了幾瓶酒，時不時還傳來卡茲的聲音：「您告訴我，說您不信上帝，否則我就不給您斟酒。」

感覺上，似乎最早一批天主教徒遭受迫害的時代又回來了。昔日的神學教師唱起了一首古羅馬競技場的殉道者之歌，並大聲吼道：「我信上帝，我不否定祂！我也有留給自己喝的葡萄酒，你不給我斟酒，我自己也能派人去取。」

最後他們把他安放到床上。在他入睡之前，他還舉起右臂發誓說：「我信聖父、聖子和聖靈。把祈禱書給我拿來。」

帥克順手把擺在床頭櫃上的一本書塞進他手裡，於是這位篤信上帝的神父就雙手抱著薄伽丘的《十日談》酣然入眠了。

44 聖塞拉皮翁（St. Serapion），四世紀埃及遍遊各地的苦行僧。因他不穿衣褲，只披一塊亞麻布，故有「披亞麻布的塞拉皮翁」這個難聽的名字。

13 帥克要去舉行臨終塗油禮

隨軍神父奧托・卡茲憂心忡忡地研讀軍營裡剛剛送來的一份通告，是軍政部發布的。

值此戰爭之際，軍政治部決定廢除現行有關軍人舉行終傅禮[45]之各項規定。茲為隨軍神職人員須布下列守則：

一、在前線取消終傅禮。

二、不得將重傷員轉移至後方行終傅禮。隨軍神職官員有責任將違犯本守則之一切人迅速押往相應軍事機關作進一步懲處。

三、在後方軍醫院，經軍醫們確定可集體舉行終傅禮，但不得干擾有關軍事機關之工作。

四、在特殊情況下，後方軍醫院的最高當局可允許為部分人行終傅禮。

五、所有隨軍神職人員可應軍醫院最高當局之邀請，有責任為該局所存薦之人士行終傅禮。

隨後，隨軍神父閱讀起另一份通知。要他明天去查理廣場的軍醫院為重傷人員舉行終傅禮。

「你看看，帥克，」隨軍神父喊道：「這真叫人討厭！好像全布拉格就只有我一個隨軍神父似的，為什麼不派上次睡在這裡的那位虔誠神父去呢？竟然要我們到查理廣場去搞終傅禮。我已經早忘光怎麼搞這玩意兒了。」

「那我們就去買一本教義問答來看看，神父大人，那上面都有的。」帥克說：「教義問答對當牧師、神父的來說，好比導遊手冊對外國人一樣有用。在艾瑪烏澤修道院有個園丁，他想進到天主教的僧團裡，好弄上一件僧袍來穿穿，免得工作時弄破了自己的衣服。為此他需要買一本教義問答來學一學，學怎樣畫十字，看誰是唯一可以從原罪中獲救的人，什麼才算是良心純正和其他一些雞毛蒜皮的問題。最後他竟然將修道院菜園子裡的一半黃瓜給偷偷賣掉了，於是極為可恥地被攆出了修道院。我碰見他時，他還這樣對我說：『即使沒有那本教義問答，我也能夠賣掉那批黃瓜的。』」

帥克買來了那本教義問答。隨軍神父翻了翻說：「瞧！這終傅禮還只能由神父來執行，而且也還只能用授予過聖職的主教供給的油。你看到了吧？帥克，光你自己一個人還不能行終傅禮。你念一念，這個終傅禮到底該怎麼進行。」

帥克念道：「做法如下：神父將油塗在病人的每一個感官上，同時念禱文：『上帝將通過這種聖潔的終傅禮和祂那至善的仁慈饒恕你，饒恕你由於視覺、聽覺、嗅覺、說話、觸覺和行走時所犯下的一切罪孽。』」

「我倒想知道，帥克，」隨軍神父說：「一個人的觸覺能犯下什麼罪孽。你能幫我解釋一下嗎？」

「那可多著哩，神父大人。比如摸進別人的口袋裡，或者在一些舞會上……我想您懂我這話的意思，那可是會上演一場好戲嘍。」

「那行走呢，帥克？」

「當他突然想瘸著腿走，不就是要引起別人的憐惜嗎？」

「嗅覺呢？」

45　終傅禮即臨終塗油禮。天主教聖事之一。該教稱教徒病重垂危時，由神父傅「聖油」並為之祝禱，可幫助他「減少痛苦」並「獲得赦免」。

「當他不喜歡某種臭氣時。」

「那味覺呢，帥克？」

「當某人不對他的胃口時。」

「那麼說話呢？」

「這就要跟聽覺一起來說，神父大人。當一個人嘮叨個沒完，而另一個人就這樣聽他嘮叨。」

隨軍神父聽了這些極富哲理的思考之後，不再吭聲。隨後他又說道：「我們還得去弄點授予聖職的主教供給的油來。你就拿十克朗去買一小瓶回來。軍需處顯然會有這種油的。」

帥克這就動身前往去尋找油。說真的，找這種油要比涅姆措娃[46]的童話裡寫的找活水還要難。他去了幾家雜貨店，剛一開口說：「麻煩，請來一點授予過聖職主教供給的油。」一聽了這話，人們不是一陣哄笑，就是嚇得躲進櫃台後面去了。就在這種情景下，帥克還始終帶著異乎尋常嚴肅的面容。

他這就拿定主意，到藥房去碰碰運氣。在第一家藥房裡，被一位助理藥劑師攆出門外；在第二家藥房裡，人們一聽說就要給防護站掛電話；在第三家藥房，一位藥劑師告訴他，說在長街的波拉克公司、一家經營油和漆的商店，在倉庫裡一定有他所需要的那種油。

在長街的這家波拉克公司的生意果然做得熱鬧周到。如果沒讓顧客滿意，他們是不放人走的。假如顧客要買香脂油，他們就可以給他倒點松節油，這不也很好嗎？

帥克來到一家藥房，提出他想要花十克朗買那種油時，老闆就對伙計說：「道亨先生，去倒給他一百克的三號大麻油。」

伙計用紙把瓶子包好後，用生意腔對帥克說：「這可是一等品，假如您希望來點刷子、油漆、乾性油的話，請光顧，我們一定熱誠周到地為您服務。」

這時，隨軍神父正捧著教義問答，重溫那些他曾在神學院學過卻沒能記住的內容。他特別喜歡機智的句子，讀了這些使他誠摯地笑了。比如有這麼一句：「『終傳禮』一詞的由來：這種臨終塗油禮通常是由教會施於人身上之所有神聖塗油禮中之最後一次。」又如：「每個病危但仍然清醒之基督教天主教教徒均可接受終傅禮。」或「病人也應接受終傅禮，只要他仍然可能具有記憶力之情況下。」

後來，傳令兵來了，帶來一封公文，內容就是告訴隨軍神父，說是「士兵宗教教育推行女貴族協會」明日將出席軍醫院的終傅禮。

這個協會是由一批神經質的老太婆組成，她們在各醫院裡向士兵們發聖徒畫片和描寫天主教士兵為了皇帝而犧牲的故事集。這些故事集裡有一張描繪戰場情景的彩色畫。畫面上到處呈現人和戰馬的屍體、翻倒的彈藥車輛、底朝天的砲架。在地平線上，村莊在燃燒，榴霰彈在爆炸，畫片的突出部位躺著一個斷了一條腿的垂死士兵，一位天使彎下腰去送給他一個花圈，緞帶上寫著：「今天你也將隨同我去天堂。」而那個奄奄一息的士兵卻幸福地笑了，他還以為天使將請他吃冰淇淋。

卡茲讀完了公文後，吐了一口口水，他心想：「明天又有一場好戲嘍。」

他稱這個協會叫「一群敗類」。幾年前，他在伊克納采教堂為士兵佈道時就認識了這樣的敗類。那次他的佈道裡添枝加葉，拼湊了不少東西，「協會」的成員們通常都坐在上校的後面。兩位身著黑衣裙、戴著念珠的瘦長女人贊同他的佈道，跟他談了兩個小時有關士兵宗教教育的問題，直到把他惹火了，不得不對她們說：「對不起，我的女士們，連長大人還等著我去打牌哩。」

「我們終於有了油嘍，」帥克回來後，便如此莊嚴地宣稱：「三號大麻油，一等品，足夠我們用來給整個團的人施塗油禮了。這是一家老實的商店呢！還賣油漆、乾性油和小刷子。我們還缺一個小鈴鐺。」

「為什麼要買小鈴鐺，帥克？」

「我們必須一路走一路搖，好讓人們向我們脫帽致敬呀，神父大人。要知道我們是追隨聖父，並帶

46　涅姆措娃（Božena Němcová），捷克知名女作家，現實主義文學奠基者，最著名長篇小說《外祖母》已譯成數十種語言。

著三號大麻油行進的，以前就是這麼做的。曾經有許多人，啥罪也沒有就被關了起來，原因就是沒有脫帽致敬。有一回，日什科夫教區的一位神父把一個瞎子痛打了一頓，也是因為在這種場合下他沒有脫帽致敬。爾後就將他關了起來，那是因為在審判他的時候證明了他既不聾又不啞，只是瞎了眼。這就跟過聖體節[47]時一樣。如果在平時，人們才不會理我們呢，可在這個時刻，那就得向我們脫帽致敬嘍。神父大人，假如您不反對，我立刻就去弄個鈴鐺來。」

神父批准後，僅僅半小時帥克就拿來了鈴鐺。

「我是在小十字架客棧門口前買到的，」他說：「我緊張了五分鐘，在買到它之前我必須長時間地等待，因為總有一群人進進出出。」

「我到咖啡館去一趟，帥克，如果有誰來，就讓他等一會兒。」

大約一小時後，來了一位灰白頭髮的、上了年歲的老先生，腰桿挺得很直，目光十分嚴厲。他的外貌流露出一種執拗和敵意。他看人的樣子像是命運之神派他來摧毀我們這個可悲而又卑劣的行星，抹平它在宇宙間的痕跡似的。

他說話是那樣粗魯、枯燥乏味、不留情：「在家嗎？去咖啡館了？要我等？好吧，那我就等到明天早上吧。上咖啡館有錢，要他還債卻說一個子也沒有！還是個神父，呸！」

他在廚房裡吐了一口痰。

「先生，請別在我們這裡吐痰呀，」帥克說，並且很有興趣地觀察著這位陌生的先生。

「我還要再來一口！你看著，就這樣吐！」這位頑固不化、毫不留情的先生說。於是這第二口痰就吐向了地板。「他怎麼不害臊呢？還是個軍隊裡的神父哩，真不要臉！」

「你得是個有教養的人，」帥克提醒他說：「你應該改掉在陌生人家屋子裡吐痰的惡習。或許你認為正當世界大戰之際，你就可以為所欲為嗎？你應該懂禮貌，別像個癟三無賴。你的行為舉止要溫和，談起話來要彬彬有禮，別跟個流氓一樣，你這個死老百姓！」

這位頑固不化的先生從椅子上站了起來，氣得渾身發抖，他嚷道：「你竟敢說我是個沒有教養的人？你敢！」

「你是臭狗屎，混蛋一個，」帥克繼續說，眼睛直盯著他。「你往地上吐痰，那就跟你曾經在電車、火車上或是別的公共場所一樣。我一直感到驚奇和納悶，為何到處都掛著『禁止隨地吐痰』的紙條？現在我才明白，原來都是衝著你來的。大概很多地方的人都跟你很熟了。」

這位先生開始臉色大變，他挖空心思，喊出一連串的罵人話，指責帥克，甚至不在場的隨軍神父。

「你那些髒話都罵完了嗎？」帥克平靜地問道（當來人已罵完最後一句「你們兩個都是混蛋，真是什麼樣的人開什麼樣的鋪」時）：「或者在你滾下樓之前，你還有什麼需要補充的嗎？」

固執的先生此時已經罵得如此的筋疲力盡，再也想不出有分量的罵人話來，所以他就不吭聲了。帥克認為，再跟他繼續廢話下去，看來是沒什麼用了。

於是他就把門打開，一腳將他臉朝著走廊那邊的門口踢去。這一腳就連世界盃男子足球賽的最佳射手也會感到相形見絀，羞得無地自容。

在固執先生背後的樓梯上響起了帥克的聲音：

「下次如果你想拜訪一些文明人家，請記得行為舉止一定要文明一點。」

固執先生在窗下來回踱步了很長時間，他是在等神父回來。

帥克開著窗戶，一直監視著他。

客人終於把隨軍神父等來了。神父還領著客人走進房間，並讓他坐在自己對面的椅子上。

帥克一聲不吭地端來一個痰盂，把它擱在了客人的面前。

「你這是幹什麼，帥克？」

47 天主教稱做「聖事」的宗教儀式之一。

「報告，神父大人，就是因為他往地板上吐痰，我剛才和這位先生還鬧了一場小小不愉快的風波。」

「請你離開一下，帥克，我們兩人之間有點事情要辦。」

帥克敬了個軍禮：「報告，神父大人，我就離開。」

帥克進了廚房。一場頗有趣味的對話正在屋內進行。

「如果我沒有猜錯的話，您是為了那張期票的錢來的吧？」隨軍神父向客人問道。

「是的，我希望……」

隨軍神父嘆了一口氣。

「一個人常常陷於僅僅剩下一個希望的困境。『希望』這個詞該有多麼美，『希望』是『信、望、愛』這三葉草中的一葉，它能使人擺脫生活的忙亂，從而振作起來。」

「我希望，隨軍神父先生，這筆金額……」

「一定的，尊敬的先生，」隨軍神父打斷他的話說：「我可以再重複一遍：『希望』這個詞能使人在同生活進行搏鬥時增加勇氣，連您也沒失去希望嘛。那是多麼美好的一件事啊：懷抱一個有確定的理想，做一個用期票做貸款而且希望及時得到償還的無罪的、純潔的人。繼續抱著希望吧，不斷地希望我會還您一千二百克朗，儘管我口袋裡的錢還不到一百克朗。」

「那麼您就是……」客人說話結巴起來。

「不錯，我就是……」隨軍神父回答說。

客人那張執拗、敵意的面孔又漲紅了起來。

「先生，這是騙局。」他站起身來說。

「您請安靜點，尊敬的先生……」

「這是騙局，」客人一個勁地嚷道：「您利用了我的信任。」

「先生，」隨軍神父說：「吸點空氣絕對有益於您。這裡也太悶了一點。帥克，」他朝著廚房那邊喊道：「這位先生想到戶外去呼吸一點新鮮空氣。」

「報告，神父大人，」從廚房那邊傳出聲音說：「我已經把這位先生趕出去過一次了。」

「那麼請再重複一次！」響起了神父的命令聲。這命令被執行得那麼迅速、機靈而殘酷無情。

「一切都弄妥了，神父大人，」帥克從走廊那邊回來時說：「在他想在我們這裡肇事之前，我們就得先把他結束掉。馬萊西采有個小酒館老闆，是位知書達理的人。他遇事都愛引用《聖經》裡的話。每當他用鞭子抽打誰，他還總要說：『誰珍惜藤條，他就是憎恨自己的兒子，假如誰愛自己的兒子，你就應如期懲罰自己的兒子。誰敢在我酒館裡打架，我就會揍他幾下。』」

「你看到了吧？帥克，一個不尊重神父的人會是什麼下場，」隨軍神父笑了笑說：「聖金口若望[48]曾說過：『誰尊重神父，就是尊重基督，誰要使神父受屈，就是欺侮基督，因為神父正是基督的代表。』明天的事情我們應該準備得完美無缺。你弄點火腿煎雞蛋，再準備好波爾多白酒，吃飽後我們就該致

48 聖金口若望（St. John Chrysostom），重要的基督徒早期教父，以佈道口才著稱。

力於思考了，因為，正像晚禱文上所說的：『敵人對於這所住宅的一切陰謀詭計都因為上帝的憐愛而遭到制止。』

這個世界上有一群特別固執的人，兩次被轟出隨軍神父住宅的那位男子便是其中之一。正當晚飯準備妥當時，有人來按門鈴。帥克前去開門，不一會兒他就回來了，並報告神父說：「他又來了，神父大人。我臨時將他關入洗澡間，好讓我們圓滿地享用晚餐。」

「你這樣做不好，帥克，」隨軍神父說：「賓至如歸，上帝到家了。在那遙遠古代的宴會上，他們都要弄一些醜八怪來給客人娛樂消遣。你把他帶進來，也讓我們娛樂消遣一番吧。」

不一會，帥克就領了那位頑固不化的人進來。那人憂鬱地望著眼前的一切。

「您請坐！」隨軍神父和藹可親地請他坐下，說道：「我們的晚餐剛好快要吃完了。我們吃過了龍蝦、鮭肉，現在又上來了火腿煎雞蛋。一旦有人借錢給我們，我們就大吃大喝美餐一頓。」

「我希望，我不是來此讓別人尋開心的，」憂鬱的男子說：「我來這裡今天已經是第三回了。我希望，現在我能把一切解釋個清清楚楚。」

「報告神父大人，」帥克發表意見：「他是一條十足的水蝗。經得起摔打，非常結實的一個人。就跟利布尼的那個鮑謝克一樣，每個晚上他總要被酒館攆出去十次八次，每次他總會又轉回來，說是忘了菸斗。他從窗口、從門爬進來，又從廚房翻牆到宵夜廳，從地窖鑽到賣酒處，要不是消防隊把他從屋頂上拉下來，他還可能順著煙囪管往下爬。這麼持久，堅持不懈，真可以當個部長或者議員什麼的。他們對他可是用盡了各種辦法。」

那個頑固不化的男子似乎根本就沒注意他在講什麼，還頑固地重複說：「我想弄個明白，我請求您聽我說說。」

「那您請便吧，」隨軍神父說：「請您說，尊敬的先生，您想說多久就說多久吧，而我們得繼續我們的晚餐，我希望不會妨礙您講話。帥克，上菜！」

「您要知道，」頑固不化者說：「戰爭爆發了。我在戰前借給您的那筆金額，要不是戰爭，我也不會催逼您還。我可有過慘痛的教訓呀。」

他從口袋裡掏出本子接著說：「我都有記錄的。揚納達上尉欠我七百克朗，但他在德里納河英勇地倒下了。普拉什克中尉在俄國前線被俘，他欠我兩千克朗。維希特勒連長也欠我這麼多金額，他在俄國的拉瓦附近被自己的士兵們槍殺了。馬赫克上尉在塞爾維亞被俘，欠我一千五百克朗。欠我債的人在我的本子裡還多著呢！這一個帶著尚未支付給我的期票在喀爾巴阡山陣亡，那一個又當了俘虜，第三個在塞爾維亞淹死，第四個在匈牙利的軍醫院裡奄奄一息了。現在您該理解我的擔憂顧慮了吧？我如果不拿出這般毅力，這場戰爭就會毀滅我。您可以對我表示異議，說您沒有任何直接的危險威脅著您，那麼先請您看看這個吧。」

他把自己那個記錄本伸到隨軍神父的鼻子底下：「您瞧瞧：布爾諾的隨軍神父一週前在隔離病院去世了。我悔恨極了。他應付給我一千八百克朗。他是到霍亂病院去給人行臨終塗油禮，那人死後不久，他自己也一命嗚呼了。」

「這是他的職責，親愛的先生，」隨軍神父說：「我明天也得去行臨終塗油禮。」

「而且也是去霍亂病院，」帥克補了一句：「您也可以同我們一塊前去，讓您自己看看，犧牲是什麼意思。」

「隨軍神父先生，」那位頑固的男子說：「請您相信，我已經處於山窮水盡的地步，戰爭是不是就是為了要把我所有債務人統統從世界上消滅掉？」

「得等到把您徵召入伍，讓您上戰場服兵役的時候，」帥克又補充說：「那麼神父大人和我就來給您做彌撒，求上帝恩賜，讓第一顆手榴彈就將您報銷了事。」

「先生，這是一樁嚴肅的事情，」「水蝗」先生對隨軍神父說：「我請求您別讓您的這位勤務兵在這裡插嘴胡說，好讓我們能盡快了結這樁事情。」

「我請求您，神父大人，」帥克的聲音響起：「請求您真的命令我別扯進你們之間的事，否則，我就要像一名品行端正的、正規的士兵應該做的那樣，我將繼續維護您的利益。這位先生的想法完全對，他想完全靠自己的力量從這裡離開。再說，我也不是那麼愛打架的人，我是個合群的人。」

「帥克，我已經開始感到沒意思了，」隨軍神父的語氣好像現場並沒有客人在場。「我原先想這個人能使我們愉快，講述點什麼趣聞、逸事之類的，而他卻要求我命令你，別讓你來攪和這件事，儘管你已經被他折騰過兩次了。當我們就要舉行重大宗教儀式之前的這個晚上，在這需要我們全神貫注於上帝身上的時候，他卻因為那區區一千二百克朗的雞毛蒜皮事來糾纏我，想把我從良知的探索中、從上帝的身旁引開。他是想要我再對他說一遍：我現在是一個子也不給他。為了這般神聖的夜晚不致全毀，我不願再跟他囉嗦下去了。帥克，你自己去跟他說：神父大人是什麼也不會給您的。」

帥克去執行命令，朝客人的耳朵依樣吼了一句。

而頑固的客人卻繼續坐在那裡。

「帥克，」隨軍神父提醒他說：「你問他，他還打算在此待多久？」

「如果我拿不到您欠我的錢，那我就待在這裡不動了。」「水蟌」就是那麼執拗地回答說。

隨軍神父站了起來，走向窗前說：「既然處於這種情景，我只好把他交給你了，帥克。你想拿他怎麼辦就怎麼辦吧。」

「那就請走吧，先生，」帥克說完就抓住了那位令人不快的客人的肩膀：「事不過三，逢三大吉。」

帥克迅速而又漂亮地重複了一遍他剛剛已經做過的事情，這時隨軍神父正用手指頭在玻璃窗上敲著葬禮進行曲。

夜晚的深思構想經歷了好幾個階段。隨軍神父無限崇敬而熱切地親近著上帝，已經是深夜十二點了，他房間裡還傳出了這樣的歌聲：

當我們的隊伍要出發去前線，
所有女孩都淚流滿面……

連帥克也跟隨他一起唱了起來。

軍醫院裡，有兩個人非常盼望能舉行終傅禮，一位是老少校，一位是當過銀行職員的預備役軍官。兩人都在喀爾巴阡山作戰時腹部中彈。他倆床對床地躺著。預備役軍官認為，一個瀕臨死亡的人能得到聖人們給自己舉行的塗油禮，那是自己的義務，因為他的上級嚮往過這種終傅禮。作為一名屬下，如果不讓人也給自己行塗油禮，那不就是不遵守上下關係了嗎？十分敬仰上帝的老少校卻非常機靈，他認為只要你相信祈禱就能使病人痊癒。可這兩人都在要舉行終傅禮的夜裡死了。第二天早晨，隨軍神父帶著帥克趕到時，這兩位軍人都蒙上了床單躺在床上，他們的面孔跟所有窒息而死的人一樣臉色發黑。

「我們準備得多有氣派，神父大人，可如今卻被他倆毀了啊！」當辦公室有人來通知他們，說這兩個人已經什麼都不需要了的時候，帥克發火了。

那倒是真的，很有氣派：坐在馬車上，帥克搖著鈴鐺，隨軍神父手裡提著用餐巾包著的那瓶油，還一本正經地給脫帽行禮的過往行人祈神賜福。

其實真的向他們脫帽敬禮的人並不多，儘管帥克一個勁地搖鈴，讓它發出洪亮的鈴聲，以招來更多過往行人。

倒是有幾個天真無邪的男孩追著馬車跑，其中一個還坐上馬車的尾部，其餘的就齊聲嚷嚷：「追車呀！追車呀！」

帥克直向他們搖鈴，馬車夫朝後方揮了一鞭子。在沃基奇克大街，有個女門房是聖瑪利亞協會成員，她跑步追上了馬車，在快速行進中接受了神父的祝福，畫著十字，然後就吐了一口口水，說：「真像一群魔鬼帶著上帝在跑呀！把人都快累出病來了呀！」爾後氣喘吁吁地走回原處。

鈴聲使得拉車的牝馬很是驚慌，很可能使牠想起了以往的年代，因為牠總是不斷地回頭向後張望，有時還試圖在街上跳起舞來。

這就是帥克所說的那種偉大的氣派，隨軍神父去辦公室結算終傅禮的費用，向軍醫院會計報帳說：軍事當局應該付給他一百五十克朗的路費和聖油費。

接著軍醫院院長和隨軍神父之間發生了一場爭吵。在這期間，隨軍神父幾次用拳頭捶著桌子並表態說：「您千萬不能有這種想法，連長先生，行終傅禮是白白徒勞的。就算是派個輕騎兵團的軍官到養馬場去領馬，也得付給他出差費，不是嗎？我真的感到很遺憾，那兩名傷員沒等到行終傅禮，否則您還得多花五十克朗。」

帥克拿著那瓶聖油在樓下警衛室裡等著神父。那油引起了士兵們極大的興趣。

有人發表意見，認為拿這種油去擦槍和刺刀倒是滿不錯的。

還有個來自捷克摩拉維亞高原、篤信上帝的年輕士兵請求大家不要談這類事情，不要使聖事捲入爭端，而應該更「基督教式」地虔誠懷抱希望。

一位老預備役兵瞄了瞄這位乳臭未乾的小子，並且說：「就這麼個希望？我看讓榴霰彈把你的腦殼炸掉算了。我們被人家愚弄啦！有一次一個教權主義的議員到我們這裡來大談特談什麼神聖的和平籠罩著大地，談上帝是如何如何不希望有戰爭，他希望全人類都生活在和平中，相互情同手足。可是，你看他，這個狗屁議員，戰爭剛一爆發，他就在所有教堂裡為我軍各種勝利祈禱了，一談起上帝來，就像談一個統領，或是指揮戰爭的總參謀長似的。光是在這個軍醫院裡，我見過的葬禮次數就已不計其數。一車一車斷腿斷手臂的人不斷從這裡被拉走。」

「士兵是裸著身子被埋葬的，」另一個士兵說：「然後將他那套軍服又穿在另一個活著的士兵身上。就這樣一個接一個地傳下去。」

「傳到我們贏得這場戰爭為止。」帥克補上一句。

「這個一錢不值的東西還想打贏，哼，」從角落裡響起了下士的聲音：「等你們這種人上陣地，下戰壕，拼刺刀，鑽鐵絲網，爬坑道，擋迫擊砲，那才有得看哩！躲在後方舒舒服服誰都會，一旦要你上前線去送死，不管是誰都要撒手不幹了。」

「我也在想，讓人拿刺刀扎個窟窿倒是很不錯的，」帥克說：「肚皮上吃粒子彈那也不壞，更好的是，被手榴彈炸成兩段的時候可以看見自己的腿和肚子朝遠方遠遠飛走，正當當事人感到十分驚奇、別人還來不及向他解釋清楚之前，他卻早已斷了氣。」

一位年輕士兵真誠地嘆了一口氣。他為自己年輕的生命感到惋惜，可憐自己生在這麼一個愚蠢的世紀，像屠宰場上的牛馬一樣任人宰割，這一切到底是為什麼？

一個原本職業是教師的士兵，他好像看透了這人的心思似地補充了一句：「有些學者根據太陽上的黑子來解釋戰爭。只要這黑子一作怪，大地就會遭災難，像攻陷迦太基[49]……」

「別在那裡裝深奧了，」下士打斷他的話說：「還是談點實際的，去擦地板吧，今天輪到你了。太陽上有了什麼討厭的黑子與我們有何關係。即使那上面有二十個黑子，我也不能拿來買任何東西啊！」

「太陽上那些黑子的確是有很大的意義，」帥克也攪進來了：「有一回，有那麼個黑子出現了，當天我就挨了一頓揍，那是在布拉格東南區的班柴迪酒館裡。從此，不管我上那裡去，我都要在報上尋找一番，看有沒有再出現什麼黑點，如果有那麼一個小黑點出現，那就祈禱吧，我的瑪利亞，我哪裡也不去了。雷培火山爆發，把整個馬提尼克島[50]都毀了的時候，一位教授在《國家政策報》上發表文章，說他早就提醒過讀者了，太陽上面有個大黑子。可是這份《國家政策報》卻沒有被及時送到島上，於是那島上的人便倒了大楣。」

此時，隨軍神父在樓上辦公室裡遇到一位「士兵宗教教育推行女貴族協會」一個老妖婆會員。她一大早就在軍醫院裡轉來轉去，到處散發她的那些聖徒圖片。傷兵們則把它們扔進了痰盂。

她來回走來走去，還喋喋不休嘮叨著自己那些愚蠢的無聊話，說什麼要真心誠意地懺悔自己的罪過，要真正地改邪歸正，那麼死後就能得到親愛的上帝對他們的永恆拯救等空話。

她和隨軍神父說話的時候，氣得臉發白：「這場戰爭非但沒有使士兵變得更高尚起來，反而使他們成了一群野獸。」樓下的傷兵們對她吐舌頭，說她是「假慈悲」，是「天使般的母羊」。「這實在是太可怕了，神父大人，他們全都墮落了。」她起勁地談如何對士兵進行宗教教育的設想，她認為：一個士兵只有當他懂得了為自己上去打仗時，他才會英勇奮戰。當他信仰上帝，懷有宗教感情，他才不懼怕死亡，因為他明白，天國在等著他。

這位長舌婦還說了許多諸如此類的蠢話，顯然她是要拖住隨軍神父。可是神父卻根本不理睬她那一套，逕自吩咐道：「我們回家去，帥克！」他朝警衛室喊道。在回家的路上，他們再也不講究那些排場了。

「下次誰喜歡去舉行塗油禮就讓誰去舉行吧，」隨軍神父說：「一個人為了每一個人都能獲得拯救的靈魂，還得去跟人在錢的問題上討價還價。這些當會計的人真差勁，全是些惡棍。」

當看到帥克手裡拿著的那瓶「聖油」時，他皺著眉頭說：「帥克，我們乾脆用這瓶油來擦擦你我的皮鞋好啦。」

「我想試試用它來擦一擦門上的鎖，」帥克補充說：「每當您深夜回家開門時，門都吱呀吱呀直響。」

於是這場終傅禮尚未開始，就結束了。

---

49 非洲北部古國。約公元前八一四年在今突尼斯灣建立迦太基城。公元前三世紀開始與羅馬人爭奪地中海西部的統治權，從而導致布匿戰爭。

50 位於東加勒比海諸島中的小安的列斯群島之一。

14 帥克當了盧卡斯上尉的勤務兵

一

帥克的幸福日子是如此短暫。殘酷的命運將他和隨軍神父之間的友好關係割斷了。如果說，在這事件之前，隨軍神父的為人還使人覺得可親的話，那麼，他現在的所作所為正揭開了他可親的面紗。

隨軍神父把帥克賣給了盧卡斯上尉，或者更確切些說，是在玩紙牌時把他輸給了上尉，正如像過去俄國賣農奴那樣。事情發生得很出人意料。一天，盧卡斯上尉家請客，賓客滿座，玩起了二十一點。

隨軍神父輸了個精光，最後他說：「拿我的勤務兵做抵押，您可以借我多少錢？他可是個天下第一號的白痴，可也是一個非常有趣的活寶，確實與眾不同，真可謂之空前絕後的東西。我敢打賭您是從未見過這樣一個勤務兵的。」

「那麼我借給你一百克朗，」盧卡斯上尉提議說：「如果後天我得不到這筆錢，你就把那個寶貝給我弄來，我目前用的勤務兵糟透啦，是個怪裡怪氣的人。他總有嘆不完的氣，老是不斷地寫家書，這還不夠，他見什麼偷什麼。我曾經痛揍了他一頓，可是絲毫也沒用。我只要一碰見他，就敲他的腦袋，但也無濟於事。我把他的門牙敲掉了幾顆，仍然治不了這傢伙。」

「那就這麼定了，」隨軍神父滿不在乎地說：「後天，還不上你一百克朗，帥克就歸你啦。」

他把一百克朗也輸光了，他憂鬱地起身回家。他清楚地知道，在規定的期限之內他絕對沒有能力湊足那一百克朗，實際上他已經卑鄙無恥地賣掉了帥克。

「我真傻，當初我應提兩百克朗就好了。」他有些生自己的氣。在換上不一會兒就能把他送到家的電車時，猝發一陣自責、傷感之情。

「這件事我幹得真不漂亮，」他深思著，一邊按著自家住宅的門鈴。「我該如何正眼去看他那雙傻得到家的善良的眼睛呢？」

「親愛的帥克，」當他一進到家後就說了：「今天發生了一件很不平常的事情。我的牌運晦氣到了家。我把所有錢都押上了，因為我手中握有個ACE，接著又來了十[51]。莊家手中開頭只有個J，後來也讓他湊成了『二十一點』。後來，我還抓了幾次ACE和十，可是最後我的點數總是和莊家的點數相同。所有錢都流到莊家那裡了。」

他沉默了一會兒，說：「弄到最後，我把你也給輸掉了。我拿你當抵押，借了一百克朗，如果後天我還不上錢，你就不再屬於我，而歸盧卡斯上尉了，我實在很抱歉……」

「我還有一百克朗，」帥克說：「我完全可以把這點錢借給您。」

51 在他們玩牌的規則中，ACE算十一點，加上十點，共二十一點。

「那你快拿來，」隨軍神父精神抖擻起來。「我立刻就給盧卡斯送去。我真不願意跟你分手。」

盧卡斯看見隨軍神父回來，很是驚訝。

「我是來還你那筆債的，」隨軍神父說，神氣十足地環顧了一下四周，「把牌給我拿來。」

「給我押上，」輪到隨軍神父時，他嚷了一聲：「唉，只有一點之差，」他宣稱：「我多出一點[52]。」

「那就再押，」賭到第二輪他又說：「再押。」

「二十點算贏。」莊家說。

「我共十九點，」隨軍神父低聲地說，一面把帥克為了從新的奴役下贖身而借給他的一百克朗中，又交給了莊家最後四十克朗。

在回家的路上，隨軍神父斷定這下是徹底完了，再沒有什麼可挽救帥克的了，這是命裡注定要去伺候盧卡斯上尉了。

當帥克為他開了門後，他對帥克說：「一切都徒勞無益，白費力，帥克，什麼人都無法違背他自己的命運，我把你和你的一百克朗全輸掉了。我做了我力所能及的一切；然而命運勝我一籌，把你送到了盧卡斯上尉的魔掌裡，我們分別的時辰已到。」

「是莊家錢下得大贏了您呢，」帥克非常平和地問道，「還是人家老搶先下注贏了您的？不來好牌絕對不好，可有時牌太好了那就更糟糕。在茲德拉哈有一個叫維沃達的白鐵工，他常到『百年』咖啡館後面那個小店去玩紙牌。有一次，鬼使神差的，他冒失地說了一句：『我們來玩二十一點，每次押五克萊查怎麼樣？』於是便玩了起來。他坐莊。大夥都輸了，而賭注增到了十克萊查。老維沃達想讓別的人也贏一把，於是他就老叨念著『小牌、壞牌就是不來』。莊家大贏，而賭注已漲到一百克朗。誰也拿不出那麼多錢來押，維沃達急得滿頭大汗。除了那一句話再也聽不到別的：『小牌、壞牌我家來。』他們把五克萊查往那裡一押，他們的錢總往那裡跑去。有一位掃煙囪的師傅輸急了，跑回家去取錢。回來一看，賭注已超過一百五十克朗了，他狠心下一注。維沃達想從老是贏錢的情景下擺脫出來。說寧可一下漲到三十，只要不贏就行，可事與願違，他又抓到了兩個ACE，他裝得若無其事的樣子，故意說『十六點就贏牌』，而那位掃煙囪的師傅所有加起來才五點。這不是倒楣又是什麼呢？老維沃達臉色蒼白，不幸之極。周圍的人開始罵人，並竊竊私語起來。其實他是一個誠實可信、最守規矩的牌友，而他們硬說他玩鬼把戲，說有一次因為他玩假牌還挨了一頓揍。現在作賭注用的克朗已愈堆愈高，已經高到五百克朗了。小店老闆手癢癢的。他手上正好有一筆準備上啤酒廠買啤酒的錢。於是他就拿出這筆錢坐了下來，他見押了兩百，瞇著眼睛，並且將椅子轉個圈兒，朝著好運的這一方坐著，並且說，莊家有多少錢我就押多少錢，開牌吧，還說：『我們把牌都亮出來！』老維沃達要能知道如何讓自己輸就好了。大夥都驚奇，一開牌，亮了一個『七』，可他也要下注。這時小店老闆的鬍鬚下面露出了微笑，因為他有二十一點了。第一輪發到老維沃達那裡又是個『七』，他也要了。『現在要來個ACE或者十！』小店老闆尖刻地說，『我拿我的腦袋擔保，維沃達先生，這回您可完蛋了。』全屋鴉雀無聲，維沃達把牌這麼一轉，第三個七點出現了。小店老闆面如白紙。這是他最後的一筆錢了。他走進了廚房。沒一會兒的工夫，給他當過學徒的一個孩子跑來，要我們趕快去給他的老闆大人把繩子割斷，說他在窗戶把手上上吊了。我們去繩子拉斷，把他救活了過來，大夥還接著賭。已經玩到誰都沒有一毛錢，全都堆在了只在那裡一個勁地說『小牌、壞牌我家來！』的維沃達這位莊家面前了。他確實想超過二十一點好輸掉，可是他必須把每張牌亮在桌上，因此無法弄虛作假以求故意輸掉呀！他的好運使所有人驚呆了。當他們已經到了無現金可輸的地步時，便拿自己的債券來賭。沒過幾小時，老維沃達面前的錢已經成千上萬了。掃煙囪的師傅欠莊家一百五十多萬，茲德拉什的送炭人欠莊家大約一百萬，『百年』咖啡館的門房欠八十萬，一位醫學院學五欠兩百多萬克朗，單是抽頭錢中用碎紙片寫的借據就有三十五萬克朗之多。老維沃達想出了各式各樣的辦法：例如老是去上廁所，總讓別人替他抓牌，可等他一回來，人們通知

52 神父比規定的多出一點，即二十二點，這一輪他又算輸了。

他，他又贏了，他還是二十一點。他們拿了一副新牌還是不管用。如果維沃達得了十五點，那別人總只得十四點。大夥都氣鼓鼓地瞪著他老維沃達。有位鋪石工罵得最凶，他不管什麼情況下，都只押八克朗。他公開宣稱，像維沃達這號人就不該活在世上走來走去，應該踢他，攆走他，像淹狗養的一樣淹死他。您根本沒辦法想像老維沃達的那種絕望。最後辦法有了：『我去一下廁所，』他跟掃煙囪的說：『您就替我抓牌吧，師傅！』他帽子也沒戴就跑上街去，逕直地跑到米斯利柯夫街去找警察。找到巡邏隊後，便報告說那個小店，那個小店裡有人賭博。巡邏們讓他先走一步，他們隨後很快就會趕到。當他一回到那裡，大夥都跟他，他不在此的這段時間裡那位醫學院的學生輸了一萬多，門房輸了三萬多，在放抽頭錢的盤子裡，已經放了五十萬克朗的借據了。不一會兒，一夥警察就進了小店。鋪石工喊道：『快逃命吧！』然而已經晚矣。警察沒收了莊家的賭金，把所有人都押到警察局去了。茲德拉什的送炭人因為被補，被裝入囚車裡押走。莊家有五億多的債券和一千五百克朗的現金。『真飽眼福，』當警長看到這筆數目驚人的巨款時說，『這比蒙地卡羅的賭場還要厲害嘛！』包括老維沃達在內，大家都被關到第二天早晨。他們把維沃達作為報案人給放了，並許諾他，根據法律規定，可以給他三分之一的莊錢作為酬金，大約是一億六千多萬，可是他到早上就因此而昏了頭，像發了瘋似的，一大清早就跑遍了整個布拉格去訂購能裝這筆巨款的保險櫃。這才是常言道『牌運亨通』哩！」

隨後帥克去煮格羅格酒。結果是這樣的，夜深人靜，帥克十分吃力地把隨軍神父安排上床去的時候，神父流下了眼淚，嗚咽著說：

「我出賣了你，朋友，我不要臉地把你給賣了。你咒罵我、揍我一頓吧！我都該承受。我把你扔給人家，讓其隨意擺布，我不敢正眼看你。你推我、咬我吧！我也不配得到什麼好下場的。你知道我是什麼嗎？」

此時隨軍神父把沾滿淚痕的臉埋在枕頭裡，用虛弱的聲音咕噥著：「我是個品行不端的下賤胚。」然後就像被拋進水裡一樣發出咕嚕聲，熟熟地睡去了。

第二天，隨軍神父躲閃著帥克的眼光，大清早就出去了，直到深夜才帶著一個胖胖的步兵回來。

「帥克，」他仍然躲著帥克的目光說道：「你告訴他東西都放在哪裡，好讓他開始上手，教教他怎麼煮格羅格酒，明天清早你就到盧卡斯上尉那裡去報到。」

帥克教著那個新來的人煮格羅格酒，倆人十分愉悅地過了一夜。到了早上，胖子步兵剛一起床，嘴裡就一個勁地哼一些怪異的民歌小調，亂唱一氣：

小溪繞著霍多夫流啊，我親愛的在那邊賣著黑啤酒啊，山呀，山呀，你是高又高啊，少女們走在公路上呀，農夫耕作在白山[53]上呀……

「我一點也不擔心，」帥克說：「你有如此這般的天才嘛，隨軍神父這裡就不成問題了，一定能待下去的。」

於是，第二天上午，盧卡斯上尉頭一次見到了好兵帥克那張樸實、憨厚的面容。帥克向他報告說：「報告，上尉長官，我就是隨軍神父玩牌輸掉的那個帥克。」

二

軍官們使用勤務兵的制度是古已有之。馬其頓的亞歷山大大帝似乎就有自己的隨從。無疑的，在封建制度下是由騎士出身的雇傭兵來充當此類角色的。唐吉訶德的隨從桑丘是什麼人？我覺得很奇怪，為何至今卻還沒有人寫一部勤務兵的歷史呢？如果我們能找到這麼一本書，那我們就可以在書中讀到一段阿爾瑪威爾的公爵，在托萊多圍城期間，餓得心慌，於是，沒加鹽就吃掉自己勤務兵的故事。公爵本人在其自己的回憶錄中就描寫過此事，並且還說他的肉既鮮嫩又香脆，也還柔韌，味道倒是介於雛雞與小毛驢肉之間。

在一本關於軍事藝術的德國古書中，我們也可以找到為勤務兵規定的一些條令。在古代，此類人員必須篤信宗教，虔誠、講道德、說實話、謙恭、剛毅、勇敢、正直、勤勞，簡單一句話：必須成為典範。新的時代，大大地改變了這一典型的實質內容。現代派的那種「僕傭」是既不虔誠又很缺德，不誠實，謊話連篇，欺騙自己的主子，往往使自己長官的生活變成真正的地獄。現代派的那種「僕傭」可說是一些為人狡詐的奴僕，能弄出各種陰謀詭計來使主人苦惱不堪。在新一代的隨從中，很少能找到那種富於犧牲精神，像阿爾瑪威爾公爵的侍從，善良的弗南多那樣的，肯讓自己的主人不放鹽就把自己吃掉。從另一方面我們也看到這樣一種現實，各級長官們在跟自己那些現代的傳令兵作殊死的搏鬥時，得使用一切想得出來的手段來維護自己的權威。這也稱得上是恐怖統治的一種吧。一九一二年，在史迪爾斯基的赫拉德茲有過這麼一起案件：一位連長成了一位傑出的人物，他一腳就踢死了自己的勤務兵。當時就釋放了他，那是因為他總共才做過兩回這種事。按照這些大人們的高見，勤務兵的命是一文不值的。他們只不過是一種東西，在一般情況下是一個挨耳光的玩偶、奴隸，樣樣都得幹的女僕。這種境遇之下奴隸變得狡詐、詭計多端，就不足為奇了。這種人在我們這個星球上的處境也許只能與舊時那些被人打後腦勺、受酷刑，以培養其自覺性的學徒的苦楚相比較。

然而也不乏其例，那就是勤務兵高升為軍官主子寵兒的事。這一來，就會給全連甚至全營帶來災難。低於他主子軍銜的人都得竭力賄賂他。他有權決定你請假是否被批准，他肯幫你美言幾句，那報告就能順當地批准下來。

寵兒們在戰爭年代往往獲得許多大小不一的銀質獎章，以表彰他們的剛毅勇敢行為。

---

53 白山在布拉格附近。一六二〇年十一月八日發生的「白山戰役」逾越捷克國境，導致了歐洲長達三十年的戰爭，捷克國家從此喪失獨立。而淪為哈布斯堡王朝的一省。

我在九十一團服役時認識幾個這樣的人：有個勤務兵獲得了一枚大銀質獎章，那是因為他善於把偷來的鵝烤得香脆可口；另一個得了一枚小銀質獎章，這是因為他老家常給他寄些美味佳餚的包裹來，使他的主子在那最飢餓的年代也吃得大腹便便難以步行。

而他的主人提出應該發給他獎章的理由是：

「在戰場上驍勇非凡，將個人生死置之度外，在敵軍強大砲火攻擊下，寸步不離自己的軍官。」

而事實上他當時正在後方某個地方搜刮雞舍。戰爭改變了勤務兵和主子的關係，勤務兵在士兵中間成了最可恨的東西。當五名士兵只能分到一罐罐頭時，一個勤務兵往往就能獨享一罐。他的行軍壺裡不是裝滿著蘭姆酒就是白蘭地。這些傢伙不是整天吃著巧克力，就是啃軍官們吃的甜麵包乾，抽自己主子抽的香菸，持續烹煮美味佳餚，還穿著非常得體的衣衫。

軍官的勤務兵和軍官的傳令兵關係最為親密。勤務兵可以把桌上大量殘羹剩飯和他所能享受到的其他一切好處留給傳令兵。另加一名司務長，這就形成了一個三人小組。這個三人小組與軍官生活在一起，有直接聯繫，故關係密切，因此所有軍事行動和作戰計畫他們都一清二楚。

凡與連長的勤務兵關係比較密切的班長，他那個班的消息就比別的班靈通多了。

當這位勤務兵說：「我們於兩點三十五分就來個向後轉。」那奧地利士兵將一分不差地在兩點三十五分開始與敵方脫離接觸。

軍官的勤務兵與戰地炊事班的關係也是十分緊密的，他最樂意在行軍鍋邊優哉游哉，簡直就像是瀏覽著飯館裡擺在自己面前的菜單。

「我想要份肋排，」他對炊事兵說：「昨天你給了一根牛尾，還給我湯裡放幾片豬肝，你知道，我是不吃脾臟之類的東西的。」

而勤務兵又是最善於扮演驚慌失措的丑角。當敵機轟炸陣地時，他嚇得心臟都掉到褲襠裡去了。每當這個時候，他總是帶著他自己和自己主子的行李躲藏到最安全的掩體裡，腦袋埋藏在毯子下面，讓手榴彈找不到他。此時，他不想別的，一心盼望他的主子能中彈受傷，那他就好跟著他一塊兒回到離前線愈遠愈保險的後方。

他那精心培養起來的驚慌失措還帶有幾分故弄玄虛。「我覺得，他們好像要拆電話了。」他煞有介事地向班裡的人傳話。當他說「已經拆完了」的時候，感覺如此愉快。

沒人像他那樣喜歡撤退。只有在這一片刻，他才會忘掉手榴彈和榴霰彈在頭上的呼嘯聲，孜孜不倦地扛著行李往參謀部鑽，因那裡停留著運輸車隊。他喜歡奧地利軍隊的運輸車，非常喜歡乘這種車撤退。就在最壞的情況下，他也能乘坐到雙輪救護車的。假如他不得不徒步行軍，你看他簡直變了個人，一蹶不振。遇到這種情況，那就對不起了，就把自己主子的行李丟在戰壕裡，只背自己的財物上路。

如果發生這種情況：長官為了不當俘虜而溜之大吉，他卻反而願意留在那裡，此時，沒有一個軍官的勤務兵會忘記把自己主子的行李也一併帶上，這麼一來，他朝思暮想的這份財物就成了自己的私有物啦。

我曾見過一個被俘的勤務兵，他同別的一些人一道從杜布諾步行到基輔附近的達爾尼采去。除了自己的行囊之外，他還隨身背著自己的那位不願當俘虜、開了小差的主子的行囊。五口各式各樣的手提箱、兩床被子和一個枕頭，還不算頭上頂著的那些行李。他還抱怨哥薩克人偷走了他兩口箱子。我永遠也忘不了這個人，他拿著如此沉重的一大堆東西，費力勞神地穿越整個烏克蘭。他簡直就像一輛活的運輸車。我真無法解釋，他怎麼能帶著這麼些東西，跋涉數百公里，直到塔什干，目不轉睛地看守著這些東西，直到最後在戰俘營裡患了斑疹、傷寒，就趴在自己行李堆上嚥了氣。

今天，勤務兵已遍布我們整個共和國，正在宣講自己的英雄事跡。吹噓他們攻打過索卡爾、杜布諾、尼什和皮亞韋河。他們個個都成了拿破崙：「我已經跟我們的上校說了，給參謀部去個電話：可以開始行動了。」

他們多半是些反動分子，士兵們恨死了他們。他們當中有些人還愛打個小報告，當看見有人被綁走時，他們總是感到一種特別的快慰。

他們已經發展成為一個特殊的階層。他們的利己主義已到了忘乎所以的程度。

三

盧卡斯上尉是衰敗、凋零的奧地利王國現役軍官中的一個典型人物。士官學校把他訓練成一種兩棲動物。在大庭廣眾之下，他嘴裡說的是德語，筆下寫的也是德文，但他讀的卻是捷克語的書。每當他給一批純粹是捷克籍的一年制志願兵軍校學生講課時，就用一種體己的口吻對他們說：「我們是捷克人，但沒必要讓人家知道這點。我也是個捷克人。」

他把捷克籍視為某種祕密組織，自己離它愈遠愈好。

應該說，他人倒不壞，不懼怕自己的一幫上司，操練時對連隊的關照也還說得過去，只需要給他在板棚裡找一個舒適住處就行了。他還時常從微薄的薪俸中抽出點錢來給自己的士兵買桶啤酒喝什麼的。他喜歡士兵們高唱著進行曲行軍。不管是出操還是收操，士兵們都必須唱歌。他走在自己連隊的旁邊，同他們一起高唱：

當夜深人靜，
燕麥從口袋中倒出，
砰砰啪啪的聲音響徹夜空。

他頗受士兵們歡迎，因為他十分公正，不懂得虐待別人。

列兵們常常在他面前發抖。他只需一個月的時間就能將最凶猛的士官改造成一隻真正的羔羊。

他也能大聲嚷嚷的，但從不罵人，每句話都要字斟句酌。「你看，」他說：「我真不願意處罰你，小伙子，可是我沒辦法啊，因為一支軍隊的戰鬥力和勇敢取決於紀律性。紀律性不強的軍隊猶如隨風飄動的蘆葦。你若風紀不嚴、衣帽不全，缺釦子、少皮帶的，那就可以看得出你忘記了自己對軍隊應承擔的義務。看得出來，你不理解為什麼你被關了禁閉，為什麼昨天檢閱時只因你襯衫上少了一顆釦子，就這麼一件微不足道的小事，在老百姓眼中那根本就是不值一提的小事情，在軍隊裡就得把你給關起來。你已經親眼目睹這種不修邊幅的現象在軍隊裡是要受到懲罰的。為什麼呢？因為這不是什麼你少了一顆釦子的問題，而問題是要讓你養成一種整齊、井井有條的習慣。今天你不願意把釦子縫上，開始懶散起來，明天你就會覺得擦槍是件很困難的事，那麼後天你就會把刺刀忘在某個小酒館裡，最後，站崗時就會呼呼大睡了。因為你已從丟失這顆倒楣的釦子開始了一種懶漢生活。道理就是如此簡單。小伙子，我之所以要處罰你，就是讓你今後能夠避免因為失職違章而可能招致的更為嚴重的處罰。我關你五天的禁閉，希望你在喝水吃麵包之時也想一想。處分不是報復，僅僅是一種使受罰者改過自新的一種教育手段。」

按理說，盧卡斯早就應當晉升為大尉了。儘管他在民族問題上是如此謹慎，但也無濟於事，因為他對上司太直來直往，公事公辦，不來阿諛奉承那一套。

那是因為他保持著捷克南部農民所特有的一些性格，他出生在南方密林與魚池之間的一座村子裡。如果說他待兵還算公道，從不折磨他們的話，那要歸功於他的特殊性格。但他憎惡他用過的一些勤務兵，他總認為自己倒楣不幸，派給他的盡是一些最可憎、最卑鄙的勤務兵。

他抽他們的嘴巴，敲他們的腦袋；他也曾想方設法用規勸或實際行動去教育他們；但他始終不肯把他們當一般士兵看待。他和他們這樣徒勞地鬥了好多年，勤務兵換了一個又一個，最後只好嘆氣道：「又給我派來了一頭下賤的牲口。」他把自己的勤務兵都看成是動物中比較低的一類的東西。

他非常喜歡動物。他有一隻哈爾茲金絲雀，一隻安哥拉貓和一條看馬的狗。所有被他撤換的勤務兵，對待他這些心愛的動物，跟他對待幹了卑劣勾當的勤務兵的態度一樣壞得很。

他們用飢餓折磨金絲雀；有個勤務兵竟然把安哥拉貓的一隻眼睛給打瞎了；看馬狗一旦遇見他們就得挨揍；最後，這個可憐的畜生被帥克之前的一名勤務兵送到龐格拉茲一位剝獸皮的人那裡給屠宰了，他倒不吝惜為此得從自己腰包掏出的那十克朗。事後只簡單地向上尉報告一聲說，狗在散步時跑掉了。第二天，這名勤務兵已經同連隊一起到練兵場操練了。

當帥克來向盧卡斯上尉報告，說他來上班了，盧卡斯就把他領到房裡對他說：「隨軍神父卡茲先生把你推薦給我，我希望你不要給他丟臉。我已經用過一打勤務兵了，可沒有一個能在我這裡待下來。我得提醒你，我是一個很嚴格的人，對任何一種卑劣勾當和撒謊行為我都要嚴加懲罰的。我希望你對我永遠講真話，毫無怨言地執行我的一切命令。比如我說：『跳火坑！』你即使不樂意但也得給我跳。你在看哪裡？」

帥克滿有興趣地望著掛有金絲雀籠子的牆壁，此時，他那雙善良的眼睛立即轉過來盯著上尉，用一種十分親切溫和的聲音回答：「報告，上尉長官，那是隻哈爾茲金絲雀。」

帥克這樣打斷了上尉那滔滔不絕的訓話之後，依然定睛望著上尉，連眼睫毛也沒眨一眨，並且還按軍人姿勢站得個倍兒直。

上尉本想念他幾句，可是看到帥克臉上那片天真無邪的表情，就只說了一句：「隨軍神父先生推薦說，你是天下第一號的白痴。我看他這話一點沒說錯。」

「報告，上尉長官，隨軍神父大人的話的確沒有說錯。當我還是現役軍人的時候，就因為痴呆給遣散了，我智力低下那是出了名的。當時團裡因為這個原因被遣散的有兩個：一個是我，還有一個是馮．高尼茲連長先生。說起這位人呀，請允許我向您，上尉長官報告，他走在街上時，左手的一個指頭總是掏著左鼻孔，右手的一個指頭掏著右鼻孔。他帶我們去操練時，要我們像接受長官檢閱一樣地排著隊，然後他說：『士兵們，嗯，你們要記住，嗯，今天是星期三，嗯，由於明天是星期四，嗯。』」

盧卡斯上尉像一個想不出適當的言語來表達思想的人，他只聳了聳肩膀。

他從房門到窗子之間來回踱步，圍著帥克走了一圈，又踱了回去。當上尉這麼踱著的時候，帥克就用兩眼追逐著他，也就來回做著「向右看齊」、「向左看齊」的動作，臉上的表情是那樣的天真無邪，以致上尉垂下雙眼，望著地毯說了些與帥克所談的傻連長風馬牛不相及的話：「記住，我這裡什麼都得要乾乾淨淨、井井有條，不准跟我說謊。我熱愛誠實，憎恨謊言。我懲辦起撒謊的人來是一點也不留情的。我的這些話你聽清楚了沒有？」

「報告，上尉長官，我聽清楚了。一個人最要不得的是撒謊。誰要一開始就前言不搭後語，那他鐵定完蛋了。在貝爾希姆夫鄉的後面有一個小村子，那裡住了一個叫馬列克的老師，他正追求著守林人史貝拉的女兒。史貝拉已經轉告過他：如果他膽敢和他的女兒到林子裡來幽會，一旦讓他碰上，那他就要從獵槍鋼絲刷上拔根鋼絲下來，蘸上鹽水，扎進他的屁股裡去。老師也轉告守林人說，這是子虛烏有的事。可是有一次他在等他的情人時，卻被守林人碰見了。守林人本想給老師動那個手術，可是老師卻推托說是來採花的；後又說是來抓甲蟲做標本的，愈說愈離譜。最後他竟然發誓賭咒，說是來安放捕野兔的套索的，還說當時是如何如何的膽怯。那位可愛的守林人也不客氣了，將他抓了起來，扭送到憲兵隊，從那裡又帶上法庭，弄得老師差點蹲了監獄。假如他一開始就講真話，頂多也不過是讓鋼絲扎幾下。我的看法是坦白直率最好。即便幹錯了事，自己去承認：『報告長官，我幹了這，幹了那。』說到誠實，那總是一種美好的事情，一個人為人忠誠老實，就能走得很遠，就跟競走比賽一樣。可是你一開始就搗蛋，小跑起來，那距離就愈拉愈遠了。這事我表兄就幹過。誠實的人到處受到敬重、尊崇，自己對自己也滿意，時時會感覺自己像個新生兒。當每天上床睡覺時，他可以說：『今天我仍然是誠實的。』」

當帥克如此這般地大發宏論的當兒，盧卡斯上尉一直坐著，望著帥克的靴子，心裡想著：「我的天哪，我想我大概也常常這麼嘮叨地講些廢話吧，只是講話的方式不同而已。」

可是，為了不損害自己的尊嚴，他等帥克把話講完之後他才說：

「現在跟了我，你必須經常擦乾淨你的靴子，穿好你的軍服，扣好你的所有釦子，必須有個軍人的樣子，不是老百姓裡的那些癟三、無賴。我有一種特別奇怪的感覺，好像幹你們這一行的沒一個善於保持軍人的風度。在我用過的所有勤務兵中，只有一個還有那麼一點軍人威武的模樣，可他最後卻偷走了我的一套禮服，拿到猶太人住宅區去賣掉了。」

歇了一會兒，他又接著往下說了。他向帥克交代了他該做的一切事情，特別強調了誠實可靠的重要性，永遠不准談論上尉這裡的事。

「女士們常來拜訪我，」他補了一句：「假如我早上不值班，有時她們其中一位也許就在我這裡過夜了。遇到這種情況，等我按鈴，你再把咖啡送到我們床邊來，你明白嗎？」

「報告上尉長官，我非常明白。如果我猛然闖到床跟前，也許會使那位女士困窘的。記得有一次，我把一位小姐領回了家，正當我倆玩得起勁時，我的老女僕就把咖啡送到我們床頭來了。女僕大吃一驚，咖啡灑了我一背，還說了一聲：『上帝賜福！』您放心，我全知道，當有位女士在這裡過夜時，我該幹什麼，不該幹什麼。」

「那就好啦，帥克，我們對待女士們必須彬彬有禮，格外有個分寸。」上尉說到這裡，情緒也隨之高漲熱烈起來，因為這個話題是他在兵營、操練場和賭場之外空暇時間中最為關心的了。

女人們是上尉公館裡的靈魂。她們為他築造起了一個安樂窩。她們足足有數打之多，其中許多人總是趁自己在此居留的期間用各種小裝飾品來妝點他的住宅。

一個咖啡館的老闆娘在他這裡住了整整十四天，直到她夫君來接她回去為止。她給上尉繡了一塊非常美麗、迷人的台布，而且在上尉所有內衣上都繡上了他姓名的縮寫字母。要不是她丈夫到來，破壞了她這牧歌般的生活，她也許能繡完那幅壁毯的。

另一位在三週之後被雙親接走的女士想把他的臥室布置成貴婦人的私室，她到處放置一些小玩意兒，小花瓶，還在他的床頭貼了一張守護天使的像。

在他臥室和餐廳的各個角落都可以察覺到一隻女性的手在這裡活動著。這隻手也伸進了廚房，那裡可以看到各式各樣的烹調用具，這是一位愛上了他的女廠長送給他的貴賓禮物，這位女廠長除了隨身帶來用於切各種蔬菜的刀具外，還有麵包攪碎機、肝泥攪拌機、鍋、鐵盤、平底鍋、攪拌棒，天曉得還有一大堆什麼。

一週之後她就離他而去了，原因是她不能遷就這一事實：上尉除了她之外大約還有二十個左右的情婦，而且她們都在這位高尚雄性的動物制服上留下了自己精湛手藝的痕跡。

盧卡斯上尉有著廣泛而詳盡的書信來往，他有一本相冊，裡面全是些女友的玉照，還收藏了各種紀念品，因為最近兩年來他頗有戀物癖。他擁有幾條各種樣式的女人吊襪帶、四條十分誘人的女人的繡花內褲，三件柔軟透明、樣式十分考究的女式短襯衫和幾條紗巾，甚至還有一件婦女的緊身馬甲和幾雙長筒絲襪。

「我今天值班，」他說：「可能要到深夜才會回來，你就小心地照看著，把房間收拾收拾。你的前任就是由於自己的卑賤，今天就叫他急行軍趕赴前線去了。」

接著就如何照管好金絲雀、安哥拉貓的事又交代了一番之後這才離去。到門口了還不忘叮嚀幾句有關誠實和整潔之類的話。

等他一走，帥克就把屋裡一切都收拾整齊，所以一等盧卡斯上尉深夜回來時，帥克就可以向他報告：

「報告，上尉長官，一切都收拾好了，就出了一點點小紕漏，貓闖了禍，牠把您的金絲雀給吞下去啦。」

「什麼？」上尉大聲咆哮道。

「報告，上尉長官，是這樣的：我知道貓向來就不喜歡金絲雀，總是欺負牠們，所以我總想讓牠們在一起熟識熟識，親近親近，如果這凶殘的畜生想搗什麼鬼，我就痛痛快快揍牠一頓，叫牠至死也忘不了應該如何對待金絲雀。因為我是最喜歡動物不過的了，在我們老家那裡有個賣帽子的，他把貓訓練到如此地步：那隻貓曾經吃掉過三隻金絲雀，而現在一隻也不想吃了，金絲雀還能坐到牠身上去。於是我也想來試一試，我就把金絲雀從籠子裡放了出來，把牠給貓嗅了嗅，可是牠，這隻狡猾的東西，還沒等我意會過來，牠就一口將金絲雀的腦袋給咬了下來。我真沒想到牠會跟我來這麼一招。上尉長官，假如是一隻普通的麻雀，我也就沒有什麼好說的了，可這是一隻漂亮的金絲雀，還是一隻哈爾茲金絲雀呀！您簡直想像不到這隻貓有多饞，連身子帶羽毛全吞下去了，躲到一邊吃，還邊發出咿咿呀呀的聲音，要多開心有多開心。據說貓是沒有什麼音樂修養的，金絲雀要唱歌時，牠還嫌煩，因為這畜生根本就聽不懂。我教訓了那貓一頓，可是我對天發誓，我沒有碰牠一下，我想我還是等著您回來判決吧，怎麼來對付這個長癩的畜生。」

帥克一面這樣敘述著，一面直愣愣地望著上尉。本想狠狠揍他一頓的上尉，這時反倒走開了，坐到椅子上問道：

「聽著，帥克，難道你真是這麼一個天下第一號的白痴嗎？」

「報告，上尉長官，」帥克一本正經地回答：「是！我從小就倒楣，我總想一心一意地把事情辦好，可最後還是沒個好結果，弄得我自己和大家都不好受。我真心誠意想要牠倆熟識一下，達到彼此相互了解的目的。這畜生可好，把金絲雀給吃了，也沒熟識成，把什麼都搞糟了，這可怪不得我。幾年前，在什杜巴爾特兄弟的家裡，一隻貓把他們家養的八哥給吃了，說是因為八哥嘲笑了牠，朝牠後面咪咪叫。貓可不大容易死的，上尉長官，假如您命令我來處死牠，那我只能用門把牠夾死，不然絕對弄不死牠。」

此時，帥克滿臉帶著天真和慈祥可親的微笑對上尉大談特談懲治貓的各種辦法。他的一些辦法如果讓動物保護協會的人聽了，會氣得進瘋人院的。

帥克在說這一切時表現得是那麼在行，以致盧卡斯上尉忘記了生氣，還問他道：

「你會管理動物嗎？你對動物有感情嗎？你愛牠們嗎？」

「我最喜歡的是狗，」帥克說：「你如果會販賣的話，那是一樁很賺錢的買賣。可是我做不好，因為我這人太老實了，儘管這樣，但還是有人來找我的麻煩，抱怨我賣給他們的是快要死的病狗，而不是健壯的純種狗。似乎所有狗都必須是純種、健康的。他們每個人都還急於想拿到狗的血統證明書，這一來，我只好去印一些，把一隻在磚窰出生的雜種狗寫成一隻從巴伐利亞純種狗繁殖研究所來的珍貴貨。那倒是真的，人們一聽，立刻就為家裡能有一條如此純種的狗而高興得不得了。比方說，我把沃爾舍維采的一條狗當做一隻臘腸狗推薦給他們，他們只是奇怪一隻珍貴的狗毛怎麼這麼長，腿又那麼直。其實所有狗市都是這麼幹的。上尉長官，您如果聽見比較大的一些狗市裡的那些賣狗人是怎麼個在血統書上哄騙他們的顧客，那您一定會大吃一驚的。當然，真正的純種狗是很少很少的，不是牠的母親就是牠的祖母曾跟一條或幾條雜種狗廝混，甚至有時還有好幾個父親，那生下來的小東西就會像牠們那些雜種先輩了。也許長出了像這隻狗的耳朵，那隻狗的尾巴，另一隻狗的鬍子，顎骨是第三隻狗的，瘸腿是第四隻的，腰身大小像第五隻，如果一條狗有著那麼一打父親的話，那麼，上尉長官，牠長成什麼個樣子，您就可以想見了。有一次，我買了一條狗，就因為牠的父親太多而長成了一個醜八怪，以致所有狗都不愛理牠。我看牠怪可憐的才買下來。牠成天待在屋角裡，是那樣的愁眉不展，我只好把牠當做看馬狗賣掉。為了讓牠染有一身褐灰色，我可費了九牛二虎之力。這樣，牠就跟著自己的主人到了摩拉維亞，從那時起我就再也沒有見到過牠。」

上尉開始對這有關馴犬學的解釋發生了濃厚的興趣，於是帥克也就可以繼續暢談下去：

「狗可不像女士們一樣可以自己染髮，得由販狗的人給牠們染。假如一條狗蒼老得毛都發灰了，你想把牠當成一隻剛滿一周歲的狗崽賣掉，或者你甚至想把一條當了爺爺的狗當做九個月的小狗賣掉的話，那麼你就去買點硝酸銀，把它化開，用它把狗染得黝黑黝黑的，就像剛生下來似的。你如果想叫牠凶狠一點，你就要像餵馬一樣餵牠點砒霜；然後就跟磨鏽刀一樣用砂紙擦淨它的牙齒。在把牠賣給一位主顧以前，先灌給牠一點李子酒，讓這條狗有點醉意，不一會兒牠就會暈頭暈腦的，接著就會歡蹦亂跳起來，汪汪叫著，要多快活就有多快活，就像喝醉了酒的人一樣，見了誰都很親熱，像老朋友似的。可是最重要的是在這裡，上尉長官，這時你得跟顧主瞎扯，一直扯到他暈頭轉向為止。如果有人想跟你買一隻捕鼠狗，而你家裡只有一隻獵狗的話，那你就得把這個人哄得服貼，使他改變主意，不要捕鼠狗，反而要從你這裡把那隻獵犬買下帶走。又比如說，你家裡只有捕鼠狗，人家卻要一條凶惡的德國鬥犬來看門，那你就可以哄弄他，結果叫他沒買成鬥犬，卻把一條小捕鼠狗揣在口袋裡帶走了。在我當動物販子的時候，有一次來了一位女士，說她的鸚鵡飛到前面花園裡去了。那裡剛好有幾個小孩在扮印第安人玩，他們抓到鸚鵡後，把牠尾巴上的羽毛全部拔掉，插在自己的頭上裝成警察。那隻鸚鵡沒了尾巴之後，竟羞得生了病。獸醫給牠開了點藥，也就結束了牠的性命。如今她想再買一隻鸚鵡，要一隻規矩的，不要那種什麼都不會幹，只會罵街的野鳥。那我怎麼辦呢？我手頭沒有鸚鵡，也不知到哪裡去找呀，可是我家裡卻有一條劣性的鬥狗，而且兩隻眼睛都差不多快瞎了。上尉長官，我就得和這位女士從下午四點一直扯到黃昏七點，才讓她不再堅持買鸚鵡，而把我的這條瞎眼鬥犬買回去。這比控制外交局勢還要費勁。在她臨走時，我對她說：『這回那些小孩就休想扯牠的尾巴嘍。』從那之後，我就再也沒有同這位女士說過話了。因為這隻鬥犬見人就咬，弄得這位女士只好從布拉格遷走了。上尉長官，這下您相信了吧，弄到一隻真正頭等的動物可不是件容易的事啊！」

「我本人非常喜歡狗。」上尉說：「一些在前線打仗的朋友，他們還帶著狗。他們給我來信說，在這戰亂時刻，有這麼一條忠實的狗在你身邊做伴，那日子就好過多了。看來你對各種類型的狗都挺在行的。假如我有了一條狗，我希望你能好好地照料牠。根據你的看法，那種狗最好？我的意思是這條狗就是我的一個伴侶。我曾經有過一隻看馬狗，可我不知道……」

「照我看，上尉長官，看馬狗是一種非常可愛的狗。然而也並非所有人都喜歡。因為牠長有一身硬毛，鬍子也很硬，活像一個剛放出來的囚犯。牠長相醜得可愛，但很機靈。上那裡去找這種惹人愛的聖伯納犬啊！牠真的比獵狗還要機靈。我就知道一條……」

上尉看了看錶，打斷了帥克滔滔不絕的話頭。

「哦，已經不早了，我得睡覺去啦。明天又輪到我值班，你就可以全天到外面去為我找一條看馬狗。」

上尉睡覺去了，而帥克躺在廚房的沙發上翻閱著上尉從兵營裡帶回來的報紙。

「瞧，這還真有點意思，」帥克瀏覽著當天的新聞要目，自言自語：「蘇丹國王授予威廉皇帝一枚戰功章，可我混到今日，連一枚小銀章也沒有。」

他忽然想起了點什麼，立即跳起身來：「我差點給忘了……」

帥克走進上尉的臥室。上尉睡得正甜。帥克把他叫醒說：

「報告，上尉長官，我還沒得到您如何處置那隻貓的任何指令呀！」

上尉半睡半醒地翻了個身，迷迷糊糊地嘟囔道：「關牠三天禁閉。」接著他又睡了。

帥克躡手躡腳地溜出了臥室，把那隻不幸的貓從沙發底下拖出來，對牠說：「關你三天禁閉，解散！」

於是，那隻安哥拉貓又爬回沙發底下去了。

四

帥克正準備離家出門去物色一隻看馬狗的時候，一位年輕的太太正來按門鈴，表示要與盧卡斯上尉說話。太太的身旁放著兩口笨重的旅行箱。帥克瞧見了一頂正悄悄下樓去的帽子。

「他不在家。」帥克回答得有些生硬。但這位太太已經走進了門廳，並且斷然地吩咐帥克：「你把箱子給我搬到臥室裡去。」

「沒有上尉長官的允許那是不行的，」帥克說：「上尉長官命令過，沒有他的允許，任何時候我都不得幹任何事情。」

「你是不是瘋啦？」年輕的太太嚷道：「我是前來拜訪上尉先生的。」

「關於這點我可一無所知，」帥克回答：「上尉長官在值班，要到深夜才回來，我奉命去找一條看馬狗。有關任何箱子和任何太太的事我一概不知。現在我要關門了，勞駕，請您離開這裡。我不能把任何一位素不相識的女人獨自一人留在屋裡。像有一次，在我們老家的街上的糖鋪老闆別爾奇茲基那樣，他們讓一個外人留在家裡，結果此人打開了他們的衣櫃，偷了東西溜走了。」

「我對您沒有絲毫的惡意，」當他看見年輕的太太顯得失望、淚流滿面時，便接著說：「您是絕對不能留在這裡的，這您也承認，因為整個屋子交給了我照看，我得對每樣東西負責呀。所以我再次懇請您不要在這裡白費口舌了。上尉長官不下指示，我只好六親不認。我真的感到遺憾和抱歉。我不得不如此這般地同您講話，要知道在軍隊裡做事就得講個規矩。」

這時，年輕太太稍稍恢復了鎮靜。從提包裡取出一張名片，用鉛筆寫了幾行字，裝進一個精妙的小信封裡，沮喪地對帥克說：「請你把這給上尉先生送去，我就在這裡等著回話。這裡有五克朗給你在路上花。」

「這也太小看人了嘛，」帥克回答，並感到受了這位固執的不速之客的某種侮辱。「五克朗放在椅子上了，還是留給您自己用吧。如果您願意，我們一道去兵營，您在外面等我，我把您的信送上去，然後帶給您回音。您想在這裡等，那是萬萬不可能的！」

帥克說完這番話後就把箱子提到走廊上，像看守城門人似的把鑰匙弄得叮噹直響，並且站在門口大聲說：「我要鎖門了。」

年輕的太太無望地走出了走廊，帥克鎖好門，走在她的前面。來客像小狗般跟在他後面，直到帥克拐彎到菸攤上去買菸時，她才追上他。

現在她同他並排走著，想接著上面的話往下談：

「你保證會把信交給他嗎？」

「我既然說了，我就一定會做到的。」

「你能找到上尉先生嗎？」

「這我就不知道了。」

兩人又一聲不響地並排走著。過了好一陣子，他的那位女同行者又開始同他交談起來：

「那麼你認為找不到上尉先生嗎？」

「我沒這麼認為。」

「你認為他會在什麼地方呢？」

「這我就不知道了。」

這樣的對話中斷了好一會，直到年輕太太重又提問說：

「你沒把信弄丟吧？」

「目前還沒丟。」

「那就是說你鐵定能把它交給上尉先生，是吧？」

「是的。」

「你能找到他嗎？」

「我已經說過了，我不知道。」帥克回答：「我感到奇怪，有些人怎麼如此好奇，對一件事情要打破沙鍋問到底的架勢，好像我走在街上逢人就得問今天是幾號一樣。」

這下好啦，她要同帥克繼續攀談的念頭被斷掉了。在前往兵營的下一段路上，他們倒是一直沉默著，直到站在兵營的門口，帥克才招呼年輕的太太，讓她站在這裡等一等，自己便去同兵營大門裡的士兵聊起打仗的事來。這讓年輕太太夠受的了，她神經質地在走廊上來回踱著，表情陰沉，悲慘至極，那是因為她看見帥克高談闊論的那副傻相所引起的。帥克的樣子真像當時《世界大戰紀事》上登的一張照片，那張照片的下方寫著：「奧地利王位繼承人與兩個打下俄國飛機的飛行員交談。」

帥克穩坐在大門裡面的一張椅子上，正講述著喀爾巴阡山前線的局勢：「我軍的進攻雖然遭到嚴重挫折，但另一方面，普謝米斯爾司令、古斯曼涅克將軍都已經攻到了基輔，我們在塞爾維亞還保留著十一個據點，塞爾維亞人已經無力長期跟蹤我軍了。」

然後，帥克對某幾場著名戰役進行了點評，還在那裡班門弄斧地說什麼部隊四面被困就必定投降無疑。

當他聊夠了，他這時才認為應該出去跟那位失望的太太打個招呼，說他馬上就來，叫她別走開；然後他到樓上辦公室，找到了盧卡斯上尉。上尉正在給一名中尉講解戰壕示意圖，批評這位中尉不會製圖，對幾何學一無所知。

「你瞧，應該這樣畫：假如我要在已知直線上畫一條垂直線，就要畫出一條和它形成直角的線來，你明白嗎？這樣來設置戰壕才是對的，才不會連到敵人那邊去，離敵人還有六百米。假設真的照你那種畫法，我方陣地就會插到敵方的線上去了。你和你的戰壕就垂直於敵人的戰線之上。就是這樣簡單嘛，你說是不是？」

而這位在作為平民時當過銀行祕書的預備役中尉站在示意圖旁簡直絕望透頂，不知所措。當帥克來找上尉時，他這才委實鬆了一口氣。

「報告，上尉長官，一位太太給您捎來一張便條，她等著您的回音。」帥克說這話時，還意味深長、十分親暱地眨了眨眼睛。

上尉看完便條後，毫無任何愉悅的流露。便條上寫道：

> 親愛的海因里希！我的丈夫一直在跟蹤我。我必須搬到你這裡來住幾天。你的勤務兵是個畜生。我真倒楣。你的凱蒂。

盧卡斯上尉嘆了一口氣，把帥克帶到一間空辦公室，開始在桌子之間來回踱步，終於在帥克面前停了下來，說：「那太太在信上寫了，說你是畜生，你對她做了些什麼？」

「報告，我對她什麼也沒做過，上尉長官。我的一舉一動都非常有禮貌，很得體的。她要立刻在我們房裡住下來。由於我沒得到您的允許和任何命令，所以就沒讓她留在房裡。還有就是，她像回到自己家裡似的帶來兩個大箱子。」

上尉又一聲嘆息，帥克也跟著他嘆了一聲。

「怎麼啦？」上尉可怕地吼叫了一聲。

「報告，上尉長官，情況挺嚴重的。兩年前，在苜蓿街上，有那麼一位小姐搬到一個單身裱畫師傅那裡去住，他怎麼也趕不走她。最後，他想出了一招，那就是用煤氣把她連同自己一起薰死，這下子就全完了，再也沒有高興、歡樂可言了。同女人打交道是件很難的事。我可看透了她們，有所領教。」

「情況挺嚴重的。」上尉重複了一遍帥克說的話。他從來還沒有過這樣的真情流露，親愛的海因里希的處境的確尷尬，一個被丈夫跟蹤著的妻子要到他這裡來住幾天，又正趕上特舍波尼的米茲科娃太太也要來這裡待三天，這已成規律了。她每季來布拉格採購時都是這樣做的。然後，後天還有一位小姐駕臨，她允諾過他，說她整整考慮了一個星期，同他幽會一陣子是不成問題的，因為她要一個月之後才和一位工程師結婚。

上尉現在正坐在桌上，低垂著腦袋一聲不吭地考慮著，可是在他坐回桌旁準備寫回信之前，什麼也沒有想出來。於是在公家的信紙上寫道：

親愛的凱蒂：我值班到夜裡九點，十點才回來。但願妳在我這裡感覺和在自己家裡一樣。至於我勤務兵帥克，我已命令他滿足妳的一切要求。妳的海因里希。

「你把此信交給那位尊夫人，」上尉說：「我現在命令你，對她要恭敬有禮，舉止得體，滿足她的一切要求，她的要求就是對你的命令。你對她要殷勤、溫存、忠心耿耿為她服務。這裡給你一百克朗，你給我把帳目結清。也許她會打發你去這去那弄點什麼東西，你去給她訂份中餐或晚餐。隨後買三瓶葡萄酒、一條香菸。好，暫時就這些。你可以走了。我再提醒你一次：要把她放在心上，你必須幫她實現只要你從她眼神裡能看得出來的一切願望。」

年輕的太太似乎已經失去了還能見到帥克的一切希望，可是當她看到帥克手裡拿著信從兵營裡朝她走來時，她感到十分意外。

帥克敬了個軍禮，把信交給了她，並說道：「根據上尉長官的命令，我必須對您，尊敬的夫人，恭敬有禮，舉止得體，忠心耿耿地為您服務。我必須幫您實現只要我從您眼神裡能看得出來的一切願望。

我得把您餵得飽飽的，您想要什麼我就得去給您買。上尉長官給了我一百克朗，不過還得從中拿錢出來買三瓶葡萄酒和一條香菸。」

當那位太太一讀完回信，就神氣活現，趾高氣揚起來，立即命令帥克去租車。當馬車叫來之後，她又命帥克坐在車夫旁邊。

他們到家了。一進家門，她便擺出一副女主人的架勢來了。帥克不得不把箱子搬進臥室裡，又得把地毯扛到院子裡去拍拍灰。鏡子後面一點蜘蛛網竟惹得她大發雷霆。

種種跡象表明她想在這塊贏得的陣地上長期挖壕據守。

帥克忙得汗水淋淋。剛拍完地毯她又想起要他取下窗簾，抖落上面的塵土，命令他把臥室和廚房的玻璃擦乾淨。接著她心血來潮，又讓他重排家具。帥克把家具從這個角落搬到那個角落，她覺得不滿意，又想出了新的擺法，於是新的折騰又開始了。

整個房間都翻了天，直到後來，她布置安樂窩的勁頭已慢慢消失，這齣鬧劇才暫告一段落。

她從衣櫃裡取出了乾淨床單，親手擺放枕頭，

鋪好被褥。看得出來她是懷著極大的愛戀之情來整理這張床鋪的。床上的每件物品似乎都如此性感，激起她的巨大情欲，使她呼吸急促。

隨後她打發帥克去買午飯和葡萄酒，在他回來之前，她換了一件透明的晨衣，顯得格外誘人和嫵媚。

午飯時她喝了一瓶葡萄酒，抽了無數支菸，然後便躺上床去了。這時帥克正在廚房裡拿著麵包往玻璃杯裡蘸甜酒吃。

「帥克！」臥室裡傳來了喊聲：「帥克！」

帥克推開房門，只見年輕的太太正以誘人的姿勢躺在枕頭上。

「你走進來呀！」

帥克走近床前。此時此刻此景，她以一種特殊的媚笑打量著帥克強健的體魄和粗壯的大腿。

她撩開蓋在身上的薄軟被單，神情十分嚴厲地說：「把靴子和褲子脫下來，讓我看看……」

事情就是這樣了，當上尉從兵營裡回來時，好兵帥克可以向他彙報說了：「報告，上尉長官，我已滿足了尊敬的夫人一切要求，根據您的命令，忠心耿耿地為她服務了。」

「謝謝你，帥克，」上尉說：「她的要求多嗎？」

「大約有六項，」帥克回答：「由於過程疲勞，她現在睡得死死的，凡是我從她眼神裡能看得出來的一切願望，我都幫她實現了。」

五

當堅守在多瑙河及拉卜河森林地帶的大批官兵處於槍林彈雨之中；擁有巨大殺傷力的砲彈紛紛落在喀爾巴阡山區，成批成批的連隊遭到摧殘；所有處於戰線內的城市和鄉村陷入一片火海之際，盧卡斯上

尉和帥克卻和那位從丈夫身邊溜掉，如今卻成了他們家中女主人的年輕太太共同譜寫著一支不甚愉快的田園曲。

趁她外出散步之際，盧卡斯上尉和帥克就如何擺脫她的問題舉行了一次軍事會議。

「上尉長官，這是最好的辦法了，」帥克說：「記得您說過，她在我送給您的那張便條上說，她是從她男人那裡跑出來的，既然這樣，那就讓她男人知道她的下落，來把她領走，不就行了？給他去份電報，就說她到了您這裡，他可以隨時來將她帶走。去年在伏舍諾利別墅區的一所別墅裡也發生過這樣的事件，只不過電報是女士本人給她自己的男人發去的。這男的來接她了，可給了他倆各一記耳光。因為兩個男的都是普通百姓。如果那野漢子是個軍官什麼的，那個老百姓就不敢對他下手了。再說，您一點錯都沒有，您也沒請她來呀！既然她偷跑出來，那就得自己負責。您等著瞧吧，這個電報一定有用。如果他搧幾個耳光……」

「他是一介書生。」盧卡斯上尉打斷帥克的話說：「我認識他，是個經營啤酒花的富商。我得和他談談。我給他發份電報去。」

盧卡斯的電報發得很簡練、經濟又實惠：「尊夫人現住……」下面是盧卡斯上尉的住宅地址。

事情的經過就是如此這般。當啤酒花商人猛地闖進門裡時，凱蒂大為震驚，露出極不愉快的神情。她丈夫表現得像個很懂禮貌、很會體貼人的男子。而此時的她也未失去平衡，將兩個男子作了介紹：「這是我丈夫……這是盧卡斯上尉先生。」她除了介紹雙方認識之外，什麼話也說不下去了。

「您請坐，文德勒先生，」盧卡斯上尉從口袋裡掏出一盒香菸和善地說道：「您請！」

頗有教養的啤酒花商十分客氣地拿了一支菸，嘴裡吐著青霧，審慎地說：「上尉先生快上前線了吧？」

「我已申請調到布傑約維采九十一團去，一旦我在軍校擔任的一年制課程講完後，我就可以啟程了。我們正需要大批的軍官，然而今天的一些現象令人擔憂，有資格爭取的一年制志願兵的年輕人都不肯報名參加。他們寧願當一個普通步兵，也不願當軍官候補生。」

「戰爭使得啤酒花生意蒙受巨大損失。但我想這不會持續太久的。」啤酒花商一邊說話，一邊來回觀察他的妻子和上尉。

「我們的局勢是很好的，」盧卡斯上尉說：「如今誰也不懷疑戰爭將以中歐強國各兵種的勝利而告終。法國、英國與俄國同奧地利—土耳其—德國這塊花崗岩相比是太弱小了。是的，我們在某些戰線上曾遭受輕微的損失。但我們只要一攻破俄軍在喀爾巴阡山山峰與中部多瑙河之間的防線，那就毫無疑問，這場戰爭就結束了。同樣的，對法國來說也是一個威脅，在很短的時間內，整個法國東部都將被吃掉，而德國軍隊將攻陷巴黎。這是十分清楚的。除此之外，我們在塞爾維亞的軍事行動也進行得非常之順利。許多人對我軍實際上是一種轉移的撤離作了完全不合事實的解釋，那是因為他們對於戰爭缺乏必要的沉著冷靜。在不久的將來我們就可以看到我軍在南方戰線上的多次軍事策略將會帶來的碩果，您請看……」

盧卡斯上尉微微地抓著啤酒花商的肩膀，把他領到掛在牆上的軍事地圖面前，將一個個據點指給他看，並解釋說：「東貝斯基迪山是我們最好的，也是最著名的據點。在喀爾巴阡山一帶，您看得出，我們也有著強大的支柱。對於這條戰線的強大攻擊，就是打到了莫斯科我們也不會停止前進。戰爭將比我們所希望的提早結束。」

「土耳其怎麼樣？」啤酒花商問道，同時心裡卻考慮著如何將話題引到他專程為此而來的正題上去。

「土耳其人很堅持，」盧卡斯上尉回答道，並把他帶回到桌子旁。「土耳其議長哈利別依和阿里別依都已經來到維也納。利曼・馮・贊德爾斯被任命為達達尼爾海峽的土軍總司令。戈爾茲巴夏已從君士坦丁堡抵達柏林。恩維爾巴夏、海軍中將烏塞頓巴夏和捷瓦德巴夏將軍都受到我們皇帝的嘉獎。在這麼短短的時間內，受到嘉獎的人就有這麼多。」

大家就這樣面面相覷、默默地坐在那裡好一陣子，直到上尉認為有必要說幾句話來打破這一尷尬局面時為止：「您什麼時候到的，文德勒先生？」

「今天早上。」

「我感到非常之高興，您找到了我，並在我家裡見面了。因為每天下午我都要去兵營，在那裡值夜班。因此我的房子實際上整天空著，可以用來接待您尊貴的夫人。她住在布拉格的這段時間，沒有人來打攪她，鑑於老交情……」

啤酒花商咳嗽了一聲，說：「凱蒂是個奇怪的女人，上尉先生。請接受我對您為她所做的一切表示最衷心的感謝。她突然心血來潮想起要來布拉格治什麼神經的毛病。當時我正好在外面出差，等我回到家，房裡空無一人，才知道凱蒂離家出走了。」

他竭力將自己的面部表情呈現出最誠懇的樣子，一面伸出一個指頭威脅她，一面強裝笑臉問道：「妳一定認為，我在外面出差，妳也就可以到外面去優哉游哉了吧？但妳怎麼也沒想到……」

盧卡斯上尉覺察到談話就要轉向不愉快的方面，便又將一介書生的啤酒花商人帶到作戰地圖旁，指著標有重點的地方說：「我忘了告訴您一種非常有趣的情況。請看，這根伸向西南的弧線上，群山築成了一道天然的橋頭堡。同盟國正向這裡進攻。把這道天然橋頭堡與敵人主要防線的道路切斷，敵人的右翼和維斯拉河上的北方面軍之間的聯絡就會中斷。現在您弄清楚了嗎？」

啤酒花商回答說，其實他心裡很清楚，只是委婉地表示但願他所說的不至於是一種暗示。他回到原來的位置，並且說：「戰爭使我們的啤酒花失去了國外市場。啤酒花在法國、英國、俄國和巴爾幹的市場全丟了。我們還向義大利出口啤酒花，可是我擔心有天義大利也會捲進來的。不過，等我們仗打勝了之後，那商品的價格就得由我們說了算！」

「義大利絕對會恪守中立的，」上尉安慰他說：「這是完全……」

「那義大利為什麼不願受與奧匈帝國和德國之間訂立的三方聯盟的約束呢？」啤酒花、女人、戰爭頓時一下子都湧進了腦海裡的啤酒花商突然狂怒起來，「我曾經期待義大利出兵去打法國和塞爾維亞。

這樣一來，戰爭不就結束了嗎？而今我的啤酒花在庫房腐爛著，國內的簽約少得可憐，出口等於零，義大利還保持中立！既然如此，為什麼他們在一九一二年又和我們重新續訂了三國聯盟呢？義大利的外交部長迪、桑．邱利阿諾侯爵在哪裡？這位先生在幹什麼？在睡大覺？您知道，戰前我每年的周轉金是多少？現在又是多少？」

「您別認為我不關心戰局的發展，」他來勢洶洶地盯著上尉說。而上尉卻泰然自若地、一圈接一圈地吐著菸圈兒，望著菸圈一個一個地破裂。凱蒂太太以極大的興趣看著這一切。「德國人既然已經逼近巴黎，為什麼又退到邊境去了？為什麼又在馬斯河和馬澤爾河之間展開激烈的砲戰？您知道嗎？在馬爾夏附近的科姆布斯和維沃魯燒掉了三座啤酒廠。每年我都要往那裡運去五百袋啤酒花呀！沃格薩的哈特曼斯威萊爾啤酒廠也付之一炬了。它可以同米爾霍茲的尼德拉斯巴赫大啤酒廠相媲美。您知道，這一來，我的公司每年要損失一千二百袋啤酒花。德國人和比利時人為爭奪克羅斯霍克啤酒廠，交鋒達六次之多，這一下我每年又要損失三百五十袋啤酒花！」

他氣得說不下去了，便起身來到他妻子跟前說：「凱蒂，馬上跟我回去。快去換衣服。」

「這些事讓我非常氣憤，」過了一會兒又用抱歉的語氣說：「我一向是一個非常平和的人。」

當凱蒂去更衣的時候，他悄悄地對上尉說：「她這麼幹已經不是頭一次了。去年她跟一個代課老師潛逃了，我到薩格勒布才找到她。趁此機會，我與薩格勒布的一家啤酒廠簽訂了提供六百袋啤酒花的合同。

「的確，南方就是座金礦。我的啤酒花一直推銷到君士坦丁堡。今天我們幾乎快破產了。如果政府還要限制國內的啤酒生產，那就是給我們的最後一擊了。」

他點著了盧卡斯上尉敬給他的香菸，絕望地說：「唯有華沙訂購了二千三百七十袋啤酒花。那邊最大的啤酒廠是奧古斯丁了。廠家代表幾乎每年都來我家作客。這真要命。還好，我沒有孩子。」

華沙奧古斯丁啤酒廠的代表一年一度的訪問這一符合邏輯的結論致使盧卡斯上尉溫和地微笑，啤酒花商覺察到了這一點，所以他接著解釋說：「在番普羅納和薩卡尼日兩地的匈牙利啤酒廠，因為往亞歷山大出口啤酒，每年要向我的公司買一千袋啤酒花。如今由於封鎖，他們就拒簽任何合同了。我向他們提出啤酒花降價百分之三十的優惠價，他們還是一袋也不訂。蕭條、破產、貧困，加上這種家庭的一些煩心事。」

啤酒花商默不作聲。做好了啟程準備的凱蒂太太打破了沉默：「我的那些箱子怎麼辦？」

「他們會來拿的，凱蒂，」啤酒花商十分滿意地說，他為沒有大吵大鬧便順利結束了這一切而感到愉悅。「如果妳還想購買點什麼，那我們就得抓緊時間趕緊出發了。兩點二十分的火車。」

兩人十分友好地同上尉道別。啤酒花商因為漂漂亮亮地處理好了這件事，心裡有說不出的高興，於是在門廳裡與上尉分別時就說了：「如果，但願上帝保佑您，您在戰鬥中負了傷，那就請光臨敝舍療養。我們將悉心周到地照料您。」

當上尉回到凱蒂太太去更衣上路的那間臥室時，發現了放在洗臉台上的四百克朗和一張字條：

上尉先生！在這隻猴子、我的丈夫、天下第一號的傻瓜面前，您未能保護我。您竟然允許他像帶走一件忘在房間裡的什麼東西似的將我帶走。同時，您竟然有臉說您款待了我。我希望，您為我開銷的錢不會多於我留下的四百克朗。勞駕，那就請您拿去和您的勤務兵分一分吧！

上尉手持字條呆立了一會兒，爾後將它慢慢地撕碎。他面帶微笑地看了一眼放在洗臉台上的錢，發現凱蒂太太在對鏡梳妝打扮時，由於激動、惱怒而將梳子忘在了梳妝台上，於是他便將它收藏於自己的系列珍品中。

帥克於午飯後才回來。他出門為上尉尋找看馬狗。

「帥克，」上尉說：「你真走運，住在我這裡的那位太太已經走了。是她丈夫來把她弄走的。她在洗臉池上給你留了四百克朗，作為你為她服務的酬勞。你該好好地謝她和她的丈夫才對，因為這是她丈夫給自己夫人在路上用的錢。我口授一封信，你記錄下來：

尊敬的先生：請轉致我對尊夫人最衷心的謝意。她為我留下四百克朗，作為她旅居布拉格時我為之效勞的酬謝，我為她所做的一切，均出自我由衷的自願，故不能接受此筆酬金。現如數寄上……

「喂，往下寫呀，帥克，你磨蹭什麼！我念到那裡啦？」

「『現如數寄上……』」帥克像個悲劇演員般用顫抖的聲音說。

「很好！『現如數寄上，並向您和尊夫人致以最真誠的敬意、吻寬厚仁慈的夫人的手。盧卡斯上尉之勤務兵約瑟夫．帥克敬上。』寫好了嗎？」

「報告，上尉長官，還缺日期。」

「『一九一四年十二月二十日』，就這樣！你再寫個信封，拿上這四百克朗去郵局，照這個地址寄走。」

而此時盧卡斯上尉的心情非常舒暢，他開始打著口哨，吹起了《離了婚的太太》輕歌劇中的詠嘆調。

「對了，還有一件事，帥克，」當帥克準備上郵局去時，上尉喊住他：「看馬狗找得怎麼樣了？」

「我已經物色到一條了，上尉長官，太漂亮了。可要弄到牠不是那麼容易的。我想，我也許明天就可以將牠弄到手。這狗會咬人！」

六

這最後一句話卻是非常重要的，盧卡斯上尉他沒聽見。「這畜生將會把什麼都給咬丟了的。」帥克本想再重說一遍，但轉念一想：「這跟上尉有什麼相干呢？他只是想要一條狗吧，就讓他得到不就行了！」

動動嘴皮說一句「給我弄條狗來」那是很容易的事，可是所有狗主人對自己的狗都是看得很嚴的，且不說純種狗了，就是一般的、只會給某個老人暖暖腳的雜種狗，牠的主人對牠也是疼愛有加、不讓別人傷害牠的。

其實狗本身，特別是純種狗，牠都本能地預感到遲早有一天牠會被人從牠的主人身邊弄走的，因此牠總是提心吊膽，憂心忡忡，擔心會被人偷走，而且定會被人偷走的。通常是這樣的，狗在散步時常常離主人遠遠的，起初還高高興興地和別的狗一塊兒嬉戲，不覺害臊地爬到牠們身上，牠們也爬到牠身上；嗅嗅路邊的柱石，在每個角落裡，甚至在雜貨鋪老闆娘的馬鈴薯籃上蹺起一隻腳來，簡言之，開心之極。牠一定覺得自己在這世界上幸福得像通過中學畢業考試的少年一樣。

然而你會突然發現牠的快樂消失了，因為牠感覺到自己走丟了。這時牠意識到危險逼近，絕望降臨，於是就驚慌恐懼地在街上跑著、嗅著、哀吠著，在萬分絕望中把尾巴夾在兩腿中，耳朵也垂下來了，在街中間朝陌生人身上撲去。

假如狗會說話，牠一定會大喊大叫：「我的天哪，有人偷了我！」

你到過狗市嗎？你見過那種驚恐異常的狗嗎？我告訴你，那些狗全是偷來的。大都市培養了一批特殊類型的小偷，專靠偷狗為生。那是些沙龍裡的小型狗——矮小的捕鼠狗，只有手套那麼大，很容易將牠們放在大衣口袋裡或太太們隨身帶的暖手筒裡，即便如此，小偷們也能將那可憐的小東西從你身邊掏走。如果是一條看守城郊別墅的凶猛德國惡犬，那他們就在夜裡下手。他們能在密探的眼皮底下偷走警犬。你不是用繩子牽著狗的嗎？他們能把繩索剪斷，帶著狗溜之大吉，你只能傻呆呆地看著繫狗的空繩。你在街上見到的狗，大概有一半都已更換過不知多少次主人了，也許若干年後，你又買到你原來的那隻狗，也就是當牠還是一隻小狗時，你領著牠出去散步時被偷掉的那隻。狗去大小便時被偷走的可能性最大，尤其是去大便那一剎那間最為危險，丟得也最多，所以每隻狗在這時總是機警地環顧四周。

世上存在幾種偷狗的辦法：近似扒手的方式直接偷或把那不幸的畜生哄騙過來再偷。「狗是一種忠實的動物」僅僅是語文課和自然課中的一種說法而已。你只要讓一隻哪怕是最忠於主人的狗嗅嗅油炸馬肉香腸，牠就會墮落到無可救藥的地步。

牠會忘卻走在牠旁邊的主人，而掉轉身跟著你走。牠嘴裡淌著口水，沉浸在渴望啃吃臘腸的巨大喜悅中，向你大搖特搖牠那非常可愛的尾巴，就像一隻烈性的公馬被帶到母馬那裡去時一樣，鼻孔眼張得好大好大的。

在通往城堡石級旁邊的小城廣場的一個角落，有一家小小的啤酒館。這一天，兩個男人在昏暗的燈光下，坐在酒館後排的座位上。一個是士兵，一個是老百姓。他倆湊得很近，神祕地交談著。看起來簡直有些像威尼斯共和國時期的陰謀家[54]。

「每天八點鐘，」那個老百姓對士兵低聲說：「女僕帶著牠經哈弗利切克廣場到公園裡去。那畜生可凶了，愛咬人，誰也不敢摸牠。」

他往士兵那邊更靠近了些，對著他的耳朵說：

「牠連香腸都不吃。」

「油炸的吃不吃？」士兵問道。

「油炸的也不吃。」

他倆同時啐了一口口水。

「天曉得牠吃什麼！這些狗被捧得活像個大主教。」

士兵與老百姓碰了碰杯，老百姓接著低聲說：「有一次，我急需為克拉姆夫卡狗市弄到手的一條黑獅子狗也是不肯吃香腸，我跟了牠三天，實在忍不住了，我就直接去問那位領著狗散步的太太：這條狗長得這樣好，到底餵的是什麼呀？這很討那位太太的歡心，她告訴我說牠最愛吃肉排。我就給那條狗買了塊炸牛排。我認為這下就好辦了。可是你瞧，這畜生認為是塊小牛排，連理都不理一下。看來，除了豬肉，別的肉牠就是不吃，我只得再去買塊豬排。我讓牠嗅了嗅，然後拿著豬排往前跑，牠就跟在我後面追。那位太太喊：『波吉克！波吉克！』可親愛的波吉克哪能聽她的！牠追趕豬排一直追到一個拐角處。我在那裡給牠的脖頸套上了一條鏈子。第二天就把牠送到克拉姆夫卡狗市去了。牠脖子底下原本有一小撮白毛，他們立即給牠染成了黑色，誰也就辨認不出來了。可是肯吃炸馬肉香腸的這種狗還多得

---

54 威尼斯共和國是公元十至十八世紀義大利北部的城市國家。公元一〇〇〇年左右擺脫了拜占庭帝國的統治，成立了共和國，一直維持到一七九七年，遭陰謀家所顛覆。

很。你最好還是去問問她那隻狗最喜歡吃什麼。你是個軍人，體形優美，她很可能告訴你。我曾經問過她，可她像要扎我一刀似的看了看我說：『這與你有何相干？』她長得並不那麼美，像隻猴，我想她肯與軍人交談的。」

「那真的是一隻純種的看馬狗嗎？我那上尉是不想要別的種類的狗。」

「像漂亮的小伙子，很好的一條看馬狗，灰白色的，貨真價實的純種貨，就像你叫帥克，我叫布拉赫涅克那樣千真萬確。我先得弄清楚牠到底愛吃什麼，才給牠吃什麼，然後把牠給你弄來。」

兩位朋友再次碰杯。帥克入伍前販狗營生，就是由布拉赫涅克供給他狗的來源。他可說是這門行當的專家了。據說他從剝死畜皮的商人那裡暗中買下了一些有問題的狗，然後再弄到遠處外去銷售。他甚至有一次得了狂犬病，在維也納的巴斯特烏爾狂犬病研究所住了一段時間，就跟住在自己家裡一樣。現在他認為有責任不計酬勞地幫帥克這位士兵的忙。可說整個布拉格以及周邊的狗他都熟悉，所以他說話如此輕聲細氣，不能讓啤酒館的老闆有所覺察。因為半年前他就是從這家小酒館把一隻臘腸狗揣在大衣裡帶走的，他用嬰兒用的奶瓶給牠餵牛奶，這笨狗顯然把他當成了媽媽，乖乖地一聲不吭待在他的大衣裡。

原則上他只偷純種狗，他能成為法庭的鑑識人。他向所有狗市以及一些私人提供貨源。假如他走在街上，曾被他偷過的那些狗便對他發出生氣的吠聲。若他在櫥窗前站著，常常會有一條懷著報復心的狗在他背後抬起一條腿來，朝他褲子上撒泡尿。

第二天早上八點，你可以見到好兵帥克在哈弗利切克廣場靠近公園的拐角處蹓躂。他是在等那位牽著看馬狗的女僕，他終於等來了。一隻毛髮蓬鬆、有著藍黑色眼睛的鬍子狗從他身旁跑過。牠跟所有解過大小便的狗一樣，快快活活地追逐著在街頭啄食馬糞當早飯吃的麻雀。

照管那隻狗的女人從帥克身旁走過。這已是一位把髮辮盤在頭上的老姑娘了。她對狗吹著口哨，手裡轉動著牽狗的鏈子和一條別致的短柄皮鞭。

帥克與她攀談上了。

「請問小姐，到日什科夫怎麼走？」

她停了下來，看了他一眼，認為他是真心問路。帥克那副善良的面孔使她相信這名士兵真是要去日什科夫的。她臉部的表情也變得溫和起來，非常樂於為他指路。

「我是不久前才調來布拉格，」帥克說：「我不是本地人，我是從鄉下來的，您也不是布拉格人吧？」

「我是沃德尼人。」

「那我們離得很近嘍，」帥克回答：「我是普洛季維人。」

帥克用上了一次軍事演習中得來的一點捷克南部地理知識，一種家鄉的溫暖充溢著老姑娘的心。

「那您認得普洛季維集市廣場上開肉鋪的貝哈爾嗎？」

「我哪能不認得他！那是我哥哥。我們老家的街坊鄰居沒人不誇讚他，」帥克說：「他為人很不錯，肯幫人的忙，賣的肉都很新鮮，分量也足。」

「那您就是雅列什家的人啦？」這位老姑娘問，開始喜歡起這位素不相識的士兵了。

「是呀！」

「您是哪一位雅列什的兒子？是住在普洛季維區格爾契那一位或是在拉希采的那一位？」

「拉希采的那一位。」

「他還到處賣啤酒嗎？」

「是的，還賣。」

「他大概有六十好幾了吧？」

「今年春天他六十八啦。」帥克非常自然回答著：「如今他買了一條狗，過得滿不錯的。這條狗同他一起乘車。就跟這裡追趕麻雀的那條狗一樣，真是一條漂亮的狗，非常好看的狗。」

「那是我們家的狗，」他的這位新交上的女朋友向他解釋說：「我在上校大人家工作。您認不認識我們上校大人？」

「認識。那是一位很優秀的知識分子。我們布傑約維采也有這樣一位上校。」

「我們大人很嚴厲。最近聽說我們在塞爾維亞吃了敗仗，他氣急敗壞地回家來，把廚房裡的盤盤罐罐都砸了個稀爛，還想辭退我。」

「原來那是您家的狗呀，」帥克打斷她的話說：「可惜我伺候的上尉長官他什麼狗都不喜歡。而我倒挺喜歡狗的。」他沉默了一會兒突然說：「狗並不是所有東西都吃的。」

「我們的弗克斯可挑食啦，有一陣子什麼肉都不吃，現在牠肯吃了。」

「那牠最喜歡吃什麼呢？」

「肝，煮熟了的肝。」

「是豬肝或是牛肝？」

「這牠倒無所謂。」帥克的「女老鄉」微微地笑了一下說。她把最後那個回答當做是說得不成功的一句玩笑話。

他們一道蹓躂了一會兒。隨後，那條已經拴上鏈子的看馬狗也參加了進來。牠對帥克很是親切，還想隔著嘴套去扯帥克的褲腿，不斷地往他身上蹦跳。可突然間，牠好像是揣摩出了帥克的意圖，停止了蹦跳，而是不快，不知所措地走著，並斜眼瞟著帥克，好像是說：「原來你對我懷有鬼胎，是不是？」

後來，這位女僕還對帥克說，她每晚六點總牽著狗來這裡散步，說布拉格的男人她一個也信不過，說有一次她在報上登了個徵婚啟事，一個鎖匠來應徵，打算跟她結婚，那人騙走了她八百克朗，說是要拿去開發一種什麼新產品，爾後就銷聲匿跡了。她說還是鄉下人來得誠實可靠。如果她要嫁人，就一定得嫁給鄉下人，但是也得等打完仗再說。她認為戰爭期間結婚是愚蠢之極的表現，因為這些女人必然守寡。

SK

帥克給了她很大的安慰，並保證說他六點人一定來。然後他就告辭，立即去告訴他的朋友布拉赫涅克，說那隻狗什麼肝都吃。

「那麼我就餵牠點牛肝，」布拉赫涅克這樣決定了，「我曾用這種肝從維德拉廠主那裡捉到過一條聖伯納犬，那真是一隻非常忠實的動物。放心吧，明天我絕對會順順當當地給你把牠弄來。」

布拉赫涅克很守信用。下午帥克剛打掃完屋子就聽見門外有狗叫聲。布拉赫涅克拖著一條性子很拗的看馬狗進屋來了。這隻狗的毛比平時豎得還直，凶猛地轉動著眼睛。那眼神是如此的乖戾，像一隻關在籠中的餓虎，緊緊盯著籠子前面來動物園觀光的腦滿腸肥的遊客。牠齜著牙齒咬著，似乎在說：「我要將你們撕裂，把你們吞噬！」

他們把狗拴在廚房的桌邊，布拉赫涅克開始講他是怎樣偷來這條狗的。

「我手裡拿著用紙包住的熟肝，故意在牠面前晃蕩，牠立刻嗅出了味道，朝我身上蹦來，我當然不能給牠吃，繼續朝前走。牠卻緊跟在我後面，我走到公園那邊就拐進了普列托夫街，這時候我才餵了牠頭一塊肝。牠狼吞虎嚥地吃了進去，然後就一直跟著我，生怕我不見了。等到進入因德日赫街時我又餵給牠第二塊肝。待牠吃飽了，我就不客氣了，給牠套上了繩索，牽著牠經瓦茲拉夫大街轉到維諾堡，直到沃爾舍維采。一路上牠胡鬧不停。在橫跨電車道時，牠躺下不走了，也許是想讓電車軋死吧。我還隨身帶來一張空白的血統證明書，那是我在伏舍紙店買來的，你會偽造血統證明書的，對吧？帥克？」

「這還得由你來親筆填寫，你就寫牠是從萊比錫的馮・畢羅狗市來的，父親是阿爾尼姆・馮・卡勒斯堡，母親是艾瑪・馮・特勞頓斯朵爾夫；父親方面與謝格弗瑞特・馮・布森陀有血緣關係。牠的父親於一九一二年在柏林看馬狗上得過頭獎，母親獲得過紐倫堡純種狗協會的金獎。據你看牠的年歲應該寫多少才好？」

「看牠的牙齒有個兩歲的樣子。」

「那就寫上一歲半吧。」

「牠的毛剪得可不好，帥克，你看牠的耳朵。」

「這容易，等牠跟我們混熟了再給牠剪也不遲的嘛。馬上動手牠會大鬧一場的。」

這條偷來的狗凶悍地咆哮著、喘著、扭動著，直至筋疲力竭、吐著舌頭躺下來，打算任憑命運的擺布。

牠慢慢地安靜下來了，只是時而還可憐地叫著。

帥克把布拉赫涅克剩下來的一塊熟肝放在牠面前，牠連碰都不碰一下，只是用鄙夷的目光看著他們二人，似乎在說：「我已經上過一次當了，你們自己去吃吧。」

牠帶著一種聽天由命的神情躺在那裡，假裝打盹。忽然牠像是想起了什麼，用後腿站了起來，用前爪向他們阿諛求情，表示屈服。

如此感人的場面，帥克卻無動於衷。

「趴下！」他對那可憐的動物嚷道。那狗又趴下了。只是苦苦地叫著。

「血統證明書上我該給牠填個什麼名字？」布拉赫涅克問道：「牠以前叫弗克斯，就填個差不多的名字，讓牠立刻就能聽懂。」

「那就叫牠『麥克斯』吧！你瞧，布拉赫涅克，牠的耳朵豎起來了。站起來，麥克斯！」

這隻連家帶名都失去了的不幸看馬狗站起身來，聽候下一次的命令。

「我想我們還是把牠解開吧，」帥克決定說：「我倒要看看牠想幹什麼。」

牠被解開後，第一個動作就是衝向門口，對著門把手短促地叫了三聲，似乎是表示信賴這些惡人的恩賜吧。當牠覺察到他們對牠要出去的想法根本就不予理睬的時候，便在門邊撒了一泡尿。牠認為牠這下就會被趕出去的，就像以前，他們就是這樣來處置牠的，那時牠很小，上校是按照軍隊裡「要乾淨」的要求來訓練牠的。

帥克不但沒讓牠出去，而且還說：「牠非常狡猾，同耶穌會分子差不多。」並用皮帶抽了牠一下，把牠的鼻子浸泡在尿坑裡，致使牠連嘴唇都來不及舔。

面對此種凌辱，牠又號叫了一陣子，開始在廚房裡竄來竄去，絕望地嗅著自己的腳印，突然又清醒地走到桌子邊，把地上剩下的那一小塊熟肝吃掉，隨後就在壁爐旁邊躺下，昏昏睡去，結束了牠的冒險歷程。

「我欠你多少？」布拉赫涅克臨走時帥克問他。

「你就別提這個了，帥克，」布拉赫涅克輕微柔和地說：「為老朋友，我什麼都肯幹；特別是你又入了伍。好吧，再見了，小伙子，你可千萬別把牠帶到哈弗利切克廣場去，免得引起不幸。如果你還需要什麼狗，打聲招呼就行，我住在什麼地方，你知道得一清二楚的。」

帥克讓麥克斯好好地睡了個大覺，他到肉鋪去買了半斤肝，煮熟了，等麥克斯醒來後，就準備給牠一塊肝嗅嗅。

麥克斯一覺醒來，舐了舐自己，伸了伸懶腰，嗅了嗅那塊熟肝，一口就吞了下去。然後牠又走到門邊，重又試圖將門把手打開。

「麥克斯，」帥克叫牠：「來我這裡！」

那狗戰戰兢兢地走了過去。帥克將牠抱到膝上，撫摸著牠，麥克斯頭一回向他友好地搖了搖那剪剩下的一段尾巴，輕輕地搔了搔帥克的手，然後緊緊地用爪子把它抓住，非常明智地望著帥克，像是說：「如今我看毫無任何辦法了，我知道，我是輸家。」

帥克繼續撫摸著牠，用一種十分溫和的聲音向牠述說：

「從前有一隻小狗，名叫弗克斯，生活在一個上校家裡。上校家的女僕帶著牠蹓躂，有位先生把弗克斯偷走了。弗克斯來到部隊裡的一個上尉那裡，給牠取名麥克斯。麥克斯，把前爪伸出來！瞧，你這個畜生，如果你聽話，那我們就會成為好朋友。否則，部隊裡森嚴的紀律饒不了你。」

麥克斯從帥克膝上蹦下來，圍著帥克歡喜地撲竄著。傍晚，上尉從兵營回來時，帥克和麥克斯已經成了莫逆之交了。

帥克一面瞧著麥克斯，腦中一面浮現一個哲理性的念頭：「看看我們自己的周圍吧，實際上每個士兵也都是從各自的家裡被偷來的。」

盧卡斯上尉見到麥克斯簡直驚喜異常；麥克斯一見到了身戴腰刀的人也分外高興。

問到狗是從那裡來的、花了多少錢，帥克異常泰然自若地說，是一個剛剛入伍的朋友送的。

「好，帥克，」上尉一邊逗著麥克斯，一邊說：「為了你弄到的這條狗，我下月一號發給你五十克朗。」

「那我可不能收，上尉長官。」

「帥克，」上尉十分正經地說：「你來給我當差的第一天，我就對你說過，你必須聽從我的每一句話。我既然對你說了，要給你五十克朗，那你就得收下，拿去痛飲一番。帥克，你準備拿這五十克朗幹些什麼？」

「報告，上尉長官，遵照您的命令去痛飲一番。」

「帥克，萬一我忘記給你這五十克朗，我命令你得提醒我，為了這隻狗，我該給你五十克朗，明白

了嗎？這狗有跳蚤嗎？最好給牠洗個澡，梳梳毛，明天我值班，後天我就可以帶牠去蹓躂了。」

當帥克給麥克斯洗澡的時候，那位上校——牠原來的主人正在家裡大發雷霆，他威脅說，如果抓到了偷狗的人，一定把他交到軍事法庭去，把他槍斃，把他絞死，關他個二十年，剁碎他。

「魔鬼為什麼不抓走你這個混蛋！」上校在屋子裡咆哮得連窗戶都震動了起來，「你這殺人犯，我非要你滾蛋不可！」

一場災難正在帥克和盧卡斯上尉前方升起。

15 大禍臨頭

弗萊德里．克勞斯上校真是一個傻到家的大笨蛋；他還有個貴族的稱號，叫個什麼馮．齊勒古特；其實齊勒古特就是索爾堡附近一個村莊的名字；早在十八世紀，他的祖輩在那裡靠掠奪謀生。克勞斯上校每講到太平常不過的事物時，總要補問一句大夥是否聽懂了他的話，儘管他講的是些人人知曉的、最基本的一些東西。比如：「瞧，這是窗子，是的，是窗子，可諸位，你們知道什麼叫窗子嗎？」

或者：「道路，那就是夾在兩道溝之間的路，也可稱之為公路。是的，可諸位，你們知道什麼是溝嗎？溝即是由眾人挖出來的一條凹而深的渠道。是的，溝是用鋤頭挖出來的。那你們知道鋤頭又是什麼嗎？」

他簡直成了一個解釋狂了。作起解釋來就搖頭擺尾，如同發明家講述自己的發明創造那樣津津樂道。

「這書本嘛，諸位，就是通常把整張紙裁成四開、上面印了字的紙張匯集一起，裝訂黏合而成的；各種書的大小開本也是不一樣的。是的，諸位，你們知道黏膠是什麼嗎？黏膠也就是膠。」

他真的算蠢到家了。軍官們都躲得他遠遠的，不願去聽他嘮叨什麼人行道即是人步行之道，與車行之道有所區分；以及人行道是沿著房子之正面所築的高出車行道路面的一長條石路；而房子之正面就是我們從街上或人行道上所見到的那一面。我們不能從人行道上看見房子之後面，這一點我們只要走到車行道上去就可以獲得其驗證。

於是他立刻很帶勁地就這件趣事給人們做現場表演，險些被車子撞死。從此他更蠢得無以復加了。

他經常將軍官們攔住，沒完沒了地要跟他們談諸如油煎蛋餅、太陽、溫度表、油炸餡餅、窗子和郵票之類瑣事。

最令人大為吃驚的是如此這般的蠢貨竟能步步高升，受到有權勢的大人物，比如軍長將軍之類的提攜、庇護，儘管他在軍事上表現出絕對的無能。

在演習時，他經常領著他那個團幹出一系列的怪事來。他永遠不能及時到達指定的點，卻領著一團人以縱隊形朝敵方的機槍點挺進。幾年前，有一回皇家軍隊在捷克南部演習，他們全團都迷失了方向，一直開到了摩拉維亞。當整個演習結束了，士兵們都已經在營房裡躺下休息了，他卻還在那邊折騰了好幾天。但即便如此，他也沒事，照樣高升。

由於他與軍長將軍以及舊奧地利另一些蠢得並不比他遜色的軍官的交情使他獲得了各式各樣的頭銜和獎章，這些獎勵又使他感到無比的榮耀與自豪，以至於使他感覺自己是天底下最優秀的軍人，是戰略理論及一切軍事科學的理論家。

團隊檢閱時，他喜歡同士兵們聊天，但總是翻來覆去問著同一個問題：「為什麼我軍使用的槍叫曼利海爾槍[55]？」因此他在團裡從此有了一個「曼利海爾蠢材」之稱號。他的報復心極強，經常打擊不喜歡他的一些下級軍官。如果他們中有申請結婚的，他就在申請書上作個惡劣的介紹轉交上去。

他的左耳少了一半，那是在年輕時他的競爭者為了向人們證明這位弗萊德里．克勞斯．馮．齊勒古特是一個不堪一擊的傻大個而切掉的。

如果就他的智商進行一番測試分析的話，那我們將深信不疑地認為：他並不比那位眾所周知、聲名狼藉的白痴，而又長著一張畜生嘴巴的漢堡公民法蘭茲．約瑟夫高多少。

他的談吐同樣低級庸俗，同時也同樣幼稚可笑。有一回在軍官餐廳舉行的宴會上，話題是席勒[56]，可我們這位馮．齊勒古特．克勞斯上校卻發表了一通與席勒風馬牛不相及的談話：「諸位，我要告訴你們，我昨日裡瞧見了一架由火車頭來拉動的蒸汽犁。請想一想，先生們，用火車頭來拉動，而且還不是一台，是兩台。我見冒著煙，於是走到近前去瞧一瞧，原來，這邊有台火車頭，那邊還有一台。先生們，你們說這可笑不可笑。要用兩台來拉，好像一台還嫌不夠似的。」

他稍停片刻，接著又簡短地說了幾句：「一輛汽車的汽油用完了，它不得不停下來。這也是我親眼瞧見的事。事過之後，人們還在那裡胡扯一通什麼慣性呀。先生們，車子開不動了呀，拋錨了呀，不動窩了呀，因為它沒汽油了嘛。這難道不可笑嗎？」

他雖蠢笨，但他很虔誠。他房間內沒有一個家用經台，他常去伊克納茲教堂懺悔和領聖餐。自從戰爭爆發以來，他經常祈禱著德奧軍隊的勝利。他把基督教與關於日耳曼的霸權主義的夢想混為一談。他認為上帝應該幫助戰勝國去掠奪別國領土和財富。

每當他在報上讀到又運來俘虜時，他總是非常生氣。

他常說：「為什麼要運俘虜來呢？把他們一個個都槍斃掉。要毫不留情。在屍首間翩翩起舞。把塞爾維亞的老百姓一個不留地活活燒死，見小孩就用刺刀捅死！」

他和德國詩人維羅爾特[57]可說是一丘之貉，那傢伙在戰爭期間發表了一首詩，要德國懷著鐵石心腸去憎恨和殺戮千百萬法國魔鬼：

讓人們的屍骨堆積成山，
讓焚燒的肉體的火焰直衝雲天……

55　費爾丁南德・曼利海爾（一八四八—一九〇四）是自動步槍的發明者，當時奧、德、法等國家軍隊普遍採用此種步槍。

56　克・弗・席勒（一七五九—一八〇五）是世界著名的德國詩人、劇作家。

57　德國的一個粗製濫造、早已被人遺忘了的拙劣詩人。一戰中，他曾寫詩謳歌德國帝國主義的血腥、殘暴。

盧卡斯上尉在一年制志願兵軍校講完課後，就牽著麥克斯要出去散步。

「請允許我提醒您，上尉長官，」帥克關懷備至地說：「您得當心這隻狗，別讓牠溜走了。牠說不定還有點急著想溜回牠的老家去，您如果把牠的繩索鬆了，牠就會逃掉的。我還勸您別帶牠經過哈弗利切克廣場，那裡的馬利揚斯基．奧布拉斯老鋪子裡的一個屠夫養了一隻惡犬，特別喜歡咬人咬狗，只要一見到牠的勢力範圍內出現了別的什麼狗，牠就十分嫉妒，生怕那隻狗會吃掉牠那裡的什麼東西。牠跟聖．哈什塔爾教堂行乞的那個叫化子[58]一樣霸道。」

麥克斯跳跳竄竄地歡喜得不得了，牠竄到上尉的腳跟前，把皮纜索跟上尉的那柄腰刀纏在一起了，對於被帶出去散步，牠顯得格外地高興。

他們上街去了。盧卡斯上尉牽著狗上了壕溝街。他要到老爺街拐角處去與一位事先約好的太太碰面。他腦子裡盡想著公事：明天到志願兵軍校去上課該講些什麼；怎樣去確定一座山的高度；為什麼高度都得依據海拔來測量；怎樣根據海平面來確定一座山從山底到山頂的簡單的高度。真要命，陸軍部為什麼要把這些亂七八糟的東西編進教材裡來呢？砲兵學學還可以。何況這裡還有總參謀部的地圖，如果敵人占了「三一二」高地，一般都來不及思考為什麼這座山的高度要根據海拔來測量，也來不及測量這山究竟有多高。只要查一查地圖不就什麼都解決了嗎？

臨近老爺街時，一聲嚴厲的「站住！」打斷了他的默想。

在這一聲「站住」的同時，那隻狗也拚命地想要掙斷那套在牠身上的皮鏈從他身邊跑掉，牠高興地吠叫著，往剛才那大喊一聲「站住」的人身上撲去。

站在上尉面前的正是克勞斯．馮．齊勒古特上校。盧卡斯上尉行了一個軍禮，對上校道歉說自己一時疏忽，沒有瞧見他。

克勞斯上校在軍官中是以絕不輕饒有違軍紀的人而聞名的。

他把行軍禮視為戰爭的成敗關鍵，也是建立整個軍隊權威的基石。

「作為一名軍人，必須把自己的整個靈魂注入到軍禮上。」這是他常掛在嘴邊的一句話。他還說，軍禮含有一種美妙無比的軍事神祕主義。

他特別強調這一點，凡向上級敬禮的每一個軍人務必依據條例規定之細節，準確而嚴格地行軍禮。凡從他身邊走過的軍人，從步兵到中校他都要嗅一嗅，對於那些行禮馬馬虎虎，就像隨便說聲「你好」用手在帽沿邊碰那麼一下的士兵，他便要親自把他們送到兵營裡去受懲罰。

「沒有看見」這話對他來說不起任何作用。

「一個軍人，」他常說：「必須在人群中尋找自己的上司，什麼都不想，就一心想著如何履行軍紀中為自己規定的所有職責。當他在戰場上倒下，瀕臨死亡之際，他就應該行個軍禮。誰如果不會行軍禮，或者裝著沒有看見，以及隨便行個禮的人，在我看來就是一替野蠻行為。」

「上尉，」克勞斯上校以一種威脅的聲調說：「下級見了上級要敬禮這一條至今也沒廢除呀，這是一。第二，從什麼時候起，軍官先生們養成了牽著偷來的狗滿大街遛逛的習慣？是的，我說的是偷來的狗，一隻屬於他人的狗，也即是偷來的狗。」

「我這條狗……上校長官。」盧卡斯上尉對此表示異議。

「牠是我的，上尉！」上校粗暴地打斷了他的話，「牠是我的弗克斯。」

這隻叫弗克斯或麥克斯的狗一下就記起了自己原來的主人，於是就把新主人完全拋棄，蹦蹦跳跳地撲向了上校，高興得像一個熱戀中的高中畢業生從他意中人那裡得到了首肯與理解一樣。

「牽著偷來的狗蹓躂，上尉，這與軍官的榮譽極不相稱的，這你難道不知道？一名軍官在無法確定其買的狗是否會引起嚴重後果之前就不應該買狗。」上校一邊撫摸著弗克斯——麥克斯，一邊繼續咆哮，而這隻弗克斯——麥克斯，也下流地對著上尉齜牙咧嘴、威脅吠叫，真像是對上校說：「把他帶

58 一戰前，一名警察逮捕了一個常在聖・哈什塔爾教堂入口處行乞的乞丐。他不讓別的乞丐在該教堂附近行乞。

走，狠狠地查辦他！」

「上尉，」上校接著說：「騎一匹偷來的馬，你認為對嗎？你難道沒讀到《波希米亞報》和《布拉格日報》上登載的有關我丟失一隻看馬狗的啟事嗎？你竟然不讀你長官登的啟事？」

上校感到驚奇不已。

「真是的，這些年輕軍官成何體統啦，紀律觀念跑那裡去啦？上校登出啟事，上尉竟不去讀一讀。」

盧卡斯上尉一邊眼睛望著上校的落腮鬍，那使他聯想到了猩猩，一邊心裡卻想著：「哼，你這老不死的東西，我真想在你下巴上揍兩拳。」

「你到這邊來一下。」上校說道。於是兩人並肩走著，進行了一次十分友好的談話。

「你到了前線，上尉，可不能再幹這種事嘍。在後方牽著偷來的狗一定也很不是滋味吧！的確也是，牽著上級長官的狗出來，而且是在每日裡都有成百位軍官在戰場上陣亡的時候，而且連啟事也不看。我的尋狗啟事也許登上一百年、二百年、三百年，他們也不會去看它。」

上校大聲擤了一下鼻子，這往往是他極端憤慨的表現，然後他說：「你可以繼續散你的步去。」他沒好氣地用鞭子抽了一下自己的軍大衣下襬，轉過身來走了。

盧卡斯上尉剛走過另一人行道，又聽到一聲「站住！」一個倒楣的預備役士兵正被上校攔住。那士兵正在想念自己老家的母親而沒有見到他。

上校親自將他拉到兵營去受罰，還罵他是大海裡的笨豬。

「我要怎樣來對付帥克那傢伙呢？」上尉思慮道：「我打爛他的嘴巴，這還不夠。就是把他撕成碎片也還便宜了這個痞子、混蛋。」這時他已經完全忘了和那位太太約會的事，氣沖沖地直奔家去。

「我要把他宰了，那個兔崽子！」他自言自語地說著登上了電車。

此時的好兵帥克正和從兵營裡來的傳令兵談得火熱。那個士兵送來了幾份文件，正等著上尉回來簽字。

帥克請他喝咖啡，然後兩人一塊兒議論著奧地利必然戰敗之類的事。

他們談得很投機，還引經據典，用了一大堆格言。如果告到法庭去，他們的每一個字眼都可以以賣國罪論處，兩人都得被絞死。

「皇帝大人變得呆頭呆腦了，」帥克宣稱：「他從來就不聰明，不過這場戰爭使他更加呆傻。」

「他簡直就是個白痴，」從兵營裡來的傳令兵十分精采地說：「笨得像個木頭人。他或許根本不知道在打仗；或許人們不好意思告訴他。他在給他的民族貼出的宣戰書上簽的字，可能是一種詐騙行徑。一定是在他神智不清的時候印出來的，他已經不會思考啦！」

「他已經徹底完蛋了，」帥克以行家的口吻補充說：「大小便失禁，連吃飯都像小孩一樣需要人餵他。前些時候聽酒館的人說，他有兩個奶媽，每日裡要給皇帝大人吃三次奶。」

「唉，事已至此，」兵營裡來的士兵嘆了口氣，「快別讓我們再遭宰割了，但願奧地利有朝一日能得安寧。」

他倆就這樣繼續高談闊論著，最後帥克對奧地利大加指責：「如此這般的專制王朝，根本就不該存在於世上，」為了給自己這句箴言似的話語補上個實際例子，他又加了一句：「只要我一奔赴戰場，就會為它把氣來斷！」

當他倆接著談到捷克人對戰爭的一些看法時，兵營裡來的傳令兵重新提到他今天在布拉格聽到的消息，說在納霍特已經能聽到砲聲了，俄國沙皇很快就要攻打克拉科夫城了。

隨後倆人又談到怎麼把我們的糧食運去德國，而德國的士兵們有菸抽，有巧克力吃，等等。

隨後他倆又回憶起古代戰爭來，帥克還嚴肅地指出，將裝滿糞便的罈罈罐罐扔到被圍困的城堡中去，在一派臭氣沖天中作戰也是件很難受的事。他還在一本書上讀到過：有一座城堡被困達三年之久，這期間，敵軍什麼事都不幹，天天就把這種裝滿屎尿的罐子往被圍困在城堡扔，尋他們開心。

要不是盧卡斯上尉的歸來打斷了他們的談話，他們還會津津樂道地發表一些頗有意思的創見。

上尉惡狠狠地瞪了帥克一眼，在文件上簽了字，把傳令兵打發走了以後招呼帥克跟他到房間去。

上尉的兩眼閃著凶惡的光芒，他在椅子上落了座，定睛瞧著帥克，冥想著這場「屠殺」該怎樣起始。

「我先賞給他幾個耳光，」上尉思忖道：「然後打爛他的鼻子，再將耳朵扯下來，結束後，再看揍他的哪裡。」

可是出現在他面前的卻是帥克那雙溫柔、坦誠的眼睛。帥克竟敢打破這暴風雨前的寧靜說：「報告，上尉長官，您的貓死了。牠吞吃了一盒鞋油，結果就翹辮子了。我已經將牠扔到旁邊那個地窖裡去了。您再也找不到如此聽話、那麼漂亮的安哥拉貓了。」

「該拿他怎麼辦呢？」上尉腦子裡閃出這麼個問題：「我的上帝啊，你看他那副傻樣！」

帥克那雙純真溫厚而又坦然無憂的眼睛裡繼續放射出一種溫存和美好的光芒，露出一抹坦然的神情，似乎一切都已很妥貼，真像什麼事都不曾發生過，而且即使發生過什麼事，現在也依然是萬事大吉嘛。

盧卡斯上尉跳了起來，可是他沒有照他原來所設想的那樣去打帥克，只是在帥克鼻子底下揮動拳頭咆哮說：「帥克，那隻狗是你偷的，對不對？」

「報告，上尉長官，關於這類事，我近來根本就不知道。上尉長官，請允許我跟您解釋一下：下午您牽著麥克斯去散步了，我不可能偷牠呀，您沒把牠帶回來，我還覺得奇怪呢，我立刻想到一定是出了什麼亂子了。這就是人們常說的：『有情況。』焦街有位叫古勒什的皮包師傅，他就不敢牽著狗出門去蹓躂，免得牠丟失。牠通常都是將狗放在酒館裡，但仍然被人偷了，或者給人借去不還了……」

「你這個畜生，帥克，笨豬，你給我住嘴！你要不是一個十足的流氓，就是一隻道地的笨駱駝、雙料的大白痴。你真是夠典型的啦！可我告訴你：你別在我面前耍這一套。你從那裡弄來的這條狗！怎麼弄得來的！你知道不知道這是我們上校的狗呀！我們不巧遇見，他把牠帶走了。你知不知道？這是天底下最丟人的事，你知不知道？說實話，你偷了還是沒偷？」

「報告，上尉長官，我沒偷。」

「那你知不知道這隻狗是偷來的？」

「是的，報告上尉長官，我知道是偷來的。」

「我的天哪！帥克！我的老天爺呀！我槍斃了你！你這個畜生！你這個下流胚！你這頭閹牛、臭屍！你這個不開竅的傻瓜！你難道真是個大白痴嗎？」

「是的，報告上尉長官，我真是個大白痴。」

「你為什麼帶給我一條偷來的狗呢？你為什麼把那害人的畜生塞進我屋裡來呢？」

「為了討您喜歡，上尉長官。」

帥克那安祥、善良的眼睛直盯著上尉的臉，上尉倒在椅子上，嘆息說：「天啊，我造了什麼孽，上帝為何讓這麼個畜生來懲罰我呀！」

上尉一聲不響，驀然地坐在椅子上，他感到自己不僅沒有力氣來揍帥克，連捲一支菸的力氣也沒有了。他不知其所以然地派帥克去買來《波希米亞報》和《布拉格日報》，讓帥克念上校的「尋狗啟事」給他聽。

帥克把報紙買來後，把登有啟事那一頁翻開，放在面上。他紅光滿面，並以極快活的口吻報告說：「上尉長官，上校長官將他那隻丟失的看馬狗描繪得真神氣，讀起來真過癮。他還出一百克朗懸賞給把狗交來的人呢。賞錢出得多了點，一般只出五十克朗就足夠了。科希什有個叫博日捷赫的人就靠幹這種生意過活。他總是先將別人的狗偷來，然後到報上去尋找狗啟事的廣告。然後他就到丟狗人那裡去。有一次他偷到一隻很是好看的黑獅子狗，由於失主未登啟事，而他自己就去報上登了個拾狗啟事，花了五克朗的廣告費，終於有位先生來認領，說這狗正是他丟的。又說，他本以為找也是白搭。因為他早已不相信還有什麼老好人存在，可如今他卻親眼目睹到了老實人，這使他高興萬分。還說他原則上反對獎賞這方面的老實人。但他仍然把自己一本有關在室內和花園裡如何養花的書贈給了

他以茲紀念。我們那可愛的博日捷赫一把將黑獅子狗的兩條後腿提了起來，狠狠地朝那位先生的頭上撞去。自此他說了，他再也不會在報上去登什麼廣告了。既然丟狗的人都不登尋狗啟事，那我為什麼要這樣做呢？倒不如將牠賣到狗市裡去好啦。」

「你給我去躺下，帥克！」上尉吩咐道：「你那犯傻的毛病還會發作到明天早上的。」說罷自己也去睡了。夜裡，上尉夢見了帥克，說帥克又把一位王位繼承人的馬偷來給了他。檢閱的時候，倒楣的盧卡斯上尉正好騎著那匹馬走在連隊的前列時，卻被王位繼承人認出來了。

天剛發亮，上尉感到他似乎是挨了一整夜的揍，老作噩夢，使他心神不寧。清晨他又入睡了，又做了一個惡夢，卻被一陣敲門聲驚醒了。門口出現了帥克那張和善的臉龐，問什麼時候該叫醒上尉長官。

上尉在床上哀嘆著說：「滾，畜生，這簡直太可怕了！」

他起床後，帥克給他送來了早餐，上尉又被帥克新的提問驚呆了：「報告，上尉長官，難道您不願意我重新給您物色一條小狗？」

「帥克，你知道嗎，我很有興趣將你送至戰地法庭去，」上尉深深地嘆了一口氣說：「然而法官們也很有可能將你放掉的，因為他們這一輩子絕對不曾見過你這樣一個出奇的大笨蛋。你去照照鏡子吧，你真的不曾為自己那副傻相難過？你是我所見過最蠢不過的蠢貨。喂，你給我說真心話，你喜歡你自己嗎？」

「報告上尉長官，我不喜歡我自己，我從鏡子裡看到我的腦袋像個松果或橄欖球似的。不過這張鏡子磨得不太好。以前在斯塔涅克開的「唐人」店裡有一面哈哈鏡，誰一照那面鏡子誰就會噁心。嘴巴這麼扯著，腦袋像個大臉盆，肚子跟一個喝醉了的神父一樣。總之，就是一個醜八怪。一天，總督大人從那裡路過，朝鏡子裡看了一下自己，立刻要求他們將這面鏡子給摘下來。」

上尉轉過身去又長嘆了一口氣，認為還是讓帥克先去為他準備咖啡好了。

帥克在廚房裡瞎忙，盧卡斯上尉聽到了帥克的歌聲：

投彈手行進在布拉格城門，
軍刀一閃一閃，
美麗姑娘們的淚水直流……

不久，從廚房裡又傳出了歌聲：

我們這些軍人就是國家的主人，
漂亮小姐都愛我們。
我們領了錢，
到哪裡都過得甜蜜蜜……

「你倒真的過得甜蜜蜜，你這王八蛋。」上尉心想，還吐了一口口水。

帥克的腦袋忽然在門口出現了：「報告，上尉長官，兵營已派人來此候您，讓您馬上去見上校長官。傳令兵就在這裡。」

他很體己地補了一句：「也許跟那隻狗有關係。」

「我已經聽到了。」上尉沒等站在前廳的傳令兵報口信就說道。

他幾乎是垂頭喪氣說的，說完就走了，走時還狠狠地瞟了帥克一眼。

這傳令非同一般，凶多吉少。上尉進到了上校的辦公室，見他皺眉蹙額地坐在沙發上。

「兩年前，上尉，」上校說：「您請求調到布傑約維采九十一團去。您知道，布傑約維采在何處嗎？在伏爾塔瓦河邊，對的，就是在伏爾塔瓦河邊，還有一條奧赫熱河或是別的什麼河流經那裡。城市還不小，而且城市非常宜人可親。如果我沒弄錯的話，沿著河邊還有一道堤壩，您知道堤壩是什麼嗎？就是攔在水面上的一堵牆。對。不過，這些都沒什麼關係。我們在那一帶演習過。」

上校沉默了一會兒，然後凝視著他的墨水瓶，可迅速轉到另一話題：「您可慣壞了我那隻狗，牠現在啥也不吃。瞧，墨水瓶裡有一隻蒼蠅。奇怪，大冬天的，蒼蠅會落到墨水瓶裡，這都是由於混亂，無秩序所致。」

「你有話就快說呀，你這個老不死的！」上尉在心裡嘀咕著。

上校站起身來，在辦公室裡來回踱著。

「我考慮再三，上尉，究竟該如何來教訓您才對，好讓這類事情以後不再發生。我記起來了，您曾要求調到九十一團去，最高指揮部前不久通知我們說，九十一團很缺軍官，因為原有的軍官大都被塞爾維亞人殺死了。我以人格向您保證。不出三天您就可以調去布傑約維采九十一團了。那裡正在組建先遣營。您不用謝我。軍隊很需要這樣的軍官，他們……」

說到此，他已經不知道該如何往下說了，於是就看了看錶，然後說：「十點半了，我得以最快的時間趕去聽團裡的彙報。」

一場愉快的談話就這麼地結束了。上尉走出辦公室，謝天謝地地大大鬆了一口氣。隨後他便轉到志願兵軍校去告訴大夥，說他一、兩天之內就要奔赴前線了，因此打算在布拉格最知名的縱樂街舉行一個告別晚會。

到家了，他意味深長地問帥克：「帥克，你知道什麼是先遣營嗎？」

「報告，上尉長官，先遣營就是派往前線去的營。先遣連就是派往前線去的連。我們習慣了用簡稱。」

「那麼，帥克，」上尉用極其莊嚴的語調說：「你既然習慣了這麼個簡稱，那麼，我向你宣布：你將同我一道跟先遣營走。可是上了前線後，你休想再像在這裡一樣耍弄你那套愚蠢的把戲。你聽了這消息高興嗎？」

「報告上尉長官，我特別高興，」好兵帥克回答：「假如我倆能一起為效忠皇帝和皇室而戰死沙場，那該是多麼美好而偉大的壯舉啊……」

第一部後記[59]

藉著終結《好兵帥克》第一部〈在後方〉之機，我謹向廣大讀者稟報，本書其餘兩部〈在前線〉、〈光榮敗北〉近日即將與各位見面。在這兩部中，無論是軍人或是居民，他們的言談舉止仍將與他們的實際生活緊緊吻合。

生活絕非為一個人培養禮節的學校。每個人都按其自身的實際能力來說話。禮儀專家古特博士[60]和「喝兩杯」酒館老闆巴里維茲兩人的談吐哪能一樣呢？而這本小說絕非為沙龍中那些謙謙君子提供什麼輔導教材，也不是為貴族社交界編寫的社交指南。它就是特定時代的一幅歷史畫卷。

如果必須使用一些「強有力的詞句」才能真正做到恰如其分地表達現實時，那我是毫不猶豫地大肆運用了。抄襲溫文儒雅的詞句和使用刪節號的方式都是愚蠢的口是心非，這些詞句在議會裡難道不是早被運用成災了嗎？

常言說得對，有著良好教育的人必然成為開卷有益者。只有那些精神墮落、蠢不可及的笨豬、下流胚才會對這種天經地義的現象說三道四。他們緊抱腐朽、虛偽的道德觀不放，不管其內容如何，就氣急敗壞地挑某些文字的刺。

前些年，我讀到過一篇有關一部中篇小說的評論文章。評論者為作者在書中的一句「他擤了一下鼻涕，接著又擦了擦鼻子」怒不可遏。說如此描寫和文學理應給予全民族合乎美學要求的、具有崇高感受的宗旨是背道而馳的。

這僅是一個小小的實例，但表明了在其光天化日之下仍有著怎樣的畜生存在。

凡是對「強有力的詞句」感到驚訝的人都是懦夫、膽小鬼，因為其實是真實世界嚇壞了他們，這種怯懦的人正是文化和道德的最大危害者。他們最喜歡把民族培養成多愁善感的一群凡夫俗子、聖徒阿羅依斯型的虛偽文化手淫者。古羅馬修士艾烏斯塔赫在其書中描寫道，當聖徒阿羅依斯聽到一個男子在街上隆隆的喧囂聲中放了一個屁時，他竟然號啕痛哭起來，唯有禱告才使他的心寬慰了起來。

這種人在公開場合總是表現得激憤萬分，但卻懷著極大的興趣走遍各個公廁去欣賞塗寫在牆上的一些淫詞穢語。

我在自己的作品中使用了若干「強有力的詞句」，只不過是順便證實一下人們在實際生活中的舉止、談吐罷了。

我們不能要求酒館老闆巴里維茲像勞多娃夫人[61]、古特博士、奧爾佳、法斯特羅娃夫人[62]，以及所有其他許多樂於將整個捷克斯洛伐克共和國變成一個裝有嵌木地板的大沙龍的人一樣。他們穿著燕尾服，戴著白手套，說起話來咬文嚼字，溫文儒雅，一派沙龍式的典雅道德，而在這道德的外衣裡卻藏匿著一頭頭沉溺於最卑鄙、最反常的驕奢淫逸生活中的沙龍猛獸。

值此良機，我願向各位稟報，酒館老闆巴里維茲他還健在。他在監獄裡煎熬過了戰爭歲月。他與發

59　《好兵帥克》第一部以小冊子形式出版後，引起了強烈迴響。一些人拍手稱快，而天主教的一些文藝評論家則批評不斷。他們十分厭惡作者的這種文體，認為那些「販狗賣酒之徒所操之語，鄙俚淺陋，不值識者一哂。」作者為了回擊，故寫了這篇後記。

60　古特（Dr. Guth）是中學老師、伯爵府的家庭教師、多部遊記與上流社會社交儀指南的作者。一九一九年被馬薩里克總統聘為總統府的禮賓司專員。他被認為是新的共和國裡最完整地保持了貴族那一套禮儀的人。

61　勞多娃是演員，曾撰文論述上流社會禮儀、道德風尚等問題。

62　奧爾佳、法斯特羅娃是《國家政策報》的編輯，曾撰文論述社會行為準則等問題。

生法蘭茲・約瑟夫皇帝畫像那令人譁然的事件時相比，一點也沒變化。

當他讀到我書中對他的描寫時，他還來拜望過我，並且一下子就把第一版買了二十幾本分送給自己的親朋好友，使該書的銷售量增加。

他為我在書中寫到他，並把他描繪成眾人皆知的莽漢而感到由衷的高興。

「這樣一來誰也休想改變我的模樣了，」他對我說：「我這一輩子出言粗俗，怎麼想就怎麼說。今後我仍會堅持這樣的談吐。我絕不會因為某頭笨牛說長道短就捂住我自己的嘴巴。如今我成了名人啦！」

他的自信心確實增強了。幾句「強有力的詞句」使他聲名大噪。他夠心滿意足的了。如果我在書中要真實而準確地再現他的談吐，可我又不停地提醒他不要這樣、那樣說話（這當然不是我的初衷），那一定會使這個老好人感覺受侮辱。

他使用一些未加修飾的語言，樸實而真摯地表達了捷克人對阿諛、媚俗的反對，但他本人對此並沒有深刻的意識。這種對皇帝和文雅語言的不尊敬已滲透於他的血液中了。

奧托・卡茲也還在世。這是一個確有其人的隨軍神父。政變後，他把一切都拋之腦後，退出了教會，如今在北捷克一家青銅和染料廠當代理人。他給我寫了一封很長的信，威脅我說要痛打我一頓，因為有一家德文報紙把真實描繪他的那幾章給譯了出來。於是我去拜訪他，結果非常好。已是午夜兩點了，他已經是站不起來了，但仍繼續佈道，不停地說：「我是奧托・卡茲，隨軍神父，唉，你們這些石膏腦袋。」

但已故舊奧地利國家密探布雷特施奈德這樣的人，在今天的共和國裡還大有人在。他們特別關心的就是人們在議論些什麼。

我不知道，我的這本書能否實現我的初衷。有一次，我聽到我周圍的一個人罵另一個人：「你蠢得跟帥克一樣！」這事也無法證明我達成了寫作目的。但是，假如「帥克」一詞將成為辱罵語言花環上的一朵新的罵人之花，那我對於豐富了捷克語言這一殊譽，也只能感到心滿意足了。

作者雅洛斯拉夫・哈謝克

第二部

在前線

「軍隊裡什麼都發著腐臭味。如今那些驚恐萬分的群眾還沒覺醒過來，只會瞪著雙大眼，任人家把自己趕到前線去切成一根根麵條，如果被子彈射中了，也只是輕輕地叫一聲『媽呀……』不存在英雄，只有供人宰割的牲口和總參謀部裡的一批屠夫。到頭來都會起來造反的。有一場大混亂好看嘍。軍隊萬歲！晚安！」

1 帥克列車歷險記

在布拉格開往布傑約維采的快車二等車廂一個單間裡，有三名旅客。一位是上尉盧卡斯，坐在上尉對面的是一位老先生，頭都禿了，還有一位就是帥克。帥克老實憨厚地站在走廊的門邊，洗耳恭聽著盧卡斯上尉又一輪的臭罵；盧卡斯也不顧忌有禿頭先生這位老百姓在場，一路上對帥克大加斥責，罵他是畜生之類的一大堆髒話。

而實際上只是屁大的一點小事：帥克負責照看的行李，在數量上出了點問題。

「小偷偷了我們的一只箱子！」上尉指責帥克說：「向我打聲招呼，那就算完事了，你這個混蛋！」

「報告，上尉長官，」帥克小聲地回答：「箱子的確是被人提走了。車站裡總會有許多騙子、扒手在閒逛遊蕩。我是這麼想的，他們中有一個無疑是看中了您的那只箱子。那小子無疑是趁我離開那堆行李去向您彙報說我們所攜之物完整無缺之時下手的。他也只能在對他有利的那一剎那把我們的箱子拿走。這種人總在尋求這樣有利的時刻。兩年前，在西北站就有人把一位太太的嬰兒車連同睡在小被窩裡的女孩一起偷走了。他們把這事做得光明正大，將小女孩交到我們的街道派出所，謊稱有人把她遺棄在車站走廊上。後來。報上登了這件事，把那可憐的太太罵成自私透頂的母親。」

帥克還強調說：「火車站向來就有人偷東西，今後還會如此，否則就不成其為火車站了。」

「帥克，我相信你不會有好下場的。」上尉說：「我總沒弄明白，你是在裝傻呢，還是與生俱來就是一個白痴。那只箱子裝了些什麼？」

「整體說來沒裝什麼，上尉長官，」帥克回答道，兩眼直盯著位於上尉對面的禿頭先生，這人似乎對此事不感興趣，一直在看他的《新自由報》，「箱子裡只裝了從臥室中摘下來的一面鏡子，從過廳裡拆下來的鐵製衣架，說真的，我們實際上是沒啥損失，因為鏡子和衣架都是房東的嘛。」

見上尉做了一個極其可怕的手勢後，帥克更加來勁地接著敘述：「報告，上尉長官，我原本沒想到箱子會被偷走。而鏡子與衣架，我已同房東講好了，一旦我們從戰場歸來後就還給他。反正在敵人的領土上有的是鏡子和衣架，因此房東與我們都不會有損失的。一旦我們攻下了那座城市……」

「閉嘴，帥克！」上尉那可怕的一聲打斷了他的敘述：「總有一天我會把你送上戰地法庭的。你好好地想一想，你是不是天下第一號的傻瓜。別人活了一千年，也不會有你在幾星期內幹的蠢事多。我相信，你自己也會覺察到這一點的。」

「報告上尉長官，我覺察到了。我具有公認的那種發達的覺察能力，只不過總來得晚一步，倒楣事發生後，方才明白醒悟。我就像經常去『母狗林』小酒館的內卡參基人納赫萊巴一樣不走運。他總想做點好事，下決心從星期六起開始一種新的生活，可是到了第二天又總是說：『朋友們，早上我覺察到了，我又睡到了監獄地板上了。』他總會遇到倒楣事，比如他原本想老老實實地回家去，而最終表明，他不是在那裡弄倒了一排籬笆，就是把趕車人的馬卸了套，或者是想用巡警帽子上的公雞毛扯下來清洗他菸斗中的菸油。他簡直就是一個無可救藥者。他深感不幸的是，他家祖祖輩輩都背著這倒楣運。有一回他祖父外出去流浪……」

「別再胡扯那一套來煩我啦，帥克！」

「報告，上尉長官，我以下說的事千真萬確。他祖父外出去流浪……」

「帥克！」上尉發火了，「我再次命令你，你什麼都別再跟我嘮叨了，我一點都不想聽。等我們到了布傑約維采，我再來對付你。你知道嗎？帥克，我要把你抓起來！」

「我不知道，上尉長官，」帥克平和地說：「您還從來沒跟我提及過這個問題。」

上尉不自覺地咬了咬牙，嘆了口氣，從大口袋裡掏出一份《波希米亞報》，開始讀起前線巨大勝利以及德國E型潛艇在地中海取得戰果的新聞。正當他閱讀到一則關於德國如何利用投擲一種接連爆炸三次的新製炸彈，來摧毀一座城市時，被帥克的問話聲打斷了。帥克正對著那位禿頭先生問：

「請問，閣下，您是不是斯拉維銀行的副經理普爾克拉貝克先生？」

禿頭先生沒答理他，帥克便對上尉說：

「報告上尉長官，有一回我在報上讀到，說一般人腦袋上有六萬到七萬根頭髮，而從很多例子看來，黑頭髮總要長得稀疏一些。」

帥克毫不留情地繼續往下說：「後來有位醫師在『什皮列克』咖啡館裡說，掉頭髮是因為生孩子後第六個星期心靈上的刺激所引起的。」

可這時一件可怕的事情發生了，禿頭先生朝著帥克蹦過來，大聲嚷道：「滾出去，你這頭骯髒的笨豬！」他一腳將帥克踢到走廊後，又返回車廂，向上尉作了自我介紹，使上尉大吃一驚。

顯然是弄錯了，這位禿頭先生並不是什麼斯拉維銀行的副經理，也不是姓普爾克拉貝克，而是陸軍少將馮・施瓦茲堡。少將這次著便服是視察幾處的防務，他事見不通知，是要突訪布傑約維采的。

他可是世上最令人害怕的一位視察將軍了，假如他發現事情不大對勁，他就會跟當地的司令官進行這麼一段對話：

「您有手槍嗎？」

「有。」

「很好！假如我處在您的位置，我就會知道該用這把槍來做什麼。因為我在此看到的不是兵營，而是豬圈！」

真不假，凡是他視察過的地方，在他走後，還真有人開槍自殺過。這時少將馮・施瓦茲堡就會心滿意足地說：「這才是個像樣的軍人！」

如果他很是不悅，那是因為他發現自己視察過有問題的地方，竟還有人活著。

另外，他有一種把軍官派到環境最為惡劣的地方去的怪癖。只因為一點雞毛蒜皮的小事，一名軍官就得與自己的駐防軍告別，而被發配到黑山邊境或哈利奇一處最骯髒的角落裡糟糕透頂的駐防軍去。

「上尉，」他問：「您在那裡上的軍官學校？」

「在布拉格。」

「既然您進過軍官學校，而竟不懂得一個軍官應為他部下擔責的道理？真有您的！另一點，您跟自己的勤務兵閒扯得就像個無話不說的知心朋友嘛。不用您問他，您就讓他說東說西的，這就很不像話了。第三，您還容忍他來羞辱您的上級，這就更不像話了！我將依據這一切來作出結論。您叫什麼名字，上尉？」

「盧卡斯！」

「哪個團的？」

「我曾經是……」

「多謝了。我沒問您曾經在那裡，我只想確認您現在在何處服役。」

「在九十一步兵團，少將長官，他們把我調往……」

「他們調動您啦？調動得對嘛。盡快地和九十一團到前線去走走，對您有好處的。」

「前線是去定了，少將長官。」

這時，少將做起報告來，說他注意到了，近年來，軍官同他們的下級說話無拘無束，他認定這是縱容民主思想的擴展，是一種危險的傾向。他認為，士兵必須心存一種畏懼感，他站在自己的上司面前，必然要渾身打哆嗦，懼怕上級。軍官必須跟士兵保持十步的距離，不允許士兵有自己的觀點，根本不讓他們具有獨立思考的能力。近些年來之所以發生了悲劇性的失誤原因就在於此。從前，士兵就像怕火似的懼怕軍官，可如今……

少將做了一個絕望的手勢：「如今，大多數軍官把他們的士兵完完全全地寵壞了。我要說的就是這些。」

少將又舉起報紙，聚精會神地看起來。盧卡斯上尉臉色白得像張紙，他到走廊找帥克算帳去了。

他找到了正站在窗口旁的帥克。帥克的神情此時是那麼的愉悅、心滿意足，像個喝足了水、吃飽了奶、正準備甜甜睡去的剛滿月嬰兒。

上尉停住了腳，招手讓帥克過來，給他指了一間空的包廂。他緊跟著帥克走了進去，隨後將門關上。

「帥克，」他十分莊重地說：「這回你可得破天荒地大大挨兩個大嘴巴了！你為什麼要去惹那位禿頭先生啊？你可知道，他就是馮．施瓦茲堡少將呀！」

「報告，上尉長官，」帥克帶著一副殉道者的神情說：「我一輩子從沒有過要去侮辱誰的思想，我根本就不知道他是什麼少將。他跟斯拉維銀行的副經理普爾克拉貝克先生的確長得一模一樣。那位副經理常去我們那裡的酒館喝酒。有一回，當他趴在桌邊睡著了的時候，一位愛開玩笑的人用複寫鉛筆在他的禿頭上寫道：『謹送上保險章程三號丙類，請借助本公司人壽保險為府上女兒積攢嫁妝與子女之供養費。』眾所周知，發生這類事，人們總是溜之大吉為妙，可就剩下我這個倒楣蛋留在了那裡。隨後，他醒來了，朝鏡子這麼一照，這下可火冒三丈，認為是我給他弄的，也要搧我兩個大嘴巴。」

帥克略帶責備口吻吐出來的那個「也」字是那樣感人的溫柔，上尉不禁地把準備搧他嘴巴的手放了下來。

帥克還接著說：「這位先生也犯不著為那麼小小一點錯誤生這麼一大頓氣呀。他的確應該跟一般人一樣擁有六萬到七萬根頭髮，就如報上那篇文章中所說的，一個正常人應該擁有的頭髮數量。在我生命的歷程裡，我就從來沒想到過竟有禿頭少將這種東西存在，這就是通常人們所說的『悲劇性的誤會』。這種誤會誰都有可能碰上。當一個人說了什麼，而另一個人就牛頭不對馬嘴地接上去，這是常有的事。幾年前，有個叫希弗爾的裁縫告訴過我們這麼一件事：他從自己工作的地方史迪爾斯柯到布拉格，途經萊奧本，身邊還帶了一支在馬利博爾買的火腿。他坐在火車上，心想旅客中僅他一人是捷克人。車開到聖摩希采[63]時，他開始切火腿。坐在他對面的一位乘客開始用羨慕的目光投向那條大火腿，口水都從嘴裡流了出來，希弗爾裁縫發現後，便扯開嗓門道：『你也想來飽餐一頓吧，不要臉的傢伙！』那位先生竟用捷克語回答：『那當然嘍！我是想來飽餐一頓的，如果你願意賞賜的話。』於是他們在火車到達布傑約維采之前，一起把那條大火腿吃光了。這位先生叫沃依捷赫・羅斯。」

盧卡斯上尉又望了望帥克，然後就離開了那個車廂，回到原來的座位上去了。不一會兒，帥克那張誠摯的面容又出現在了門口。

「報告，上尉長官，再過五分鐘我們就到塔博爾了。火車在那裡停五分鐘。您不想叫點什麼來吃嗎？好多好多年前，這裡特別拿手的是……」

上尉氣急敗壞地跳了起來，在走廊裡對帥克說：「我再次提醒你，你愈少在我面前出現，我就愈幸福愉快。如果我根本就看不見你，那才是我走了運。請你務必要相信我，我關心的就只有這個。你應該在我視線裡消失，你這畜生，你這白痴！」

「報告上尉長官，我一定按您的命令執行！」

帥克敬了禮，用軍人的步子來了個向後轉，行進到走廊的盡頭去了。他在角落裡的一個乘務員座位上坐下，和一位鐵路職員攀談起來：「勞駕，我可以問您個問題嗎？」

鐵路職員顯然對聊天興趣不大，只是冷漠、無動於衷地點了點頭。

「有一個叫霍夫曼的好人，常來我家作客，」帥克的話匣子打開了。「他堅持認為，這些警報器一向不靈，他說你即使扳了這個把手，它也不管用。說句老實話，我對這類玩意兒向來就不感興趣。不過今天我既然在這裡見到了這套警報器的裝置，就很想知道，萬一有一天急需用它的時候，我該怎麼使用它

63　以上幾個地方皆為捷克境外城鎮。

呢？」

帥克站起身來，隨著鐵路職員走到上面寫有「危險可扳」字樣的剎車器跟前。鐵路職員認為自己有責任向帥克介紹一下這緊急自動機械設備的用法：「他告訴你要扳動這個把手，這點他算說對了，可他說扳了也不靈，那他是在胡說。只要一扳這把手，火車就會停。因為剎車器是跟列車所有車皮和車頭連著的。警鈴開關閘必須是靈的。」

說話間兩人的手都放在剎車器的把手上，可是神不知鬼不覺的事情就發生了，把手被他們扳了下來，列車於是就停了。

究竟是誰扳動了把手，發出剎車信號，他倆各執一詞。

帥克堅持說，他不可能幹這種事，他又不是一個調皮的小孩子。

「我自己也感到奇怪，」帥克還好心好意地對一位乘務員說：「火車怎麼會突然一下子就停了下來呢？它不是走得好好的？忽然間怎麼就停了呢？這事我比你還著急呢！」

這時有那麼一位十分嚴肅的先生站在鐵路職員一邊，他堅持說，他聽到的是那個當兵的先談起自動剎車器來的。

可是帥克對此予以嚴正反駁，他一個勁地陳述自己是絕對老實的人，列車誤了點對他毫無一點好處，因為他是要到前線去打仗的人。

「站長會為你解釋清楚的，」乘務員說：「為這件事，你得花二十克朗。」

這時，你看到的是乘客們紛紛從車廂裡鑽出來，列車長吹著口哨，一位太太驚慌失惜地提著行李跨過鐵軌朝田野跑去。

「這確實值二十克朗，」帥克深謀遠慮後說，神情還顯得十分鎮定，「這價錢還是很便宜的。有一回，皇帝出訪日什科夫，一個叫弗朗達·史諾爾的人在車行道上攔住了皇帝的馬車，跪在皇帝面前。後來負責這個地段的一名警官流著眼淚告訴這個史諾爾先生，說他不該在他管轄的這個地段跪下來，應該到克勞斯警長轄區內的下一條街去朝覲皇帝。後來他們把這位史諾爾先生關了起來。」

帥克向四周環顧了一下，他瞧見列車長也加入到聽眾的行列裡了。

「那我們還是繼續開車吧，」帥克說：「列車晚點，那很不光彩。在太平年月，晚就晚了，隨它去吧，可如今是在打仗，眾所周知，每列火車都運著軍人，少將啦、上尉啦、勤務兵啦。這種時刻，每耽誤一點，就會造成難辦的局面。拿破崙在滑鐵盧就是因為晚到了五分鐘，結果是皇帝變成了狗屎堆。」

此時盧卡斯上尉也擠到聽眾中來了。他臉色發青，除了迸出一聲「帥克啊」，嘴裡再也說不出其他話來了。

帥克向他敬了禮，對他解釋說：「報告，上尉長官，他們誣陷我，說是我讓列車停下來的。鐵路公司在他們緊急剎車器上裝了一種奇怪的封條。人不能靠近它，否則就要倒楣。他們會敲你二十克朗，就像敲了我一樣。」

列車長離開了群眾隊伍去發了信號，於是火車又開動了。

聽眾都回到原來車廂裡的座位上，盧卡斯上尉也一聲不吭地坐下了。

只留下乘務員、帥克和鐵路職員在走廊上。乘務員把記事本掏出來，記下了整個事件的經過。鐵路職員以憎恨的目光瞧著帥克，可帥克還若無其事地問道：「您在鐵路上工作很久了吧？」

由於鐵路職員不搭理他，帥克於是又接著說，他認識一個叫什麼姆里切克·法蘭茲的，是布拉格附近的烏赫希涅維斯人，這人有一次也扳了緊急剎車器，他被嚇啞了，說不出話來。大概過了兩個星期，他去霍什迪瓦什的一個園丁萬尼克家串門，他跟人家打了一架，人家為他抽斷了一根鞭子之後，他這才恢復了說話的功能。帥克接著補上一句：「這件事發生在一九一二年五月。」

鐵路職員打開了廁所門，進到裡面，隨手把它關上了。

現只剩下乘務員和帥克。此時乘務員開始來敲帥克的二十克朗罰款，威脅他說，他要是現在不給，就要將他帶到塔博爾車站的站長手裡，讓站長去處理。

「那很好，」帥克說：「我很喜歡跟受過教育的人談話。如果我能會見一下塔博爾站的站長，那我感到不甚榮幸之至。」

帥克從外衣口袋裡掏出菸斗，點燃吸著，散發出軍用菸草那股刺鼻的菸味來，接著說：「幾年前，在斯維達瓦站的一位站長叫瓦格奈爾，此人特別會折騰自己的部下，處處刁難他們，尤其是對一個叫容格維爾特的扳道夫，那簡直厲害到了家，使得這位可憐的人兒絕望至極，只好跳河自殺。可是他在跳河之前給站長留了這麼一張字條，說是晚上就要來嚇唬他。我還真的沒撒謊，他還真的這麼幹了。晚上這位可愛的站長先生就坐在電報機跟前。鈴響了，站長收到一份電報：『你好嗎？無賴？容格維爾特。』堅持鬧了一個星期，站長就開始向各條線路發出了如下公務電報，作為對這鬼怪的答覆：『饒了我吧，容格維爾特！』深夜裡電報機又響了。傳來這樣的回答：『可上橋邊信號燈處去上吊，容格維爾特。』站長先生按他的吩咐去做了。後來，為了這件事，人們逮捕了他上一站的報務員。瞧瞧，天地間有那麼多我們連想都想不到的怪事發生啊！」

列車抵達塔博爾車站，帥克根本不需要乘務員陪同，就自己下了火車。下車之前，他以應有的禮貌向盧卡斯上尉報告說：「報告上尉長官，他們要帶我去見站長先生。」

盧卡斯上尉沒有反應。如今一切對他來說都已無所謂了。只有一個念頭在他腦海裡閃過：帥克也好，他對面的禿頭少將也罷，統統給我走開。他就這樣安穩地坐著，到了布傑約維采就下車去兵營報到，然後跟隨某個先遣連奔赴前線。也可能在前線陣亡，這樣也好，就能擺脫趕像帥克這一類怪物到處遊蕩的糟糕世界。

當列車啟動後，盧卡斯上尉就從窗口往外望去，只見帥克站在月台上，正聚精會神、一本正經地同站長談著話。一群人把帥克圍了起來，其中有幾個從穿的制服上就看出是鐵路員工。

盧卡斯上尉嘆了一口氣。但這絕不是表示同情的一聲嘆息，而是當他瞧見帥克留在了月台上，他心中感到一陣鬆快，連對面坐著的禿頭少將也不再像個駭人的妖怪了。

列車老早就已向布傑約維采開去。但在塔博爾車站的月台上，圍觀帥克的人群卻一點沒減少。帥克強調自己是無辜的，圍觀的人群都相信他，有位太太甚至說：「他們又在欺侮一個小兵了。」大夥都同意這種看法，有位先生轉身對站長宣稱，他願意替帥克付那二十克朗的罰款。他相信這個大兵是無辜的。

「你們大夥瞧瞧他吧！」他指著帥克那最最天真無邪的表情說。而帥克則轉向人群宣稱：「各位呀，我沒有犯罪呀！」

接著，出現了一名憲兵隊長，他從人群中拉出一個公民來，並逮捕了他，說：「你休想逃脫責任，我讓你看看蠱惑民眾，胡扯什麼『我們如果都這樣來對待士兵，誰也別指望他們會為奧地利打贏這場戰爭的』會有什麼樣的下場。」

這位不幸的公民一再誠懇地說，他是老城門街上的一個屠宰師傅，他絕沒有蠱惑民眾之思想。

此時，那位相信帥克是無辜的好心人在罰款辦公室替帥克交了錢，然後又把帥克帶到一家三星級的飯館裡，請他喝啤酒。當他得知帥克的全部證件和他的軍人乘車證都留在了盧卡斯上尉那裡時，還慷慨地送給帥克五克朗去買車票和零花。

臨別時，他還親切地對帥克說：「大兵啊，你聽我說，如果你在俄國當了俘虜，就請你替我向茲多布諾夫[64]城的斯拉德克．切曼問好。我的名字你已經記下了。學機靈點！別老待在火線上。」

「您放心，」帥克說：「一文不花，去國外觀光，何樂而不為呢！」

帥克獨自一人留在了桌旁，不聲不響地用那好心人送的五克朗喝著啤酒。月台上有些人沒有親自聽見帥克和站長的那番對話，只是遠遠地看到一群圍觀的群眾，於是人們互相轉告說，他們抓到了一個在車站上拍照的間諜。而另一位太太則反駁說，根本不是什麼間諜，她聽到的是說一名騎兵在女廁所附近打了一名軍官，因為那軍官盯上了他女友。

這些反映出了戰爭時期神經質、離奇古怪的猜想，被一個憲兵隊給切斷了：他們把月台上的人群統統轟跑了。而帥克還在那裡不聲不響地喝著自己的酒，一邊又深情地思念著他的上尉長官：一旦上尉到了布傑約維采，在整個列車上找不到自己的勤務兵時，他該如何是好呢？

客車到站之前，三星級酒館擠滿了士兵和老百姓。有同兵種和各民族的士兵。戰爭的風暴把他們捲進了塔博爾軍醫院，如今他們要重返前線，以便再去受傷，再變成殘廢，再遭受苦難，以便弄個簡陋的木十字架，插在自己的墳頭上。若干年後，在東哈利奇那憂傷而荒涼的墳頭十字架上，在風雨交加之中，將飄動著那頂有些生鏽的、有著皇帝「法蘭茲」徽號的、褪了色的奧地利軍帽。也許不時會有哪隻憂傷衰老的烏鴉飛到這頂掛於十字架的帽子上，回憶起若干年前的豐盛宴席：那時這裡經常為牠擺著開胃的人屍馬肉盛宴，牠當年也正是在牠如今蹲著的這頂帽子下面，品嘗著最精美的佳餚——人的雙眼。

這一大批後補人員中，又有一位將要去承受這些痛苦了。他從軍醫院動完手術出來，穿著一身滿是血跡和泥濘的制服，到帥克跟前坐下。他是一個又矮又瘦，十分憂鬱的士兵。他把小包裹放在桌上，掏出一個破舊不堪的錢包來數錢。

之後，他看了看帥克，用匈牙利語問道：「你是匈牙利人嗎？」

「朋友，我是捷克人，」帥克回答：「不想喝口酒？」

「朋友，我不懂你的話。」

「朋友，這沒關係，隨便喝吧，」帥克說，他把自己那杯滿滿的啤酒送到那位憂傷的士兵面前，「儘管喝吧！」

他明白了帥克的意思，於是將酒喝了下去，十分感謝地用匈牙利語說「由衷感謝」。接著又翻了翻自己的錢包，最後嘆了一口氣。帥克察覺到這位匈牙利人還想喝啤酒，只是錢不夠，於是帥克就又給他叫來一杯，匈牙利人又把它喝完了，謝了謝帥克。這個匈牙利人想對帥克說點什麼，指著自己那受傷的手，同時模擬飲酒乾杯的聲音，說了一句國際通用的語言：「砰！啪！乾！」

帥克同情地點了點頭。初癒的傷兵用左手比著離地約半米高的地方，然後伸出三個手指頭，意思是說他有三個孩子。

「沒吃的，沒吃的，」他連連以匈牙利語說沒吃的，是想說明他家裡沒飯吃。說著說著淚水就往外流。他用那髒得不堪入目的軍大衣袖子擦了擦淚水。軍大衣袖子上能見到有一個被子彈打穿的窟窿，這是他為匈牙利國王而受傷的印證。

帥克那五克朗經過這麼一番花費，已慢慢地花得分文不剩。但同時他也慢慢地，但確定無疑地切斷了自己前往布傑約維采的道路。這沒什麼好奇怪的，每一杯用來款待自己和那初癒匈牙利傷兵的啤酒都使他漸漸遠離購買車票的可能性。

又有一列開往布傑約維采的客車經過，而帥克仍牢坐在桌旁聽匈牙利人跟他說的「砰！啪！乾！三

64　茲多布諾夫（Zdolbunov）是俄國沃利涅的一座小城市，該城的數千戶捷克人是於十九世紀中葉由奧地利遷到俄國去的。

G VÝCHOD

個孩子，沒吃的，祝你健康！」

匈牙利人說最後一句話時，還同帥克碰了碰杯。

「只管喝吧，匈牙利朋友，」帥克對他說：「大口大口地喝吧，你們未必會這樣款待我們的……」

坐在旁邊桌上的一名士兵說，他們二十八團開到匈牙利南部的塞克金時，一群匈牙利人當街羞辱他們，要他們舉起手來。

的確有這麼回事。顯然，這個士兵為此感到是種侮辱。之後，也沒什麼，這種情況在捷克士兵中已司空見慣習以為常了。甚至後來，當匈牙利人對這場為了他們國王的利益而進行的鬥毆也已不感興趣時，連他們自己也這麼舉起手來，表示投降。

後來那個士兵也挪到帥克這一桌來了，聊起他們在塞克金怎樣收拾匈牙利人，他們把匈牙利人從好幾個酒館攆了出去；同時，他還以一種讚美的口吻承認說，匈牙利人應該是很會打架的。有一次，他們朝他背上踢了一腳，結果不得不把他送往後方醫院去治療。

如今他得歸隊了，他的連長絕對要關他禁閉，因此他也沒有時間來給這個匈牙利士兵一點顏色看看，以牙還牙，以雪一腳之恨，也好讓這傢伙嘗嘗苦頭，也好以此事來維護他們全團的名譽。

「你的證件呢？你的正本呢？」士官巡邏隊隊長用德語和蹩腳的捷克語向帥克索檢證件，他的後面跟著四名背著刺槍的士兵。「我看見你喝不停，勤務兵！」

「我沒有證件，米拉切克！[65]」帥克回答：「證件被九十一團的盧卡斯上尉長官帶走了，我留在了這個火車站上了。」

「米拉切克這是什麼意思？」士官掉過頭去問他身後的一名老預備役兵。那人亂譯了一句，慢條斯理地回答：

65 捷克語「親愛的」、「寶貝」的譯音。

「『米拉切克』嘛……就是『士官先生』的意思。」

士官接著對帥克說：「證件是每個士兵的都該有的，沒有證件的，那就得關起來的。把這隻瘋狗小子給我送到軍事運輸總部去。」

他們把帥克帶到了總部。守衛室裡有一小隊人馬，一個個長得和老預備役兵的模樣差不多，就像巧妙地把「米拉切克」譯成德語的那位士官。

守衛室裝飾著一些石版畫。當時，軍政總部總將這類畫片寄到士兵常去的各機關、各公事學校和各兵營。

迎接好兵帥克到來的首先是這幅畫：皇家二十一團的排長弗朗茲。哈梅爾和班長保羅哈特與巴赫曼耶鼓勵士兵堅持戰鬥的圖畫。另還有一幅畫，標題是：《第五驃騎兵團的排長揚・丹科在偵察敵軍各砲兵連的駐地》。

「勇氣的可貴榜樣」，這條標語還掛在圖畫的右下角。

形形色色的德國隨軍記者們臆想出了各種稀奇古怪的榜樣檢，把他們製作成各式各樣的標語傳單。腐朽、蠢笨的奧地利企圖用這些東西來鼓舞那

些從來就不看這些傳單標語的士兵。每當這些「勇氣的可貴榜樣」被寫成小冊子寄到前線給他們時，他們就用來捲菸或作別的用途，以期不負所編製之「勇氣的可貴榜樣」的價值與精神。

趁士官出去找某個軍官之際，帥克讀完了一份傳單：

【運輸兵約瑟夫．伯恩】

衛生兵們將重傷員運往在隱蔽峽谷裡準備好的車輛上。裝滿一車之後立即開往包紮所。俄國人發現了目標，就投擲其手榴彈。皇家第二連運輸中隊運輸兵約瑟夫．伯恩的馬被手榴彈擊斃。伯恩哭訴道：「我可憐的白馬啊，你怎麼就這樣一命嗚呼了！」此時，他自己也挨了彈片，但他堅持卸下自己那匹馬，將一輛三聯畜拉的車輛拖至安全地帶隱藏起來，然後重又回去卸自己那匹死馬身上的馬具。俄國人的射擊不斷。「儘管射吧，該死的瘋子們！我就是不讓馬具留在這裡。」他一邊繼續從馬身上卸下馬具，一邊嘀咕著。

最後終於將馬具取下拖回了軍隊。衛生兵們見他長時間不歸隊，於是嚴加盤問。「我就是不願讓馬具留在那裡，它幾乎還是一套新的，我覺得扔了怪可惜的。我們這裡已愈來愈少這種馬具了。」這位勇敢的士兵到了包紮所時是這樣解釋的，到了那裡他才說自己也受了傷。之後，他的大尉就在他胸前掛了一枚銀質獎章，以表彰其勇敢精神。

帥克讀完了傳單，可士官還沒回來。於是他對守衛室的那些預備役士兵說：「這真是一個勇敢到家了的光輝典範。照他這麼做，那我們部隊裡應該盡是些新的馬具嘍！遙望當年，我在布拉格的時候，在《布拉格官方新聞報》上讀到一個遠比這還要光輝得多的典範。報導的是一年制志願兵約瑟夫・沃揚博士的事跡。說他是駐紮在哈利奇第七獵騎兵營的。在激烈的白刃戰中，一顆子彈不幸射進了他的腦袋，人們要把他抬到包紮所去，他卻嚷嚷說，這點小傷算什麼，用不著包紮，說完就又和他那個排衝了上去；可是手榴彈又把他的踝骨給炸斷了。他們又要把他抬走，可他拄著個楞杖，瘸著腿重新上火線，用楞杖去抵擋敵人；不巧又飛來了一塊新的手榴彈彈片，把他拄著楞杖的那隻手炸掉了，他就將楞杖換到另一隻手上，嘴裡還吼叫著：絕對饒不了他們！假如那顆手榴彈還沒把他炸死，天曉得他還會怎麼樣呢。這都可能發生的，假如他後來沒有被炸得四分五裂的話，可能為表彰他的勇敢，他也會得到一枚銀質獎章的；當他的腦袋被炸得掉在地上打滾時，他還在嚷著：『哪怕任務危及生命，我也要效忠盡職守到最後一口氣。』」

「這都是報紙在那裡瞎吹牛，」一個士兵說：「這種編輯一個小時後就會為這種破文章感到不好意思的。」

預備役兵啐了一口口水說：「在我老家恰斯拉夫有個從維也納來的編輯，是德國人，當過准尉。他根本不願意跟我們說捷克話，後來把他分到清一色的捷克人先遣連，他馬上就會說捷克話了。」

門口出現了士官，他板著一副凶惡的面孔並大聲嚷起來：

「我剛離開這裡三分鐘，就聽見你們說什麼『捷克話、捷克人』。」

他一邊往外走（無疑是去小飯館），一邊指著帥克對預備役隊的班長說：只等中尉一到，立即將這個滿身蝨子的無賴帶到他那裡去。

「這位中尉先生一定又到站上的那位女話務員處尋開心去了，」班長等士官走了之後才這麼說：「中尉已經纏了她兩個多星期了，每當他從電報局出來情緒總是很壞的，並且說：『這婊子不願跟我睡覺。』」

中尉這次回來也是這麼個心情，因為他剛一回來，就聽到他往桌上摔書的聲響。

「老弟，毫無辦法了，你得到他那裡去一趟，」一個下士十分同情地對帥克說：「已經有一大群人，老頭兵、青年兵都經他親手辦的。」

下士把帥克帶到辦公室，只見桌上散亂著一些紙張，桌後面坐著年輕的中尉，看起來是個十分狂暴的人。

他看見下士把帥克帶進來時，便感覺大有希望地「啊哈」了一聲。響起了下士向他報告的聲音：「報告，中尉長官，這就是火車站抓到的那個沒有證件的人。」

中尉點了點頭，從神情上看，似乎他早在許多年前就已經預感到了在這一天的這一時刻，他會抓住這個沒有證件的帥克似的。因為假如誰看一眼這個時刻的帥克，誰都會得出這樣的結論：指望這模樣的一個男人能帶什麼證件，那是不可能的。此時帥克盯著中尉，就像是從天上或者從另外一個星球上掉下來的一樣，帶著天真的驚訝表情環顧著這個新世界；這個新世界竟向他要求什麼從來不曾聽說的、愚蠢透頂之證件。

中尉考慮了片刻，又望了望帥克，思考跟他說些什麼，問些什麼。

最終他盤問道：

「你在火車站幹什麼？」

「報告，中尉長官，我在等去布傑約維采的火車，到九十一團去，我是那裡盧卡斯上尉的勤務兵，我是被迫和他分開的。他們把我帶到站長那裡去交罰款，說我有扳動火車緊急剎車、讓快車停下來的嫌疑。」

「你可把我弄糊塗了，」中尉嚷道：「你能不能給我把事情說連貫些、簡短些，別丟三落四！」

「報告中尉長官，我和盧卡斯上尉長官都坐上了那趟該把我們運到我軍九十一步兵團去的快車，從上車那一刻起，我們就開始倒楣：最初是丟了只箱子；後來是我弄錯啦，來了個什麼少將長官，頭髮全禿光了……」

「我的天哪！」中尉大聲嘆了口氣。

「報告，中尉長官，我得像從破棉被裡掏棉絮般，把事情全抖出來，好讓您搞清楚一切經過，就像已故的伯德爾利克皮匠教訓他兒子時常說的那句話：要脫褲子，先得解皮帶！」

中尉氣得要命，帥克還在繼續講他的：

「我不知怎麼地惹得禿頭少將長官不喜歡，我替他當勤務兵的盧卡斯上尉就把我攆到走廊裡去了。在走廊裡他們就誣賴我幹了那件事，就是我先前對您說過的那件事。在那件事尚未弄清楚之前，我就被獨自一人留在月台上。火車啟動了，上尉長官就帶著箱子、帶著他自己的一切東西以及我的所有證件走了，我就像個孤兒一樣傻乎乎地待在這裡發愣，什麼證件也沒有。」

帥克是這般溫柔、動情地瞧著中尉，中尉聽明白了這個看起來像天生的傻瓜漢子所說的一切，覺得這些都是絕對可靠的。

於是中尉便把快車開走之後，開往布傑約維采的各趟列車車次一一列給帥克，問他為什麼不去趕這些車。

「報告，中尉長官，」帥克回答說，臉上現出甜蜜的微笑，「在我等著下一班車的空檔，我坐在桌邊喝了一杯又一杯的啤酒，於是就又出了點岔子。」

「我倒真沒有見過這樣的蠢牛，」中尉思忖著：「他倒什麼都願承認。我倒見過不少人，他們是死不承認自己有錯，然而這一位卻泰然自若地說：『我一杯又一杯地喝著啤酒，於是把一趟趟的列車都錯過了。』」

中尉把自己所有思忖概括為一句話，對帥克說：「你這傢伙是個十足的退化分子。你知道，人們說誰退化了是什麼意思嗎？」

「報告，中尉長官，在我們家的戰場街和卡德辛街拐角上也有一個退化了的人。他父親是波蘭的一位伯爵，母親是個接生婆，他整天掃街道。然而在酒館裡他非讓人叫他伯爵不可。」

中尉認定還是想法將這件事了結為好，於是斷然地說：「聽我說，你這頭蠢豬，你還不快去買一張票，給我立即滾到布傑約維采去。如果再讓我在這裡瞧見你，我就把你當逃兵辦。解散！」

帥克沒有動彈一下，他的手仍然舉到帽沿上敬著禮，中尉於是大聲吼道：「你給我滾出去！你聽見沒有，解散！巴拉涅克，你把這個笨豬帶到票亭去，給他買張到布傑約維采去的票。」

不一會兒，巴拉涅克班長又出現在了辦公室。

在他背後，帥克那張和善的面龐正從半開著的門縫往裡頭窺視。

「這又怎麼啦？」

「報告，中尉長官，」巴拉涅克班長神祕兮兮地小聲說：「他沒買票的錢，我也沒有。他們不肯讓他免費乘車，因為無法證明他有到團隊去的軍方證件。」

中尉沒費吹灰之力就想出了一條妙計來解決這個棘手的問題。

「那就讓他步行去吧，」他如此決定說道：「他遲到了，就讓他們的團去關他的禁閉。誰還去管他這麼多。」

「沒辦法啊，朋友，」巴拉涅克從辦公室出來時對帥克說：「你得走到布傑約維采去，老弟。在我們守衛室裡還有點配給的麵包，給你帶在路上吃吧！」

半小時之後，也就是他們請帥克喝了杯黑咖啡、送給他一點軍用菸絲、麵包帶到團裡去之後，帥克便在茫茫夜色中離開了塔博爾，他的歌聲在夜空裡響起。

他唱的是一首老軍歌：

我們正向雅羅姆涅什前進，

信不信由你吧……

真是鬼使神差，好兵帥克本應向南朝著布傑約維采挺進，他卻向正西走去。

他一腳深、一腳淺，一拐一拐地踏著積雪的公路，頂著嚴寒，渾身用軍大衣裹緊緊，真好像拿破崙進攻莫斯科大軍碰壁折回時的最後一名近衛軍軍人，唯一不同的是帥克還正愉快地歌唱著：

我優哉游哉來散步，

在綠色的樹叢中……

在大雪覆蓋的樹林裡，在漆黑寂靜的夜空中，歌聲悠揚，引得周圍村落的狗也吠叫了起來。

帥克唱累了，就坐在一堆沙礫上，燃起他的菸斗，休息一會兒後，又滿懷信心地開始了遠征布傑約維采的冒險活動。

2 帥克的布傑約維采遠征

古希臘名將色諾芬踏遍了小亞細亞，以及天曉得還到過了哪些地方，手頭卻沒有一張地圖，但到達了他的目的地。古代的哥德人[66]沒有地形方面的知識，也居然完成了他們的遠征。所謂遠征就是大踏步筆直向前邁進。穿過荒僻的地方，四周都是隨時想乘機扭斷你脖子的敵人。誰如果有一個像色諾芬那樣的腦袋，那就能在行軍中創造出真正的奇蹟。

凱撒率領的羅馬軍團也沒靠什麼地圖指引就打到了遙遠的北國[67]，又向加萊海挺進。有一次他們說要換一條路返回羅馬，好見識世面，最終他們也走到了家。從此便有了那句「條條大路通羅馬」的名言。

同樣，條條大路也都通向布傑約維采，關於這一點，好兵帥克是完全堅信不疑的，儘管他的前進方向不是布傑約維采一帶地區，而是米萊夫斯科村落。

而好兵帥克卻是依然不停地繼續朝前走著，因為這樣一個米萊夫斯科不可能形成阻礙，他有朝一日終歸要到達布傑約維采的。

就這樣，帥克出現在米萊夫斯科村西面的克維多夫。當他將所有在行軍時學會的軍歌輪流唱過一遍後，在克維多夫村前就不得不再來一遍了：

我們要去遠征，
女孩們一片哭聲……

帥克遇見了一位從教堂回家的大嬸，她從克維多夫朝伏拉什方向一直往西走。大嬸向帥克打了個基督徒的招呼聲：「午安，當兵的，你上哪裡去呀？」

「我告訴您吧，大媽，我上布傑約維采找我的團隊去，」帥克回答：「我去那裡打仗。」

「可你走錯路了，當兵的，」大嬸十分吃驚地說：「你朝這個方向，永遠也到不了那個地方。你應當朝克拉托維那邊走。」

「我想，」帥克恭順地答道：「一個人終究能從伏拉什走到布傑約維采的。是的，這個彎繞得大了些，特別是對我這個急於趕回團隊去的人來說。我是有心要按時到達的，但願別出什麼不愉快的事才好。」

「我們那裡也有一個淘氣鬼叫托尼切克．馬辛庫，他本應該到比爾森去參加預備役隊的，」大嬸喘了一口氣：「他是我侄女的親戚。他出發了，可一個星期之後，憲兵來找他，說他沒有到部隊裡去報到。又過了一個星期，他穿著一身便服出現在我們這裡，說是放他回來度假。村長報告了憲兵隊，於是他們便帶他走了。他已經從前線來過一封信，說是受了傷，缺了一條腿。」

大嬸十分同情地望著帥克說道：「當兵的，你在那片矮樹林處等著，我去給你弄點馬鈴薯湯來，讓你暖和暖和。你從這裡可以看得見我們的小木屋，就在矮樹林後面偏右一點。你可別從伏拉什村穿過去呀，那裡的憲兵多得像蒼蠅，你從矮樹林子一直走可以到馬爾琴。繞過戚若沃，那裡的憲兵也很凶狠，專抓逃兵。你直走過樹林，到霍拉日喬維采附近的塞德萊茲去。那裡有個好心的憲兵，他幾乎放每個人離開村子。你身上有什麼證件嗎？」

---

66 哥德人是古代日耳曼人的一個分支，原本住在波羅的海，公元三世紀後移至多瑙河及裏海北岸，後又侵入希臘、義大利以及西班牙等地。

67 指現今的英、法、比、荷、德、丹麥以及挪威等國。

「沒有，大媽。」

「那你就別走那條路了，不如到拉多米什爾去。最好是晚上路過那裡，那時所有憲兵都待在小飯館裡。從弗洛利揚涅克雕像後面往下那條街上有一所房子，牆根抹著藍色。你去打聽一個叫麥利哈列克大爺的，他是我兄弟。你就說我給他問個好，他會告訴你怎麼走到布傑約維采去的。」

帥克在矮樹林裡等了大嬸半個多小時。窮困而可憐的大嬸終於把馬鈴薯湯裝在一個罐子裡帶來了。為了保溫，還用了一塊墊子包著小罐。帥克喝完馬鈴薯湯，身子暖和了。這時，大嬸又從一個布包裡拿出一大塊麵包和一塊鹹肉，塞進帥克的衣袋裡，給他畫十字祝福，並告訴他說，她有兩個孫子在布傑約維采。

然後她又一次詳詳細細地說了說帥克必須經過和繞過的村落的名字；最後她又從上口袋裡掏出一個克朗，給帥克到馬爾琴去打點酒在路上喝，因為到拉多米什爾還有很長的一段路要走。

帥克依照大嬸的指點從戚若沃朝東向拉多米什爾走去，心想不管從世界上哪一個方向都應該能走到布傑約維采的。

從馬爾琴開始，有一個拉手風琴的流浪藝人跟帥克結伴而行，他是帥克為了打發拉多米什爾這一大段路程，到小酒館去買酒時碰上的。

這位拉手風琴的老人竟把帥克當成了逃兵，於是就出主意，要帥克跟他一道去霍拉日喬維采，說他有個女兒嫁到那裡，女婿也是個逃兵。這位馬爾琴來的手風琴手顯然是在說瞎話。

「我女兒把她丈夫藏在畜欄裡已經兩個月了，」他哄勸帥克說：「她也可以把你藏在那裡。你可以在那裡一直待到戰爭結束。兩個人待在一起就不覺得孤寂了。」

帥克婉言謝絕了他的一片好意，他就生氣了，他轉向往田裡走去，同時威脅帥克，說他要到戚若沃村的憲兵隊去告發他。

傍晚，帥克在拉多米什爾的弗洛利揚涅克雕像後面的街上找到了麥利哈列克大爺，向他轉達了他在伏拉什的老姊姊的問候，但這位大爺反應冷淡。

他卻堅持要看帥克的證件。這是一個很固執的人。他沒完沒了地談著皮塞克地區常有強盜、小偷、流氓出沒的事。

「從部隊裡逃兵出來，不願在那裡服役，就這樣東竄西竄，走到哪裡就偷到哪裡。」他有意衝著帥克說：「他們每個人都裝出一副連一數到五都似乎數不清的傻相。」

「瞧瞧，忠言逆耳、良藥苦口嘛，」當他看到帥克從椅子上站起來，於是便又補了一句：「如果一個人心裡沒鬼，那他就會坐下來，把證件拿出來瞧瞧。但是，假如他沒有證件……」

「好吧，那就再見啦，大叔。」

「再見！第二次還會來個更笨的傢伙。」

帥克摸黑走出了大叔的家，而大叔還嘮叨了好一陣子：「說什麼到布傑約維采去找團隊，那怎麼是從塔博爾來的呀！這個浪蕩鬼卻先到霍拉日喬維采，再到皮塞克。他這不是在環球旅行嗎？」

帥克走了一整夜，直到普津姆才遇上一堆乾草。他扒開草堆，聽到不遠處有個聲音響起：「你是哪個團的？如今要到哪裡去？」

「九十一團的。到布傑約維采去。」

「什麼？到那裡去？」

「我的上尉在那裡。」

聽笑聲，附近不止一個人，而是三個人在笑著。待笑聲一停，帥克就問他們是哪個團的。原來其中兩人是三十五團的，另一位是砲兵團的，都是從布傑約維采來的。

兩位三十五團的士兵是在一個月之前從先遣連逃跑的；那個砲兵則是從戰爭動員一開始就溜了，他就是普津姆村的人，草堆就是他家的。晚上總是睡在草堆裡。昨天在樹林裡發現了他倆，於是就把他們帶到自己的草堆來了。

他們三人都寄望戰爭能在一、兩個月內就結束。他們想像俄國已越過布達佩斯向摩拉維亞逼近。普津姆村就是這麼傳說的。天亮前，那位砲兵的媽媽就送來了早飯。兩個三十五團的士兵準備逃到斯特拉科尼采去，因為他們中有一個的姑媽在那裡，那姑媽在蘇希茲山後有一個熟人，那人有個鋸木場，是很好的藏身之處。

「喂，你這個九十一團的，如果你願意，」他

們建議帥克：「你也可以和我們一道去，別管你那個上尉了。」

「事情可沒那麼簡單。」帥克答道，然後深深地鑽進了草堆。

早晨醒來時，那三位都已離去，其中有一位，依然是那位砲兵，給帥克的腳邊放了一塊麵包，讓他在路上吃。

帥克走過樹林，在史捷克諾遇到了一位年老的流浪漢，這位流浪漢像迎接自己的老朋友般請帥克喝了一口酒。

「別穿你那身打扮走路，」他勸帥克道：「你這身軍服說不定會他媽的讓你倒楣的。如今到處有憲兵，你穿著這身啥也討不到。如今憲兵倒不與我們為難了，他們專門來對付你們這號人了。」

「專門對付你們這號人。」流浪漢是這樣具有說服力地重複了一句，使帥克拿定主意，根本不向他提及九十一團的事。隨他愛怎麼想就怎麼想，何必去打破一位好心老人家的幻想呢？

「你到哪裡去呀？」流浪漢沒過多久又問了一句。這時他倆都點燃了菸斗，慢慢地穿過村落。

「到布傑約維采去。」

「我的老天爺！」流浪漢聽了驚叫起來：「你如果去那裡，他們立刻就會將你抓起來，你一點脫身之機都不會有的。你得有一套髒得一塌糊塗的便服，還得裝成一個殘廢者才行。」

他又說：「不過你也不用怕，我們一塊到斯特拉科尼采、沃里尼和杜普去，如果找不到一身便服，那才是有鬼了！斯特拉科尼采那裡有許多傻乎乎的人，但他們都很誠實，他們不僅是白天不關門，夜晚也不閉戶的。如今是冬天，到哪個老鄉家去串串門，他們立刻會給你一身便服的。你還需要什麼？鞋子有的，現在就缺一件套在外面的衣服了。軍大衣是舊的？」

「舊的。」

「那就留著吧。農村也有人穿這個的。你缺的是一條褲子和一件夾克。待我們有了便服之後，就把原來的褲子和上衣賣給沃德尼亞尼的猶太人海爾曼。他專門收購公家的財物，然後沿村販賣。」

「今天我們就到斯特拉科尼采去，」他接著談起了他的計畫：「從這裡走上四個鐘頭就能見到史瓦爾岑堡老羊圈，那裡住著我的一個熟人，一位養羊的老爺爺。我們可以在他那裡過夜，早上再到斯特拉科尼采去，在那裡給你弄套便服。」

帥克在羊圈裡結識了一位和藹可親的老爺爺，老爺爺還記得他的爺爺講給他聽的法國軍隊故事。養羊的大約比老流浪漢大二十歲，因此他對老流浪漢也叫小伙子。

「小伙子們，可不是嗎？」當他們圍著正在煮著帶皮馬鈴薯的火爐坐下時，老爺爺打開了話匣子：「那時我爺爺跟你這個當兵的一樣，也開了小差。不幸在沃德尼亞尼就給抓住了。他們把他的屁股打得皮開肉綻。那還算是便宜了他啊。雅列什家的兒子，普洛季維附近的拉日茲魚塘的看守人，他的爺爺因為逃兵，在皮塞克村挨了子彈，在皮塞克的壘牆上槍決他之前，還給他受過由士兵打亂棍的刑法，打了六百棍，打得他恨不得早點死去，好解脫那種難熬的痛苦。你是什麼時候開的小差？」他兩眼淚汪汪地望著帥克問道。

「動員令之後，要將我們送到兵營裡去的時候。」帥克回答說，他意識到：他穿了一身軍服，所以那養羊的鐵了心認定他是逃兵。

「你是翻牆逃跑的嘍？」養羊的好奇地問，心裡顯然想著自己爺爺怎麼翻牆逃出兵營時的情景。

「沒有別的法子，老爺爺。」

「看得很嚴，哨兵還開了槍吧？」

「是的，老爺爺。」

「那你現在打算到哪裡去呢？」

「他瘋了，」流浪漢替帥克回答：「他硬要到布傑約維采去。年輕人不懂事，要知道，這是自己往死裡鑽。我來給他想點辦法。首先我們得給他弄來一套老百姓穿的衣服，有了這個就好辦了。熬到明年春天就可到農戶家去幹點莊稼活。今年太缺勞動力了。又鬧飢荒。聽說要把所有流浪漢送往田間工作。我覺得還是自動去的好。太缺勞動力了。人們都會被榨得乾乾的。」

「那你認為，」養羊人問：「這個仗今年是不會結束嘍？小伙子，你估計沒錯！早先的戰爭打起來那是沒完沒了。先是拿破崙戰爭，然後是我聽人說起的瑞典戰爭和七年戰爭。大家都得到軍隊裡去服役。小伙子上帝都已經無法相信這些人驕奢到了什麼程度，連羊肉都不能從他們的鬍子底下吃進嘴裡去了。小伙子們，他們不願吃了！從前還有人偷偷來找我，讓我賣點綿羊肉給他們，可是這些年，他們盡吃豬肉、家禽，吃什麼都要抹上點奶油之類的東西。上帝會懲罰他們這種驕奢氣的，等到跟拿破崙戰爭年代一樣煮野菜吃的時候，他們才會醒悟過來的。就連我們那些大老爺也都飄飄然了，史瓦岑堡老公爵就只知道坐馬車兜風，小公爵，這流鼻涕的小子只會坐著汽車放油煙薰人。總有一天上帝會把汽油抹到他嘴上的。」

放有馬鈴薯的水煮開了。沉默了好一會後，養羊的用未卜先知的口氣說道：「這個仗我們的皇帝是打不贏的嘍。大夥對打仗毫無熱情。還因為，就像斯特拉科尼采的一位教書匠說的，皇帝不肯加冕[68]。常言道：誰想嘴邊上有蜜，那就給他抹上吧。他這個老混蛋，既然答應了加冕，就該說話算話呀。」

「或許，」流浪漢插上一句：「他現在正在想辦法補上。」

「小伙子，現在誰還理他呢？」養羊的氣乎乎地說：「等我們鄉親們在斯科奇采聚會時，你到現場去看看吧，他們每個人都有親人在軍隊裡，你聽聽他們都說些什麼吧。人們說，打完這場仗，自由就來了，不再有皇家的宮廷，當然也就不會有皇帝本人了，公爵們的莊園也會被沒收。就因為他們說了這些，憲兵們就將一個叫柯希涅克的抓走了，說他在進行煽動。今天的憲兵權力真大呀！」

「他們一向就是這樣的，想幹什麼就幹什麼，」流浪漢說：「我記得在克拉德諾有一個叫羅特爾的憲兵大隊長，突發奇想，養起了警犬來。這些警犬一經訓練後，就什麼都能探出來。從此，克拉德諾區的

68　法蘭茲・約瑟夫一世皇帝曾於一八七一年莊嚴承諾，他將加冕為捷克國王，但他沒有實現這個諾言。

這位憲兵大隊長的屁股後頭就跟著一大群訓練這種警犬的教練。他們還專門給這些警犬蓋了一座小屋子，那些狗在那裡過著跟伯爵一樣舒服的日子。這位憲兵大隊長突然萌發壞主意，想要抓我們這些可憐的流浪漢來做馴狗的試驗品。於是他就下令在克拉德諾區大力搜捕流浪漢，把抓到的人直接送到他手裡。有一次我逃離朗恩，想鑽進一座樹林的深處，可那又有什麼用！還沒等我走進那樹林就被抓住，把我送交給大隊長。我的老伙計啊，你們就無法想像，我在養著那一大群狗的憲兵大隊長那裡所吃的苦頭啊！最初是將我交給所有狗嗅嗅氣味，然後讓我爬上一架雲梯，等我快爬到頂上時，他們就放出一條惡犬跟著爬到我的梯子上來。這畜生，牠將我從梯子上拖到地面，在我面前趴下，對我吠著，衝著我的臉露出一口狗牙來。之後，他們將這畜生牽走，要我藏起來，說隨便我藏到哪裡都行。我來到奇卡谷地的樹林躲進了一個深谷。半小時後，兩條狼狗來到我身旁，將我撲倒在地，一條咬住我的脖子，一條跑回克拉德諾報信。一小時後，大隊長親自帶著憲兵來了。他把狗叫走，給了我五克朗。准我在克拉德諾地區要兩天飯。我哪敢呢？我像腳下著了火似的立即逃到貝洛烏斯科區去了，再也不敢在克拉德諾區露面。所有流浪漢都離這位憲兵大隊長遠遠的，因為他抓到誰就拿誰來做馴狗的試驗品。他對這些狗喜歡得要命，聽他手下的人說，他出來巡視，只要在哪裡發現了狼狗，他就立刻停止巡察，樂得整天沒完沒了地喝酒。」

這時，養羊的倒掉煮馬鈴薯的水，又往碗裡倒了點酸羊奶，流浪漢接著回憶起憲兵的權勢說：「在利普尼采鎮一座城堡下面，有個憲兵分隊長住在那裡。而我這個有些糊塗的老好人總認為，憲兵隊總是在顯眼的地方的，比如廣場或類似的地方，絕不會設在角落處的。我一般都在城市的邊角處行走，很少抬頭望望招牌什麼的。總是沿著一間間屋子要飯。到了一座兩層樓的小樓處，我推開了門說道：『行行好，可憐可憐我這要飯的吧。』當我抬頭這麼一望，我的媽呀，我的腿都快嚇癱了，這裡是憲兵隊呀！牆上掛著槍，桌上擺著耶穌受難十字架，櫃子上放著文件，皇帝的畫像正從桌子上方盯著我。還沒等我開口解釋，分隊長一個箭步衝到我跟前，狠狠地給了我一記耳光。我從門口木梯子滾了下去。從此以

後，我再也不敢在克日利采停留了。這就是憲兵的權勢啊！」

吃完飯不多久，他們便躺在那間暖和小屋的條凳上睡著了。

半夜裡，帥克悄悄地起來穿上衣服溜了出來。月亮正從東方升起，給他壯了膽，他就憑藉著月光往東走去，一路上還喃喃自語：「我就不相信我到不了布傑約維采！」

帥克走出了樹林，見到右邊有座城市，他便朝北邊一點拐過去，然後又往南，又看見了一座什麼城市（這是沃德尼亞尼）。他乖巧地沿著草地繞開它，等他來到普洛季維的雪山坡時，黎明的曙光已經照在他他身上了。

「勇往直前！」好兵帥克自言自語道：「職責在召喚，我一定要到布傑約維采。」

可是很不巧，帥克在離開普洛季維後本應往南朝布傑約維采走，可他卻往北朝皮塞克走了。

快到中午時分，帥克望見他面前出現了個村子。他一邊走下小山坡一邊想道：「老這麼一個勁地朝前走，看來是不行的，我得打聽一下到這個布傑約維采該怎麼走才行。」

當他走進村子抬頭一望，村子第一座房子附近的柱子上寫著普津姆村時，他不禁大吃一驚。

「我的老天爺！」帥克嘆了口氣說：「怎麼搞的，我又轉到了這個普津姆來啦，我不是在這裡的草堆裡睡過一夜的嗎？」

當一個像一隻在網上埋伏的蜘蛛似的憲兵，從池塘後面一座掛著老母雞[69]（有些地方稱它為鷹）的白房子裡鑽出來的時候，他倒一點也不感到吃驚了。

憲兵走到帥克的面前，開口就是：「上哪去？」

「到布傑約維采找我的團隊去。」

憲兵譏諷地大笑：「閣下明明是從布傑約維采那裡來的嘛！你已經把布傑約維采丟在腦後嘍！」說罷便將帥克拉到憲兵分隊去了。

普津姆區的憲兵分隊長是以行動迅速幹練而聞名遠近。他從來不大聲辱罵、恫嚇被拘留和被逮捕的人，而是善於巧妙地使用交相訊問法，問得無罪者承認自己有罪。

隊裡有兩個憲兵幫他進行這種訊問。每次交相訊問都是在全體憲兵面帶笑容的氣氛下進行的。

「犯罪偵查學有賴機靈和親切，」憲兵分隊長常以此來教誨自己的下屬。「對其人大喊大叫是毫無意義的。對待罪犯、嫌疑犯態度都要溫和，同時要注意，盡量將他們淹沒在潮水般的提問中。」

「我們衷心歡迎你，當兵的，」憲兵分隊長說：「請坐，不要拘束，一路辛苦了吧。那就請你告訴我們，你要到哪裡去，好嗎？」

帥克把到布傑約維采去找自己的團隊的話重複了一遍。

「那你大概就是走錯了路啦，」分隊長微笑著說：「事實上你是背著布傑約維采的方向在走，這一點我可以很容易給你證實。你頭頂上面掛有一張捷克地圖。你好好瞧一瞧，當兵的，從我們這裡往南是普洛季維，從普洛季維再往南是赫盧博卡，再往南就是布傑約維采了。現在明白了嗎？你不是到

69 在奧匈帝國統治時期，有些地方的捷克人把國徽上的鷹稱做老母雞。

布傑約維采，而是從布傑約維采來的。」

分隊長和氣地盯著帥克。而帥克卻以鎮定而莊嚴的口氣回答：「我終究是要走到布傑約維采的。」這話回答得比伽利略當年說「地球終究是在轉動的」還要有力得多，因為伽利略是在狂怒下說的。

「你聽著，當兵的，」分隊長依然是那樣友善地和帥克說：「我當奉勸你一句，到最後你自己也會得出這個結論：愈否認就愈不容易招認。」

「您這話說得太對啦，」帥克說：「愈否認就愈不容易招認，反之是愈不容易招認就愈否認。」

「這不就對了，當兵的，你一下子就明白過來了。那就請你坦白告訴我，你是從什麼地方出發往你的那個布傑約維采去的。我特意點出『你的那個』，是因為根據你的走法，在普津姆的北部還存在個什麼布傑約維采，那可就是任何一幅地圖上也不曾標出來的地方嘍。」

「我是從塔博爾出發的。」

「你在塔博爾幹什麼呢？」

「等開到布傑約維采去的火車。」

「你為什麼沒搭上開往布傑約維采去的火車呢？」

「因為我沒有車票。」

「你是個軍人，他們為什麼不發給你一張免費的車票呢？」

「因為我身上沒帶任何證件。」

「妙就妙在這裡啦！」憲兵分隊長興高采烈地對另一個憲兵說：「他並非像他裝的那樣傻。他已開始陷進去，腦子已亂成一團了。」

分隊長就像根本沒有聽到最後一句關於證件的回答般，又重新開始問道：

「這麼說你是從塔博爾出發的，那你是到哪裡去的呢？」

「到布傑約維采去。」

分隊長的面部表情增添了幾分厲色，他的目光落到了地圖上。

「那你是否可以把地圖指給我們看看，你是如何走到你的那個布傑約維采去的。」

「走過無數個地方我都記不清了，只記得我已經來過一趟普津姆了。」

憲兵們彼此意味深長地望了望，分隊長接著往下訊問道：「這麼說來你是待在塔博爾車站上的，你衣袋裡裝了些什麼，能不能掏出來給我們看看？」

他們將帥克從頭到腳地搜查了一遍，除了一隻菸斗和一盒火柴外，什麼也沒查到，分隊長問帥克：「告訴我，為什麼你衣袋裡空空的什麼都沒有？」

「因為我什麼都用不著！」

「哎呀，我的老天爺！」分隊長嘆了一口氣：「跟你這號人打交道真麻煩！你剛才說你已經來過一趟普津姆了，那你這次在這個地方幹了些什麼？」

「我路經普津姆到布傑約維采去。」

「你看你胡扯到哪裡去啦。你自己說，你是到布傑約維采去的，可是我們現在已經向你證明了，你就是從布傑約維采來的。」

「顯然，我大概是繞了一個圈子。」

分隊長又與全體憲兵意味深長地交換了一下眼色。「你說的這個圈子意思是指在我們區轉嘍？是嗎？你在塔博爾車站等了很久吧？」

「一直待到最後一趟開往布傑約維采的火車開出去的時候。」

「你在車站上幹了些什麼？」

「和軍人們聊天。」

分隊長又和他的下屬們交換了一個意味深長的眼色。

「你同他們聊些什麼呢，問過他們一些什麼樣的問題呢？」

「我問他們是哪個團的，現在開往何處去。」

「太好了。你沒有問他們團有多少人，是怎麼個編制的？」

「這我沒問，因為我早已記得爛熟了。」

「這麼說，你對我們部隊的編制都瞭若指掌嘍？」

「那當然，分隊長長官。」

分隊長又得意揚揚地環視了一下自己的部下打出了他最後一張王牌。

「你會俄文嗎？」

「不會。」

分隊長對班長點頭示意，當他倆走到隔壁房間後，為此次勝利十分飄飄然的分隊長一面搓著手，一面堅信地宣稱：「你聽見了沒有？他不會俄文！真是一條狡猾的漢子！他什麼都承認，可一到關鍵、要害處，他就不認帳了。明天我們就將他送到皮塞克縣憲兵大隊大隊長先生那裡去。犯罪偵查學有賴機靈與親切。你看見我是怎麼把他淹沒在我那滔滔不絕的訊問之中的吧！誰能想到他居然是這號人呢！表面上看是如此的蠢笨，白痴一個，對這號人我們就恰恰需要比他更狡猾些。好吧，你把他妥善安頓一下，我去起草報告。」

於是這位分隊長從下午一直到晚上臉上都堆滿微笑地寫著他的報告，報告中的每句話都帶有「有間諜嫌疑」的字眼。

他愈往下寫，事情似乎愈清楚。在結束這份報告時，他用了幾句官場使用的蹩腳德語：「該敵方軍官當於即日押交皮塞克縣憲兵司令部，職謹此呈報。」他望著自己的傑作笑了笑，然後將班長叫來：「給這名敵方軍官吃東西了嗎？」

「根據您的吩咐，隊長長官，只有在十二點以前帶來並受審的人才供給午飯。」

「這可是個非同一般的例外情況，」分隊長神氣十足地說：「這是個比較高的軍官，是參謀部的。你要知道，俄國人才不會派一個下士來刺探軍情的。你派人到『公貓』酒館去給他弄頓午飯來。如果沒有現成的，就讓他們立即現做。然後讓他們給他沏茶放點蘭姆酒，弄好後把東西送到這裡來。用不著說是為誰準備的。絕不能與任何人談起我們這裡有個什麼人，這是軍事機密。他現在在幹什麼？」

「他現在坐在警衛室，他想要點菸草。他看起來很是心滿意足的樣子，就像坐在自己家裡似的。他還說：『你們這裡夠暖和的。你們的火爐漏不漏氣？我待在你們這裡挺滿意的。你們的爐子如果漏氣，你們就要把煙囪通一通。得下午通，不能在太陽正對著煙囪的時候通。』」

「是個多麼狡猾的傢伙，」分隊長用十分喜悅的聲音說：「他裝出滿不在乎的樣子，其實他心裡明白，他會被槍斃的。儘管他是我們的敵人，但這種人怎不叫人肅然起敬呢！這種人抱著必死的信念。我不知道我們能否做到這一點。我們或許會動搖、放棄，而他卻毫不在乎地坐在那裡說什麼你們這裡夠暖和的、你們這裡的爐子漏不漏氣。班長，這才稱得上是有膽量的人。這種人得擁有鋼鐵般的神經和骨氣，堅強而又富有熱情。唉，如果我們奧地利能有這種熱情……還是不去管它這些事為好。當然我們這裡也有滿腔熱情的人。人們都在《國家政策報》讀到過砲兵上尉貝爾格爬到一棵高大的松樹枝上設立觀察點的事蹟。我軍都撤退了，可他無法從樹上下來，否則就會淪為俘虜，所以他就只好在樹上等我們來將敵軍趕跑。他足足等了十四天呀，他那可是在樹上的十四天啊。為了不至於餓死，就以樹枝和松針充飢。等到我們的軍隊反攻時，他已衰弱得再也無法待在樹上了，於是便掉下來摔死了。死後為表彰他的英勇頑強，政府授予他金質獎章。」

分隊長十分嚴肅地補充了一句：「這是一種犧牲精神，這是一種英雄行為，班長！你瞧，我們這一扯又扯得太遠了，趕快去給他叫頓午飯來吧，回頭順便把他帶到我這裡來一下。」

班長把帥克帶來了，分隊長友善地對帥克點了點頭，並示意讓他坐下，問他是否有雙親。

「沒有。」

分隊長立刻感覺到這樣更好，那就是沒人會為這個不幸的人痛哭流涕了。他盯著帥克那張祥和的面龐，突然友好地拍了拍帥克的肩膀，說：「怎麼樣，你喜歡捷克嗎？」

「捷克到處都令我喜歡，」帥克回答：「一路上我遇到過太多太多的好人。」

分隊長點了點頭：「我們這裡的人民非常好，非常惹人愛。只是有點愛偷東西、愛吵架，這也算不了啥。我在這裡十五年了，根據我的估計，這裡一年內大約有四分之三的人被殺害。」

「您這意思是沒有被完全殺死？」帥克問道。

「不，不是那個意思。我只是說十五年中我們只審了十一起凶殺案；其中五起是謀財害命，其餘六起是一般凶殺案，沒什麼價值。」

分隊長思考了一會兒，隨後就進行起他的那種訊問來：「你想到布傑約維采去幹什麼？」

「到九十一團去服役。」

分隊長立即打發帥克回警衛室去，趁他尚未忘記帥克的供詞之際，隨即在準備送給皮塞克縣憲兵大隊的那份報告上添了一句：「此犯操純熟之捷語，正前往布傑約維采，企圖潛入我九十一步兵團。」

分隊長高興十分地搓著手，對自己收集了如此豐富之資料，以及運用他的訊問方法問出了如此詳細的情節來，感到得意萬分。他想起了自己的前任，比爾格分隊長，此人與被拘留者是無話可對、無題可問，一個勁地往法院送人了事，最多附上一句簡短的話：「據憲兵班長報告，該犯係因流浪與乞討案而被逮捕。」這算什麼審訊？

分隊長再次望著自己所寫之報告，很是愜意地笑了笑，從書桌的文件架拿出布拉格憲兵總部發布的一份照例印著「機密」字樣之措令，重讀了一遍：

茲嚴令各區憲兵分隊對其轄區內一切過往之行人必須嚴加戒備，此為當務之急。自我軍從東哈利奇轉移後，數支俄軍乘隙越過喀爾巴阡山侵入我帝國腹地的許多重要陣地，使戰線延伸於我帝國西部。在此新形勢之下，由於戰線之變幻無常，更有利於俄國間諜得以潛入我帝國之領地，尤以西里西亞和摩拉維亞為甚。據密報，大量俄國間諜已潛入我捷克地區。現已查明，其中有來自俄國之捷克人多名，曾在俄國高等軍事學校受過嚴格訓練，他們擅長捷語，此種人尤為危險，因彼等足以在捷克居民中散布叛國言論，估計此刻早已散布。茲訓令各憲兵分隊，凡遇形跡可疑者，概予扣留。警備部、軍事據點及軍列通過之各車站一帶，尤應嚴加防查。對被扣留者應立即加以盤問，並呈報上級機關審理。此令。

憲兵分隊長弗蘭德卡再次得意地笑了笑，將絕密文件仍舊放回標有「密令」的文件架上去。文件架上還放著別的許多密令，它們都是由內政部和掌管憲兵機構的國防部共同草擬的。布拉格憲兵總部整日裡為複印、分發這些密令忙得團團轉。這些密令包括：

嚴密監視當地居民思想狀況之指令。

如何利用交談以探查前線消息對當地居民情緒有何影響之指示。

當地居民對戰爭公債態度以及認購情況之調查表。

已經入伍以及行將入伍者之情緒調查表。

地方自治會會員和知識分子之情緒調查表。

立即查清各地居民參加何種政黨以及各黨勢力情況之指令。

注意當地政黨首領行動以及查實當地居民中所參加之某些政黨忠誠程度之指令。

憲兵分隊轄區所發行的報紙、雜誌、小冊子之調查表。

查清叛國嫌疑分子結交的朋友及其叛國表現之指示。

如何從當地居民中物色密探、情報員之指示。

各地區依章登記為憲兵分隊服務的、領取津貼的告密人之指示。

每天都有新的命令、章程、調查表和指示送來。弗蘭德卡分隊長整日就淹沒在奧地利內務部這一大堆發明中，忙得他喘不過氣來，但他已以千篇一律的方式來應付這些調查表，總是回答：情況良好、一切正常，當地居民的忠誠屬一級A等。

奧地利內務部發明了下列等級來標明人民對帝國之忠誠程度：一級A等、一級B等、一級C等、二級A等、二級B等、二級C等、三級A等、三級B等、三級C等、四級A等、四級B等、四級C等。最後那一級的A等則表示有叛國行為，須上絞刑架，四級B等表示應拘留，四級C等則應加以監視或囚禁。

每一位憲兵分隊長桌上都擺滿了各式各樣的命令和表格。當局想知道每一個公民的想法。

弗蘭德卡分隊長瞧著一批批文件和通令隨著每趟郵差冷酷無情地向他襲來，時常沮喪地搖著頭。他只要一見到蓋有「內部文件」、「郵資已付」戳子的熟悉的郵件，就心跳個不停。到夜晚思量起這一切的時候，他斷定自己很難活到戰爭結束的那一天；憲兵總部逼得他每根神經都繃得緊緊的，他也無法分享奧地利軍隊獲勝的歡樂，因為到那時他恐怕早已神智不清了。縣憲兵大隊天天質問他：為什麼還沒有答覆D字七二三四五號七二一AF的調查表？或者問起Z字八八八九二號八二二GFEH通令他是如何處理的？或者V字一二三四五六號一二九二BIR命令收到後已經有了哪些成效？等等。

最令他頭疼的要算那份在當地居民中物色和收買告密者的指令。最後，連他自己都認為，要在這個所有老百姓都是一個個死頑固的地方尋覓到一個告密者，那真是難於上青天。這時他突然想到了一個綽號叫「跳吧貝比克」的傻養羊人。他的確傻到家了，只要一聽到有人叫「跳吧貝比克」，他便跳一下。他的確是被大自然、人們所忘記了的一個不幸者、殘疾人，僅靠替村裡放牲口，一年就賺這點小錢來維持基本的生活。

分隊長派人把他叫了來，對他說：「貝比克，你知道，『遛彎老頭』[70]是誰嗎？」

「咩……」

「別叫。你記住，人們就是這麼稱皇帝陛下的。你知道，皇帝陛下是什麼人嗎？」

「就是——皇——帝。」

「好極了，貝比克！那你就記住了，假如你聽見有人吃飽了沒事幹，東家走來西家串，說皇帝是畜生之類的髒話時，你就立刻來我這裡報告，你就能得到二十哈萊什硬幣。如果聽到有人說我

70 人們給奧匈帝國皇帝法蘭茲・約瑟夫一世取的綽號。

們會輸掉這場戰爭，那你馬上來我這裡，懂嗎？告訴我是誰說的，那你又可得到二十哈萊什硬幣。假如我打聽到你隱瞞不報，那你可就倒了大楣。我就把你抓起來，押送到皮塞克去。現在你跳一下吧！」貝比克跳了跳，分隊長給了他兩枚哈萊什硬幣。這時分隊長又非常滿意地給縣憲兵大隊打報告，說他已物色到一名情報員了。

第二天牧師來見分隊長，神祕兮兮地告訴分隊長，說他今天一大早碰見了村裡的養羊人「跳巴貝比克」，養羊人對他說：「大人，憲兵分隊長先生昨日對我說，皇帝是個畜生，我們打不贏這場仗，咩……跳！」

分隊長在與牧師作了一番解釋、長談之後，就讓人將養羊人關了起來。後來，在赫拉昌尼以叛國罪判處養羊人十二年徒刑。他被指控懷有極其危險的叛國陰謀，蠱惑民眾，侮辱皇帝以及其餘許多罪行和那數不清的過失。

「跳巴貝比克」在法庭就像在牧場以及鄉親面前一樣，對所提之問題均以羊的咩咩聲報以回答。宣判時，他以一聲「咩……跳」就跳走了。為此以無視法律罪加一等：罰他住單號子牢房，睡硬板床，外加三道崗哨。

這一來憲兵分隊長又沒有情報員了，只好編造了一個。他對自己編造的情報員十分滿意，他給這位假情報員取了個名字，將這個名字逐級上報後，每日就能多拿五十克朗的薪俸。他將這些錢都花在「公貓」酒館裡了。在第十杯下肚後，他突然感到自責，啤酒在嘴裡也變得苦澀。他聽到坐在旁邊的顧客說：「今天我們的分隊長大人有些不高興，像是有心事。」他就起身回家，等他走後，顧客又說：「無疑是我們的人又在塞爾維亞的哪個地方拉了一褲襠屎，所以我們的分隊長才這般一聲不吭。」

而分隊長在家裡又填好了一張調查表：「居民的思想情緒狀況：一級A等。」

是的，分隊長已經失眠好幾個晚上了。他總在等待視察或調查。夜裡他夢見了上吊，夢見了人們將他帶至絞刑架，最後，國防部長站在絞刑架下親自問他：「分隊長X，Y，Z字第一七八九六七八號二三七九二通令的覆文在哪裡？」

看看現在的我吧！他覺得似乎憲兵分隊的每個角落裡都在響著一句古老的獵人的祝福話：「祝你打獵成功！」弗蘭德卡憲兵分隊長堅信不疑縣憲兵大隊長會拍著他的肩膀說：「分隊長，恭喜！恭喜！」

分隊長在心裡描繪出一幅更加美妙無比的圖畫來，他滿腦子裝的都是些什麼勛章呀，升遷呀以及對他辦案才能的高度評價和由此而來的官運亨通等。

他把班長叫來，問道：「那份午飯送去了嗎？」

「給他送去了燻肉、甘藍菜和麵包。湯賣完了。他喝了一杯茶，還想再來一杯。」

「那就給他喝呀！」分隊長慷慨地答允：「等他喝完茶把他帶到我這裡來。」

半小時後，當班長把吃飽喝足，而且照樣是一副心滿意足樣的帥克帶來時，分隊長問道：「怎麼樣，吃得好嗎？」

「還不錯，分隊長長官。只是甘藍菜再多一點就好了。我理解，這也難怪，你們事先不知道我要來嘛！燻肉燻得倒還透，我敢打賭，一定是用家裡餵的豬燻的。那杯摻有蘭姆酒的茶喝下去可真舒服。」

分隊長望著帥克，然後開始問道：「在俄國喝茶的人是很多的，對不對？那裡也有蘭姆酒嗎？」

「蘭姆酒遍及全世界，分隊長長官。」

「你休想從我這裡蒙混過去，」分隊長心裡想道：「你早該注意到你在說些什麼了！」他便彎下身子對著帥克十分親暱地問道：「俄國有漂亮的女孩嗎？」

「漂亮女孩遍及全世界，分隊長長官！」

「嘿，好小子，」分隊長又想：「你現在就想開溜，想得美！」他便像從四十二公分口徑的臼砲發射砲彈一樣開砲了。

「你想在九十一團幹什麼？」

「我想隨團上前線。」

分隊長滿意地盯著帥克，心想：「不錯！那是去俄國的最佳途徑。」

「這個主意真不賴，是條好計策。」分隊長興奮地說，同時注意觀察他的話對帥克引起的反應。

但是他從帥克眼裡看到的是毫不動聲色的鎮定。

「這小子連眼睫毛都不眨一眨，」分隊長帶著一種吃驚的感覺思量著：「這就是他們的軍事訓練的結果啊！若是我處在他的那個地位，被這麼一問，那我的膝蓋恐怕要發起抖來的……」

「明天一早，我們就把你送到皮塞克去，」他用極其隨便的口氣向他宣布說：「你已經到過皮塞克，那是什麼時候？」

「那還是一九一〇年帝國軍事演習的時候。」

分隊長聽到這樣的回答那是笑得更開懷、更得意了。他感到他的這種訊問方法收到之效果已大大超出自己的估計。

「你完整參加了那次演習嗎？」

「那當然，分隊長長官，我是以步兵身分參加的。」帥克依舊用他那安祥、寧靜的神情望著分隊長。而此時的分隊長開心得不能自持，趕忙要將這些新資料添進呈文裡去。於是他叫來班長把帥克帶走，自己去補寫呈文：

該犯擬潛入我九十一步兵團，以便立即轉至前線，俟有機會投往俄國。因該犯目睹我方戒備森嚴，不如此則無法返抵俄國。該犯與九十一步兵團之關係諒必非同一般，經卑職屢加盤問，始得悉該犯遠在一九一〇年即曾以步兵身分參加帝國軍隊在皮塞克附近舉行的完整演習。由此可見，該犯對間諜工作必諳練有素。又，此番一切罪證之獲得，皆有賴於卑職獨創之交相訊問法也。

這時班長出現在門口說：「分隊長長官，他要上廁所。」

「上刺刀！」分隊長決定：「要不將他帶到我這裡來。」

「你想要上廁所？」分隊長友善地問帥克：「這裡面沒含有別的意思吧？」他的眼睛死盯著帥克的臉。

「這裡面真的只有上大號的意思，分隊長長官。」帥克回答說。

「但願這裡面不含有別的什麼意思，」分隊長一邊意味深長地重複說了這句話，一邊別上值班的左輪手槍。「那我陪你去！」

「這是一支非常棒的左輪手槍，」他在陪帥克去大便的路上對帥克說：「可連發七顆，七發七中。」來到院子之前，他把班長叫過來，悄悄對他說：「端上上了刺刀的槍，等他一進到廁所裡，你就站在廁所後面，別讓他從糞堆後面挖洞跑掉了。」

廁所實際上是一間很普通的小木屋，下面是糞水流淌的糞坑。

這是一個好幾代人使用過的老廁所了。此時的帥克正在上面，一隻手緊緊抓住門上的繩索，而此時的班長正從後面緊盯著帥克的屁股，不讓他挖洞逃跑。

而憲兵分隊長此時卻睜大了老鷹般的眼睛緊盯著廁所的正門。他正思量著，假如帥克要逃跑，該先打他的哪條腿好呢？

然而這時門卻輕輕地開了。心滿意足的帥克走了出來，對分隊長說：

「我在裡面沒待得太久吧?沒耽誤了你們的事吧?」

「沒有，沒有！」分隊長回答，心中想道：「他多麼有禮，文質彬彬的，明知等著他的是什麼，但舉止仍不失體面、文雅而有禮貌。到最後一刻了還能做到溫文儒雅。我們的人若處於他的情景，能做到這一點嗎？」

分隊長緊貼著帥克坐在警衛室一個叫朗巴的憲兵空床上；朗巴今天值班，到附近各村落巡邏去了，要明天早上才回來。可實際上，這位朗巴此時正安坐在普洛季維的「黑馬」酒館裡跟鞋匠師傅們玩紙牌，只是在中間休息時講解一下奧地利必勝之類的話。

分隊長點燃菸斗，他讓帥克也裝一袋菸。班長不停地往火爐裡添劈柴，可說此時的憲兵分隊成了地球上最舒適的一角、最溫暖的巢穴。寒冬將至，夜幕降臨，正是閒聊的好時刻。

大夥都沉默不語。分隊長在獨自尋思著，終於轉過頭來對班長說：「依照我的看法，把間諜絞死是不好的。一個人，十分敬業，比方說，為了自己的祖國作出犧牲，也應該享受一種比絞刑更為體面的待遇，比如說，吃顆子彈，你說呢，班長？」

「絕對應該是把他槍斃，而不是絞死，」班長同意說：「假如說，把我們派出去，上面給我們交代說：『你們必須偵察出俄國人的機槍連裡有多少挺機槍。』那我們也會脫下軍裝就出發的。假如我被抓住了，他們要把我絞死，好像我是幹了圖財害命似的勾當，那不是太冤枉了嗎？」

班長興奮地站起來大聲嚷道：「我要求用槍斃的方式，並按軍禮下葬。」

「這當中還有個問題，」帥克插嘴道：「萬一那傢伙機靈得叫他們什麼罪過也抓不到呢？」

「真的抓不到嗎？」分隊長加強語氣說：「假如他們跟他一樣機靈，而且他們還有自己的一套辦法，就可以抓到。你完全可能有機會親自看到這一切的。」

「你會親自看到這一切的，」分隊長用更加和緩的口氣重複了一遍，臉上還堆滿了和藹的笑容，「在我們這裡誰也休想蒙混過去。對嗎，班長？」

班長點頭表示同意。並且說：「有些人早就輸定了，卻故作鎮靜，這也無濟於事，愈是裝出滿不在乎，愈是容易露出馬腳。」

「他們已經領教過我的手腕了。班長！」分隊長驕傲地說：「鎮靜只不過是一個肥皂泡，故作鎮靜就是犯罪的證據。」分隊長中斷了進一步闡述他的理論，而轉向班長說：「今晚我們準備吃什麼呀？」

「分隊長長官，您今晚不上飯館去吃嗎？」

這麼一問，分隊長又面臨一個他必須馬上解決的新難題。

假如犯人趁他晚上不在時跑掉了怎麼辦？班長這人雖然可靠謹慎，可是有一次卻從他手裡跑掉過兩個流浪漢。實際上是他有意放走的，因為他不願押著他們在冰天雪地裡步行到塞皮克去，於是在拉希采附近就將他們放跑了，只佯裝朝天放了一槍。

「我們就派那老太太去買晚飯來吃吧。讓她帶只罐子去裝啤酒，」分隊長就這樣解決了新難題，「讓那老太太活動活動筋骨也是好的。」

一直伺候他們的貝茲萊爾卡太太何曾為他們少跑腿了呢？

晚飯後，從憲兵分隊到「公貓」飯館之間的這條路上還不斷有活動。連著這兩點的線上印著老太太那雙特號靴子的頻繁痕跡即可證明：分隊長雖未親自前往「公貓」飯館，但他卻充分享受到了跟在飯館一樣的好處。

貝茲萊爾卡太太最後一次到飯館，轉達分隊長對老闆的吩咐，要買瓶白酒時，老闆的好奇心再也憋不住了，問道：「來了什麼貴賓？」

貝茲萊爾卡太太答道：「一個可疑的人。在我出來之前，我見他們兩個正摟著那人的脖子。分隊長先生還摸著他的頭，對他說：『你是我親愛的斯拉夫小寶貝，你是我可愛的小間諜！』」

之後，到了後半夜，班長穿著全副軍裝，在自己那張行軍床上直挺挺地睡著了，還大聲打著呼。

坐在他對面的分隊長把那瓶白酒喝了個底朝天。他把手臂摟在帥克的脖子上，他通紅的臉上淌著熱淚，鬍子上沾滿了白酒，嘴裡還不停地嘟囔著：「告訴我，俄國不會有這麼好的白酒吧？說呀，說了也會讓我睡個安穩睡呀。男子漢大丈夫要說實話！」

「沒有這麼好的白酒。」

分隊長倒在了帥克身上。

「你承認了，令我高興。受訊問時就該這樣老實。既然犯了罪又何必否認？」

他站起身來，手拿空酒瓶子蹣跚地走進了自己的屋子，但還嘟囔道：「假如我沒出——出那——那點岔子，一切都——都——都會是另——另一個樣子。」

在他尚未脫去軍裝就倒在床上之前，從寫字台上抽出呈文來，打算加上下面一段話：「根據第五十六條，該犯承認，俄國之白酒……」紙上被弄了一攤墨水，他把它舔掉，然後傻笑了一聲，倒在床上，睡得像個木頭。

接近天亮時，靠著對面牆壁躺著的憲兵班長鼾聲如雷，還夾雜著尖細的鼻音，把帥克吵醒了。他起床，把班長搖了搖，自己又躺了下去。這時候，公雞啼，太陽東昇，貝茲萊爾卡太太由於昨天晚上的奔忙也睡過了頭，這時才來生火。她發現大門敞開著，所有人都還在大睡特睡，警衛室的油燈還冒著煙。貝茲萊爾卡太太嚷了一聲，把班長和帥克都從床上拉了起來，她對班長說：「你也不感到害臊，衣服都不脫就睡覺，跟禽獸沒兩樣。」轉過來又訓帥克說：「在女人面前，你至少應該把褲襠扣好。」

最後，她迫使睡眼惺忪的班長去叫醒分隊長，說這樣睡下去還成什麼體統。

「算是落到好人的手裡了，」在班長去叫分隊長起床時，老太太對帥克說：「一個比一個能喝。見了酒就不要命了。還敢欠我三年的工錢，只要一提欠錢的事，分隊長總是那幾句話：『閉嘴，妳這個老太婆，要不然我把妳關起來，我們掌握了資料，你兒子是個偷獵犯，還偷財主家的劈柴。』我在他們這裡都受了快四年的罪了。」老太太深深地嘆了一大口氣，接著嘟囔道：「特別要謹防那個分隊長，他滿嘴甜言蜜語，可是一個頭號的大壞蛋。總找岔子整人、關人。」

把分隊長叫醒是件很吃力的事。班長費了很大的勁來說服他，那已經是早晨了。

分隊長終於四下裡望了望，揉了揉眼睛，開始記起前一晚發生的事。突然，一個可怕的想法鑽進他的腦子裡，他心神不寧地望著班長問道：「他跑啦？」

「不可能，這人挺老實的。」

班長開始在屋裡來回踱步，朝窗子往外望了望，又踱了回來，從桌上撕下一小塊報紙，用兩個指頭把它搓成個小紙球，看來他有話要說。

分隊長猶豫地望著他，最後，為了弄清楚班長在想些什麼，便說：「班長，你在想什麼？我會幫助你的。我昨天出了什麼洋相嗎？」

班長用責備的目光看了看他的上司：「分隊長長官，您知道您昨天都說了些什麼嗎？您簡直口無遮攔呀！」

他湊到分隊長的耳邊悄聲說：「您跟他說，說我們所有捷克人和俄國人都是斯拉夫血統，您說尼古拉・尼古拉耶維奇[71]下星期就要到普舍洛夫來了，您說奧地利頂不住了，您讓他下次受審時什麼都不承認，從五跳到九，胡說一通，您還讓他一直拖到哥薩克人來解放他為止。您還說帝國很快就要完蛋，跟胡斯戰爭一樣，農民們高舉起鐮刀上維也納。您說皇帝是個病老頭，很快就會四腳朝天，命歸黃泉。您還說威廉皇帝是頭畜生。您還說將給他帶點錢到牢裡去，改善他的生活，還有好多這類的話……」

班長從分隊長身邊走開時還補充說：「這些我都記得十分清楚，因為起初我喝得不多，到後來我也不行了，之後就啥也不記得了。」

分隊長狠狠盯了班長一眼。

「可我卻記得，」他宣稱說：「你說了，我們跟俄國人相比，簡直就是黃口小兒一個，你還當著老太太的面狂喊：『俄國萬歲！』」

班長開始神經質地在屋裡來回踱步。

「你狂叫如牛，」分隊長說：「後來你就橫倒在床上，打起呼來。」

班長在窗前站住了。他敲著玻璃宣稱：「分隊長長官，您在我們那位老太太面前也未曾用餐巾堵住自己的嘴啊。我記得您對她說：『記住，老太太！每位皇帝和國王都只惦記著自己的口袋，所以才發動戰爭。連遛彎老頭這老傢伙也不例外。他們都不敢讓他自己去大便，害怕他把整個申布隆宮[72]弄髒了。』」

「我說了這種話？」

「說了，分隊長長官！您說了這些話後，跑到院子裡去嘔吐之前還叫嚷：『老太太，妳用指頭往我喉嚨裡捅一捅吧！』」

「你的那番話也夠懸的，」分隊長打斷他的話說：「你怎麼會想到這號蠢事呢？讓尼古拉‧尼古拉耶維奇來當捷克國王？」

「這我一點都記不起來了。」班長有些膽怯地回答。

「當然記不起來了！你醉得像灘爛泥，瞇著雙豬眼睛。你想出去一趟，錯把爐門當大門，往壁爐上爬來的。」

兩人都默不作聲。最後還是分隊長打斷了長時間的沉默說：「我常對你說，這烈酒是害人精，是喝不得的，你偏要喝。如果那傢伙跑了怎麼辦？我們怎樣交得了差？老天爺呀，我的頭都快炸啦！」

「你聽我說，班長！」分隊長接著說：「正因為他沒逃跑，這就更能說明他是一個危險又狡猾的傢伙。等到縣那邊審問他時，他一定會說，我們這裡的大門通宵敞著，我們全部喝得爛醉如泥，如果他真有罪的話，他要逃跑一千次都逃成了。好在他們不會輕易地相信這號人的話，再說，到時我們還可以用職務起誓，說這都是那傢伙編造的一派謊言，這樣一來，就是上帝老子也幫不了他什麼忙，只能在他脖子上多添一圈絞索罷了。在他的問題上這點小事幫不了他什麼忙的。唉！假如我的頭不這麼疼就好了！」

靜寂無聲。不一會，分隊長下令：「把我們的那位老太太叫到這裡來。」

「聽著，老太太，」分隊長嚴厲地盯著前來的貝茲萊爾卡太太說道：「妳去什麼地方弄個耶穌受難像，拿到我這裡來。」

分隊長對著貝茲萊爾卡太太那疑惑不解的目光吼叫起來：「快，快！妳還在這裡發什麼愣？還不快

---

71 尼古拉‧尼古拉耶維奇（Николай Николаевич Романов），俄國大公，第一次世界大戰初期任俄軍總司令。

72 皇帝的宮殿，法蘭茲‧約瑟夫一世在維也納的寢宮。

去拿來！」

分隊長從一張小桌裡拿出兩支蠟燭，上面還留有封過公文的火漆印痕跡。等到貝茲萊爾卡太太終於顫悠悠地把耶穌受難像拿來後，分隊長把十字架放在桌子邊上的兩支蠟獨的中間，他點燃蠟燭，一本正經地說：「坐下，老太太。」

嚇得發抖的貝茲萊爾卡太太幾乎是掉落到沙發椅上，驚慌失措地望著分隊長、蠟燭和釘在十字架上的耶穌受難像。她嚇得喪魂落魄，雙手打顫，看得出來，雙膝也在抖動。

分隊長十分嚴肅地圍著她走了一圈，到了第二圈時在她面前停下來莊嚴地說：「昨晚你成了重大事件的見證人，老太太，妳那副笨腦子也理解不了這些事。那個當兵的是間諜、特務。明白嗎？老太太？」

「耶穌瑪利亞呀！」貝茲萊爾卡太太驚叫了起來：「聖母瑪利亞啊！」

「別叫，老太太！我們為了要從他口裡套出一點東西來，就得說各式各樣的話。妳聽到了我們說的那些古怪的話了嗎？」

「對不起，我聽到了。」貝茲萊爾卡太太用顫抖的聲音回答說。

「老太太，這些話都是為了誘導他，讓他能相信我們才說的。沒想到，我們這一招還真起作用，從他嘴裡套出了好多事情，我們抓住了他的把柄。」

分隊長暫停了談話，彈掉燒完的燭芯灰，然後雙眼嚴厲地盯著貝茲萊爾卡太太，繼續鄭重地說：「老太太，妳當時在場，知道其中的一切祕密。這些祕密都屬國家的機密，妳對誰都不能說，就是妳臨終時也不能說，否則妳就死無葬身之地。」

「耶穌、瑪利亞、聖若望呀！」貝茲萊爾卡唉聲嘆氣抱怨說：「我真倒楣，我怎麼踏進了這個門檻啦！」

「別號叫了！老太太，站起來，到十字架跟前去，舉起右手，把兩個指頭伸出來，對天發誓。我說一句，妳跟我說一句。」

貝茲萊爾卡太太向桌前走去，嘴裡仍抱怨著：「聖母瑪利亞，我為什麼就偏偏跨進了這道門檻啊！」

貝茲萊爾卡太太覺得十字架上耶穌受難的那張臉直盯著她，蠟燭冒著濃濃的煙，這一切都顯得像在地獄裡那樣可怕。她已嚇得魂不附體，四肢都在不停地顫抖。

她高高舉起兩個指頭。憲兵分隊長莊嚴地、鏗鏘有力地領著她念：「我向萬能的主，還有您分隊長大人，發誓，我在這裡的所見所聞，至死不往外傳，即使受到刑訊，也不漏出隻字片言。求主佑我。」

「還需要吻一下十字架，老太太！」在老太太抽咽著發了誓，虔誠地畫完十字之後，分隊長命令說。「好了，現在，妳從哪裡借來的十字架，就還到哪裡去。就說我在審訊時用了一下。」

悲痛欲絕的貝茲萊爾卡太太抱著耶穌受難像，踮著腳尖走出屋子。從窗口處可以看見，路上她老回頭顧盼憲兵分隊處，似乎想確定一下自己並非在夢中，同時確定剛剛經歷了自己一生中最可怕的一段時刻。

這時分隊長又在重新加工、抄寫他那篇呈文，由於昨天晚上在那上面灑了一灘墨水，經他這麼一舔，紙上好似抹上了一層果醬。

現在已全部加工妥當了，但又想起還有一件事得問問帥克。他下令將帥克帶了來，問道：

「你會攝影嗎？」

「會。」

「那你身上怎麼不帶照相機呢？」

「因為我沒有，」帥克的回答是那樣的乾脆、爽快。

「假如你有的話，就一定會照的，是不是？」分隊長問道。

「假如有，那就糟糕不妙了，」帥克坦然地回答說，一邊柔和地望著分隊長那張充滿了疑問的臉。

分隊長這時的頭疼更加厲害了，他唯一能想出的提問是：「拍火車站困難不困難？」

「比拍別的還容易，」帥克回答：「因為火車站永遠在一個地方待著，不會動彈，你用不著對它說：『笑一個。』」

於是分隊長又可以為他的呈文補充一點資料：「關於呈文第二一七二號，請准卑職補充如下……」

分隊長就這樣隨心所欲地寫道：

經卑職進行交相訊問，該犯供稱：彼工照相，而尤喜拍取車站景物。職雖未於其身上搜得照相機，但可推測：彼為避人耳目，已將其隱匿他處，而未隨身攜帶。彼供之：如攜帶照相機，必拍攝無疑，足見卑職之推測並非向壁虛造。

分隊長由於昨日喝的那些酒，至今腦袋還暈乎乎的。關於拍照一事在他的呈文裡是愈寫愈亂。他接著寫道：

據供，彼之所以未拍取車站建築，以及其他國防要塞，僅由彼隨身未攜帶照相機。卑職深信：如彼當時攜有所需之攝影器材，定當拍攝無疑，該器材彼不過隱藏他處，故卑職未能於其身上搜出照片，僅由於彼未攜帶相機而已。

「寫得很夠了。」分隊長說罷，在呈文上簽了個字。

他對自己的傑作十分陶醉，並十分得意地念給班長聽。

「厲害吧，」他對班長說：「呈文就得這樣寫。一切情節都得揉進去。老弟，審訊一個犯人這件事可不那麼簡單，要緊的是整出一篇好的呈文來，讓上級機關看了伸出大拇指來。把那傢伙給我帶來，我們跟他的事該告一段落了。」

「現在班長先生就要把你送往皮塞克憲兵大隊那裡去了，」他一本正經地對帥克宣布：「照規矩應該給你戴上手銬的，但我考慮到你是個正派講體面的人，這回手銬就不給你戴了。想你也不會在半路上溜掉的。」分隊長顯然是被帥克那張溫厚的面容所感動，又說道：「希望你不要怨恨我，把我想得很壞。班長，你把他帶走吧，呈文在這裡。」

「那就再見了，」帥克十分柔和地說：「分隊長長官，多謝您為我所做的一切，有機會我會給您寫信的。如果未來我打這裡經過，我一定會來拜望您的。」

帥克和班長上了公路。每一個過路的行人見到他倆如此親切地懇談著，都認為他們是老朋友，這時正結伴進城，或者一道上教堂去。

「我怎麼也沒料到，」帥克說：「到布傑約維采的路如此這般地難走。這使我想起了科比利斯城的一個屠戶霍烏拉遇到的一件事。有一回他在夜裡來到摩拉尼的巴拉茲基紀念像那裡，他圍著它一直走到黎明，他認為他是沿著一堵牆在往前走，可那堵牆似乎沒有盡頭。他陷入了絕境，到了早晨，他已經累得不行，便嚷了一聲：『救命啦！』警察跑來時，他就問他們回科比利斯怎麼個走法，還說他沿著一堵牆走了五個小時之久，說這堵牆沒有盡頭。警察把他帶走並關進牢房，他把牢房裡的一切砸了個粉碎。」

班長對此隻字不語，心想：「你少給我扯什麼牆，你一定是想來給我講你的那個布傑約維采神話吧？」

他們經過魚塘邊，帥克滿有興趣地問起班長這裡偷魚的人多不多。

「這裡全是些偷魚的，」班長回答：「他們還想把前任分隊長扔到水裡去。棱堡上的魚塘管理人用鋼毛刺往他們屁股上扎，也是白搭，他們在褲襠裡墊塊洋鐵片來抵擋。」班長對當今的進步問題打開了話匣子，說人們如今是什麼鬼主意都想得出來，一個騙一個。他還闡述了他的新理論，說這樣的戰爭對人類來說是件大好事，因為除許多好人外，一些流氓、無賴也被消滅掉。

「世界上的人真的太多了，」他一本正經地說：「一個擠著另一個，人類都已繁殖成災了。」

他們快到一家小酒館了。

「今天的風刮得真他媽的厲害，」班長說：「我想，我們喝他媽的一口半口不會礙事的吧？你對任何人都別說我是押送你到皮塞克去的。這屬國家機密。」

此時班長的腦海裡浮現了關於嫌疑分子與犯人以及各憲兵分隊職責之規定：「隔絕他們與老百姓之聯繫，在押解途中，嚴禁犯人與周圍的人閒聊。」

「絕不允許你洩露自己的身分，」班長又說：「你是幹啥的，誰也管不著。你不得引起人們的恐慌。」

「恐慌在戰爭年代是最為可怕之事，」他接著說：「無論是誰隨便說點什麼，都會鬧得滿城風雨。懂嗎？」

「我絕不引起人們的恐慌，」帥克這麼說，也這麼做了。當酒館老闆來跟他們聊天時，帥克說：「這位兄弟說，我們一點鐘要到皮塞克。」

「您的那位兄弟是休假嗎？」好奇的老闆問。班長連眼睛都不眨一下，生硬地回答：「今天他就到期了。」

「瞧，我們這不是很巧妙地把他對付過去了！」老闆離開後，班長這樣宣稱。他還對帥克說：「絕不能驚慌失措，要知道，現在是戰爭時期。」

班長在進到酒館之前，認為喝幾杯酒不礙事的，他也是太樂觀了一點，因為他沒考慮這幾杯的分量。當他喝完第十二杯後，他斷然宣稱：三點之前，憲兵大隊長還在吃午飯，早去也沒用；此外，已開始大雪紛飛了。如果下午四點趕到皮塞克，時間綽綽有餘，就是到六點也還有的是時間。根據今天天氣來看，反正得摸黑了。所以現在走也好，晚一點走也好，反正都一樣，皮塞克跑不了。

「我們能待在這個暖和的地方可說是福分不淺嘍。」他斷言：「碰到這般壞天氣，戰壕裡的那些小子比起我們坐在火爐邊的人來說，那是要難熬得多了。」

古色古香的玻璃磚大壁爐散發著熱氣。班長認定：像哈利奇那一帶的人常說的那樣，這種外部的熱氣是可以通過各種甜酒或烈酒從而產生的內部熱量來加以補充的。

店老闆在酒館各個角落的風雪呼嘯聲中，慢慢地品嘗著他擁有的八種名酒，藉以消解酒館裡的孤寂。

班長卻一個勁地勸說老闆不要落在他們的後面，他一邊喝，一邊埋怨老闆喝得太少。酒館老闆已醉得東倒西歪，站立不住，而且堅持要玩費布爾牌，還硬說昨天夜裡聽見東方傳來砲聲。班長衝著他打了一個嗝說道：「你——你別在——在這——這裡製——製造混亂！這——這方面我——我們接到了命令。」

接著，他不厭其煩地解釋說，命令即各種新的指令之總稱。同時，他已洩露了好幾項密令的內容了。老闆已喝得一塌糊塗了。他唯一能說出的話是：靠命令是打不贏這場戰爭的。

班長與帥克動身去皮塞克時，暮色已經來臨。在風雪紛飛的夜裡，伸手不見五指。班長不停嘮叨：「朝著你的鼻子直直往前走吧，走到皮塞克就是了。」

當他說第三遍時，聲音已不是從平路上而是從某個低凹處傳來，因為他沿著一座積雪的土坡滑下去了。靠著他的那把雙筒獵槍的支撐，費了好大的勁他才重新爬到平地上來。帥克聽他自嘲地說：「像是從冰山上溜下去的。」沒過多久又聽不到他的聲音了，原來他又從山坡上滑了下去。呼嘯的風傳來了他的喊聲：「我摔啦，不好啦！」

班長似乎變成了一隻不辭辛勞的螞蟻，滾下去，然後又頑強地爬上來。

他一連這樣在斜坡處翻滾了五次。最後，當他爬到帥克跟前時，他困惑不安、沮喪地說：「我以為我把你搞丟啦。」

「不用擔心，班長長官，」帥克說：「最好將我們拴在一起，這就誰也丟不了誰。您有手銬嗎？」

「每個憲兵都得隨身帶著它，」班長一邊隨著帥克東倒西歪地走著，一邊費力地說：「這是幹我們這一行的食糧啊！」

「那我們就銬上吧，」帥克催促著：「我們銬上去試試怎麼樣。」

班長熟練地將手銬的一端扣在帥克手上，把另一端扣在自己的右腕上。如今兩人就像一對連體的雙胞胎緊緊連在一起了，一拐一拐走在大路上。班長拉著帥克走過一堆石頭，他一跌跤，就將帥克拉倒在地了。這一來，手銬將他倆腕子上的肉都磨破了。最後班長宣布說：他實在受不了啦，還是把銬子鬆開的好。但費了九牛二虎之力也沒能把套在帥克和自己手腕上的手銬解下來，班長嘆了口氣說：「看來咱倆世世代代都要連在一起了！」

「阿門！」帥克接上一句，他們又繼續踏上那艱難的行程。

班長的心情十分沮喪。他們長途跋涉，歷盡艱辛，深夜到了縣憲兵大隊的走廊上，班長卻憂鬱地對帥克說：「前景惡劣。咱倆怎麼會銬在一起呢？」

果然前景惡劣，憲兵大隊副請來了大隊長凱尼

格。

大隊長開口就是：「對著我哈一口氣！」

「現在我全清楚了。」大隊長以他的敏銳而又經驗豐富的嗅覺毫釐不差地弄清了事實。「蘭姆酒、白蘭地、檸檬威士忌、山梨酒、核桃酒、櫻桃酒、香子蘭酒、波蘭白酒。」

「大隊副，」他轉身對他的下屬說：「你瞧瞧，還像個憲兵嗎？真要引以為戒啊。像這般胡來，就是犯了該受軍事法庭審判的罪行。竟然用手銬將自己和犯人扣在一起，而且爛醉如泥，像一頭畜生樣地爬來這裡！把他們的手銬解開！」

「你來有什麼事？」大隊長轉身問正在用那隻還沒有扣上手銬的手給大隊長敬禮的班長。

「報告大隊長長官，我帶來了一份報告。」

「將會有另一份控告你的報告的，」大隊長簡潔地說：「大隊副，把他們兩個關起來，明天早上提審。你把普津姆來的那份呈文看一遍，然後送到我這裡來。」

皮塞克憲兵大隊大隊長對下屬十分嚴謹，是個十足的官僚。

在他管轄的各憲兵分隊裡，任何時候都不得說：暴風雨已經過去了。這種風暴常常隨著大隊長簽署的每一件公文而再次掀起。這位大隊長整天都在給全城發出各式各樣的責難、警告和威脅。

從戰爭爆發那天起，皮塞克各憲兵分隊的上空總是烏雲密布。

這是一種實實在在的恐怖氛圍。官僚機構的閃電雷鳴經常在憲兵分隊長、班長、普通憲兵和僚屬們的頭頂上隆隆作響。每樁屁大的蠢事都要受到紀律制裁。

「我們如果要贏得這場戰爭的勝利，」大隊長在視察各憲兵分隊時說：「就得一是一，二是二，絕對不亂套。」

他深感自己置身於叛逆包圍之中。他深感城裡的所有憲兵都犯有由於戰爭而產生的某些罪過。他也深感他們每個人在這個非常時期都有失職之處。

從國防部往他這裡發下的文件堆積如山，壓得他喘不過氣來。部裡下發的文件中指出：據軍政部的情報，從皮塞克徵集來的士兵正在倒向敵軍。

上面緊急催促凱尼格大隊長對該城居民的忠順程度嚴加關注，弄得人心惶惶。妻子送丈夫上戰場時，他就以為那些肯定是男子在向妻子許諾說：我們絕不會為皇帝賣命的。

昏暗的地平線上出現了革命的霞光。在塞爾維亞和喀爾巴阡山，二十八團和十一團有好幾個營都倒向了敵方。而十一團的士兵就是來自皮塞克的。就在這場風暴來臨前的悶熱氛圍中，從沃德尼亞尼來了一批手持人造黑鬱金香的新兵。一批從布拉格來的士兵乘火車經過皮塞克站時，他們將皮塞克婦女勞軍協會給他們送到運豬車廂上的香菸和巧克力扔了回來。

載著先遣營的列車駛過皮塞克站時，有幾個皮塞克的猶太人用「打倒塞爾維亞人！」的口號來歡迎他們。可這幾個猶太人卻挨了狠狠的幾耳光，以致一個星期都出不了門。

這些軼事都顯示，教堂裡管風琴演奏的《主佑我們》都只不過在做老套的表面文章和習以為常的偽善活動；同時，從各憲兵分隊傳來了對普津姆調查表再熟悉不過的回答：平安無事，未出現任何反戰宣傳，居民思想狀況屬一級A等，居民情緒也屬一級A等，等等。

「你們根本就算不上是憲兵，而只是一般的村警！」大隊長在視察各地時經常這樣辱罵他們：「你們不但不是千百倍地提高警惕，而是一步步地變成了一群愚蠢至極的牲口。」

他一邊進行著這種動物學上的發現，一邊接著補充說：「你們整天舒服地待在家裡，心想：『戰爭關我們鳥事。』」

接著便歷數不幸憲兵們的職責，再次高談一番當前的政治形勢，並要求大夥打起精神，把一切辦得妥妥貼貼。之後，他又將旨在強化奧地利專政的憲兵隊伍，作了一番美好的描繪，再往下就是種種威脅、紀律處分、調離和罵人的話了。

大隊長深信不疑：他正站在這個能把什麼都保住的崗哨上，但他所轄的各憲兵分隊的憲兵們都是一群流氓、下賤胚、騙子、懶蟲；他們只認得啤酒、葡萄酒；他們收入微薄，於是為了行樂就收賄，這樣慢慢地、但精采無疑地就把奧地利給埋葬了。他信得過的只有一人，那就是他的下屬大隊副了。然而就算是這位信得過的大隊副也常在酒館裡說：「諸位，我今天又可以給你們講一段我們上頭那個老不死的趣聞逸事了……」

大隊長把普津姆憲兵分隊長關於帥克的報告思考了一番。他的大隊副馬捷依卡正站在他面前，暗暗詛咒著大隊長和那些呈文，因為在奧塔瓦河畔那邊的一幫人正等著他去湊成一桌牌呢。

「記得不久前我跟你說過，馬捷依卡，」大隊長說：「我平生見過的頭號蠢貨就是普洛季維的分隊長了。但從這份呈文來看，普津姆的分隊長比他還要蠢。由喝得爛醉的、把自己和『那個人』拴在一起像兩隻狗般爬到這裡來的班長，押解來的那個士兵根本就不是什麼間諜，頂多是個一般的逃兵。呈文裡簡直是廢話連篇。連三歲的小孩都能一目瞭然。我看那傢伙在起草報告的時候一定是醉昏了頭。」

「馬上把那士兵帶來，」他吩咐道。又將從普津姆來的報告看了一遍，說：「我有生以來就沒見過這麼一大堆蠢事。這就算了，還讓像他的班長這般的畜生送來這麼一個嫌疑犯。這些傢伙還不知道我的厲害，我會給他們厲害嘗嘗的。好像一天不挨我三次恐嚇，就以為我會逆來順受似的。」

大隊長又大談特談其今日之憲兵對一切命令所持的抵觸情緒。從呈文上均能看出，所有這類分隊長把一切命令都當兒戲，把所有事情都搞得一團糟。

當上頭提醒分隊長們，注意奸細就可能在他們管轄之地區流竄時，憲兵分隊長們便開始大張旗鼓地搜捕奸細。假如戰爭繼續打下去，那所有憲兵分隊都將變成一座座大型瘋人院了。他讓辦公室給普津姆憲兵分隊掛個電話，讓那個分隊長明天到皮塞克來。大隊長將分隊長在報告一開頭就寫到的那個「重大案件」先從他的腦子裡拋了出去。

「你是從哪個團逃的兵？」大隊長以這樣單刀直入的問話方式接見帥克。

「我在哪個團都沒逃過兵。」

大隊長仔細盯著帥克，只見帥克那張神色安詳的臉上顯得如此輕鬆和無憂無慮。使大隊長不得不問道：「你是怎麼弄到這套制服的？」

「每個士兵入伍時都要領一套制服的，」帥克帶著溫柔的微笑回答：「我是九十一團的人，我不僅沒從那裡逃兵出來，而且恰恰相反。」

帥克把「恰恰相反」這個詞說得如此著重，使大隊長臉上掠過了一絲帶諷刺意味的憐憫、驚愕之情，問道：「怎麼個『恰恰相反』？」

「這簡單極了，」帥克推心置腹地解釋說：「我反而是回團去的，我正在四下找它，不是從那裡逃出來的。我的願望只是盡快地趕上我的團隊。可我卻離布傑約維采愈來愈遠了。我想大夥都在那裡等著我呀，我都急得要瘋了。普津姆的憲兵分隊長把地圖指給我看了，布傑約維采是在南邊，可是後來他卻打發我往北走。」

大隊長用手做了一個姿勢，意思是：「那傢伙還幹過比打發人往北走還要糟糕得多的事情呢。」他問：「這麼說來，你是找不到你的團隊了，對嗎？而且你是想找到它的，對嗎？」

帥克把整個情況一五一十地向大隊長作了說明。他提到塔博爾，列出了一切去布傑約維采途中他所走過的地方：米萊夫斯科——克維多夫——伏拉什——馬爾琴——戚若沃——塞德萊茲——霍拉日喬維采——拉多米什爾——普津姆——史捷克諾——斯特拉科尼采——沃里尼——杜普——沃德尼亞尼——普洛季維，又轉回普津姆來了。

帥克興致勃勃地描繪著他跟命運的搏鬥，以及他曾經怎樣百折不撓地盡一切力量去找在布傑約維采的九十一團，而結果他的一切努力又是如何徒勞無益而全部落了空。

帥克熱情洋溢地敘述著，而大隊長卻心不在焉地用鉛筆在一張小紙片上畫著尋找團隊的好兵帥克怎麼也跳不出去的那個魔圈。

「這真是所謂的歷盡艱辛，費了九牛二虎之力啊，」大隊長饒富興味地聽完帥克關於這麼久找不到團隊而感到苦惱的敘述後，只說了這麼一句話：「你在普津姆周圍轉了這麼一陣子，一定很引人注目吧？」

「假如那個不幸的一窩動物裡沒有那個分隊長先生的話，問題早就解決了，」帥克提及道：「那個分隊長先生既不問我的姓名，又不問我們團隊的番號，卻把什麼都看成是怪事。他本應吩咐人把我送到布傑約維采去，一到那裡，團裡的人就會告訴他我究竟是尋找團隊的帥克或是什麼可疑分子。要是那樣，今天就會是在團裡盡我一個軍人職責的第二天了。」

「那你在普津姆為什麼就不提醒他們這是一場誤會呢？」

「我知道，跟他們說也白說。維諾堡有個叫拉姆巴的小店老闆說得好，假如誰怕人查他的帳，任何時候去找他，他都裝聾得連打雷聲都聽不見。」

大隊長沒費多久的思考，就作出了這樣的結論：一個欲返回自己的團隊，但為此想出了這一整套循環旅行的人，乃是人類最深墮落的徵兆。他向辦公室打字員口授一封公文，函中省去了所有公文的陳腔濫調：

布傑約維采九十一團團部公鑒：

隨函送來貴團步兵約瑟夫・帥克一名，我皮塞克屬普津姆憲兵分隊據該步兵的表現，曾以潛逃犯嫌將其扣留。彼稱現正前往自己的團隊。彼人身材矮胖，五官端正，瞳為藍色，無其他顯著特徵。隨函附上附件乙壹號，係我大隊為彼墊付之伙食費，係轉呈國防部並希開具接受彼之收據一張。另奉附件丙壹號，係彼被扣留時隨身所帶之官方分發物件的清單，亦請開具收據一張，為荷！

帥克輕鬆、快捷地走完了從皮塞克到布傑約維采的一段火車旅程。護送他的是一個年輕憲兵，他是剛當上憲兵的新手，一路上目不轉睛地緊盯著帥克，生怕帥克會溜掉，一路上老思考著一個棘手的問題：「如果我突然大小便那該怎麼辦？」

問題終於解決了：讓帥克充當大叔領著他一起去。

在和帥克一起從車站到布傑約維采瑪利揚斯克兵營路上，年輕的憲兵神經格外緊張，眼睛死盯著帥克，每到一個拐角處或是十字路口，他便裝得若無其事對帥克言道：你知道司令部給每個押送人員發了多少顆子彈嗎？帥克回答：他堅信任何一個憲兵都不敢在大街上隨便向誰開槍的，以免引來不幸。

他倆爭執著，已在不知不覺中到了兵營。

盧卡斯上尉已在營裡值了兩天的班。他坐在值班室的辦公桌前，絲毫未料到會有人將帥克連同押解公文一並給他帶了進來。

「報告，上尉長官，我又在這裡了。」帥克說道，一面莊重地敬禮。

當時科恰柯軍士一直在場，見到這一幕情景的他後來這樣對人描繪：帥克報告完之後，盧卡斯上

尉就跳了起來，兩手抱著自己的腦袋，頭朝後倒在了科恰柯身上。經人們搶救甦醒過來之後，帥克還一直在那裡舉著手敬禮，並重複說：「報告，上尉長官，我又在這裡了。」盧卡斯上尉臉白得像張紙，他用顫抖的手拿起筆來在公文上簽了字，然後吩咐大家都退出去，他對押送憲兵說，還是讓他自己和帥克單獨關在辦公室裡較好。

於是，就這樣結束了帥克的這場布傑約維采的遠征。無疑地，如果能讓帥克更常自由行動的話，他終究會自己走到布傑約維采的。如果拘留帥克的一些機關吹噓是他們把帥克運送到團上，那就是大錯特錯了。恰恰是帥克那旺盛的、百折不撓的精神戰勝了他們製造的重重障礙。

帥克和盧卡斯上尉兩個人相互對看著。

上尉用一種極其悲愴、絕望的神情瞪著帥克，而帥克卻溫柔多情地望著上尉，宛如上尉是他失而復得的情人。

辦公室寂靜得像座教堂。走廊上卻能聽到有人來回踱步的聲音，從聲音判斷，那是一個勤奮的一年制志願兵因感冒而留在營裡沒出操。從他的嗓音裡聽得出來，他用鼻音在吟誦著自己已熟記的某件事，比如皇帝成員巡視要塞時如何接待之類的軍隊事宜。下面這段話很清晰地從門外傳了進來：「皇室一旦在要塞附近出現，所有碉堡和要塞須立即鳴砲致敬，指揮官則手持指揮刀騎馬上前恭迎，然後再趕上前去帶路。」

「你給我住嘴！」上尉朝走廊大吼一聲：「你給我滾得遠遠的。假如你發燒不舒服，那就進屋裡去躺著！」

勤奮用功的一年制志願兵漸漸走遠了，從走廊的盡頭還傳來他那帶鼻音的吟誦聲，像輕輕的回聲一般：「司令官敬禮，同時，排砲繼續鳴放，如此重複三遍，皇室即從車上下來。」

上尉和帥克仍然彼此無言相對著，盧卡斯上尉終於用辛辣的諷刺口吻說：「非常歡迎你到布傑約維采來，帥克！該被絞死的人絕不會淹死。他們已經開了一張逮捕你的拘票。明天你就會被帶到團部禁閉室去的。我也懶得和你生氣了。我跟你受盡了罪，我的耐心都快沒了。一想到怎麼能跟你這樣的白痴一起過那麼久……」

上尉開始在辦公室裡來回踱著：「不行，這太可怕了！我現在都奇怪我自己為何沒將你給斃了，斃了你又怎樣？別的沒有，至少我還能獲得解救，你明白嗎？」

「報告上尉長官，我完全明白。」

「你看，又開始耍你那一套愚蠢透頂的把戲了嗎？帥克，要不真的非完蛋不可！現在得好好替治一治你了。你發瘋過了頭，沒完沒了，這回你該倒楣啦！」

盧卡斯上尉搓著自己的雙手說：「帥克，這回你可真完蛋了！」他回到自己的桌前，在一小張紙上寫了幾行字，叫來辦公室門前的幾個值日兵，要他們拿著便條，把帥克帶去交給禁閉室的看守長。

他們帶走了帥克，穿過兵營的廣場，上尉帶著毫不掩飾的愉快心情望著看守長把掛有「團禁閉室」黑底黃字牌子的門打開，看著帥克消失在這扇門裡，過了一會兒看守長獨自一人從裡面走了出來。

「謝天謝地，」上尉一邊這樣想著一邊大聲嚷道：「他總算進去了。」

在瑪利揚斯克兵營的一間昏暗牢房裡，一個胖乎乎的一年制志願兵躺在草墊上。他對帥克的到來表示了衷心的歡迎。他是這裡唯一的犯人，他在此已經悶了兩天。對於帥克問他為何被關在此的，他說純粹為了芝麻大的一點小事。由於多喝了點，一天夜裡在廣場的拱門走廊外莫名其妙地給了砲兵中尉一記耳光，實際上並沒打著，只是將他頭上的帽子打掉了。事情的經過是這樣的：那個砲兵中尉夜裡站在拱門走廊處，無疑是在那裡等著跟某個妓女約會。中尉背對著這位一年制志願兵，從背影上看很像這位志願兵一個很熟的朋友，叫馬德爾納・弗朗克的一年制志願兵。

「這小子真不是個東西，」他對帥克說：「我偷偷地走到他的背後，把他的帽子掀了說：『你好嗎？弗朗克！』那小子立即吹了口哨讓人來把我抓走了。」

一年制志願兵推斷說：「在這莫名其妙的混戰中，我完全可以給他來幾個耳光的，但轉眼一想，這也沒多大意思，因為這純屬誤會。他自己也承認，說我喊了一聲『你好嗎，弗朗克！』他的教名是安東，這不明擺著是誤會嗎？但對我不太有利的一點是我是從軍醫院偷跑出來的。可能是我那張病號證露了馬腳……」

「我在入伍的時候，」他接著敘述：「先在城裡租了一間房子，我千方百計想讓自己害風溼症。我接二連三地給自己抹上一身的油，躺在城外的一條壕溝裡，每當下雨我就將鞋脫了。白搭！後來在嚴寒的冬夜裡，我又跑到馬爾夏河去洗了一個星期的冷水浴，結果適得其反。老兄，你知道我練得有多結實，我堅持趴在我住的那個院裡的雪地上，從晚上直到第二天的早晨，當有人把我叫醒時，我的一雙腳還是暖的，簡直就像穿了氈鞋一樣。哪怕得個喉炎也好呀，可還是什麼病都沒有得，連個他媽的淋病也沒染上啊！我成天去逛妓院，我的一些同事得了睾丸炎，還開刀做了切除手術的，而我的抵抗力一直很強。我真倒楣啊，老兄，簡直倒楣透頂！直到有一次我去『玫瑰』小酒館裡結識了個赫盧博爾來的殘疾人，情況才有所改變。他叫我星期日上他家去，說第二天我的腿會腫得和白鐵桶一樣粗，

說他家裡有針又有注射器，我真的被整得差點無法從赫盧博爾回到家裡來了。這位好心人倒是沒騙我。這樣一來，我終於得了肌肉風溼症。立即住進醫院——真是謝天謝地，萬事如意！接著我還繼續走運：我的表兄馬薩克醫師從日什科夫調來布傑約維采。我之所以能泡在醫院裡如此之久，那真還得謝謝他。我要不是在那個倒楣的《病歷手冊》上出了點岔子，說不定他還可保我在醫院裡一直待到退役。其實我想的點子也是不錯的：我搞到一本很厚的病歷手冊，在上面貼了個標籤，又在標籤上面填上了『九十一團病員病歷手冊』幾個字，各個欄目都已填妥。還在上面填了一個假名字，寫上病名和體溫。每當下午醫師查房後，我就大搖大擺地夾著那本子進城了。醫院大門口守門的都是些預備役兵，這時，我更有好處。我把本子向他們晃了晃，他們還得跟我敬禮。隨後我上稅務局一個熟人處去換了一身便服，就溜到酒館去了。在那裡跟我一幫老朋友大論特論叛國經。後來我膽子愈來愈大，連便服也不換了，乾脆就穿著軍服逛大街、進酒館，到第二天凌晨才回到醫院，鑽進我的病床去。假如夜間被巡邏隊攔住，我只要晃一晃九十一團的《病歷手冊》，他們也就不說多餘的話了。在醫院的門口也是這樣，我一聲不吭地將我那個本子拿出來給他們看一看，就順順當當地回到我那張病床上了。後來，我簡直放肆極了。總覺得誰也不會把我怎麼樣，於是就發生了深夜在廣場拱門走廊外那個決定命運的岔子。此事清楚地表明：老兄，驕必敗。一切榮譽皆不過是過眼煙雲。伊卡洛斯[73]到頭來燒了自己的翅膀。有人想當希臘神話的大地之子——巨人，不可能，狗屎不如！老兄，不要迷信偶然，早晚要敲打一下自己，說一遍：謹慎無論何時都不顯得多餘；什麼事情要講個分寸，一過頭就百害無益。暴飲狂樂必然帶來道德上的墮落。這是自然規律。親愛的朋友，都怪我自己把事情弄糟了。原本我可以被列入不適於擔任戰鬥勤務者的行列，這是個多好的護身符啊！我本可以待在某預備部隊的參謀部辦公室裡享清福的，可是由於自己

73　希臘神話。伊卡洛斯的父親給兒子製作了一副用蠟固定在身上的翅膀。於是伊卡洛斯亢奮地朝太陽飛去，蠟被太陽熔化，翅膀脫落，伊卡洛斯摔得粉身碎骨。

的不檢點而砸了鍋。」

一年制志願兵十分嚴肅地結束了他的懺悔說：

「就拿那迦太基、尼尼韋來說吧，後來也都只剩下一堆廢墟。親愛的朋友，儘管如此，我還是要挺起胸、昂起頭來，別讓他們認為一旦將我送上了前線我就會開槍發射子彈的。告到團部！開除出校！皇帝和國王陛下的甲狀腺機能低下萬歲！我得在學校裡為這些東西吃盡苦頭，參加考試。什麼預備軍官、准尉、中尉、上尉，我考他個屁！軍事學校就是專為留級生上課。整個軍隊都處於癱瘓狀態。把槍扛到左肩或是右肩？班長是幾顆星？預備兵是什麼意思——我的老天爺，連菸都沒有一根可抽，老兄！要不要我教你怎麼往天花板上吐口水嗎？你瞧，這麼吐，吐的時候心裡默想著自己的心願，那它就能實現。假如你愛喝啤酒，我勸你喝一口那邊那個罐子裡很不錯的水。如果你餓了，想吃點東西，我勸你到『市民雅座』去。此外，我還勸你寫點詩解解悶。我在這裡已經寫了一首長篇史詩。」說著，他朗誦了起來。

看守長可在家？
小伙子，你輕點，他可睡得甜又香，
直到維也納傳來新令：
戰場全完蛋之前，
軍隊重心穩扎在此不慌忙。
為了抵抗敵人入侵，
他用床板築牆來抵禦。
活兒幹得真順手，
隨即歌唱出了口，

奧地利帝國不會亡，
光榮屬於祖國和奧皇。

「你瞧，老兄，」胖乎乎的一年制志願兵接著說：「我看誰還敢說，人們對我們那可愛的君主制已經失去了尊敬。一個沒有菸抽、等待軍法處置的被囚禁者竟然作出了如此眷念王室的最美麗的詩篇。在他的詩中表達了自己對四面受敵的遼闊祖國的敬意。他雖陷囹圄，失去了自由，可從他嘴裡還流出了無限忠於皇帝的詩句。赴死者向您致敬，凱撒！赴死者向您致敬，皇帝！看守長是個大壞蛋。在這裡服務的都是一夥流氓。前天我給看守長五克朗，讓他給我買點香菸，這狗雜種今天早上對我說，這裡不准抽菸，假如說是他准許買的，他也會跟著倒楣的。至於買菸的那五克朗嘛，他說要等發餉後再說。是啊，老兄，我現在什麼都不相信。最漂亮的口號也走了樣。連犯人的東西都偷啊！那狗雜種還成天高唱：『哪裡歌聲嘹亮，哪裡睡得甜香，惡人呀，惡人不會把歌唱！』他可算得上地道地道的廢物、雜種、壞蛋、叛徒！」

一年制志願兵這時才想起要問問帥克犯了什麼罪。

「尋找團隊？」他說：「這倒是一次很不錯的旅行呀！塔博爾、米萊夫斯科、克維多夫、伏拉什、馬爾琴、戚若沃、塞德萊茲、霍拉日喬維采、拉多米什爾、普津姆、史捷克諾、斯特拉科尼采、沃里尼、杜普、沃德尼亞尼、普洛季維，又到普津姆、皮塞克、布傑約維采。真是一條充滿荊棘之路啊！你明天也要向團部交代問題？老兄，那我們就在刑場上見吧！我們的施羅德上校又該大大地開心一番了。你簡直無法想像他一到團裡出了事是個什麼樣子。像一條瘋狗般在院子裡竄來竄去，舌頭伸得像匹死去的母馬。

「聽聽他的那些廢話、那些警告吧！他講起話來嘴邊只冒白泡，活像一頭滴著口水的駱駝。他嘮叨個沒完，使你感覺整個瑪利揚斯克兵營頃刻就會坍塌似的。我太了解他嘍，因為我曾跟他打過一次交道。那是因為裁縫沒來得及將我的軍服做好，我只好腳穿高筒靴，頭戴大禮帽，作為一年制志願兵的我就以這樣打扮到了練兵場。我站在左邊那一排人裡，和大家一起操練。這時施羅德上校騎著馬衝著我來了。差點沒把我撞倒。他咆哮得連舒馬瓦山麓都能聽見：『你來這裡幹什麼？你這個臭老百姓！』我很有禮貌地回答說，我是一年制志願兵軍校的學生，是來這裡操練的。很可惜你不曾見過他那副德行。他咆哮了足足有半小時之久，當後來發現我戴著高筒大禮帽在敬禮時，他咆哮得更加厲害，要我第二天去團部交代問題，隨後怒沖沖地騎上馬像個野人似的不知野到何處去了。可不一會又轉回來了，又是一陣大喊大叫、咆哮如雷，叫人立刻將我攆出練兵場，送入禁閉室，罰我兩星期的營房禁閉，然後叫人給我從倉庫裡找來一件破衣服讓我穿上，並威脅說，要取消我的預備軍官的官階鑲條。

「傻到家的上校扯著嗓門說：『一年制志願兵，這是一種多麼崇高的稱呼啊，是一切榮譽、軍銜、英雄的起點！一年制志願兵沃爾達特在通過一般考試之後晉升為班長，他主動請求上前線，活捉了十五名敵人。在押解俘虜時，被手榴彈炸得粉碎。五分鐘之後就得到一條嘉獎令，將沃爾達提升為低級軍官。你原本也可以指望有這種美好的前景、晉升、獎勵。你的名字本也可以載入我團光榮史冊的嘛。』」

一年制志願兵吐了一口口水說：「你瞧，老兄，天底下竟有如此這般笨的蠢驢。我才不在乎他們的那些官階鑲條和那些特權呢。『您，一年制志願兵，你是頭畜生！』聽起來多悅耳：『您是頭畜生！』而不是沒教養地說：『你是頭畜生！』，死後還要賞給你一枚勛章，或者一枚巨大的銀質獎章。皇帝和國王都是些戴星和不戴星的殭屍供給商和承包商。如今隨便哪條公牛都比你我的命好、比你我有價值。事先不讓他上打靶場打靶，敗仗後就讓人家來打死他。」

胖乎乎的一年制志願兵又翻滾到另一條草墊上說：「這些事想必總有一天會了結的。這種情況也不可能永遠維持下去的。你可試試，你若拚命想餵胖一條豬，到頭來就爆開了。我若到前方去，我就要到軍列上寫上這麼兩句：

> 四十八人和馬八匹[74]，
> 驅趕著人的軀體去為土地澆肥。

牢門開了，看守長進來，送來了四分之一份士兵口糧和一罐清水給他兩人吃喝。

一年制志願兵沒從草墊子上欠起身來，就對看守長說：「探視犯人是件崇高美好得不得了的事啊，你這個九十一團的聖阿格涅沙[75]！歡迎你，你這位全身心都充滿了同情的慈悲天使！你承受著那裝滿飲食的籃子的重壓，為的是減輕我們的苦痛。我們將永世不忘你的大恩大德。你的光輝照亮我們黑暗的牢房。」

「等去團部交代時你再繼續開玩笑看看。」看守長嘟囔著說。

「別把你那個毛豎得那麼高嘛，你這條黃鼠狼！」一年制志願兵仍躺在板床上回答他說：「你能告訴我們嗎，假如你看守十個一年制志願兵該怎麼辦？別裝傻相，你這個瑪利揚斯克兵營的大管家！你一定是關二十個，放掉十個，你這隻老黃鼠狼！我的老天爺，假如我當了軍政部長，就得讓你在我手下好好地服役！

你知不知道這個原理，入射角與反射角相等？我只一事相求：求你在宇宙間給我一個支點，我絕對能將整個地球連同你一塊舉起來！老天爺！」

看守長瞪圓了眼睛，氣得全身直發抖，「砰」的一聲將門關掉走了。

「應該成立一個反看守互助會，」一年制志願兵一邊公平地將那塊麵包切成兩份一邊說：「根據監獄條例第十六條規定，囚犯在判決之前均享有士兵口糧待遇，然而這裡卻執行著北美大草原的法則：誰都可以搶先吞食囚犯的口糧。」

一年制志願兵和帥克坐在板床上啃著士兵麵包。

「從看守長身上可以清楚地表明，」一年制志願兵繼續發表他的高見：「戰爭是怎樣地把一個人變得如此殘酷無情。我們這位看守長在入伍前想必還是一個有理想的青年，像長著一頭金髮的智慧天使，對人溫柔機敏，愛打抱不平的小伙子，每逢家鄉祭廟節為女孩們而大打出手時，說不定還總是站在不幸者一邊的。無疑地，大夥都十分尊崇他的，然而今天……我的上帝，我真想給他幾個大耳光，拉著他的腦袋往板床上撞，把他按在糞坑裡，讓糞水淹沒他的整個腦袋。朋友，這就是戰爭這個行當使人變得如此殘暴的另一證據。」

接著他唱開了：

她連魔鬼都不怕，
恰逢砲手遇上她……

「親愛的朋友，」他接著闡述：「如果我們對我們這個可愛的帝國各個方面加以關注的話，一定會得出如下的結論：它的事跟普希金的伯伯的事[76]一樣。關於這個伯伯，普希金寫道：他是一具死畜，什麼事也不做，

自己只有唉聲嘆氣地想：
何時鬼才來抓走你！[77]

---

74 奧地利專運牲口的車廂門口均寫有此字樣，表明其裝載量。
75 據說是位專門周濟窮人的聖女。
76 一年制志願兵以為奧涅金對他伯伯的想法出自普希金作者本人。
77 這是引自普希金《葉甫蓋尼・奧涅金》第一章第一節。

門上的鑰匙洞又咔嚓作響，看守長在走廊裡點燃了煤油燈。

「真是黑暗中的一盞明燈！」一年制志願兵嚷道：「文明來到了軍隊！晚安，看守長先生向所有士兵致敬，祝你夜裡有好夢，比方說，你夢見把五克朗還給了我，就是我請你為我買菸，你拿去為我的健康乾了杯的那五克朗。去睡個香甜覺吧，老妖怪！」

可以聽見看守長在嘟囔著明天團隊審判的事。

「又只剩下我們了，」一年制志願兵說：「眼下我想用睡覺前的一點點時間，談談士官和軍官們的動物學知識日益豐富的情況。為了將新戰爭的鮮活素材和軍事覺悟投放到大砲的砲筒之中，就需要熟讀自然學或者科齊[78]出版的《經濟福利的源泉》一書。這本書裡的字裡行間都談到畜生、小豬、大豬。但最近我發現，我們先進的軍界對新兵採用了一些新名詞。十一連的阿托夫班長用的字眼是『瑞士山羊』；從卡什巴爾山區來的德國教師穆勒上士管新兵叫『捷克臭屎蛋』；馬德羅姆軍士則稱新兵為『牛蛙』、『約克夏豬』，同時他還許諾說：他能把每個新兵訓練得棒棒的。他表現出樣樣都很內行，像是畜牧世家出身的。軍事當局想通過一些特殊手段竭力激起新兵對於祖國的熱愛，比如圍著他們咆哮、狂跳，戰鬥的怒吼，活像非洲野人準備剝掉無辜羚羊的皮，或者準備將傳教士的小腿或臀肉部分割下來加以燻烤後美餐一頓時發出的怒吼、狂叫。當然，這與德國人毫不相干，當蘇德羅姆軍士談到『匪幫』這個詞時，總是趕忙添上『捷克的』，以免傷害德國人，牽連自己。在這個時候，十一連所有士官都瞪著眼睛，像一條條不幸的狗，由於貪食，在吞吃一塊油浸蘑菇卡在喉嚨裡下不去時一樣地可憐兮兮。有一次，我聽到穆勒上士和阿托夫班長的談話，內容是關於自衛軍士兵訓練的下一步程序問題。此次談話中特別強調了這個字眼：幾耳光。起初我以為他們之間發生了什麼爭執，德國軍隊的團結發生了分裂，但是我完全搞錯了。他們的確只是在談士兵的問題。

「阿托夫還深謀遠慮地教訓對方說：這個捷克笨豬假如在你叫了三十聲『臥倒』後還挺直地站著像根蠟燭棍的話，那光給他幾耳光還不夠，你應一隻手朝他肚子狠揍一拳，另一隻手將他的帽子拉到耳朵根，對他說聲『向後轉』，等他一轉身，朝著他屁股上就是一腳，你就會看見他會如何臥倒的，看看達烏埃林准尉笑得多開心。

「老兄，我順便為你說說有關這位達烏埃林的事吧。」一年制志願兵接著說：「十一連的新兵要講起他來，就跟墨西哥邊境農場附近那個孤寡老太要講聞名遐邇的墨西哥大盜故事一樣熟悉。人家說，達烏埃林是個吃人的魔王，是澳洲部落的類人猿。這種部落把落到他們手裡的其他部落成員活活吃掉。他們生平很不一般。生下來不久，保姆就將他摔了一跤，小達烏埃林的腦袋摔壞了，至今你在他頭上還能看見一塊像彗星撞到了北極洲上那樣的痕跡。大夥都懷疑他將來還能有什麼用嗎？受了如此重的腦震盪還能活得長久？唯獨他的上校父親不以為然，這點小事不可能對孩子有什麼妨礙，因為，小達烏埃林就是送到軍校裡去的料。小達烏埃林費了九牛二虎之力，好不容易才熬過小學四年級，那還是請家庭教師幫的忙。第一位家庭教師為他操碎了心，急得成了個少年白頭，變成了白痴。第二位絕望至極，想從維也納的聖斯特凡塔上跳下去。小達烏埃林後來就上了海英堡士官學校。士官學校根本就不重視入學學生的教育程度，因為這些對當一名奧地利現役軍官來說是無關緊要的。軍事教育的理想只在於教會軍官們如何善於擺弄士兵的一些本領。教育可以培養高尚的靈魂，然而在軍隊裡做事並不強調這一點，當軍官的愈粗暴愈好。

「士官達烏埃林連任何一個人都能好好學完的課程他也學得費力。在士官學校裡還是可以看出他幼年時頭部受傷所留下的痕跡。

「考試回答問題時，他就抬出他幼時他那件不幸的事來，鑒於他的愚笨，他的回答算是不錯的了。士官學校的教官都稱他為『我們的小傻瓜』。他愚笨得讓人覺得他頂多只需幾十年之後就能考進德萊齊婭軍事學校或軍政部。

---

78 弗萊德里・科齊是捷克著名的出版商。他的《經濟福利的源泉》有「民間辭典」之稱。

「戰爭爆發了，所有年輕的士官生都當上了准尉。連這個達烏埃林也被列入了海英堡士官生晉升的名單。這樣他就來到了九十一團。」

一年制志願兵嘆了一口氣接著說：「軍政部發了一本叫《嚴格訓練與教育》的書。達烏埃林從該書裡深刻體會到對士兵必須採用恐嚇手段，訓練成績之大小取決於恐嚇程度之輕重。達烏埃林在這方面總是成功的，自我感覺良好。士兵們為了不想聽到他的那些狂吠，整排整排地遞上病假條，但這一招也未獲成功。你不是說你有病嗎？那好，那就先關你三天『禁閉』。你知道這個禁閉是怎麼回事嗎？那就是白天把你趕到練兵場上去訓練，晚上就把你關在黑屋子裡睡覺。這樣一來，達烏埃林的連裡就沒有病號。凡是病號都得先坐禁閉。達烏埃林在操練訓話時，總是用一種從容不迫的兵營長官似的語調，以『笨豬們』開頭，而以奇特的動物學上的術語『笨豬式的狗』收尾。同時他是個自由派，似乎也給士兵選擇的自由。比如他說：『笨象！你想選擇哪一種？是讓鼻子挨幾拳或是關三天禁閉？如果你選了禁閉，鼻子上照樣也得挨上兩拳。』同時他還邊打邊說：『膽小鬼，你這樣害怕傷了自己的臉面，假如來了重磅砲彈你該怎麼辦？』

「有一次，一個新兵的眼睛被他打壞了，但他還說：『沒事，跟這些畜生有什麼客氣好講呢？遲早該死。』參謀總長康拉德‧馮‧霍森多夫就是這麼說的：『當兵的畜生，反正該死。』

「達烏埃林最喜歡的事是召集捷克士兵來上他的課，講述奧地利的軍事任務，同時詳解軍事訓練的總原則，從腳手銬到絞刑架到槍決。初冬時節，那是在我進醫院之前，我們在十一連旁邊的那個操場上出操，休息時，達烏埃林對捷克新兵就開始訓話了：

「『我知道』，他開口說：『你們都是些無賴，你們必須把所有愚蠢的想法從自己腦袋裡攆出去。操著你們那口捷克話連絞刑架下都到不了。我們的最高統帥[79]也是德國人。你們聽著，立即臥倒！』

「大夥都『臥倒』了。於是達烏埃林在他們面前踱來踱去，繼續訓話。

「『一聲臥倒令你們就得臥倒，你們這幫土匪！就是倒在了稀泥爛漿裡，有刀子割著你們，你們也得乖乖地躺著。在古羅馬就有臥倒這個口令。那時候每個從十七歲到六十歲的人都得服三十年的兵役。不像現在你們這些笨豬在兵營裡遊來蕩去很是清閒。那時候軍隊的用語、指揮都是統一的。假如讓羅馬軍官們聽見了士兵在說伊特拉斯語[80]那就熱鬧了。我也想要你們大家用德語來回答問題，而不是用你們那一口亂七八糟的話。你們瞧，躺在泥漿裡多舒坦。現在，你們假如有誰不想再臥倒，想爬起來，你們認為我會怎麼樣？我會把他的嘴巴一直撕到耳根後，因為這種行為破壞了服從命令的原則，那就是暴動，那就是胡鬧，違反一個軍人的職責，破壞制度和紀律，無視服兵役的法規，因此等著這個傢伙的，就是絞索以及喪失同輩朋友對他的尊敬。』」

一年制志願兵沉默片刻後，想到該描述一下兵營的關係，於是便接著說：

「事情發生在阿達米契卡當大尉的那一陣子，他是個寡言少語、冷漠的人，常常坐在辦公室裡兩眼發呆，像個瘋子，他的表情像是想說：『請把我吞掉吧，蒼蠅們！』在營裡的報告上說，誰也無從得知，他到底在想些什麼。有一次十一連的一名士兵來向他告狀：達烏埃林夜晚在街上叫他捷克笨豬。這個士兵在入伍前是個裝訂工，一個很有民族意識的工人。

「阿達米契卡大尉輕聲說（他說話總是那麼輕的）：『就該這麼叫嘛，他夜晚在街上就該這麼叫你的。還需要查一查，你是否獲准出兵營呢！解散！』

「過了些日子，阿達米契卡大尉把這個告狀人叫了去。『事已查清，』又是那麼輕聲地說：『你那天得到批准離開兵營到晚上十點鐘，因此你不受懲罰，解散！』

「後來人們評價說，這個阿達米契卡還算公道。但結果他被派往了前線。由文策爾少校來接替他的工作。一碰到民族衝突之類的問題，這位文策爾少校簡直就是個魔鬼養的。這位文策爾在達烏埃林面前

---

79 此指奧匈帝國皇帝法蘭茲・約瑟夫一世。

80 義大利最古老的民族語言。該民族在公元前六世紀曾經控制義大利大部分地區，對羅馬文化產生過巨大影響。

得了舌頭瘤病不敢吭聲。文策爾少校的老婆是捷克人，他最怕的就是民族糾紛一類的事。幾年前他在古特納山區當大尉時，有一次因在飯館裡喝多了，罵一個領班是捷克惡棍。請注意這一點，這位文策爾少校他在公共場合和在家裡一樣只說捷克語，他的幾個兒子也學捷克文。這句罵人的話一經口出，就被地方報紙給登了出來。有位議員就文策爾大尉在飯館裡的言行在維也納的議會上提出了質詢。這一來對文策爾就很不利了，因為正趕上議會裡審議兵役法草案[81]的時候，卻出了這麼個古特納山區的醉鬼大尉事件。

「後來文策爾得知，所有這一切都是那個一年制志願兵出身的准尉西柯特搞的鬼。是他把這件事投給報上發表的。他與當時還是大尉的文策爾之間關係歷來不佳。因為有一次，當文策爾本人也在場的情況下，西柯特當眾發表了一通高見，說是只需欣賞欣賞一下大自然，看一看地平線上的烏雲和高聳的群山，聽一聽林中瀑布的跌落聲和鳥兒的啼囀聲就足矣。

「『足矣』，西柯特准尉還放肆地說：『我們想一想吧，我們和絢麗的大自然相比，一個大尉又算得了什麼呢，他跟每個准尉一樣，一文不值。』

「文策爾大尉想把這可憐的哲學家西柯特准尉像對待馬一樣狠狠抽一頓。但當時所有軍官都喝得爛醉，文策爾大尉自己也喝醉了。這之後，他們之間的隔閡日益增大，大尉一有機會就想刁難他，可是西柯特准尉的這句話卻成了一句口頭禪。

「『和絢麗的大自然相比，文策爾大尉又算得了什麼』這句話在整個古特納山區不脛而走。

「『我要逼得他自殺，這個混蛋。』文策爾大尉說。可西柯特退役走了，繼續從事自己的哲學工作去了。自此之後，文策爾少校對所有青年軍官都咬牙切齒。在他發狂的時候，連中尉都嚇得六神無主，何況那些士官生和准尉了。

「『我要把他們一個個當臭蟲捏！』文策爾少校說：『假如哪個准尉為了一點小事也派人上營部來告狀，我就讓他倒大楣。』只有像在火藥庫站崗時睡著了，或者幹了別的什麼更嚴重、大得嚇人的過失，比方說士兵在夜裡爬過圍牆，在牆頭上睡著了，落到巡邏的砲兵手裡，總之出了這類給團隊丟臉的事，才會受到文策爾的審訊。

「『我的老天爺！』有一次，我聽到他在走廊裡大喊大叫：『他這已經是第三次被巡邏隊逮住了，快把這狗雜種給我關起來，把他趕出團隊，送往運輸隊去拉糞，他就不會跟他們打架了。他算不上軍人，只配掃大街。餓他兩天。拿掉他的床墊。把他塞進單號房間，毯子也別給他！這個混蛋！』

「現在你能想像得到吧？朋友，他一上任，那混蛋達烏埃林准尉就趕著一個士兵到營部去告狀，說他在星期日下午帶著一位小姐坐馬車橫過廣場時，這個士兵存心不向他敬禮。後來聽那些士官生說，那次告狀引起了一場吵嚷。營部辦公室的軍士帶著文件跑到走廊上去了。文策爾少校正衝著達烏埃林叫嚷道：

「『簡直混帳透頂，下次不准你們再這樣！我嚴禁你們這樣做！你知道，准尉，到營部來告是什麼意思嗎？這絕不是來赴什麼宴席！你坐著馬車在廣場上逛，他怎麼看得見你呢？你難道忘記了，這還是你自己這麼教的：向與你正面相遇的長官致敬？你不能要求這個士兵就得像隻烏鴉一樣地轉著腦袋去找穿過廣場的准尉先生。我請你別說話！到營部來是件很嚴肅的事。想必士兵向你申辯了他沒看見你，因為他剛剛轉過身來向我打招呼，臉正衝著我，明白嗎？正在向文策爾少校行禮，他就無法瞧見他後面拉著的那輛馬車，你該相信這一點。以後請你別再拿這些雞毛蒜皮的小事來煩我了。』自此達烏埃林就發生了變化。」

一年制志願兵打了個哈欠：「在去團部受審之前，我們得睡飽才對。我只是想把我們團的一些內幕說那麼一點點給你聽聽。施羅德上校不喜歡文策爾少校，他簡直是個孤僻、古怪透頂的人，而主管志願

---

81 當時在奧地利議會裡有一個相當有力的捷克議員反對派。民族沙文主義者對捷克人的攻擊可能導致該反對派投票否決這個草案。

兵軍校的札格納大尉卻把施羅德看成是一個真正軍人的典範，儘管施羅德上校最怕的就是上前線。札格納大尉是個大滑頭，跟施羅德一樣不喜歡預備役軍官，管他們叫一群臭老百姓。他把那些志願兵當野獸看，說必須把他們訓練成一台台的軍事機器，給他們繡上一顆星星，提升為軍官，送到前線去代替那些優秀的現役軍官挨槍子，好將那些優秀的軍官種子保存下來。

「一句話，」一年制志願兵躺在毯子裡面說：「軍隊裡什麼都發著腐臭味。如今那些驚恐萬分的群眾還沒覺醒過來，只會瞪著雙大眼，任人家把自己趕到前線去切成一根根麵條，如果被子彈射中了，也只是輕輕地叫一聲『媽呀……』不存在英雄，只有供人宰割的牲口和總參謀部裡的一批屠夫。到頭來都會起來造反的。有一場大混亂好看嘍。軍隊萬歲！晚安！」

一年制志願兵安靜了下來，接著在毯子下面翻著身，問道：

「你睡著了嗎，朋友？」

「睡不著，」帥克躺在另一張床上回答：「我正想起一件事來。」

「你想起了什麼事呢，朋友？」

「我想起了一個叫姆里契柯的木匠得銀質勇敢獎章的事。他住在維諾堡的瓦弗拉街上。他是全國第一位在戰爭一開始時就被手榴彈炸斷了一條腿的人。他免費裝了一條假腿，於是便掛著他那枚獎章到處吹牛，說他是團裡在大戰中第一個、也是最早的一個殘廢者。有一天，他來到維諾堡的『阿波羅』酒館，和幾個屠戶爭吵起來。鬥毆的那些人把他的假腿卸了下來，用它來敲打他的腦袋，那位拉下他假腿的人不知道這是一條假腿，嚇得暈了過去。後來到警衛室又給他把腿接上了。可是從此以後，姆里契柯對那枚表彰他勇敢的大銀質獎章就非常之惱恨，於是將它送去當鋪。就在當鋪裡，他本人同他的那枚獎章一起被帶走了，他遇到了麻煩。一個專門審訊殘疾軍人的榮譽的法庭來判他的案子，結果沒收了他的銀質獎章並將他的假腿收了回去……。」

「為什麼？」

「很簡單。一天有個委員會來他那裡，通知他說他不配用假腿，於是就取下來帶走了。」

「還有一件事也挺好笑的，」帥克接著說：「有些陣亡士兵的家屬，突然會收到一枚獎章並附一份公文，說這獎章是授給他們的，讓他們將獎章掛在顯眼的地方。維諾堡的波熱捷赫街上有個脾氣暴躁的老先生，認為這軍事機關尋他開心，就把那枚獎章掛在廁所裡了。廁所是在他家的過廳裡，是與一個警察共用的。警察把他當叛國犯告發。從此這可憐人就倒了大楣。」

「由此可見，」一年制志願兵說：「一切榮譽如草芥。前不久在維也納出版了一本《一年制志願兵手冊》，那裡面有一首譯成捷克文的絕妙的詩歌：

昔日有個志願兵，
勇敢為國、國王來把身軀捐。
如何盡忠來報國，
他為生者樹旗幟。
君不見，
屍體運裝砲架上，
大尉把勛章掛在他胸膛。
祈禱之聲輕揚九霄，
祝福為國捐軀者逍遙去天堂。

「這使我感到，」一年制志願兵沉默片刻後說：「我們的尚武精神在消失。我建議，親愛的朋友，讓我們在這寂靜之夜的牢房裡，唱支砲手雅布爾克之歌吧。這可以振奮一下我們的戰鬥精神。我們得放開嗓門使勁地唱，讓整個瑪利揚斯克兵營都能聽得到。所以我建議我們到牢門口去。」

不多一會，從牢房裡發出了吼唱聲，把牢房走廊處的玻璃都震得哐啷直響：

……他屹立在大砲旁，
來把砲彈裝呀裝，
他屹立在大砲旁，
顆顆砲彈裝上膛。
砲彈猛然從天降，
砲手雙壁飛天上。
他泰然自若立砲旁，
裝呀裝呀裝……
他泰然自若立砲旁，
上膛呀上膛……

院子裡響起了腳步聲和人聲。

「是看守長，」一年制志願兵說：「跟他一起來的是值日官貝利康中尉。這是個預備役軍官，我是在愛國團體『捷克座談會』認識他的。他入伍前在一家保險公司當會計。我們可以從他那裡搞點菸來抽。好，我們還是接著吼唱吧！」

他們接著又大聲吼唱了起來：「他屹立在大砲旁……」

牢門開了。看守長顯然因有值日官在場而變得格外凶殘，他粗野地嚷道：

「這裡又不是牛棚馬廄！」

「對不起，」一年制志願兵回答：「這裡是魯道夫分院[82]為犯人舉行的音樂會，剛才演完了第一個節目：《戰爭交響曲》。」

「別胡鬧了！」貝利康中尉表面裝得嚴厲說：「我希望，你們知道，你們該在九點躺下了，不該大聲喧嘩，你們的音樂會連廣場那邊都聽到了。」

「報告，中尉長官，」一年制志願兵說：「我們準備得還不夠好，因此很可能聲音有些不和諧……」

「他每天晚上都這麼搗亂，」看守長竭力要刺激一下自己的對頭：「未免太放肆了吧。」

「中尉長官，」一年制志願兵說：「我想和您面對面談談，請看守長在門外等一等。」

要求得到滿足後，一年制志願兵親暱地說：

「給點菸抽吧，弗朗達！『運動』牌？當中尉的就沒有再好一點的菸啦？那好吧，謝謝你。再來幾根火柴。」

「『運動』牌，」一年制志願兵在中尉走後輕蔑地說：「人在國難時也應有點骨氣。抽吧，朋友，晚安。明天等著我們的是最後審判。」

一年制志願兵入睡之前還沒忘記再唱一曲：

82 一八八〇年為紀念前皇太子魯道夫而在布拉格斯美塔納廣場建造的一座樓房。一戰時期常在此舉行演講會、展覽會及音樂會。在第一共和國時期為民族議會會址。一九四五年後成為「藝術家之家」。

高山、峽谷和峭壁，都是我的朋友；
我們曾擁有的那心愛的一切，如今再也不能來挽回。
可愛的姑娘啊……

在一年制志願兵的描述下，施羅德上校似乎就是個惡棍，其實是錯誤的，因為施羅德上校畢竟還有些正義感。這些正義感最明顯的表露通常是在他同自己的伙伴在一起，心滿意足地在酒館裡度過的夜晚。可是如果處於心情不好的時候呢？

就在一年制志願兵對兵營內部關係予以致命抨擊之際，施羅德上校正與其他軍官們坐在飯館裡，聽一個從塞爾維亞回來、傷了一條腿（是被牛犄角頂了一下）的克萊契曼上尉閒談，談他從參謀部觀察到的、向塞爾維亞陣地發起進攻的情景：

「瞧，他們現在正從戰壕裡跳出來，爬過足足兩公里長的鐵絲網，向敵人狂撲過去。他們的腰上都別有手榴彈，他們的頭都戴有防毒面具，他們端著槍，正準備射擊，正準備進攻，子彈颼颼地從他們頭上呼嘯而過。剛從戰壕裡跳出去的第一個士兵倒下了，第二個又倒下了，第三個衝了沒幾步也倒下了，然而同伴們的屍體激勵著他們高呼『嗚啦』繼續衝上前去，冒著砲火掀起的飛揚塵土、濃煙前進。敵人從四面八方、從戰壕、從戰坑對著我們猛烈開火，扔手榴彈，用機槍掃射。士兵們又一批批地倒下。我軍一個排試圖攻下敵人的機槍陣地。一些兄弟倒下了，另一些兄弟又衝了上去，嗚啦！一個軍官倒下去了。這時已經聽不見槍砲聲，正在醞釀著更可怕的事情。又一個排倒下了。另聽得敵人的機槍聲，嗒嗒嗒嗒嗒嗒……又倒下了。對不起，我已無法再往下講了，因為我醉了……」

這位腿受了傷的軍官沉默了，坐在椅子上傻呆呆地望著前面。施羅德上校帶著慈祥的笑容傾聽著坐在他對面的斯比羅大尉揮拳捶桌子像和人吵架般東拉西扯，胡說一通，誰也沒聽懂他說的到底是什麼意思。

「請你們好好想一想，在我們的隊伍裡有奧地利義勇騎兵、奧地利義勇軍、波士尼亞獵騎兵、奧地利步兵、匈牙利步兵、蒂羅爾皇家射手、波士尼亞步兵、匈牙利國防義勇步兵、匈牙利驃騎兵、國防義勇驃騎兵、獵騎兵、龍騎兵、義勇騎兵、砲兵、運輸隊、工兵、衛生隊、海軍。明白嗎？而比利時呢？第一、第二批應徵入伍的人組成的作戰隊，第三批主管軍隊後方工作……」

斯比羅大尉往桌上捶了一拳又說：「和平時期應由預備部隊擔任國內勤務。」

在他旁邊坐著的一位年輕軍官為了能讓上校聽得清楚他的高見，並對他堅定剛強的軍人氣概留下好感，於是他扯開嗓門對他旁邊的人說：「該把那些假裝肺病的傢伙送到前方去，送去對他們有益處；再說，損失點廢物總比損失壯丁好。」

上校笑了笑。可是他突然皺起眉頭來，掉過頭來對文策爾少校說：「我有點奇怪，為什麼盧卡斯上尉老是躲得我們遠遠的？自從他到差後，從來就沒跟我們一起玩過一次。」

「他在作詩呢，」札格納大尉譏諷道：「他剛到這裡不久，就愛上了在劇院裡碰到的工程師史瑞特夫人。」

上校陰鬱地望著前方說：「聽說他會演唱滑稽小曲。」

「他在士官學校裡就唱得一手好聽的滑稽歌曲，逗得我們放聲大笑，」札格納大尉回答：「他說的笑話，聽起來還真過癮。可是他為什麼不肯到我們這裡來，我也弄不明白。」

上校傷心地搖了搖頭：「如今軍官與軍官間已經沒有當年的那種交情了。我還記得，以前的軍官個個都想使大家開心。記得有一次，一個叫達克爾的上尉脫得一身精光，躺在地板上，把一條鯡魚的尾巴塞在自己的屁股縫裡，給我們扮演美人魚公主玩。另一個叫謝斯納爾的中尉會搧耳朵、學馬叫、學貓叫、學蜜蜂叫。我還記得斯柯達上尉，只要我們喜歡，他就把姑娘們帶到軍官俱樂部來。他曾經把三姊妹訓練得跟狗一樣。他把她們往桌上一放，她們就按他的指揮棒活動起來，當著我們的面把身上的衣服一件件地脫得個精光。他那根小小的指揮棒是一名樂隊指揮送給他的。他跟她們在沙發上胡鬧些什麼呀！有一回，他讓人端來一大盆溫水擺在屋子的中間，讓我們一個個跟這些女孩一起洗澡，他就替我們拍照。」

施羅德上校甜蜜地沉浸在這段回憶中，他笑了。

「你知道，我們在澡盆裡鬧得有多開心，」他接著說，還令人噁心地舔嘴咂舌，在椅子裡搖來晃去。「可如今呢？有什麼好玩的？連那位滑稽歌手都不露面。而今，一些年輕的、低級的軍官喝起酒來一點也不像個男子漢，幾乎可說是不會喝酒。喝不到十二點，五個軍官就醉得不省人事，醉倒在桌子底下去了。當年，我們一喝就喝他個兩天兩夜，而且是愈喝我們愈清醒。儘管我們是啤酒、葡萄酒、烈酒和甜酒輪流接著喝。如今已經談不上有什麼真正的軍人氣魄、尚武精神了。鬼知道這是什麼緣故？一開口沒一點幽默俏皮，全是些沒完沒了的瞎扯。不信你聽聽坐在桌子那頭的人是怎樣談論美國的吧！」

這時候從桌子的那一端可以聽到一個人正在嚴肅認真地說著：「美國不能參戰。美國人跟英國人正在鬧矛盾，彆扭著。美國尚無參戰的準備。」

施羅德上校嘆了一口氣：「這是預備役軍官們的胡扯。真是膩死了。這種人昨天還在哪個銀行裡抄抄寫寫或者在哪個小鋪子裡當伙計，包裝商品，賣香菸、香料、桂皮和皮鞋油，或者在哪個學校裡跟小孩們講著餓狼出林的故事，今天就自以為可以跟正派軍軍官平起平坐，自認他們什麼都幹得來，什麼都要管，到處都想插一手。可是像盧卡斯上尉這樣正規的上尉軍官又偏偏不來加入我們。」

施羅德上校心情有些沮喪地回家了。早上醒來，他的情緒似乎更加惡劣，因為他在床上讀報時，在前線戰報新聞一欄中好幾次碰到這樣一句話：「我軍已轉移至預先準備好之陣地。」這是奧軍的光榮時日，像在沙巴茲[83]那些日子一模一樣。」

早上十點鐘，施羅德上校就是帶著這樣的心情來執行一年制志願兵口中說的「末日審判」。

帥克和一年制志願兵都站在院子裡等著上校。全部人馬都已到齊：軍士、值日官、團部的副官，手持待判罪犯之案卷的團部發告書的文書。

在志願兵軍校的教導隊長札格納大尉的陪同下，緊鎖眉頭的上校終於出場了。他神經質地用鞭子抽打自己的高筒靴。

上校接過報告，在死一般的沉靜中，好幾次從帥克和一年制志願兵的身邊走過；而他們兩個則根據上校所在之方位不斷地「向右看齊」或「向左看齊」。上校踱步的時間很長，他倆的向右看齊、向左看齊的姿勢做得格外認真，幾乎到了可以扭壞自己脖子的程度。

上校終於在一年制志願兵面前停了下來。一年制志願兵向上校報告說：「一年制志願兵……」

「我知道，」上校乾巴巴地說：「一年制志願兵中的敗類。入伍前你是幹什麼的？學經典哲學？那就是醉醺醺的知識分子嘍……」

「大尉，」上校對札格納說：「把一年制志願兵軍校的全體學員都給我帶到這裡來。」

「你要知道，」他又轉向一年制志願兵說：「你是一個連自己人都跟著你一起倒楣、名聲掃地的經典哲學大學生。向後轉！大衣上連摺縫都沒有。活像是剛從妓女那裡出來，或者在妓院裡胡鬧過似的。你等著，親愛的小伙子，我會叫你知道什麼是厲害。」

一年制志願兵軍校的學生都在院子裡集合好了。

「排成方陣！」上校命令說。學生們排成了水洩不通的方陣，把受審者和上校團團圍住。

「你們瞧瞧這個男子，」上校用皮鞭指著一年制志願兵說：「他把你們的名譽、全體一年制志願兵學生的名譽在酒館裡一掃而光。本應從志願兵中培養出正式軍官，讓他們去帶兵打仗，去戰場上建功，爭取榮光。然而像他這樣的酒鬼能把部隊帶到哪裡去呢？還不是依舊從這個酒館出那個酒館進嗎？他會把所有分給將士們的蘭姆酒都喝個精光的。你能替自己辯護嗎？不能吧？你們瞧瞧他那副德行！他根本沒辦法為自己辯護。他入伍前還是學經典哲學的！真是一樁經典笑話哩。」

83　一九一四年，奧軍三度到達塞爾維亞位於薩瓦河畔的沙巴茲城，每次都被趕出該城，而且最終被趕出了整個塞爾維亞。

上校有意放慢最後幾句話的速度，他吐了一口口水又說：「好一個經典哲學家，在夜裡醉得把軍官們的帽子從頭上掀了下去！老兄，幸好那人是砲兵隊的一名軍官。」

在這最後一句話裡集中流露出九十一團對布傑約維采砲兵隊的仇恨。假如砲兵隊的人在夜裡落到了步兵團的巡邏隊手裡那就倒了大楣，反之也一樣。一波接一波的入伍者繼承著可怕的仇恨，承襲著不可調和的血的報復，可怕的血的報復。仇恨表現在雙方傳統的鬥法上：不是步兵把砲兵，就是砲兵把步兵扔到伏爾塔瓦河裡，或者在許多娛樂場所大打出手。

「然而，」上校接著說：「這種行為必須嚴懲，必須把這種道德敗壞分子從一年制志願兵軍校裡清除出去。在我們部隊裡不需要這樣的知識分子。團部文書！」

團部文書拿著事先就準備好的文件和鉛筆莊重地走了過去。

場上鴉雀無聲，好像在判處殺人犯的審判庭裡，審判官正要宣判說：「茲宣判……」

上校正是用這種腔調宣判：「茲判處一年制志願兵馬列克二十一天禁閉！禁閉期滿後罰往伙房削馬鈴薯。」

上校調轉頭來，命令一年制志願兵軍校學生排成縱隊。可以聽得出來他們立即分為四路縱隊開走了。這時上校對札格納大尉說，這隊列的步伐不整齊，下午領著他們到院子裡操練操練。

「大尉，步伐應當整齊響亮。還有件事，我差點給忘了。你告訴他們，一年制志願兵軍校全體學生禁足五天，一律不得離開兵營，讓他們牢記這個混蛋馬列克是他們過去的同事。」

而「這個混蛋馬列克」就站在帥克旁邊，樣子顯得十分輕鬆和滿意。因為在他看來這個結局是太好不過了。在伙房裡削削馬鈴薯、揉揉麵團，啃啃肋排，那比在敵人的猛烈砲火下拖著這身肉去喊「一個接一個，上刺刀」要強多了。

施羅德上校離開札格納大尉，停留在帥克面前，定睛望著他。這時候，帥克的全副人格特徵都集中表現在他那張寬闊、微笑的面龐上，從大軍帽底下露出來兩隻大耳朵。他給人整個的印象是一個十分平靜和毫無任何犯罪感的人。他的眼睛在問：「請問，我做了什麼錯事嗎？」他的眼睛在說：「請問，有什麼事能怪我嗎？」

上校向團部文書簡單地問了一句來總結他的觀察：「是個白痴吧？」

這時候，上校看到那張善良的臉上張開了嘴。「報告，上校長官，是個白痴。」帥克替文書作了回答。

施羅德上校對副官擺頭示意，把他叫到一邊去。然後又把團部文書叫來，他們一道翻閱帥克的資料。

「啊哈！」施羅德上校說：「原來就是盧卡斯上尉的勤務兵，就是他的報告上提到的、在塔博爾失蹤的那一個。我認為，軍官先生們都應該自己管教自己的勤務兵。盧卡斯上尉先生既然給自己挑了這麼個聲名狼藉的白痴當勤務兵，那他就得自作自受兜著走。他反正哪個地方都不去，有的是空閒。你們可曾看見他跟我們玩過嗎？所以我這話說對了。他有足夠的時間來把他這名勤務兵管教好。」

施羅德上校走近帥克，望著他那張和藹可親的臉說：「愚蠢的畜生，在禁閉室裡蹲三天吧，蹲完

三天後，再回到盧卡斯上尉那裡去報到。」

這樣一來，帥克同一年制志願兵馬列克又在團部禁閉室會面了。盧卡斯上尉大概也會感到莫大的欣慰，因為施羅德上校把他叫去對他說：「上尉，大約在一個星期前，在你來到團隊時，你給我提出申請，要一名勤務兵，因為你的勤務兵在塔博爾車站失蹤了。現在，由於你的勤務兵已經回來……」

「可是上校長官……」盧卡斯上尉懇求道。

「我已經決定了，」上校強調指出：「關他三天禁閉，然後把他派回給你……」

盧卡斯上尉被這一決定壓垮了，趺趺撞撞地走出了上校辦公室。

帥克和一年制志願兵在一起非常愉快地度過了三天。每天晚上他倆都要在板床上演出一場愛國表演。

夜裡，從禁閉室裡響起了他們的歌聲。他們唱了《主佑我們》和《高貴的騎士》。還唱了一大串軍歌。每當看守長走過來，他們就用歌聲迎接他。

我們這位老看守，
老不死的還在走。
魔鬼駕車來登門，
要來活捉老看守。
推著車子來拉他，
把他按在地上一頓揍！
魔鬼和看守在地獄，
旺火燒得……

一年制志願兵在板床上還畫了張看守的像，並寫上一段打油詩：

我到布拉格買香腸，
在那裡碰著個小丑郎。
他不是丑郎是看守長，
我若不跑就被他咬傷。

他倆就這麼激怒看守長了，彷彿在塞爾維亞用紅布來挑逗安達盧西亞牛一樣。同時，盧卡斯上尉卻焦躁不安地等著帥克來向他報到重新服役的事。

3 帥克在基拉希達遭橫禍

第九十一團轉移至萊塔河畔布魯克城和基拉希達城[84]。

經過三天的禁閉，帥克還差三個鐘頭就自由了。就在這個時候，他跟一年制志願兵一起被押解到了總禁閉室，然後又從那裡押至火車站。

「我早就料到了，」在路上，一年制志願兵說：「他們會把我們押解到匈牙利去的。那裡要成立一些先遣營，你看著吧，等我們的士兵練好了射擊，就會跟匈牙利人幹架的。我們很高興到喀爾巴阡山去，匈牙利軍再來到布傑約維采接防，來個種族大混雜。曾經有這麼一種說法，說強暴外族女郎是防止人類退化的最佳辦法。瑞典人和西班牙人在三十年戰爭中就是這樣幹的，拿破崙當政時的法國人也這麼做了，如今的匈牙利人在布傑約維采地區也會來這一招的。當然，這算不上是強暴。在一定時間內和條件下就會自然而然

地發生的。這是一種單純的交換：捷克兵跟匈牙利姑娘上床，可憐的捷克姑娘又把匈牙利大兵引進房。幾百年後，人類學工作者看到馬爾夏河兩岸挖出的骷髏的顴骨是那麼鼓，定會感到驚奇無比的。」

「這種相互交配是一件非常有趣的事，」帥克對此闡述了自己的看法：「在布拉格有一位名叫克里斯蒂安的黑人服務員。他爹是阿比西尼亞[85]的國王，這位國王來到了布拉格的什特瓦尼采馬戲團，愛上了一個女老師，這位老師還經常給《拉達》雜誌寫些歌頌森林、小溪和牧童之類的田園詩。她跟這位國王在旅館裡正如《聖經》上所說的私通了。使她驚奇不已的是她竟然生下了一個白淨的男孩。悲哉！兩個星期之後，這男孩開始發黃。一個月之後開始變黑。半年之後就變得跟他老子、阿比西尼亞國王一樣黑了。他媽媽抱著他四處去瞧皮膚科，想讓醫師們將他皮膚上的黑色褪掉。可醫師對她說，這男孩是道地的黑皮膚，根本無法褪色的。這可把她急瘋了。她向各個雜誌社求助，有無褪去黑皮之類的偏方。人們把她送進了瘋人院，把她那小黑人送到了孤兒院，在那裡，人們老拿這小黑人開心。後來他當上了服務員，還常到夜咖啡館去跳舞。如今比他晚出生的一些捷克雜種都比他要長得漂亮些，沒有他那麼黑。據一位常去『喝兩杯』酒館的醫師給我們的解釋，這個問題還不是那麼簡單的。這些混血兒生出來的下一代跟白種人基本上沒什麼區別，可是說不定在某一代又會生出個黑小子來。你可以想像出，那該有多倒楣的！比方說，你娶了一位女孩，這小仙女皮膚白淨，卻突然替你生出了一個小黑人。假如她在九個月之前，在沒有你的陪伴下去雜技場看過黑人的競技比賽，你還可能會為此感到很傷腦筋哩。」

「你講的那個黑人克里斯蒂安的例子，」一年制志願兵說：「我們還可以從戰爭的觀點出發來分析這一問題。比如說，讓這個黑人去當兵，他不是布拉格人嗎？那就把他編進二十八團。想必你也已經聽說

84　萊塔河（Leitha）是多瑙河的一道支流，發源於奧地利。一九一四年時，奧匈之間以萊塔河為界，該城部分在奧地利，叫萊塔河畔布魯克城，另一部分在匈牙利境內，叫基拉希達城。

85　衣索比亞的舊稱。

了，二十八團已經跑到俄國人那邊去了。假如俄國人俘虜了這個克里斯蒂安，他們會感到莫大的驚奇。俄國人的報紙一定會宣傳說奧地利把殖民地軍隊也趕上了戰場。其實奧地利根本就沒有殖民軍，還會說奧地利已經把手伸到黑人預備軍去了。」

「有人說，」帥克脫口而出：「奧地利在北方的什麼地方確實有殖民地。一個由法蘭茲・約瑟夫當皇帝的什麼國家……」

「小伙子們，別扯啦！」一位押送兵插嘴說：「現在議論什麼法蘭茲・約瑟夫皇帝的疆土，實在是太不謹慎了。你別提什麼人的名字，日子一定會好過些……」

「那你就去查看一下地圖吧，」一年制志願兵打斷他的話說：「確實存在歸我們最仁慈的君主法蘭茲・約瑟夫管轄的國家嘛。據統計學記載，那裡全是冰塊，布拉格製冰廠的破冰船就從那裡出口冰哩。這個冰凍工業引起了外國人的高度評價與重視，因為這是個錢來得快卻又高風險的買賣。其中最大風險是從法蘭茲・約瑟夫皇帝的國土裡將冰運往北極圈，你能想像得出嗎？」

押送兵嘟囔了一句什麼，沒聽清楚。這時押送班長卻坐得靠近些，要聚精會神地來聽聽一年制志願兵的談話。一年制志願兵一本正經地接著說：「奧地利這唯一的一塊殖民地都可以給整個歐洲供應冰塊。成了它的國民經濟收入主要來源。

當然這個殖民地的發展將是很緩慢的，因為一部分殖民者不願上那裡去，另一部分殖民者已經凍僵了。然而外貿部與外交部對氣候條件的改善抱著極大的興趣，使其大面積的冰場有了充分加以利用的希望。然後再開幾座旅館招待大批旅遊者。當然還得將冰山之間的旅遊小道適當加以維修和拓寬，在冰山上設置些導遊路標之類的東西。唯一的困難是愛斯基摩人跟我們駐地機關找麻煩……

「這些小子不願學德文，」一年制志願兵接著說。押送班長專心地聽著。他算是超期服役的士兵了，入伍前是個長工，是個又傻又粗的人，對自己所不了解的一切總是持囫圇吞棗的態度。他的理想就是「混碗飯吃」就行了。

「教育部花了很大一筆錢，班長先生，費了很大的勁給他們造房子，結果還是凍死了五名建築師……」

「泥水匠都保住了性命，」帥克打斷了他的話說：「因為他們靠抽菸斗來取暖。」

「但並不是所有泥水匠都保住了命，」一年制志願兵說：「就有兩個嗚呼哀哉了。因為他們忘了使勁地吸，結果菸斗就滅了。人們只好挖開冰地將這兩人埋了——最後，學校終於蓋好，是用冰磚和鋼筋水泥蓋的，蓋得很堅固。但愛斯基摩人卻以凍在冰裡的商船上拆下一些木材來圍在學校周圍點火，終於達到了他們的目的：上面蓋有學校的冰化了，整個一座學校連同校長以及準備在第二天參加落成典禮的政府官員全都沉入了大海。這時只聽見水已沒及脖子的政府代表在叫嚷：『願上帝懲罰英國！』如今我們已派軍隊去那邊了。不用說，和他們打仗是很困難的，對我軍最大威脅的恐怕就要算是那些久經訓練的冰熊了。」

「那就更糟了！」押送班長聰明地補充說：「假如我們沒有好多好多的軍事發明。比方說，對付煤氣中毒的防毒面具，你把它往頭上這麼一戴，你就馬上中毒了，這是士官學校裡的那些人對我們說的。」

「這只不過是他們嚇唬嚇唬你，」帥克的聲音響起：「任何一個士兵對任何一樣東西都不要懼怕，即使在戰鬥中摔進茅坑裡，那也要爬起來，舔舔乾淨繼續投入戰鬥。至於有毒的煤氣，我們每個當兵的在兵營裡吃的新鮮的士兵麵包和帶殼的豌豆不就是家常便飯嗎？聽說俄國人發明了一種專門反對士官的什麼玩意兒。」

「很可能就是一種特別的電流，」一年制志願兵補充說：「它能將士官領章上的賽璐璐星星連在一起，然後引起爆炸。這又將是一種新的災難啊！」

押送班長雖然入伍前是頭蠢驢，但他終於聽明白了，他們是在開他玩笑，於是他領著那個押送兵離開了他們。

列車進站了。布傑約維采的居民都聚集在站台上給團隊士兵送行。儘管這還不是一個正式的歡送儀式，但車站前面的廣場上還是擠滿了等候軍隊到來的人群。

此時帥克的全部注意力都集中在夾道歡迎的人群身上。現在跟往常一樣：老實守規矩的士兵走在最後面，扛著上刺刀步槍的士兵則走在前面。這些老實的士兵隨後就被塞進裝牲口的車廂。帥克和一年制志願兵被帶往一節特設的囚犯車廂，這節車廂向來都是掛在軍列的軍官車廂的後面，囚犯車廂裡有足夠的位置。

帥克覺得他確實應該喝一喝采，於是向人群揮動軍帽並喊了一聲：「你們好！」這聲問好引發強烈的迴響，群眾報以響亮的歡呼聲：「你們好！」這聲音愈傳愈遠，一直傳到車站前面。那裡也嚷了起來：「來啦來啦！」

這一下可把押送帥克的班長急壞了，他嚷著要帥克住嘴。可是歡呼聲猶如狂灘巨浪，勢不可擋。憲兵擋住人群，為押送隊開道。人群繼續呼叫：「你好！」並揮動著帽子和禮帽。

歡呼聲匯成了一場真正的示威活動。車站對面的旅店窗口裡，有些婦女也揚起了手帕，高喊：「萬歲！」「你好！」兩旁人群中德語和捷語的喝采聲混在一起。有個狂熱分子還趁機大喊：「打倒塞爾維亞人！」但被人們絆倒在地，還被擁擠的人群踩了幾下。

「他們來啦！」喊聲像放電火花似的在人群中傳播、綻放、飛揚，傳向了遠方。

押解隊伍走近了。帥克在押解人員的刺刀下揮手向人群親切致意。一年制志願兵莊重地行著軍禮。

他們就這樣進到車站，走向指定的軍列。步兵團的管弦樂隊的指揮被這突然出現的遊行活動弄得暈乎乎的，差點演奏起《主佑我們》的樂典來，幸虧頭戴黑色硬帽的第七騎兵師的隨軍神父拉齊納及時趕到，秩序終獲整頓。

神父來此的經過極其簡單。拉齊納神父，這位令所有軍官食堂感到懼怕的人物、貪得無厭的食客和酒鬼，是星期天到達布傑約維采的。好像是偶然地參加了即將轉移的團隊軍官們的小型酒會。他以一當十，大吃大喝，在有幾分迷糊的情況下摸到軍官食堂去，甜言蜜語地在炊事班那裡騙到點殘羹剩飯，飽餐了盤子裡的肉汁和麵包，然後再回到餞別酒會上來，重新豪飲了一番。他在這方面很是老到。第七騎兵師的軍官們常為他墊款。第二天早晨，他突然想到團隊的第一批軍列就要開車了，他該去維持一下秩序。於是他沿著夾道的人群逛了一圈，來到了車站，大加發揮起他的熱情來，弄得團隊主管軍列的軍官們都躲在站長室裡不見他。

正當樂隊指揮剛要指揮《主佑我們》的時候，他到達車站。

他一把奪下樂隊指揮的指揮棒喊道：「停！還早。等我打了招呼再演奏。我等一會來。」他走到車站上，緊跟著押送隊，大喊一聲：「停！」把他們也叫住了。

「去哪裡？」他對押送班長厲聲喝道，問得這位班長不知如何回答這突如其來的問話。

帥克代班長和藹地回答道：「把我們送到布魯克去，神父大人。如果您願意的話，您完全可以跟我們一同前往。」

「那我也去！」拉齊納神父說，接著他轉過身來，對押送兵嚷道：「誰說我不能去？前進，開步走！」

神父進入囚犯車廂後就躺在了座位上。好心腸的帥克還脫下自己的軍大衣，墊在神父的頭底下。一年制志願兵還悄悄對嚇得沒魂似的班長說：「好好伺候神父吧！」

拉齊納神父舒舒服服地躺在座位上伸了伸懶腰，便開始打開話匣子了：「各位，這個蘑菇燜肉嘛，蘑菇得放多些。可得先用小洋蔥把蘑菇燜熟，然後才擱上點桂皮和洋蔥……」

「您已經放過一次洋蔥了。」一年制志願兵說，班長用絕望的神情狠狠地望了一下一年制志願兵，因為在他看來，神父雖然喝醉了，但他畢竟還是自己的上級呀。

班長的處境很險峻。

「是的，」帥克插嘴說：「神父大人的話是絕對正確的：洋蔥放得愈多愈好。帕科姆尼西采有個釀啤

酒的。他連啤酒裡也放洋蔥，說是洋蔥能引人口渴。洋蔥的用途廣大。炸洋蔥還能治酒……」

此時拉齊納神父像夢囈般嘶啞著嗓子說：「全靠佐料，看你放些什麼佐料、放多少。胡椒別放得太多，辣椒多放不得……」

愈說他的聲音就愈慢愈小：「蘑菇別放得太……檸檬也別放得太……太多的……佐料……太多的……豆蔻……」

他漸漸沒有了聲音，睡著了，不一會打起鼾來，間或又從鼻子裡發出尖細的呼嚕聲。班長定睛地望著他。其餘的押送兵坐在自己的條凳上抿著嘴暗笑。

「他一時半刻醒不來的，」過了一會帥克預言道：「他已經醉到頭了。」

「反正都一樣，」當班長不安地示意帥克住嘴時，帥克還接著說：「這是叫不醒的。他要照規定喝醉了[86]。可他還只是個大尉軍銜。所有這些隨軍神父，不論軍銜大小，喝起酒來量都大得嚇人。我跟著卡茲神父當過勤務兵。那位喝起酒來就跟喝水一樣。而這位跟卡茲神父他們比起來還差十萬八千里喲！有一回，我們把聖餅盒都送到當鋪裡去換酒喝了。如果有人肯借錢給他的話，我們恐怕連上帝本人都會拿去當的。」

帥克走到拉齊納神父跟前，扶他翻了個身，讓他臉朝椅背，然後以行家的口吻說：「他得一直睡到布魯克。」說完這話，帥克回到自己座位上。不幸的班長絕望地目送他坐下，然後說：「我想我最好還是去報告一下吧。」

「我看您最好還是別去的好，」一年制志願兵說：「您是押送隊的頭頭。您不能扔下我們不管。而且按規定，您也不能把任何一個押送兵派去送報告，除非您找到代替他的人。瞧，這事情就是很棘手的。假如你鳴槍通知人來，那也不行。這裡又沒發生值得您開槍的事。再說，按規定，除了被押送者和押送

86　據說，在當時奧匈帝國的軍隊中，官兵是接軍銜配給酒的。

人員之外，囚犯車廂裡是不能有別的人，嚴禁外人入內。您假如想掩飾自己的錯誤，那就趁列車在行駛中悄悄將神父從車上扔下去，但這也行不通；因為這裡有證人親眼目睹您是怎樣違反規定將他放進車廂裡來的。班長先生，您會因此落得個撤職處分。」

班長不知所措地辯解說，他並沒有把神父放進來，而是他自己進來的，再說，隨軍神父畢竟是上級呀。

「這裡只有您是上級。」一年制志願兵強調。帥克接著補充他的話：「就是皇帝老子本人要進來，您也不允許呀！就好比有個新兵站崗時，來了一個檢察官站在他面前，讓他跑一趟去為他買盒香菸，新兵問了一下要買什麼牌子的。為這事新兵可能就要坐牢的。」

班長膽怯地反駁說：「是你帥克最早跟神父說，他可以同我們一道走。」

「我這樣做是可以的，班長先生，」帥克回答：「因為我傻，可是誰都不會相信您也是個傻子呀！」

「您在部隊裡超期服役多年了吧？」一年制志願兵順便問了班長一句。

「第三個年頭了，如今該升軍官了。」

「您就別妄想了！」一年制志願兵很是刻薄地說：「您就記住我的這句話吧：您會受到撤職處分的。」

「最後也都一樣，」帥克說：「當軍官的或當小兵的反正都是一死。可是話又說回來，聽說受撤職處分的人要被派到前線去的。」

神父蠕動了一下。

「他在打呼，」帥克見他一切正常、安然無恙時宣布說：「他說不定此時正夢見自己又痛飲了一回。我擔心他在這裡會拉上一褲子。我的那位卡茲神父一喝醉了就睡得不省人事。有一次拉了……」

帥克把有關卡茲神父的事描述了一番。講得既生動又詳細並且十分有趣，致使大夥連列車已經啟動了都沒察覺。

直到後面車廂傳來一陣吵鬧聲，才把帥克的話打斷。由克魯姆羅夫斯柯和卡什貝爾的德國人組成的第十二連在那裡扯著嗓子唱：

等到我歸來，
等到我歸來，
等到，等到我再歸來。

在另一個車廂裡又有哪個絕望者臉朝著離他愈來愈遠的布傑約維采方向唱道：

而你呀，我的寶貝兒，
你卻留在了這裡。
嗬啦喲，嗬啦喲，嗬啦！

這種可怕的尖叫聲實在讓人受不了，大夥兒完全可以把他從牲口車廂門口推出去的。

「真奇怪，」一年制志願兵對班長說：「怎麼還沒見到檢察官上我們這裡來呢？按規定，您在車站的時候就該把我們車上發生的事情向列車指揮官報告，不該在一個喝醉了的隨軍神父身上費工夫。」

不幸的班長固執地一聲不吭，兩眼直瞪著窗外向後颼颼掠過的一根根電線桿。

「我一想到，我們沒將我們車上的情況向任何人報告，」愛挖苦人的一年制志願兵接著說：「到了下一站，某個檢察官到我們車廂來，我就膽戰心驚。彷彿我們都是……」

「都是吉卜賽人，」帥克插話說：「或流浪漢，好像我們見不得神聖的陽光，到哪裡都不敢出頭露面，生怕人家會把我們抓起來似的。」

「這還不說，」一年制志願兵接著說：「根據一八七九年十一月二十一日頒布之法令，用火車運送軍事囚犯時，必須遵照下列之規定：第一，運送軍事囚犯的車廂必須裝有鐵柵欄。這一條寫得明明白白，而且我們這裡也是照此辦了，那就是說我們就是被關在了極其牢固的鐵柵欄裡了，這還差不多。第二，根據一八七九年十一月二十一日皇帝與國王頒發的法令的補充條文之規定，每個軍用囚犯車廂都得備有廁所；如無廁所的，得配備有蓋子的便盆以供犯人與押送官兵大小便之用。我們這個軍用囚犯車廂別說廁所，擠在這個與世隔絕的小包廂裡，連個便盆也沒有……」

「你們可以到窗口處去解。」絕望之極的班長說。

「您忘了，」帥克說：「犯人是嚴禁靠近窗口的。」

「隨後這第三條，」一年制志願兵接著說：「車廂裡必須配備盛飲水的器皿。這一條您就沒關心到。順便問一句，在哪一站分發乾糧？不知道吧？我早就知道您不曾去打聽這個……」

「您瞧，班長先生，」帥克也接著發表了一

通：「押送犯人可不是件鬧著玩的事。您得把我們照顧得仔仔細細、周周到到才對。我們非一般士兵，可以自己顧自己。您得什麼都給我們送到鼻子底下來才行。命令和條文就是這麼規定的，您就得遵守，要不然就亂套了。我就認識一個流浪漢，他說過：『被關起來的人就好比一個包在襁褓裡的嬰兒，得精心照料他，別讓他著了涼，也別讓他生氣，讓他滿意自己的命運，不准他人欺侮這個小可憐。』」

「啊，還有一件事，」沒過一會，帥克友好地看著班長說：「勞駕，十一點的時候，請您告訴我一聲。」

班長以疑問的目光望著帥克。

「看來，班長先生，您是想問我，為什麼在十一點的時候要提醒一聲呢？因為從十一點起我就屬於那節牲口車廂的人了，班長先生，」帥克鄭重其事地宣布：「我被判處三天禁閉，到十一點禁閉期就滿了。今天中午十一點我就該獲得釋放。從十一點起我在這裡的事就算了結。任何一個士兵也不能被關得超過禁閉期，因為在軍隊裡，首先得講個紀律和秩序，班長先生。」

失望透頂的班長受到這一悶棍之後，好半天才清醒過來，最後，他才不以為然地說沒有接到任何公文指示。

「親愛的班長先生，」一年制志願兵插話了：「公文不會自己飛到押送官您這裡來的，就像聖山不會自己向穆罕默德靠攏一樣。押送隊的頭得自己去取公文。您現在又碰到了新的困境：您無權把該獲自由的人繼續關在這裡。從另一方面來說，根據現行政令，誰也無權離開囚犯車廂。我真不知道您該如何來擺脫這一困境。形勢愈往後發展愈糟糕。現在已經是十點半了。」

一年制志願兵把懷錶放進口袋裡，說：「班長先生，我將拭目以待你半小時後怎麼辦。」

「半小時後我就是牲口車廂的人。」帥克沉緬於幻想地重複著。班長六神無主、十分沮喪地對他說：

「如果這裡對你沒有什麼不方便的話，我想你在這裡比在牲口車廂要好得多……」

班長的話被神父在睡夢中的一聲「多放點肉汁」打斷了。

「睡吧！睡吧！」帥克和藹可親地說，順手把掉下來的軍大衣重新塞到神父的頭底下。「願您再作一場開懷痛飲的美夢！」

一年制志願兵開始唱開了：

睡吧，寶貝，睡吧，閉上小眼睛，
上帝將與你一起睡，
天使為你將搖籃輕推，睡吧，寶貝，睡吧。

沮喪的班長對一切似乎已經沒有反應了。他只呆滯地望著車窗外，對囚犯車廂裡的混亂狀況是聽之任之，不加過問了。

押送兵在隔板處打起牌來。班長的屁股被撞了一下。他回頭一看，只見一名士兵挑釁般用屁股對準他。他只嘆了口氣，回到窗口前。一年制志願兵想了一會兒，然後對絕望的班長說：「您知道有個叫《動物世界》[87]的雜誌嗎？」

「我老家村裡的一個飯館老闆他就訂過這份雜誌，」班長帶著明顯的愉悅心情回答他，因為可以轉到另一個話題了。「這個老闆非常喜歡瑞士的薩安羊，可是被他餵死了，所以他想從這份雜誌裡找到解決飼養的辦法。」

「親愛的朋友，」一年制志願兵說：「我將向你們講述的故事非常清楚地證明：誰都免不了要犯錯誤！諸位，你們那邊的先別忙著玩牌了，我相信，我要講的故事定會引起你們的極大興趣，你們會聽到你們還不懂的許多專門術語。我之所以要為你們講述一下《動物世界》的故事，其目的在於讓我們忘卻我們面臨的當今之戰爭煩惱。

「我到底是怎麼當上那家非常有趣的雜誌《動物世界》的編輯的呢？這在相當一段時間裡對我自己說來都是一個謎。後來，我思考出了這麼一個結論：那就是我只有在一種完全『無行為能力』的狀態下才能勝任這個編輯的。在這種完全不能由我自己做主的情況下，我完全被老朋友哈耶克的友情引入歧途。哈耶克一直老老實實地在這家雜誌社當編輯，但卻愛上了雜誌社老闆伏克斯的女兒。老闆要辭退他，並要他給《動物世界》物色一名循規蹈矩的編輯來。

「足見當時的雇傭關係有多麼的奇特。

「當我的朋友哈耶克把推薦信給老闆後，老闆非常熱情地接待了我，問我對動物有些什麼了解。看來他很滿意我的回答。我說了這麼一個想法：我向來就十分尊重動物，我把牠們看做是過渡到人的一個階段，從保護動物的觀點出發，我總是滿足牠的願望和要求。每一種動物別無要求，只求在被吃掉以前讓牠們能死得痛快些。

「鯉魚打一生下來就有一個固執的想法：認為女廚子活活將其開膛破肚是極不道地的。就拿砍公雞脖子的事來說吧，動物保護協會還在不遺餘力地努力實現，不讓沒有經驗的手宰殺家禽。

「油煎白魚時，牠們那彎曲的身軀表明在其喪命之時對『波多里』飯館將牠們用奶油活活煎死而發出的一種抗議。至於火雞……

「此時老闆打斷了我的話，問我對家禽、狗、羊、蜜蜂是否內行，對世界上種類繁多的動物是否熟悉，會不會從外國報刊上將圖片剪下來複製，能否譯介外文報刊上有關動物的專業性文章；還問我會不會翻閱德國知名生物學家布雷姆的著作；能否與老闆一起撰寫有關動物生活的社論；社論中心必須結合天主教的節日、四季氣候的變化、賽馬、狩獵、警犬訓練、民族節日以及宗教節日的變換，總之一句話，要以記者的眼光，通過短小而內容又十分豐富的社論來表現時代概貌的能力。

87　本書作者哈謝克曾是《動物世界》雜誌的編輯。

「我回答說我將如何辦《動物世界》這類雜誌已經有過深思熟慮了，等我掌握上述資料，我一定能把刊物上的各個欄目一一包下來。依靠我的努力，這份雜誌將提高到前所未有的水平，我將把它從形式到內容都來一個大改動。

「我將開闢新的單元，比如《動物的快樂園地》、《動物談動物》等，同時要緊密聯繫當前的政治形勢。

「我們要鋪天蓋地，一個動物接著一個動物地向讀者介紹，讓他們看眼花繚亂，讚嘆不已。而《動物的一天》專欄則應與《解決家禽問題的新綱領》以及《牲口間的運動》等單元交替刊出。

「老闆再次打斷我的話，他說我這計畫只要完成一半就足矣。他還說要送給我一對肉雞，說這種肉雞在最近一次柏林舉行的家禽展覽會上獲了大獎，場主榮獲配種優良的金質獎章一枚。

「我可以這樣說，我真賣力，我不遺餘力地堅持了我在雜誌社的『施政綱領』。到後來，我甚至發現，我寫的文章大大超過了我的能力。

「為了給讀者提供一點意想不到的新花樣，我自己編造出一些動物來。

「我本著這個原則出發，我認為，像象、虎、獅、猴、豬等這些動物品種早已為《動物世界》讀者所熟知，有必要給他們介紹點完全嶄新的發現。於是我就拋出了一個新的品種——硫化鯨。我的這種新鯨魚大如鱈魚，身上有個裝滿蟻酸的魚泡和一條特別的管道。硫化鯨從這條管道轟的一聲將蟻酸噴到牠想吞吃的小魚身上，小魚就麻醉了。一位英國學者研製出了一種毒性酸……我現在已記不清了，當時究竟給那種酸取了個什麼名字。鯨魚膏倒是眾所周知，而這種新的鯨魚酸引起了廣大讀者的關注，紛紛打聽生產這種純酸的人。

「我敢擔保說，《動物世界》的讀者都是些好奇的人。

「在我『發明』了這種大硫化鯨後不久，我又『發明』了一大串別的動物。我給牠們分別取名為：『狡猾的幸運兒』，一種袋鼠科的哺乳動物、『饞嘴公牛』、『母牛的老祖宗』以及『烏賊鞭毛蟲』——

我把牠歸入嚙齒科。

「我每天都有新的動物好增添。我自己也為我在這方面的如此成功感到驚訝，我從來也不曾想到過動物界竟還要我作如此多的補充，布雷姆在他的《動物生活》一書中竟然漏編了這麼多的動物。布雷姆和他的後繼者知道被我稱為『遠方蝙蝠』的冰島蝙蝠，以及稱為『麝香貓』的吉力馬札羅山上的家貓嗎？

「當今的自然學家們是否想像得出『庫納工程師[88]的跳蚤』呢？這是我在琥珀裡找到的，這隻跳蚤雙目失明，牠生活在地底下的遠古鼴鼠身上，這隻鼴鼠也是瞎子，因為根據我寫的，這隻鼴鼠的曾祖母與波斯托依納岩洞底下的一隻瞎『神蛙』交配過。當時這個山洞一直通到現在的波羅的海。

「從這一無足輕重的小事卻引起了《時光》與《捷克族人》刊物之間的一場大論戰。因為《捷克族人》在其大量的小品文中，有一篇談到了我所發明的跳蚤，說：『上帝所造，造得惟妙惟肖。』而《時光》則純粹從現實主義出發，把我的跳蚤連同那崇高、威嚴的《捷克族人》駁得體無完膚。自此，那發明創造新奇動物的福星已不再向我高照嘍。《動物世界》訂戶的不滿情緒在增長。

「這種不滿最初是由我幾則關於蜜蜂和家禽的短評引起的。在那些短評裡，我發表了一種使人感到惶恐不安的新理論，因為在我這些簡短的建議出來之後，就有一位著名的養蜂專家巴佐瑞先生中風，在舒馬瓦和克爾科諾謝山麓的蜜蜂紛紛死去。家禽也得了瘟疫。總之，什麼都死了。訂戶寄來了恐嚇信，拒絕訂閱我們的雜誌。

「我便轉向撰寫那些自由生長的鳥類。至今我還記得我和《農村天地》雜誌的編輯、教權派的議員卡德恰克先生的那場衝突。

「我從一份英國雜誌《農村生活》上剪下來一張圖片，上面有一隻蹲在核桃樹上的鳥。我順便就給

88 庫納工程師是作者哈謝克最忠實的朋友，多種文學作品的翻譯家。

牠取了個名字叫『核鴉』。像我平常毫不費勁地按邏輯推理出的那樣，把蹲在刺柏樹上的鳥叫『柏鳥』。

「沒想到這下可捅了大婁子啦。卡德恰克先生發表了一封公開信來攻擊我，硬說牠絕不是隻什麼『核鴉』，而是隻『松鴉』，說是由德文字松鴉譯過來的。

「我給他回了一封信，用我的全部理論對『核鴉』問題作了詳盡的論證，但信中盡是些帶髒字的罵人話和瞎編一通的所謂布雷姆的引文。

「卡德恰克議員在《農村天地》雜誌的一篇社論裡作了答覆。

「我的雜誌老闆伏克斯先生同往常一樣坐在咖啡館裡讀報，因為後來，他常常尋找有關對我在《動物世界》上發表文章的一些反應。當我一來到他那裡，他便把擱在桌子上的《農村天地》遞給我，輕聲地說著話，用憂鬱的目光望著我。那段時期他的目光一直是那樣地黯然神傷。

「我當著咖啡館所有顧客的面大聲讀道：

尊敬的編輯部：

我曾提請注意，貴刊常常使用一些非習慣和無規範以至無根據之術語。忽視捷克語言之純潔性，臆造花樣繁多之種種動物。我已指出，貴刊編緝不用自古以來普遍、廣為使用之「松鴉」一詞，而以什麼『核鴉』代之。「松鴉」這個名稱乃是從德文松雞一詞轉釋來的。

「『松鴉』，雜誌社老闆和我一起大聲地答覆了一遍。我繼續心平氣和地往下念：

之後，我收到一封寄自《動物世界》編輯的信。此信寫得極為粗俗，對鄙人進行人身攻擊。信中稱鄙人為不學無術之畜生。這樣的侮辱、謾罵，應該遭到嚴厲的申斥。正派人對科學性質之責備是不能來如此這般的回答。我倒真想知道，我倆究竟誰是更大的畜生。也許說得列，我不該用公開信的手段來表示我的反對意見，而應該寫封非公開的信。只因為我公務在身，忽視了這類雞毛蒜皮之小事。然而現在，在受到貴刊《動物世界》編輯的蠻橫無理抨擊之後，只得對他進行公開的譴責了。

貴刊編輯先生認為我是個連什麼鳥叫什麼名字都不知道、沒教養的畜生，這就大錯特錯了。我長期從事鳥類學研究，而且絕不是死啃書本，而是到大自然中進行研究的學者，我鳥籠子裡餵養的鳥比貴刊那位常將自己關在布拉格酒館飯店裡的編輯先生有生以來所見到過的鳥還要多。

其次，如果貴刊《動物世界》的編輯在下筆攻擊別人之前就弄清楚被他罵畜生的人是誰，想必有一定的好處。鄙人就住在摩拉維亞的米斯德克附近的弗利特朗特，直到登了這篇文章為止，還一直在訂閱你們的雜誌。

這並非在與哪個神經病進行個人之間的爭論問題，而是一個恢復事物本來面目的原則問題。在此，我要重申，既然我們已經有了眾所周知的、適合本國叫法的稱呼『松鴉』，在名稱的翻譯上再來個別出心裁，杜撰一番，那是不可饒恕的。

「『松鴉。』我的老闆用更加憂傷的聲調說道。我心境平靜，繼續往下念，不讓人打斷：

簡直是一種卑劣行徑嘛！事情出自一批門外漢和粗俗人之手。什麼時候所有人把松鴉叫做核鴉呢？在《我國鳥類》一書第一百四十八頁上有個拉丁字 Ganulusglandarius B. A.，這就是我說的那隻鳥——松鴉。

貴刊編輯應該承認，我對鳥類學比一個門外漢要了解得多。根據巴耶爾博士的說法，核鴉叫mucifraga catectes B.而這個拉丁文的B並非像貴刊編輯寫的是『白痴』的頭一個字母B[89]。捷克鳥類學學者只認得松鴉而不認得貴刊編輯杜撰的什麼核鴉。他自己才屬於按照他的理論來解釋的那頭一個字母為B的先生哩。粗暴的人身攻擊絲毫改變不了事物的本質。

儘管貴刊編輯在這裡耍了一個花招，可松鴉就是松鴉。儘管他也極其無禮地引證布雷姆的資料，但這只能證明他寫文章是極其輕率和不顧事實的。這個下流胚還寫道：據布雷姆著作第四百五十二頁上的論述，松鴉屬鱸魚類，與牠相近的有烏鴉、穴鳥類。他甚至無恥到如此地步，竟將我也說成是跟喜鵲、烏鴉類混雜的穴鳥，屬於笨蛋一大類。儘管在那頁上談的明明是森林松鴉和花喜鵲……

「『森林松鴉，』我的老闆捧著腦袋，嘆了一口氣說：『把報紙給我，我來把它念完。』

「我感到驚奇的是他在念的時候嗓子也嘶啞了。小圓蘑菇鳥或土耳其黑山鳥譯成捷克文也仍然是小圓蘑菇鳥，就好比大灰鶇就永遠叫大灰鶇一樣。」

「『大灰鶇應該叫柏鳥，老闆！』我指出：『因為牠們靠吃柏樹葉長大的。』」

「伏克斯先生把報紙往桌上一扔，鑽到撞球台下面去了，吐出了他所念的最後幾個字：『小圓蘑菇鳥』。」

「『根本不是松鴉，』他在撞球台下嚷道：『是核鴉。我一口斷定了，諸位！』」

「好不容易把他從撞球台下面拉了出來。三天後，他患流行性腦炎逝世。臨終前家屬在場。

「在他臨終前神智尚還清醒的那一剎那，他最後說了這幾句話：『依照我的看法，重要的不是我個人的利益，而是整體的幸福，從這一點出發，請你們接受我本著實事求是的精神作出的最後判斷，這就是……』說到此，他斷氣了。」

一年制志願兵沉默了一會兒之後頗為刻薄地對班長說：

「我想以此事來表明，每一個人都會有陷入困境的時候，每個人都會有犯錯誤的時候。」

班長似乎從這一番話裡悟出了一點：他自己是一個犯了錯誤的人。於是他又回到窗前，憂傷地望著窗外那飛快逝去的路程。

押送兵們一個個呆頭呆腦地互相盯著，而帥克對這個故事的興趣比其餘的人都要大。

帥克開口了：「世上無揭不開的祕密。你們不都聽見了嗎？連混蛋松鴉不是核鴉這件事最後不是也弄清楚了嗎？有人在這些事上愛抓個小辮子，這也的確太有趣了。臆想出這些動物來的確很難，而指出這些動物是杜撰出來的就更難了。多少年前，布拉格有一個叫麥斯特克的，他找來了一條美人魚，他把她放在維諾堡的哈弗利切克大街一張屏風裡面供人觀賞。屏風上開了一個洞，誰都可以從那裡看到裡面有一張半明半暗的沙發椅，椅上躺著一個從日什科夫來的小姐。她的雙腿被裹在一塊綠色的薄紗裡，這就算是她的尾巴，頭髮也染成綠色的，兩隻手上戴著手套，還用硬紙殼來做魚翅，也都是綠的，脊上還用了一根繩拴了個舵。十六歲以下未成年人不得入內。十六歲以上者買張票就可進去了。人人都喜歡這條美人魚的大屁股，屁股上還貼有法文題言：『再會』。至於她的乳房乾癟得跟那些老妓女一樣，垂到肚臍眼了。到了晚上七點，麥斯特克把幕放下，說：『美人魚，妳可以回家了。』她換了衣服，到晚上十點左右，你就能見到她在塔博爾街上遊蕩，一見到男人就悄悄說：『美男子，來跟我一塊去消遣消遣吧！』她因為沒有暱稱「黃本本」的營業執照，在警察掃黃行動中與其他私娼一起被抓走了。麥斯特克走的這門生意也就倒閉了。」

這時，神父從長椅上滾了下來，在地上繼續睡去。班長呆呆地望了神父一眼，在大家沉默無語、不動如山的情況下，他只好把神父拉回到長椅上去。誰也懶得幫他一把。看來，班長已是威信掃地。當他用有氣無力的聲音說：「你們總該幫我一把呀。」押送的士兵們只是望望他，連腳都不挪一下。

---

89 捷語「白痴」（blb）的頭一個字母是B。

「您該讓他躺在原地打呼才對，」帥克說：「我就是那樣對付我的那位神父的。有一回我就讓他睡在廁所裡，還有一回就睡在我的衣櫃上。他還常常睡在別人家的洗衣槽裡。天曉得他還在別的什麼鬼地方打過呼呢！」

這時勇氣忽然在班長心中升起。他想要讓大家明白，他是這裡的主宰。

他粗聲粗氣地叫道：「都給我閉嘴，別胡扯！每個當勤務兵的都喜歡耍嘴皮子。你們一個個都像是一隻臭蟲！」

「那不用說，班長先生，您就是上帝嘍？」帥克完全以一個想在全世界實現和平的哲學家的平靜態度回答了他，同時同他展開了一場可怕的爭論：「您就是那受苦受難的聖母嘍？」

「主啊！」一年制志願兵拱手呼喚了一聲：「讓對所有長官的愛充滿我們的心靈，千萬別讓我們以任何鄙視的眼光看待他們！願我們在這囚犯車上的旅行一路順風！」

班長漲紅了臉，一下跳了起來：「你少跟我來這一套，你這個笨志願兵！」

「絲毫不能責怪您，」一年制志願兵安慰地說：「在許多種類的動物中，大自然根本不承認牠們有什麼智商。您大概也聽人講起過人類的愚蠢的一面？您假如生下來就同其他哺乳動物一樣，不掛上人和班長這塊愚蠢的招牌那豈不更好嗎？您如果自以為自己是個多麼完美、多麼發達的生物，這就大錯特錯了。如果把您那幾顆星星扯掉，您就成了個可以在隨便哪個戰壕或前線什麼地方挨槍子的大笨蛋、啥也不是的無名小卒。如果再給您添上一顆星，就把您變成了一個新的生物，名叫上士，那您的事就沒個順當的時候了。您的智商會更加低下。最後，當您把您自己那副尚未開化的骨頭攤在戰場上的時候，整個歐洲都不會有一個人為您落淚的。」

「我要把你關起來！」班長簡直絕望至極地叫嚷。

一年制志願兵笑了笑說：「您一定是因為我罵了您才要將我關起來。如果是這樣的話，那您一定是在撒謊，因為根據您的智商，您是絕對聽不出來什麼是侮辱；而且我還可以跟您打賭，您根本就記不住我們剛才的對話。我如果說您還是一個沒有發育好的胚胎，那您一定會在我們到達下一站之前就會把它忘掉。您這個枯死了的腦餡餅。我簡直無法想像，您還會在什麼地方把我剛才跟您說的這一席話連貫地重述一遍。此外，您也完全可以問問在場的別的人，看我說的話是否觸犯了您的智商，以及哪怕是一點點侮辱。」

「絕對沒有，」帥克證實說：「沒有任何人說過使您往壞處去想的話。一個人假如感到自己受到侮辱，那樣子總要顯得很難看的。有一回，我坐在『隧道』夜間咖啡館裡和別人一道聊起猩猩來。那回還有個水兵跟我們一起聊。他認為很難將猩猩同長落腮鬍的人區分開來。那種猩猩的下巴上長滿了毛，那毛就像……像……他說：『好比說就像坐在旁邊桌上的那位先生吧！』我們所有人此時都跟著他的手指把頭掉過去，那位大鬍子先生起身就衝著水兵走過來，『啪』的一聲給了他一個耳光。水兵抓起啤酒瓶，那傢伙的腦袋就開了花。大鬍子頓時就倒在了地上，暈了過去，水兵一看到那位先生被他打死了，於是便溜之大吉。後來我們把那位先生救活了。這事我們可真不該管。因為他一甦醒過來就立刻叫來巡警，把我們大夥全帶到警察局去了。在那裡，他一口咬定說我們把他當猩猩，一個勁議論他。他老是這麼重複說。我們說沒有的事，我們根本就沒說他是猩猩。他一個勁強調說我們說了，說他親耳聽見的。我們請求警察局長替我們向他解釋清楚。局長也好心地向他作了解釋，可他根本不予理會，還說局長跟我們一個鼻孔出氣。局長叫人把他關了起來，讓他清醒清醒，我們也就準備返回『隧道』咖啡館，可是沒回去成，因為我們也被丟進了監獄。您瞧，班長先生，一點不值一談的芝麻大的小誤會也能惹出大事來的。一位奧克洛赫利采城的公民，在德國的布羅德有人管他叫老虎蛇，他覺得受到侮辱。當然還有些類似的字詞，但也並非什麼絕對該受懲罰的字詞，比方說，我們假如說您是隻麝鼠，您能為這話生我們的氣嗎？」

班長吼叫了起來。不能把這種叫聲單純地稱之為吼叫，而是一種表示強烈憤恨的凶猛吼聲、狂怒和絕望的號叫匯集而成的最強聲響，加上神父鼻孔裡發出的尖細哨聲作伴奏，可見這是一個絕妙的音樂節目。

班長在這凶猛的吼聲之後，完全陷入到憂鬱的深沉之中，一屁股坐到椅子上，臉部毫無表情、兩眼滿含淚水地盯著遠外的森林和山巒。

「班長先生，」一年制志願兵說：「您此時凝視著峻峭高山和芳香森林的樣子使我想起了偉大詩人但丁的形象。您也擁有詩人那樣高貴的臉龐，溫和善良的心腸，氣度高雅的動作。請您就這麼坐著別動，您這姿勢太美了！神情是那麼高尚，毫無半點矯揉造作與倨傲之勢，眼睜睜地望著原野。您一定在想，待春天來到時，這荒涼的原野將會變成鮮花綠草的地毯，那該是多麼美啊……」

「小溪繞著地毯流淌，」帥克補充說：「班長先生舔著鉛筆，坐在樹樁上，正為《小讀者》雜誌寫詩呢。」

班長處於毫無任何表情的冷漠狀態中，一年制志願兵卻硬堅持說他在一次雕塑展覽會上見過有班長的一座頭像。「請問班長先生，您不曾給雕塑家什圖爾當過模特兒？」

班長望了望一年制志願兵一眼，憂鬱地說：「沒當過。」

一年制志願兵沉默不語了，伸直了腿躺在椅子上。

押送兵們同帥克在打撲克。班長沮喪地在一旁觀看，甚至有時還發表意見認為帥克出錯了，不該出王牌，到最後一輪就能得七分。

「在過去的一些酒館的牆壁上都有一些專門對看牌的寫的一些標語。」帥克說：「我還記得其中一條是這麼寫的：『看牌要插嘴，小心打斷腿！』」

軍列就要進站，馬上就有人來檢查。火車停了下來。

「瞧，」一年制志願兵眼睛緊逼班長說：「檢察官來了……」

檢察官進了列車廂。

軍列指揮官是由參謀部指派的預備役軍官摩拉斯博士擔任。

當預備役軍官的時常會接到這種莫名其妙的差事。摩拉斯博士把這差事辦砸了，弄得亂七八糟。雖然入伍前他在七年制理科中學當過數學老師，可是軍列少了一節車廂他竟怎麼也算不出來。另外，他在前一站領到了名冊，可是他怎麼也不能使名冊上的人數跟在布傑約維采上車的官兵數目相吻合。他按名冊一個個核對時，竟神不知鬼不覺地多出了兩個野戰炊事班來。當他統計馬匹時，又多出來了許多。他急得好像有許多螞蟻在他背脊上爬來爬去。在軍官名單中又少了兩個預備役軍官。設在前面車廂裡的團部辦公室裡的一架打字機竟不翼而飛了。這一筆糊塗帳使他頭疼得要命。他已經服了三包阿斯匹靈藥粉，這時正在愁眉苦臉地檢查這趟軍列。

他和自己的隨行人員走進了囚犯車廂，看了看名冊，然後聽取倒楣的押送班長報告：他押送犯人兩名，外加押送隊若干人。軍列指揮官根據名冊核對了數字，又向周圍瞄了瞄。

「這是你帶的什麼人？」他指著神父厲聲問道。這時候的神父正趴著睡覺，把他的屁股正挑釁性地對著檢查人員。

「報告中尉長官，」班長結結巴巴地說：「這……這個……」

「什麼『這個』？」摩拉斯博士不滿地說：「直截了當地說清楚點！」

「報告中尉長官，」帥克替班長回答道：「趴著睡的不是別人，正是喝醉了的神父大人。他是自己鑽到我們車廂裡來的。因為他是上司，我們無權也不可能將他攆出去，以免犯目無長官之過錯。他八成是將囚犯車廂當軍官車廂了。」

摩拉斯博士嘆了一口氣，查看了自己手上的名冊。名冊上並未提及搭乘這趟軍列去布魯克的神父呀。他神經質地眨巴著眼睛。上一站給他多出來了幾匹馬，這一站囚犯車廂裡又給他鑽出來了一個神父。

他別無他法，只好讓班長將睡著的人翻個身，否則，就他目前睡覺的姿勢，無法認出他到底是誰來。

班長費了好半天的勁才將神父翻了個身。這時。神父醒了，見一名軍官站在他面前便說道：「喂，你好，弗雷迪，有什麼事？晚飯準備好了嗎？」隨後又閉上眼睛別過臉，朝裡睡去。

摩拉斯博士立刻認出了這正是頭一天在軍官食堂裡大吃大喝吐了一地的那個饞鬼，他輕輕地嘆了一口氣。

「此事，」他對押送班長說：「你得向上報告一下。」他正轉身要走時，帥克拉住了他說：

「報告，中尉長官，我不屬這裡的人了，我的禁閉時間是到十一點為止，因為正好是今天到期了。我的禁閉期是三天，現在我該跟其餘的人一起坐到牲口車廂裡去了。鑒於早就過了十一點，我請求您，中尉長官，要麼放我下車，要麼把我挪到我該坐的那節牲口車廂去，再不就把我送到盧卡斯上尉那裡去。」

「你叫什麼名字？」摩拉斯博士一邊問他說，一邊查看自己手上的花名冊。

「約瑟夫・帥克！報告中尉長官！」

「啊哈，原來你就是大名鼎鼎的帥克呀，」摩拉斯博士說：「你的確應該在十一點解除禁閉的，但盧卡斯上尉先生給我打了個招呼，說車到達布魯克之前不讓我把你放出來，說這樣較安全，至少你在路上不會鬧出什麼亂子來。」

檢察官一走，班長樂了，忍不住尖刻地說：

「你瞧，帥克，你向更高一級上訴，有個屁用，哼！如果我願意，我完全可以把你倆收拾一頓。」

「班長先生，」一年制志願兵立即加以反駁，說：「您這番話說得那麼有骨氣，還能叫人起敬。可是一個文明人，即便在生氣或者想要攻擊別的什麼人的時候，也不應該使用屁呀屎的這類詞彙。還說什麼您可以收拾我倆一頓，這種威脅也實在可笑了一點。真見鬼，您既然有了這麼個機會，那您為何不這麼做呢？這其中大概還想表現出自己精神上的成熟和非同尋常的客氣吧！」

「夠了！」班長跳了起來：「我完全可以把你倆送到監獄裡去的。」

「為什麼不呢？親愛的？」一年制志願兵裝著無辜的樣子問道。

「這是我的事。」班長勇氣十足地說。

「您的事？」一年制志願兵微笑著說：「您的事也是我們的事。就跟玩撲克牌一樣，我的錢終究也會成了您的錢。說穿了，就是因為要您親自去向上報告，您才對我們這般大喊大叫，這顯然是濫用職權。」

「你們簡直是些蠻橫無禮的傢伙！」班長鼓足了勇氣，裝出一副嚇人的樣子說。

「我跟您講幾句，班長先生，」帥克談了一席話：「我算是個老兵了，戰前我就在軍隊服役，我看罵人是沒什麼好下場的。想當年，我服役那時，我記得我們連裡有個叫史萊特的人。他在超期服役。他當上了中士，本來早就可以復員回家，可是您瞧，他是個倒楣蛋。由於他心氣不順，便像蒼蠅盯屎一樣老圍著我們當兵的，總是跟我們過不去，他不顧一切法令，使出渾身解數對我們進行無理指責。他總罵我們：『你們算不上士兵，頂多是一群果園的看守人。』有一次把我惹火了，我去向連長反映此事。『你有什麼事？』連長問。『報告，上尉長官，我要告我們連的史萊特軍士。我們好歹是皇帝陛下的士兵，絕不是他說的什麼果園的看守人。我們效忠皇帝，不是看果園的。』

「『瞧瞧你，昆蟲一隻，』連長回答我，『再也別讓我瞧見你！』我請求將此事挪到營部去上訴。

「在營部，我向上尉長官說明我們不是果園的看守人而是皇帝陛下的士兵，他讓我坐了兩天禁閉。我再次請求將此事挪到營部去上訴。上校在我說完這番話之後對我直吼，說我是白痴，要我見鬼去。我還是那一條原則：『報告，上校長官，請將此事挪到旅部去上訴。』他嚇了一大跳，立刻叫辦公室的人來將我們的史萊特軍士叫來，這位史萊特不得不當著全體官員的面為『果園看守人』這個詞向我道歉。之後，他在院子裡追上我說：從今起再也不罵我了，可是卻要把我送進警備司令部監獄。打這之後，我對自己加倍小心，然而也沒把自己管住。有一天，我在倉庫處站崗。每位站崗的都喜歡在牆上亂塗亂畫。不是畫娘兒們的陰部就是寫幾句打油詩。我想不出來寫什麼，想了好半天才在牆上有條『史萊特軍士是個壞蛋』的題詞下簽了個名。這個狗雜種軍士立刻去告了密。因為他一直像條警犬般跟著我，盯我的梢。糟糕的是在這行題詞的上頭還有一條『打仗咱不去，拉它一泡屎』的題詞。這事發生於一九一二年，正是因為普洛哈斯卡領事[90]的事把我們集合起來準備去打塞爾維亞的那一年。他們立即將我送到特萊辛軍事法庭。法庭的先生們把倉庫牆上的那段題詞，來回地拍了近十五次照片，為了核對我的筆跡，他們還強迫我寫了十遍『打仗咱不去，拉它一泡屎』，寫了十五遍『史萊特軍士是壞蛋』。最後，還請來了一位筆跡專家讓我寫了一遍『一八九七年七月二十九日，拉貝河上的王室宮廷遭到拉貝河泛濫的河水威脅。』這還不夠，法官對筆跡專家說：『我們要重點審查「拉屎」這兩個字的字跡，您要盡量挑些帶有 s 和 r 字母給他寫。[91]』接著要我寫『塞爾維亞人』、『框架』、『拙劣品』、『疥癬』、『智慧天使』、『紅寶石』、『地痞』[92]一大串詞，把專家弄得手忙腳亂，膽戰心驚，因他老盯著後面站著的那個端著刺槍的士兵。最後他說這件事應立即呈報維也納，他讓我連著寫三遍『太陽也開始烤人，熱得厲害』。又將全部資料呈送到維也納審理，結果宣布牆上的題詞不是我的字跡，名字則是我簽的，可是這一點我早就招認了。為此判了我六個星期的刑，因為我是在站崗時去簽的名，他的意思就是說我在牆上去簽名的時候，決不能同時站好崗、放好哨的。」

「你瞧，」班長不無滿意地說：「你終究還是逃不過懲罰吧？你這個該死的罪犯！如果我是那位法官，我就不止給你判六星期，而是六年。」

90 普洛哈斯卡是當時奧匈帝國駐普里茲倫的領事。一九一二年十月，正當塞爾維亞、保加利亞、羅馬尼亞、希臘等準備聯合起來攻打土耳其時，這位領事向奧皇報告說塞爾維亞當局對他執行公務製造困難，於是奧匈帝國軍隊隨時準備開進塞爾維亞。

91 捷語「拉屎」一詞「velka'strana」中有 s 和 r 字母。

92 在捷語中，這些字詞中都有 s 和 r 字母。

「您就別那麼幸災樂禍了，」一年制志願兵說：「您還是對自己的下場、是否會搞丟班長頭銜等問題多加考慮一些為佳。檢察官剛跟您說了，要您親自去報告。這類事情您得非常認真地去做好準備才對。您認為離我們這趟軍列最近的一顆恆星比太陽遠二十七萬五千倍，因此它的視差等於一弧形秒，您這看法顯然是違反宇宙的嘍！如果說您也算是宇宙中的一顆恆星的話，那您一定是一顆小得必須得藉助最好的天文儀器才能觀察到的一顆星星。因為您太渺小了，所以宇宙間根本沒有您的概念。半年之後您在天上畫一道小弧，一年之後畫上一個小橢圓形。可仍然沒有數字概念來表示它，足見它是多麼的小。您的視差數小得無法加以測量。」

「在此情況下，」帥克補充說：「班長先生又可以引以為榮的是沒有任何東西可以測量他。不管向上報告的結果會把您怎麼樣，班長先生，您都得保持鎮靜，不要發火，因為每次發火都有損健康。在此戰爭之際，人人都要珍惜、愛護健康。戰爭造成的苦難要求每一個人都不可以輕易完蛋。」

「假如他們把您，班長先生，關了起來，」帥克帶著親切的微笑接著說：「如果是您遭到這樣、那樣的冤枉，您也不應當喪魂落魄。他們想他們的，您就想您自己的。我認識一個叫弗朗茲・史克沃爾的燒炭工。戰爭之初，他和我一起因為叛國罪被關在了布拉格警察局。後來為了維護國事詔書[93]的規定把他處決了。偵訊時法官問他對審判筆錄有何不同看法時，他說：說是怎麼樣就是怎麼樣的，反正就是這樣的，從來就沒見過說事情不是這樣的。

「因為這幾句話又把他打入黑牢，兩天不給吃喝，後來又帶他去偵訊。他仍堅持原來說法：『說是怎麼樣就是怎麼樣的，反正就是這樣的，從來就沒見過說事情不是這樣的。』後來把他送到軍事法庭去了，可能就為了這幾句話而被送上了絞刑架。」

「聽說現在被絞死和被槍斃的人都不少，」一個押送兵說：「不久前我們在練兵場聽了一道通令，說在摩札爾一個叫古德爾納的預備役兵被槍斃了。因此正當他在貝納舍夫同老婆告別時，一個大尉用馬刀砍死了他老婆手上抱著的小男孩，這個士兵發火了。同時他們還關押了一些從事政治活動的人。他們在摩拉維亞還斃了一個編輯。我們大尉說了，別人也會等來這一天的。」

「什麼事情都得有個限度。」一年制志願兵說了句雙關語。

「你說對了，」班長說：「像這些編輯就該挨子彈。他們就會煽動人們。那是前年的事了，那時我還是個上等兵，在我手下就有一個當過編輯的兵。我有好多個稱法，可他就是一個勁地稱我為『軍隊的敗類』。等到我帶他軍訓時，我就弄得他汗流浹背。他總是這麼說：『請你把我當人看。』我是要讓他看看什麼叫做『人』。趕上兵營院子裡到外都是水窪時，我就專門訓練他『臥倒』。我把他帶到一塊水窪前，這小子就不得不趴在跟游泳池裡一樣濺得高高的水裡。到下午又命令他軍服必須穿得乾乾淨淨，要跟玻璃一樣平整。他是邊刷洗邊嘆氣，他還要記個筆記。到第二天我又讓他跟一隻在爛泥裡打過滾的豬一樣。我站在他的上方對他說：『怎麼樣，編輯先生，到底誰大？是我這個軍隊裡的敗類還是你的那個人呢？』簡直就是一個十足的書呆子。」

班長十分得意地瞟了一年制志願兵一眼，接著說：「正因為他有那一肚子的知識，所以他在報上大談特談什麼士兵受虐待的問題，那才把那個志願兵的牌子也給弄丟了。這麼個有學問的人卻不會拆卸槍栓，你就是給他做十遍他也不會。當你發令『向左看齊』，他像故意似的把腦袋往右邊一轉，還像隻黑烏鴉似的眼睛直瞪瞪地望著你。授他槍的時候，他不知道是抓何處，是先握槍帶呢？還是先抓彈匣？你告訴他怎麼取下槍帶，他卻什麼也不懂，就像小牛犢盯著一扇新大門樣傻望著你。他連槍帶掛在哪個肩膀上都搞不清，行起軍來像隻猴子。要他向左、向右轉時那真要了命。你沒見他學正步的那副樣子，要他轉體，他根本不在乎他的腳丫子是怎麼轉動的，嚓、嚓、嚓，說不定要你再往前走個五、六步，然後

93　指「神聖羅馬帝國」皇帝查理六世於一七一三年發布的國事詔書。規定如果他無子嗣，即將奧地利皇室全部土地交與長女瑪利亞・德萊齊婭繼承。後來，國事詔書的反對派跟德萊齊婭進行了多年戰爭。此處法官將史克沃爾說的「說是怎麼樣就是怎麼樣……」這段話與查理六世的詔書胡亂地聯在一起來判刑。

才像隻搖尾巴的大公雞一樣笨頭笨腦地轉過來。齊步走時他不是像個患有關節炎的人，就是跟個老太太在祭祀節日跳舞一樣走著。」

班長吐了一口口水又說：「我故意發給了他一支鏽得要命的槍，好讓他練習學會擦槍。他簡直像公狗纏著母狗一樣地擺弄它，可是他就再買上兩公斤的麻絮也擦不乾淨那支槍的。他愈擦愈糟糕，愈擦愈鏽得厲害。大夥兒也奇怪他的槍怎麼會鏽成這個樣子。我們的大尉總是這麼說他，說他根本成不了一個軍人，趁早拿根繩子去上吊吧，免得白吃軍餉。他只是隔著自己那副眼鏡擠擠眼。趕上沒有值勤或兵營休假，他跟過節一樣的高興。每逢這樣的時刻，他通常都用來寫些士兵受虐待的文章寄到報社去發表，結果他的箱子遭到搜查。他箱子裡的書多得很，全是些講裁軍、講各民族人民和平共處的書。就因為這個，把他送進了警備司令部的監獄。自此之後，我們清靜多了。直到有一次在辦公室裡見到他在抄寫領餉的花名冊，讓他盡量少與士兵接觸。這就是這個書呆子的悲慘下場。假如他不這麼胡來，沒丟掉志願兵晉升機會的話，他很可能就當上了中尉了哩。」

班長長嘆了一口氣：「他連軍大衣上的褶都不會打。他只知道從布拉格訂購來一些擦釦子的水劑和各式各樣的油，可他的釦子還是鏽得跟以掃[94]的身子一樣。可是要耍起貧嘴來他比誰都在行。他在辦公室裡別的什麼都不幹，只一個勁地從事他的那些哲學研究。他早就有這個癖好，就像我曾經對你們說的，他開口閉口就是『人』。有一次他已經臥倒在水坑裡了，可他還在那裡扯淡，於是我就對他說：『你既然總跟我嘮叨人和泥土，那今天我就讓你記住：人是上帝用泥土做成的，所以你必須待在泥土裡。』」

班長自我陶醉、眉飛色舞地說著，並等著一年制志願兵開口，看他還有啥可說的。可是帥克卻搶先搭腔了。

「也是因為這種吹毛求疵的事情，多年前，在三十五團有個叫科尼切克的，用刀子捅死了班長和自己。這事登在《信使》雜誌上。班長身上被捅了大約有三十刀，其中十八刀是致命的，那士兵後來就坐在班長的屍體上，把自己也捅死了。多少年前，在達爾馬提亞也發生過這樣的事情。人們把一個班長砍成了好幾段。至今也還不知道是哪些人幹的。因為是祕密幹掉的，只知道被砍死的班長叫費雅拉，是都爾諾夫近郊德拉波夫納村人。另外。我還知道七十五團有個叫萊曼克的班長……」

帥克令人欣慰的講述被拉齊納神父的大聲哀嘆聲打斷了。

這時候，神父帶著尊嚴醒了過來。他醒過來的那副神態活像老是那麼快活的拉伯雷[95]筆下的巨人饞鬼卡岡都亞早晨醒來的樣子。

神父在椅子上一個勁地放屁、打嗝，衝著周圍雷鳴般地打哈欠，最後終於坐了起來，驚訝地問道：

「我的天，我這是在哪裡呀？」

班長見這位大人物醒來了，便奉承地回答：

「報告，神父長官，您光臨了囚犯車廂。」

剎那間，一道驚訝的神色從神父臉上掠了過去。他不聲不響地在那裡坐了一會兒，深思著。他想也是白想。在前天晚上發生的事情和當前他在裝有鐵柵欄窗子的列車車廂裡一覺醒來，兩者之間，似乎橫著一片茫茫大海。

最後他問那個奴才相十足地站在他面前的班長說：「是奉誰的命令把我當做……」

「報告，神父長官，誰的命令也不奉。」

神父站起身來，開始在椅子之間踱來踱去，喃喃自語：「真摸不著頭腦。」

94　據《聖經》記載，以掃和雅各為孿生兄弟。哥哥以掃生下來就是鐵鏽紅的，在捷語中，「鐵鏽紅」與「生鏽的」是同一個字。故有此比。

95　弗朗索瓦・拉伯雷（Rabelais），法國偉大的諷刺作家、歐洲文藝復興時即人文主義代表作家之一。他的代表作《巨人傳》的內容具有強烈的反封建的進步意義。

然後又坐下來問道：「我們是往哪裡去呀？」
「報告，神父長官，往布魯克開。」
「我們怎麼到布魯克去呀？」
「報告，神父長官，我們整個九十一團都轉移到那裡去。」
神父又開始絞盡腦汁追想事情的經過：他怎麼上了這節車廂，為什麼偏偏在押送之下跟九十一團一道開到布魯克去。
最後他從醉如爛泥中清醒過來，能夠認出一年制志願兵。於是他轉向他問道：
「你是個知識分子，也許你可以給我說得清楚些，不要含糊，我是怎麼到你們這裡來的？」
「十分樂意為您效勞。」一年制志願兵和藹地說：「事情很簡單，早晨在車站上車的時候，您自己跑到我們車廂來了，因為當時您的頭已經有些暈了。」
班長嚴厲地望了一年制志願兵一眼。
「您上了我們這節車廂，」一年制志願兵接著說：「這是事實。您往椅子上一躺，隨即這位帥克就把他的軍大衣墊在您的頭下。當列車在上一站接受檢查時，您呀，請允許我這麼說吧，您就被列入在列車上被找到的軍官名冊裡。您就被正式發現了。我們的這位班長還得為您這事吃官司呢。」
「我明白了，我明白了，」神父嘆了一口氣說：「到下一站我還是挪到軍官車廂去的好。你可知道，午飯開了嗎？」
「不到維也納是不會開午飯的，神父長官。」班長回答說。
「原來是你把軍大衣墊在我的頭下的？」神父對帥克說：「衷心感謝你！」
「不值得感謝，」帥克回答：「我只是做了一個士兵應該做的事。任何一個人假如見到自己長官的頭底下什麼也沒墊，而且還喝得暈乎乎的時候，都會那麼做的，每個士兵都該尊重他的長官，哪怕那位長官已經喝得不省人事。我伺候神父是有一套的，因為我給卡茲神父當過勤務兵。隨軍神父都是些熱心腸的快活人。」

由於頭一天的狂飲狂歡，使神父激發出一種民主友善的精神，他掏出一根香菸，遞給帥克：「抽吧！」

「聽說你還得為我的事去吃官司，是嗎？」神父對班長說：「你一點也不要害怕，我保證你沒事。」

「至於你，」他又對帥克說：「我要把你帶到我身邊，一定會讓你像躺在鴨絨被子裡一樣過舒服的日子。」

他忽發善心，大許其願：要請一年制志願兵吃巧克力，請押送兵的弟兄們喝蘭姆酒，還答應把班長調到附屬騎兵第七師師部攝影隊去，把這裡所有人都解放，讓他們都有好日子過，他任何時候都不會忘記他們的。

他不單只給帥克一個人抽菸，還從口袋裡把菸拿出來給大夥抽，宣布所有人都可以抽菸，並答應想辦法使犯人們都得以從輕發落，從而盡快恢復軍人的正常生活。

「我不願意你們任何人將來怨恨我，把我想得很壞，」他說：「我認識許多人，他們跟著我是不會倒楣的。你們給我的印象都很好，覺得你們都是些上帝喜歡的正派人，假如你們有了罪孽，你們就得為自己的罪孽受到懲罰。我看得出：你們在高興而且心甘情願地承受上帝賜予你們的懲罰。」

「你為什麼受罰呢？」他轉身問帥克。

「上帝賜予我的懲罰，」帥克十分虔誠地回答：「上帝通過團部的人給我懲罰，神父長官，就因為我非主觀原因而到達團部的時間遲了。」

「上帝是最仁慈而且最公正的，」神父肅然起敬地說：「他知道他該罰誰，因為他就是用這種方法來顯示他的遠見和萬能。你這位一年制志願兵又是為何坐在這裡呢？」

「因為，」一年制志願兵回答：「仁慈的上帝賜風溼症於我，我就驕傲自大起來。等我解除懲罰後，我就要被打發到炊事班去。」

「上帝的威力無邊，」神父一聽到「炊事班」三個字，精神為之一振。「正直的人在炊事班裡工作，前途無量。恰恰需要一些有文化知識的人進到炊事班裡去配菜，因為菜做得好壞，關鍵不在燒和煮，而在於擁有一種愛心、專心地將各種原料調配適當地弄在一起。就拿肉汁來說吧，有文化的人用洋蔥做肉汁時，一定是各種青菜都用一點，放在奶油裡燉，然後放香料、胡椒，再放上一點新鮮的調味品，稍微放點香草。可是一個普通的、沒有教養的廚師就只會煮煮洋蔥，然後澆上點黑糊糊的肉湯放在炒熱的麵粉裡勾芡一下就算完事了。我真希望能見到你在軍官食堂裡工作。一個人在別的職業裡、生活裡沒有學問也照樣活下去，可是在廚房裡就大不相同了。昨天晚上，在布傑約維采軍官俱樂部給我們吃了馬德拉酒燉肉。能做出這道美味燉肉的廚師，一定是個很有文化知識的人。如果他有什麼罪過的話，也願上帝寬恕他的一切。那個軍官食堂裡也確實有一位從斯庫特茲來的老師。我在第六十四預備團的軍官俱樂部裡也吃過一回馬德拉酒燉肉，可他們像普通飯館裡一樣，撒了不少的胡椒，還往裡面放小茴香。你猜做這菜的人戰前是幹啥的？是在一個大莊園裡餵牲口的！」

神父沉默了一會兒，然後把話題轉到《舊約》、《新約》中的烹調問題上。在新舊約裡說了，要求人們對於禱告和慶祝宗教節日的活動之後的宴席要十分重視。隨後神父號召大家來唱歌，帥克總是興致勃勃，但是仍和從前一樣總是走調地唱道：

霍多林的瑪琳娜朝前走著，
神父抱著葡萄酒桶隨後緊緊跟著。

可是神父聽了一點也不生氣。

「一桶葡萄酒倒用不著，如果這有那麼一點點蘭姆酒就好了，」他帶著十分友好的心情微笑著說：「至於瑪琳娜，沒她也行，她只會誘人犯罪。」

這時，班長小心翼翼地把手伸進大衣口袋裡掏出一瓶蘭姆酒來。

「報告，神父長官，」他輕聲地說，從聲音裡聽得出來他是作了很大犧牲的，「請您別見外。」

「我怎麼會見外呢？小伙子。」神父興高采烈地回答，並愉快地舉起酒杯，「為我們幸福旅程乾杯！」

「耶穌瑪利亞！」班長見神父咕嘟一口，半瓶下了肚，不禁驚嘆道。

「你是一個男子漢，」神父笑著對一年制志願兵意味深長地眨眨眼說：「你對什麼都罵，上帝當然要懲罰你的。」

神父又喝了一口，然後把酒瓶遞給帥克，像指揮官下命令似的說：「把它喝掉！」

「軍令就是軍令！」帥克把空酒瓶還給了班長，和和氣氣地對他說。押送班長的眼神奇怪得像個發了瘋的人。

「列車到達維也納之前，我想睡一會兒覺，」神父說：「等到了維也納，你們再把我叫醒。」

「你，」他轉過身來對帥克說：「你到我們的軍官食堂去，給我拿副刀叉，要一份午飯來。告訴他們，這是拉齊納神父要的。我跟你說，要個雙份。假如有麵包片，你就別挑兩端，因為比較小，划不來。然後給我到廚房裡去弄瓶葡萄酒，帶個飯盒去，讓他們給你倒點蘭姆酒。」

神父在口袋裡掏了一遍。

「你聽我說，」他對班長說：「我沒帶零錢，借給我一個盾[96]……好，你帶上。你叫什麼名字？」

「帥克。」

「那好，帥克，這個盾給你在路上花。班長，你再借給我一個盾吧。你瞧，帥克，等你把事辦好了，你還會得到第二個盾的。啊，還有，你再從他們那裡給我弄點香菸和雪茄來；如果發巧克力的話，

96　舊奧匈帝國貨幣單位。

你就給我要兩份；如果發罐頭，你記住，請他們給你燻舌頭或鵝肝的；如果發瑞士起司，你可記住千萬別讓他們塞給你一塊靠邊邊的，匈牙利香腸也是，千萬不要兩端的，要正中間的那一段，吃起來才柔軟有彈性。」

神父在長椅上伸了個懶腰，一會兒就睡著了。

「我想，」在神父的鼾聲中，一年制志願兵對班長說：「你對我們撿來的孩子非常滿意吧？他真是世上少有的小奶娃。」

「就像常言說的那樣，」帥克說：「斷了奶的小奶娃，班長先生，他已經會自己抱著奶瓶喝了。」

班長躊躇了一會兒，突然丟開了對神父的那股恭順，很生硬地說：「簡直乖到家了。」

「他說，他要給我錢，可又沒帶零錢，」帥克脫口而出：「這使我想起了德依維采一個叫里契訶的泥水匠。他也總是說沒帶零錢，直到後來因為詐騙案而被關進了監獄。他把整個家產都喝光了，卻總說沒帶零錢。」

「在七十五團，」一個押送兵插嘴說：「有位連長在戰前把全團現金櫃的錢拿去喝酒了。必須撤職查辦。但現在又當上了連長。還有一個軍士，偷了

三十多包做領章的呢絨，他如今卻當了准尉軍官。可是有一個步兵不久前在塞爾維亞給斃了，因為他把三天的罐頭一次就吃光了。」

「這算啥，」班長宣稱：「而向一個窮班長借兩個盾去給小費，那倒真是……」

「你把這個盾拿去，」帥克說：「我根本就不想靠你的錢來發財。即使神父要再給我一個盾，我也照樣會還給你的，免得你哭鼻子。當有那麼一位你的軍隊裡的上司找你借點錢去花，你應該感到榮幸才對。你也太小氣了一點，拿出這麼兩個小小的盾算得了什麼嘛。要是需要你為自己的上司去送命，比方說，他負了傷重倒在敵人的線路上，要你去救他的命，用你的雙手將他從戰火中抱走，敵人對著你扔榴霰彈和別的天曉得什麼玩意兒，我倒想看看你會是個啥樣子。」

「如果是你呀，鐵定嚇得屁滾尿流，」班長反擊道：「你這個臭勤務兵！」

「交戰的時候嚇得屁滾尿流的人有的是，」又一位押送兵說：「前不久，聽從布傑約維采來的一個受傷朋友說，他在進攻發起的時候接連拉了三泡屎，頭一次是從掩蔽所爬到鐵絲網前的平地去的時候；第二次是開始剪斷鐵絲網的時候，最後是俄國人揮舞著刺刀高喊『嗚啦』衝過來的時候。這第三次乾脆就拉在褲襠裡算了。後來他們又退回到掩蔽所。他說他們那一連沒一個人不拉一褲子屎的。一個死去的士兵的兩條腿懸空吊在胸牆上，他是在進攻時被榴霰彈削去了半邊腦袋，像是刀削的。他在臨終時連屎帶血拉了一褲子，從褲子順著軍皮靴滴淌到掩蔽所，他那半邊腦袋和腦髓卻泡在糞便和鮮血裡。誰都無法料到發生在他身上的那種事情。」

「有時候，」帥克說：「在交戰當中，會有人感到一種噁心、嘔吐。在布拉格波霍舍列茲區的『全景』酒館裡，有個從普塞米斯爾來的傷兵講了一則他們在碉堡底下拚刺刀的故事。一個連人帶刀都糊得髒兮兮的，還流著一大串鼻涕的俄國彪形大漢向他衝來。他一見大漢的那串鼻涕，立即感到一陣噁心不舒服想吐。於是就往包紮所跑，所裡說他染上了霍亂，立即將他送往佩斯霍亂防治所，在那裡，他果真得了霍亂。」

「他是個普通士兵還是個班長？」一年制志願兵問。

「是個班長。」帥克不動聲色地回答。

「每個志願兵都可能發生這種事情，」班長愚蠢地說，同時得意地瞄了一眼一年制志願兵，似乎想說：「我就是衝著你來的，你把我怎麼樣？」

然而一年制志願兵沉默不語，在椅子上躺了下來。

列車離維也納愈來愈近了。一些沒睡覺的人便望著窗外掠過的鐵絲網和維也納郊區的工事。這顯然喚起了整個列車上的一種惆悵之感。

一路上，在車廂裡一直響著卡什貝爾山民的歌聲：「等到我歸來，等到我歸來，等到、等到我再歸來……」可如今，在維也納郊區的鐵絲網所帶來的傷感，卻使大夥沉靜了下來。

「全都安頓就緒，」帥克望著壕溝說：「萬事俱備，只是維也納人出城去遊玩時可以畫破褲子，人人都得小心點。」

「維也納確實是個重要城市，」他接著說：「只是在森布隆動物園裡有些沒馴服的猛獸。遙想當年，我在維也納的那時節，我很喜歡去看猴子，可是要到有皇家城堡來的人乘車打這裡過，那就誰也不准越警戒線一步。有一個從第十區來的裁縫跟我在一塊兒，他們就把他抓起來，因為他堅持要去看猴子。」

「你也到過皇家城堡？」班長問。

「那裡很漂亮，」帥克回家說：「我倒沒去過，可有一個去過的人跟我談起過。最美不過的要算那城堡的衛士了。聽說每個衛士都得要兩米高，退伍時就會得到一座雜貨店。公主嘛，那簡直是多得數不清。」

列車駛經一個車站，管弦樂隊演奏的奧地利國歌聲從他們的身後傳來，可能是樂隊弄錯了，因為列車好一會才在另一個站停了下來，每人領了一份配給，還舉行了歡迎儀式。

儀式已非戰爭之初那樣有氣派，那個時候的士兵上前線，每到一站都能飽餐一頓，還有穿著愚蠢白色衣裙的小姑娘來歡迎；她們帶著一副更加愚蠢的面孔，捧著一束束同樣蠢得不得了的花朵，最愚蠢不過是一位夫人發表的一番愚蠢之極的歡迎詞。她的丈夫此時正在充當一名無與倫比的愛國志士和共和派分子。

維也納的歡迎儀式由四方代表組成：奧地利紅十字會的三位女委員、維也納婦女戰時工作小組的兩位委員、市政局一位官方代表以及一位軍方代表。

大家怎能不倦容滿面呢：運載士兵的軍列晝夜在此經過；運載傷員的救護車無時不在；車站上時時都有載著俘虜的車廂從這條鐵軌轉到那條鐵軌。無論哪趟列車到達這裡，各協會都得派人參加歡送、迎接。日復一日，他們僅有的一點熱情蕩然無存，卻變成了打不完的哈欠。他們也換班，然而每一個換來維也納從事迎送的人，都像今天在車站上迎接從布傑約維采開來的團隊列車上的人一樣疲乏不堪。

在牲口車廂裡的士兵帶著似乎要上絞架一樣的絕望神情望著窗外。

婦女們迎上前來，散發給他們薑餅蛋糕，上面用糖汁寫了如下的話語：「勝利與復仇」、「上帝懲罰英國」、「奧地利人有祖國。為祖國而生，為祖國而戰。」顯而易見，卡什貝爾山的山民合唱團雖然被薑餅蛋糕塞得飽飽的，然而他們絕望的神情並未因此而消失。

隨後接到命令，各連到車站後方的野戰炊事班去領配給。軍官食堂也設在那邊，帥克遵照拉齊納神父吩咐前往該處領取食品。而一年制志願兵卻留在車上等著開飯。因為兩個押送兵去替整個囚犯車廂領配給了。

帥克圓滿地完成了神父的囑咐。他越過鐵軌的時候，遇見了正沿著鐵軌漫步的盧卡斯上尉，等著軍官食堂配給他點什麼。

他處境很糟糕，因為他暫時和克什納爾上尉共用一個勤務兵。那小子實際上只伺候他的長官，對盧卡斯上尉完全採取怠工的消極態度。

「帥克，你領的這些東西是誰的呀？」不幸的上尉問道。此時帥克正把一大堆用軍大衣包著的東西擱在地上，那是他從軍官食堂裡騙來的。

帥克猛的一下愣住了，可很快就清醒過來了。他答話時，面部表情充滿興奮而又鎮定：

「這是給您的呀，報告上尉長官，只是我一時找不到您的車座。而且，假如我上您那裡去。不知道列車指揮官會不會找我的碴，他是頭笨豬。」

盧卡斯上尉有些疑惑地望著帥克，而帥克卻和藹可親地接著說：「上尉長官。那傢伙真是一頭笨豬，他來檢查列車時，我立刻向他報告說，到十一點我就關滿三天禁閉了，屬於牲口車廂的人，或到您那裡去，可他卻蠻橫地訓了我一頓，說什麼我原來待在哪裡就還是待在哪裡，說這樣這一路上我至少可以不再給您丟臉。」

帥克做出一副殉道者的樣子來：

「好像我真的讓長官您丟過臉似的。」

盧卡斯上尉嘆了一口氣。

「丟臉，」帥克接著說：「我從來不曾給您丟過臉，如果說發生過什麼事，那純粹出於偶然，是『上帝的旨意』，就像佩赫希姆瓦的瓦尼切克老頭

第三十六次坐牢時說的那樣。我不曾故意闖過亂子，上尉長官，我總是想做點好的、漂亮的事。要是我倆誰也沒從中得到什麼好處，卻惹來一大堆煩惱和折磨的話，難道都要怨我嗎？」

「你就別哭了，帥克。」盧卡斯上尉柔聲細語地說。這時他們已經快走到軍官車廂了。「我一定設法讓你再來跟我就是了。」

「報告，上尉長官，我不哭了。只是一想到在這次戰爭中，在這個天底下，我倆無緣無故如此這般地倒楣，我心裡就難過得很。我心想，我生來就處處、時時都十分小心謹慎，命運也太殘酷了一點。」

「冷靜點，帥克！」

「報告，上尉長官，要不是為了遵守下級服從上級的規則，我說什麼也是無法冷靜下來的，但是根據您的指示，我還是完全冷靜下來了。」

「那麼，帥克，你就往車廂裡面鑽吧！」

「是的，我正往裡面鑽哩，上尉長官。」

布魯克城的軍營籠罩著一片靜靜的夜色。士兵們在營房裡冷得直打哆嗦，而軍官營房裡卻因爐火太旺而熱得敞開窗子。

在一個個崗哨上不時傳來哨兵們的腳步聲，他們用踏步驅趕睡意。

萊塔河畔布魯克城裡，皇家肉類罐頭廠的燈火通明。罐頭廠日夜加班，用各種碎骨爛肉加工成罐頭。風將腐爛的腱子、蹄子、腳爪和熬骨頭湯的臭氣刮到營區來了。

一座無人問津的照相館立在那裡，戰前有位攝影師專為在靶場上消磨青春的士兵拍照。從照相館放眼看去，能觀看到萊塔河河谷的全景。「玉米穗」妓院的門楣上那個紅燈泡眨著眼，斯特凡大公在一九〇八年參加在肖布羅舉行的大演習時曾光臨過該妓院，如今軍官們每天來此尋歡作樂。

這是一所禁止普通軍人和一年制志願兵進出的最豪華妓院。

他們只能去「玫瑰」院。從那所無人問津的照相館的樓上可以瞧見該院的綠色燈光。在前方也保持著這種嚴格的等級畫分法，當時帝國當局已別無他法，只好在旅部設立名為「請熄燈」的流動妓院以維持軍隊的士氣。

有三種妓院：皇家妓院、軍士皇家妓院和士兵皇家妓院。

布魯克城燈火輝煌，萊塔河對岸的基拉希達也是萬家燈火。在匈牙利與奧地利這兩座城裡，吉卜賽人的管弦樂隊在奏樂。咖啡店和飯館的窗口一片耀眼的火光。到處是紅燈綠酒，歌舞昇平。當地的富豪和官吏都把他們的夫人和成年的女兒帶到咖啡店和飯館裡來，這城鎮不是別的，就是一座縱情作樂的大妓院。

有天晚上，帥克在軍官營房裡等候進城去看一直未歸的盧卡斯上尉。他在給上尉鋪好的床上坐著，床對面的一張桌子上，坐著文策爾少校的勤務兵。

少校的無能在塞爾維亞的德里納河一仗中得到充分的證明。他吃了敗仗之後又回到團裡來了。據說他那一營人還有一半留在河對岸，他就命令將浮橋毀掉。如今他調來基拉希達打靶場當指揮官，還有軍營的軍需工作也夠他忙的了。軍官們都說文策爾少校如今要站住腳只得靠自己了。文策爾和盧卡斯住在同一層樓上。

文策爾少校的勤務兵米古拉謝克是個臉上長滿了麻子的小個子，他總是晃著兩腿罵著：「真奇怪，我們那個老混蛋怎麼到現在還沒回來呀。我倒要瞧瞧這死老頭子一整夜到哪裡去鬼混。給我留下房門鑰匙不就好了嗎？那我就可以舒舒服服地躺在床上，享受享受。那裡的葡萄酒多得數不過來。」

「據說他擅長偷竊。」帥克冒出這麼一句話來，他正十分愜意地抽著自己上尉的香菸，因為上尉禁止他在房間裡抖菸斗。「你們的葡萄酒是哪裡弄來的，這你總該知道吧？」

「他命令我去哪裡弄我就去哪裡弄，」米古拉謝克尖聲尖氣地說：「他給我開一張去醫院領東西的條子，我就去把東西拿了回來。」

「假如他命令你，」帥克說：「讓你把團裡的錢櫃偷來，你也去嗎？你背著他罵他，當著他的面卻像株白楊樹一樣乖得顫抖直搖擺。」

米古拉謝克眨著一雙小眼說：「這我倒要考慮考慮。」

「你還考慮個屁，你這個毛頭小子！」帥克衝著他嚷道，立刻又住嘴了，因為門開了，盧卡斯上尉走了進來。但立刻可以看出，上尉情緒好極了，因為他頭上的帽子是反戴著的。

米古拉謝克被嚇得忘了從桌子上跳下來，就那麼坐著行了軍禮，也忘了自己頭上根本就沒戴著軍帽。

「報告，上尉長官，一切正常，」帥克按照一切軍事條例所需的那樣保持著一副堅強的軍人模樣報告說，然而嘴裡卻叼著一根香菸。

盧卡斯上尉沒注意到這些，只逕直衝著米古拉謝克走去，而米古拉謝克兩眼緊盯著上尉的每一個動作，行軍禮的手一直不曾放下，同時仍然坐在桌上。

「我是盧卡斯上尉，」盧卡斯以不太堅定的步子走近米古拉謝克自我介紹說：「你叫什麼名字？」

米古拉謝克沒吭聲。盧卡斯拖過一把椅子坐在米古拉謝克的對面，望著他說：「帥克，給我把箱子裡的值班手槍拿來。」

在帥克到箱子裡找手槍的時候，米古拉謝克一直沒出聲，只是驚呆地望著上尉。假如他意識到自己還是坐在桌子上的話，那他恐怕會更加失魂落魄，因為他的兩隻腳正緊貼著坐在他面前的上尉膝蓋。

「你這傢伙，我問你，你叫什麼名字？」上尉朝上對著米古拉謝克吼了一聲。

可是米古拉謝克仍沒吭聲。後來他解釋說，由於上尉的突然出現把他給嚇壞了。他是想從桌上跳下來的，但他的腳不聽使喚，他是想把行軍禮的手放下來的，但手就是放不下來。

「報告，上尉長官，」傳來帥克的聲音：「手槍沒上子彈。」

「那你就把它上上吧，帥克！」

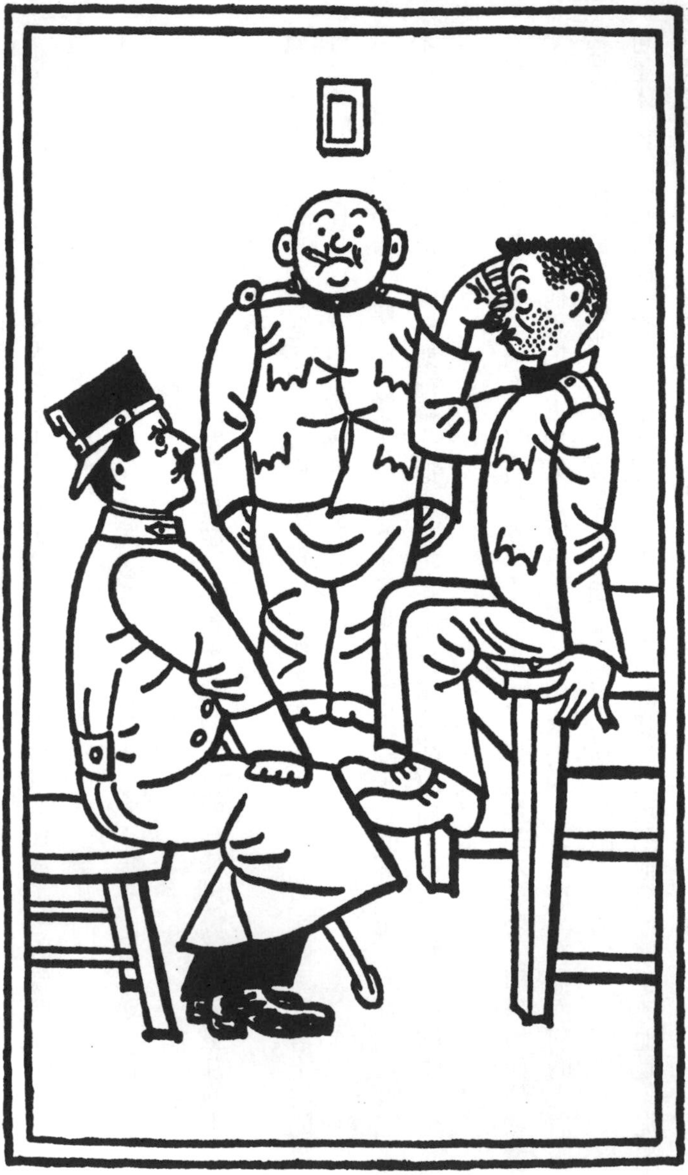

「報告，上尉長官，沒子彈了，再說也很難將他從桌子上打起來。請允許我多嘴，上尉長官，他叫米古拉謝克，是文策爾少校的勤務兵。他一見當官的就常常嚇得說不出話來。他一向不好意思說話。他就是那麼一個膿包，是個沒見過世面的傻小子。文策爾少校每次進城，總把他鎖在門外，讓他在走廊裡待著，可憐兮兮的他老是在我們這些勤務兵的後面轉。假如有點什麼原因值得嚇成這個樣子也就算了，可是這傢伙什麼壞事也沒幹呀！」

帥克吐了一口口水。從他的聲調中，從他用「這傢伙」來稱呼米古拉謝克這一點可以聽出，他對文策爾少校這位勤務兵的怯懦和他的舉止毫無軍人氣度的極端鄙視。

「請允許我，」帥克接著說：「讓我來嗅嗅他。」

帥克把那個一直傻呆呆地望著上尉的米古拉謝克從桌子上拉下來，讓他站在地上，然後嗅嗅他的褲子。

「還好，還沒尿出來，」他報告說：「可是等他一說話就要尿了。要不要趕快把他轟出去？」

「把他轟出去，帥克。」

帥克把周身都在顫抖的米古拉謝克領到走廊上，將身後的門帶上，然後在走廊上對他說：「你這個笨蛋，我算是救了你一命。文策爾少校回來，你就給我悄悄弄瓶葡萄酒來吧。這可不是說著玩的啊。我真的是救了你一命。我的那位長官假如喝醉了，那就很不妙了。遇到這種情況，除了我，別人是對付不了他的。」

「我……」

「尿褲子啦？」帥克鄙視地打斷他的話：「坐到門檻上去，等著你那個文策爾少校回來吧！」

「夠了，」盧卡斯上尉對帥克說：「回來吧，我有話要跟你說，你用不著那麼傻乎乎地敬著禮。坐下吧，帥克，先跟你說好了。別來那套『是，報告，上尉長官』什麼的。別吭聲，注意聽我說。你知道基拉希達城的紹普隆大街在哪裡嗎？你先別跟我來那套『報告，上尉長官，我不知道。』如果你不知道，就直接說『不知道』好了。你拿張紙來記記。紹普隆大街十六號。那座房子的底層有個五金店。你知道什麼是五金店嗎？我的天哪，叫你別老說『報告』，你就說『知道』或是『不知道』。那麼你知道什麼是五金店嗎？你知道？那很好，這間店是一個叫卡柯尼的匈牙利人開的。你知道匈牙利人是什麼嗎？我的天哪，你到底是知道或是不知道嘛？知道，那很好！他就住在這間店的二層樓上，這個你知道嗎，不知道？他媽的！那我就告訴你，他就住在那裡，聽明白了嗎？聽明白了，好！假如你聽不明白，我就關你的禁閉！你把這傢伙的名字記下來了嗎？他叫卡柯尼。好，你明天上午十點左右下樓進城去，到這座房子，然後上到二層，把一封信交給卡柯尼太太。」

盧卡斯上尉一面打開自己的小皮夾，一面打著哈欠，把一個沒寫收信人地址的白信封交給了帥克。

「這是一件十二萬分重要的事情，帥克，」他接著吩咐道：「小心為妙，所以，我那上面沒寫地址，我將此事全托付給你了，我相信你一定能順利、完滿地將信送到。還有，你記住那位太太的名字叫艾蒂佳，現在你就把它記下來：艾蒂佳・卡柯

尼太太。你還要記住一點：交此信給她時，務必謹慎小心，還要等她回信。我在信裡也寫了要等回音的。你還想問什麼嗎？」

「上尉長官，如果太太不給我回信，我怎麼辦？」

「那你就說，無論如何都要個回信，」上尉回答道，同時又打了個大哈欠，「現在我可要去睡覺了，今天實在太累了。我喝了不少啊！我在想，換成別人，像我這樣熬一整夜，一定會累倒的。」

盧卡斯上尉最初並沒有打算在某個地方耽擱的。那天晚上進城主要是想到基拉希達城匈牙利劇院去觀看一齣正在上演的喜歌劇。劇中的主要角色全是些肥胖不堪的猶太女演員，而她們的拿手好戲正是跳舞時將腳伸向高空，踢來踢去，而她們既沒穿針織內褲，也沒穿襯褲。為了誘惑軍官先生們，跟韃靼女人一樣把下身剃得光光的。這當然不可能製造出在畫廊裡那種美感來，然而坐在池座裡的砲兵軍官們卻用砲兵雙目望遠鏡來大飽眼福。

而盧卡斯並沒被這可笑的下流玩意兒迷住，因為他借到的觀劇望遠鏡的鏡頭不是無色的，他看到的不是一條條大腿，而是一道道晃來晃去的紫羅蘭色的影子。

第一幕演完休息時，他被一位由一個中年男子陪同的太太吸引住了。她正拖著這位男子往衣帽間走，跟他說著馬上離開劇院返回家去，再也不看這些下流玩意兒。她用德語大聲地說著這一席話，而她的男伴卻用匈牙利語回答：「是的，我的天使，我們回去，我同意。這種演出真是無聊透了。」

「真討厭，」女子氣呼呼地說，此時她的先生正幫她將外衣披上。她說話的時候，眼裡似乎放射出對這種糟糕表演的憤怒火焰。她的那雙烏黑大眼睛與她那漂亮的身段十分相稱。這時她望了盧卡斯一眼，又一次憤慨地說：「真討厭，實在討厭！」好了，一段羅曼史由此引起。

盧卡斯上尉從衣帽間的服務員處打聽到了他們是卡柯尼夫婦，卡柯尼先生在紹普隆街十六號開了一家五金店。

「他跟艾蒂佳太太住在二樓，」管衣帽間工作的老太婆以拉皮條的老手特有的那股殷勤勁介紹說：

「女的是紹普隆街的一個德國人，男的是匈牙利人。這裡像個混合一切的熔爐。」

盧卡斯上尉從衣帽間取出大衣後便進城去了。他在「阿爾布雷希特大公」飯店遇到了九十一團的幾位軍官。

他寡言少語，但酒喝了不少。他絞盡腦汁思考著如何給那位嚴肅而講道德，並且很漂亮的太太寫信。這位太太遠比舞台上那些被軍官們稱之為「一群娘兒們」的，對他更有吸引力。

他興致勃勃地換到一家名叫「聖．斯特凡十字架」的小咖啡店去要了一個單間，從那裡還趕走了一個表示願意為他脫衣、給他玩弄的羅馬尼亞女人，然後要來紙、筆、墨水，一瓶白蘭地，經過一番仔細的推敲，寫下了他自認為是他平生寫得最好、最得意的一封信：

尊敬的夫人：

昨晚我前往市劇院觀看了使您深感義憤的那場戲。在第一幕演出的整個過程中，我一直關注著您和您的夫君，我發覺……

「不管它三七二十一，接著寫！」盧卡斯上尉自語道：「這傢伙憑什麼有著這麼迷人的老婆？他那副樣子活像一頭剃了毛的猩猩。」

說著他繼續寫道：

您夫君對台上不堪入目的淫猥表演看得津津有味，而您對該戲卻頗為反感，因為它根本稱不上是什麼藝術，而是赤裸裸地對他人隱私一種無恥的挑逗。

「這小娘子的胸脯很是豐滿，」盧卡斯上尉在腦子裡幻想了一番，「我乾脆打開天窗說亮話吧！」

請原諒我，尊敬的夫人，您不認識我，而我就這樣直率地給您寫信。我一生見過許多女人，但沒有像您這樣給我留下如此深刻的印象，因為您的見解、人生觀和我是如此完全一致，我相信您夫君是個純粹的利己主義者，硬是拉您和他去……

「這樣寫不行，」盧卡斯上尉自言自語道，把「硬拉您和他去……」幾個字塗去，接著往下寫道：

……他為了自己個人興趣才偕您觀看演出，尊敬的夫人，這戲正合他一人的口味。我喜歡坦率，不想干涉您的私生活，只想與您私下會一面，就純藝術交換意見……

「在這裡的旅館裡會面是不合適的，我得把她弄到維也納去，」上尉還在冥思苦想著：「我去弄個出差的機會吧。」

因此，尊敬的夫人，我冒昧地請求與您相會，為使我們能正大光明地相互增進認識與了解。我是一個不久即將奔赴艱難的戰爭行程的人，想必您不會回絕這一請求的。如蒙慨允，雖置身於硝煙瀰漫的戰火中，我也將銘記這一最好的回憶和我倆所共同深刻體驗到的一切。您的決定將是對我的指令。您的回音將是我生命中的決定性時刻。

他簽上了名字，喝光了白蘭地。又要了一瓶，一杯接一杯地喝著，一段信一段信地讀著。待讀到最後幾行時，已感動得潸然淚下。

帥克叫醒盧卡斯上尉的時候，已是早上九點了：「報告，上尉長官，您已睡過上班時間啦。我也該到基拉希達城去送這封信了。我在七點的時候叫了您一遍，七點半又叫了一遍，八點部隊打這裡過去操練的時候，我又叫了您一遍，您只翻了翻身。上尉長官，我說上尉長官……」

盧卡斯上尉嘟囔了幾句，還想翻身睡去。可這回沒翻成，因為帥克毫不留情地搖著他，並大聲嚷道：「上尉長官，我這就上基拉希達城送信去啦！」

上尉打了個哈欠說：「送信？哦，就是我的那封信。你要謹慎，懂嗎？這個祕密只有你我知道，去吧！」

上尉把被帥克掀開的毯子又裹到身上睡去了。這時，帥克朝基拉希達出發。

如果帥克不是在半路上偶遇老工兵沃吉契卡的話，紹普隆街十六號也不會如此難找。這位沃吉契卡被分在「施蒂里亞」人那個團，他們的營地就搭在河畔的帳蓬裡。沃吉契卡曾在布拉格的戰場街住過幾年，因此為了紀念他們這種非同一般的相遇，沒有別的選擇，只有到布魯克的「黑羔羊」酒館去喝上幾杯了。那裡有位遠近聞名的女服務員魯仁卡，是個捷克人，兵營裡幾乎所有捷克一年制志願兵都欠她的錢。

最近，這個老滑頭的工兵沃吉契卡成了她的伴侶，他幫魯仁卡把所有即將離開營地的先遣連的帳結算了一下，並及時提醒捷克籍的一年制志願兵，別還欠著一身債務，就在戰爭地吶喊中消失掉了。

「你到底要上哪裡去呀？」沃吉契卡在嘗了一陣美味葡萄酒之後問道。

「這是個祕密。」帥克回答：「不過你可說是我的老朋友了，我可以信賴你的。」

於是帥克將此事一五一十地告訴了沃吉契卡。沃吉契卡表示他，他身為一個工兵，決不能讓帥克獨自一人前往，他要跟帥克一道去送信。

他們一起暢敘往事，十二點以後，他們離開「黑羔羊」酒館時，他們感覺一切都很順利。

除此之外，他們心中還有一股強烈的感覺，那就是他們誰都不怕。在前往紹普隆街十六號的整個途中，沃吉契卡流露出一種對匈牙利人的巨大仇恨感，他不停地對帥克講他跟匈牙利人在某時某地鬥過毆，或者因為什麼東西在何時何地因何原因使他未能跟他們打成架。

「有一次我們在鮑斯多爾發掐住了一個匈牙利小子的脖子，那時正碰上我們這幫工兵趕到那裡去喝酒，我想趁天黑用皮帶劈他的腦袋，而且馬上就要動手用酒瓶往掛燈上砸。而他卻突然嚷叫了起來：『東達，是我呀，十六預備役軍的普爾卡拉貝克呀！』

「差點給弄錯了。三個星期以前，我們到聶齊德爾湖去遊玩，在那裡向那些匈牙利小子們狠狠地報復了一頓。湖邊一個村子裡駐紮著一個匈牙利民防機槍連。我們走進一家酒館，正巧碰上匈牙利人在瘋狂地跳著他們的查爾達斯舞，扯著嗓子放肆地唱著他們的什麼《老爺、老爺、法官》或《姑娘呀姑娘，村子裡的姑娘》。我們在他們對面坐了下來，把刺槍帶往面前的桌子上那麼一放，暗地裡想：『狗養的，你們等著瞧吧！』我們中有個手臂粗得像白山一樣的大個子密斯特西克提議跳舞，並要從那些流氓小子手裡拉一個姑娘來伴舞。姑娘們一個個打扮得花枝招展，她們眼睛大，乳房大，屁股大，腿也大。這些姑娘被那些匈牙利小流氓抱得

緊緊的。看得出來，姑娘們的胸脯圓鼓鼓的，像半個球那麼大。她們一個個都很得意，到處擠擠攘攘。於是我們的密斯特西克跳進了舞蹈圈，並想把這裡最標致的一位姑娘從一個匈牙利步兵手裡奪過來。那步兵嘮叨著什麼，密斯特西克上去就是一拳，步兵倒地了。我們立刻拿起槍帶，小心不讓刺刀刺到我們自己。我們三兩步就跳到他們中間，我還一個勁地嚷道：『管他有罪沒罪，給我一個個揍！』幹得真俐落。他們開始跳窗逃跑，我們在窗口拉住他們的腿，把他們又拖回大廳。凡不是我們的人，我們都要狠揍他一頓。他們的村長和一個憲兵也摻和到裡面來，因此也挨了一頓死揍。連酒館老闆也不例外，因為他用德語罵我們擾亂了他們的娛樂活動。我們還追進村裡去抓那些想藏起來的人。我們在村頭的一座莊園閣樓上的乾草堆裡扒出來一個軍士，這是跟他在一起的一位姑娘揭發的，因為他在酒館裡甩下她去跟別的姑娘跳舞了。她後來就纏上了我們的密斯特西克，跟他回到了基拉希達。在路經一個小樹林的時候，她把他拉到一個晾草場，向他要五克朗，他卻給了她一個耳光。密斯特西克一直到營房門口前才趕上我們，對我們說：以前認為匈牙利女人很狂熱，沒想到這頭母豬躺著跟個木頭人樣無動於衷，嘴裡還一個勁地嘟囔著。

「一句話，匈牙利人都是些壞蛋！」老工兵沃吉契卡結束了他的敘述，帥克不以為然地說：「也不能這樣一概而論嘛，有些匈牙利人是不能怪罪的，他就是一個匈牙利人嘛。」

「怎麼不能怪罪？」沃吉契卡火了，「都得怪罪，你的想法很愚蠢。假如你像我到訓練班來的頭一天所遇到的那樣，嘗到點他們的苦頭，你就開竅了。那天下午我們像牲口一樣地被趕進了學校。有那麼一個混蛋給我們開始邊畫邊講著什麼叫掩蔽所、如何打地基、怎麼測量。他講的這一切，如果有人到了第二天早上還沒將他講的畫下來，那麼就要關起來、綁起來。『他媽的，』我想：『你在前線報名參加訓練班，還不是為了不上前線去打仗嘛，或者讓你到晚上能像一個小學生那樣拿枝鉛筆往本上畫圖！』我生氣極了，一刻都忍不住，我不願見替我們講課的那傢伙，恨不得把什麼東西都砸它個稀巴爛。我簡直是怒氣沖天。沒等喝完咖啡我就從樓裡出來，一口氣走到基拉希達。我氣得只想在城裡找個僻靜的酒館，喝他個酩酊大醉，痛快地鬧他一頓，逮著誰就揍誰，痛快地鬧騰、發洩一番，然後就回家去。可是常言道：人算不如天算。在河畔的花園之間，我找到了一個真正清靜得跟教堂一樣的小飯館，像是專門供我去鬧。那裡坐著兩位顧客，用匈牙利語在聊天。這下我的怒氣更旺了，加上我在這一大串思慮之前已經喝得糊裡糊塗了，因此也沒注意到在旁邊一家酒館裡，在我鬧事的時候，大概已經進來了七、八個輕騎兵。在我剛開始揍那兩個客人的時候，輕騎兵們便一起向我撲來。這些混蛋輕騎兵狠揍了我之後，就將我扔在園子外面，到第二天早上我也沒辦法回家。我只得立刻去醫務室。我瞎編了一通，說是掉進某個磚窯裡了。他們怕我背上的傷口化膿，用溼被單把我裹了整整一個星期。老弟，最好讓你落到那幫混蛋手裡，那你才曉得是什麼滋味。那些傢伙根本不是人，是畜生一群！」

「真是偷雞不著蝕把米。」帥克說道：「不過你也別怪他們火氣那麼大。人家放上滿桌的葡萄酒喝不成，還要摸黑到一個個花園裡去追趕你。他們本該在酒館揍你一頓，然後把你扔出館外就行了。他們既然在桌邊跟你清了帳，這對他們、對你都好。我認得利布尼一個叫巴洛貝克的酒館老闆，有一次，一個箍桶匠在他那裡喝刺柏酒，喝醉了便破口大罵，說酒太淡啦，摻了水啦，說他假如用箍一百年桶掙來的錢統統買了刺柏酒，一次喝光也醉不了，照樣可以將巴洛貝克老闆抱在懷裡踩鋼絲。他還罵老闆是老滑頭，走江湖的壞蛋。這時，可愛的巴洛貝克抓住箍桶匠，用捕鼠器砸他，用一捆鐵絲敲他的腦袋，把他趕到外面去，用一根窗簾棍追著他滿場跑，一直追到殘廢軍人廣場。他發瘋般追趕著他，又從殘廢軍人廣場追到日什科夫，又從日什科夫經猶太爐街追到馬萊西采，在那裡棍子終於被打斷了，他這才返回到利布尼。糟了，他只顧生氣，忘了酒館裡還坐著一批顧客，說不定這些壞蛋自己已經營起酒館來了。最後，當他終於回到酒館時，發現事情果真如他所想的。酒館的鐵皮門半開著，門口站著兩名警察，在進酒館進行搜查時，他們也喝了個夠。酒館裡的存酒有一半被喝光了，街上擺滿了蘭姆酒的空桶。巴洛貝克在桌子底下發現了兩名醉漢，那是警察沒找到的漏網分子。他把他們拖出來後，他們每人只想付給他兩個銅板，說是多的沒喝。這是對魯莽行事的一種報應。如同在軍隊裡，先是我們把敵人打敗了，之後就一個勁地在他們的後面追趕，最後我們自己連逃跑都來不及。」

沃吉契卡說：「『我可是把那些壞蛋好好記住了，假如這些輕騎兵中有哪個給我在路上碰住了，那我可非得跟他拚個高低不可。我們這些當工兵的不是那麼好惹的。我們跟那些鐵蒼蠅也不一樣。當我們去普舍米斯爾前線時，我們那個耶茲巴謝爾簡直是個天下少有的大壞蛋。他拚命地折磨我們，我們連裡的彼得利赫雖說是個德國人，但卻是個非常好的好人，由於受不了耶茲巴謝爾的折磨而開槍自殺了。我們大夥都說定了：一旦俄國人開了槍，我們的耶茲巴謝爾大尉就休想活命了。果然，俄國人朝我們開槍了，我們就先給了他五發子彈。這混蛋跟貓一樣活著，我們只好再補給他兩發，以免節外生枝。他也只這麼呼嚕了幾聲就斷氣了，可也挺滑稽、挺可笑的！」

沃吉契卡笑了笑又說：「這在前線每天都會發生，是很正常的事情。我的一個朋友，他如今還在我們工兵裡，他告訴我：當他在貝爾格萊德附近當兵時，他們連趁進攻時，就把自己的連長給幹掉了。這個連長太混蛋了，是條惡狗，就在行軍期間，他就親手斃了兩個士兵，因為他們再也走不動了。連長在斷氣的時候，嘴裡突然發出撤退的哨聲，周圍的人見此情景都開懷大笑起來。」

帥克和沃吉契卡就在這麼極富啟發性的交談中，終於找到了卡柯尼先生在紹普隆街十六號的五金店。

「你最好在此等一等，」帥克在大門處對沃吉契卡說：「我上二樓去，交了信，取回回信就立刻下來。」

「我能離開你嗎？」沃吉契卡驚奇地說：「你太不了解匈牙利人啦。我跟你說過多少遍了！得處處小心。我來對付他。」

「你聽我說，沃吉契卡，」帥克很認真地說：「我們跟匈牙利人沒關係，我們是跟他的太太打交道，當我們跟捷克女服務員坐在一塊喝酒時，我不是全跟你解釋了嗎？我的上尉要我替他送封信，這是個絕對的祕密。我的上尉一再叮囑我，說什麼都不能告訴任何人。你的那個女服務員不是也說上尉先生這樣做是對的，辦這樣的事情得格外謹慎、考慮周道嗎？她不是還說上尉先生同有夫之婦通信的事是不能讓任何人知道的嗎？而你自己也表示同意並點了頭的呀。我不是已經跟你說清楚了事情的來龍去脈了嗎？我得準確地執行自己上尉的命令，可你現在又堅持要跟著我一塊上樓去。」

「唉，你還是不了解這個人，帥克。」老工兵沃吉契卡同樣很認真地回答：「既然我已說過我不能丟下你一個人不管，那你就給我記住吧，我說話是算數的。兩個一起去只會更安全些。」

「我還得說服你，沃吉契卡，你知道維舍堡的涅克拉諾夫街在哪裡嗎？鉗工沃波尼克在那條街上開了工作坊。這個人還是一個比較公正講道理的人。有一天他在外面狂飲了一番，帶著一個縱酒作樂的人來家中過夜。這之後，他躺了好長好長一段時間。每當他老婆給他包紮頭上的傷口時總是這麼說：『你瞧，托尼切克，假如你當初只有一個人回來該多好啊，我只會跟你處得快快活活的，絕不會拿秤砣砸你的腦袋。』而他呢，在他恢復了說話能力後說：『妳說得對，下次出門，我誰也不帶回來了。』」

「豈有此理！」沃吉契卡聽了很生氣說：「難道要讓那匈牙利人用什麼來砸爛我們的腦袋嗎？那我就會抓住他的脖子像扔榴霰彈般把他從二樓扔出去。對這些匈牙利小子就得狠一點，沒什麼客氣好講。」

「沃吉契卡，你畢竟喝得還不算太多嘛，我比你多喝了四分之二公升哩。記住，千萬別亂來，我們可不能惹事丟人啊。這件事我是要負責任的。這畢竟是件女人家的事嘛。」

「女人怎麼樣？女人也一樣揍，帥克，我不管這些。你還不了解我沃吉契卡老頭的脾氣。有一回在薩別赫利采的『玫瑰島』酒館裡，有個打扮得妖裡妖氣的女人不肯和我跳舞，嫌我的嘴腫。那天我的嘴確實有些腫，因為我剛從霍什基瓦塞的舞會趕到這裡來。可你想一想，我受得了女人的這種侮辱嗎？『那好，尊貴的小姐，您等著，』我心裡想：『您可別後悔啊！』我就揍了她一下，把她跟自己的父親、母親和兩個弟弟所坐的桌子連玻璃杯一起掀倒在花園裡。就是整個『玫瑰島』我都不放在眼裡。我在那裡有很多來自沃赫肖維茲的熟人，他們也幫了我的大忙。我們把五家人家連同他們的小孩揍了一通。打鬧聲大概都傳到了米赫爾。後來各報都登了某城某同鄉會所屬慈善會興辦郊區遊園會的報導。所以我常說，大夥幫了我的忙，我對任何朋友要辦點什麼事也總該伸一把手才對。不管怎麼說，我死活都不離開你一步的。你太不了解匈牙利人……當我們久別重逢，又是在這種情況下，你就休想讓我從你身邊走開。」

「那我們就一起去，」帥克決定了。「可你得小心行事，別弄出什麼不愉快的事情來。」

「你放心，朋友。」當他們一道樓梯走過去時，沃吉契卡悄悄地對帥克說：「我來收拾他……」

他又更小聲地補了一句：「你瞧著吧，這匈牙利小子用不著我們費多大力氣的。」

假如在走廊裡有懂捷克語的人，一定能在樓梯上清晰地聽到沃吉契卡在嘴邊的一句口頭禪：「你太不了解匈牙利人……」這句口頭禪源於萊塔河畔生意清淡的小酒館，飛揚在群山環抱的古城基拉希達的花園間，將來，當士兵們回憶世界大戰，想起所有為了實地殺戮而進行的紙上演練時，對這個基拉希達，他們將永遠心懷詛咒。

帥克和沃吉契卡站立在卡柯尼先生的住所門前，帥克在按門鈴之前又提醒了一下：「沃吉契卡，你聽說過『謹慎乃智慧之母』這句諺語嗎？」

「我不管那個。」沃吉契卡回答：「我根本就不讓他有張嘴的時間。」

「我也沒什麼好跟人家囉唆的，沃吉契卡。」

帥克按了一下門鈴，而沃吉契卡則大聲道：「一二，否則他就得滾下樓去。」

門開了，一個女僕出來用匈牙利語問他們有何貴幹。

「聽不懂，」沃吉契卡鄙視地說：「姑娘，學說捷克話吧！」

「妳會德語嗎？」帥克用德語問。

「會一點點。」

「告訴妳太太，我想同她聊幾句；妳就說，走廊上有位先生送來一封給她的信。」

「我感覺你這人好奇怪喲，」沃吉契卡說，一面跟著帥克走進前廳。「跟這麼個次級品也能談上幾句。」

他倆站在前廳裡，把通向樓梯的門關了。帥克說：

「他們這裡擺設真好！衣帽架上還掛了兩把小傘，這幅基督受難像也畫得不賴。」

女僕從那間刀叉碰著杯盤直響的房間裡走出來，對帥克說：

「太太說了，她沒有時間；如果有什麼東西就交給我。」

「這裡有一封給太太的信，可妳別對任何人說。」帥克十分嚴肅地說。

帥克就將盧卡斯上尉的信掏了出來。

帥克用手指頭指著自己比畫著：「我在這裡，就在前廳等回信。」

「你為什麼不坐下？」沃吉契卡問道。他自己已經在靠牆的一張椅子上坐下了。「那裡有椅子。你坐吧！站著活像個要飯的。別在匈牙利人面前那麼低賤，你瞧著，我們和他有一場架要打的，我來收拾他！」

「我問你，」過一會兒他說：「你在哪裡學的德國話？」

「自學的。」帥克回答說。又沉靜了一會兒。隨後只聽得女僕送信進去的那間房裡傳來一陣吼叫聲。有人把一件什麼重物狠狠地往地上摔，然後又清晰地聽到砸玻璃杯盤的聲音，在這些聲音中還可清楚地聽到極為粗魯的狂罵聲。

門開了，一個脖頸上還圍著餐巾的男子闖進前廳，手裡揮動著剛送進去的那封信。

由於老工兵沃吉契卡坐在離門口最近的地方，因此那位火冒三丈的先生也就首先衝著他：「這是什麼意思？送這封信來的壞蛋在什麼地方？」

「慢點，」沃吉契卡站起身來說：「你別在這裡如此大叫大嚷，滿腔怒氣地衝著我們發洩。你不是想知道信是誰送的嗎？那就問問我的這位朋友。你跟他說話得禮貌些，要不然我轉身就把你扔到門外去。」

現在輪到帥克來鑑賞這位脖子上還圍著餐巾的怒火沖天先生的雄辯口才了。這位先生含糊不清、顛三倒四地說什麼他們正在吃午飯。

「我們聽說你們正在吃午飯，」帥克用結結巴巴的德語說，然後又用捷克語補充了一句：「我們也考慮到，可能不該來打擾你們吃午飯。」

「別那麼低三下四的！」沃吉契卡的聲音又響起。

那位暴跳如雷的先生開始張牙舞爪，大動干戈，弄得餐巾只剩下一隻邊角掛在脖子上了，他接著嚷道：他起初認為來信一定是涉及要他的太太把這所房子撥給軍隊住的問題。

「這裡倒是能安排下許多士兵的，」帥克說：「可這封信沒牽涉到這個，您大概也已經證實了這一點了。」

這位先生抱著頭，氣呼呼地發出了一連串的責難話。他說，他曾是預備役的中尉軍官，現在都還很樂意去軍隊裡服務，只因他得了腎病，不能堅持下去。又說，在他服役的那個時期，軍官們沒有這麼放肆的，沒有這麼如此地來擾亂人家家庭的寧靜的。他還說，他要把這封信送到團部去，送到國防部去，還要送到報社去發表。

「先生，」帥克用德語夾雜捷克語，十分嚴肅地說：「這封信是我寫的，不是上尉，簽名是假的，我愛上了你的老婆。就像詩人伏爾赫利茲基[97]說的那樣，我是被您的太太迷住了。您那那迷人的太太。」

火冒三丈的主人想衝著神情愉悅、泰然而立的帥克撲去，而監視著卡柯尼一舉一動的老工兵沃吉契卡立即伸出了一條腿來將他絆倒在地，把他一直拿在手裡揮舞著的信件奪了過來，塞進了自己的衣袋，卡柯尼先生意識過來後，沃吉契卡已經揪住了他，把他拖到門口，一手將門打開，隨即就聽見一件什麼東西從樓梯上滾了下去的聲音。

這一切跟童話裡講的魔鬼來取人的魂魄一樣快地發生了。

氣得發瘋的先生只剩下一塊餐巾留在樓上。帥克將它拾起來，很有禮貌地敲了敲五分鐘前卡柯尼先生走出來的房門。一個女子的哭聲正從這間屋子裡傳出。

「我給您送餐巾來了，」帥克對正坐在沙發上哭泣的那位太太溫和地說：「它很可能會被人踩髒的。您好！」

帥克將皮靴後跟這麼一碰，行了個軍禮，就走出了走廊。從樓梯上看不到一點格鬥的痕跡。看來，正如沃吉契卡所預料的，一切都進行得十分順當、平易。不過帥克出來時在大門口撿到了一條被扯下的硬領。顯然，當卡柯尼先生絕望地抓住家門，免得被拖到街上去的時候，在此演了悲劇的最後一幕。

街上打得正如火如荼。卡柯尼先生從自己的房屋被拖至對面的時候還被澆了一身水。在街心那更是鬥得厲害，老工兵沃吉契卡像頭雄獅一樣跟一些出來維

97 雅洛斯拉夫・伏爾赫利茲基（Jaroslav Vrchlický），捷克著名的多產詩人、作家、翻譯家、文藝評論家。發表了二百七十部作品。

護自己同胞的匈牙利步兵、輕騎兵搏鬥著。他像揮動連枷一樣熟練甩動著掛有刺刀的武裝帶。他也並非孤軍作戰。有幾個來自各團的捷克士兵經過這裡，就立刻站在他這一邊，並肩戰鬥。

帥克事後提起此事來，連他自己也說不清楚是怎麼捲入這場鬥毆的。他沒有刺刀，也說不清怎麼就弄到了一根手杖——那原是圍觀人群中一個嚇破了膽的路人的。

這場鬥毆持續了很久，但一切好事都必有個終了的。巡邏隊來了，把他們統統抓走了。

帥克和沃吉契卡並排大踏步走著。帥克手裡拿著的那根手杖，巡羅隊隊長認定它就是罪證。帥克得意揚揚地闊步走著，把手杖像槍那樣扛在肩上。

老工兵沃吉契卡一路上都執拗地一聲不響。可是當他們走進禁閉室的時候，他才沮喪地對帥克說：

「我不是告訴過你嗎？你太不了解匈牙利人了！」

4 新的磨難

施羅德上校以一種幸災樂禍的神情望著盧卡斯上尉那副蒼白、眼眶深陷的臉龐，盧卡斯上尉在這種如此尷尬的情景下，竭力避開了上校的視線，而像在研究某種東西偷著營地部隊布置圖，那是上校辦公室裡僅有的一件裝飾。

施羅德上校面前的桌子上擺了幾份報紙，報上有些文章用藍色鉛筆圈過了。上校把它們又看了看，然後抬頭望著盧卡斯上尉說道：

「這麼說，你已經得知你的勤務兵帥克被關了起來，而且很可能會押解到師部的軍事法庭去嘍？」

「是的，上校長官。」

「顯然，事情不會就這麼了結，」上校很開心地望著盧卡斯上尉那蒼白的面孔，意味深長地說：「毫無疑問，牽涉到你的勤務兵帥克的這樁案子激起了當地的民憤，而這件醜事還和你的名字牽扯到一起，上尉，師部給我們提供了一些資料。我這裡有幾份對本案作了報導的報紙。勞駕了，那就請你大聲地念給我聽聽。」

施羅德上校把登有用藍色鉛筆圈出的文章的報紙遞給了盧卡斯上尉，上尉則像給小孩子朗讀語文課本那樣用平淡而單一的聲調念了起來：

蜜比糖更富有營養且易於消化。

《我們前途的保障在何處？》

「是《佩斯使者報》上的那篇，對嗎？」上校問。

「是的，上校長官。」盧卡斯上尉回答，並接著往下念道：

> 為了打仗，奧匈帝國的一切階層理應精誠團結。我們應維護我帝國的安全，各民族必須互助合作，而帝國前途的保障正在於各民族由衷之尊重。倘若國內互不團結，倘若在後方我軍聽任存心破壞帝國統一，惡意敗壞整個帝國威信、製造帝國境內各民族的糾葛與分裂的分子潛伏，那麼，我已開赴前線並不斷向前推進之英雄軍隊就不可能承受重大的犧牲。在這重要的歷史時刻，我們絕不能沉默、勢難容忍地眼看著極少數人試圖從地方民族主義情緒出發，來破壞帝國各民族為嚴懲非法侵犯我國，並企圖毀壞我全部文化與文明成就的匪幫所進行的正義鬥爭。面對那些企圖瓦解各民族心中精誠團結的喪心病狂卑劣行徑，我們絕不能沉默。本報曾數度指

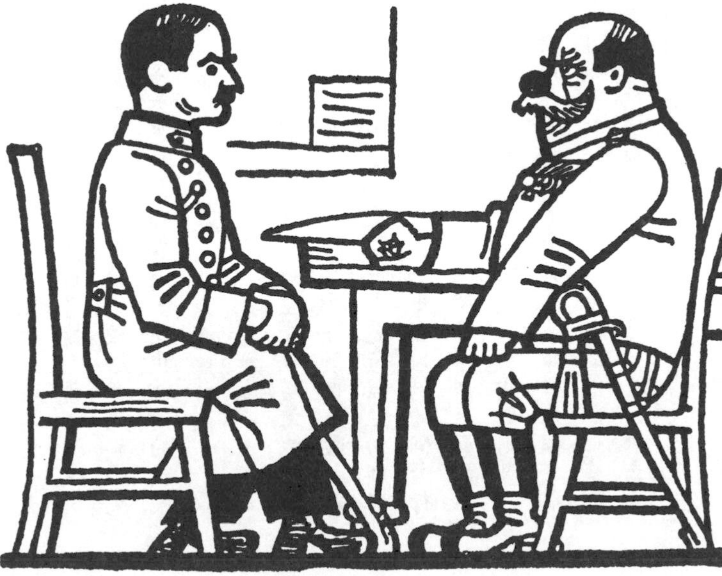

出，捷克部隊中極少數人不顧該陪隊之光榮傳統，違背整個捷克民族之意志，在我們匈牙利城市中胡作非為，軍事當局不得不嚴加制裁。此事自然不能歸咎於整個捷克民族，它始終不渝地捍衛著我帝國的利益，許多優秀、卓越的捷克軍士將領，如著名的拉德茲基元帥以及其他一大批奧匈帝國的捍衛者都證明了這一點。與這些光輝人物相對立的只是區區幾名捷克籍的流氓、無賴，他們趁世界大戰之機混入軍隊，其用意只在帝國各民族之間製造糾紛，破壞各民族的統一戰線，並發洩他們的私慾。本報曾向讀者指出●團到德布列岑的胡作非為，指出該團的搗亂行為已遭到布達佩斯議會的議論甚至抨擊；其後，該團的團旗又在前線……（此處被刪）。誰該對這一卑劣行徑負責呢？……（此處被刪）。該把捷克士兵驅趕去……（此處被刪）。在我們匈牙利祖國大地上的一些外來分子的胡作非為達到了何等猖獗之程度！發生在萊塔河畔匈牙利的基拉希達城的事件，正證明了這一點。駐紮在萊塔河畔布魯克城的士兵，即襲擊、毆打該城商人卡柯尼先生的士兵屬哪個民族呢？地方當局責無旁貸，應當調查這一罪惡行徑並向師部進行諮詢。想必師部已對這一案件進行研究：在這次針對匈牙利王國臣民之史無前例的恫嚇行為中，盧卡斯上尉扮演了什麼角色？據我報當地一通訊員稱，城內人士曾指明盧卡斯上尉的名字與最近發生的這件醜事有關。該通訊員搜集了大量資料，這一醜事在當前這一嚴重時刻甚為引人注目。《佩斯使者報》的讀者對本案的調查進度無疑將十分關注。對此重大案件本報定將予以詳盡報導。同時，我們也期待軍方提供有關毆打匈牙利居民的基拉希達暴行的消息。我們相信，布達佩斯議會也將查處此一事件，使廣大群眾皆知，假道匈牙利王國開赴前線的捷克士兵，不得將匈牙利聖‧斯特凡王國的領土視為他們占領的租借地。假如該民族的某些人，即在基拉希達城相當出色地表演了奧匈帝國各民族的『通力合作』的某些人，至今尚未認清形勢的話，那就讓他們保持冷靜吧，因為在戰爭中，砲彈、絞索、監獄和刺刀會教會他們怎麼服從我們共同祖國的最高利益。

「文章是署誰的名字，上尉？」

「鮑拉巴什貝拉。他是個編輯、議員，上校長官。」

「一條臭名遠播的惡狗！可是這篇文章在《佩斯使者報》登出之前已經在《佩斯新聞報》上發表過了嘛。現在麻煩你把《紹普朗記事報》上那篇官方文章念給我聽聽。」

盧卡斯上尉大聲念了起來。作者在文章裡拚命重複一些小題大作的詞句。什麼「國家英明的命令」啦，「國家秩序」啦，「人類的墮落」啦，「人的尊嚴與感情慘遭蹂躪」啦，「獸慾之發洩」啦，「荼毒生靈」啦，「不法之徒」啦，「幕後指使」啦，等等。再往下讀，好像匈牙利人在他們自己的國土上成了最受迫害的人了；好像捷克士兵一來，就將這位編輯打翻在地，再用穿著高筒靴的腳踩踏他的肚子，使他疼得狂呼亂叫，而有人就將他的喊叫聲用速記法記了下來一般。

《紹普朗記事報》哀泣著說：

大家都知道，駐紮在匈牙利和上前線去的捷克士兵是些個什麼玩意兒。其實，眾所周知，捷克人幹了哪些勾當，他們的行為又是怎麼樣的，他們之間是個什麼情況，誰是這些事件的肇事者。誠然，當局的警惕性被另一些重大的事件所吸引，但當局應採取相應的措施將此案與對全局之關注緊密結合起來，使之近日在基拉希達發生的事件不致重演。本報昨日發表的那篇文章被刪去有十五處之多。因此我們不得不向讀者宣布，由於技術原因，即使在今天，我們也不能對基拉希達事件過度詳加評論。不過本報特派記者從現場倒向我們證實了這一點：當局對全部事件表現出了真正的關切，並迅速展開了調查。唯一使我們感到的怪事是此次暴行的若干參與者至今仍逍遙法外。這牽涉到一位十分特別的先生，據說，他至今仍佩戴著「學舌團」[98]的

98　「學舌團」指九十一團。因該團的全體官兵均佩戴鸚鵡綠色的領章，作為該團制服的顯著標誌，故得名。

領章，在兵營中未受到任何懲罰。他的名字已在前天的《佩斯使者報》和《佩斯新聞報》上公開過。他就是那位惡名昭彰的捷克主義者盧卡斯，有關他的恣意橫行，我們代表基拉希達的議員薩尼克．傑佐將在議會中提出質詢。

「齊唱同一種悅耳的聲調，上尉，」施羅德上校的聲音響起：「基拉希達出版的《週刊》和普列什堡的一些報紙也是用這種悅耳的調子寫你的，你對這些恐怕是不感興趣的，因為那都是千篇一律的陳詞濫調。從政治角度上看，原因很簡單，因為我們均屬奧匈帝國的公民，不管是德國人也好，捷克人也好，跟匈牙利人比我們是優越得多的……你明白我的意思嗎，上尉？這裡顯然反映出了一種傾向。也許你對《科馬諾晚報》上的一篇文章會更感興趣些，該報硬說你在飯廳裡用午餐的時候，企圖當著她丈夫的面要強姦卡柯尼太太，說你用馬刀恐嚇她丈夫，強迫她丈夫用餐巾堵住他妻子的嘴，免得她大聲叫嚷，這是有關你的最新報導，上尉。」

上校笑了笑接著說：「當局有所失職。當地的報刊檢查權又掌握在匈牙利人手中。他們對我們簡直是肆無忌憚、為所欲為。我們的一名軍官面對這頭匈牙利普通編輯笨豬的侮辱毫無任何保護。直到我們提出強烈的意見，師部軍法處發出通電，基於此，布達佩斯國家檢察署才開始採取措施，在所有與此有關的編輯部抓了幾個人。《科馬諾晚報》的編輯付出了沉重的代價，他至死不會忘記自己這份報紙的。師部軍法處委任我作為你的上司來審訊你，因此把所有有關審訊的資料都給我送來了。假如沒有你那個不幸的帥克，事情可能早就會有個好的結果。跟他在一起的還有一個叫沃吉契卡的工兵。鬥毆之後，人家把他帶到禁閉室，在他身上搜出了一封你給卡柯尼太太的信。在堂上，你那個帥克一口咬定那信不是你寫的，硬說是他自己寫的。人家把信擺在他面前，要他重寫一封來對筆跡，他卻一口吞了你的信。後來又從團部把關於你的報告轉送到師部軍法處，以便和帥克的筆跡加以比較，答案就在這裡。」

上校翻找了幾件公文，然後將下面一段文字指給盧卡斯上尉看：「被告帥克拒絕聽寫口授的幾句話，堅持說事隔一夜，已經忘了如何寫字了。」

上校說：「上尉，我根本就不認為你那個帥克或那個工兵在師部軍法處的供詞有什麼作用或意義。他倆都堅持說，這一切都是由一個小小玩笑引起的。大家沒感覺到是個玩笑，於是揍了他們。而他們為了維護軍人的榮譽才還手的。在整個審問過程中發現你那個帥克還真是個活寶，比如說，問他為何不肯招認，從審訊記錄看，他的回答是：『我當時的處境猶如畫家巴魯什卡的僕人有一次為了聖母像而陷入的境地一樣。當案情涉及他侵吞那張畫像時，那他也只好回答：要我把血吐出來給你們看看嗎？』那是當然的，作為一團之首，我已關照有關各報以師軍法處的名義更正當地報紙上那些卑劣的文章。今天就已經發出了通知，我想，我已經竭盡全力平息、糾正了那些匈牙利混帳老百姓掀起的事端了。我認為我的措辭是相當有分量的：

> 敬啟者，●師軍法處暨●團團部嚴正聲明：當地報刊所載●團士兵之所謂鬥毆一文，毫無真實可言，係徹頭徹尾之捏造。對上述報刊所進行之調查必將導致對犯誹謗罪者嚴懲不貸。

「師軍法處在給我團的公文裡說：」上校接著說：「『我們認為，這件事實際上就是對來自東利塔和西利塔兩地軍隊有計畫的誹謗。』你不妨比較一下：我們開到前線去的有多少人，他們又有多少呢？我跟你說句老實話，在我心目中，一個捷克士兵要比一個匈牙利草包順眼得多？每當我一想起匈牙利人在貝爾格萊德郊區向我們第二先遣營開槍的事我就生氣，當時二營不知道是匈牙利人開的槍，於是就開始朝右翼第四特別步兵團的官兵射擊，四團的官兵也搞錯了對象，又衝著友鄰部隊波士尼亞團開起火來。簡直是混戰一場！當時我正在旅部開會吃午飯，在那之前我們只有火腿和罐頭湯就滿足了，那天卻準備了美味的雞湯、肉排飯和甜甜圈加蛋黃酒。前天晚上我們正好在小城裡絞死了一個酒館老闆，他是個塞爾維亞人。我們的炊事兵在他的酒窖裡發現了三十年的陳年葡萄酒。你可想像得出我們是多麼地盼望吃那頓午餐啊。我們喝完了湯，正要開始吃雞時，槍戰突然開始了，接著便亂射一通。我們的砲兵就根本不知道我們在相互射擊，便向我們這邊開砲，一顆砲彈正好落在旅部旁邊。塞爾維亞人認定是我們這裡發生了兵變，便開始從四面八方向我們射擊，隨後還強行渡河。旅長被叫去接電話，師長大動肝火，質問旅部在搞什麼鬼名堂，說他剛剛接到軍部命令，要求他在當晚兩點三十五分對左翼塞爾維亞陣地發起進攻，說我們是預備役隊，應當立即停火。在如此糟糕的情況下，『停火』談何容易啊！旅部電話總機說他那邊也叫不通，只有七十五團團部尚可通話，說他們剛剛接到旁邊一個師來的命令，要求他們『頂住』。說跟其他師的電話也叫不通，說塞爾維亞人已經占領了二一二、二二六、三二七高地，要求派一個通訊營去修復我們與師部的電話線路。我們想與師部聯繫，可線路被切斷，因為在這期間，塞爾維亞人已從兩側迂迴到我軍後方，把我們團團圍困在一個三角地帶之中。被困的有我軍步兵、砲兵隊、汽車運輸隊、糧站和野戰醫院。我已經兩天沒下馬了，我們的師長、旅長都當了俘虜。這一切都是匈牙利人向我第二先遣營開火造成的罪孽，然而全部罪過卻落到了我們團身上。」

上校啐了一口口水：

「現在你自己也能體會到，上尉，他們是怎麼巧妙地利用你在基拉希達的行為來做文章的吧？」

盧卡斯上尉十分尷尬地咳了一聲。

「上尉，」上校話題一轉並對他狎暱地說：「手貼胸口老實說，你跟卡柯尼太太睡了幾回覺？」

施羅德上校今天的心情好極了。

「別扯淡了，你才剛剛開始和她通信呀！

「我在你這個年齡的時候，在艾格爾訓練班待了三個星期，你瞧我，三個星期沒幹別的，都拿去跟匈牙利女人睡覺了。一天換一個：年輕的、未出嫁的、老一些的、有夫之婦，碰到什麼樣的就是什麼樣的。那真是快樂之極，每次回到團裡，我的兩條腿都不聽使喚了。一位律師的老婆把我折騰得夠嗆，她把匈牙利女人的全部本事都使了出來，睡覺的時候竟然咬我的鼻子，整夜不讓我閉眼。」

上校輕浮地拍了拍上尉的肩膀說：「才剛開始通信……我是過來人啦！你什麼也不用對我說，我對這整個事情自有我的評判。你與她勾搭上了，被她丈夫碰上了，你那個蠢蛋帥克卻又……

「你要知道，上尉，你那帥克太有特色了，他處理你那封信的辦法，真是絕妙。這樣的人，說真的，很可惜。我看是教育的問題。我倒挺賞識這小子的。審訊一定要停止。至於你，上尉，報紙把你罵得一文不值，我看你在這裡已無立足之地了。不出一個星期，先遣連就將開赴俄國前線。你是十一連老資格的軍官，就去那個連當連長吧。這事已與旅部談妥。只需告訴軍需上士一聲，要他幫你另找一名勤務兵來代替帥克就行了。」

盧卡斯上尉感激萬分地望著還在說話的上校。「我把帥克派到你們連去當傳令兵。」

上校站起身來和臉色蒼白的上尉握手並說道：

「一切就照這麼辦吧。祝你福星高照，從東線戰場上傳來立功喜報。如果有朝一日我們還能相逢，望你多到我們中間來走訪走訪，別像在布傑約維采那樣老躲著我們……」

盧卡斯上尉在回家的途中反覆地說著「連長」、「連部傳令兵」。

此時帥克的形象又清晰地呈現在他面前。

當盧卡斯上尉吩咐軍需上士萬尼克給他找個新的勤務兵來代替帥克時，萬尼克說：「我還認為您對那個帥克一向是很滿意的哩。」

當他聽說上校要派帥克來十一連當傳令兵時，不禁驚呼道：「願上帝幫幫我們！」

在師軍法處的一間窗子被裝上鐵柵欄的牢房裡，犯人按規定於每日早晨七點起床，把攤在滿是塵土的地板上的被子疊好。他們沒有木板床，都睡在用木板隔開的長廊裡。按規定把毯子疊好後就放在草墊上，先疊好的人就坐在靠牆的長條凳上，不是抓蝨子（如果他是從前方回來的）就是天南地北閒聊，如此打發日子。

帥克和老工兵沃吉契卡以及來自其他單位的幾個士兵一塊兒坐在靠門的長條凳上。

「小伙子，你們瞧瞧，」沃吉契卡說：「坐在窗子邊那個匈牙利小子，那個狗養的在禱告，想讓上帝保佑他有個好的結果。你們的手就不發癢，就不想去把他的耳朵從左邊撕到右邊？」

「可他是個好人啊，」帥克說：「他之所以落得這個下場不也是因為他不願當兵，他反對戰爭，他是個什麼教徒，他不願去殺人，所以就把他關起來了。他是要嚴格遵守上帝的十誡的。可是有些人只是把上帝的十誡掛在嘴上，說得好聽罷了。戰前在摩拉維亞有個叫涅姆拉瓦的先生，他根本就不願意把槍扛上肩去。招他去當兵，他說拿起武器是與他的信念相左的。就為此，他被關進了牢房，在裡頭險些被整死。後來又領他去宣誓，他不願意，說他不能宣這個誓，那是違背他的信念的，結果最後倒是被他挺住了。」

「只能說他是個笨蛋，」老工兵沃吉契卡說：「他完全可以宣誓嘛，宣完了誓不理它不就得啦！」

「我已經宣誓過三次了，」一個步兵宣稱：「也當過三次逃兵。如不是那張醫師證明，說我在十五年前因神經錯亂打死了我的姑媽的話，那我恐怕在前線也已經是第三次吃了子彈。如今我那死去的姑媽總能幫我一次次地擺脫困境，最後我或許能混過這場戰爭，留個全身。」

「朋友，你為何要把自己的姑媽打死呢？」帥克問。

「人們為何要相互砍殺呢？」那位令人感到和藹可親的男子回答：「每個人都會認為，一定是為了錢財。那老太太有五個存摺，當我滿身傷痕，穿得破破爛爛地拜訪她時，正好她的利息寄到了。除她之外，我在世上就再也沒一個親人了。我求她收留我，可是她這條死屍，說什麼要攆我出門找工作去，還說什麼我這麼年輕，身強力壯，一大堆廢話。於是，你一句我一句地爭吵了起來。我只是用撥火棍敲了幾下她的腦袋，又朝她的臉上來了幾下，連我自己也認不出來這是否是我的姑媽，我靠著她坐在地上，還一個勁地自問：『這是不是我姑媽呢？』直到第二天鄰居發現我坐在她旁邊。之後我就被送進了斯萊比瘋人院，大戰前波赫尼采區的檢查委員會證明我已痊癒，於是我得馬上補服這些年我所耽擱的兵役。」

一個身材瘦高、愁眉不展的士兵拿著掃帚從他們旁邊經過。

「這是我們最近一批先遣連的老師，」坐在帥克旁邊的獵騎兵介紹說：「現在負責打掃，是個十分正派的好人，就因為創作了一首詩而被關到了這裡。」

「老師，你過來！」他衝著那個拿著掃帚、一本正經地朝長凳走去的士兵喊道。

「給我們朗讀一下你的那首蝨子詩吧。」

拿掃帚的士兵清了清嗓子，朗讀起來：

無數隻蝨子全身跑，整個前線都在忙搔癢，
整天換衣換褲也沒成效。
蝨子在大兵身上過得滿舒暢，
在軍官身上照樣習慣也逍遙，
奧地利的老公蝨在床上，
跟著普魯士的母蝨輕快地把尾交。

這位老師出身、滿臉愁容的士兵坐到長凳上嘆了一口氣說：「我的全部罪行都在這裡。為了這首詩我已經受到軍法官先生的四次審訊了。」

「實際上這事根本不值一提，」帥克深謀遠慮地說：「問題是要看軍法處認為那隻奧地利老公蝨到底是誰。好在你加了上床交尾的事。你這一筆加得好，會把他們弄得糊塗摸不著頭腦，一個個都傻眼了。不過你一定要跟他們解釋說：這個公蝨就是雄蝨，也只有雄蝨才能爬到雌蝨身上去。你要不說清這一點，那你怎麼也開脫不了的。你寫這首詩顯然不是想侮辱某人，這是很清楚的。因此，你就應對法官先生說明這一點。你寫這玩意兒完全是為了自娛自樂，就像大家常說公豬母豬的事一樣，也來拿公蝨母蝨開玩笑嘛。」

老師嘆氣道：「可那個法官先生的捷克話說得不好。我也曾用類似的話向他作過說明，可他衝著我不停嚷嚷：母蝨的捷克文叫『vešák』[99]，而非『公子』，他還用拉丁文混著德文說：『vešák』是陰性，虧你還是個文化人。『feš』是雄的，雌的叫『fešák』[100]，我們是了解自己的皮柯洛米尼的。[101]」

「簡單說來，這件事好壞各半，」帥克說：「不過你不要喪失信心，就如同比爾森一個叫揚納切克的吉卜賽人一樣，他於一八七九年因為謀財害命而殺死了兩個人，於是絞索就套上了他的脖子。他自言自語道：『會轉危為安的！』嘿，還真給他猜中：在最後一刻，他們真把他從絞刑架處領開了，因為欣逢皇帝陛下的大壽之日，那天是不能絞死人的。到了第二天，也就是皇帝過了生日之後才把他絞死了。可這小子的福氣還在後面：第三天他得到了赦免，原因是在對他進行複審時，所有事實證明，此事係另一個揚納切克幹的。於是他們只得將他從犯人墳地挖出來，給他恢復名譽，改葬在比爾森的天主教的墓地。可是後又發現他不是天主教徒而是新教徒，於是又把他遷到福音堂墓地，後來……」

「後來就是我賞給你幾個大耳光，」老工兵沃吉契卡的聲音響起：「你這小子光會胡扯，人家正為軍法處的審訊憂心忡忡呢，你這個傢伙反倒悠閒起來了。昨天帶我們去偵訊，他在路上還跟我解釋耶利哥玫瑰這種植物是怎麼來的。」

「這可不是我瞎編的！有個老奶奶問畫家潘魯什卡．馬捷依的僕人，耶利哥玫瑰是個什麼樣子時，他是這麼跟老奶奶說的：

「『妳拿一塊乾牛糞放在一個碟子裡，往上面澆點水，牛糞就會長得綠油油的。這也就是耶利哥玫瑰。』」帥克如此為自己辯護：「我從來不胡說八道的，可是我想，我們一道去偵訊，總得聊點什麼吧，沃吉契卡，我只想讓你放心！」

「你還想安撫人家的心，」沃吉契卡鄙視地吐了一口口水說：「人家滿腹心事，只想著怎麼從這個困境中擺脫出來，好去找那些匈牙利小子算帳，你竟想用牛糞來寬慰人。」

「如今被關在了這個鬼地方，我怎麼個去找那班匈牙利小子算帳呢？而且還得對人家裝蒜說假話，說我們一點也不恨匈牙利人。唉，我告訴你吧，這簡直是活受罪，過著豬狗不如的生活！哼！有朝一日，哪個匈牙利小子要落到我手裡，我要像掐一隻狗養的樣把他掐死！我叫他看看，『上帝佑我匈牙利人』[102]是個什麼樣子。我要跟他比畫比畫，讓他永不忘老子。」

「我們就別操這心了！」帥克說：「一切事情都會得到平息的。重點是在法庭上永不說真的。如果有人被人給唬住了，說了真話，那就鐵定完蛋。如實招供絕沒有好下場。遙想當年，我在摩拉維亞的奧斯特拉發打工那時節，那裡發生了這麼一件事：一個礦工揍了一個工程師，當時只有他們倆在場，別人誰也不知道這件事。他的辯護律師堅持要他否認此事，說他就能什麼麻煩也沒有。法庭庭長多方開導他，說是坦白從寬，可那礦工就是頂住不招認，果真什麼事都沒有，被釋放了：因為他能證明自己不在現場，他去布爾諾……」

「耶穌瑪利亞，」沃吉契卡火了，「我再也受不了啦，說這些到底有啥用嘛。我真不明白，昨天和我們偵訊的也正有這麼一個人。法官問他入伍前是幹什麼的，他答道『在克西什那裡送風』。足足問了半個多鐘頭，法官才弄清楚他的意思是說他在克西什鐵匠那裡拉風箱的。後來又問他：『這麼說你是在那裡打工的？』他像聾子對話一樣地回道：『什麼打更的？打更的是赫甫什家的弗朗達！』」

走廊裡響起了一陣腳步和巡邏兵的叫喊。「又來了一個。」帥克高興地說：「又添了我們的人。希

---

99 捷克文的蝨子為veš，陰性。法官硬將捷克文的vešák（其實是衣架）陽性，說成是公蝨。

100 由於法官發音不正確，把veš說成feš（漂亮的），把všák又再次錯說成feš（美人）了。

101 「我們是了解自己的皮柯洛米尼的」是出自德國劇作家、詩人席勒的歷史劇《華倫斯坦》三曲。作品描寫了皮柯洛米尼父子均為皇軍統帥的部下。其子從擁護統帥到殺死統帥的轉變過程。這句話流傳很廣，其意是「我們是了解你們的」。

102 是從前匈牙利國歌的第一句。

望他還藏了點香菸。」

門開了，一位一年制志願兵被推了進來，此人並非別人，正是曾經跟帥克在布傑約維采一起坐過禁閉車廂，後來發放到炊事班削馬鈴薯的那一位。

「託耶穌基督的福，」他進來時說。帥克代表大夥回答：「永遠永遠，阿門！」

一年制志願兵非常高興地看了看帥克，把隨身帶來的毯子放在地上，坐到那幫捷克人的條凳上。然後，他解開裹腿，取出藏在裡面的香菸分給了大家。又從靴子裡掏出了火柴盒上的那塊粗糙面和幾根有意弄掉半截的火柴。

他畫完火柴，小心翼翼地點燃了香菸，然後又讓大家一一點著，這才十分冷漠、毫不在意地說：「我被指控為煽動士兵叛亂。」

「這算不了啥，」響起了帥克那勸慰人的聲音：「鬧著玩的吧。」

「不言而喻的事，」一年制志願兵說：「如果我們靠各式各樣的法庭就能把仗打贏，那就好了。既然他們要千方百計跟我打官司，那我奉陪到底。說穿了，一場審判絲毫改變不了整個局勢。」

「那你是如何煽動士兵叛亂的呢？」工兵沃吉契

卡同情地望著一年制志願兵問道。

「就因為我不願打掃禁閉室的廁所，」他回答：「於是他們就把我帶去見上校本人。那上校真是一頭上等的豬。從一開始就衝著我直嚷嚷，說我是根據團的報告被關起來的，因此，我還算是個普通的犯人；又說他簡直感到奇怪，地球怎麼容下了我這種人，居然沒有因為我犯下的這種恥辱而停止轉動。他還說，在軍隊裡，一個身為一年制志願兵、本該要求取得官銜的人的行為舉止只能令他的上級討厭和蔑視。我回答他說，地球絕不會因為有我這樣的一個一年制志願兵而停止它的轉動，自然規律遠比一年制志願兵的領章要強有力得多。我倒想要知道，誰有本事逼迫我去打掃那間我根本就不去上的廁所。儘管我一天到晚在那豬圈般的團部的炊事班裡跟爛菜、腥肉打交道，完全有權到那所廁所去拉屎拉尿，可是我沒去過。接著我還跟上校解釋說，他不懂為什麼地球容得下我這個人，那是因為地球並非因為我而發生地震。上校聽了我這番話後，氣得就像匹吃了冰凍甜菜的母馬，咬得牙齒咯咯直響，並對著我嚷道：

「『你到底掃不掃廁所？』

「『報告，我什麼廁所都不掃。』

「『你得給我掃，你這個志願兵！』

「『報告，我就不掃。』

「『你今天不僅要給我掃一間，而且要給我掃一百間廁所！』

「『報告，我不僅不掃一百間，我連一間都不掃。』

「就這樣，『你掃不掃』、『我不掃』輪流頂來頂去。『廁所』一詞好像帕芙娜・穆德拉[103]為幼兒寫的繞口令般在我倆的嘴上拋過來扔過去。上校像發瘋一樣在辦公室裡來回竄步，隨後他坐下來對我說：

『你好好考慮一下吧，否則我將你以叛亂罪押師軍法處去懲辦。你別以為你是這場戰爭中第一個被槍斃

---

103 帕芙娜・穆德拉（PavlaMoudrá）是捷克著名的為爭取世界和平和婦女權利的積極分子、女作家、翻譯家。

的一年制志願兵。為什麼？就因為他們頑固不化，堅持到底。被絞死的兩個是因為他不肯殺死一個塞爾維亞游擊隊員的老婆和兒子。九連的那個則是因為他藉口說腳腫了，他是個扁平足，不肯繼續往前行軍。你到底是掃廁所還是不掃？』

「『報告，我不掃！』

「上校望著我說道：『喂，你該不會是個新斯拉夫派分子吧？』

「『報告，我不是。』

「隨後他們就把我帶走了，並宣布我犯了叛亂罪。」

「你最好是這樣做，」帥克說：「你一開始就應該裝成白痴。我被關在警備部拘留的時候，那邊有一個機靈人，一個有文化的人，商業學校的老師，他跟我們關在一起。他從前線開了小差。他們本想大審特審他，判他一個絞刑，以殺一儆百，可他卻輕而易舉地溜掉了。他一開始就裝出有嚴重的遺傳毛病。當參謀部醫師檢查他的身體時，他聲明說他並未逃兵，他只是從小就有夢遊的習慣，老想跑出家門，消失在某個遠方。他說他有一次跑到了漢堡才清醒過來，另一次是到了倫敦，他自己都不知道是怎麼到達那邊的。他父親原是個酒鬼，在他出生前不久自殺身亡。他母親是個妓女，成天喝得酩酊大醉，得震顫性譫妄症死了。他二姊溺水而死，大姐是臥軌自殺，哥哥是跳鐵路橋死的。他爺爺殺了自己的老婆，接著往自己身上澆煤油自焚死的；他的第二個奶奶跟著吉卜賽人到處流浪，後來在牢裡吞火柴毒死了；他的一個表兄因縱火案幾次判刑，後來在卡爾托烏茲監獄用一小塊玻璃抹脖子死了；表姊在維也納從六層樓跳下來死了。而他自幼無人教管，到十歲時都還不會說話，因為他剛六個月的時候，家人便將他拴在桌子上，自己出去了，結果一隻貓把他從桌子上拉下來的時候，摔壞了腦袋。所以他經常犯頭疼病，頭一疼起來就發暈，就不知自己在幹什麼了。他就在這種狀況下離開前線到了布拉格，直到憲兵在『斑點』酒館把他抓住，他才清醒過來。老兄，你不知道那些審他的人多想讓他離開隊伍啊。和他關在同一牢房裡大約有五、六個當兵的，他們把他的家譜列成一個表，這麼記在一張小紙片上：

父親是酒鬼，母親是妓女。
二姊（淹死）
大姊（臥軌）
哥哥（跳橋）
爺爺殺老婆，煤油，自焚
二奶奶（吉卜賽人，火柴），等等

「他們當中有人也開始在參謀部的軍醫面前編這麼一套了。這已是第三個這麼編的了，因此還沒等他說到表哥如何如何時，軍醫就打斷他的話說：『你表姊在維也納從六層樓跳下來死了，你自己沒人教育，那就讓囚犯連來教訓你一番吧！』於是他就被帶到了囚犯連，給他上了『絞麻花』的大刑，他立刻就不瞎編什麼沒人教管、父親是酒鬼、母親是妓女等謊話了，他聲明，他自願請求上前線去。」

「如今，」一年制志願兵說：「在軍隊誰也不信遺傳病這一套了，因為假如信了，所有總司令部的人都將關進瘋人院裡去。」

這時，鑰匙在門上的鎖孔裡響了幾下，看守走了進來：

「步兵帥克和工兵沃吉契卡去見軍法官先生。」

他們起身了。沃吉契卡對帥克說：「你瞧他們這些混蛋，天天偵訊卻總沒個結果！他媽的還不如給老子們判個刑，免得折騰個沒完沒了。我們整天就這麼在這裡滾來滾去，讓他媽的這些匈牙利小子就在你旁邊轉來轉去……」

因為師部軍法處的偵訊間是在這座房子的另一面，所以在去偵訊間的一大段路途中，工兵沃吉契卡還跟帥克討論著他們到底什麼時候才能得到真正的判決。

「老是這麼個訊問來訊問去，」沃吉契卡很惱火地說：「問出個什麼名堂來也罷了。公文紙倒是耗費了一大捆，把人關在鐵籠子裡都快燒掉了，而連個真正的裁判都見不著。嘿，你乾脆跟我直說好了，那湯能喝嗎？還有那個甘藍菜拌凍馬鈴薯？他媽的，這麼一場混帳的世界戰爭我還從來沒見識過哩，與我想像中的完全是另一個模樣。」

「我倒是很滿意，」帥克說：「想當年，我還在服役的時候，我們的軍需上士索貝拉常對我們說：『在戰爭中，每一個士兵務必意識到自己之責任！』每說完這句話的時候，就給一個士兵一記耳光，叫人永世不忘！還有那個死去的克瓦塞爾上尉，每當他來檢查我們的槍枝時，我們總要挨一回訓話，說每個士兵都應該做到內心麻木不仁、對一切都要無動於衷，因為士兵只是一群國家餵養的牲口，國家給他們咖啡喝，國家給他們菸草抽，他們就該像牛一樣為這個國家效勞呀。」

工兵沃吉契卡沉思著，過了一會兒就對帥克說：

「等會兒到了軍法官那裡，帥克，你千萬別亂談了，你上一次偵訊怎麼說的，現在就怎麼說好了。不要使我受苦。重要的是說你親眼目睹了那些匈牙利小子怎樣先向我進攻，不管怎麼說，我們在這場災禍裡已是患難與共了啊！」

「別害怕，沃吉契卡，」帥克安慰他：「儘管保持一顆平常心，千萬別發火，在區區一個軍法處受審算個啥？應該讓你看看從前的軍事法庭審判，那才好哩。在我們那裡服役的一個老師叫赫拉爾，有一次，我們全排都被禁閉在兵營裡不能進城，他就坐在行軍床上同我們聊起了在布拉格博物館有一本記載瑪利亞・德萊齊婭時代那種軍事法庭審判的書。書中說每一個團都有自己的劊子手。專門砍殺士兵的頭，一個個地砍，砍殺一個領一個德萊齊婭銀幣。據該書記載，這個劊子手有時一天能賺五個銀幣。」

「當然嘍，」帥克很嚴正地補了一句：「那時候的團比現在大得多，不停地從鄉下拉人來補人頭。」

「我在塞爾維亞的時候，」沃吉契卡說：「我們工兵旅裡每逢要絞死塞爾維亞游擊隊員，都宣稱要發給劊子手香菸的。絞死一個男的賞十根運動牌香菸，絞死一個女的或小孩賞五根。後來軍需部為了節省開支，乾脆就把他們推到一起用槍來代替絞索。有一個跟我一起當兵的吉卜賽人就是專幹這一行當的。

這事我們好長時間不知道。只是感到有些納悶，辦公室為什麼總是深更半夜把他叫去。那時我們駐紮在德里納河畔。有一天夜裡，等他走了之後，有人忽然想去翻看翻看他的行李，發現這小子的背囊裡有三盒『運動牌』香菸，每盒一百支。當那小子天亮時回到住的倉庫時，我們給他開了一個簡短的審判會。我們把他弄翻在地，有一個叫別洛烏的用皮帶用力勒他。這小子最後一口氣竟拖得比貓還要長。」

老工兵沃吉契卡吐了一口口水說：「我們怎麼勒他他都不肯死，勒得他屎尿都出來，弄髒了我們，眼睛也鼓出來，像一隻刀子砍錯位置的公雞一樣不肯斷氣。於是我們就又把他當貓一樣撕裂他：兩人拉頭、兩人拉腳，用繩子纏緊他的脖子，然後把他的背囊連同那些香菸一起套在他的身上，扔進了德里納河。誰願意抽這種又髒、充滿血腥味的香菸哩！第二天早晨，他們到處尋找他。」

「你們倒應該去報告說他逃兵了嘛，」帥克十分明達地發表評論說：「就說他早就準備這樣幹了。天天嘀咕說他有一天會失蹤的。」

「可誰又能想得如此周到啊！」沃吉契卡回答：「我們整天忙著自己的事情，對別的事就懶得去操心了。其實那裡的事情很簡單，每天都有人失蹤，他們也不想到德里納河去打撈。一個被水泡腫的塞爾維亞游擊隊員和我們那位肢體殘缺的預備兵一道非常漂亮地順著德里納河漂到多瑙河去了。有些沒經驗的人初次見到這種情景，差點嚇得忽冷忽熱，像是得了瘧疾。」

「趕緊給這些人吃點奎寧呀。」帥克說。

他們一進到師軍法處辦公室的那座房子，一位哨兵立即將他們帶到第八號辦公室去了。軍法官魯勒正坐在一張堆滿公文的長桌子後面。

他面前放了一本什麼法典，一杯尚未喝完的茶放在法典上。桌上的右邊擺著一個假象牙製的十字架，釘在十字架上的滿是塵土的耶穌像絕望地望著十字架的底座，那底座上面盡是菸灰和香菸頭。

法官魯勒這時正用一隻手在十字架的底座掐滅著菸頭，用另一隻手端起那杯茶，茶杯底和法典的封皮緊緊地黏在一塊了。

他把茶杯從封皮上掰開之後，接著翻起了從軍官俱樂部借來的一本書。

這是弗斯・克勞斯的一本書，書名取得很引人入勝：《關於性道德發展史的研究》。

他正聚精會神地看著書中男女生殖器的活靈活現的圖解和弗斯・克勞斯學者在柏林西客站廁所裡發現的與之相配的詩句，根本沒注意到有人進來。

倒是工兵沃吉契卡的一聲咳嗽才將他的注意力從圖解中轉移開來。

「什麼事呀？」他問道，一面接著翻看其他那些活靈活現的圖像、素描和速寫。

「報告，軍法官長官，」帥克回答：「我的同伴沃吉契卡著了涼，正在咳嗽呢。」

法官魯勒這才抬頭望了望帥克和沃吉契卡。

他竭力裝得很嚴厲的樣子。

「磨磨蹭蹭的，到底還是來啦，你們這兩個傢伙，」他翻看桌上那許多文件說：「我叫你們九點來傳訊，眼下都快十一點了。」

「你是怎麼站的？畜生！」他向膽敢用稍息姿勢站著的沃吉契卡問道：「等我叫『稍息』的時候你才能隨便站嘛。」

「報告，軍法官長官，」帥克的聲音響起：「他有風溼症。」

「你最好給我閉上那張嘴，」法官魯勒說：「等我問到你的時候，你再回答。你在我這裡已經審了三趟啦，老愛說些廢話。我的這些案卷哪裡去了，你們這些該死的傢伙，老給我添麻煩，毫無道理地給軍法處添麻煩，這對你們有什麼好處嗎？」

「等著瞧吧，雜種們。」當他從一大堆公文裡抽出一個標明《帥克和沃吉契卡》的厚厚案卷時，說道：

「你們休想藉一次愚蠢透頂的鬥毆事件就賴在師軍法處，躲過上前線的日子。為你們這事我還得給軍法處打個電話。你們這些蠢蛋！」

法官嘆了一口氣。

「別裝得那麼一本正經的，帥克，等到了前線，你就不會有那麼大的勁頭去跟匈牙利民兵打架了，」他接著說：「現在你倆的案子撤銷了。你們各自回到自己的連隊去，在那裡接受紀律處分，然後就隨先遣連上前線。你們假如再落到我手裡，你們這些雜種，我就要狠狠地教訓你們一頓，讓你們嘗嘗我的厲害。這裡是你們的釋放令，好好拿著。把他們帶到二號室去。」

「報告，軍法官長官，」帥克說：「我倆一定牢記您的話，多謝您對我們的慈悲心腸，假如我是個普通老百姓的話，我真想稱您一聲大善人。同時我倆都得再次請您多原諒，我們給您添了如此多的麻煩。我們真過意不去。」

「滾蛋，快給我見鬼去吧！」法官朝著帥克大聲吼叫起來：「要不是施羅德上校先生替你們說情，我還真不知你們會落得什麼樣的下場。」

當衛兵把他們領到二號室，準備進入走廊的時候，沃吉契卡感覺到自己還真是個老沃吉契卡了，這時才明白過來是怎麼回事。

領著他們的那個士兵生怕自己趕不上午飯，所以不滿地說道：

「喂，能不能走快一點，小伙子們，你們慢得跟虱子爬一樣。」

沃吉契卡說了，叫他在此少廢話，說幸虧他是個捷克人，如果是匈牙利人，他早就像撕鹹鯡魚一樣撕碎了他。

因為辦公室的那些文書、打字員都去吃午飯了，所以押送的士兵只得暫時將他們帶回軍法處的牢房裡，於是氣得他把天下各個種族的軍人辦事員統統罵了一通。

「我的那幫人一定又會把我那份湯裡的幾片肉絲撈個精光的。」他垂頭喪氣地抱怨說：「他們只會給我剩點筋的。昨天也是叫我押送兩個人到營房去，結果就有人就把我那份口糧吃去了一半。」

「你們軍法處的人怎麼不想別的，一心只想著吃。」已完全恢復了元氣的沃吉契卡說。

當他倆把結案的情況告訴一年制志願兵時，一年制志願兵高呼道：「這麼說，朋友們，你們就要去先遣連嘍！這就跟捷克旅遊雜誌上寫的一樣，『祝你們一路順風，旅途愉快！』出發的準備工作一定早就辦妥。我們那著名的管理處軍官們把一切想得可周到了。你們就像是分派到加里西亞去郊遊的，那就高高興興、輕輕鬆鬆、快快活活地上路吧！到那即將成為你們戰壕的地方，去盡情抒發你們對它的愛慕之情吧。那裡的風景優美至極，是個很有趣的地方。你們在那遙遠的他鄉，一定會感到如同在家、在自己的家鄉，甚至就如同在自己的祖居一樣。你們將滿懷著崇高的感情踏上通向這個地方的路程。關於這個地方，德國那位老自然科學家洪堡曾經說過：『在世界上我從不曾見過比加里西亞這個夠糟糕的地方更絢麗的了。』我們光輝的軍隊在首次遠征時期從加里西亞撤退所取得的大量寶貴經驗，是我們制定第二次遠征綱領時的最佳指南。勇往直前地朝俄國挺進吧！高高興興地把所有子彈都朝天放掉吧。」

當帥克和沃吉契卡午飯後要去二號室之前，那位因寫虱子詩而遭逢不幸的老師進來了，把他倆叫到一邊悄悄地說：「別忘了，等到了俄國那邊，你們就立即用俄國腔對俄國人說：『你們好啊，俄國兄弟，我們是捷克弟兄，我們不是奧地利佬。』」

當他們一走出軍法處牢房，沃吉契卡突然想宣示一下他對匈牙利人的仇恨，表明雖然抓了他，但他不曾屈服、不曾動搖，於是便踩了一下那個不想服役的匈牙利士兵的腳，還對他吼叫：「把鞋穿上，你這個免崽子！」

「你該對我說句什麼，或回頂我一句也好呀，」後來工兵沃吉契卡非常掃興地對帥克說：「我絕對會撕爛他那張匈牙利豬嘴。可這傻小子一聲不吭，還任憑別人踩他的腳。他媽的，我沒給判上刑，我全身心都不舒坦。好像人家都在笑話我們：跟這些匈牙利小子幹架是不值一提的事。可是我們打得跟獅子般凶猛呀。都是你把事情弄糟了，所以才沒判咱倆的刑；給了我們這麼個證明，好像我們不會打架似的。人們對我們會怎樣想呢？其實我們幹得是很漂亮的。」

「我親愛的朋友，」帥克和善地說：「我真弄不明白，你心裡總彆彆扭扭的，軍法處正式承認我倆是絕對正派守規矩的人，毫無半點挑剔的意思，你為何還不高興呢？我在受審時，不錯，是瞎編了一通，可這是必須的呀！正如巴斯律師對他所有委託人總是這樣說的：『撒謊是一種義務。』軍法官先生問我，為什麼我們要闖到卡柯尼先生家去？我非常簡單地對他說：『我想，假如我們常去卡柯尼先生家串門，那就能大大增進彼此間的了解。』軍法官先生後來也就沒再問我什麼了。他感覺這已經足夠了。」

帥克考慮了一下接著說：「你只需要記住這一點，在軍事法庭上你什麼都不能承認。我關在警備司令部拘留所的時候，隔壁牢裡有個當兵的認了罪，其他難友知道後，給了他一頓揍，命令他，讓他翻供。」

「假如我幹了什麼不光彩的事，那我可以不承認，」工兵沃吉契卡說：「可是軍法官那傢伙開門見山問我：『你打架啦？』我說：『嗯，打架啦！』他又問：『你折磨人了吧？』──『是，軍法官長官。』──『你打傷了人家了嗎？』──『當然嘍，軍法官長官。』我是要讓他明白，他是跟什麼樣的一條好漢在說話。可是真丟臉，他們卻釋放了我們。那個法官好像還不相信我是怎麼用皮帶真的抽了那些匈牙利流氓，把他們打得鼻青臉腫的。你是當場親眼目睹三個匈牙利小子怎麼一下子撲到我身上，沒過多久，我又是怎麼樣讓他們在地上滾作一團，把他們踩在腳下的；可事過之後，這個草包軍法官停止了對我們的審判。這就好比對我說：『你們上哪個茅坑去拉屎？閒得無聊來打架！』等打完仗，我退伍了，假如能讓我在哪個地方找到這個畜生的話，我就讓他們好好看看我到底會不會打架，然後我就到基拉希達，打一場世界上少見的大架；所有人都得躲進地窖，總有人說，我是專程來看望基拉希達這幫流氓壞蛋的。」

在辦公室裡，沒費多大勁就辦完了手續。一位剛剛吃完午飯、嘴上還滿是油膩的軍士帶著一副十分莊重的神情把證件交給帥克和沃吉契卡，並且也不放過機會對他倆說上一番話，囑咐他倆要保持軍人的氣質。因為他是出生在西里西亞的波蘭人，講著一口腔調很重的波蘭話，其中還夾雜著不少文雅的粗俗話，比如「啃胡蘿蔔的」、「笨醃魚捲」、「梅花七」、「笨豬」和「我們要往你的月亮臉上抽幾個耳光」什麼的。

帥克和沃吉契卡就要分道揚鑣各自回到自己的團隊去。分手時，帥克對沃吉契卡說：「打完仗你就來看我吧。每天晚上六點鍾起，你都能在戰場街的『喝兩杯』酒館找到我。」

「知道了，我一定去，」沃吉契卡回答：「那裡

會有什麼熱鬧的事情嗎？」

「那裡每天都有熱鬧的事情發生，」帥克允諾說：「假如嫌太安靜了的話，我們自己可以再幹點什麼事呀！」

兩人分手了。他們相距頗有段距離時，老工兵在帥克身後喊道：「等我到你那裡去的時候，你一定要找點什麼東西來給我消遣消遣啊！」

帥克也扯起嗓門回答道：「等這場戰爭結束了，你一定要來呀！」

後來彼此都走遠了，過了好一會兒從第二排樓房的拐角處還傳來了沃吉契卡的聲音：「帥克，帥克，『喝兩杯』酒館怎麼樣？」

而帥克的回答卻像回音一樣地迴盪著：「大大的有名。」

「我還以為是斯米霍夫產的啤酒哩！」工兵沃吉契卡從遠方傳來的喊聲。

「那裡也有女孩哩！」帥克叫喊著說。

「那就等打完仗。晚上六點店裡見！」沃吉契卡從下面喊道。

「你最好還是六點半來，我可能在某個地方耽擱了呢。」帥克回答說。

然後，又有聲音從老遠的地方響起，沃吉契卡嚷道：「你就不能六點鐘到嗎？」

「好吧，我就六點鐘趕到。」沃吉契卡已從大老遠聽到了朋友的回答聲。

好兵帥克就是這樣和老工兵沃吉契卡分手的。朋友們在分別的時刻，總是滿懷希望，輕聲細語說一聲「再會」。

5 從萊塔河畔布魯克城到索卡爾

盧卡斯上尉正在十一先遣連的辦公室裡踱來踱去，心神十分不定。這是營房裡一間燈光很暗的小屋子，是用木板從走廊裡隔出來的。裡面只放了張桌子、兩把椅子、一瓶煤油和一條床墊子。

軍需上士萬尼克臉朝著上尉站在那裡，他整天在這間辦公室裡創造著軍餉名冊，鑽研著士兵們的伙食帳目，事實上，他就是全連的財政部長吧，整個白天都待在這裡，晚上也睡在這裡。

門中站著一個胖胖的步兵，滿臉大鬍子，活像傳說中的巨人克拉科諾斯[104]，他正是新調來給上尉當勤務兵的巴倫，原是捷斯基克魯洛夫地方的一個磨坊主。

「你倒是給我挑來了好一個出色的勤務兵呀，」盧卡斯上尉對上士說：「真得感謝你這份意外的大禮啊！第一天派他去食堂領我的午飯，他竟敢在路上吃掉一半。」

「都怪我不小心灑掉了一些。」那大塊頭的漢子說道。

「好吧，就算灑掉了，那也只能是湯或肉汁吧，總不能把燉肉也灑了呀。而你給我帶回來的燉肉就只有小指甲那麼大，還有，我的蘋果烤肉捲又上哪裡去了？」

「我，這……」

「賴不掉了吧？是你把它吃了！」

盧卡斯上尉講這最後一句時，神情和聲音都特別嚴厲認真，使巴倫不得不後退兩步。

---

104 巨人克拉科諾斯（Krakonoš）是捷克神話中的山神，住在克拉科諾斯山麓中。

「我已經從炊事班那裡得知，今天的午飯吃了些什麼，是肝泥麵餃湯，可麵餃在哪裡呢？絕對是你在路上將它們撈出來吃了；還有酸黃瓜牛肉，你是怎麼處理的？是不是也把它統統吃了。兩大塊燉牛肉啊，你就是給我拿回來半塊也好呀！那兩塊蘋果烤肉捲到哪裡去了？是不是也被你吃了？你這個簡直壞透了的、骯髒的笨豬！你說說，蘋果烤肉捲到哪裡去了？什麼？掉到污泥裡了？你這個該死的混蛋！你敢把掉了蘋果捲的污泥地指給我看嗎？什麼？碰巧有隻狗把它叼走了？我的主啊，我的耶穌基督，我真想搧你幾巴掌，讓你這張嘴臉腫成個大桶。你還不認帳，你這臭豬！你知道是誰看見的嗎？就是上士萬尼克。他親自來說：『報告，上尉長官，那頭饞豬巴倫正在吃著您的午飯呢。我從窗口望出去，正看見他一個勁地往嘴裡塞，好像一星期沒進食似。』我說，上士，你就不能給我弄一頭好一點的牲口來代替這傢伙嗎？」

「報告上尉長官，我覺得巴倫是我們連裡十足的笨蛋，簡直就是根木頭，剛學的槍法一轉身就忘得個一乾二淨。如果給他一桿槍，他一定會闖禍。上次訓練時，他差點沒把旁邊的一個人的眼睛給打

了。於是我想，像勤務兵這類工作他應該能勝任呀。」

「天天吃長官的整份午飯。」盧卡斯上尉說：「好像他的那份口糧還不夠他吃似的，還來吃長官的。喂，現在你應該不餓了吧？」

「報告，上尉長官，我總感覺飢餓。誰如果剩塊麵包，我就情願拿香菸跟他換，可還是不夠，我生來就這樣。我覺得我該吃飽了，但卻沒！過一會兒，又感覺好像是長時間沒進食，肚子餓得不停地咕咕直叫，您聽，這鬼肚子又在叫了。有些時候我確實以為是吃夠了，再也吃不下了。但只要一瞧見誰在吃什麼，或嗅到了點飯菜的香味，我這肚子就如同灌過腸、洗過胃般餓得發慌，恨不得將一大把鐵釘子吞下去。報告，上尉長官，我已打了請求給我兩份口糧的報告，為了這個我還在布傑約維采找了團裡的軍醫，可他不僅沒批給我兩份口糧，反倒給了我三天的病號飯，每天只准我喝一小碗清湯。他說：『我叫你這小子餓個夠，下次如果你再來，我保證你走的時候成了一塊乾木頭。』上尉長官，我並非奢望什麼好吃的，只要是一般的東西，我就很難受，直嘛口水。上尉長官，我真的求求您批給我兩份口糧吧！就算不要肉，給我兩樣主食：馬鈴薯、麵包，隨便來點肉汁就行了，我想肉汁一般都會有些剩的……」

「行了，你這般厚臉皮的話我已經聽夠了，巴倫！」盧卡斯上尉回答道：「上士，你見過像他這麼個厚臉皮的士兵嗎？把我的午飯吃了，還想讓我批給他兩份口糧。我要讓你嘗嘗厲害，讓你餓個夠，巴倫！」

「上士，」他轉身對萬尼克說：「你把他帶到威登霍伏爾班長那裡去，在今天晚上煮燉牛肉的時候把這個傢伙綁在炊事班院子裡，綁上兩個鐘頭。高度要恰好讓他腳尖著地，這樣就能瞧得到鍋裡燜肉的情景了。你就讓他們這麼辦，在分發燉牛肉時，還要把這混蛋綁在那裡，讓他垂涎三尺，像餓狗見了香腸那樣。還要告訴炊事兵，把巴倫的那一份分給別人吃。」

「一定照辦，上尉長官。巴倫，我們走吧。」

他們正要出門時，上尉在門口攔了一下，眼睛死盯著巴倫那緊繃的臉，揚揚自得地說：「這下你可舒服了！巴倫，祝你胃口好！假如你再敢偷吃，那就別怪我了，我就把你送到戰地軍法處去了。」

當萬尼克回來稟告巴倫已經被綁上時，盧卡斯上尉說：「你是知道的，萬尼克，我本不願這樣做的，可有什麼辦法呢。首先，你得承認，就是一條狗的骨頭被搶走了，牠也要汪汪叫幾聲的呀。我不喜歡在我身邊有這麼一個下賤的東西。其次，綁了他，這對全連在道德和心理上都具有極大的警示意義。最近弟兄們一到先遣連，想起明天或後天就奔赴前線，他們就肆無忌禪，為所欲為。」

盧卡斯上尉像是受盡折磨般接著說：「昨天夜裡演習時，大家應向糖廠後邊的志願兵軍校進發。一排是先鋒，因為是我領著的，在路上行軍還算安靜；二排在左翼，應該在糖廠附近散開，執行警戒任務，可他們卻像去蹓躂似的，是又唱又跳的，鬧聲就連營區都聽見了。三排在右翼，任務是偵察樹林的地形，他們離我們有十分鐘的路程，可這麼遠也能聽見小子們在抽菸，到處火星點點。四排本該是後衛，鬼知道是怎麼搞的，他們竟然在我們的前邊了。因而被我們當成了敵人，我只好在朝著我們開進的後衛前面撤下來。這就是我的十一先遣連。我該拿這幫人怎麼辦啊！真上了前線，他們究竟會變成什麼樣呢？」

說這番話時，盧卡斯上尉雙手合十猶如祈禱狀，神情活像個殉道者，鼻尖翹得高高的。

「上尉長官，您就別為這些事情操那份心了。」上士萬尼克竭力地安慰他說：「別過於煩心了。我帶過三個先遣連，全都是這個德行，吊兒郎當，得打散了重建才成。這些先遣連都一樣，哪個也不覺得比這個強，上尉長官。最差的是九連，從連長到士兵，全都當了俘虜。我算撿了條命，因為那次我正好去團裡領蘭姆酒和葡萄酒了，他們沒等我返回就開拔了。

「你大概還不知道吧，上尉長官，剛才您談到那個後衛排發生的的事情，在前不久的一次夜間演習中，一支志願兵教導隊迂迴繞過我們連，但卻迷了路，竟向聶德齊德爾湖開去，走到拂曉時發現陷入了沼澤地。這個教導大隊還是札格納大尉親自率領的啊。如果天沒亮，他們絕對會走到紹普隆去的！」娓娓道來這些事情的上士，很欣賞自己是個消息靈通人士的角色，接著他用神祕的口吻說：

「您大概還不知道吧，上尉長官，」他十分親暱地對盧卡斯眨眨眼說：「札格納大尉就要當我們先遣營的營長啦！聽參謀處的軍需赫格納說，最初是想讓您當這個營長的，因為您是我們這裡資格最老的軍官，可是後來據說師部給旅部來了命令，任命札格納大尉先生來當營長。」

盧卡斯上尉咬住了嘴唇，點燃了一支香菸。其實這事他早就聽說了，並且認為對他是不公平的。札格納大尉已經是兩次超越他晉升了。但他沒多談，只說了一句：「這與札格納大尉無關。」

「對此我心裡很不舒服，」上士親暱的聲音響起：「參謀處的赫格納對我說，『戰爭剛打起來的時候，札格納大尉就想去黑山戰役露一手，竟然不顧敵人的機槍掃射，把我們的人一個連接一個連地趕到基爾維亞陣地。』步兵在那裡不起作用，只有大砲才打得到崖上的塞爾維亞人。最後全營就只剩下八十個人；札格納大尉自己也受了傷，住院時又得了痢疾，之後才來布傑約維采我們團的，聽說昨天晚上他還在軍官俱樂部表態，他盼著上前線，就算把先遣營都丟掉，他還想大顯一番身手，掙一個獎章什麼的。他還說，上回在塞爾維亞算是不走

運，可這回卻不一樣了，要麼與整個先遣營同生共死，要麼就晉升中校，那全營就得受磨難嘍。我看，上尉長官，這種魯莽行為也會牽扯到我們的。前不久參謀處赫格納就說了，您跟札格納大尉的關係並不怎麼和諧，他一定會將前線最危險的地段分派給我們十一連的。」

上士嘆了一口氣：「我覺得，在這場戰爭裡，部隊如此之多，戰線又拉得這麼之長，只有運用某種靈活機動的戰術才會比那種單純的猛攻更有效。我在十連的時候，在杜克拉山口一戰中，我就認為應該這麼做。那一回，一切都很順，來了一道『不准開槍』的命令，我們就停止了射擊，專等俄國人靠上來。我們完全可以不開槍就抓獲他們的，可是我們的左翼是『鐵蒼蠅』，這些民團就是一群草包、膽小鬼，一聽俄國人正向我們這邊開過來了，他們便沿著雪地山坡滑下去逃跑了。我們接到命令，說俄國人已切斷左翼，我們必須去增援旅部。當時我正在旅部辦軍糧帳目的事，我怎麼也找不到團運輸隊了，此時，十連的弟兄們一個個來到旅部。到夜裡，一共有一百二十人；其他的據說撤退時也迷了路，沿著雪地，像踩著滑雪板似的溜到俄國人那裡去了。我們可嚇壞了，上尉長官，俄國人在喀爾巴阡山周圍都修有陣地呀。後來，上尉長官，札格納大尉……」

「別三句不離札格納札格納的！」盧卡斯上尉說：「這些我都知道。你可別打算交火的時候就跑到倉庫去領什麼蘭姆酒和葡萄酒啦。有人提醒我說你是個酒桶。任何人只要見到你的紅鼻子，立刻就知道自己面前的是個什麼貨色。」

「這都得怪喀爾巴阡山，上尉長官。在那種鬼地方不喝是不行的，飯送到山上都涼透了，戰壕又挖在雪地裡，又不能生火，我們只好用蘭姆酒來暖暖身子。若是沒有我，大家就會像別的連一樣，連蘭姆酒也喝不上，人也會凍壞的。蘭姆酒把鼻子搞紅了，確有不利的一面，因為上邊有令，紅鼻子的士兵就得去偵察。」

「我們的冬天不是已經過去了嗎？」上尉別有深意地說著。

「可是，上尉長官，蘭姆酒和葡萄酒是一樣的，在陣地上一年四季都是不可或缺的東西。可以這麼說：酒能提氣。一個士兵，只要半瓶葡萄酒下肚，再加四分之一公升的蘭姆酒，他就敢和任何人作戰……又是哪個畜生在敲門哪？難道沒見門上寫的『請勿敲門！』的字樣嗎？請進！」

盧卡斯上尉朝門口轉了一下椅子，只見門緩緩地開了。好兵帥克同樣靜靜地走進了先遣十一連辦公室，在門口處便行了個軍禮。顯然他敲門時並不是沒有瞧見門上的「請勿敲門」字樣。

他敬禮的時候，一眼就能讓人看到他那志得意滿而又無憂無慮的面容。他那般模樣就像是一位身穿奧地利士兵低級制服的希臘天神。

盧卡斯上尉看見了好兵帥克用他那親切的目光來擁抱自己的神情時，他立刻閉上了眼睛。

帥克的神情像一個久未歸家在外流浪的兒子，見到父親為他殺豬宰羊時的模樣。

「報告，上尉長官，我又在這裡了，」帥克在門邊說話時是那樣的坦然，使盧卡斯上尉猛然醒悟過來。自打施羅德上校告知他，要將帥克送回來仍由他領導的那天起，盧卡斯上尉天天都在祈求這個會面的日子愈晚愈好。每天清晨一大早，上尉就在想：「今天他一定不會來的。說不定他又出亂子了，想必人家又把他扣起來了。」

然而，上尉的願望被帥克那淳樸敦厚的照面打碎了。

這時，帥克看了一眼軍需上士萬尼克，轉過身來，從軍大衣的口袋裡拿出證件，笑嘻嘻地交給了他：「報告，上士長官，這是團部開給我的證件，說交給您，還有我的其他證件。」

帥克在十一先遣連辦公室的舉止很隨便，彷彿他就是萬尼克最要好的朋友。可萬尼克卻只隨意、淡淡地說了一句：

「放在桌上吧。」

「你最好讓我和他單獨談談，軍需上士。」盧卡斯上尉嘆了一口氣說。

萬尼克只好出去了。但他在門外偷聽他倆說些什麼。

開始，他什麼也聽不到，因為帥克和盧卡斯上尉都不吭聲，只是面面相覷，互相仔細地端詳著。盧

卡斯上尉看著帥克，好像要用催眠術讓帥克睡過去般，又像一隻大公雞站立在一隻雛雞面前，會隨時向他撲上去。

而帥克卻一如往常，溫馨地看著盧卡斯上尉，就像是對他說：「又碰面了，我的心肝寶貝，如今可再沒什麼能讓我們分開了，我的小鴿子！」

盧卡斯上尉久久不吭聲，帥克的眼睛似乎在深情地懇求他：「你說呀，我的寶貝，快說出來吧！」

盧卡斯上尉用帶刺的客氣話結束了難以忍耐的沉默：「太歡迎你啦，帥克！謝謝你來看我。想想吧，我們企盼很久的貴客終於來了。」

但是他終於沒能控制住自己，積蓄已久的怒氣化成了狠狠的一拳砸在桌子上。墨水瓶蹦起來了，黑色墨水落在了《軍餉名冊》上。

同時，盧卡斯上尉跳了起來，逼近帥克，大聲叫道：「畜生！」緊接著，他便在這狹長的屋子裡走來走去，每從帥克身邊經過就吐一口口水。

「報告上尉，」帥克說，這時的盧卡斯上尉繼續在房間內來回地踱著，每走到桌子旁總要抓些紙團，氣呼呼地把它扔向屋角。「我大大方方地替您把那封信交到了，我很走運地找到了卡柯尼太太。這麼說吧，她很漂亮，雖然我見到她時她正在哭呢……」

盧卡斯上尉在軍需上士的床上坐下來，用嘶啞的喉嚨喊道：「你這股傻勁要傻到哪一天才願意結束呀，帥克？」

帥克像沒聽到上尉說話一樣，繼續說：「後來我在那裡的確碰到了一點小小的麻煩，但是我把責任全攬過來了。他們當然不信是我給那位太太寫的信。為了不露馬腳，審訊時，我乾脆就一口吞下了這封信。往後，純屬偶然（我沒有別的解釋），我被捲進了一場小小的鬥毆中去了，就連這場官司也讓我輕鬆地擺脫了。他們認定我是無辜的，把我發往團部，在師軍法處撤的案。我在團裡只等了幾分鐘，上校便來了。他稍稍責罵了我幾句，就讓我立即到您——上尉長官這裡來報到，當連部傳令兵。此外，他還要我轉告您，請您立即去他那裡解決先遣連的事情。這已是半個小時以前的事了。可是上校長官並不清楚我還曾要去團部耽擱十多分鐘，因為還要補給我這一陣子的軍餉。當然軍餉應由團部來補，不應該由先遣連發放，因為是團部把我關起來的。那裡各個部門都亂糟糟的，把人都搞糊塗了……」

盧卡斯上尉一聽說他在半個小時前就應見施羅德上校，於是趕忙穿好衣服，說：「帥克，你又給我幹了件好事！」他說話的口吻透著沮喪，使帥克不得不想說兩句友好的話來安慰他。當上尉衝出門口時，帥克在身後喊了兩句：「不要緊，上校會等你，他現在也沒什麼要緊事。」

上尉沒走多久，軍需上士萬尼克便進來了。

帥克正坐在椅子上，對著敞開的爐門一塊一塊地往裡面扔煤，爐裡冒著濃煙。帥克並不理睬在一旁望著他扔煤塊的上士，仍舊全神貫注地往裡添煤。上士狠狠地踢了爐門一腳，並嚷著讓帥克從這裡滾開。

「上士長官，」帥克十分坦然自得地說：「請讓我向您宣稱：就算我樂意執行甚至從整個營裡滾出去都可以，但我也不能滿足您的命令而滾出去，因

為我只服從較高一級上司的命令。」

「我在這裡是這個連的傳令兵，」帥克自豪地補充：「我可是施羅德上校派到十一先遣連盧卡斯上尉這裡的。我從前給盧卡斯上尉當過勤務兵，可如今呢，由於我生來見多識廣，我已經升遷了，當了傳令兵，我和盧卡斯上尉是老朋友了。上士長官，戰前您是幹什麼的？」

軍需上士萬尼克對好兵帥克如此這般親熱的語氣感到甚為驚詫，竟忘了擺一擺常在士兵面前的那副官架子，倒像是帥克的屬下一樣回答道：

「我是在卡拉魯普開藥房的萬尼克。」

「我也在藥房裡當過學徒，」帥克說：「就在布拉格貝爾什丁納街柯柯什卡先生那裡。他可是個令人生畏的怪人，有一次我誤將他放在地窖裡的汽油打開了，他就把我攆了出去，藥房裡就再也無人收我為徒。就為了這一桶該死的汽油弄得我手藝也沒學成。您給牛配過草藥嗎？」

萬尼克搖了搖頭。

「我們那裡給牛配藥時先將幾張小聖像放入其中。我們老闆柯柯什卡是一名非常虔誠的教徒，有一次他在書上查找到了，說聖徒皮利格林能治牲口

的脹氣病，於是便去斯來霍夫印了許多皮利格林的像，又花了兩百盾在艾瑪烏澤修道院為這些聖像淨化了一番，把它們放進給牛吃的草藥裡面，然後用溫水和了草藥，再用一個盆子盛著給牛喝了。餵牛的時候，還要對著聖徒的像做禱告，禱告詞是我們鋪子裡的伙計陶亨編的。印製這些皮利格林聖像時，聖像的背面還得加幾句祈禱文。晚上柯柯什卡那老頭子把陶亨叫過來說：到第二天一早就得將這些聖像和草藥的祈禱文編出來，在十點鐘他來店之前就準備好，以便送去印刷，牛也在等著這些祈禱文呢。兩條路隨他挑選：編得好，獎勵一個盾；編不好，兩星期後捲鋪蓋走人。陶亨先生急得整晚流冷汗，第二天一大早，沒睡好的他未開店門時，連一句也沒想出來。這且不論，就連發明草藥的聖徒叫什麼也忘了。多虧工人斐迪南給他解了圍。斐迪南能工能匠，門門精通。每回我們在閣樓上晒甘菊茶時，他總要鑽到下面去，弄些茶來擦腳，還叫我們這麼做，說如此這般腳就不會出汗了。他還能在閣樓裡捉鴿子，還會撬錢櫃，還給我們講一些如何掙外快的方法。我那時還是個小孩子，但從鋪子裡拎回家的藥比布拉格最大醫院的還齊全。斐迪南的確幫了陶亨的大忙。他說：『交給我吧，陶亨，保證他們滿意。』陶亨先生立刻打發我去買啤酒給他喝。沒等酒買來，斐迪南就編了一半了。他讀給我倆聽：

我們來自極樂天地，
隨身攜來靈丹妙寶。
牛兒不分雌雄大小，
均要服用柯家良藥。
大牛小牛百病全除，
服此良藥神交不得了。

「然後斐迪南喝了口啤酒，又心滿意足地飲了一口摻和酒精的開胃劑，編得就更快了，聽起來更順暢了：

藥為聖人皮利格林創，
不偏不倚兩枚盾一包。
聖人皮利格林啊，求您保佑：
牛群吃您的藥，歡蹦亂跳。
店主誇您的話啊，家喻戶曉。
聖人皮利格林啊，
求您降福把牛兒保。

「隨後，柯柯什卡先生進來後，陶亨先生就隨著他去了帳房。陶亨先生回來時，拿了兩枚盾給我們看，不是像當初說的給一枚，而是兩枚啊。他本想和斐迪南平分，可是工人斐迪南一見到兩枚盾，立刻鬼迷心竅：『要麼得兩枚，要麼一分不拿。』如此一來，陶亨先生一枚都不給他了，兩枚盾自己獨吞了。後來，他把我叫到庫房，彈了一下我的後腦殼，說假如在外頭講這字詞不是他編的，就再彈一百下。假如斐迪南去老闆那裡告狀，我也得證明斐迪南是在胡扯。他還逼著我在一個盛滿香蠟的瓶子前對天起誓。而那個幫工卻開始在弄草藥的過程裡報復了。我們在閣樓上的大桶裡攪拌草藥，他不知從哪裡弄來了一些老鼠屎，混在草藥裡，爾後還在街上拾來馬糞，在家裡先晒乾了用研缽搗爛，摻進拌有聖徒皮利格林像的草藥裡。這還不夠，他甚至往藥桶裡拉屎拉尿，然後亂攪一通，攪得跟粥一樣糊……」

電話鈴響了。上士立即跑上去拿起聽筒，又很厭煩地把它往叉架子上一扔，說道：「我得上團部去。總是這麼突然就要人去，我真受不了這一套。」

又只剩帥克一人了。

沒過多久，電話又響了。

帥克取下聽筒講起話來：

「找萬尼克嗎？他去團部了。你問接電話的是誰？十一先遣連的傳令兵。你是誰？十二先遣連的傳令兵？哎喲，原來是同行啊。我叫什麼？我叫帥克，你呢？布勞恩！你是不是有個叫布勞恩的親戚住在卡爾林城的濱河街？開帽子店的。沒有？你不認得他？……我也不認識。我只是坐電車打那裡過，看見了塊招牌。有什麼消息？我什麼也沒聽說。我們何時開拔？我還從沒跟什麼人提過這事情哩。你問我們去那裡？」

「笨蛋！跟先遣連上前線吧！」

「這我可還沒聽說。」

「你是個傳令兵嗎？你不清楚你的中尉……」

「我的長官是上尉……」

「這無關緊要。你們那位上尉到上校那裡開會去了嗎？」

「上校已經請他去了。」

「你瞧，我們這位也去了，十三先遣連的連長也去了。我剛和他們的傳令兵通了話呢。我討厭這股氣氛，快要開拔了，你什麼也不知道？」

「我真的什麼也不知道。」

「你可別裝糊塗！據說，你們的軍需上士已拿到前線部隊的配給通知單了。你知道嗎？你們那裡有多少人？」

「不知道。」

「你這個草包，說了會怎麼樣？我又不會吃你！」（聽見對方在對身旁的一個人說：「弗朗達，你拿起那個話筒來，聽聽十一連那個草包傳令兵。」）「喂，你是不是睡著了？沒睡著？答話呀！你的同伴在問你呀。你還是不知道嗎？別裝蒜了！你們領罐頭的事，你們的上士啥也沒說嗎？你與他從來就沒談到這類事？你這個草包！什麼？這不關你的事（聽見對方的笑聲）？你真是個寶貝！好吧，一聽到什麼消息就給十二先遣連來個電話吧，親愛的小笨蛋！你是哪裡人？」

「布拉格人。」

「那就更應該聰明點。等一等，你們那個軍需上士是什麼時候去團部的？」

「剛去不久。」

「原來是這樣。你就不能早點說嗎？我們這裡的上士也是剛剛去的。有烤製品要分。你沒和運輸隊的人聊過嗎？」

「沒有。」

「我的天哪！你還是布拉格人嗎？你什麼也不管，一天到晚都做些什麼？」

「我是一小時前剛從師軍法處來的。」

「這完全是另一回事。朋友，我今天就看你去！掛上電話吧！」

帥克剛要點燃菸斗，電話又響了。帥克心想：「去他媽的，我可沒有閒工夫跟你們扯淡。」

電話鈴卻老響著，帥克終於按捺不住抓起話筒，衝著裡面吼道：

「喂，你是誰？我是十一先遣連傳令兵帥克。」帥克從回話中聽出了是盧卡斯上尉。

「你們在那裡幹什麼呢？萬尼克去哪裡啦？趕快叫他來接電話。」

「報告，上尉長官，電話剛響不久。」

「聽我說，帥克，我沒時間跟你瞎扯淡。在部隊裡，打電話絕不能胡扯，必須簡單明瞭。還有，答話的時候你也不用說『報告』、『上尉長官』這一類。我現在問你，帥克，萬尼克還在不在你那裡？要他立即聽電話！」

「報告，上尉長官，他沒在我這裡。他剛離開，去團部了。走了不到十分鐘。」

「帥克，你聽著，等我回去再跟你算帳。你說話不能簡短點嗎？你現在好好聽著！明白嗎？今後不准你以電話裡有雜音來搪塞。你一放下電話，馬上就……」

掛了。電話鈴馬上又響了。帥克摘下聽筒，只聽得一大堆臭罵：「你這畜生、地痞、壞蛋！你搞什麼鬼？為什麼掛電話？」

「是您的指示，我才把電話掛上的。」

「再過一小時我就回來，帥克。你等著吧！現在你馬上去樓裡找個排長來，福克斯也行，告訴他馬上帶十個人到團部倉庫領罐頭。現在給我重複一遍，他該幹什麼？」

「帶十個兵到團倉庫裡領罐頭。」

「你總算變得聰明一點了！現在我就打電話叫萬尼克，讓他也去團部領罐頭。假如這時候他回來了，叫他把其他事先放下，快快到倉庫去。現在你可以掛聽筒了。」

帥克找了好半天福克斯排長和軍士們，然而卻白忙了。他們全在廚房裡啃骨頭，一面還拿著捆綁著的巴倫開心。得蒙他們的關愛憐顧，他被綁在一棵大樹上，腳尖剛好沾著地面。這一切構成了一幅頗有趣味的景致。有個炊事兵弄來了一塊肋排，塞進他嘴裡。這位被綁著的巴倫無法用手，便小心翼翼地用嘴咬住，再用牙和牙床翻弄它，帶著一種妖怪般的表情啃著肉。

「你們哪位是福克斯排長？」帥克問，他終於找到他們了。

福克斯瞧見叫他的是個普通士兵，覺得沒必要答理他。

「我清楚地對你們說，」帥克嚷道：「我要問到何年何月才有人答應？哪位是福克斯排長？」

福克斯走過來，盛氣凌人地罵了帥克一通，說對他講話要有禮貌，他可不是排長，而是排長長官，不能說「福克斯在哪裡？」應該說「報告長官，排長長官在嗎？」他在這個排裡，假如有人不說「報告長官」，他馬上就給他個耳光。

「小心點！」帥克一本正經地說：「別再耽擱了，快叫十個人來，讓他們到倉庫去領罐頭。」

福克斯聽到這話有點驚訝，說了聲：「什麼！」

「別什麼什麼了，」帥克回答：「我是十一連的傳令兵，剛才我與盧卡斯上尉通了電話，他說：『馬上帶十個人到倉庫去。』假如你不去的話，福克斯排長長官，我馬上去回話，盧卡斯上尉長官可是點名要您去。這不用多說了！盧卡斯上尉還說：

『電話裡講話應當簡單明瞭。』已經說了福克斯排長去，福克斯排長就得去！這個命令，可不是請您去吃飯，你可別說三道四，在部隊裡，尤其是在打仗的時候，動作慢了就是犯罪。『假如福克斯排長不立即去的話，你就馬上給我打電話，我去找他算帳！把這福克斯排長壓成肉醬！』親愛的，您對上尉長官的厲害有所不知吧！」

帥克揚揚得意地看著士官們，他們被這一席話震住了，神情相當沮喪。

福克斯排長嘀咕了幾句誰也聽不清的話，快步走了。帥克朝著他的背影喊道：「我可不可以給上尉長官打電話，說事情都已辦妥了？」

「我這就帶十個人去倉庫。」福克斯排長在樓梯口回答道。帥克聽了不吭一聲，丟下這群驚詫的士兵們走了。

「要出發了！」小個子班長布拉熱克說：「我們這就要收拾行李了。」

帥克回到了十一先遣連辦公室。正要點菸斗，電話又來了。又是盧卡斯上尉找他講話。

「你到哪裡逛大街去了？帥克？我三次打電話都沒人接。」

「我當然是找人去了，上尉長官。」

「人是不是都去了？」

「那還用說，全去了。可我說不好他們是不是到了。要不要我去看一眼？」

「你見到了福克斯排長了嗎？」

「見到了，上尉長官。開始，他對我說了幾句『什麼？』後來，等我提醒他，電話裡講話得簡單明瞭……」

「別瞎扯啦，帥克！萬尼克回來沒有？」

「還沒有呢，上尉長官。」

「別對著話筒嚷嚷，你知道那個該死的萬尼克去哪裡了嗎？」

「上尉長官，我不知道那個該死的萬尼克去哪裡了。」

「他去過團部，後來又去了別處。他是不是到販賣部去了！帥克，你去找一找，叫他立即到倉庫去。另外，你找布拉熱克班長，叫他馬上給巴倫鬆綁，讓巴倫到我這裡來。掛上聽筒吧。」

帥克真的忙起來了。他找布拉熱克班長，把給巴倫鬆綁的命令傳達給他。布拉熱克班長嘟囔著說：「他們在困難面前總是畏縮的。」

帥克親眼目睹了給巴倫鬆綁，又陪著他一起走，因為他還得去販賣部找萬尼克，他倆正好同路。

巴倫稱帥克為自己的救命恩人，他允諾等家裡寄來吃的，將分享給帥克。

「我們老家很快就要殺豬了，」巴倫鬱悶地說：「你喜歡哪種香腸？摻豬血的還是不摻的？你儘管說，別不好意思，我晚上就給家裡寫信。我家的那頭豬有一百五十公斤重，長得跟獵狗一樣。這種豬，肉最香，人見人愛。這豬種好啊，不怕折騰，脂肪有巴掌厚。我在家的時候，總是自己做香腸。

吃這種餡的香腸有時吃得肚皮都快脹破了。去年我那頭豬長到一百六十公斤。這才叫豬啊！」他歡天喜地地說。

分手時，他緊握著帥克的手，說：「我們只不過給牠餵馬鈴薯，連我都奇怪，牠怎麼那麼能長。我在鹹火腿裡加上馬鈴薯麵疙瘩，灑上點油渣末，再加上點甘藍菜，那真是好吃極了！連舔舔指頭都有味道啊！吃過之後，再來點啤酒，這可不只叫溫飽，而是上天堂了。一個人還能奢求什麼呢？可是戰爭把這一切都給葬送了。」

大鬍子巴倫深深地嘆了一口氣，到團部去了。帥克則沿著一條大菩提樹圍成的林蔭路來到了兵營的販賣部。

軍需上士萬尼克正四平八穩地坐在販賣部裡，對一個挺熟的參謀處軍士講著戰前用水泥漿合製搪瓷釉發財的事。

軍士已喝得迷迷糊糊。上午從巴爾杜比采來了個地主，他的兒子在這支部隊裡當兵，他送了軍士一大筆錢，還請他在城裡從早上到中午吃了一頓。

眼下那軍士有氣無力地坐在那裡，肚子裡折騰得要死，也不清楚自己在說些什麼，對上士講的搪瓷釉也不理睬。

他一心想著自己的事，嘴裡胡亂嘮叨著，說從特舍博尼到佩爾赫希莫夫有一條鐵路支線，還會有一趟返程車。

帥克進來時，萬尼克還在口沫橫飛地給參謀處軍士講解一公升水泥漿能掙得了好多好多錢。參謀處的軍士則回答得完全牛頭不對馬嘴：

「他在往回走的路上就離了，只留下了一封信。」

他見到帥克時，明顯把帥克錯當成了一個他很討厭的人，於是就朝著帥克罵了起來，說他是那種會腹語術的人。

帥克走到同樣醉得暈頭轉向的萬尼克面前，但見他興致頗高，也很和善。

「上士長官，」帥克對他說：「您得快點到團部倉庫去，福克斯排長已帶了十個人在那裡等您去領罐頭。您連滾帶爬地快點走吧，上尉長官已來過兩次電話了。」

萬尼克哈哈大笑：「哼，去拿罐頭，那我可能就是發瘋了。親愛的，假如有罐頭我就不是人，我的小天使！有的是時間，又沒燒起大火來，忙什麼？我的小乖乖！等盧卡斯上尉先生掌管了像我管那麼多的先遣連時，他才有資格來說三道四，到時候他也就不會拿他那套『快點去』來打攪人家啦。我已經從團裡接到命令明天就開拔，要大家趕緊收拾行裝，馬上還得去領口糧。我該做的都做了，拐到這裡來高高興興地喝幾盅。我在這裡滿暢快的，別的事隨它去。罐頭又沒長腿，跑不了的，早晚會是我們的，說那倉庫，我比上尉先生明白得多，我也知道軍官們在上校先生召開的會上都扯了些什麼。上尉先生只是靠想像，認為團裡的倉庫裡有罐頭。可我們團裡的倉庫裡從來就沒放過罐頭，而我們要罐頭的時候，總是從旅部那裡弄點來，或是從別的有交情的團部那裡借點來。光是貝納舍夫團，我們就欠人家三百多斤。嘿嘿，隨他們扯吧！用不著慌。等那些人一到那裡，倉庫保管員就會告訴他們的，說他們都是些瘋子。有哪個先遣連領到過罐頭出發的？」

「你說是不是，老朋友？」他轉身對參謀處軍士說。這個軍士不是迷糊了就是在說夢話，只聽他回答道：

「當她邁步向前，頭上撐著把雨傘。」

「什麼都不管，隨他去，這最好了，」上士萬尼克接著說：「假如現在他們在團部裡說明天就走，那是連三歲小孩也不信的胡言亂語。沒有車皮怎麼走？他們給調度室打電話的時候我就在場，站上一節車皮都沒有。上一個先遣連也是這樣。那一回我們在站台上等了兩天，總盼著哪位好心人發慈悲，給我們撥一列車來。到後來我們總算上了車，但又不知道車是往那裡開的。連上校都不知道。我們開過了整個匈牙利，可還無人知曉，我們到底是去塞爾維亞還是奔向俄國。每到一站我們就和師部聯繫。我們簡直就是一塊破布沒人理會。終於，我們到了杜克拉城附近的一個地方，我們在那裡被打得落花流水、狼狽不堪，我們就又坐上火車進行整編。別瞎忙！船到橋頭自然直，用不著慌。就這麼辦，沒什麼好說的！」

「他們這裡今天的葡萄酒可真有勁。」萬尼克接著說，根本沒聽見那參謀處軍士咕噥些什麼。

「請相信，我至今都不曾好好享受過！這個問題使我感到奇怪。」

「我為什麼先遣營走的事瞎操心呢？我在第一個先遣連出征時，只用了兩個小時就把一切辦妥了。我們現在的先遣營各個連足足花了兩天才準備好，而我們當時的連長是謝諾希爾中尉，他可是個花花公子，對我說：『弟兄們，不用急！』最後不是挺順的嘛？火車啟動前兩小時我們才開始裝車。我看你還是在這裡坐一坐……」

「不用了，」好兵帥克自我克制地說：「我還是回連部去，萬一來了什麼重要電話呢？」

「那你就去吧，我的寶貝。可是你得用心記住：你這樣子做並不漂亮；一個好的傳令兵是絕不會到需要他的地方去的；也絕不會這麼熱中於自己的義務。沒有比做一個想抹掉戰爭的魯莽傳令兵更壞的事了，親愛的寶貝兒。」

可是帥克已走出門外去，趕往先遣連的辦公室去了。

剩下萬尼克一個人，因為根本沒辦法說那個醉醺醺的參謀處軍士是否稱得上是他的同伴。

參謀處軍士已失去了清醒，邊喝邊嘟囔著，一會兒是捷克話，一會兒用德語把一些神奇古怪的事毫不相干地連在一起。

「我多少次走過這個村子，根本想不到這世界上還能有這麼個村子。半年之後，我就要參加國家考試，取得博士學位。我成了老廢物，感謝您，露希。裝飾得很漂亮地出版了。或許你們中有人還記得吧。」

軍需上士無聊地用手指擊打著一首進行曲，然而沒敲多久，門開了。軍官食堂的炊事兵約賴達走進來了，坐到了一張椅子上。

「今天我們收到命令了，」他沒好氣地說：「讓我們去領路上喝的白蘭地，可是我們的蘭姆酒瓶子沒空出來，還得倒一下，把我們累得夠嗆。炊事班的人對先遣連的人煩透了，我們把分菜的份數也搞錯了。上校去吃飯，沒他的分了。所以此時正給他煎雞蛋呢，簡直是開玩笑。」

「這真是挺有趣的冒險行動。」萬尼克評論道。他在喝酒的時候總喜歡用些很棒的字眼。

炊事兵約賴達卻講起了與他過去所從事的職業相關的哲理。戰前他出版了一名叫《生死之謎》的與亡魂交流的雜誌和小冊子。

戰爭期間他混進了團部軍官食堂後，一邊烤肉，一邊常常津津有味地看翻譯版的古印度佛經《般若經》。

施羅德上校喜歡把他當成全團的特例來看待。軍官食堂也放出話說他們有個神祕異教炊事兵，能揭示生死的奧祕，還能做可口的牛腩或燉肉，以至於杜費克中尉在科馬羅夫地區受傷之後，還始終不忘呼喊著他的名字。

「嗯，」約賴達突然說道，他盡量壓在椅子上不動彈，而噴出去的蘭姆酒十步遠都能聞到。「今天上校先生沒分到他的那份飯菜。在他看見只剩下馬鈴薯時，馬上就覺得不對勁。你知道什麼是『不對勁』嗎？這是一種飢餓的表現。我當時就對他說：『上校長官，腰子沒您的分了，你還有足夠的勇氣去衝破這種命運的捉弄嗎？上校長官，您會有好報的：今天的晚飯您注定會吃到肉捲、燜牛肝加煎雞蛋的。』」

「我親愛的朋友。」他停了一下認真地對軍士說，同時隨便一招手，把桌上的玻璃杯全打翻了。

「所有表象、形態和物質都是靠不住的，」神祕的炊事兵約賴達在打翻杯子之後低沉地說：「有形即是無形，無形即是有形，無形與有形是不可割裂的；有形與無形也是不可分割的。凡無形之態，即為有形之物，凡有形之物，即為無形之態。」

神祕的炊事兵約賴達沉浸在一片寧靜之中，他手托著頭，凝視著灑滿酒的溼桌面。

參謀處的軍士還在沒頭沒腦地說著胡話：

「糧食從地上消失了，沒有了。他就在這種心情下獲得邀請，並到她那裡去了，降災節是在春季。」

軍需上士萬尼克依然敲打著桌面，品著酒，時不時地想到有個排長帶著十個人在倉庫那邊等他。

想到這裡，他淺淺地一笑，毫不在意地揮了一下手。

他很晚才回到十一連連部，帥克還等在電話機旁。

「有形即是無形，無形即是有形。」他慢條斯理地說著，和衣倒在了床上，立即沉沉睡去。

帥克一直待在電話機旁，因為兩小時前盧卡斯上尉曾經來電說，他還在上校先生那裡開會，可是他忘了通知帥克不必在電話機旁老等著了。

後來，福克斯排長來對帥克說，他帶著十名士兵等了半天軍需上士，而且還發現倉庫的門統統是鎖著的。

後來，福克斯走了，那十名士兵也一個個地溜回了營房。

帥克不時地拿起聽筒偷聽別人的通話，覺得很過癮。這是軍隊裡剛安裝的一種新式話機，好處是在線上能清楚地聽到別人的談話。

運輸兵和砲兵對著罵，工兵衝著軍郵所發脾氣，射擊培訓班罵機槍班。

帥克一直在電話機旁……

上校那裡的會還在開著。

施羅德上校正大講特講其野戰攻防之最新理論，並著重強調投彈手的作用。

他講話忽左忽右，一會兒談到兩個月前建的南方和東方戰線，一會兒又談到各部隊之間聯絡的重要性，忽而扯到毒氣產生的窒息、對空射擊、前沿士兵的裝備，忽而又扯到隊伍之間的相互關係。

他講到了高級軍官與下級軍官、下級軍官與普通軍士的關係，談到投敵叛變問題，談到政治事件，還強調捷克兵有百分之五十在政治上是不可靠的。

「對，諸位，不管你們怎麼說，克拉馬什、謝依納爾和克洛法奇[105]……」大部分軍官一邊聽他嘮叨一邊暗自嘀咕：這個死老頭不知要扯到何年何月才完。可是施羅德上校依然繼續扯著剛建立的各先遣新任務、本團的陣亡軍官、齊柏林飛船、西班牙騎兵、軍人的宣誓……

講到最後一個問題時，盧卡斯上尉突然想到全先遣營的人都宣過誓了，只有好兵帥克一個人沒宣過誓，因為他當時還待在師軍法處。

想到這裡，他猛然咯咯笑起來。這是一種沒頭沒腦的笑，旁邊的幾位軍官受了感染，也笑了起來。盧卡斯的笑聲引起了上校的注意；此時他剛講到德軍從阿登撤退中所汲取的經驗。他把整個過程搞得顛三倒四，最後說：「諸位，一點可笑的東西都沒有啊。」

後來，大家都去軍官俱樂部了，因為旅部叫施羅德上校接電話。

帥克正在電話機旁打盹，突然電話鈴聲把他從瞌睡中吵醒。

「喂！」他聽到耳機裡說：「我是團部辦公室。」

「喂！」帥克回答：「我是十一先遣連辦公室。」

「別囉唆了，」他聽到耳機裡說：「拿筆來記，你聽著！」

「十一先遣連……」

下面是一大串亂七八糟的訊息，因為十二和十三先遣連也都在通話，團部傳來的電話內容全被這一片嘈雜聲淹沒了。帥克一個字也沒聽清。後來耳機中雜音小了點，帥克才聽到裡面說：「喂！喂！重複一遍，快！」

「重複什麼呀？」

「重複什麼？你這頭蠢驢！電話記錄呀！」

105　克拉馬什、謝依納爾是捷克民族民主黨的領袖人物，克洛法奇是捷克民族社會黨的領袖。三人在戰時遭判叛國罪入獄服刑。

「什麼電話記錄？」

「媽的，你聾啦？我剛剛口述給你的內容呀，笨蛋！」

「我什麼都沒聽見，因為有人總打岔。」

「你這個猴子，您認為我在跟你扯淡嗎？你到底是寫還是不寫？筆和紙都預備好了嗎？沒有？你這畜生！什麼？我還得等你去找紙筆？哼，你是個老爺兵吧！喂，怎麼樣了？能找到嗎？什麼？你已經找著了？你總算磨蹭夠了。你難道還要為此事去換件衣服？老兄，好，你聽著！十一先遣連複述一遍！」

「十一先遣連。」

「連長，記好了？複述一遍！」

「連長……」

「明天早上舉行會議……寫好了嗎？複述一遍！」

「明天早上舉行會議……」

「九點鐘——署名。你知道，署名是什麼意思嗎？猴崽子？是，『署名』的意思！複述一遍！」

「九點鐘——署名。你知道，署名是什麼意思嗎？猴崽子？是『署名』的意思。」

「笨蛋！署名是施羅德上校，小畜生！記下來了嗎？複述一遍！」

「施羅德上校，小畜生……」

「好了。你這頭笨牛！接電話的是誰呀？」

「我。」

「我的老天爺！這個『我』是誰呀？」

「帥克。還有別的事情嗎？」

「謝天謝地，沒了。可你真是笨牛！你們那裡有什麼新情況？」

「沒什麼，老樣子。」

「你很高興，是嗎？據說你們那裡今天綁了一個人？」

「他是上尉長官的勤務兵。他偷吃了上尉長官的飯，你知不知道我們何時出發？」

「老兄，這連老頭子自己也不知道、也回答不了的問題。晚安！你們那裡有跳蚤吧？」

帥克掛上電話，去推醒軍需上士萬尼克。上士煩躁地反抗著，當帥克搖晃他的時候，他打了帥克的鼻子一下，然後翻身俯趴著，雙腳直往被子上亂踢。

但帥克還是把他弄醒了。他揉揉眼，翻過身來仰面朝天，驚慌地問：「出什麼事了？」

「也沒什麼大事，」帥克回答：「我只是想和您商量商量。我剛接了一個電話，讓盧卡斯上尉明天上午九點鐘再去上校長官那裡開會。我現在不知道如何是好。我是該馬上彙報呢？或是等明天早上再說？我想了好半天：不知道該不該叫醒您，您呼呼大睡。後來我打定主意，管他呢，還是要請您出點子……」

「看在上帝的分上，你讓我睡會兒覺吧！」萬尼克哀求道，還大大地打了個哈欠，「你就早上去吧，但別再叫我了。」他翻了個身，又睡著了。

帥克又在電話機旁坐下，把頭靠在桌子上，打起瞌睡來。電話鈴聲又把他吵醒了。

「喂！十一先遣連嗎？」

「是，十一先遣連，你是誰？」

「十三先遣連，喂，幾點啦？我叫不到總機，半天也打不進去。」

「我們這裡的鐘停了。」

「那麼，你們和我們一樣了。你知道什麼時候開拔嗎？你跟團部通過話嗎？」

「你們和我們一樣，屁都不知。」

「嘴裡乾淨點，小姐！你們領到罐頭了嗎？我們的人啥也沒領到，倉庫都鎖著呢。」

「我們也是空著手回來的。」

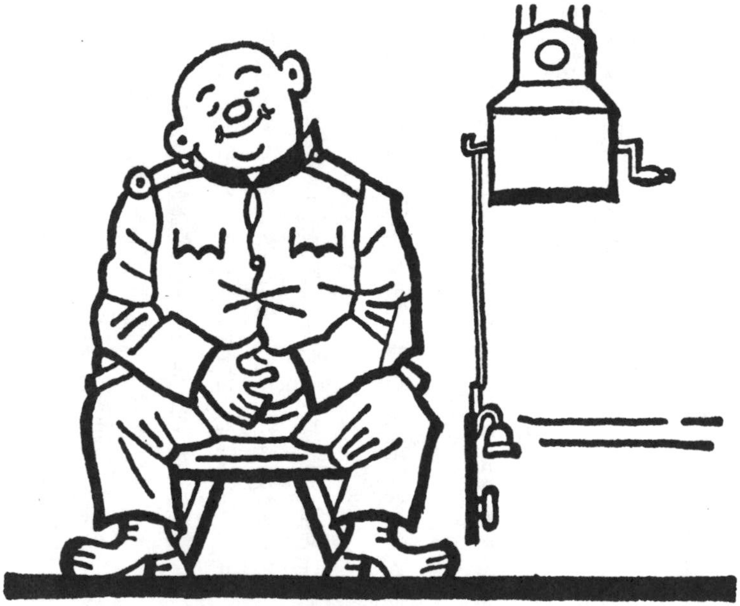

「這樣亂哄哄的，真沒必要。你認為我們會開向哪裡？」

「開赴俄國。」

「我倒認為是去塞爾維亞。等我們去了布達佩斯就知道了。如果車子往右開，那就是塞爾維亞；假如往左，那就是俄國了。你們發乾糧袋了嗎？聽說，我們增加了軍餉。你會玩俄國那種牌嗎？會玩？那你明天過來吧。我們每天晚上都無事可做。你們那裡有幾個看電話的？就你一個啊？那你還管它個屌？去睡覺吧！你們那裡的規矩真有點怪！你就像瞎子拉琴任其擺布。哦，總算給我接通了，你好好去睡你的覺吧。」

帥克還真的在電話機旁甜甜地睡去了，也忘了掛上聽筒，所以誰也打攪不了他的美夢。團部電話員又有事情要通知十一先遣連，叫他們明天中午十二點之前向團裡報告，還有多少人沒注射傷寒預防針，可是十一先遣連的電話就是打不通，氣得他們直跺腳。

盧卡斯上尉一直跟尚茲萊爾軍醫待在軍官俱樂部裡。軍醫分著兩腿騎在椅子上，用撞球棍有節奏地打擊著地板，同時還念著下列一大堆話：

「薩拉泰人的蘇丹王撒拉丁最早確定衛生隊的中立性。

「必須救護雙方的受傷人員。

「必須用對方的補償費來支付傷病官兵的醫藥和護理費。

「必須批准為他們派來持有將軍才能簽發的許可證的醫師與護士。

「被俘和受傷官兵應該在將軍的保護與擔保下遣返或交換。今後他們仍然可以服役。

「雙方患病人員都不應被俘或殺害，而應送往中立地區的醫院，應該可以給他們配備衛兵。衛兵和病人一樣，經將軍批准也可返家。同樣，隨軍神父、外科醫師、藥劑師、護士以及其他服務人員都應照此行事。」

這時尚茲萊爾醫師已敲斷了兩根撞球桿，可一直都未說完如何保護戰鬥中傷病人員的奇異高論；而且他的論斷往往要和某某將軍的認可摻雜在一起。

盧卡斯上尉喝掉了剩餘的黑咖啡就回家了。他一進來就發現大鬍子勤務兵巴倫正忙著拿一個杯子擱在上尉的酒精燈上煎香腸。

「我又犯了……」巴倫前言不接後語地說：「報告，請允許我……」

盧卡斯斜了他一眼。突然間他覺得巴倫好像個大孩子，一個純真無瑕的生物。而盧卡斯上尉又想到自己因為他吃得多就把他綁起來的事。立刻關懷起他來。

「你儘管煎吧，巴倫，」他說，一邊取下軍刀，「明天起我就叫他們發給你兩份口糧吧。」

盧卡斯上尉來到桌邊坐下。他此刻心緒起伏，開始給他姑姑寫了一封很有感情的信。

親愛的姑姑：

我剛接到命令，讓我帶領本先遣連即將開往前線。這或許是我寫給妳的最後一封信了。前方戰鬥激烈，我方傷亡慘重。所以在信的結尾，我不便用「再見」二字，而是向妳說聲永別，我想這也許更適宜些。

「明天早上起來再寫完它吧。」盧卡斯想了想就去睡覺了。

當巴倫看到盧卡斯上尉已睡著了，便又像夜間的蟑螂一樣開始東摸西找，把盧卡斯上尉的箱子打開了，咬了一口巧克力。盧卡斯上尉在夢中動了動身，把他嚇了一跳，急忙把咬過的巧克力塞進箱子裡，一點不敢動了。

過了一會兒，他悄悄地挪動身子走過去偷看上尉寫了些什麼。他讀了上尉那封短信，尤其被那「永別」一詞所打動。

巴倫躺在門邊的麥稈墊子上，想念著故鄉和宰豬的情景。

他腦子裡總在轉著做肉腸的念頭，想著應該先把它扎個洞，放氣，不然一煮就會爆開。又想著鄰居家有一回做的肉腸全都爆開了、煮爛了，所以他總睡不踏實。

他還做了個夢，夢見他找了一個不太在行的香腸師傅幫他做肝腸，剛灌了餡腸衣就破了。又夢見那個殺豬的忘了如何做血腸，把豬頭肉都給糟踐了。而且弄好的肝腸又沒扎夠木針。後來，又夢見他上了軍事法庭，因為他在野戰炊事班偷肉時被人家抓住了。他看見自己被掛在萊塔河畔布魯克城兵營的林蔭路上的一棵菩提樹上。

隨著各連炊事班早晨煮罐頭咖啡散發出的香味，帥克醒來了。他慣性地掛上聽筒，就像剛剛打過電話似的，然後在屋內作了一番清晨漫步，嘴上還哼著小曲兒。

他從一首歌的中段唱起，唱一個士兵怎樣化裝成一個姑娘，到磨坊裡與他的小情人幽會，磨坊主卻要將他帶到自己女兒那裡，而走之前他對女主人喊道：

老太太，拿晚飯來，
餵飽這姑娘！

女主人餵飽了這騙人的男子，接下來，家裡便鬧出了悲劇一場：

磨坊主清早把身起，
只見門上字兩行：
你們的閨女小安娜。
再也不是黃花女兒家。

帥克是如此賣勁地唱著最後一句，把辦公室都吵翻了。軍需上士萬尼克也給吵醒了。他問帥克幾點了。

「剛剛吹了起床號。」

「等咖啡喝完了我再起來，」萬尼克這樣決定了。他總是這樣不慌不忙的。「不然的話，他們又會讓我們瞎忙，像昨天領配給罐頭一樣白白地跑來跑去……」萬尼克伸了一個懶腰，打聽自己回來時是不是說了一些廢話。

「只是悄悄多了點，」帥克說：「您不停地叨咕著什麼有形不是有形，無形才是有形，有形又是無形了。不過沒多久就累了，不一會兒您的鼾聲大起，像鋸木頭似的。」

帥克不再說了，走向門口，又走回來到上士床前，停下腳步說：

「這和我們個人有什麼關係呢？上士先生，當我聽見您說有形和無形時，我就想到了一個叫札特卡的路燈工，他在萊特尼城的煤氣站工作。掌管路燈的開關。他可是個見過大場面的人物。萊特尼的酒館地都逛遍了，因為從點燈到滅燈中間間隔挺長的，等清晨返回煤氣站時，說出的話就跟您昨天差不多，只不過他說的是：『骰子是玩牌時用的，所以才會是有稜有角的。』這是我親眼在煤氣站看到的，那次，一個喝多了的警察因為街道髒了而錯把我抓了，本應帶到警察所去，卻把我弄到煤氣站了。

「之後呢，」帥克壓低嗓音說：「札特卡的下場可慘了。他參加了聖母團，經常跟一夥天堂的母山羊[106]一起到查理廣場的聖伊格納茲教堂去聽葉梅爾卡[107]牧師佈道。有一次當傳教士們到聖伊格納茲教堂去的時候，他忘了把轄區的路燈關掉，因此在那個地區所有路燈的煤氣著了三天三夜。

「這太糟糕了，」帥克接著說：「就像有人大講起哲學來，還滿嘴噴著酒氣。幾年前，七十五團的少校布呂歇爾調到這裡來了，他每月一次總把我們叫去排成方陣，給我們宣講一通什麼叫軍銜。他只喝李子酒這一種。『弟兄們，每一名軍官，』他在兵營的大院裡對我們說：『絕對是最完美的生物體。他所具有的智慧比你們所有人加在一起的總和還要大一百倍。弟兄們，你們就是用腦筋想一輩子，也絕想像不出有什麼比軍官更完美的東西了。每一名軍官都是一類不可或缺的生物；而你們，士兵們，只是一類偶然的產物。你們可以存在，但並不是必須存在的。士兵們，打起仗來，你們為皇帝去慨然赴死了，那很好。但這並不能引起多大的改變；但如果軍官死在你們前頭了，那你們才會領悟到你們對他們的依賴有多大，他的犧牲是多麼大的損失。軍官必須存在，而且就是因為有了軍官們，你們才能存在。你們來自於他們，沒有他們，你們是不成事的，沒有軍官，你們連個屁都放不出來。士兵們，無論你們明白不明白，軍官就是你們的道德規範，因為每一項規範都得有它的制定者。士兵們，對軍官，你們必盡到你們的一切職責，毫不猶豫地去執行他的每項指示，無論你們是否樂意。』

「有一次，布呂歇爾少校在訓話後，沿著我們的方陣隊形，對每個人一個個問：

「『你請假逾期未歸時，你有何感受？』

「士兵們的回答各式各樣。有的說還沒幹過這類事；有的說起過了就會鬧肚子；還有的說像受了禁閉處分一樣。布呂歇爾少校立刻將這些人轟到一邊去了，罰他們在院子裡做操，因為他們表達不出自己有什麼感受。在輪到我之前，我想起了他最近一次對我們的訓話。等他一走到我跟前，我便十分平靜地對他說：

「『報告，少校長官，我每遇超期，內心總感到不安、惶恐和良心的譴責。每逢我準時趕回營房，我就感到愉悅，心神氣爽，油然產生一種內心的滿足感。』

「說得大家哈哈大笑，布呂歇爾少校衝著我吼道：

「『你這個臭小子，趴在床墊子上打呼的蝨子！你們看這該死的傢伙還在這裡開玩笑呢！』

「於是給我上了銬子加以懲戒，這下就真踏實啦！」

106　「天堂的母山羊」是對祈神婦女的諢稱。

107　是當時一位反對一切進步的知名傳教士。

「在軍隊裡真沒辦法，」軍需上士在床上伸了伸懶腰說：「從來都是這樣：無論你如何回答，無論你怎麼做，總是你不對，總之你終歸要挨上一頓劈頭蓋臉。不然就沒個紀律了！」

「說得有理，」帥克說：「我這輩子也忘不了他們是怎樣把新兵貝赫關起來的。我們那時的連長是莫茲中尉，他把新兵召集起來，一個個問『你是哪裡的人』。

「『年輕人，該死的新兵，』他對著他們說：『你們一定得學會簡單明瞭地回答問題，叭、叭就像甩鞭子那樣清脆。好了，開始吧。你是那裡人，貝赫？』貝赫是一個書呆子，他回答道：『下波烏索夫，下波烏索夫那裡建有二百六十七幢房子，一千九百三十六名捷克居民，伊琴區、索波特卡縣，過去是科斯吉莊園。聖・葉卡捷琳娜區教堂始建於十四世紀，並由瓦茲拉夫・弗拉吉斯拉夫・涅多利茲基加以修復。還有學校、郵局、電報局、捷克貿易鐵路站、糖廠、磨坊、木材加工廠、瓦利哈村、六個假日市集。』莫茲中尉一下衝到他跟前，一個接一個搧耳光，同時口中還嚷道：『這是第一個假日集市，第二個，第三個，第四個，第五個，第六個假日市集……』貝赫雖說是新兵，也忍受不了，往營部提出申訴。那時營部全都是些快活的無賴，他們在日誌上只添了一句：貝赫為下波烏索夫的假日集市問題向營部申訴過。那時的營長是羅赫爾少校。『什麼事？』他問貝赫道。貝赫回答他：『報告，少校長官，在下波烏索夫每年有六個假日市集。』羅赫爾少校剛聽到這裡，就對他又是跺腳又是大叫，立刻命人把他送到醫院的精神科去了。自此之後，貝赫就變成了一個最差的士兵，整天被整。」

「怎麼管教士兵是件很難的事，」上士萬尼克打了個哈欠說：「在軍隊裡沒被整的士兵就不是好士兵。在和平年代還過得去，有的士兵沒挨過一次罰就退役了，復員之後還有優待政策。現在恰恰相反：那些在和平時期就被關過禁閉的搗蛋鬼，如今打起仗來都會成為響噹噹的兵。我還記得第八先遣連的西爾瓦努斯，這傢伙過去沒一天不被整，而且都是些什麼樣的懲罰啊！這小子平時把他兄弟們僅剩的一個銅板偷走也不會臉紅的。可他上了前線，第一個剪斷了鐵絲網，還抓了三個俘虜。半道上他斃了一個，只是因為那人沒聽他的。他得了一枚銀質大獎章，還給他加了兩顆星。要不是在杜卡拉被絞死的話，他

91

早當上排長了。然而，在那次戰役後，不把他絞死無論如何是不行了。上邊叫他去勘察地形，而別的團的搜索隊都看到了他翻死人的口袋，搜屍體的身。人們在他那裡找到了好多戒指和八、九只手錶，這樣就在旅部的門口把他絞死了。」

「由此看來，」帥克頗有深意地說：「每個人都得自己去爭自己的位置了。」

電話鈴響了，上士去接。是盧卡斯上尉的聲音，他問罐頭的事情怎麼樣了，隨後電話裡傳來一陣指責聲。

「的確沒有，上尉先生！」萬尼克對著話筒大聲說道：「哪裡有啊？全是軍需處瞎扯的。派人去那裡也無濟於事。我正要向您彙報呢。什麼？我去販賣部了？誰說的？是食堂那個神祕炊事兵說的？真的，我只路過那裡坐了一會兒。上尉先生，您是知道的，那個炊事兵看到領罐頭的那番忙亂勁說了什麼嗎？他說那是人造的恐懼。不，上尉先生，我一點也沒喝多。帥克在做什麼？他就在這裡。要叫他嗎？」

「帥克，來接電話，」上士說，還刻意地叮嚀他一句：「如果他要問起我回來時候什麼樣子，你就說我很好。」

帥克拿起聽筒：「報告，上尉長官，我是帥克。」

「喂，帥克，罐頭配給究竟是怎麼一回事啊？都領到了嗎？」

「沒領到，上尉長官。連個影子都沒有。」

「聽著，帥克！我們駐紮期間，我要你每天早上起床後都要向我報到，直到我們開拔之前，你都不准離開我。你昨天晚上幹什麼去了？」

「我一直在電話機旁。」

「有什麼消息嗎？」

「有，上尉長官。」

「不准胡扯，帥克。有沒有誰報告了什麼要緊事？」

「上尉長官，那是九點鐘的事情。我不想打攪您，上尉長官，我絕不會那樣做。」

「那就快說吧，你他媽的！九點鐘有什麼要緊事？」

「有一份電話記錄，上尉長官。」

「我沒聽清，帥克！」

「是我記錄的，上尉長官：『把電話內容記下來。你是誰？記下來了嗎？重複一遍！再重複一遍！』」

「見你媽的鬼，帥克，你別再跟我搗蛋了，告訴我內容是什麼，要不我就把你狠揍一頓。喂，都說了些什麼？」

「又要開什麼會了，上尉長官，今天九點鐘在上校那裡開。我本打算夜裡就把您喊醒的，可是後來我又改變了主意。」

「離天亮還早呢，你有能耐夜裡把我叫醒試試！又是會議，見他的鬼去吧。把話筒放下！叫萬尼克來接電話。」

上士萬尼克接電話：「我是軍需上士萬尼克，上尉先生。」

「萬尼克，你現在就給我另找一個勤務兵。這個混蛋巴倫昨天夜裡到今天早上把我的巧克力都偷吃光了。把他捆起來？不，讓他去衛生隊。這小子塊頭大，肩膀也寬，讓他去出力氣抬傷病員。我這就他來見你。請你馬上到團部去辦好手續，立刻回連裡來。你說說看，我們會開拔嗎？」

「不必著急，上尉先生。上次我跟九連走的時候，讓人家牽著我們的鼻子，拖了三、四天。跟八連也是這樣。只有跟十連好一點。那次我們準備充分，中午接到命令，晚上就開拔了。可之後我們被攆著跑了整個匈牙利，根本沒弄清到底是哪條戰線上的窟窿需要我們去堵。」

盧卡斯上尉自從當上了十一先遣連連長以後，一直處在騎牆狀態中，常在努力將各種不同的觀點加以調和、折衷。

因此他回答：「對，大概是這樣的。也就是這樣了。你看，我們今天不會開拔吧？九點鐘我還要去上校那裡開會，嗯，順便提一下，今天是你值班嗎？我只是順便問問而已。你給開一份……等一下，開一份什麼呀？哦，一份軍士名冊，要註明他們的軍齡……再開一份全連應領糧餉的清單。民族也寫上？對，對，民族要寫上……最要緊的是趕快給我派個勤務兵來……現在准尉普勤施納和他的手下在幹什麼？準備交差？結帳？午飯後我來簽字。誰也不准進城去。去軍營販賣部？中午過後再去一個鐘頭……叫帥克來接電話。帥克，你目前別離開電話。」

「報告，上尉長官，我早上的咖啡還沒喝呢。」

「那你快一點把咖啡端來，就在電話機那裡待著，等著我叫你。你明白什麼是傳令兵嗎？」

「就是跑東跑西的，上尉長官。」

「對，就是隨叫隨到。你再提醒萬尼克一下，叫他給我勤務兵。帥克？喂！你還在那裡嗎？」

「我在這裡，上尉長官，剛才我去端咖啡了。」

「帥克？喂！」

「我在聽呢，上尉長官，咖啡都冷了。」

「你一定知道得很清楚，勤務兵是幹什麼的，帥克，你給我留心點，隨後告訴我，這個新勤務兵怎樣。現在可以掛電話了。」

為了掩人耳目，萬尼克的蘭姆酒裝在一個貼有墨水標籤的瓶子裡，此時他正一邊品嘗摻有酒的黑咖啡，一邊望著帥克說：「我們的上尉打起電話來總愛大聲嚷嚷，使我每個字都聽得明明白白。帥克，從各方面來看你跟上尉先生一定很熟。」

「我們情同手足，」帥克回答：「難捨難分。我和他患難與共。他們幾次想把我們分開，可是我們又總能團聚。他什麼事都信任我，有幾回連我自己都吃驚。您剛剛一定也聽見了：他要我再囑咐您一句：

TINTE

給他找個新勤務兵，讓我還得留意幫他觀察著點，然後給他搞個鑑定。可哪個勤務兵也不能讓上尉中意。」

施羅德上校把先遣連的軍官找來開會，無非是又要想展示一番他的演說功夫。此外，就是要解決一年制志願兵馬列克的案子。馬列克因為抗拒打掃廁所，被施羅德上校以反叛罪送交了師軍法處。

馬列克昨晚從軍法處拘留所押送回了團閉禁室。在將他送回團裡的同時，還附帶一份軍法處的公文，公文寫得雜亂無章。裡面說：此種情形不構成反叛罪。因為志願兵不應去掃廁所，然而可以按破壞軍紀論處；這種違紀行徑也可因戰鬥中的良好表現而被撤銷。根據上述原則，應將被告馬列克解回該團，至於違紀的審判可後延至戰爭結束時進行。馬列克如另有過失，則再作處理。

此外還有一案。在處理馬列克一案時，師軍法處還把假冒排長的德維萊斯從拘留所押到了團禁閉室。他是不久前從醫院調到團裡的。他有一枚銀質獎章、一枚志願兵徽章和三枚星章。他為大家描述六連在塞爾維亞的光輝事跡，說全連就只剩下一個人了。審查表明，戰爭剛開始時，的確有個德維萊斯離開了第六連，可他不是志願兵。據六連上級旅部提供的資料稱，一九一四年十二月二日從貝爾格萊德潰退時，當時準備授予銀質獎章的人員名單中，根本沒有德維萊斯其人，至於士兵德維萊斯曾否在遠征貝爾格萊德時被升為排長一事，則無從查考，因為整個六連及其軍官都在貝爾格萊德聖薩瓦教堂一役後杳無音訊了。德維萊斯在軍法處辯解說，的確承諾過授予他一枚銀質獎章，所以他在醫院期間提前向一個波士尼亞人買了一枚。關於志願兵的銜飾，他是在喝醉的狀態下繡上去的，他一直佩戴著它，因為他酒醉後一直沒有醒，而且因為拉肚子搞得人疲弱不堪。

會議在議論兩個案子之前，施羅德上校指示說：部隊不久就要啟程了，啟程之前，要多碰碰面。又說他接到了旅部的通知，他們正在聽候師部的指示，叫士兵們做好準備，各連連長要多加警惕，不能讓任何一個士兵溜掉。隨後又再講了一遍他昨天的話。又把時下的戰局論析了一番，並指出任何可能打擊士氣和鬥志的行為都是不能容忍的。

他面前的桌子上攤著一張作戰地圖，上邊有一面面用大頭針插著的小旗，可是小旗子都倒了，戰線也被移動了，插著小旗子的大頭針撒在了地上。

夜裡，整個戰局被團部一個文書養的貓攪得面目全非。這畜生在奧匈帝國的戰線上拉了一泡屎，牠想把屎蓋住，就把小旗子一面面拔起來。把屎糊得陣地上那裡那裡都是，牠又在前沿和橋頭堡上撒了泡尿，把整個軍團搞得一場糊塗。

施羅德上校是個重度近視。

先遣營的軍官暗暗地注視著上校的手指頭慢慢靠近一堆堆的貓屎。

「各位，從這裡到布拉河上游的索卡爾……」施羅德上校帶著一股穩操勝券的神氣說著，並依托記憶準確地將食指伸到喀爾巴阡山，結果插進一堆貓屎裡去，這團貓屎讓作戰地圖瞬間立體化了。

「這是什麼，諸位？」當有些溼糊糊的東西沾在了他的指頭上時，他詫異地問道。

「上校長官，好像是貓屎。」札格納大尉彬彬有禮地代表諸位軍官回答說。

施羅德上校馬上跑去隔壁辦公室，隨後便聽到

那裡發出了一陣淒厲的咆哮聲，上校狠狠地威脅，要讓辦公室的人把全部的貓屎舔光。

經過短短一番查問，得出那貓是小文書茲維貝爾斐什在兩星期前帶到辦公室的。事情清楚之後，茲維貝爾斐什就打起鋪蓋捲，由老文書把他帶進禁閉室去了，他一直待在那裡等待上校先生的發落。

整個會議實際上就已算結束了。施羅德上校氣得滿臉通紅。等他返回軍官們那裡時，他對處理志願兵馬列克和假排長德維萊斯兩個案子的事忘掉了。

他只簡單地說：「請各位軍官先生做好準備，聽候進一步的命令與指示。」

這樣一來，一年制志願兵和德維萊斯仍由警衛看守押著關在禁閉室裡，加上後進來的茲維貝爾斐什，他們正好湊成一桌牌局了。打完牌，他們又煩勞了警衛幫他們抓床上的蝨子。

後來又把十三連上等兵佩羅烏特卡也關進來了。昨日在警區內盛傳要開赴前線的時候，佩羅烏特卡不見了，今天早上被巡邏兵在布魯克城的「白玫瑰」店裡找到了。他解釋說，想在出發前觀賞一下哈拉赫伯爵在布魯克興建的那座著名暖花房，但是返程時迷了路，直至早上才筋疲力竭走到「白玫瑰」（其實是在和「白玫瑰」裡的「玫瑰女郎」共眠）。

時局一直令人感到迷茫。是開拔？或是不走呢？帥克坐在十一先遣連連部的電話機旁已聽了多種不同的觀點，有悲觀的，也有樂觀的。十二連打來電話，說他們辦公室裡有人聽說，要等他們練好了移動目標射擊，把基礎射擊課程都搞完了才出發。然而十三連卻不贊同這一樂觀的想法，他們在電話裡講：哈夫科克班長剛從城裡回來，他聽到一個鐵路工說，車皮已經靠在站台上了。

萬尼克從帥克手裡把話筒搶過去氣沖沖叫嚷說鐵路工看見一頭老山羊，如今正待在團部裡。

帥克打心底裡喜歡看電話這門差事，不管誰來問他有無消息，他都一律回答：「還沒有確切消息可以奉告。」

他也以同樣的方式答覆了盧卡斯上尉的問話：

「你那裡沒有新消息嗎？」

「還沒有什麼確切的消息可以奉告，長官。」帥克就這樣千篇一律地回答。

「你這頭蠢驢，掛上電話。」

之後又接到好幾次電話，帥克好不容易才半是猜疑地記下內容。首先，昨天夜裡，因他沒把聽筒掛好就睡了，打電話的人根本無法向他口授電話記錄。這就是關於哪些人打了預防針、哪些人沒打的那個電話。

其次，他接到了一個遲到的電話，是有關罐頭問題的。這事已於昨天傍晚解決了。再次，來了一份給團所屬營、連及各單位的電話記錄：

旅部電話第七五六九二號，旅字命令第一七二號。炊事班訂貨時，所需各件應按下列次序排列：一、肉；二、罐頭；三、青菜；四、罐頭青菜；五、白米；六、通心粉；七、燕麥和麩糠；八、馬鈴薯。上述兩項次序改變為：四、罐頭青菜；五、青菜。

帥克把這份電話記錄讀給萬尼克聽，萬尼克鄭重其事地宣稱：「這種通知該丟到茅坑裡去。」

「這是軍部哪個呆貨憑空想出來的，就這樣發給各師、各旅、各團了？」

後來，帥克還接到一份電話記錄，對方說得飛快，帥克只能像記密碼般把它寫下來。

「由於更加接近允許或者同樣與此相反然而只是趕上。」

帥克對自己寫下來的這些話感到驚訝，並且連著大聲讀了三遍。上士萬尼克說：「全是扯淡，胡編濫造。鬼才明白，說不定這是密碼電話記錄呢。我們連沒有密碼本，這一份也應扔掉。」

「我也是這樣想的，我要向上尉先生報告說：『由於更加接近允許或者同樣與此相反然而只是趕上，』他絕對會發瘋的。」

「有的人就是惹不起，」帥克接著說，又開始回憶從前。「有一次，我從維索昌尼坐電車去布拉格，在利布尼有一位諾沃特尼先生上了這趟車。我剛一認出是他，便走到車廂門口的台階上與他攀談，說我們都是德拉約夫那裡的人。但他對我嚷嚷，叫我別纏著他，說他從不認得我。我開始解釋，我小的時候，常跟我媽到他那裡去玩，我媽叫安東尼婭，我爸叫普羅科卜，在莊園裡做過管家。可是他聽不進去，還是不承認我們曾認識。於是我又得對他把情況說得詳細些，說在德拉約夫有兩個姓諾沃特尼的，一個叫東達，一個叫約瑟夫。我看他就是那個叫約瑟夫的，我還說德拉約夫的人給我來的信上講，約瑟夫的老婆埋怨他喝酒，他就把老婆一槍給打死了。他一聽，抬手就來打我，我躲過了，他把賣票口前方的一塊大玻璃打碎了。這下可好了，轟我們下車，上警察局去，到了那裡我才清楚他為何那麼大的火氣，因為他根本不叫約瑟夫・諾沃特尼，而是叫埃杜阿德・杜布拉瓦，美國蒙哥馬利人，是到這裡來探親的。」

一陣電話鈴聲把他敘述打斷了。機槍班的一個啞嗓子又在打聽是不是開拔了，他說上校先生早上開的會為的就是這個。

士官生比勒臉色蒼白地跑進來。這是連裡數一數二的笨蛋。在志願兵軍校培訓班時他就以炫耀學識出了名。他搖手把萬尼克叫到走廊去談了好半天。

萬尼克回來時，蔑視地笑了笑。

「這是頭笨牛！」他對帥克說：「在我們連裡，這樣的貨色真還不少！他也去開會了。散會之後，上尉先生要求所有排長認真查一下槍械。他便跑來問我，要不要把日拉貝克抓起來，因為他用煤油擦的槍。」

萬尼克氣憤地說：

「他知道快要上前線了，就拿那些芝麻綠豆大的事來問我。昨天上尉先生下令給他的勤務兵鬆了綁，這就對了。我對這小子說，別總拿士兵當畜生看。」

「既然您說到勤務兵，」帥克說：「我倒想問一下：您是不是已替上尉物色了一個？」

「你別操心，」萬尼克回答：「時間還早呢。再說，我想上尉先生對巴倫早晚會習慣的。他只是偶爾偷點東西吃，以後上了戰場，就不會再那樣了。在前方，無論是誰都沒有東西吃，假如我說讓巴倫留下，上尉先生也拿我沒辦法。這是我的事情，上尉先生管不了這麼多。你只管忙你的吧！」

萬尼克往自己床上一躺，說：「帥克，給我說點軍隊中的笑話吧！」

「好倒是好，」帥克說：「但我怕有人打電話來。」

「那你就把線弄斷，帥克，把連線螺絲擰下來，要不把聽筒放下來。」

「好吧，」帥克說，拿下了聽筒。「我跟您說一件事，它與我們現今的局面相類似。不過那一陣子不是打仗，是軍事演習。那個時期也跟今天一樣亂哄哄的，也是誰都不清楚，什麼時候可以離開兵營。有一個和我一起當兵的，他叫西茲，波爾熱奇人，是個好小伙子，只是熱中信教，而且膽子挺小。他把演習想得很恐怖。說士兵大都得渴死，說

衛生隊會像撿掉在地上的蘋果似的收他們的屍體。因此他把所有備用的水都喝了。當我們離開營房去演習，來到姆尼舍克時，他說：『弟兄們，我不行了，只有上帝能救我！』後來，我們到了霍舍維采，在那裡停了兩天，因為這期間發生了點誤會：我們行進得太快，快得能和兩翼的部隊一塊兒把整個『敵軍』參謀部都抓獲了。結果鬧出了幾個大笑話來。因為原定我軍該輸，『敵軍』該贏，就因為對方有個又瘦又醜、衣服很髒的大公。西茲卻做了這麼一件事：我們夜營時，他收拾完畢後，便跑到霍舍維采一個村子裡買東西去了，到晌午才回來。那天天氣很熱，他又喝了不少酒，走著走著，他突然發現路邊有一根柱子，柱子上掛了一個盒子，在配有玻璃門的盒子裡有一尊聖徒臬玻穆的若望的小塑像。他對著塑像禱告了一番，然後說著：『瞧，你大概挺熱的吧？若是能讓你喝兩杯也好啊？你在這太陽下面晒著，老得出汗吧？』他晃了幾下軍用水壺，喝了個飽。然後說：『我還為你留了一口，聖徒。』可是當他發現自己已經喝得一乾二淨了，一口也沒留給聖徒時，立刻嚇了一大跳，『天哪！』他說：『臬玻穆的若望，願你寬恕我，我一定想法替你補上。我要把你帶到兵營去，讓你喝得腳都站不穩。』好心的西茲出於對聖徒的愛，砸碎了玻璃，把塑像取了出來，藏在軍服裡面帶回了營房。後來又與它一起在草墊子上睡覺。行軍時，他將它裝在牛皮背囊裡，帶在身上打起牌來。他也很走運，我們紮營到哪裡，他就贏到那裡。等我們到了普拉欣斯科，在德拉赫尼采宿營時，他卻輸了個精光。我們次日早上出發時，看見那臬玻穆的若望就給吊在路旁的梨樹上了。這就是我給您講的一件趣事，現在我得把聽筒掛上了。」

當營地的平靜與和諧被打破之後，電話機又像精神病患般活躍了起來。

這時，盧卡斯上尉正在他的臥室裡研究團部送來的密碼電文，思考著密碼譯法的規則，同時也研究著關於先遣營開往加里西亞前線要走的路線的那個密令：

七二一七——一二三八——四七五——二一二一——三五——摩松。

八九二二——三七五——七二八二——拉伯。

四四三二——一二三八——七二一七——三五——八九二二——三五——科馬爾。

七二八二——九二九九——三二〇——三七五——七八八一——二九八——四七五——七九七九——布達佩斯。

盧卡斯上尉一面譯著這些密碼，一面嘆息著說了一聲：「隨它去吧！」

第三部

光榮敗北

鬼才知道一個人在出生前曾「轉世」過多少次呢？譬如說，一個人變成了通信兵、伙夫或步兵，突然一顆榴彈爆炸了，他的靈魂就附到某個砲兵營的一匹馬身上，後來那匹馬隨著砲兵營跑到某個高地上，恰巧又飛來一枚榴彈把這匹馬炸死了，於是這匹馬的靈魂又立刻附到某運輸隊的一頭牛身上，人們把牛宰了，給先遣隊的官兵做了燉牛肉，牛的靈魂又轉附到通信兵身上。通信兵……

1 穿越匈牙利

火車開走的時候終於來到。士兵們一個個被塞進車廂。每節車廂可以容納四十二名士兵或八匹馬。馬在車廂裡要比人舒服得多，因為馬可以站著睡覺。但這倒無關緊要，重要的是軍用列車又要把一批新的士兵送到加里西亞屠宰場去了。

但不管怎樣，士兵和馬都顯得輕鬆多了。火車一開動，一切問題都似乎迎刃而解。在這以前，士兵總是沉溺在忐忑不安、煩惱和驚恐之中，不知道是今天、明天還是後天才開火車。有的人甚至像被判了死刑似的，害怕地在等待著劊子手的處決。現在，人們終於安靜下來，一切都已經過去了。

這就是為什麼有一個士兵會突然像瘋子一樣衝著窗外大聲喊道：「我們要走了，我們要走了！」

軍需上士萬尼克對帥克說：「不用著急，火車不會馬上就開的。」後來事實證明，他的判斷是對的。過了好幾天，士兵們才又登上火車。這期間大家一直在談論著配給罐頭的事情。經驗豐富的萬尼克卻一本正經地說，這是一種幻想，哪裡會分配什麼罐頭，頂多是讓神父來做一場彌撒罷了。因為先前那個先遣連就是神父為他們做的彌撒。按照以往的經驗：配給罐頭，就不做彌撒；反之，做彌撒，就不配給罐頭。

這次也是一樣，沒有配給肉罐頭，而是派來了首席隨軍神父伊布爾。這位神父辦事慣於採取「一石三鳥」的辦法。這一次也不例外，他讓派往塞爾維亞的兩個營和開赴俄羅斯的一個營合在一起，做了一次彌撒，就算交代了。

做彌撒時，他發表了一番熱情洋溢的講話，顯然是從軍事日曆中抄來的。他的講話真是感人至深，以致在開往莫雄的路上，帥克在軍需上士萬尼克所住的、作為臨時辦公室的車廂中，還能記起他演說中的一段話。他跟軍需上士說：「這位神父把戰場上的情景描繪得多麼美好啊！什麼日近黃昏時，金色的太陽披著萬道霞光漸漸地落向山的後面。戰場上可以聽到垂死人們的最後呼吸，聽到行將倒下的戰馬嘶鳴，還有那重傷員的呻吟和房屋被燒毀後居民的哭訴聲。我倒是很高興，還能有幸見到這種『雙料白痴』的人呢！」

萬尼克同意地點點頭說：「這是一幅充滿恐怖氣氛的感人圖畫啊！」帥克說：「這幅圖畫既美麗，而且令人受益！我會牢牢地記住它的。等我打完仗回到故鄉時，我會在『喝兩杯』酒館裡與別人聊天時，講講這件事的。還有神父先生在演講時，他的腳總愛向著講台外邊撇著，我真害怕他會從講台上摔下來，被聖餅盤碰破他那椰子殼似的腦袋。他還給我們講了軍事史上的一則事例：他在拉德茲基部隊服役時，戰地一個糧庫遭遇大火的事。他在描繪當時的場景時也曾說：倉庫燃燒的火光與鮮紅的晚霞相映成輝，是多麼美啊！他說得彷彿他親眼看到的一樣。」

就在這一天，首席隨軍神父伊布爾又到維也納，給另一個先遣營講了那個動人的歷史故事，也就是帥克已經提到的、他十分喜愛的、稱之為『雙料白痴』的故事。

「親愛的士兵們，」伊布爾神父演講說：「請你們想像一下一八四八年庫斯托查戰役勝利結束後的情景吧！經過十個小時的激戰以後，義大利國王阿爾貝爾特不得不把血流成河、屍橫遍野的戰場留給了我們的『戰爭之父』——拉德茲基元帥。元帥就是這樣在他八十四歲高齡時取得如此輝煌勝利的。

「『瞧！親愛的士兵們！』高齡的統帥說，他勒住了戰馬停在剛奪回來的庫斯托查前方的高地上。忠誠的將領們簇擁在他的周圍。突然，所有人都肅穆起來，因為士兵們看到距離元帥不遠的地方躺著一位戰士，他正在與死亡進行著鬥爭。當拉德茲基元帥望著他時，這個受了重傷的旗手赫特感到了一種無比的榮幸。他冰冷的右手正抽搐地握著那枚金質獎章。他望著威嚴高尚的元帥，心臟重又恢復了跳動，那殘缺身軀重又獲得了一點力量。一位垂死的壯士正以超人的毅力掙扎著向自己的元帥爬去。

「『快別動了，我親愛的戰士！』元帥向他喊道，隨即從馬背上下來，向他伸出手去。

「『不行了，元帥大人！』奄奄一息的戰士說：『我的雙手都已被打壞了。但我只有一個請求，就是請您對我說實話，我們完全打贏這次戰爭了嗎？』

「『我們完全贏了，親愛的小兄弟！』元帥慈祥地說：『但遺憾的是，你的傷勢這樣嚴重，不能盡情享受這次爭勝利的歡樂了！』

「『是的，尊敬的大人，我快完了！』戰士用微弱的聲音說，臉上露出了欣慰的笑容。『你渴嗎？』拉德茲基問。『天氣太熱了，元帥大人，我們都在三十度以上的高溫中作戰呀！』隨後，元帥將自己副官的水壺遞給他。戰士大口大口地把水喝了。『願上帝保佑您！』戰士喊道，掙扎著想親吻一下自己元帥的手。『你在軍隊服役多久了？』元帥問道。『四十多年了。元帥大人！在阿斯佩恩我獲得一枚金質獎章，在萊比錫戰役中我同樣獲得了砲十字獎章，我受了五次重傷，幾乎死去；但這一次真的熬不過去了！可我能活到今天又是多麼幸福啊！我們取得了輝煌的勝利，皇帝重又收回了他的土地，我死了又算得了什麼呢！』

「此時，從營房中傳來我們親愛的士兵們所唱的《主佑我們》的國歌聲，歌聲嘹亮而莊嚴，傳遍了整個戰場。那位正在與生命告別的戰士再一次想掙扎著站起來，他激動地高呼：『奧地利萬歲，奧地利萬歲！我們要永遠唱著這支神聖的歌，光榮屬於我們的將軍們，我們的軍隊萬歲！』

「這位垂死的戰士再一次把頭倚在元帥的右手上，親吻著，然後慢慢地倒了下去，從那高尚的靈魂中吐出了最後一口微弱的氣息。元帥脫下帽子，肅立在這位最優秀的戰士遺體面前，雙手捂著臉，激動地說：『這一美好的結局真令人羨慕啊！』」

想起首席隨軍神父伊布爾這一席話，帥克稱他為「雙料白痴」，是沒有絲毫侮辱之意的。

後來，帥克開始談起上車前給他們下達的兩道著名命令。第一是弗蘭西斯・約瑟夫簽署的命令，第二道則是東線軍總司令約瑟夫・斐迪南所下的命令。這兩道命令都同一九一五年四月三日杜卡拉山隘口事件有關。當時二十八團兩個營的全體官兵在團部軍樂隊的軍樂聲中公然跑到俄國方面去了。兩道命令都是用顫抖的聲音宣讀的，並用捷克語進行了翻譯：

一九一五年四月十七日軍令

朕懷著沉痛的心情曉諭諸軍，我軍二十八團官兵，貪生怕死，圖謀叛變，已從我軍逃離出境。現決定，立即收回被其玷污的國旗，送交軍事博物館保存。該團在國內有叛變企圖，開赴前線後又進行圖謀叛變活動，並終於犯下叛變之大罪。現決定，從即日起，撤銷該團番號，將其所屬部隊從我軍開除出去。

法蘭茲・約瑟夫

約瑟夫・斐迪南大公通令

捷克部隊在行軍中、特別在近期戰鬥中，表現甚差，有負眾望。尤其在陣地防衛線中，該部隊長期龜縮在戰壕之中，致使敵軍有機會與該部隊中潛藏之可恥分子取得聯繫。目前，敵軍的攻擊目標主要選定在我軍有潛藏叛變分子的前線部隊，以便得到這些叛變分子的配合。

敵軍經常出乎意料地、甚至通行無阻地深入到我軍前沿陣地，成功地俘獲我軍大量的守衛官兵。

這些鮮廉寡恥的無賴之徒，背叛皇帝，背叛帝國，不僅玷污了我光榮勇敢軍隊之莊嚴旗幟，而且也有損於其所屬民族之神聖榮譽。

這些鮮廉寡恥的無賴之徒，早晚都會遭到槍斃、上絞刑架、被劊子手殺頭等極刑處治。

每一個有榮譽感的捷克士兵，都有義務向其長官揭發這些無恥之徒、煽動者與叛徒。

知情不揭發者與這些無賴、叛徒同罪。

本通令須向捷克軍團全體官兵宣讀。

當今皇帝已下令將捷克二十八團從我軍開除出去，二十八團的叛逃分子，一經抓獲，也將繩之以法，以其鮮血償還其滔天罪行。

約瑟夫・斐迪南大公

「現在才給我們宣讀這些命令，似乎晚了一點！」帥克對萬尼克說：「我非常困惑，皇帝的命令是四月十七日頒布的，可是直到現在才給我們宣讀。這裡好像有某種原因不能立刻向我們宣讀似的。如果我是皇帝的話，我絕對不允許這樣的拖延現象。既然在十七日發布命令，即使天上落下刀子雨，也得在十七日當天向所有團隊宣讀完畢。」

軍官食堂的神祕異教炊事兵坐在萬尼克車廂的另一端，正在寫著什麼。他身後坐著盧卡斯上尉的勤務兵、大鬍子巨人巴倫和十一先遣連的通信兵霍托翁斯基。巴倫正吃著一片麵包，擔心害怕地對通信兵霍托翁斯基解釋說，他上車時擠得要命，沒辦法在軍官車廂去見自己的上尉，這實在怪不得他。

霍托翁斯基嚇唬他說，如今不是開玩笑的時候，這是要吃子彈的。

「能早點受完這種罪就好了！」巴倫訴起苦來：「有一次我在沃吉采參加演習時，差點丟了性命。我們在那裡走了好多路，又飢又渴。營副官騎著馬來到我們面前時，我就嚷了一聲：『給我們水和麵包！』他掉轉馬頭對我說：『如果在打仗的時候，你這樣放肆，我非把你拉出去槍斃不可，但現在我也得把你送到警備部拘留所去。』可是我的命大，當他騎馬去參謀部告我的狀時，路上馬受了驚，他從馬背上摔了下來，感謝上帝，他的脖子摔壞了。」

巴倫深深地嘆了一口氣，咬了一口麵包，重又打精神，注視著他面前盧卡斯上尉要他看管的那兩個背囊。

「官員們都領到肝罐頭和匈牙利香腸了，還真不少呢！」他悶悶不樂地說。

隨後他又貪婪地看著盧卡斯上尉的那兩個背囊，饞得就像一隻飢餓的喪家犬坐在燻肉鋪門口聞著煮肉的香味那樣難受。

霍托翁斯基說：「如果現在能有一頓美味的午餐等著我們就好了！回想起戰爭開始時期，在我們開往塞爾維亞的路上，每到一站都受到熱情的款待，都能飽餐一頓。我們吃著最鮮嫩的鵝腿肉，把巧克力糖和羊羔肉摻和在一塊兒吃。在克羅地亞的奧塞克，兩個退伍老兵把一大罐燉兔肉送到我們車廂裡，我們的人在接罐子時，沒有抓穩，把兩罐子兔肉都灑在他們的頭上。在車廂上我們沒有事幹，只是一個勁向窗外嘔吐。我們車廂裡的馬捷依班長吃得太撐了，肚子脹得厲害，讓我們在他肚皮上放一塊木板，然後像壓醃菜似的在上面跳，直到他放了一連串的屁，肚子才感到舒服些。我們坐火車穿過匈牙利時，每到一站都有人向我們車廂扔烤雞，我們只挑雞腦髓吃。在考波什堡，匈牙利人乾脆把整塊整塊的烤豬肉往我們車廂裡扔，我的一位朋友得到了一個烤熟了的豬頭，後來他把這份禮物連同

幾個匈牙利人都趕到鐵軌以外的地方去了。可在去波斯亞尼的路上，我們連水都喝不上。但到了波士尼亞之後，儘管禁止我們喝酒，我們還是能喝到各式各樣的白酒，要喝多少有多少，葡萄酒更是多得像水一樣。我還記得，在一個車站上，有一些太太小姐們用啤酒慰勞我們，我們惡作劇地朝啤酒壺裡撒尿，把她們嚇得一個勁地往車廂外面跑。

「一路上，我們昏昏沉沉的。我們幾個人在一起打牌，可我連花色也辨認不清了。這時突然來了一道命令，我們連牌也沒有打完就走出了車廂。有一位班長，我不知道他叫什麼名字，正朝著自己的士兵們嚷嚷，叫他們一起合唱：『塞爾維亞人聽著，奧地利人必勝，奧地利人必勝！』可是，有人從他背後狠狠地踢了他一腳，他被踢倒後一直滾到鐵軌的外面。後來又有人叫喊把槍架起來。列車馬上掉轉頭，開著空車往回走。總之亂糟糟的。火車還把我們兩天的口糧也帶走了。好像離我們不遠的地方，也就是從我們這裡到前面樹叢那麼遠吧，響起了榴霰彈的爆炸聲。營長從另一頭走過來，召集全體官兵開會。我們的馬采克上尉也來了，他是道道地地的捷克人，卻說一口德語。他的臉色像白粉筆一樣蒼白，對我們說，我們不能往前走了，前面的鐵軌已被炸飛了。昨天夜裡，塞爾維亞人已過了河，如今正在我們的左側，不過離我們這裡還遠得很。如果我們能得到增援，就一定能把敵人打得落花流水。他還說，如果出現了什麼不測，我們絕不投降，因為塞爾維亞人抓到俘虜，會割他們的耳朵、鼻子，甚至挖眼睛的。他說，現在離我們不遠的地方有榴霰彈的爆炸聲，這不要緊，那是我們的砲兵在開砲。突然間，在山的那邊又有嗒嗒嗒地響起一陣槍聲，他說，這是我們的機槍手在射擊。隨後，左邊也響起隆隆的砲聲，於是我們連忙臥倒在地上。有幾顆榴彈從我們的頭上飛了過去，車站遭到砲擊，燃燒起來。在我們右邊的上空，子彈嗖嗖地呼嘯著。在遠方響著排砲的聲音。馬采克上尉命令大家拿起槍，裝上子彈。值日官走到他的面前說，這根本不可能，因為我們身上沒有帶子彈。當然上尉先生心裡也很清楚，我們只能在進入陣地之前才能領到子彈。在我們火車開出之前，就有一列火車裝著火藥開出去了，這趟列車十之八九也已落入塞爾維亞人之手。

「馬采克上尉呆若木雞地站了一會兒，然後用德語下令說：『上刺刀！』其實連他自己也不知道該幹什麼，而只是出於絕望才這樣下意識地下了這樣的命令，好讓大家有點事忙忙。接著我們又站在那裡好一會兒，像在準備戰鬥。突然空中出現了飛機，有軍官用德語喊道：『統統隱蔽！』於是我們就臥倒在鐵道的枕木上。事後發現，那架飛機是我們的飛機，由於該機標誌不明顯，才被我軍的高射砲誤打了下來。隨後，我們都站了起來，就再也沒有聽到發布什麼命令了，我們也就『稍息』了。這時有一位騎兵騎著馬朝我們這裡飛馳而來，他老遠就用德語喊道：『營長在哪裡？』營長立刻騎馬迎了上去。騎兵向營長交了一份文件。營長在途中看了送來的文件，突然他像發了瘋似的拔出戰刀，朝我們這裡飛馳而來，對官兵們嚷道：『都退下去，都退下去！你們一個接著一個向山谷那邊的小路走！』後來就發生了一件流血事件：敵人似乎早有埋伏，等我們一到那裡，子彈就從四面八方向我們射來。左邊是玉米地，已被踩踏得一塌糊塗。我們把背囊扔在該死的鐵道枕木上，然後悄悄地潛入山谷。子彈在我們的身旁飛過，馬采克上尉的腦袋挨了一槍，連哼都沒哼一聲就一命嗚呼了。還沒等我們逃進山谷，傷的死的就已經有一大堆。我們也無法顧及他們，只是拚命地向山谷逃去，一直跑到天黑。我們經過的地方都已被洗劫一空，我們唯一看到的就是一個已被搶光了的運輸車隊。後來，我們終於到達一個車站，在那裡又接到一個新的命令，讓我們馬上上火車回到參謀部去。但是這個命令已經無法執行了，因為參謀部的全部人馬在頭一天就已當了敵人的俘虜，這事是我們到達這裡的第二天早晨才知道的。後來，我們就成了沒有爹娘的孤兒，沒有人關心。不久，上級把我們合併到七十三團，跟他們一道撤退。我們一聽到這一消息都非常高興，可是，要追上七十三團，還得快速行軍大約一天的時間。後來我們……」

已經沒有人在聽他嘮叨了。帥克和萬尼克在玩紙牌，軍官食堂的異教炊事兵正在給妻子寫一封內容豐富的家信。他的妻子在他離家以後開始幫助代銷一種新的神智學雜誌。巴倫坐在凳子上打盹兒。還有通信兵霍托翁斯基總是不停地重複說：「是的，我是不會忘記的……」

現在他起身去看別人打紙牌。

「你來看打牌啦，」帥克友好地招呼霍托翁斯基說：「把你的菸斗給我抽抽好嗎？打牌比打仗、比你們在塞爾維亞邊境幹的那種倒楣的冒險事要正經多了……可是我是不幹這種蠢事的，假如幹了，我就打自己的耳光！我想抓老K的，可現在來了個J，真晦氣！」

這時炊事兵已寫完了信，又重讀了一遍，臉上流露出滿意的笑容，認為這一定會順利地通過軍郵檢察官的檢查了。

親愛的妻子：

當妳收到這封信時，我已經在火車上待了好幾天了，因為我們正在開往前線的路上。我並不感到多麼高興，因為在火車上閒得無聊，真有「英雄無用武之地」的感覺。我們軍官食堂現在已不用做飯了，飯菜可以從車站上弄到。可是，我多想在路上給軍官們做一道匈牙利燉肉，讓他們飽餐一頓啊！但我沒有這份福氣了。也許到了加里西亞我才會有機會給大家燉點鵝肉，不過這一次我要做一道正宗的加里西

亞燉鵝肉，外加麥片粥或米飯。請相信我，親愛的海萊卡，我會盡最大努力來減輕我們軍官大人們的煩惱和勞累的。我從團部調到先遣營來，這是我最大的心願，我希望能把這個十分簡陋的戰地軍官食堂辦成最出色的食堂。妳還記得嗎？親愛的海萊卡，在我入伍時去團部報到的那一天，妳曾祝福我能遇到一些好心的長官嗎？現在，妳的這個願望已經實現了。我對這裡的長官們不但挑不出半點毛病，相反，他們都成了我最真摯的朋友，他們對待我就如同我的親生父兄一般。我將盡快把我們戰地郵箱番號告訴妳……

這封信是在當時環境的逼迫下寫出來的。其實，炊事兵非常憎恨施雷德上校，上校和他更是勢不兩立。有一次在先遣營軍官告別晚宴上，炊事兵不慎忘記給上校送上炸小牛腰那道菜，於是得罪了上校，上校就打發這位炊事兵跟著先遣營一道上前線，而把團部軍官食堂交給盲人學校的一位可憐的老師去管。

炊事兵約賴達又把信看了一遍，自覺信寫得有些外交辭令的味道，不過這樣做也是為了能保全自己能多混些日子罷了，因為不管怎麼說，在前線，伙房工作也算得上是個避難所呢！

炊事兵約賴達在入伍以前曾是異教雜誌的編輯和老闆。異教雜誌是研究人死後的問題的。儘管他曾寫勸人不要怕死、關於靈魂轉世等問題的文章，其實他也是怕死的。

此時，他也來到帥克和萬尼克的中間，觀看他們打牌。兩位牌友正打得激烈，連官兵之間尊卑威嚴也都拋到九霄雲外了。現在他們已不是兩人在打牌，又增加了霍托翁斯基，是三個人在玩牌了。

傳令兵帥克粗暴地罵著軍需上士萬尼克：「我真奇怪，你打牌怎麼這麼笨呢？你明知道規矩的不是嗎？我又沒有紅方塊，你不出『八』，而出梅花傑克，怎麼回事！你真是個大蠢豬，像你這樣笨的人怎能不輸呢！」

「我打錯了一張牌，你就嚷嚷，值得嗎？」軍需上士彬彬有禮地回敬道：「你打牌也像個白痴。

我不也是一張方塊都沒有嗎？我的牌全是清一色的梅花，不得不用一張小牌去換方塊八呀。你這個笨蛋！」

「你應該打王牌啊，你這個傻瓜！」帥克笑著說：「像你這種事，我在瓦爾舍飯館裡也遇到過。也有這樣一個飯桶，他手裡拿著王牌總是不打，而一個勁出小牌，弄得大家都玩不下去。他的牌可確實好啊，四種花色的大牌都在他手裡。就像現在這樣，假如他打了大牌，我沒有，別人也沒有，我們就輸了；可是他就是不出大牌，我們只好繼續打下去，總打個沒完，我恨不得打他一個耳光，最後我實在忍不住了！就說：『赫洛德先生，亮牌吧，別再折騰了！』可他對我大發雷霆，說他想怎麼打就怎麼打，還讓我閉嘴。又說他是搞高等教育的，顯得他是多麼了不起似的。但這一次我們可讓他付出巨大代價了，因為這裡店老闆是我們的熟人，女招待跟我們的關係就更是不一般。這時，巡邏兵聽到叫聲來到這裡，我們就對他們解釋，這裡一切正常。說首先是他的不對，深更半夜裡，他大喊大叫，破壞了周圍的寧靜，還驚動了巡邏兵。事情是這樣的：我們幾個人在一起玩牌，可是他作弊，被我們發現了，我們沒有對付他，可他卻拚命往外跑，結果在店門口被冰塊滑了一跤，碰破了鼻子，就大聲叫起來。我們說完後，店老闆和女侍也出來為我們作證，說我們和他是講交情的，是很有禮貌的；並說，這傢伙也確實差勁，他只要了一杯啤酒和一瓶礦泉水就從晚上七點一直泡到半夜，自以為是個大學教授，就擺臭架子。可他打牌卻像老山羊那樣笨。好了，現在該誰出牌啦！」

「現在我們來打另一種吧！好嗎？」巫師炊事兵建議說：「一次賭六個或兩個哈萊什。」

「你還是給我們講講靈魂轉世的事吧！」軍需上士萬尼克說：「就像那一次你打破了鼻子，給販賣鋪女招待講的那樣。」

「關於靈魂轉世的事，我也聽說過。」帥克說：「幾年前，我曾下決心要自學成才，不想落在別人後面，於是我就跑到當時布拉格『工業振興會』圖書館借看，但是由於我穿的衣服十分襤褸，屁股上還有窟窿，人家就不讓我進去，懷疑我是來偷衣服，就把我攆了出來。後來我換了一身節日服裝，去一家博物館的圖書室，就沒有遇到這種麻煩了。在那裡，我跟我的一位朋友找到一部有關靈魂轉世的書。我在書中讀到，有一位印度皇帝，他死了以後變成了一頭豬，豬被宰了以後變成一隻猴子，猴子死了以後又變成了一隻貛，貛死了以後又變成一位內閣大臣……後來，我來部隊服役，才真的相信，這個故事裡面還是有一部分真理的。因為，不管哪位軍人，只要肩章上有顆星，他就可以叫大兵是豬，或者叫別的什麼畜生的名字。依照那本書的說法，或許我們可以斷定，這些被稱為畜生的士兵在幾千年以前還可能是什麼赫赫有名的將軍呢！可是現在是戰爭時期，再講這種靈魂轉世的事，就純屬無稽之談了。鬼才知道一個人在出生前曾『轉世』過多少次呢？譬如說，一個人變成了通信兵、伙夫或步兵，突然一顆榴彈爆炸了，他的靈魂就附到某個砲兵營的一匹馬身上，後來那匹馬隨著砲兵營跑到某個高地上，恰巧又飛來一枚榴彈把這匹馬炸死了，於是這匹馬的靈魂又立刻附到某運輸隊的一頭牛身上，人們把牛宰了，給先遣隊的官兵做了燉牛肉，牛的靈魂又轉附到通信兵身上。通信兵……」

「我真好奇，」通信兵霍托翁斯基感到受了戲弄，於是說：「為什麼你總拿我做例子呢？」

「你是不是有個親戚也叫霍托翁斯基？」帥克天真地問：「他開了一家偵探所，長著一雙又黑又大的三角眼。前幾年，我跟一個叫施坦納的私人偵探一起服過役。他的腦袋長得像松果一樣。我們的上士總是說，他服役十二年來見過不少松果般的腦袋，不過還從沒有見過像他這樣的松果腦袋。上士也經常對施坦納說：『施坦納，你聽著，如果今年沒有重大演習，你的松果腦袋在軍事上就派不上用處了。不過，我們假如去野外演習，那裡找不到合適的靶子，也還得拿你的松果腦袋作為砲兵射擊的靶子呢！』上士還總拿他的腦袋做試驗。有一次在行軍的路上，上士讓他先走一百步，然後下命令：『目標，松果腦袋！』這個可憐的施坦納在做私人偵探時，也曾遇到過不少倒楣事。關於他吃的那些苦，他在食堂裡不知道跟我們說了多少遍。比如說，有時雇主委託他偷偷地探聽他們的妻子是不是跟別人相好，如果有的話，那她跟誰相好，又是怎樣個好法。或者相反，有些嫉妒心很重的女人也想調查自己丈夫在外面跟誰鬼混，好抓住丈夫的把柄，以便在家裡和丈夫打架時，打得更加熱鬧。施坦納是個有教養的人，每逢談到夫婦之間不忠貞問題時，他總不願意用一些下流語言去形容它。當他向我們談到有些雇主要他設法當場捉住那些通姦男女時，他總是顯得十分為難的樣子，還幾乎要哭出來。不像有些人發現不忠貞的男女在鬼混時，還悄悄地偷看，好大飽眼福。而施坦納先生，用他自己的話說，每逢遇到這種事，他總是感到很難為情。他用十分文雅的語言說，他一看到這種淫蕩的下流事，就感到很不舒服。他在給我們講述猥褻場面時，我們聽了就像狗見到熱騰騰的燻肉那樣嘴裡直流口水。每當我們被罰關進兵營拘留所時，他就為我們講一番這樣的故事。他說：『我就是這樣看到某某太太與某某先生在這裡……』他連他們的住址也都告訴了我們。他的神情十分憂鬱，總跟我們訴苦：『我挨過他們男女雙方多少巴掌啊！這倒沒有什麼，糟糕的是我收了他們的賄賂啦，那種賄賂讓我一輩子也忘不了。男的赤條條，女的脫光光的。兩個笨蛋在旅館裡，連房門都不關緊。沙發塞不下他們，因為兩個人都是胖子，於是就像貓般在地毯上鬼混。地毯被他們弄得髒兮兮的，屋子裡塵土飛揚，香菸頭到處亂扔。我一進門，兩個人唰地跳了起來。男的站在我的對

面，手裡抓著一塊遮羞布，女的背朝著我，她的背上全印著地毯花紋，脊椎骨上還沾著一個菸頭。我說，請原諒采麥克先生，我是霍托翁斯基偵探所的私人偵探施坦納，受尊夫人的委托，所裡派我來調查您在外面的不軌行為。這位與您發生不正當關係的夫人是格羅特娃太太吧？我有生以來還從未見到過這樣鎮定的公民，采麥克好像什麼事沒有發生似的說：請允許我穿上衣服。這完全是我妻子的錯，是她那無緣無故的嫉妒心逼我走上與別人發生不正當關係的。她對我有一點懷疑就不分青紅皂白地侮辱我、不信任我。但是，假如證據確鑿，醜事已掩蓋不住了……我的襯褲在那裡？他若無其事，在床上找，他邊說邊穿褲子，他說：假如醜事已無法掩蓋的話，那麼只好離婚了。不過，這樣做還是不能洗清自己的污點，離婚的事還得慎重考慮才是。最好的辦法是，設法讓老婆忍耐些，不要向外聲張，以免引起公憤。其他的事，就隨便您了，您想怎麼幹就怎麼幹吧！這裡，我把這位太太留給您。讓她跟您單獨在一起。這時格羅特娃太太已爬到床上去了。采麥克先生跟我握了一下手就走了……』後來施坦納先生說了些什麼，我已經記不清楚了，因為他正文雅地跟床上那位太太心靈交流呢，談什麼建立夫妻關係不僅僅是為了雙方的幸福啦，雙方有責任克制自己的欲念，保持自己的純淨與貞潔啦。這時，我開始慢慢地脫著衣服，施坦納說，『等我脫完了衣服，像一隻發情的公鹿撒起野來時，我的一位老朋友什達赫撞了進來，他是我們競爭對手施特恩偵探所的私人偵探。他來這裡是應格羅特先生的請求，來偵查格羅特娃太太與別人相好的事。這位什達赫先生來到這裡什麼話都沒說，只是說了一句：哈哈，施坦納先生跟格羅特太太在做愛啦？恭喜你們了！他輕輕地帶上門，就走了。格羅特娃太太說，現在一切都無所謂了，你先別忙著穿衣服，在我身邊有的是你的位置。我說：親愛的太太，可這牽涉到我的位置呀，我只有一個位置呀！』施坦納說了這句話後，就不知道自己又說了些什麼，只記得說過『夫妻之間有了糾紛會影響孩子教育』什麼的。後來他還對我們講，他如何迅速穿好衣服，如何撒腿逃跑，怎麼下定決心向所長霍托翁斯基先生報告此事，以及怎麼一路上愈想愈理直氣壯的。可是，到了偵探所時，他發現自己已晚了一步。什達赫先生已先到過那裡了，他是奉老闆施特恩先生的命令來教訓霍托翁斯基的，好讓他知道他的部下到底是什麼樣的人。可霍托翁斯基先生對於這件事也不知道該如何辦才好，只好立即派人把施坦納太太找來，讓她親自整治這種人。所裡派施坦納去辦一件公事，他卻跟別人胡搞，而且還被競爭對手抓個正著。後來，施坦納先生談到這件事總是說：『從那以後，我的松果腦袋就更大了！』」

「現在我們來玩『五到十』吧！」眾人說道，於是又玩起撲克牌來了。

火車在莫雄站停了下來。因為已是黃昏時分，任何人都不能下車。大家正感到有些疲憊的時候，從一個車廂裡傳出了高昂的歌聲，歌手似乎想把鐵軌的撞擊聲壓倒似的。原來是一個從卡什貝爾山區來的士兵，在夜幕降臨匈牙利平原時，懷著對上帝的虔誠，在大聲歌頌著這靜靜的夜晚：

晚安，晚安！
祝所有疲勞的人晚安，
白晝已經悄悄地消逝，
勞苦的人已進入夢鄉，
願他們甜蜜地睡到明天早上。
晚安，晚安！

「住嘴，你這個鄉巴佬！」有人打斷了這位憂傷歌手的歌聲。人們把他從窗口拉進了車廂。

但是，這些疲勞的人並未安靜地睡到第二天早晨，他們像其他車廂的人點著蠟燭打牌那樣，也在一盞掛在車壁上的小煤燈下玩著「恰帕里」牌。每一次不管誰抓到王牌贏牌時，帥克總是說，這是一種最公道的玩法，因為誰想換幾張牌就換幾張牌。

玩「補進」牌時，帥克堅決主張，只要抓到ACE和七，就可以亮牌，不必再抓牌了，再玩下去就可能輸牌。

「我們玩『健康』牌吧！」萬尼克建議說。大家也都同意。

「紅桃七是王，」帥克一邊洗牌一邊說：「每個人下五個哈萊什，抓四張牌。請大家快點下注吧，讓我們痛痛快快地玩它幾把！」

他們興致勃勃地玩著，臉上露出幸福的表情，就好像世界上根本沒有發生什麼戰爭似的，而他們也不是坐在開往前線的列車上去參加血淋淋的屠殺戰爭，是坐在布拉格某個咖啡館裡的牌桌旁邊。

「真沒有料到，」帥克打完一盤牌後說：「當時我手中一張有用的牌都沒有，於是我就把四張牌都換了，沒有想到竟然換到一張ACE。你們把老K藏到哪裡去了？我想用我的ACE去壓它呢！」

正當他們在這裡玩著用ACE壓老K時，而此時在遠方的前線戰場上，國王們為了爭奪地盤，正驅使著他們的士兵們去相互廝殺呢！

列車開動前，先遣營的軍官們正坐在參謀部所在的車廂裡，氣氛十分肅靜。大部分軍官都在埋頭看著一本精裝德文書——路德維希·甘霍費爾的小說《神父的罪惡》。他們同時翻到第一百六十一頁，聚精會神地讀著。營長札格納大尉站在車窗旁，手裡拿著這本書，也翻到第一百六十一頁。

他望著窗外的田野，正尋思著如何用最通俗易懂的語言把這本書的意義向大家講清楚。這畢竟是一件十分機密的事啊！

此時，軍官們都在思考著一件事，施羅德上校怎麼一下子就完全瘋了呢？雖然他早就有些精神失常，可沒有料到會這樣快就完全瘋了。在火車開出之前，大尉把全體軍官都召集開了最後一次會。會上他通知大家，每個人將領到路德維希·甘霍費爾的《神父的罪惡》這本書，並說，他已叫人把書送到營部辦公室去了。

「諸位，」他帶著十分神祕的神情說：「你們任何時候都不要忘記第一百六十一頁！」大家反覆看了第一百六十一頁，但總是看不出什麼名堂。只看到那一頁寫著，有一位叫馬爾達的女人走到寫字台前，在那裡拉出一個人來，並向觀眾大聲喊道：「大家一定要同情這位先生啊！」此外，在這一頁上還出現了一個叫阿爾伯特的人，他不停說玩笑話。但他說的那些玩笑話跟先前的劇情毫不相干，簡直是胡說八道，氣得盧卡斯上尉把菸嘴都咬碎了。

「老傢伙真的瘋了！」大家都這麼想：「他已經完蛋了，他們一定會把他調到軍政部去的。」

札格納大尉將這一切在腦裡反覆思考了一番，然後離開了窗口。他缺乏教學的天賦，費了好長的時間才把講解第一百六十一頁意的發言稿寫了出來。

他跟上校老頭一樣，在演講開始時，總是用德語問候大家：「諸位！」雖然他在上車前已稱呼過大家為「伙計們」。

「是這樣的，諸位……」他開始演講說：「我昨天晚上收到了上校關於路德維希·甘霍費爾所著

《神父的罪惡》第一百六十一頁的指示。」

「是這樣的，諸位！」他接著又鄭重地說：「這一頁就是我們戰時使用的一套新電報密碼，它是十分機密的。」士兵生比勒掏出鉛筆和筆記本，用十分討好的口氣說：「大尉先生，我已經準備好了！」

大家看了這個傻瓜一眼。還在志願兵學校時，他的勤奮就夾帶著幾分傻氣。他是自願投軍的。當志願兵學校校長第一次詢問學生家庭情況時，他搶先回答說，他祖先的名字叫比勒馮・萊特霍利，他家的家徽上飾有帶魚尾巴的鸛翅膀。

從那時起，大家便給他起了個綽號叫「魚尾巴鸛翅膀」。而他從此也就受到大家無情的揶揄，因為他父親只是個做賣兔皮生意的小商人，跟他講的魚尾巴鸛翅膀毫不相稱。儘管他是一個浪漫主義的狂熱者，但他勤奮好學，恨不得一下子讀完所有軍事科學著作；他以勤奮和知識淵博著稱，不僅能出色地完成學校規定的課程，而且愈來愈多地閱讀有關軍事藝術和戰爭史方面的著作，並在言談中經常賣弄學問，只要他一日不沉淪和毀滅，他都會永遠不改變自己的這種欲望。他自認為自己的學識可以同高級軍官相媲美。

「聽著，士官生！」札格納大尉說：「沒有我的允許，您就不可以說話，因為誰也沒有問您什麼。還有，您是一個聰明絕頂的人，現在我們把機密告訴了您，而您把它記在筆記本上，如果您把筆記本丟了怎麼辦？您就等著上軍事法庭吧！」

士官生比勒還有一個壞習慣，就是他總是想方設法地讓人相信他的想法是對的。

「報告，上尉長官！」他回答：「就算我把筆記本丟了，誰也看不懂我寫的什麼，因為我用的是速記法寫的。這種速記法記錄的東西，除寫的人自己懂以外誰也看不懂。我用的是英國速記法。」

大家蔑視地看了他一眼。札格納大尉擺了一下手，便繼續做他的報告。

「我已經講了有關新的戰時密電碼使用方法。也許你們還不明白，為什麼非要你們看路德維希・甘霍費爾的《神父的罪惡》一書的第一百六十一頁呢？諸位，這是破譯新密電碼的一把鑰匙，它可以幫助我們理解軍團司令部的最新指令。大家知道，戰時有許多收發重要電文的方法。我們現在採用的是最新的數字補充法，因此上星期團部發給你們的密碼和譯電法就作廢了。」

「這是阿爾布雷希特大公爵密電碼，」勤奮的士官生比勒嘟囔著：「8892=R，這是從格龍菲爾特法套用過來的。」

「新密電碼體系非常簡單，」車廂裡回響著大尉的聲音：「我已從上校先生那裡拿到了那套書的下卷和有關資料。比如說我們收到一道命令為『令二二八高地機槍向左方射擊。』但我們收到的電報會是這樣的寫法：『事情—與—我們—這—在裡面—這—許諾—這—瑪爾塔—你—這—仔細地—然後—我們—瑪爾塔—我們—這個—我們—感謝—好—公共大學學院—結束—我們—許諾—我們改好—許諾—確實—感謝—思想—完全—支配—聲音—最後的』。很簡單，毫不複雜。團部打電話給營部，營部打電話給連部，連長收到這個密碼，就用這種方法把它譯出來。也就是拿出《神父的罪惡》一書，翻到第一百六十一頁，再從反面一六〇頁從上面下去找『事情』（sache）這個詞。諸位，請注意，這個詞首先出現在一六〇頁上，它是第五十二個詞，然後在一六一頁，從頭數到第五十二個字母。你們會看到這個字母是A。電報上的第二個詞是『與』（mit），這個詞是一六〇頁的第七個詞，然後我們翻到第一六一頁，從頭數到第七個字母是u。接下來是第三個詞『我們』（uns），諸位，請仔細和我一起查，一六〇頁的第八十八個詞，然後在反面的第一六一頁中從頭數到第八十八個字母，那是f，於是我們譯出這個詞為『之上』（auf）。就這麼譯下去，直到我們把這道命令完全譯出來，是多麼簡單啊！沒有路德維希．甘霍費爾的《神父的罪惡》這把鑰匙，是完全譯不出來的。」

大家一聲不響地看著那倒楣的一六〇頁，絞盡腦汁地思考著。沉默了一會兒後，突然，士官生比勒焦急地叫了起來：「大尉先生，這密碼根本不對呀！」

這密碼確實莫名其妙。

不管大家費了多大的勁，除札格納大尉以外，誰也沒能根據第一六〇頁上的字序從作為鑰匙的一六一頁上找到相應的字母。

「諸位！」札格納大尉相信比勒所說的話是真實的，他含糊其辭地說：「怎麼回事？在這本《神父的罪惡》書裡一點也沒錯呀？怎麼在你們那本書裡就不一樣了呢？」

「大尉先生，」士官生比勒又說：「請允許我指出，路德維希・甘霍費爾的小說有上下兩卷，請看書的內封頁上寫著『本書分上下兩卷』。我們拿的是上卷，您拿的是下卷。」這位認真的士官生比勒繼續說：「因為很清楚，我們書中的一六〇頁和一六一頁與您的是不一樣的，書中的文字當然也不是同一回事了。您那本書譯出來的電文第一個詞『Auf』，而我們這本書譯出來的是『Heu』。」

由此可見比勒並不是什麼傻瓜。

「旅部發給我的是下卷，」札格納大尉說：「這裡一定出了差錯。上校先生給你們發了上卷。」聽他的口氣，好像他在講密碼破譯法非常簡單，從前就知道得一清二楚似的。「是旅部搞錯了，他們沒有跟團部講清楚應該領下卷，所以才出了這種事！」

這時，比勒得意地向大家掃了一眼，中尉杜布悄悄地對盧卡斯上尉說：「魚尾巴鸛翅膀這次把札格納大尉可弄得下不了台了，活該！」

「諸位，這真是怪事！」札格納大尉又說。他想引起大家談話的興趣，好打破此事引發令人尷尬的沉靜。「在旅部辦公室裡，真有些不懂動腦子的人！」

「請允許我指出，」這位不知疲勞的士官生比勒又說，他還想顯示一下自己的才華：「像這類十分機密的事根本不應該從師部發電報到旅部辦公室。涉及到軍團級的機密只能用絕密傳閱單方法直接通知到師長、旅長和團長本人。我知道有許多密電碼體系，如撒丁與薩伏依之戰、英法聯軍塞瓦斯托波爾之戰、中國義和團起義，以及最近的日俄戰爭都曾用過不同的密電碼體系。這些密電碼體系的傳達……」

「我們不想聽您講這些老骨董了，士官生比勒先生！」札格納大尉輕蔑地、不愉快地說：「我敢保證，我向大家講的這套體系，不僅是當代最好的，而且可以說是好得無可比擬的密電碼體系。連我們敵人參謀部門的特務機構都對此毫無辦法，即使他們把自己大卸八塊也破譯不了我們的密碼。這是一套全新的密電碼。這是一套全新的密電碼體系，是史無前例的。」

這時不知疲倦的士官生比勒咳嗽了一聲說：「大尉先生，請允許我提醒您注意一下克里霍夫論軍事密碼那本書。這本書誰都可以在軍事百科詞典出版社買到。書中詳細敘述了您給我們講的那種方法，它的發明人是基希納上校，他曾在拿破崙一世時期的薩克森軍隊中服役。這種方法被稱為『基希納法』。大尉先生，來電的每一個字都可以從反面一頁，也就是被稱為密碼鑰匙的那一頁中找到答案。後來弗萊斯納中尉又在《軍用密碼手冊》一書中進一步改善了這一方法。這本書可以在維也納新城軍事科學院出版社買到。」士官生比勒從手提包中拿出那本書，接著說：「弗萊斯納也同樣舉過這個例子，請大家相信，也就是我們剛才聽到的那個事例：『令二二八高地機槍向左射擊』。解答的鑰匙是路德維希・甘霍費爾的《神父的罪惡》兩卷集。請大家再往下看，密電碼電文為『事情與我們這在裡面這許諾這瑪爾塔……』（Sache mit uns das wir aufsehen in die versprachen die Martha ……）等等。完全跟我們剛才聽到的一樣。」

事情已經很清楚，這個毛頭小伙子魚尾巴鸛翅膀說得完全正確。

一定是軍部某個將軍偷懶，找來弗萊斯納論軍事密碼的書，從中抄了一段來搪塞了事。

在整個這段時間裡，可以看到盧卡斯上尉一直在克制著自己內心的煩惱。他咬著嘴唇，想說什麼，但最終又改變了主意而說些別的事。

「我們也不必把事情看得太嚴重了！」他猶豫不安地說：「我們在萊塔河畔布魯克駐紮期間，密電碼體系就變了好幾回，沒等我們到達前線就又換了新的密電碼體系。我想，我們到了前線就更沒有時間去猜這種啞謎了。沒等到我們把這類的密碼搞清楚，恐怕我們的連、營、旅軍就完蛋了。這種密碼根本就沒有什麼實際意義。」

札格納大尉很不高興地點點頭說：「但在行動中，至少從塞爾維亞戰爭經驗來看，我們確實沒有時間去研究破譯密碼的事。但這並不等於說，當我們在戰壕中長時間隱蔽和等待時機時，這種密電碼也沒有用。密電碼經常變換倒也是事實。」

札格納大尉的解釋並沒有令大家信服，於是他無奈地說：「現在的主要問題是，前線參謀部愈來愈少使用密電碼了，而我們的電話又不好用，總是聽不大清楚，特別在砲聲隆隆的時候，就根本聽不見。一旦什麼都聽不清，就會出現一片混亂的。」他緘默了一會兒又說：「諸位，在前線陣地上，出現混亂是十分糟糕的事啊！」他像是預言般補充了一句，然後又沉默下來。

「再過一會兒，我們就要到拉布[108]了！」他望著窗外，又補充說：「諸位，到了拉布，每個人都可以領到一百五十克匈牙利香腸，還可以休息半個小時。」

他看了一下時間表說：「四點十二分開車，三點五十八分全體人員在車廂中集合。現在一個連跟著一個連地順序下車，從十一連開始。下車後，以連為單位到第六倉庫領東西，由士官生比勒負責監督分發。」

大家都注視著士官生比勒。他們的目光中彷彿在說：「這乳臭未乾的小子，早晚會倒楣的！」

可是這位勤奮的士官生比勒從手提包中拿出一張紙和一把尺子，按連裡提供的人數在紙上畫著線條，準備為各連分配食物。他在向連長們問起各連的人數時，可他們都記不清自己連到底有多少士兵，只能把他們平時信手寫在筆記本的一些不準確的數字交給了他。

這時，札格納大尉在失望之餘，重又讀起那本倒楣的《神父的罪惡》。火車到了拉布時，他合上書，說了一句：「這位路德維希・甘霍費爾寫得還不差！」

盧卡斯上尉第一個衝出軍官車廂，逕直向帥克坐的那個車廂走去。

帥克和他的伙伴早已打完了牌。盧卡斯上尉的勤務兵巴倫因為餓得要命，開始埋怨起那些軍官們，說他很清楚，這些大人們一個個都吃得腦滿腸肥的，又說現在比農奴制時代還要糟糕，過去軍隊的情況也不是這樣的，記得他爺爺在家靠養老金過日子時常說，在一八六六年普奧戰爭時期，當官的和士兵還分享雞和麵包呢！當巴倫沒完沒了地埋怨時，帥克卻說今天戰爭時期的軍隊狀況是好的，應該頌揚才對。

「你爺爺那時還太年輕。」當火車到達拉布時，帥克和藹地說：「他只能記得一八六六年的戰爭。我倒認識一位叫羅諾夫斯基的人，他有個爺爺在農奴制時期在義大利服了十二年的兵役，回來時只是個班長，找不到工作。於是他爺爺的父親，也就是他老爺爺，讓他幫助自己做事。有一次，他們去服勞役，刨樹根，可是有一棵樹根像鐵柱子一樣，怎麼刨也刨不動。於是老爺爺就說：『算了吧，就把這傢伙擱在這裡吧，別跟它較勁了！』守林人聽到這話後，就大叫一聲，舉起棍子就要打他，並命令他們：『你們必須把那棵樹根給我刨出來！』羅諾夫斯基的爺爺什麼也沒說，只說了一句話：『你還嫩了點，我可是個退伍老軍人呀！』為此，一個星期以後，他收到一個通知，要他回到義大利繼續當兵，在那裡一待又是十年。他給家裡寫信說，等他回來時一定要用斧頭砍掉守林官的腦袋。後來，幸虧守林人死得早，也就沒事了。」

這時，盧卡斯上尉出現在車廂門口。

「帥克，你過來一下！」他說：「別再胡扯啦，過來把事情說清楚。」

「是，我馬上來，上尉先生！」

盧卡斯上尉用懷疑的眼光看了帥克一下，帶著他走了出去。

在札格納大尉不成功的講課期間，盧卡斯上尉就施展了他的偵探本領，找到了一些線索。事情並不複雜，就在開車的前一天，帥克曾報告上尉說：「上尉先生，我從團部抱回來一些書，說這些書是給營部軍官們看的。」

108 布達佩斯東火車站。

所以，在火車過了第二道鐵軌時，盧卡斯上尉就直截了當地問道：「帥克，那些書是怎麼一回事？」此時，火車已開到一列熄了火的火車頭旁邊，這列火車頭在等待著一列裝有彈藥的軍火，已有一個星期。

「報告，上尉先生！說來話長。我要詳細地給您講述那件事的來龍去脈時，您總不耐煩聽我說。就像那一次，您還打了我的後腦勺，撕了我的一張軍事借款單。我當時對您解釋說，我在一本書中讀到過；過去戰爭時期，老百姓要交各式各樣的稅，如果哪戶人家要裝窗戶，每個窗戶得交二十塊硬幣，養一隻鵝也要交稅……」

「帥克，你能不能簡單點？這樣扯下去就沒完沒了！」盧卡斯上尉繼續說，同時他思考著如何巧妙地把這個最大的祕密給瞞住，免得帥克這個傻瓜又會搞出什麼名堂來，「你認識甘霍費爾嗎？」

「他是幹什麼的？」帥克很感興趣地問道。

「他是一位德國作家，你這個笨蛋！」

「我發誓，上尉先生！」帥克像虔誠殉道者般說：「我只認識一位捷克作家，就是多瑪日利采人哈耶克．拉迪斯拉夫。他是《動物世界》雜誌的編輯。有一次，我曾把一條看家狗當成純種小獵犬賣給了他。他是一個快活而善良的人，常到一家酒館去給喝酒的人讀自己寫的小說。他讀小說時那種憂傷的樣子，直逗得我們哈哈大笑，然後他又哭了起來，還為我們大家付酒錢呢！我們也很高興為他歌唱：『多瑪日利采的門樓，壁畫多麼漂亮；畫那壁畫的人哪，正愛著美麗的姑娘……他已不在這裡了，長眠在風景如畫的地方……』」

「這裡不是劇院，帥克，你怎麼可以像歌劇演員似的大聲亂喊呢？」當帥克唱到最後一句「他已不在這裡了，長眠於風景如畫的地方」時，盧卡斯上尉說：「我沒問這件事。我只想知道，你親自跟我提到的那些書，是不是甘霍費爾寫的？那究竟是怎麼一回事？」盧卡斯說話時十分生氣。

「您是指我從團部拿到營部來的那些書嗎？」帥克問道：「上尉先生，那確實是他寫的，也就是您問我是不是認識的那人寫的。我接到團部直接打來的電話，說他們想把一些書送到各個營部去，但各營辦公室都沒有人。他們想必都到小酒館去了，因為要上前線，也不知道以後還能不能再到那裡坐坐了。上尉先生，他們一定是在那裡坐著、喝著，所以沒人接電話。但是您曾命令我作為傳令兵必須暫時守著電話，等通信兵霍托翁斯基回來換我。於是，我就在那裡等人來換班。團部的人不停抱怨說，到處打不通電話，還說有一個通知，在軍隊裡派人去團部取書，說那些書是給營部軍官們看的。因為我知道，上尉先生，在軍隊裡辦事應該講究行動快速，於是我就回電話跟他們說，我要親自去取那些書。後來我就把那些書取到營部。他們給了我一大袋的書，挺重的，我費了好大的勁才搬回到我們連部。我翻了翻這些書，可我有些納悶。團部的軍需官對我說，根據團部的電話記錄，營部已經知道他們該拿哪一冊書了，因為這部書有兩冊，上卷一冊，下卷一冊。我有生以來還沒見到過有這樣好笑的事呢。我這一輩子也讀過不少書，可從來沒聽說過有從下卷讀起的。他們還對我說：『瞧，這是上卷，這是下卷，究竟軍官們該讀哪一卷，他們自己都已經知道了。』我心裡想，他們一定吃多了，因為無論是誰讀書都得從頭讀起的。就說我從團部背來的《神父的罪惡》這部小說吧，我也懂得德文，也得從上卷讀起吧！我們又不是猶太人，從後面往前面讀的。所以，上尉先生，當您從小酒館回來時，我也曾打電話向您報告過這些書的事，問您是不是在戰爭時期一切都顛倒了，是不是讀書也得從後面往前讀，比如說，先讀下卷，後讀上卷。可您說我是個吃撐了的畜生，連先念『上帝，我的主啊！』後念『阿門』都不知道了。……您怎麼啦，不舒服了嗎？上尉先生！」帥克看到盧卡斯上尉臉色蒼白地抓住那部已滅了火的火車頭踏板時，關切地問道。

在他蒼白的臉上沒有一絲笑容，只是悲傷到極點。

「接著說吧，接著說吧！帥克，我沒有關係，已經好多了……」

「怎麼說呢，我還是堅持我的看法。」在孤靜的鐵軌上方又響起了帥克溫和的聲音：「有一次，我買了一本描寫巴科森林中羅赫・夏瓦尼俠盜的驚險小說，也是缺了一本上冊，結果我只好自己猜想上冊故事情節可能是怎樣的，就連這類寫俠盜故事的書，也是不能沒有上冊的呀！我現在完全明白了，如果我說軍官們先讀下卷，後讀上卷，那實在荒唐；如果我如實向營裡轉達團部的話，軍官們自己知道該讀哪一卷，那我又似乎太愚蠢了。上尉先生，我看這一次發書的事實在是莫名其妙，令人費解！我知道，在戰火紛飛的前線，軍官們根本讀不了多少書……」

「別再說傻話了，帥克！」盧卡斯上尉深深地嘆了一口氣說。

「上尉先生，我當時也曾打電話問過您，是不是把上下兩卷都拿來，可您像剛才那樣對我說，讓我不要再說傻話了，還說拿那麼多的書多累贅啊！我想您的意思是這樣的，那麼別的軍官也一定是這種看法了。我也問過我們的萬尼克，他有著豐富的作戰經驗。他說，以前軍官們總認為打仗是輕鬆的事，好像去避暑別墅度假似的。他們把大公贈予的禮物，如各種著名詩人寫的整套詩集都帶到前線去了。當然，這些都是由他們的勤務兵給背著了，壓得他們連腰都直不起來。他們總詛咒著自己的主子不得好死。萬尼克說，這些書一點用處都沒有，用

它捲菸抽吧？又嫌它太好太厚；拿它擦屁股吧？上尉先生，請恕我放肆，這種寫滿詩的紙會把屁股擦壞的；用它來讀吧？又沒有那麼多閒工夫，因為在前線總要跑路，還得把它們扔掉。後來他們的勤務兵就養成了一種習慣，只要一聽到砲聲就把這些沒有用的書全都扔掉。上尉先生，我聽了萬尼克的意見以後，我還是不放心，想再聽聽您的意見。當我打電話給您問問如何處理這批書時，您對我說，假如我的笨腦袋還不開竅，非得給我一記耳光才能奏效！就這樣，上尉先生，我就把這部小說的上卷拿到了營部，把下卷暫時留在我們連部。我心想，等軍官們讀完了上卷以後，再給他們發下卷，就像圖書館借書給讀者那樣。可突然團部來電話通知說，要開車了，營裡所有多餘的東西都要送到團部倉庫去。於是我又問萬尼克，這部小說的下卷是不是多餘的東西。他對我說，根據他在塞爾維亞、加里西亞和匈牙利的教訓，那些消遣的書沒有必要運到前線去。城裡士兵們用來裝紙的箱子倒是有用的東西，因為士兵們用來裝廢紙捲菸葉再適合不過了，士兵們在戰壕裡就是抽的這些東西。營裡已經發了這部小說的上卷，我們就把下卷送到倉庫去了。」

帥克沉默了一會兒，又馬上補充說：「倉庫裡存的東西真是琳瑯滿目啊！上尉先生，就連布傑約維采教堂唱詩班領唱人從軍時戴的大禮帽都有呢！」

「我跟你說，帥克！」盧卡斯上尉深深地嘆了一口氣說：「你一點都沒有意識到你幹了些什麼？只有我會罵你白痴，可除了叫你白痴又能叫你什麼呢？我叫你白痴還算是客氣的呢！你這次捅的亂子可太大了，可以說是我認識你以來所犯的最嚴重的罪了。帥克，你如果明白自己做了些什麼就好了……可你永遠也不會了解自己做了什麼……假如什麼時候有人談起這件事，你可別跟著一道嚼舌根、胡言亂語！也不要說我打過電話給你，說我讓你給那本書的下卷……假如什麼時候有人說起上卷怎樣怎樣，下卷又怎樣怎樣，你可不要去理睬他們，你什麼也不清楚，你什麼也不知道，你什麼也記不得。你千萬不要把我扯到裡面去，你是一個……」

盧卡斯上尉說話的聲音好像一個發高燒的人在喃喃胡說似的。當上尉沉默下來後，帥克又趁機提了一個幼稚的問題：「報告，上尉先生，請允許我再提一個問題，您為什麼說我永遠都不會知道自己做了什麼糟糕的事呢？上尉先生，我問您這個問題，只是希望下次不再做這種事了。人們通常說：『不經一事不長一智』。比如達尼科夫卡村的翻砂工阿達麥茲就是這樣，他錯把鹽酸喝了下去……」

他沒能把話說完，因為盧卡斯上尉不想再聽他的嘮叨而打斷了他。上尉說：「你這個蠢貨，我不會對你解釋什麼的，你還是滾回自己的車廂去吧！告訴巴倫，等火車到了布達佩斯，讓他給我送些麵包和肝泥餡餅到軍官車廂來，那些東西都放在床下面的箱子裡，是用錫箔包著的。然後，你再告訴萬尼克，他是頭笨騾。我已經給他下了三次命令，要他把全連官兵的準確人數報上來，今天我就需要這些資料，可我手裡現有的還是上星期的名單。」

「是，上尉先生！」帥克大聲應道，然後慢慢地向自己的車廂走去。

盧卡斯上尉沿著鐵路軌道慢慢地走著，他邊走邊想：「我本該給他幾記耳光的，可我不知道怎麼的，卻像跟朋友一樣和他聊了半天。」

帥克莊重地走進自己的車廂。他感到自己受到了尊重。一個人做了一件非常糟糕的事，可還要讓他永遠別弄清楚自己幹了什麼，這樣的事倒是很少見呢。

「上士先生，」帥克回到自己的車廂之後說：「我覺得上尉盧卡斯先生今天的心情特別好。他讓我告訴您，您是頭笨騾，因為他已經三次命令您把全連的準確人數告訴他了。」

「天哪！」萬尼克生氣地叫道：「我得把那些排長狠狠罵一頓。這件事能怪我嗎？要怪就要怪那些不聽命令的排長們。他們獨斷專行，想幹啥就幹啥。他們不把名單報給我，我能憑空捏造嗎？我們先遣連就是這個德行，這種事也只能發生在我們十一連。這我早就料到，早就知道了！我一點都不懷疑我們連這種亂七八糟的狀況。頭一天伙房裡少了四份飯，第二天又多了三份飯。我們連有人進了醫院，這幫強盜居然也不通知我一聲。上個月，我的名單中還有個叫尼科德姆的，一直等到發工資的那天，我才知道這位尼科德姆因為得了急性肺炎早已死在布傑約維采醫院裡了，可我們還一直給他領工資和口糧呢！我們還給他發過一套軍裝，上帝知道那套軍裝跑到哪裡去了。現在上尉先生居然叫我笨騾，那麼他自己把連裡的事管好了嗎？」

軍需上士萬尼克氣呼呼地在車廂裡來回走著說：「若是我當連長，我一定把連裡的事情搞得有條有理的，對每個士兵的情況都有個大概的了解，我一定讓上士每天向我報告兩次全連人員的名單。可我們現在的上士都是些飯桶，什麼事也幹不了。最糟糕的是那個叫齊卡的排長，整天油嘴滑舌，不務正業。我通知他，士兵科拉希克已經從他們排到運輸部隊去了，可第二天他報來的名單還是老樣子，好像科拉希克還在他們排裡。天天都是這樣亂糟糟的，最後還要說我是頭笨騾……如此下去，上尉先生會失掉人心的！連裡的軍需好歹也是個上士官銜，可是不什麼普通的上等兵，誰都可以拿來擦……」

巴倫一直張著嘴巴聽他們的談話，現在他代萬尼克說出了他還沒有說出的髒字詞「屁股」。也許他也想插進來跟大家聊聊天。

「這裡沒有你的事，給我一邊待著去！」軍需上士生氣地說。

「聽著，巴倫！」帥克說：「上尉先生要我轉告你，到了布達佩斯，你要給他送麵包和肝泥餡餅到軍官車廂去，那些東西在上尉先生床下的箱子裡，是用錫箔包著的。」

大漢巴倫立刻沮喪地垂下他那猩猩般的長雙臂，彎著背坐在那裡好一會兒。

「我不該。」巴倫望著車廂中骯髒的地板，絕望地小聲說道。

「我不該，」他斷斷續續地反覆說：「我想……我在開車前把它打開了……我聞了聞……看看它壞了沒有……結果，我嘗了嘗。」他終於坦白地、絕望地說出了這些話，於是一切都明白了。

「你連錫箔紙也一道吞下去了嗎？」軍需上士萬尼克站在巴倫的面前，感到一絲欣慰，因為他不用再費勁堅持自己的觀點了。他認為，上尉讓人轉告他，說他是頭笨騾，可他卻認為連裡不只有他這頭孤單的笨騾，別的笨騾也大有人在。現在全連官兵的數字總搞不清楚，不就證明連裡有許許多多的笨騾嗎？此外，他感到欣慰的是，現在的焦點已轉到這位永遠吃不飽的巴倫身上了，一個新的悲劇又開始了。這時萬尼克很想對巴倫說幾句難聽的話，可是炊事兵約賴達走了進來，他放下自己心愛的古印度佛經，轉向萬分悲痛的巴倫，這位遭受沉重命運折磨的人說：「巴倫，你得管自己，不要喪失對自己、對命運的信念，你不能把別人的功勞記在自己的帳上。今後，你碰到像偷吃別人東西這類的事，你該問問自己：『這肝泥餡餅與我又有什麼相干呢？』」

帥克覺得應該再舉個實際事例來這一步說明這個論點：「巴倫，上次你親口對我說過，你們家鄉快要宰豬做燻肉了。你知道這件事後就馬上打聽我們戰地郵箱的號碼，寫信讓家裡人快寄些燻肉來。現在你想想看，如果家裡人把燻肉通過郵局寄到我們連部，我們和上士先生都切下一塊肉，品嘗品嘗，覺得味道挺香。然後大家也都來切上一塊，結果你一塊我一塊，不一會兒就把那塊燻肉吃個精光，你怎麼想？我認識一個叫科采耳的郵差，他為了偷吃燻肉得了病，先是鋸了兩隻腳，後來是兩條小腿，再後來又鋸了大腿。要不是他死得及時，否則就得把他一段段地鋸光，就像削鉛筆那樣，把他一段一段削光。

你想想，巴倫，假如我們都像你吃上尉先生的肝泥餡餅那樣，把你的燻肉也都偷吃光了，你又會怎樣想呢？」

大漢巴倫沮喪地望著大家。

「全靠我跑上跑下地四處求人，」軍需上士萬尼克對巴倫說：「你才能留在上尉先生的身邊當勤務兵，要不然你就得隨救護隊到前線抬傷病員了。在杜克拉山下，為了從陣地上抬回一個被鐵絲網扎穿肚子的准尉，我們連續三次派擔架隊衝上去，但都遭到敵人砲火的轟擊而死在戰場上。直到第四批人上去把他抬了下來，可是在去包紮所的路上，准尉就死了。」

巴倫忍不住放聲大哭起來。

「真不知羞恥！」帥克蔑視地說了一句：「虧你還是個軍人……」

「我真的當不了兵，」巴倫哭喪著臉說：「我的胃口太大了，總是吃不飽。這都是因為我脫離原來生活的緣故。我們家世世代代都是大胃王。我可憐的老爸，他曾在普洛季維飯館跟人家打賭，說他能吃下五十根香腸和兩個大麵包，結果他贏了。有一次，我也曾同人家打賭，吃了四隻雞、兩盤麵餃和甘藍菜。在家時，我吃完午飯以後還想吃東西，就到貯藏室去切一塊肉，還讓人給我拿一罐啤酒、兩公斤燻肉。我家曾有個上了年紀的雇農，名叫沃麥拉，經常提醒我不要吃得太撐了。他記得他爺爺曾給他講過一個關於大胃王的故事，那是在很久以前的戰爭時期，天下大亂，連續八年鬧飢荒，田裡顆粒無收，人們窮得只能用乾草和給牲口吃的亞麻餅來烤成麵包。沒有麵包吃時，人們只好在牛奶裡放點奶渣也算過節了。這位大胃王莊稼漢因為經受不住這種荒年，只過了一個星期就死了……」

巴倫抬起他那愁苦的臉說：「我想，上帝會懲罰那些有錯誤的人的，但絕不會拋棄他們的！」

「上帝既然把人們帶到世界上來，他就會關心他們的。」帥克進一步評論說：「假如你犯了錯誤，那就應該受到懲罰，比如說把你送到前線去。我給上尉當過勤務兵，我可以讓他對我一百個放心。他從來不擔心我會偷他的東西吃。每逢領到一些特別的東西，他總是對我說：『你留著吧，帥克！』或者說：

『什麼？我要不了那麼多，給我一點就行了，剩下的，你想怎麼辦就怎麼辦吧！』我們住在布拉格的時候，他有時讓我去餐館買飯菜，我看餐館給的飯菜不多，怕他懷疑我在路上偷吃了一半，我便把自己僅有的錢拿出來又買了一份，免得他對我產生不好的印象。可是這事終究給他知道了，於是他讓我把飯館的菜單子拿回來讓他親自點菜。有一天，他點了一道填餡烤乳鴿。可餐館裡只給我半隻，我想上尉先生可能會疑心我把別半隻吃掉了，於是我就貼上自己的錢又買了一份，合併成一道豐盛的菜拿了回來。恰巧那天舍巴上尉先生也想找個地方吃午飯，便在中午前來我們上尉那裡串門，一起美餐了一頓。他吃飽以後說：『你別騙我了，這絕不是一份飯菜。世界上沒有哪家餐館會用整條鴿做這道菜的。等我今天取來錢，我就派人去這家飯館買這道菜。你坦率地對我說，這是不是兩份飯菜？』我的上尉當著他的面問我，要我作證說他只給了我一份飯菜的錢，因為他當時還不知道有人來訪呀！我回答說，他只給了我買一份普通飯菜的錢。於是我的上尉就說：『你瞧，這還算不了什麼呢，前些日子，帥克還給我拿來兩隻鵝腿當午餐菜呢！你想像一下，一碗湯、牛肉加小鯡魚汁、兩隻鵝腿、麵包，多豐盛呀！』

「嘖嘖嘖，他媽的！」巴倫嘖著嘴說。

帥克繼續說：「這下子可糟了！舍巴上尉先生第二天真的派自己的勤務兵到我們那家飯館去買午飯菜了。可他買來像配菜似的一點雞肉，就那麼兩小勺兒，好像是給剛滿六個星期的嬰兒吃的。舍巴上尉硬說勤務兵偷吃了半份菜。勤務兵說自己是無罪的。舍巴上尉先生給了他一記耳光，還要他以我為榜樣，說我是怎樣給盧卡斯上尉先生買到整份飯菜的。第二天這位挨了打的無辜的勤務兵又去那裡買飯菜，把我的事打聽的一清二楚，然後把這一切都告訴了他的上尉先生，而他的上尉又告訴了我的上尉。晚上，我正拿著報紙讀一條有關敵軍司令部的消息時，我的上尉進來了。他臉色蒼白，走到我的面前，問我一共替他付了多少次這種雙份飯菜的錢，說他全知道了，說我不管怎樣否認也沒用，說他早就知道我是個白痴，可是萬萬沒有想到我是個瘋子，說我給他丟盡了臉，說他現在最大的願望就是先把我槍斃掉，然後再把他自己也槍斃掉。『上尉先生，』我對他說：『在您接受我做您的勤務兵的第一天，您就說過，當勤務兵的都是小偷和壞蛋。當我看到那個飯店給的飯菜實在太少時，我想您可能也會認為我就是那種壞蛋，也把您的飯菜偷吃了……』」

「我的天哪！」巴倫小聲地說，彎下腰拿起盧卡斯上尉的箱子，便往後面車廂去了。

「後來，」帥克繼續說：「盧卡斯上尉把自己的口袋都搜了一遍，什麼也沒有搜出來，便從背心裡掏出一塊銀懷錶給了我。他很感動。『等我拿到了薪水，帥克，』他說，『你給我一份帳單，看我欠了你多少錢……這塊錶你先拿著。可別再發瘋了！』後來我們兩個人都窮得身無分文，我不得不把那塊錶送到當鋪裡去了……」

「你在後車廂幹什麼呀，巴倫？」這時軍需上士萬尼克問道。

可憐的巴倫沒有回話，他被噎住了。他打開了盧卡斯上尉的箱子，正在吃上尉的最後一個麵包。

又一輛裝滿德國歌手的軍列從這個車站一閃而過，沒有停車。他們是開往塞爾維亞前線去的。車上的歌手們還沒有從告別維也納的熱情中冷靜下來，一直不停地唱到這裡：

高貴的騎士，名將歐根王子，
想為皇帝重新奪回
貝爾格萊德要塞和其他城市。
他下令鋪路搭橋，
好讓士兵們從橋上開過河去，
以便他率領部隊逮進城市。

一個留著鬈毛八字鬍的班長把身體探向窗外，他的一隻手臂搭在另一個士兵的身上，那個士兵的一隻腳正伸在車廂外不停地晃動著。班長邊打著拍子邊高聲地唱著：

當大橋建好時，
大砲和車輛迅速越過了多瑙河，
在澤姆林城，摧毀了敵人大本營，
塞爾維亞人像喪家犬四處逃命。

突然，班長失去平衡，從窗口摔了下去，肚皮猛撞在岔道旁的槓桿上，槓桿刺穿了他的肚皮，把他掛在上面。列車繼續向前方飛馳。後面車廂中的人唱著另一支歌曲：

高貴的勇士拉德茲基伯爵，
發誓要把皇帝的敵人趕出命巴第城。
伯爵在維羅納城久久地等啊，
強大的軍隊終於到來了，
英雄們相聚無比振奮，
他率領部隊打得敵人潰不成軍。

當勇敢的班長被岔道槓桿刺穿肚皮死後不久，車站軍運管理處派來一位年輕士兵在他的屍體旁邊站崗。他手握刺刀槍，面帶嚴肅表情，筆直地站在岔道旁，彷彿為班長站崗是他最神聖的事業一樣。

這位青年是匈牙利人。當九十一團先遣營的人從火車下來看班長時，他大聲喊道：「不准靠近，不准靠近，車站軍運管理委員會命令禁止靠近！」他的叫嚷聲迴響在鐵軌的上空。

「他終於解脫了！」好兵帥克在好奇的人群中自言自語地說：「這樣也好，雖說他肚子上插了一塊鐵，很不雅觀，但至少大夥還能知道他埋葬在什麼地方呀，免得後人再到前線去找他的墳墓了！」

「還真的扎得那麼準，」帥克繞著班長的遺體走了一圈，像個行家一樣評論：「腸子都掉到褲襠裡了！」

「不准靠近，不准靠近！」那位年輕的匈牙利士兵喊道：「車站軍運管理委員會命令禁止靠近！」

「你在這裡幹什麼？」在帥克的背後響起了嚴厲的吆喝聲。

士官生比勒來到帥克的面前。帥克向他行了一個軍禮。

「報告，士官生先生，我在看這位死人。」

「你在這裡煽動什麼？這關你什麼事？」

「報告，士官生先生，」帥克嚴肅鎮靜地回答：「我從來不搞任何煽動！」

站在士官生面前的幾個士兵笑了。軍需上士萬尼克來到士官生的面前。

「士官生先生，」他說：「是上尉先生派傳令兵帥克到來打聽一下，看發生了什麼事情，然後好向上尉先生報告。我剛才在軍官車廂見到營部傳令兵馬杜西奇，他說營長派他來找你，讓你馬上去見札格納大尉。」

沒多久，上車的號聲響了，大家立刻向自己的車廂走去。

萬尼克和帥克並肩走著。他對帥克說：「帥克，在人多的地方，你最好別太高調，免得招來麻煩。如果那個班長是個德國人，他們就會說你幸災樂禍。那個比勒就是一個可怕的反捷克狂人。」

「我可什麼也沒說呀！」帥克若無其事地說：「我只是說，這位班長被刺得那麼準，腸子掉到褲襠裡了……他可以……」

「帥克，我們別再談這件事了！」軍需上士萬尼克吐了一口口水。

「反正都一樣，」帥克還嘮叨著：「他的腸子從肚子裡掉出來，是掉在這裡呢？還是掉在那裡呢？反正都一樣盡了自己的職責……他可以……」

「瞧，帥克！」萬尼克打斷了他的話：「為什麼營部的傳令兵馬杜西奇又跑到軍官車廂去呢？我真奇怪他為什麼還沒有去臥軌呢！」

前不久，大尉札格納和士官生比勒進行過一次激烈的談話。

「我很奇怪，士官生比勒！」大尉札格納說：「你為什麼沒有立刻向我報告有一百五十克匈牙利香腸還沒有發給士兵們呢？我只好親自去調查為什麼士兵們會空著手從倉庫走回來的事了。軍官們也一樣，好像命令不成其為命令似的。我不是說過嗎？要按連的順序到倉庫去領東西。這就是說，如果沒有從倉庫裡領到東西，也要按連的順序回到各自的車廂。士官生比勒，我曾指定你負責管好這裡的秩序，而你撒手不管，你高興了吧！不用費心去數香腸了。我在窗口看得一清二楚，你像沒有事的人一樣，居然去看一個死了的德國班長。後來，當我派人把你找回來以後，你不談工作，而是胡說什麼去那裡調查一下，是不是有人利用被扎死的班長來搞什麼煽動……」

「報告，十一連的傳令兵帥克……」

「別跟我提什麼帥克了！」札格納大尉大聲嚷道：「你不認為這是在搞反盧卡斯上尉的陰謀嗎？士官生先生，是我們派帥克去那裡的……你這樣看著我，好像我在刁難你……是的，我就是要刁難你！士官生比勒……你不懂得尊重自己的長官，千方百計地去醜化他，那我就給你一個任務，你，士官生比勒，你還記得在拉布車站的事嗎……你炫耀自己的知識……你等著瞧吧，等我們到前前線……我會命令你擔任偵察官去鑽鐵絲網的……你的報告呢？你來的時候，根本沒有給我什麼報告……就算只是什麼理論性的東西也沒有，士官生比勒……」

「報告，大尉先生[109]，士兵們沒有領到一百五十克匈牙利香腸，每個人只領到兩張明信片。請看，大尉先生……」

士官生比勒從明信片中拿出兩張交給營長。這些明信片是維也納軍事戰爭檔案館管理委員會印發的。當時館長是步兵將軍沃伊諾維奇。明信片一面畫的是一位俄國士兵，他是個長著大鬍子的俄羅斯莊稼漢，下擁抱著一個骷髏。漫畫下面用德文寫著：

背信棄義的俄國滅亡之日就是帝國勝利之時。

另一張明信片是日耳曼帝國發行的。這是德國人贈給奧匈帝國士兵的禮物。明信片的上方，用德文寫著「精誠團結」字樣，在它的下面是「絞刑架上的愛德華．葛雷」[110]圖畫。在圖畫的下面是一名奧國兵和一名德國兵正愉快地相互敬禮。

最下面有一首小詩，那是從格林茲《鐵拳》一書中摘錄來的。德國報紙在評論這首詩時說，格林茲的詩飽含著令人無法抑制的詼諧和令人忍俊不住的幽默，它像鞭子一樣狠狠地鞭打著敵人。

葛雷
在晴朗的高空下，豎著一座絞刑架，
愛德華．葛雷就要吊在那裡晃蕩啦！
執行絞刑的時刻終於到來了，
可我得對諸位說句大實話。
哪棵橡樹都不願意當這丟人的絞刑架，
讓猶大吊在自己的樹幹上，
無可奈何只好把他吊到
法蘭西共和國的白楊樹下。

札格納大尉還沒有讀完那飽含「令人無法抑制的詼諧和令人忍俊不住的幽默」詩句時，營部傳令兵馬杜西奇就走進軍官車廂。

他是由札格納大尉派到軍運管理處電話中心，去查詢有沒有新的命令的，結果卻帶回來旅部的一份電報。這是一封普通的明碼電報，根本不需要使用叫什麼「鑰匙」的密碼。電報內容很簡單：「迅速做飯，並向索卡爾挺進。」札格納大尉默默地搖了搖腦袋。

「報告，」馬杜西奇說：「軍運管理處主任請您去談話，那裡還有一份電報。」

然後，軍運管理處主任和札格納大尉進行了一次十分機密的談話。

他們認為，第一封電報根本無法執行，指揮部下這種命令簡直莫名其妙。現在先遣營還待在拉布車

109 作者注：軍官之間的全部談話都是用德語。

110 愛德華．葛雷（Edward Grey），曾任英國外交大臣，第一次世界大戰的挑動者之一。

站，怎能「迅速做飯，並向索卡爾挺進」？收報單位是九十一團先遣營並轉七十五團先遣營，而七十五團先遣營還在後面老遠的地方。署名是正確的，旅長里特・馮・赫伯特。

「這是機密，大尉先生！」軍運管理處主任神祕地說：「是你們師部發來的密電，說你們的旅長瘋了。在他從旅部向各處發了幾十封這樣的電報以後，就被送到維也納去了。到了布達佩斯，您還會收到一份這種電報的。當然他所發的電報會作廢，不過我們當時還沒有收到這方面的指示。現在我們已有了師部這唯一的指示，也就是我剛才說的那份指令，可以先不要考慮執行這些明碼電報。我之所以還得把這些電報發出去，是因為我還沒有收到我們軍運系統這方面的指示。不過，我已通過軍運系統的途徑給軍團司令部打了報告，他們已經著手調查了……」

「我是一個老工程兵出身的現役軍官，」他又補充說：「我參加過我們在加里西亞戰備鐵路的建築工程……」

「大尉先生，」他過了一會兒又說：「我們這些從普通士兵一步一步地升上來的老傢伙都被弄到前線來賣命了。今天鐵路系統的一些民用工程師，只要經過一年的義務考試，就可以成為軍政部的看家狗……噢！再過十分鐘，你們又要坐火車去前線了……我還記得，我們在布拉格士官生學校學習時，有一次，我作為比您高一年級的同學，幫您完成了單槓運動的動作。那一次我們兩個人都被罰不准出校門。您還同班上的一個德國同學打了一架。當時盧卡斯也在那裡，跟您是好朋友。當我從收到的電報中知道先遣營有哪些軍官要通過車站時，我又清晰地回憶起我們當年在一起的情景……這已經是好多年前的事了，那時候的日子是多麼的美好啊！……那時的士官生盧卡斯給我留下了極好的印象……」

整個談話使大尉札格納感到很彆扭。他很了解跟他談話的這個人。此人在士官生學校學習時，曾領導過反對派反對奧地利政府。這件事曾使他追逐名利的企圖受到了挫折。尤其令札格納不愉快的是他提到了盧卡斯上尉，說這位上尉先生總到處受到別人無緣無故的排擠。

「盧卡斯上尉是一位好軍官。」札格納大尉鄭重地說：「火車什麼時候開？」

軍運處主任看了看錶說：「還有六分鐘。」

「我走了。」札格納說。

「我想，您會對我說些什麼的，札格納！」

「那麼，再見！」札格納回答說，便離開了軍運管理處。

火車開走之前，札格納大尉回到了軍官車廂，看到所有軍官都已回到自己的座位上，分成幾攤在玩紙牌。只有士官生比勒沒有玩牌。

他在一頁一頁地翻閱著自己剛動手寫的有關戰爭場景的大疊手稿。他不僅想在戰場上有所建樹，而且還想成為一位非凡作家，能生動描寫各種重大戰爭事件。這位怪人，想要當一名卓越的軍事作家。他的著作嘗試是從擬選主題和設計書名開始的。雖然這些著作能反映那個時期軍團主義的各個方面，但都沒有詳細的提綱和寫作計畫，因此在稿紙上只寫著許多有待撰寫的作品標題：

《大戰時期中的軍人特點》、《誰發動了戰爭》、《奧匈帝國的政策與世界大戰的發生》、《戰爭筆記》、《奧匈帝國與世界大戰》、《戰爭中的教訓》、《有關大戰爆發的通俗講座》、《關於軍事政治的思考》、《奧匈帝國的光榮日》、《斯拉夫帝國主義與世界大戰》、《戰爭文獻》、《世界大戰史文獻》、《世界大戰日記》、《世界大戰每日一覽》、《第一次世界大戰》、《世界大戰中我們的王朝》、《軍備中的奧匈帝國各民族》、《世界霸權之爭》、《我在世界大戰中的經歷》、《我的從軍紀事》、《奧匈帝國的敵人是如何作戰的》、《勝利屬於誰？》、《我們的官兵們》、《我軍士兵值得紀念的業績》、《大戰期間的見聞》、《戰爭的吶喊》、《奧匈帝國英雄錄》、《鐵旅》、《我的前線簡集》、《我先遣營諸英雄》、《前線戰士手冊》、《戰鬥之日與勝利之日》、《我的戰地見聞錄》、《在戰壕裡》、《一位軍官的敘述》、《與奧匈帝國之子一道前進》、《敵機與我軍步兵》、《戰鬥之後》、《我們的砲兵是祖國的忠誠兒子》、《不怕所有魔鬼與我們作對》、《防禦與攻擊戰》、《血與鐵》、《不是勝利就是死亡》、《被俘的我軍英雄》。

札格納大尉走到士官生比勒身邊，翻看了他的全部手稿，問他為什寫這些東西，寫出來有什麼用。

士官生比勒十分高興地回答說，每一個書名表示會有一本書問世，有多少個書名，就會有多少本書問世。

「假如我在戰爭中犧牲了，我希望也能在我身後留下一點紀念物，大尉先生。德國教授烏多·克拉夫就是我的榜樣。他生於一八七〇年，自願參加這次世界大戰，於一九一四年八月二十二日在安洛犧牲。死前出版過《為皇帝捐軀的自我修養》一書。」

札格納大尉和士官生比勒一道走到窗口旁邊。

「士官生比勒，你還有什麼作品？請拿出來看看吧！我對你的這些東西很感興趣。」札格納大尉諷刺地說：「你把一個什麼本子塞到衣服裡了？」

「沒有什麼，大尉先生！」士官生比勒的臉紅得像孩子似的說：「請您自己看吧！」

筆記本上寫了一個標題：

奧匈帝國軍隊卓越而光榮的諸役概要

帝國皇家陸軍軍官阿道夫·比勒根據歷史研究資料彙編並評注

概要寫得極其簡單。先從一六三四年九月六日的內德林根戰役寫起，然後按時間順序寫了一六九七年九月十一日的岑塔戰役、一八〇五年十月三十一日的加爾迪耶羅戰役、一八〇九年五月二十二日阿什波恩戰役、一八一三年萊比錫的民族戰役、一八四八年五月的聖·羅西戰役、一八六六年六月二十一日的特魯特諾夫戰役，以及一八七八年八月十九日的攻占塞拉耶佛戰役。這些戰役的概要和特點彼此都是一樣，沒有什麼變化。士官生比勒用長方塊代表奧匈一方，用細線代表敵人一方。雙方都有左中右三路。雙方的後面都有後備軍。還有一些箭頭在示意著什麼。他所畫的內德林根戰役的圖與攻戰塞拉耶佛戰役圖完全一樣。像足球比賽一樣，開始時雙方運動員各自站在自己的位置上，那些箭頭則指示隊員們該朝哪個方向進攻。

札格納大尉也立刻想到比勒畫的圖跟踢足球的布局十分相似，於是他問道：「士官生比勒，你會踢足球嗎？」

比勒的臉更加紅了。他不安地眨著眼睛，似乎要哭出來的樣子。

札格納大尉面帶微笑繼續翻閱他的筆記本。當他看到奧地利和普魯士特魯特諾夫戰役圖的評注時，突然停了下來。

士官生比勒寫道：「不應該把特魯特諾夫作為戰場，因為多山地區不能使馬佐捷利將軍的師團充分發揮其優秀作用，而強大的普魯士軍隊居高臨下，威脅著我方，形成對我師團左翼的包圍之勢。」

「按照你的看法，」札格納大尉面帶微笑把筆記本還給了士官兵比勒，說：「只有特魯特諾夫是個平原，才能打這一仗了。你這個布傑約維采的貝

內德克[111]！」

大尉繼續說：「士官生比勒，你倒好，在部隊裡才待了這麼短的時間，就想去干預戰略性的問題了。你以為，這是像小孩子玩打仗那樣，可以隨便給自己封什麼將軍嗎？你這麼迫不及待就把自己抬高到這麼顯要的地位，真是可笑！帝國皇家軍官阿道夫・比勒！這樣下去，沒等到我們到達布達佩斯，你就會成為前線大元帥了！前天你還在家跟你父親一道做牛皮生意呢！皇家軍官阿道夫・比勒少尉！……老弟你現在連個正式軍官都不是呢！你只是個士官生罷了。你還掛在士兵和軍官之間打鞦韆呢！離正式軍官還遠著呢！你現在就像一個上等兵在飯館裡吹噓自己是『參謀部的上士先生』樣。」

他轉身對上尉說：「我說，盧卡斯，士官生比勒就在你們連，你得好好調教調教這小子！他自以為自己已是軍官了，那你就讓他在戰場上立功吧！等砲聲一響我軍衝鋒時，就讓他跟著自己的排去剪鐵絲網吧！順便說一句，希岡讓我問你好，他現在是拉布車站軍運管理處的主任。」

士官生比勒明白大尉與他的談話已經結束，敬了一個禮，紅著臉穿過車廂，走到車廂的盡頭走廊上去了。

他像個夢遊病人一樣推開廁所的門，望著門上用奧匈兩種文字寫的「只能在列車運行時使用」的字樣。他抽泣著，哽咽著，接著便輕聲地哭泣起來。後來他脫下褲子……一邊上廁所，一邊擦著眼淚，後來又從筆記本上撕下寫著「奧匈帝國軍隊卓越而光榮的諸戰役概要、帝國皇家陸軍軍官阿道夫・比勒彙編並評注」的那頁擦了屁股，讓它帶著被玷污的恥辱沖進了便池，再從便池小洞中掉到鐵軌上，在飛馳的軍列下面的軌道中間消失了。

士官生比勒在廁所洗臉池裡洗了洗哭紅了的雙眼，走到外面的走廊上。他下定決心，一定要成為強者，一個不畏艱難險阻的強者。他從早晨開始就頭疼肚脹，不大舒服。他走過最後一個包廂時，從敞開的房門中看到營部傳令兵馬杜西奇在跟營長的勤務兵巴柴爾玩維也納紙牌。他朝門裡看了一眼，咳嗽了一聲，那兩位牌友轉過身看了看他，便接著玩他們的牌了。

「你不知道該出什麼牌了吧！」士官生比勒問道。

「我的大牌都已出完了，沒有合適的牌可出了！」札格納大尉的勤務兵巴柴爾操著卡什貝爾山區的腔調用德語回答說。

「我該出方塊嗎？士官生先生。」他接著又問道：「出方塊是大牌，然後來一張老K……我應該這麼出……」

士官生沒有回答，便回自己的車廂去了。後來，旗手普勒斯納來找他一道喝白蘭地酒，說這是他賭牌贏來的。當他看到士官生比勒正在勤奮地讀著烏多・克拉夫的《為皇帝捐軀的自我修養》一書時，感到十分吃驚。

還沒等到列車到達布達佩斯，士官生比勒就已喝得酩酊大醉。他把身子探到窗外，向著荒涼的原野不停地叫著：「加油，以上帝的名義加油！」

後來，營部傳令兵馬杜西奇奉札格納大尉的命令，把比勒拉回到包廂裡，他和大尉的勤務兵一起把比勒安置在一條長凳上。在那裡，士官生比勒做了一個夢。

他的夢是這樣的。

他當了少校，胸前佩著綬帶和鐵十字章，正驅車去檢閱本旅的廣大官兵。但他不明白自己已統領了一個旅的軍隊，為什麼還是個少校軍銜呢？他懷疑，上級原本是任命他為「陸軍少將」的，可能由於軍郵公文工作的忙亂，才把少將錯寫成了少校的。

他暗自嘲笑札格納大尉怎樣在他們開赴前線時，在火車上威脅他說要讓他剪鐵絲網的。實際上，根據他向師部的建議，札格納大尉和盧卡斯上尉早就調到別的團、別的師、別的軍團去了。

還有人對他說過，他們兩個人已經臨陣脫逃，可恥地死在沼澤裡了。

---

111 貝內德克（Ludwig von Benedek），一八六六年奧普戰爭中任奧軍總司令，戰敗後被撤職。

後來，他坐著小汽車到前線陣地去檢閱本旅官兵時，才弄清楚，原來軍部是任命他為少將的。

士兵們在他的周圍湧動著，他們唱著一首他在奧地利軍歌集裡看到過的那支軍歌《問題就在這裡》：

英勇的弟兄們，勇敢地向前進！
狠狠地把敵人打翻在地，
讓皇帝的旗幟高高飄揚！

原野上的風景正如同《維也納畫報》中的插圖一樣。

在穀倉的右邊是我軍砲兵部隊，他們正朝著比勒的小汽車駛過的公路旁的敵軍戰壕轟擊著。左邊有一所房子，子彈正從裡面射出，外面有一個敵兵正用槍托砸門。在公路旁有一架敵機在燃燒著。在遠處，可以看到正馳騁著的騎兵隊和燃燒著的村莊。在那裡的一小塊高地上，我先遣營的士兵們藏在壕溝裡，他們的機關槍正朝著敵人猛烈射擊。敵人的工事也沿著公路延伸。此時，比勒的汽車正沿著公路朝敵人方向開去。

他用話筒對司機喊道：「難道你不知道我們要去哪裡嗎？前面是敵人！」

司機鎮靜地回答道：

「將軍先生，只有這條路還能走，還沒被破壞。走別的路，汽車輪胎會受不了的！」

愈接近敵人的陣地，火燒得愈旺。手榴彈在林蔭道兩邊的排水溝周圍不斷地爆炸著。

司機鎮靜地對著話筒說：

「這條路修得挺好的，將軍先生！在這條路上開車，輪子像抹了油一樣滑溜。假如我們拐到野地上，車輪一定會爆炸的。」

司機朝話筒又喊道：「您瞧，將軍先生！這條路修得棒極了，就是三十毫米半口徑的臼砲也拿它毫無辦法。這條路就像打穀場一樣平滑。假如在野外的石子路上開車，我們的車胎一定會放砲。那樣我們想往回開也不行了，將軍先生！」

「碰！」比勒聽到輪胎擦地的聲音，汽車跳了一下。

「將軍先生，我不是對您說了嗎？」司機對著話筒叫著：「這條路修得太棒了。剛才在我們車子的前面爆炸了一顆三十八毫米口徑的砲彈，可車子一個洞眼也沒有。公路也還是像打穀場一樣平滑。若是在野地上，車子早就放砲了。現在在離我們四公里的地方有機槍在對著我們掃射。」

「那我們往哪裡開呢？」

「等著瞧吧！」司機回答：「只要這條公路路況維持，我敢保證，什麼事都不會發生的。」

汽車飛馳著，驚人地飛馳著。突然「嘎」的一聲停了下來。

「將軍先生，」司機叫道：「您身上帶了作戰地圖嗎？」

比勒將軍打開燈，發現作戰地圖就在他的膝蓋上，但這是一八六四年奧普聯軍與丹麥爭奪黑爾戈蘭海灣的海域地圖。

「這裡是十字路口。」司機說：「兩條路都通向敵人的陣地。我覺得還是走這條路好，以免輪胎放砲。將軍先生……我得對參謀部的汽車負責……」

突然一聲轟鳴，震耳欲聾。他們看到，星星像車輪一樣大，銀河像凝乳一樣濃。

他和司機坐在一起，彷彿突然間被轟到了宇宙中間。汽車像被剪刀剪了一刀，分成兩半，只剩下用於戰爭進攻的前半部分了。

「幸虧您為了拿地圖給我看，從後座換到前座上來，否則就完了。這是四十二毫米口徑的大砲幹的……我早就想到，一旦到了十字路口，我們就不再走公路了。因為，除了三十八毫米口徑大砲的砲彈外，就只有四十二毫米的，其他口徑的現在都不再生產了。將軍先生！」

「現在我們往哪裡開？」

「我們往天上開，將軍先生！但我們必須避開彗星才行，它比四十二毫米的砲彈要厲害多了！」

「現在火星就在我們的下面。」過了好長時間，司機又說。

比勒又平靜了下來。

「你知道萊比錫各民族大戰的歷史嗎？」他問道：「比如一八一三年十月十四日前線大元帥施瓦岑貝格公爵前往利伯特科維采；十月十六日林登納之戰，麥爾維爾達將軍所指揮的戰爭，奧軍占領瓦哈夫；十月十九日萊比錫陷落……」

「將軍先生，」司機突然嚴肅地說：「我們已經到了天堂的大門口了。將軍先生，您下車吧，我們不能開進天堂的門口。這裡擠得很，全是軍隊。」

「從他們的身上開過去！」他對司機喊道：「他們就會躲開的。」

他從汽車窗口探出身子喊道：「小心點，你們這些笨豬！這些畜生，看到將軍來了也不知道向右看齊！」

司機冷靜地安慰他說：「叫他們躲開可難了！將軍先生，他們大多是頭腦受了重傷的人啊！」

比勒將軍現在才注意到，這些擠在天堂大門口的人都是各式各樣的殘疾之人。他們在戰爭中失去了自己身體的某一部分，可又把失去的那一部分放在自己的背囊裡，有頭、手、腳等。有一個砲手穿著破衣服在天堂的門口擠來擠去，在他的背囊裡放著自己的肚子和整個下肢。另一個後備軍人的背囊裡裝著半面屁股正朝著比勒將軍，那是在利沃夫戰役中被敵人打掉的。

「他們是為了天堂的秩序呀！」司機一邊回答說，一邊驅車在人群中穿行，「很明顯，是為了天堂的管理制度呀！」

進天堂大門必須回答口令才能放行。比勒將軍突然想起口令：「為了上帝和皇帝！」這才允許他們的汽車開進去。

「將軍先生！」當他們駛過天使新兵營時，一位長著翅膀的天使軍官對比勒將軍說：「您必須到最高統帥部大本營報到。」

他們接著駛過一個操場，那裡有許多天使新兵在學習喊：「哈利路亞」。他們又來到另外一群天使新兵的旁邊，有一位長著紅褐色頭髮的天使班長正在訓斥一個笨拙的天使新兵。他用拳頭捅著他的肚皮喊道：「把你的嘴巴張大些，笨豬！有這樣喊『哈利路亞』的嗎？你嘴裡好像咬著一塊麵包。我真想知道，是哪頭笨牛把你這個畜生弄到天堂裡來的？再試一次……什麼『哈拉哈拉』、『哈路哈亞』的？你這笨蛋，你為什麼在天堂裡亂嚷嚷呀？再來一次，你這頭笨驢！」

他們驅車繼續前進，走了很遠還能聽到那位天使新兵的尖叫聲：「哈拉——哈來——哈路——哈亞，」以及天使班長糾正他的叫聲「阿——利——路——亞，阿——利——路——亞！你這頭約旦牛！」

後來，他們看到一座大樓，在金色光芒的照耀下，就像布傑約維采的瑪利揚斯克兵營一樣。大樓的上方有兩架飛機，左邊一架，右邊一架。中間懸掛著一幅巨大的漆布橫幅，上面用德文寫著：

皇家王室上帝大本營

兩個穿著憲兵隊制服的天使把比勒將軍拉下來，抓住他的衣領，帶著他上到大樓二層樓上。「在上帝的面前，你得放規矩點！」他們來到樓上一扇大門前，天使如此叮嚀，然後把他推進門去。

在房間裡的牆壁上，掛著查理．法蘭茲．約瑟夫的王位繼承人法蘭茲．約瑟夫和威廉的肖像，以及約克多．丹克爾將軍、弗里德里希大公、康拉德．霍森多夫總司令等人的肖像。這時，上帝正站在房子的中間。

「士官生比勒，」上帝嚴厲地說：「你不認識我了嗎？我就是原十一先遣營的札格納大尉。」

比勒嚇得全身發抖。

「士官生比勒，」上帝大聲說：「你有什麼權力自封為將軍？你有什麼權力坐著司令部的小轎車在敵人陣地之間的公路上到處亂竄！」

「報告……」

「閉嘴，士官生比勒，現在是上帝在跟你說話。」

「報告！」比勒再一次哆哆嗦嗦地叫了一聲。

「那麼說，你不打算住嘴了！」上帝打開門吼道：「兩位天使，進來！」

兩位左邊翅膀上掛著槍的天使走了進來。比勒一看，原來他們就是馬杜西奇和巴柴爾。

上帝命令說：「把他扔到廁所裡去！」

於是比勒就掉到臭氣薰天的茅坑裡了。

在酣睡著的士官生比勒對面，坐著馬杜西奇和札格納大尉的勤務兵巴柴爾，他們正在玩「六十六點」紙牌。

「那小子臭得像鱈魚一樣。」巴柴爾看著面前的士官生比勒正難受地翻來覆去轉動著，冷冷地說：「他一定是拉了一褲襠的屎！」

「誰都會發生這種事的，」馬杜西奇用哲學家的口氣說：「隨他去吧，你又不需要替他換褲子。還是發你的牌吧！」

布達佩斯的上空已露出了微曦，探照燈的燈光仍在多瑙河的上空來回地掃描著。

士官生比勒彷佛又在做另一個夢了，因為他在說夢話：「請轉告我們英勇的部隊，他們在我心中已立起了一座愛戴與感恩的不朽豐碑。」

他一邊說著夢話，一邊翻著身。一股臭氣突然沖到巴柴爾的鼻子裡，把他嗆得吐了一口口水說：「真臭！跟自己拉了一褲襠一樣臭。」

士官生比勒愈是睡得不安寧，愈是翻來覆去地折騰。他新做的夢也更加荒謬離奇。他夢到自己正在奧地利王位的爭奪戰中保衛著林茲城。

他夢到林茲城的周圍是一片防守嚴密的碉堡、防禦壕溝和護城柵寨。他的指揮部變成了一所大醫院，到處都是捧著肚子的傷兵在打滾。拿破崙一世帶領著法國的龍騎兵來到林茲城護城柵寨的下面。

他這位城防司令正在城樓下，也捧著肚子，衝著一位法國談判使者嚷嚷：「請你轉告貴國皇帝，我絕不投降……」

後來，這位城防司令的肚子突然不疼了，帶著一個營的人馬從城裡衝了出來，越過護城柵寨，「凱旋」而去。他還看到，當法國龍騎兵用軍刀向林茲保衛者比勒砍去時，盧卡斯上尉奄奄一息地倒在比勒的腳跟前喊道：「上校先生，現在需要的是您這樣的男子漢，而不是什麼廢物上尉！」

林茲城的保衛者感激地從垂死的盧卡斯上尉身旁轉過身去。這時突然飛來一顆沙彈，打在比勒的屁股上。

比勒機械性地摸了摸褲襠，感到手上有點黏糊糊的，於是叫喊起來：「救護隊，救護隊！」接著便從馬背上摔了下來……

巴柴爾和馬杜西奇把士官生比勒從地板上抬起來，因為比勒剛從長凳上滾到了地板上，現在他們又把他放到原處。

後來，馬杜西奇到札格納大尉那裡彙報說，士官生比勒發生了怪事。

「這也許不是因為喝了白蘭地，」他說：「他可能是得了霍亂病。士官生比勒在許多車站都喝過水。在莫雄我還看見……」

「霍亂病不可能這麼快就會發作起來。馬杜西奇，你到隔壁包廂請醫師給他瞧瞧。」

營裡的「軍醫」叫費爾費。他是個老醫科大學生和學生團成員。他愛喝酒、愛打架，但在醫學上還是有些本領的。在奧匈帝國許多大學的醫學院讀過書，在許多醫院裡實習過，但從未獲得過博士學位。原因是他的叔父給他的繼承人留下的遺囑中有這樣一條：必須每年付給費爾費學醫的助學金，直到他獲得醫學博士學位為止。

這份助學金比醫院裡助理醫師的工資還要高出四倍，所以貝德日赫·費爾費碩士總是想方設法拖延獲得醫學博士的時間。

繼承人們都很惱火，說他是白痴，甚至強迫他娶個有錢的新娘，好擺脫他。貝德日赫・費爾費為了狠狠地氣氣這些人，他作為十二名成員學生團的成員，在維也納、萊比錫、柏林等地出版了一些相當不錯的抒情詩集，還經常在《純真》雜誌上發表文章，並若無其事地繼續讀他的書。

戰爭爆發了，這給貝德日赫・費爾費沉重的打擊。

這位寫過《笑歌》、《小罐與科學》、《童話與寓言》等作品的詩人，卻被無理地抓去當兵了。他叔父有一位遺產繼承人在軍政部工作，他千方百計地把這位熱忱的貝德日赫・費爾費弄成了「軍事醫學博士」，而且是通過筆試方法獲得博士學位的。他拿到一些卷子，上面有許多填充題要他回答，於是他就在卷子上千篇一律寫上「來親我的屁股」幾個字。可三天以後，上校通知他，說他已獲得各科博士證書，還說他早已具備博士資格，參謀部軍醫主任已分配他到附屬醫院工作，如果他表現好，就能很快晉升。又說他曾在許多地方與一些軍官決鬥過，這也是眾所周知的事了，但在今天這種戰爭時期，這一切都會被人忘記的。

就這樣，《小罐與科學》詩集的作者，咬著牙，就入伍當上了軍醫。

從他給病人治病的態度來看，他對生病的士兵倒是非常用心照顧的。他總是盡量安排傷兵在醫院多住些日子。由於當時有個口號「不要在醫院裡混，要在戰壕裡戰鬥！不要躺在醫院，要戰鬥在前方！」於是費爾費醫師被到十一先遣連，開往前線去了。

營裡的現役軍官瞧不起他，後備軍官也不把他放在眼裡，更不願意跟他交朋友，生怕同他來往多了會加深他們跟現役軍官之間的隔閡。

札格納大尉對於這位曾經長期留級並跟許多軍官決鬥過的假博士自然更是不滿。當「戰時醫師」費爾費從札格納身邊走過時，札格納大尉看都不看他一眼，而是繼續跟盧卡斯上尉聊著一些無聊的瑣事，比如聊什麼布達佩斯附近的南瓜產量挺高，等等。盧卡斯上尉則說他在士官生學校上三年級時，曾經同幾個非軍人出身的同學一道去斯洛伐克找一位福音堂的傳教師，是個斯洛伐克人。那人請他們吃烤豬肉配南瓜，然後給他們斟葡萄酒，還說：

南瓜，豬肉，
再加葡萄酒。

盧卡斯上尉認為這是對他們的侮辱。

「在布達佩斯，我們不能參觀很多地方了，」札格納大尉說：「根據行軍計畫，我們只能在那裡停兩個小時。」

「我覺得車子還在動，」盧卡斯上尉回答：「我們快到貨物轉運站了。這裡是軍用列車站。」

軍醫費爾費來到他身邊。

「沒有什麼要緊的事，」他微笑著說：「只是想提醒你們注意一下，有些先生總想當軍官，在布魯克軍官俱樂部時炫耀自己的戰略歷史知識，可是他母親給他寄到前線的一大包甜點心，他一下子就吃光了，這是很危險的呀！士官生比勒對我坦白說，從列車離開布魯克算起，他已吃了三十個奶油蛋捲，每到一站就只喝水。大尉先生，這不禁使我想起希勒的詩《誰說……》。」

「聽我說，醫師！」札格納大尉打斷了他的話：「先不要談席勒，還是談談士官生比勒究竟怎麼啦！」

軍醫費爾費笑了笑說：「你們的士官生比勒，一位渴望當軍官的人，他現在的病是拉肚子……既不是霍亂，也不是痢疾，很簡單，也就是一般的腸胃問題。他多喝了些白蘭地。你們的這位『渴望軍官頭銜者』，即使不喝白蘭地，也會拉肚子的，因為他吃家裡寄來的奶油蛋捲吃得太多了……簡直是個孩子……我知道，他在軍官俱樂部通常只喝四分之一公升，他是個禁酒主義者。」

費爾費醫師吐了一口口水說：「他常買林茲城裡的甜點心吃！」

「這麼說就沒有什麼要緊的了！」札格納大尉說：「可是，這種事……如果傳出去就不好了……」

盧卡斯上尉站起來對札格納大尉說：「我真的得謝謝這樣的排長……」

「我已幫他治了治，」費爾費還沒有收斂起笑容便說：「下一步就請營長處理了——我打算把士官生比勒轉給這裡的地方醫院——再開一個證明，說他得了痢疾、惡性痢疾……需要隔離……士官生比勒就會住到傳染病病房……」

「這絕對是一個比較好的辦法，」費爾費帶著神祕的微笑繼續說：「說他是拉肚子的士官生，或者說他是得了嚴重痢疾的士官生都行……」

札格納大尉轉身向盧卡斯打著官腔說：「上尉先生，你們連裡的士官生比勒得了痢疾，他得留在布達佩斯進行治療。」

札格納大尉彷彿感到費爾費微笑中有某種挑戰的味道，但當他再仔細看了一下這位軍醫，發現他的臉上卻是一種若無其事的表情。

「現在一切都辦妥了，大尉先生！」費爾費冷靜地回答：「這位渴望當軍官的人……」

他擺了一下手說：「每一個得了痢疾的人都會拉一褲襠屎的。」

就這樣，勇敢的士官生比勒就被送到匈牙利新布達城的傳染病醫院了。

他的那條沾滿屎尿的褲子就在世界大戰的漩渦中丟掉了。

士官生比勒的偉大勝利之夢也被禁錮在傳染病醫院一間病房中。

當士官生比勒知道自己得了痢疾時，他確實很高興。

為了皇帝陛下，無論是受傷或是患病都是在盡自己的責任啊！

後來他在醫院裡又碰到一點小麻煩，因為痢疾病患者的床位都已住滿了病人，士官生比勒只得轉到霍亂病房。

參謀部一位匈牙利軍醫讓士官生比勒洗過澡之後，在他的腋下塞了一支溫度計，一量體溫，搖搖頭說：「三十七度！患霍亂病最糟糕的跡象就是體溫急劇下降，病人表情冷漠。」

士官兵比勒的表情也確實比較平淡，他非常冷靜，只是反覆地念著：「反正都是為皇帝陛下受苦。」

參謀部軍醫又讓護士把體溫表塞進他的肛門。

「霍亂後期，」參謀部軍醫想了想說：「這是霍亂後期症狀，病人極度虛弱，對周圍的環境沒有反應，神智不清。他的微笑是病人臨死前痙攣所致。」

當他們把體溫塞進士官生比勒肛門時，他像個英雄般，一動也不動，在這種擺布下，他確實像一個殉道者在微笑著。

參謀部軍醫暗自認為：「這是霍亂病人慢慢走向死亡的徵兆，是一種消極的姿態……」

他又向一位匈牙利醫護下士詢問，士官生比勒在澡盆裡是否嘔吐和腹瀉過。

他得到了否定的回答後，望了望士官生比勒。他認為，霍亂病人如果突然停止腹瀉或嘔吐，這也應該如同前面的結論，是一種病人臨死前幾個小時的症狀。

他們把士官生比勒脫得赤條條的，在溫水盆裡洗了洗，然後他被一絲不掛地抬到床上。他感到很冷，渾身發抖，牙齒直打顫，全身起雞皮疙瘩。

「你們瞧！」參謀部軍醫說：「牙齒打顫得厲害，四肢冰涼，沒有救了！」

他彎下身子用德語問士官生比勒：「你覺得怎樣？」

「很——很——很好——好。」士官生比勒打顫地說。

「他神智一會兒模糊，一會兒又清醒。」參謀部軍醫說：「他的身體極度消瘦，嘴唇和指甲本應是黑的……不過，在我見過的霍亂病人中，嘴唇和指甲不發黑就死去的，這已是第三例了……」

他又俯身望著士官生比勒，用匈牙利語說：「心臟已不跳了……」

「給給給……我……被子。」士官生比勒渾身發抖地請求道。

「他剛才說的話，就是他最後一句話了！」參謀部軍醫對醫院裡那位匈牙利醫護下士說：「明天把他和柯赫少校一起埋掉。他很快就會死去的。他的死亡證明書在辦公室嗎？」

「可能在那裡。」醫護下士平靜地回答說。

「被被被……子……」士官生比勒朝著正在離去的人影的背影打顫地喊道。

在這個有十六張病床的大病房裡，一共住了五個人。其中一個人已經死去，他是在兩小時以前嚥的氣，用床單蓋著。他的名字和發現霍亂病菌的那位學者羅伯・柯赫一樣，就是剛才參謀部軍醫提到的那位少校柯赫，他明天將同士官生比勒一塊埋葬。

士官生比勒從床上坐了起來，第一次看到一個得了霍亂病的人是怎樣為皇帝陛下盡忠而死去的。他看到四個人中有兩個死掉了，他們先是喘不過氣來，臉色發青，嘴裡喃喃自語，也聽不清他們在說些什麼，彷彿是一種被憋得喘不過氣來的嗓子所發出的嘶啞聲。

另外兩個人像患了傷寒的病人那樣，經過非常強烈的反應後才恢復了健康。他們都曾痛苦地大叫大嚷著，那骨瘦如柴的雙腿猛烈地踢著被子。一個大鬍子醫護兵站在他們的身邊，俯身用施蒂斯方言對他們說（士官生比勒能聽懂這一方言）：「我也得過霍亂，親愛的先生們，可我沒有踢過被子。你們現在可好了，還有一段時間的休假期呢，一直到……」

「別踢了！」他朝那個把被子踢過腦袋的病人喊道：「我們這裡是不准病人這樣鬧的。你應該高興才是，你現在只是有些發燒，至少不會伴著樂曲被送到太平間去。你們二位總算脫離危險了。」

他又看了看周圍病人的情況。

「瞧，那裡又死了兩個人。那是我們早已預料到的。」他和氣地說：「你們應該慶幸才是，你們已熬過這一關了。我得去取被單。」

不久，他又回到這裡，說他已用被單把那個嘴唇完全變黑了的病人蓋起來了，說他如何把他們那雙指甲已經變黑、臨死前握得很緊的手掰開的，又如何費力地把死者伸出來的舌頭塞回嘴裡去的。然後，他跪在床前念著禱詞：「聖母瑪利亞，上帝之母！」

這時，這位施蒂斯人、老醫護下士又看了看這兩位日趨好轉的病人，發現他們正在說夢話，他才寬下心來，因為這證明他們已經獲得新生了。

「聖母瑪利亞，上帝之母！」他反覆地祈禱著。突然，一位光著身子的人拍了一下他的肩膀。

他就是士官生比勒。

「您聽我說，」他說：「我……洗了個澡……是他們給我洗的……我想要條被子……我好冷。」

「這是個特殊的病例，」半個小時以後，參謀部軍醫對蓋著被子的士官生比勒說：「您是個初癒病人，士官生先生，我們明天得把您送到塔爾諾夫的後備醫院去。您還是個霍亂病菌的攜帶者……我們治療霍亂病已有很長一段歷史了，對這種病的來龍去脈全都清楚。您是九十一團的吧……」

「是十三先遣營，」醫護下士代士官生比勒回答：「十一連的。」

「您寫吧，」參謀部軍醫說：「茲介紹九十一團十三先遣營十一先遣連士官生比勒前來塔爾諾夫霍亂醫院進行觀察。他是霍亂病菌攜帶者……」

就這樣，士官生比勒從一個熱情的戰士變成了霍亂病菌攜帶者。

2 在布達佩斯

在布達佩斯的軍運車站上，馬杜西奇拿到一份旅部給札格納大尉發來的電報。這是那位已被送到療養院治療的倒楣旅長簽發的。電報的內容同上一站的明碼電報一樣：「迅速做飯，挺進索卡爾。」但又增加了幾句：「運輸兵編入東線部隊，停止偵察工作，派十三先遣營去布格河上架橋。詳請見報紙。」

札格納大尉馬上來到車站軍運處。一個矮胖子軍官帶著友善的微笑接待了他。

「這又是你們旅長大人幹的好事吧！」他一邊哈哈大笑，一邊說：「但是我們還是把這些蠢話寄給你們，因為我們還沒有接到師部的命令，說他的電報不能發。昨天七十五團十四營從這裡經過，營長在這裡收到一份電報，說讓他給每位士兵六個克朗作為攻克普舍米斯爾的獎勵，還讓每個士兵從這六克朗中拿出兩克朗交到這裡辦公室，作為購買公債之用……據可靠消息，你們的旅長大人中風了！」

「少校先生，」札格納大尉問軍運處主任：「按照團部命令，我們要向格德勒進發。每個士兵應該在這裡領到一百五十克瑞士起司。在上一站，我們也該領到一百五十克匈牙利香腸，可是他們什麼也沒有領到。」

「想必你們在這裡也不會領到什麼。」少校回答說，他總是愉快地微笑著：「我沒有聽說過有給你們捷克部隊發東西的命令。再說，這也不關我們的事，還是請您找軍需處去吧！」

「我們的車子該什麼時候開出？少校先生！」

「在你們前面，有一輛裝著重砲的列車要開往加里西亞去，它在一個小時以後開出。大尉先生，在第三軌道上有一列醫護車，在重砲車開出後二十五分鐘之後開出，在第十二軌道上是一列裝著彈藥的火車，它在醫護車開走十分鐘之後開出。然後，再過二十分鐘，就輪到你們的車開出了。」

「如果沒有變化的話。」他又笑容滿面地補充說。這使得札格納大尉十分厭煩。

「請問，少校先生，」札格納問道：「您是否知道，有沒有關於捷克部隊每人發一百五十克瑞士起司的事？」

「對不起，這是機密。」布達佩斯車站軍運處主任總是微笑著回答說。

「我真是自找沒趣！」札格納大尉從大樓裡走出來，暗自懊悔著：「我真糊塗，為什麼讓盧卡斯上尉召集所有排長帶他們的士兵去倉庫領瑞士起司呢？」

十一連連長盧卡斯上尉還沒來得及按照札格納上尉的指令讓連裡的士兵去倉庫領取一百五十克瑞士起司，帥克和可憐的巴倫已經出現在他的面前。

「報告，上尉先生，」帥克帶著慣有的機靈說：「問題太嚴重了，上尉先生，我想我們能不能換個地方談這件事？就像我的一位朋友史巴金納說的那樣，當他在婚禮上擔任儐相時，突然想起在教堂裡……」

「你究竟要說什麼！帥克！」盧卡斯上尉忍不住打斷了他的話，急著回答：「好吧！我們就到別的地方去談吧！」

巴倫跟在他們後面，仍不停地打著哆嗦。這位大漢已完全失去控制，兩雙手總是痛苦地擺動著。

「到底是怎麼一回事，帥克？」當他們走到一邊時，盧卡斯上尉問道。

「報告，上尉先生，」帥克說：「通常，一個人做錯了事，等人家揭發出來後才交代，那樣事情就會一團糟了！最好是自己搶先認錯才對。您曾明確指示，上尉先生，到了布達佩斯時，叫巴倫把您的肝泥餡餅和麵包送到您的車廂裡。」

巴倫的手抖動得更加厲害，好像眼前遇到凶狠的敵人似的。

「這個命令，」帥克接著說：「可惜已無法執行了……我已經把它吃掉了。」帥克邊說邊捅了一下十分驚恐的巴倫，「因為我想，肝泥餡餅可能已經壞了。我曾在報紙上看到過，有的人家吃了肝泥餡餅，全家人都中了毒。一次在茲德拉哈，一次在貝洛納，一次在塔博爾，一次在姆拉達・博列斯拉瓦，還有一次在普希布拉姆。所有中毒的人都死了。肝泥餡餅是最糟糕的食品……」

巴倫抖抖嗦嗦地站在一旁，把手指塞到嗓子裡，不一會兒嘔吐起來。

「怎麼啦，巴倫？」

「報——報——告！上——上——尉，」可憐的巴倫等嘔吐稍微好些時喊道：「我——我——把它——吃——吃了！」

可憐的巴倫從嘴裡吐出來幾塊包食物的錫箔。

「您瞧，上尉先生，」帥克若無其事地說：「正像油浮在水面上一樣，吃進去的香腸總會吐出來的。我本想把這件事攬在自己身上的，可這個笨蛋倒自己露了馬腳。他可是個大好人呀！不過他把人家託付他保管的食物統統吃了。我也認識這樣一個人，他在一家銀行當傭人。他為人老實，您可以對他放一百個心。有一次，他到另一家銀行領錢，銀行裡的人多付給他一千克朗，可他當場把錢還了回

去。可是您讓他去買十五分錢的熟牛肉，他會在回來的路上吃掉其中的一半。他就是這麼個大饞鬼。有一次，銀行職員們讓他去買肝泥灌腸，他在路上用小刀割了一小塊吃了，然後用一塊英國橡皮膏把那口子封上。其實，用這塊橡皮膏的錢可以買五個那樣的小灌腸呢！」

盧卡斯上尉嘆了一口氣走開了。

「您有什麼指示嗎？上尉先生。」帥克追著他喊道。這時巴倫還是不停地用手指挖自己的喉嚨。

盧卡斯上尉擺擺手，向倉庫走去。他突然產生了一種奇怪的想法：如果士兵們竟敢偷吃長官的肝泥灌腸，可見奧地利是不能打贏這場戰爭的。

這期間，帥克把巴倫帶到軍運鐵路線對面的地方，安慰他說，他們一塊到城裡去看看，從那裡買些匈牙利小香腸帶給上尉先生。帥克把匈牙利王國首都想成了販賣香腸特產的地方，也是不足為奇的。

「這樣做，我們會耽誤上車的。」巴倫考慮自己還吃不飽肚子，哪裡還有那麼多錢買別的東西，便抱怨起來。

「假如上前線，就不會誤了車。」帥克說：「因為所有去前線的火車都知道，如果不多等一會兒，車子開到終點站就只有半車人了。其實，我很了解你，巴倫，你是怕花錢。」

可是他們那裡也沒去成，因為上車的號聲已經響起來了。各連士兵再次兩手空空地從倉庫回到自己的車廂。他們本來可以在這裡每人領到一百五十克瑞士起司的，可現在每人只領到一盒火柴和一張奧地利軍人墓地委員會（維也納卡尼祖斯大街十九之四號）發行的明信片。一百五十克瑞士起司沒有拿到，發給他們的是一張西加里西亞的謝德列茲軍人公墓畫，畫上有一座民團陣亡戰士紀念碑，那碑是一位逃避上前線的雕塑家、一年制志願兵舒茲上士的作品。

軍官車廂裡群情激昂。先遣營的軍官們聚集在札格納大尉的周圍，他正激動地向大家解釋著什麼。他剛從軍運管理處回來，手裡拿著旅部發來的一份機密電報，電文很長，是關於如何應付一九一五年五月二十三日奧地利發生的新局勢的指示。

旅部來電說，義大利已向奧匈帝國宣戰。

還在萊塔河畔布魯克城時，軍官們就常常議論著義大利的種種奇怪行徑。但誰也沒料到，今天的事實倒是真的應了那位白痴士官生比勒的預言。有一天晚上，他把裝著通心粉的盤子一推說：「等我到了義大利維羅納城下再吃吧！」

札格納上尉看完剛從旅部發來的電報指示後，立即下令吹集合號。

當先遣營全體官兵集成排成方陣以後，札格納大尉用十分莊重的聲調向大家宣讀了旅部給他拍來的電令：

> 義大利國王本是我帝國的盟友，但他出於無比的貪婪，忘記了我們兩國兄弟般的聯盟，不但不履行自己應盡的義務，反無恥地背叛我們的盟約。大戰爆發以來，他本應與我勇敢的軍隊並肩作戰，而這位背信棄義的義大利國王卻扮演著偽君子的角色，口是心非，與敵人暗中勾結，於五月二十二日夜至二十三日，其背叛行為達到了登峰造極的地步，公然向我帝國宣戰。我最高統帥深信，我們勇敢和光榮的軍隊必將給這種無恥叛逆的敵人以沉重打擊，使其明白，以無恥奸詐之心發動戰爭，必將自取滅亡。我們堅信，在上帝的幫助下，不久就會在義大利平原上重又出現像聖盧西亞、維琴察、諾瓦拉、庫斯托采等那樣偉大的征服者及其偉大勝利。我們渴望勝利，我們必須勝利，我們一定會勝利！

然後是老一套的高呼「萬歲」。士兵們各自回到自己的車廂，都感到有些驚訝。一百五十克瑞士起司沒有吃到，卻迎來了一場對義大利的戰爭。

在車廂裡，帥克、上士萬尼克、通信兵霍托翁斯基、巴倫和炊事兵約賴達就義大利參戰的事進行了一場有趣的談話。

「在布拉格的塔博爾街也出現過這樣的事情。」帥克第一個先說：「在那條街上有一位叫霍舍依希的老闆。他家的斜對門住著另一位老闆，叫波什莫爾尼，也開了一個鋪子。在這兩家鋪子之間，還有一位雜貨鋪的老闆，叫哈夫拉薩。有一天，這位霍舍拉希老闆突然想起要與哈夫拉薩雜貨鋪老闆聯合起來，反對波什莫爾尼老闆。他們搞定兩個鋪子聯合後，就叫做『霍舍依希—哈夫拉薩公司』。但是，這位雜貨鋪的老闆哈夫拉薩卻去找波什莫爾尼老闆，說霍舍依希老闆已出了一千二百塊錢給雜貨鋪，想跟他合夥辦公司。如果波什莫爾尼肯付一千八百塊錢，他願意同波什莫爾尼老闆合作反對霍舍依希。結果他們就這麼定了下來。這位哈夫拉薩老闆在被他出賣了的霍舍依希老闆面前總是裝傻不提此事，仍假裝他是霍舍依希最好的朋友。假如霍舍依希提起聯合經營的事，他總是推說：『嗯，事情快了，就等從別墅來的房客了！』後來，當房客紛紛到來的時候，也真的像他答應霍舍依希樣，聯合經營的事果真辦妥了。霍舍依希有一天早晨打開鋪門一看，自己競爭對手的鋪子門口掛了一塊大牌子『波什莫爾尼—哈夫拉薩聯合公司』」。

「在我們家鄉也發生過這樣的事情，」愚笨的巴倫插話說：「我曾到鄰村去買一頭奶牛，已同賣主談妥了價錢，可是後來沃季茲的一個屠夫硬是在我的眼皮底下把那頭牛給買走了。」

「我們現在又要多打一場新的戰爭了！」帥克繼續說：「我們又添了一個敵人，又開闢了一條新的戰線。這樣，我們的子彈就得省著點用了。正像莫托爾的霍瓦勒茲所說的『家裡孩子多了，就要多幾條鞭子』。他對鄰居家的孩子也總是不分青紅皂白地亂打一頓。」

「我只是擔心，」巴倫全身哆嗦著說出自己擔心的事：「為了對付義大利，我們的口糧又會減少了。」

軍需上士萬尼克想了一想，然後嚴肅地說：「這一切都可能發生，因為這樣一來，我們取得戰爭勝利的時間就會往後拖延了。」

「我們現在正需要有像拉德茲基那樣的人物，」帥克惋惜地說：「因為他很熟悉那一帶的地形，又知道義大利人的弱點，懂得該從哪裡進攻。懂得從哪裡進攻可不是一件容易的事！誰都會發起進攻，但能否達到預期的效果，這卻是一門真正的軍事藝術。一個人要從那裡進去，就得弄清周圍的情況，否則就會陷入悲慘的絕境。從前，在我們家鄉的一所老房子的閣樓上，抓住了一個小偷。這小偷爬進屋裡以後，看見泥瓦匠們正在修理天窗，他就躲開了。後來他打死了一個看院子的人，就順著溜進那個天窗裡，可是從那以後就再也出不來了。然而，我們的拉德茲基對義大利的每一條道路都知道得一清二楚。他們根本就逮不到他。有一本書詳細描寫了他怎樣從聖盧西亞跑出來的事，也寫了義大利人又是怎樣逃跑的。直到第二天，拉德茲基才發現他終於贏了。因為義大利人都已跑光了，他還用望遠鏡四處看了看，也沒有發現義大利人的蹤影。於是，拉德茲基才重又回去占領了那個曾一度失守的聖盧西亞。打這裡起他就晉升為元帥。」

「義大利確實是個好地方。」炊事兵約賴達插話說：「我去過一趟威尼斯。義大利人總喜歡把人稱為笨豬。他們一發起脾氣來，周圍的人就都成了笨豬。在他們眼裡連教皇也成了笨豬了。」

軍需上士萬尼克反而對義大利有著特殊的感情。因為他在卡拉羅比開了一家小商店，賣些檸檬汁等商品。那些檸檬汁都是用爛檸檬做的，其中最便宜和最爛的檸檬都是從義大利買來的。如今要跟義大利打仗，從義大利運檸檬到卡拉羅比也就告吹了。毫無疑問，跟義大利打仗準會帶來各種意想不到的問題，因為義大利人一定會千方百計地報復奧地利的。

「談到報復的事，」帥克微笑著說：「有一個人總想報復別人，就找了一個人作他的報復工具，結果那個當報復工具的人卻沒有得到好下場。幾年前，我住在維諾堡時，在我樓下住著一位銀行職員。這位銀行職員經常到卡拉麥利瓦街一家啤酒鋪喝酒。有一次，他在那裡跟一個人吵起來。那人在維諾堡開了一個驗尿研究所。這個人什麼話都不說，總是一心拿著驗尿瓶子往別人手裡塞，讓人家撒尿給他拿去化驗。說這種化驗關係到病人和全家人的幸福。而且花錢也不多，只要六克朗。所有去過酒館喝酒的人，甚至酒館老闆、老闆娘，都曾把尿拿去化驗過，只有這位銀行職員執意不幹。不過那位先生還是耐心地追著他，那位銀行職員去上廁所，他就在門外等著，等人家上完廁所出來時，他總是關心地說：『斯科爾科夫斯基先生，我不知道為什麼，總直覺您的尿有什麼問題。您最好撒泡尿裝在這個瓶子裡吧，否則就晚了！』他終於說服了那位銀行職員，讓他花了六個克朗。那位先生做化驗時給他尿裡加了點糖，正像他曾經給酒館的其他人加糖一樣，就連酒館老闆也不例外。這個酒館後來也毀在他手裡，因為他總是對化驗的人說，你的病很嚴重，不能喝酒，不能抽菸，不能討老婆，只能喝水、吃蔬菜。因此這位職員和所有其他人都非常恨他，便選定了那位看院子的人當他們的報復工具，因為大家知道，那位看院子的工人是個心狠手辣的人。有一天，銀行職員對那化驗尿的先生說，看院子的工人已病了好些日子了，想請他明天早晨七點鐘去取他的尿給化驗一下。第二天早晨他真的來了，可看院子的工人還在睡覺，這位先生就去叫醒他，並和氣地對他說：『您好！我尊敬的馬來克先生。給您這個瓶子，請把尿撒在裡面，再給我六個克朗。』這一下可把事情鬧大了。看院子的工人穿著三角內褲，猛地從床上跳起來，抓住那位先生的脖子，拉著他往櫃子上撞，撞了一會兒，又把他塞進櫃子裡，後來看院子的工人又把他從櫃子裡拉出來，抓起一根鞭子抽他，穿著三角褲一直把他趕到切拉柯夫斯卡大街上。那位先生就好像狗被踩著尾巴一樣嗷嗷直叫。在哈夫利契柯瓦大街上，那位先生才慌忙跳上一輛電車逃走了。而那位看院子的工人卻被警察抓個正著。後來，他又跟警察吵架，結果因為他穿著三角內褲上街，什麼都露出來了，有傷風化，警察就把他扔進警車裡，帶到警察局。他在車上還不老實，仍像野牛似的大聲嚷著：『你們這些混蛋，我要讓你們看看，他是怎樣驗我的尿的！』結果他因當眾傷人，加上謾罵警察被判了六個月徒刑。在宣判時，他又謾罵地方官員。也許他現在還在坐牢呢！因此，我說，想報復別人，會殃及無辜的！」

這時，巴倫正發愁地想些什麼，最後才鼓起勇氣問萬尼克：「請問，需軍上士先生，您真的認為這次對義大利交戰會影響到我們的口糧嗎？」

「這是再明顯不過的事！」萬尼克回答說。

「我的上帝啊！」巴倫叫了一聲，雙手捂著頭，悄悄地坐到一個角落裡去了。

這個車廂裡關於義大利宣戰問題的一場討論就到此結束了。

在軍官車廂裡，軍官們正在談論義大利參戰後新的布局問題。由於著名軍事理倫家、士官生比勒未能出席，因此討論相當枯燥無味。後來幸虧三連的杜布中尉來了，討論才活躍起來。

杜布中尉入伍前是一位捷克語老師。他在教書期間就千方百計地到處顯示他對帝國的忠誠。在語文考試時，他給學生們出的作文題就是有關哈布斯堡王朝歷史的問題。他對低年級的學生講神聖羅馬皇帝馬克斯米利揚是怎樣爬到懸崖上下不來的，講奧地利皇帝約瑟夫二世怎樣御駕躬耕和斐迪南一世皇帝又是怎樣成為白痴的，以此來嚇唬孩子們。給高年級學生講的題材就更加混亂了。例如，他給七年級的學生出的作文題目就是《法蘭茲・約瑟夫一世皇帝是科學和藝術的庇護者》。有一個七年級的學生因為在寫這篇作文時，誤寫了這位皇帝最大的功績就是在布拉格建造了法蘭茲・約瑟夫一世大橋[112]，結果被開除學籍，奧匈帝國所有中學也都不得收他為學生。

每逢皇帝壽辰和其他皇家慶典時，他都讓學生們高唱奧地利國歌。與他共事的人都非常討厭他，因為大家都知道他是個愛告密的小人。在他任教的那個城市裡，他和中學校長、縣長，是三個當地最大的混蛋，他們組成了「三葉派」。在這個小集團裡，他學會了如何看奧匈帝國的臉色來耍政治權術。現在他正在用一個因循守舊的教書匠的腔調講述自己的理念：

「總而言之，我對義大利的宣戰並不感到吃驚。在三個月前，我就已料到義大利會這樣做。前不久，義大利與土耳其爭奪特里波利斯[113]取得勝利後就日益不可一世了。此外，它也過高地估計了自己海軍的力量了，以為我們在亞得里亞海沿岸各省和我國南部蒂羅爾省的居民都會擁護他們。還在大戰以前，我就對我們家鄉的縣長說過，我們政府不要低估了南方民族統一主義運動。他非常贊同我的看法，因為每一個關心帝國興亡的有識之士，都早已看出，如果我們過分寬容這些分子，是不會有好結果的。我清楚地記得，大約兩年前，我曾跟我們的城裡的長官作過一次談話，我說，當我們的領事普羅哈斯基在巴爾幹戰爭中出醜時，義大利就已經在等待時機攻打我們了。現在不是已這樣幹了嗎？」他大聲喊著，好像在跟所有人爭論似的。其實，所有在場的軍官都恨不得讓這位不懂軍事的空談家快點滾開呢！

「老實說，」他用比較溫和的聲音說：「我們在很多方面，甚至在學校的課程裡，都忘記談到我們與義大利之間的問題，忘記了我們軍隊在一八四八年和一八六六年打敗義大利那些偉大的、光榮的、勝利的日子。這一點在今天旅部的命令中也已經談到了。但是，我還是一直在盡自己的職責的。在上一個學年結束之前，也就是戰爭剛開始的時候，我就給學生們布置過這樣的作文題『我們的英雄在義大利，從維森查到庫斯托查，或者……』」

這位愚蠢的杜布中尉還鄭重地用德語補充說：「把我們的鮮血和生命獻給哈布斯堡王朝，獻給統

112 布拉格只有著名的查理大橋，為查理大帝所建，而沒有法蘭茲約瑟夫一世大橋。

113 義大利與土耳其在一九一一至一九一二年間的一場戰爭。

一、團結和偉大的奧地利……」

然後，他沉默了一會兒，顯然是在等待軍官車廂裡的其他軍官對當前的新形勢發表看法，他好再一次向大家證明，他在五年前就已看出義大利有朝一日會背叛自己盟友的。但是他完全失望了，因為營部傳令兵馬杜西奇從火車站取來晚報版的《佩斯使者報》交給了札格納上尉。大尉看了一下報紙說：「你們瞧，我們在布魯克見到的那位魏納諾娃，昨晚在這裡的『小劇場』演出啦！」

就這樣，軍官車廂裡有關義大利問題的討論就此結束。

在坐在後面的人中間，營部傳令兵馬杜西奇和札格納大尉的勤務兵巴柴爾對跟義大利打仗問題的看法都是十分實際的，因為好幾年前，他們剛到正規軍服役時，曾參加過南蒂羅爾的軍事演習。

「那些小山坡可太難爬了！」巴柴爾說：「光札格納大尉的箱子就一大堆。我雖然是山裡的人，可是那時我一個人在大衣下面掛一把獵槍，到施瓦嶺貝克公爵領地上打打兔子，與現在背著沉重的箱子，翻山越嶺地去打仗，可完全是兩碼事了！」

「假如真的把我們弄到義大利去，那就糟糕透了！我們絕對得爬山啦，渡冰河啦，伙食也會跟豬食差不多，整天都只能吃玉米粥加點油。」馬杜西奇發愁地說。

「不把我們塞到那些山裡才怪呢！」巴柴爾生氣地說：「我們團到過塞爾維亞和喀爾巴阡山。我拖著札格納大尉的箱子在山裡爬來爬去，曾經丟過兩次箱子，一次在塞爾維亞，一次在喀爾巴阡山。說不定在這次打仗中又會丟第三次箱子了，也許會丟在義大利的邊境上。再說那裡的伙食……」他吐了一口口水，親密地把身子靠在馬杜西奇身上：「你知道嗎？在我們喀什貝爾山區，人們常用生馬鈴薯末做成小麵團，先蒸熟它，再用雞蛋裹起來，撒上麵包粉，用豬油煎。」最後「豬油」二字是用神祕和驕傲的口氣說的。

「最好再配上酸菜，」他又憂鬱地補充了一句：「這比吃通心粉要香多了！」

如此這般，有關義大利戰爭的談話也就此結束了。

在其他車廂裡，大家認為，列車在這裡已停了兩個多小時，現在可能會掉頭開到義大利去。

大家有這種想法，是因為在列車上發生了幾件怪事。一是消毒委員會的人來檢查衛生，把士兵們全都趕下車，好讓他們在車廂裡灑消毒水，特別是在放麵包的車廂裡也灑了消毒水，這引起了大家的不滿。

但是，命令畢竟是命令。消毒委員會既然命令對七二八次列車所有車廂進行消毒，他們也就放心地往大堆麵包和成袋的大米上好好噴一通了。顯然這樣一來就會引出事來的。

噴灑完畢後，大家又被趕回車廂，但半個小時後，又把大家轟到車外，因為有一位老將軍要來檢閱列車。帥克見到這個老先生後，腦子裡很快就冒出一個字詞，可以作為這個老頭的綽號。他站在後排，悄悄地對軍需上士萬尼克說：「他是個老病號！」

老將軍在札格納大尉的陪同下，在一排排隊伍的前面慢慢走著。他在一個年輕的士兵面前停了下來，想對士兵來一番鼓勵。他問那個士兵是哪裡人，多大年紀了，有沒有手錶。那個士兵已有一只

手錶，但他還想再得到一只，於是就說沒有。這位老病鬼將軍裝傻地笑笑，活脫脫就像法蘭茲·約瑟夫皇帝在城裡接見市長們時的樣子，頻頻點頭說：「這很好，這很好！」然後，他又想抬舉一下站在旁邊的那位班長，便問他：「你的妻子身體好嗎？」

「報告，」班長喊道：「我還沒有老婆。」老將軍又仁慈地笑了。笑說：「這很好，這很好！」

然後，將軍帶著老年人特有的稚氣讓札格納大尉叫士兵們表演操練時喊「一二報數」的動作。不一會兒，車站上就響起「一、二、一、二」的報數聲。

這時，老病鬼將軍十分高興。據說他家裡就有兩個勤務兵，他沒事就讓他們站在他面前，做報數表演「一、二、一、二」，好逗他高興。

這樣的將軍在奧地利還有很多。

檢閱圓滿結束了，將軍對札格納大尉大大誇獎了一番。還允許士兵們在車站附近走動走動，因為有消息說，列車還要等三個小時才開。於是，士兵們就在站台周圍逛來逛去，看看有沒有什麼可撿的。由於車站上來往人員很多，有的士兵還能乞討

到一點香菸抽抽。

想起來真讓人傷感。想當初老百姓到車站上來歡迎軍用列車是何等的熱情，如今那股熱情已經完全冷卻了，士兵們甚至淪落到沿街乞討的地步。

「迎英會」的代表團來見札格納大尉。代表團是由兩位乾癟的太太組成的。她們給士兵們帶來二十盒口香糖慰問品，那是布達佩斯一家糖廠的廣告贈品。口香糖的盒子是用金屬做的。盒蓋上畫著一個匈牙利士兵跟一個民兵握手的圖畫，他們頭上戴著聖斯特凡閃閃發光的王冠。周圍用德文和匈牙利文寫著「為了皇帝、上帝和祖國！」

這家糖廠的老闆還真是忠心耿耿，竟把皇帝放在了上帝的前面。

每盒裝有八十斤口香糖，這樣看來，三個士兵可以分到五斤。此外，這兩位乾癟的太太還拿來一大袋傳單，上面印著布達佩斯大主教格左伊（一位薩馬爾－布達法爾人）寫的兩篇禱文，是用德文和匈牙利文寫的，內容是要對一切敵人進行最令人畏懼的詛咒。禱文結尾時，用匈牙利語中最粗暴的髒話瘋狂地喊出：「操你耶穌基督！」

按照這位尊敬的大主教的看法，仁慈的上帝應該把俄羅斯人、英國人、塞爾維亞人、法國人、日本人都得剁碎了做成麵條和辣子肉。仁慈的上帝應該讓敵人在他們自己的血泊中洗澡，要像猶太暴君希律王曾經屠殺嬰兒那樣，把他們斬盡殺絕。

這位布達佩斯尊敬的大主教還在禱文中寫下如此漂亮的詞句：「願上帝保佑你們的刺刀深深扎入敵人的心臟，願最正義的上帝指引著你們的砲彈直落到敵人的大本營，願仁慈的上帝讓所有敵人都逃不脫你們的沉重打擊，統統嗆死在自己的血泊之中！」

不過仍有必要再重複一下，這篇禱文的中心思想，就是文章結尾用匈牙利文寫的那句最粗魯的髒話：「操你耶穌基督！」

兩位太太交完了慰問品後，又向札格納大尉提出了一個不切實際的要求，希望在給士兵們分發慰問品時，她們也能在場。其中一位太太甚至大膽地提出，她想利用這個機會給士兵們講幾句話，她說話時總是口口聲聲「我們的好戰士」，實在令人肉麻。

札格納大尉拒絕了她們的要求，兩位太太顯得十分尷尬。這時慰問品已送到物資車廂去了。兩位尊貴的太太從隊伍前走過，其中的一位太太還沒有忘記利用這次機會去拍了拍一位大鬍子士兵的臉。這位士兵是布傑約維采人，名字叫西麥克。他對這位太太的崇高使命毫無了解。在她們走了以後，他跟自己的同伴挖苦地說：「這兩個婊子真不要臉，如果長得漂亮也就算了，可她們長得像鸛鳥一樣，太醜了！好像受了上帝的什麼懲罰，老臉折磨得像把銼刀，還想跟大兵動手動腳！」

車站上人來人往，熙熙攘攘。義大利宣戰給這裡帶來了一片慌亂。有兩列砲兵專車在這裡被截住，改派往斯梯里亞去了。還有一列滿載波士尼亞人的軍車，也不知為什麼在這裡已等了兩天，也許他們已完全被人遺忘、無人過問了。波士尼亞人已兩天沒有領到食品，只得在新佩斯城沿街乞討。他們滿腹牢騷，激動地打著手勢，不停地罵著不堪入耳的話。

後來，九十一團先遣營的士兵們又被趕上車，各自回到自己的車廂。過了一會兒，營部傳令兵馬杜西奇從軍運管理處帶回來新的消息，說還要等三個小時才開車。於是剛剛集合起來的士兵們又被紛紛從車廂裡放了出來。列車快要出發之前，杜布中尉突然怒氣沖沖地來到軍官車廂，請求札格納大尉立刻把帥克關起來。杜布中尉在中學當老師時就已經是個聞名的告密者。他喜歡跟士兵們聊天，想了解他們的想法和真實的信念，然後向他們宣傳為什麼要進行這次戰爭，並教訓他們如何做一個士兵。

在巡邏的時候，中尉在火車站大樓的後面，看到帥克在路燈下正興致勃勃地看一張賣慈善軍事彩票的廣告畫。廣告上畫著一個奧地利士兵用刺刀扎一個靠牆站著的大鬍子哥薩克人。

杜布中尉拍了拍帥克的肩膀，問他喜歡不喜歡這張畫。

「報告，中尉先生，」帥克回答：「這簡直是胡扯淡！我看到過許多愚蠢的廣告畫，可從來還沒有看到過這麼糟糕的呢！」

「那麼你不喜歡它哪一點呢？」杜布中尉又問道。

「我不喜歡廣告畫上的那個士兵，中尉先生！他根本不愛護自己的武器。像他那樣刺下去，刺刀就會頂到牆上，會把刺刀弄斷的。再說，他這樣做也是毫無意義的，因為那個俄國人已經舉手投降了，他再這樣做就會受到懲罰的，值得嗎？既然怎麼做都是費力不討好，那麼還不如按照規定優待俘虜呢！可是話又說回來了，世界上什麼人都有啊！」

杜布中尉還想進一步摸清帥克的想法，接著又問道：「這麼說，你是憐憫那位俄國人了？」

「我是憐憫他們兩個人，中尉先生！我可憐那個俄國人，因為他被刺死了；可憐那位奧地利士兵，是因為他為此要去坐牢。中尉先生，他的刺刀一定會弄斷的，因為那座牆是石頭砌的，而鋼是脆的。想當初我在正規軍服役的時候，中尉先生，我們連也有一位中尉，他特別能言善道，就連老司務長都說不過他。有一次在練操時，他對我們說：『你們聽到立正的口令時，必須像公貓蹲在草料上拉屎那樣瞪大眼睛。』他除掉嘴巴厲害外，人倒是個好人。後來他突然不知發了什麼神經病，給全連士兵買來了滿滿一車的椰子。從那時起，我才知道，刺刀的鋼是多麼脆了，因為全連有一半的人在劈椰子時把刺刀都劈斷了。我們的中校下令把全連人都關起來。結果是我們三個月不准出營房，中尉被關了禁閉……」

杜布中尉怒氣沖沖地望著帥克那張孩子般的臉，凶狠地問道：「你認識我嗎？」

「我認識您，中尉先生！」

杜布中尉瞪著眼睛，跺著腳，喊道：「你錯了，你還不認識我呢！」

帥克還是傻乎乎地回答：「我認識你，報告，中尉先生，您是我們先遣營的。」

「你不認識我，」杜布中尉吼道：「你也許只認識我善的一面，還不認識我惡的一面呢！我是個惡人，你沒有想到吧！我會逼得人淚流滿面的。你現在懂了吧？你還沒有認識我呢！」

「我認識，中尉先生！」

「我最後再問你一遍，你認識我嗎？你這個笨騾！你有兄弟嗎？」

「報告，中尉先生！我有一個。」

杜布中尉看著帥克臉上的表情是那樣的平靜，若無其事，他更加憤怒，忍不住咆哮起來：「你的兄弟也一定跟你一樣是個畜生！他是幹什麼的？」

「是中學老師，中尉先生。他在軍隊裡服過役，還通過了軍官考試。」

杜布中尉狠狠地望著帥克，好像要把他一刀劈了似的。帥克卻更加莊重冷靜地承受著杜布中尉那凶險的目光。後來，中尉說了一聲「解散！」他們之間的這場談話才終於結束了。

然後，他們各走各的路，各想各的事，分手了。

杜布中尉想的是，把這一切報告給札格納大尉，讓他把帥克關起來；而帥克想的是，他曾見過許多愚蠢的軍官，但像杜布中尉這樣的蠢貨，在全國還真少見。

特別是今天遇到的事情使杜布中尉更加感覺到，必須對士兵們進行嚴格的教育。他在火車站後面繼續巡邏著，突然又發現了新的犧牲品。有兩個本團的士兵，但不是自己連的，正在黑漆漆的角落裡；用蹩腳的德語跟兩個妓女談價錢。像這樣在車站附近遊蕩的妓女還很多。

帥克已離開車站已很遠了，但他還能清楚地聽到杜布中尉尖叫的聲音：「你認識我嗎……」

「我告訴你，你還不認識我呢……你會認識我的……你也許只認識我善的一面……我告訴你，你還不認識我惡的一面呢……我會逼著你哭的，你這頭笨騾……你有兄弟嗎？……他們也像你一樣都是畜生……在運輸隊嗎……很好……你記住，你們是軍人……是捷克人嗎……你們知道嗎？巴拉茲基說過，假如沒有奧地利的話，我們也要創造出一個新的奧地利的……解散！……」

總的來說，杜布中尉的巡邏並沒有什麼積極效果。他大概遇到了三組士兵，他那所謂的「要逼得人哭的」教育理念也完全失敗了。杜布中尉感到，他在士兵們眼裡只是一個遲早要送往前線的人手而已，大家都很厭惡他，他的自尊心受到了極大的侮辱。這樣，他在開車之前就趕到了軍官車廂，請求札格納大尉把帥克關起來。他反覆強調隔離帥克的必要性，說他對待軍官十分粗魯，並把帥克對最後一個問題的誠懇坦率回答說成是惡毒攻擊。如果這

樣發展下去，軍官們在士兵們的眼裡就會完全喪失威信。他說，所有軍官對此也都毫不懷疑。並說，他還在大戰以前就曾說過，每一個做上司的都必須在自己下級的心目中保持絕對權威才行。

他的長官當時也有這樣的看法，現在是戰爭時期就更應該如此了。我們離敵人愈近，就愈需要士兵們害怕我們，因此他要求對帥克進行紀律處分。

札格納大尉是一位行伍出身的軍官，很討厭非行伍出身的後備軍官。他提醒杜布中尉注意，像這樣的事情應該用書面報告的形式逐級上報，而不是採取在市場上買馬鈴薯談價錢的方法來處理。關於帥克犯了什麼事，首先應該去找他的直接上級，也就是去找盧卡斯上尉先生。這樣的事都必須以報告的形式按級上報處理才對。帥克幹了什麼錯事，應先報告他的連長，如果他不服，就再寫報告向營部提起上訴。如果盧卡斯上尉完全同意杜布中尉的意見，也可以把中尉的報告作為正式的懲罰申請送交營部，由營部把帥克叫來審問一下。

盧卡斯上尉沒有反對意見，但他指出一點，從他本人跟帥克談話來看，他已弄清楚，帥克的哥哥的確是中學老師，是個後備軍官。

杜布中尉猶豫了。他說，他只是要求一般性地懲罰一下帥克，也可能是帥克不善於表達自己的想法，在回答問題時給人一種對上司有傲慢、挖苦和不敬的感覺。不過從帥克說話的神情來看，他彷彿有點迷迷糊糊、神智不清的樣子。

就這樣，籠罩在帥克頭上的一場雷陣雨過去了，甚至連雷都沒有打一個。

在營部辦公室和倉庫所在的車廂裡，先遣營的軍需上士包坦柴爾從糖盒裡拿出一些口香糖，殷勤地分給營部的兩位文書，這些糖原本是發給營部士兵吃的。不過，這已是司空見慣的事了。因為凡是分給士兵的東西，也得同樣分給營部辦公室每人一份，就像剛才分的那些口香糖一樣。

戰爭時期這樣的事比比皆是。假如遇到上面來人檢查，下面的軍需上士就會說，我們這裡沒有問題，其實各辦公室的軍需上士都是嫌疑人。他們做假預算，總是編造一些亂七八糟的項目放在預算裡充數。

因為現在的先遣營已窮得沒有什麼可貪污的了，只能給每個人嘴裡塞點口香糖之類的破玩意罷了，於是包坦柴爾就講起他曾經遇過的一些倒楣事了。他說：「我曾經隨先遣營出征過兩次，還沒有碰到過像今天這樣困難的事，連飯都吃不飽。弟兄們，想當年我們向普列肖夫前進的時候，我們的供給十分充足，弟兄們想吃什麼就有什麼。當時我買了一萬支香菸、兩袋瑞士起司、三百盒罐頭。後來，當我們開往巴爾傑耶夫陣地的時候，我們同普列肖夫的聯繫卻被莫雄的俄國人給切斷了……然後，我就做了一些小生意，我把自己積蓄的十分之一給了先遣營，其餘的我在運輸隊時就賣光了。當時我們的少校叫索伊卡，是個蠢豬，而且還是個膽小鬼。但他喜歡到我們運輸隊來閒逛，因為他怕在陣地上聽到子彈砲彈爆炸的聲音。他經常找藉口到我們這裡來，說是要了解一下先遣營士兵們的伙食好不好。當聽到俄國人一有什麼動靜時，他也是往我們這裡跑，嚇得全身直發抖。他來的時候，總先到廚房裡喝點蘭姆酒，壯壯膽，然後才去我們運輸隊附近的其他炊事房進行視察。因為陣地上不能做

飯，只能在夜間向陣地送飯。那時的情況就是這樣，根本談不上做什麼軍官伙食了。有一次，帝國的德國人把我們通向後方一條公路給占了，後方寄給我們所有像樣一點的東西就全被他們截去吃了，我們什麼東西都收不到。運輸隊也沒有軍官伙食了。那期間，我除了給辦公室的人省下一隻小豬外，其他什麼也沒省下來。就是那隻小豬也還是燻的，那是因為我們怕少校索伊卡知道了，他會硬要我們給他做下酒菜吃掉，所以我就乾脆燻了那隻豬，地點選在離我們有一個小時路程的砲兵隊裡，那裡有一個下士是我的好朋友。少校來我們廚房時，總是喜歡先嘗嘗湯的味道。說實在的，那時也沒有許多肉可煮，只能在附近村子裡弄幾隻小豬或幾頭瘦牛。而且那時普魯士人還跟我們競爭，他們用高於我們兩倍的價錢購買牲口。我們駐紮在巴爾捷耶夫的整個時期。我在買牲口方面節約下來的錢還不足一千二百克朗。那時我買東西不付現金，而是拿著營部開的條子去買的。尤其是後來，我們聽說俄國佬在東邊已打到拉德瓦，西邊已到了波多嶺的時候，我就更加不想付現金了。最糟糕的是，當地人不會讀，不會寫，簽字只會畫三個十字，同他們打交道，非常困難。這種情況我們軍需處知道得最清楚，所以我們叫他們到軍需處取錢時，就無法在他們單據裡塞假文件，表示這筆錢我們已付過款了。這樣的事只能同那些有點文化會簽字的人打交道才行得通。還有，我前面說過，普魯士人買東西出的價錢比我們高，又是付現金，所以不管我們走到哪裡，他們總把我們看成是強盜。為此軍需處還下道命令，凡是畫三個十字簽字的單據都必須送到軍需檢察官那裡審查。那時這樣的檢察官還真多，他們來我們這裡檢查，又吃又喝，第二天回去還要說我們的壞話。還有那個少校索伊卡總是到我們廚房裡轉悠。請相信我，有一次他來我們廚房，從鍋裡撈了一大塊豬肉，可以夠我們四連人吃的。他嘗了嘗，搖了搖他的豬腦袋，說肉沒煮爛，讓炊事兵再煮一會兒。說實在的，那時肉也不多，供全連吃的也只有那麼十二份。可他一個人就都吃光了，還要嘗嘗湯，還大吵大鬧，說這湯跟水一樣沒味道，肉湯沒有肉，就應該放些別的，於是他就把我節省下來的全部通心粉都放到湯裡去了。令我更加惱火的是，他在通心粉裡又把我僅有的兩公斤茶油放了進去，這些油是我在那段時期辦軍官伙食中積攢下來的。我曾把它們放在行軍床上面的隔板上，他發現了就衝我嚷嚷，問這是誰的。於是我就對他說，最近師部指示，士兵伙食預算每人增加十五克奶油或者二十一克豬油作為改善伙食用。因為我們的存油不多，只好慢慢存奶油，等積攢到規定量後再用。少校索伊卡聽了我的話後就大發雷霆，說我一定是等著俄國佬來把這兩公斤油拿走的，說現在湯裡沒有肉，就該把這些油放到湯裡去。就這樣，他把我所有積蓄就都掏光了。請相信我，這位少校真是我們的掃把星，只要他一來，我就要倒楣。他的鼻子特別靈敏，他來這裡一聞，就會馬上找出我們的全部存貨。有一次，我從士兵伙食中省下了一些牛肝，正想把它拿出來燉熟。可是他來了，從床下面把牛肝翻了出來，然後就大吵大嚷起來，我對他解釋說，這是留給挖戰壕的士兵吃的。上午砲兵隊獸醫班有個打馬蹄掌的人還來問過這件事。後來少校從運輸隊找來一個人，他們一道拿著牛肝和鍋子爬到山崖上，在那裡架起鍋煮起來。也許他們命該如此吧！不料俄國佬看到山崖上冒煙，就用十八毫米口徑的大砲朝著少校和那口鍋轟了一陣。後來我們去那裡查看時，已經分不清掉在山崖下面的哪些是牛肝，哪些是少校的肝了。

後來有消息說，我們的列車要在四個小時以後才能開出。前面通往豪特萬的鐵路線被裝滿傷病員的軍列給絡住了。車站上還傳說，在亞格爾附近有一輛裝傷病員的軍車和一列裝著砲兵的軍車相撞，現在救援車正從佩斯城向那裡開去。

不久全營就沸沸揚揚地議論起來。有的說這次事故死傷了二百人，有的說是有人蓄意製造意外的，是為了掩蓋傷病員供應問題中的貪污行為。

由此又引起大家對先遣營的供應問題和辦公室、倉庫竊盜現象的尖銳指責。

大多數人認為，營軍需上士包坦柴跟軍官們有共同作弊行為，私分了公家的東西。

在軍官車廂裡，札格納大尉向大家宣布，根據行軍計畫，我們現在應該到達加里西亞邊境。在亞格爾，士兵們該再領到三天的麵包和罐頭。但我們的列車大約要十個小時以後才能到達亞格爾。在亞格爾確實有幾列火車裝著從利沃夫戰役中敗下來的傷兵。從現在收到的電報來看，我們在亞格爾既領不到麵包，也領不到罐頭，但可以給每個士兵發六克朗七十二個哈萊什作為九天軍餉，不過那時還得看旅部有沒有錢。現在錢庫裡只有一萬二千克朗了。

「這都是團部給我們帶來的麻煩！」盧卡斯上尉說：「把我們弄到如此窮困的境地！」

沃爾夫准尉和科拉什上尉竊竊私語說，施雷德上校最近三個星期內給他在維也納銀行私人帳戶上匯去了一萬六千克朗。

科拉什上尉也揭發了他如何貪污錢財，說他曾從團裡偷了六千克朗放進了自己的口袋。他還堂而皇之地下命令給各個伙房，他要每天從士兵的伙食中扣每人三克豌豆。這樣計算下來，一個人一個月就得扣九十克。每個連的伙房裡至少要節省下來十六公斤豌豆。炊事兵可以為此作證。

科拉什上尉和沃爾夫准尉只是談了他們個人所看到的一些事。

其實，這些事在整個軍事部門到處都有。從連隊可憐的軍需上士到將軍級軍官，都已把戰後過冬的糧食都已安排得妥妥貼貼的了，他們都在幹著這種老鼠儲糧似的勾當。

戰爭也要求竊盜者有些勇氣的。

軍需官們相互關切地、心照不宣地看著，好像在說：「我們都是一樣的。我們偷，朋友們，我們作弊，兄弟們，但我們也是出於無奈啊，逆水難渡啊！如果你不拿，人家就拿，還說你已經撈夠了，所以才不拿呢！」

一位穿著褲縫上有著紅金飾條的先生走進了車廂。他是專門負責檢查所有鐵路線工作的將軍。

「請坐，諸位先生們！」他親切地揮揮手說。他很高興能在車站碰到一列被堵住的軍車。

當札格納大尉想向他彙報情況時，他揮了揮手說：「你們這輛列車有點問題呢！為什麼你們還沒有睡覺呢？應該睡了！軍列停在車站上，九點鐘車廂裡的官兵們就該睡覺，跟在軍營裡一樣。」

接著，他直截了當地說：「九點鐘以前把士兵們帶到車站後面去上一趟廁所，然後回到車廂裡睡覺。否則士兵們會在夜間把鐵路線弄髒的，知道嗎？大尉先生，請給我重複一遍！哦，好吧！就不要重複了，就照我說的辦吧！先吹一次號，讓大家都去上廁所；再吹一次號，讓大家熄燈睡覺。然後你再去檢查一下，如果有人還沒睡覺，就懲罰他。就這樣吧！哦，還有，六點鐘吃晚飯。」

後來，他又談了一些很久以前的事情，還說了一些根本不存在的和不著邊際的事情。他站在那裡就像第四帝國的幽靈一樣。

「六點開晚飯。」他一邊說，一邊看著手錶，此時已是夜間十一點十分了。「八點半吹號，帶士兵們上廁所，然後就寢。這裡六點鐘吃晚飯，原本吃一百五十克瑞士起司的，現在改為吃馬鈴薯燉牛肉了。」

過了一會兒，他又下令檢查行軍情況。札格納大尉又命吹集合號。檢察官將軍看著全營士兵們排成了橫隊，便和軍官們在隊列前來回地走著，還不斷地對士兵們進行教育，好像士兵們都是白痴，聽不明白他的話一般。他又看了看手錶說：「你們瞧，現在已是八點半了，該上廁所了，再過半小時睡覺，時間完全夠了。但在這段過渡時間裡，士兵們是很少會去大便的。現在最重要的是睡好覺，這對明天繼續行軍有很大的好處。只要士兵們在火車上，就必須好好休息。如果車廂裡鋪位不夠，可以分批睡。三分之一的士兵在車廂裡舒舒服服地躺

著，從九點鐘睡到半夜，其他的士兵站在一邊，看著他們睡覺。等第一批人睡夠了，位置騰出來給第二批三分之一的人接著睡，從半夜睡到清晨三點鐘；第三批人從三點睡到六點，然後吹起床號，讓大家起床洗臉。在列車行駛中千萬別跳車。軍列上要有巡邏兵，防止士兵跳車。如果敵人打傷我們士兵的腿……」

將軍拍了一下自己的腿，說：「這是值得讚揚的。可是在列車行駛時如果有誰跳車，腿廢了，還得受處分，那就是罪有應得了。」

「這就是你們營嗎？」將軍問札格納大尉，當他看到士兵們被強行從睡夢中喚醒後，有的仍昏昏欲睡，有的在清晨的新鮮空氣中總打哈欠，「大尉先生，這是個打哈欠營呀！士兵們必須在九點鐘睡覺。」

將軍走到十一連隊伍前面時停住了腳步。帥克站在隊伍的左邊，張大了嘴打哈欠。他用兩隻手捂住嘴，怕打出聲音來，可是聲音從他的手指縫裡像牛叫一般冒了出來。盧卡斯上尉聽到聲音後全身直打哆嗦，生怕將軍離帥克太近，聽到後還以為帥克是故意這麼做的。

將軍好像已聽到了這聲音，他轉過身來先到帥克的面前，用德語問他：「你是捷克人，還是德國人？」

「報告，將軍先生，我是捷克人。」

「很好。」將軍是波蘭人，也懂一點捷克語，便用捷語說：「你像牛叫似的，應該閉住嘴，別發出牛叫聲！你上過廁所了嗎？」

「沒有。報告，將軍先生。」

「你為什麼沒有跟其他人一塊去上廁所呢？」

「報告，將軍先生！我們在皮塞克演習的時候，瓦赫特上校先生對我們說過，士兵們在黑麥地裡爬行時，不要總想著拉屎撒尿的事，而應該想著戰鬥。再說，我們去廁所幹什麼呢？我們又沒有什麼可拉的！根據行軍計畫，我們在好幾個站上應該領到晚飯的，可我們沒有領到，肚子裡空空的，還去廁所幹什麼呢？」

帥克用樸實的語言向將軍介紹了路上的情況，誠懇地望著將軍，希望將軍能感受到士兵們求援的心願，並希望他能給予幫助。既然命令讓大家一起去上廁所，那麼這項命令也該有一定的理由才是。

「你讓大家都回到車上去！」將軍對札格納大尉說：「怎麼回事呀？他們怎麼沒有領到晚飯呢？所有軍車通過本站都應該領到晚餐的。這個站是軍運供應站，必須提供晚餐，這是規定了的。」

將軍的話裡真是精采，雖然現在是夜間十一點多，但晚上六點大家就能吃上晚飯了。因此，只要我們的列車在這裡再停留一夜和明天一個白天，到明天晚上六點鐘時，士兵們就可以吃到馬鈴薯燉牛肉了。這樣看來，也只能如此了。

「再也沒有比這更糟糕的事了！」將軍十分嚴肅地說：「在戰爭時期，忘記給開往前線的士兵發配軍餉是最糟糕的事了！我的職責就是要弄清事實真相以及軍運辦公室對這件事有什麼看法。先生們，因為有時候責任會在軍用列車車長的身上。我在檢查波士尼亞南部鐵路線工作時，就發現過有六輛軍用列車沒有領到晚餐。後來一查，原來是列車長忘了去領晚餐。可是車站上做了六次馬鈴薯燉牛肉，就是沒有人去領，結果一大堆飯菜都倒進垃圾堆了。先生們，這裡把馬鈴薯燉牛肉堆成窖，而離我們這裡三站路遠的地方，軍列上的士兵們卻在車站上向人家討麵包吃。他們根本沒有想到，他們所剩的列車就是從波士尼亞車站堆成的馬鈴薯燉牛肉山丘上開過去的啊！在這種情況下，責任就不在軍需處了。」

他狠狠地揮了一下手說：「這是列車長的責任。我們到辦公室去！」

軍官們都尾隨著他一道去辦公室，但心裡卻很納悶：為什麼所有將軍都有神經病呢？

在軍運辦公室才發現，他們真的不知道供應馬鈴薯燉牛肉的事。原來，所有軍列經過這裡時，他們都是提供飯菜的，但是後來上面來了一道命令，說在內部結算軍餉經費時，決定從每個士兵的供應中扣除七十二哈萊什，於是每輛通過這裡的軍列，都得按每個士兵扣除七十二哈萊什，把這些扣除下來的錢交軍需處貼補最近時期的軍餉之用。關於麵包的事，士兵們在匈牙利的瓦吉安車站上也只領到一半麵包。

後勤處主任對此也有不少牢騷。他直截了當地對將軍說：「上面的命令一個小時變一次。我們通常給士兵們準備好了飯菜，突然開來一輛醫護車，他們出示了更高一級的命令，讓我們把已準備好的飯菜先給他們吃，然後其他的車到了，鍋裡空空的，我們就沒辦法給他們吃的了。」

將軍同意地點點頭，說現在的情況好多了，戰爭初期的情況才糟糕呢！不可能一下子就把所有事都辦好的。這裡還需要積累經驗。戰爭時間愈長，一切工作就愈趨完善。

「我可以舉一個實際的例子給你們聽，」他興致勃勃地說，好像他有什麼神祕的事要對大家披露一般。「兩天以前，有幾輛軍列通過豪特萬車站時，都沒有領到麵包，可你們明天就能在那裡領到。好了，我們現在就去車站飯店吧！」

在車站飯店，將軍先生又談起公共廁所的事情，說現在各條鐵軌都堆著像仙人掌似的大便，非常不雅觀。他邊說邊吃著牛排。周圍的人望著他，好像他就在咀嚼著那些「仙人掌」似的。

將軍對公共廁所十分重視，似乎帝國的勝利就維繫在廁所問題上。

他在談到義大利宣戰後所形成的新格局問題時，認為我軍對義大利軍隊的最大優勢恰恰就在我軍的公共廁所上。

奧地利的勝利來自於公共廁所。

在將軍的眼裡一切都是那麼簡單，似乎只要按照他開的藥方做就能取得戰爭的輝煌勝利。換句話說，只要戰士們在晚上六點吃上馬鈴薯燉牛肉，八點半上公共廁所，九點鐘睡覺，敵人在這樣的軍隊面前就會聞風喪膽，倉皇而逃。

將軍抽著雪茄，久久地望著天花板沉思著。他覺得還應該說點什麼，既然已經來到這裡，總應該讓車上的軍官們得到一些啟發和鼓勵才好。

「你們營的領導核心是健康的，」當大家以為他還會繼續沉默地盯著天花板時，他突然說：「你們的指導人員還是不錯的，還有那位跟我談話的士兵也很坦率，而且有軍人的服從精神，可以說是全營士兵的榜樣，他一定能堅持戰鬥，直到流盡最後一滴血的。」

將軍沉默下來，把身子靠在椅背上，望著天花板，仍然保持著原來的姿勢。這時只有杜布中尉出於奴性本能也跟著他望著天花板。將軍說：「你們所取得的這些業績不應該被埋沒掉。你們旅各個營都有自己的光榮歷史，你們營應該繼承和發揚它們，但你們營還缺少一個能準確記錄和編寫營史的人。應該讓各連把自己作出的成績及時報告到他那裡。這個人必須是一個有知識的人，而絕不是什麼畜生和笨蛋。大尉先生，你務必任命一個營史編寫員。」

隨後，他看了看牆上的掛鐘，時鐘正向著昏昏欲睡的人們提示：該是解散回家的時候了。

將軍有自己的專用視察列車。他要軍官們送他回到自己的臥鋪車廂。

軍運處主任深深地嘆了一口氣，因為將軍忘記了自己吃的牛排和葡萄酒還沒有付錢，這筆錢又要由軍運處主任自己付帳了。這樣的客人每天都有好幾個。這一次他又得貼上兩車廂的乾草了。他叫人把兩車廂乾草拉到軌道盡頭，賣給軍草供應商洛文斯坦公司。就像賣掉還沒有收割的黑麥那樣，他先找個理由讓這些乾草放在那裡，等以後國家需要時，他再從那裡把這些草買回去，說不定什麼時候他還得把這些乾草再零售給洛文斯坦公司呢！

難怪所有通過佩斯城車站的軍事檢察官都異口同聲地說，這個站的軍運處主任招待他們吃的、喝的都相當不錯。

第二天早晨，軍車仍然停在站上。起床號吹過後，士兵們紛紛來到水龍頭旁邊洗臉。將軍和他的列車還沒有開走，他親自來到公共廁所檢查工作。全營士兵遵照札格納大尉的命令也都到達那裡。為了讓將軍高興，大尉命令：「由班長帶領，分班上廁所。」為了讓杜布中尉高興，他又分配中尉為今天的值日官。

這樣，杜布中尉就去監視他們上廁所了。

這個長長的公共廁所有兩排茅坑，可以容納一個連兩個班的士兵同時使用。

現在士兵們一個接著一個蹲在茅坑上，就像去非洲過冬的燕子蹲在電燈線上一般。每個人都扒下褲子，裸露著膝蓋蹲在那裡，脖子上還掛著一根皮帶，彷彿等待一聲令下就集體去上吊似的。

從這裡也可以看到軍隊鐵的紀律和組織。

帥克也來到這裡，蹲在一行左端。他正饒有興味地讀著一張內容不全的破紙片，那是從魯熱娜·葉塞斯卡[114]的小說中撕下的。

……可惜在宿舍裡，太太們……

……不一定，實際也許更加……

……大多與世隔絕，失去了……

……關進自己房間，或者……

……獨特的娛樂。是否吐露……

……走來一個人，苦悶地……

……她改好了或者她不想成功……

……像他們自己所希望的那樣……

……沒有給年輕的克希奇卡留……

帥克的目光從那破紙片上移開時，無意往廁所的東邊瞟了一眼，不禁吃了一驚。他看到昨天夜裡的

114 魯熱娜·葉塞斯卡（Růžena Jesenská），捷克女作家。

那位少將先生，身穿盛裝，正同他的副官和杜布中尉站在一起，津津有味地談著什麼。帥克回轉頭，看看周圍的士兵們。還都靜靜地蹲在茅坑上，而軍官們卻像傻子一樣僵硬不動。帥克感到情況不妙。

他猛地跳了起來，褲子也沒有穿好，皮帶還掛在脖子上，在這緊急關頭，還用那張破紙片慌忙地擦了一下屁股，大聲喊道：「別拉屎了，起立，立正，向右看齊！」他敬了一下軍禮。兩個班的人，褲子也沒穿好，皮帶掛在脖子上，也都從茅坑上站了起來。

將軍親切地微笑著說：「稍息，大家繼續拉吧！」班長馬萊克帶頭回到了原位，又蹲下去恢復了原來的姿勢。只有帥克仍然站在那裡敬著禮，因為杜布中尉正凶狠地走來，而少將卻帶著微笑從另一頭走來。

「我昨天夜裡見過你。」將軍看著帥克那滑稽的樣子說。怒氣沖沖的杜布中尉轉過身向將軍說：「報告，少將先生，這個人神經不正常，是個傻瓜，是個最大的白痴！」

「你說什麼，中尉先生？」少將突然衝杜布中尉嚷道，並說帥克的表現恰恰與中尉說的相反。說就是這個士兵，當他見到首長和軍官時，不管首長和軍官是否注意到他或不理睬他，他都能知道自己應該幹什麼。這正像在前方打仗一樣，當指揮官處於危險狀態時，一個普通士兵就應當起來繼續指揮。剛才，本應由杜布中尉先生來指揮的，結果他沒有做到，而這位士兵卻做到了：「別拉屎了，起立，立正，向右看齊！」

「你擦了屁股了嗎？」少將問帥克。

「報告，少將先生，已經擦了。」

「你不再拉屎了嗎？」

「報告，少校先生，我已經拉完了。」

「那你就把褲子提上，然後再立正。」由於少將在說「立正」這個詞時，聲音大了些，附近的幾個士兵都馬上從茅坑上站了起來。

少將對他們友好地揮了揮手，用親切的長輩語調說：「別這樣，稍息，稍息，請繼續拉吧！」

帥克整理好自己的衣冠，站在少將的面前。少將用德語跟他作了簡短的講話：「尊敬長官，遵守禮節，機警敏捷，在部隊裡有了這些，也就夠了。如果再加上勇氣，那我們就會戰無不勝，不怕任何敵人。」

他轉過身對著杜布中尉，用手指捅了一下帥克的肚皮說：「你記下他的名字，到了前線就提拔他，一有機會就為他申請授予銅質獎章，以表彰他工作嚴肅認真和知識……你當然知道我指的是什麼意思了……解散！」

少將離開了公共廁所慢慢地走遠了，中尉為了讓將軍還能聽到他的聲音，便大聲命令士兵們：「第一班起立，排成四行……第二班……」

解散後，帥克從廁所裡走出來，經過杜布中尉身旁時，向他行了一個禮，但杜布中尉卻狠狠地說：「重來一遍！」帥克不得不又重做了一遍。他聽到中尉又說：「你認識我嗎？你還不認識我！你只認識我善的一面，等你認識我惡的一面時，我會

讓你哭的！」

帥克終於離開了那裡，向自己的車廂走去。路上他想起，在卡爾林兵營服役時，有一次霍拉維中尉也曾發過脾氣，可他不像杜布中尉這樣說話。他說：「小伙子，你們記住，下次你們再看到我發脾氣，我依然不會留情面的，只要你們在我們連！」

帥克走到軍官車廂門口時，盧卡斯上尉叫住了他，讓他轉告巴倫快點煮咖啡，把牛奶罐子蓋好，免得牛奶壞了。巴倫正在軍需上士萬尼克車廂裡，用小酒精爐為盧卡斯上尉煮咖啡。帥克去通知他時，才知道在他不在時，全車廂裡的人都喝起咖啡來了。

盧卡斯上尉的咖啡和牛奶罐頭已空了一半。巴倫一邊喝著咖啡，一邊用勺子在牛奶罐頭裡攪拌著，想讓咖啡的味道更加濃香。

炊事兵約賴達和軍需上士萬尼克保證說，等下次領咖啡和牛奶罐頭時，一定給盧卡斯上尉補上他們所偷喝掉的分量。

他們還請帥克喝杯咖啡，但他拒絕了。他對巴倫說：「軍部剛下了命令，凡偷吃自己軍官牛奶和咖啡罐頭的勤務兵，都一律在二十四小時內處以絞刑。上尉先生要我告訴你，叫你馬上把咖啡給他送去。」

巴倫聽了帥克的話，十分害怕，馬上把剛倒給通信兵霍托翁斯基的那杯咖啡搶了回來，放在火上熱了熱，又加了點罐頭牛奶，端著它就向軍官車廂跑去。

他害怕地瞪著眼睛把咖啡遞給盧卡斯上尉。這時他感到，上尉一定從他的眼睛裡已看出他如何偷吃罐頭的事了。

「我耽誤了一會兒。」他結結巴巴地說：「因為我一時打不開罐頭。」

「你大概又把牛奶灑了吧，是嗎？」盧卡斯上尉邊喝咖啡邊問道：「要不然，就是你像喝湯似的用勺子把咖啡喝了。你知道，你會受到什麼懲罰嗎？」

巴倫嘆了一口氣，哀求著說：「我還有三個孩子呢，報告，上尉先生！」

「你小心點，巴倫！我警告你，別嘴饞了。帥克沒有對你說些什麼嗎？」

「他說我可能在二十四小時之內被處以絞刑。」

巴倫全身哆嗦著，發愁地說。

「別打哆嗦了，傻瓜！」盧卡斯上尉微笑著說：「知道錯，就要改，把貪吃鬼從你的腦海裡趕出去吧！你去告訴帥克，讓他到車站附近或者別的什麼地方去買些吃的來。這裡有十個克朗，你交給他。這次不派你去，因為你去了，又會把肚子吃撐了。你沒有把我的那盒沙丁魚也吃了吧？你說沒有吃掉，那麼你把它拿來給我看看。」

巴倫對帥克說：「上尉先生給你十個克朗，要你到車站附近為他買點什麼好吃的東西。」然後，巴倫又嘆了一口氣，從上尉箱子裡拿出一盒沙丁魚，心情沉重地拿去給上尉檢查。

這個可憐蟲原指望盧卡斯上尉會忘記這盒沙丁魚的，現在一切都完了。上尉也許會把這盒魚留在自己車廂裡，然後打開來吃掉，因為他察覺有人要偷自己的東西。

「報告，上尉先生，您的沙丁魚已經取來了。」他不情願地說，將魚遞給了他的主人：「要我把它打開嗎？」

「不用了，巴倫！什麼也不用，你還是把它放回原處吧！我只是想看看，你是不是已盯上它了。你送咖啡來時，我看到你嘴上好像抹了一層油。帥克已經去買東西了嗎？」

「報告，上尉先生，他已經去了。」巴倫高興地回答：「他說，他會讓上尉先生滿意的，還要讓所有人都羨慕上尉先生呢！他出車站時說，他要到拉科斯波拉塔去，這一帶他都熟悉。如果他趕不上火車，就乘汽車在下一站趕上我們。他要我們不要為他操心，他知道他的職責是什麼，即使讓他掏自己的腰包雇輛馬車，跟在火車後面一直追到加里西亞也值得，這錢以後從他的軍餉中扣除就是了。他說絕對不要讓您為他操心，上尉先生！」

「滾吧！」盧卡斯上尉不愉快地說。

從軍運處辦公室傳來消息說，火車於下午兩點到達戈多羅—阿左特車站。軍官們在車站上可以領到兩公升紅葡萄酒和一瓶白蘭地。據說這些東西是紅十字軍會從這裡經過時遺留下來的。不管怎樣，這也算得上是天上掉下來的禮物了。軍官車廂裡一片歡騰。白蘭地是三星級的，紅葡萄酒是奧地利酒鄉岡波滋爾基森產的。

盧卡斯上尉仍然憂心忡忡地坐在那裡。已經一個小時了，帥克還沒有回來。又過了半個小時，從軍運處辦公室出來一支奇怪的隊伍，朝軍官車廂走來。

帥克昂首闊步地走在隊伍的前面，就像第一批基督教殉道者走向古羅馬圓形劇場時那樣莊嚴。在帥克的兩旁有兩名背著刺槍的匈牙利士兵，左邊是軍運處的一位排長，在他們的後面跟著一位穿著紅色褶裙的婦女，和一位腳穿高筒靴、頭戴圓禮帽的男人，他懷裡還抱著一隻被嚇得咯咯直叫的老母雞。

這些人都要爬上火車，但排長用匈牙利語向那個抱著老母雞的男人和他的老婆嚷嚷著，叫他們在車下面等著。

帥克一看到盧卡斯上尉，就意味深長地向他遞眼色。

排長要和十一先遣連連長談話。盧卡斯上尉從他手中接過軍運處值班室的信函，看了以後，臉色立刻嚇白了。信中寫道：

九十一團N先遣營十一先遣連連長先生：

據九十一團N營十一連的傳令兵告發，步兵帥克·約瑟夫在軍運處區域內搶劫伊斯特萬諾維夫婦財物，現送你連處理。

事由：軍運處區域內伊薩拉爾扎村民伊斯特萬諾維夫婦家中養有一隻老母雞。事發時，該老母雞正在伊斯特萬諾維家屋後面走動，步兵帥克·約瑟夫走來，將雞搶在手中，被物主截住，欲將母雞奪回，帥克拒不歸還，還用老母雞打了物主右眼。後來巡邏隊趕到，阻止了事態的惡化，並將帥克押至所在部隊。母雞已交還原主。

值日官（簽字）

盧卡斯上尉在回執上簽字時兩條腿直發抖。

帥克在一旁看到盧卡斯上尉忘了寫日期。

「報告，上尉先生！」帥克說：「今天是二十四日。昨天是五月二十三日，是義大利向我們宣戰的日子。剛才我在街上時，大家都在議論這件事。」

匈牙利兵和排長走了，只有伊斯特萬諾維夫婦還留在車下面，他們想爬上車來。

「上尉先生，如果您再給五塊金幣，我們就能把這隻老母雞留下了。那流氓非要十五塊金幣不可，還包括我打青他眼睛的十塊金幣。」帥克像講故事似的說著：「可是我想，上尉先生，為了他這樣一隻破眼睛花十塊金幣也太貴了些。在『老太太』酒館有人用磚頭砸壞了馬伊家施工的整個下巴殼，砸掉了六顆牙齒，也只花了二十塊金幣，儘管那時的錢比現在的錢要值錢。沃謝格上吊自殺也只是為了四塊金幣的事。」

「你過來！」帥克對那個被打青了眼睛、抱著老母雞的男人說：「你的老婆就在車下面等著。」

男人上了車。「他會點德語，」帥克說：「他懂得許多罵人的話，還會用德語罵人。」

「我給你十塊金幣，」帥克對那男人說：「五塊金幣買母雞，五塊金幣給你治眼睛。你知道嗎？這是軍官車廂。你這個小偷！把雞拿過來！」

帥克把十塊金幣塞到那個驚訝的男人手中，把他的老母雞拿了回來，擰了擰雞的脖子，然後把那男人推出車廂，友好地握著他的手說：「你好，朋友，再見！快找你的老婆去吧，否則我把你推到車下去。」

「您瞧，上尉先生，一切都已擺平了！」帥克對盧卡斯上尉說：「做任何事，最好別捅出大亂子，但也不要太委屈自己了。我現在就和巴倫一起去給您燉雞湯去，我們一定會把雞燉得美味至極！」

盧卡斯上尉再也忍不住了，一巴掌將帥克手中的雞打了下來，接著就嚷嚷道：「你知道嗎？帥克，戰爭時期，一個士兵搶劫良民百姓的財物該定什麼罪嗎？」

「用火藥和鉛彈處以光榮的死刑。」帥克自豪地說。

「應該判你絞刑，帥克，因為你是帶頭開始搶劫的，你這笨蛋，我真的不知道該說你什麼好，你連自己的誓言也都忘記了！我的頭都暈了！」

帥克不解地望著盧卡斯上尉，很快就回答：「報告，我沒有忘記我們軍人應該履行的誓言。報告，上尉長官，我曾經莊嚴地向我們最英明偉大的法蘭茲．約瑟夫一世皇帝宣過誓，我將忠誠順從陛下的將軍和上級軍官，尊敬和捍衛他們，執行他們的一切指示和命令。我要反對一切敵人，不管他是誰，在什麼地方，只要皇帝、國王陛下有聖旨，我們都會上刀山、下火海、上天入地、日日夜夜，在戰爭中、進攻中，以及其他任何情況下……」

帥克從地上撿起老母雞，筆直地站著，兩眼盯著盧卡斯上尉，繼續說：「任何時候，任何情況下，都要英勇作戰，絕不離開自己的軍隊、團隊、軍旗和大砲，絕不跟敵人有絲毫的聯繫，永遠按照軍紀所要求的和做一個好兵所具備的標準來檢查自己。願上帝保佑，我活得光榮，死得光榮，阿門！報告，這隻老母雞，我不是偷來的，也不是搶來

的。我的行為是規矩的，我沒有忘記自己的誓言。」

「你把雞放下，畜生！」盧卡斯上尉衝他嚷道，並用那份公文打帥克抓著雞的那隻手，「你瞧瞧這份公文，這是白紙黑字，上面寫著：『據先遣連傳令兵告發，步兵帥克．約瑟夫……進行搶劫，現送交你連處理……』現在你說怎麼辦？你這個不中用的，你這個土狼！……不，我真恨不得把你宰了！把你宰了，你懂嗎？……你說說看，你這個笨蛋、強盜，你怎麼會幹出這種事呢？」

「報告，」帥克冷靜地說：「這一定是一場誤會。您命令我出去買點什麼好吃的東西時，我就在思考，該到那裡才能搞到最好的東西呢？火車站後面什麼也沒有，就只有點馬肉香腸和驢肉乾什麼的。報告，上尉先生，我把該想的事都想了一遍了。我想，在前線打仗，您該吃些有營養的東西，補補身子，也好減輕戰爭所帶來的痛苦。我真的想讓您高興一番，上尉先生，所以我才會想到要給您燉母雞湯。」

「母雞湯！」盧卡斯上尉摸摸自己的腦袋重複了一句。

「是的，報告，上尉先生，母雞湯。我還買了一些洋蔥和五十克麵條，全都在這裡。您瞧，這個袋裡是洋蔥，這個袋裡是麵條。鹽和胡椒粉我們辦公室裡都有，就只等著買老母雞了。於是我就去了火車站後面的伊薩拉爾扎鎮。那個鎮其實是個小村子，根本不像個城鎮，儘管鎮上第一條街上寫著『伊薩拉爾扎鎮』幾個字。我穿過一條帶有花園的小街，第二條、第三條、第四條、第五條、第六條、第七條、第八條、第九條、第十條、第十一條、第十二條，一直走到第十三條街的盡頭，我看到一間房子的後面有一片草地，草地上有一群雞在走來走去。於是我走了過去，挑了這隻最大、最重的老母雞。您瞧，上尉先生，牠全身都是油呢！不用說，一眼就能看出給牠餵的食還真不少呢！我的確是當著眾人的面捉這隻雞的，在場的人當時還用匈牙利語衝我嚷了些什麼。我提著雞腿，用德語和捷克語問他們，這是誰家的雞，我想跟他買下來。這時從旁邊屋裡跑出來一男一女，那男的先用匈牙利語、後用德語罵我，說我大白天就偷他家的雞。我對他們說，別衝我大叫大嚷，我是被派來買雞的。我把事情的來龍去脈都向他們說得一清二楚。可是，我手中提著的那隻老母雞突然拍著翅膀想要飛出去，因為我抓得不緊，那雞就從我手裡掙脫出去了，一下子撲到牠主人的鼻子上。那男的就大聲叫起來，說我用老母雞打他的嘴巴，那女的也尖叫起來，不停地衝著老母雞叫著。這時有一幫不明真相的笨蛋，就把匈牙利人巡邏隊找了來。我讓他們跟我到軍運處去把事情說清楚，證明我是無罪的。可是到了軍運處，我請那位值班中尉打電話問問您，是不是派我出來買東西的。他不但不幫我說句話，反而衝我嚷嚷，叫我住嘴，說大樹上正掛著絞索等著我呢！我想，他一定碰到什麼倒楣的事了，心情不好，所以才這樣對我說的。後來他還說，只有又偷又搶的士兵才會像我這樣胖呢！說最近火車站附近出了許多事情，前天就有人丟了隻火雞。我對他說，前天我們還在拉布呢！他說我說的話都是胡扯淡，沒用！就這樣，他們就把我送到您這裡來了。在我還沒看到他時，有一個士兵對我嚷嚷，說我不知道站在他面前的人是誰，我說他是個上等兵，若是在狩獵隊裡，他會是個巡邏兵，若是在砲兵團裡，他就是個砲手。」

「帥克，」過了一會兒，盧卡斯上尉說：「你遇到許多巧合，又闖了不少的禍，用你的話說，也就是什麼『小誤會』、『誤解』了。你這些倒楣事，也只能用根絞索和方陣圍觀的方法才能拯救你呢，你懂嗎？」

「我懂，報告，上尉先生！『方陣圍觀』不也就是用四個連的人力，或者視情形而定也有用三個連或五個連的人力，組成封鎖營和方陣來圍觀嗎？請指示，上尉先生，要不要在雞湯裡多放些麵條，煮稠一點？」

「帥克，我命令你，立刻拿著老母雞從這裡滾開，要不我打腫你的腦袋，你這個白痴……」

「遵命，上尉先生！可是報告，我還沒有買到芹菜，也沒有胡蘿蔔，我放些馬鈴……」

帥克還沒有說出馬鈴薯的「薯」字，就拿著老母雞從軍官車廂跑了出來。盧卡斯上尉氣得拿起一杯白蘭地一飲而盡。

帥克在軍官車廂窗口前向上尉行了一個軍禮，就離開了。

巴倫經過一番自我掙扎之後，正打算打開上尉的沙丁魚罐頭打開時，帥克突然提著老母雞走了進來，這引起了車廂裡所有人的興趣。大家望著他，好像在說：「是從什麼地方偷來的吧？」

「這是我替上尉先生買的雞。」帥克一邊從口袋裡掏出洋蔥和麵，一邊說：「我本想給他煮雞湯喝，可他不要，就送給我了。」

「也許是隻瘟雞吧！」軍需上士萬尼克懷疑地問道。

「是我親手把雞脖子扭了下來的。」帥克回答說。他接著從口袋裡掏出一把刀子來。

巴倫懷著感激和敬佩的感情望著帥克，默默地把上尉的酒精爐子準備好，然後又去灌壺。

通信兵霍托翁斯基走到帥克身邊，主動地提出他願意幫忙剝雞皮。他還貼在帥克耳邊悄悄地問道：「離這裡遠嗎？是翻牆進院子捉的？還是在外面順手抓來的？」

「我是親自買來的。」

「別裝蒜了，我們是哥兒們呀！我們可是看見人家把你押來的。」

通信兵賣力地拔著雞毛。炊事兵約賴達也加入了這種「偉大光榮」的準備活動，他幫著切馬鈴薯和洋蔥。

杜布中尉正好從這裡經過，車廂裡扔出來的雞毛引起了他的注意。

他衝著車廂裡的人喊道，讓拔雞毛的人出來。帥克面帶微笑，走出車廂。

「這是什麼？」杜布中尉嚷嚷道，並從地上撿起剛砍下來的雞腦袋。

「報告，」帥克回答：「這是一隻義大利黑母雞的腦袋。這種雞很能下蛋，一年大概可以生二百六十只蛋。您瞧，中尉先生，牠肚子裡還有許多蛋呢！」帥克把老母雞的腸子、內臟等一股腦兒都遞到杜布中尉的鼻子底下讓他看。

杜布中尉吐了一口口水走開了。一會兒他又轉了回來。

「這雞是替誰做的？」

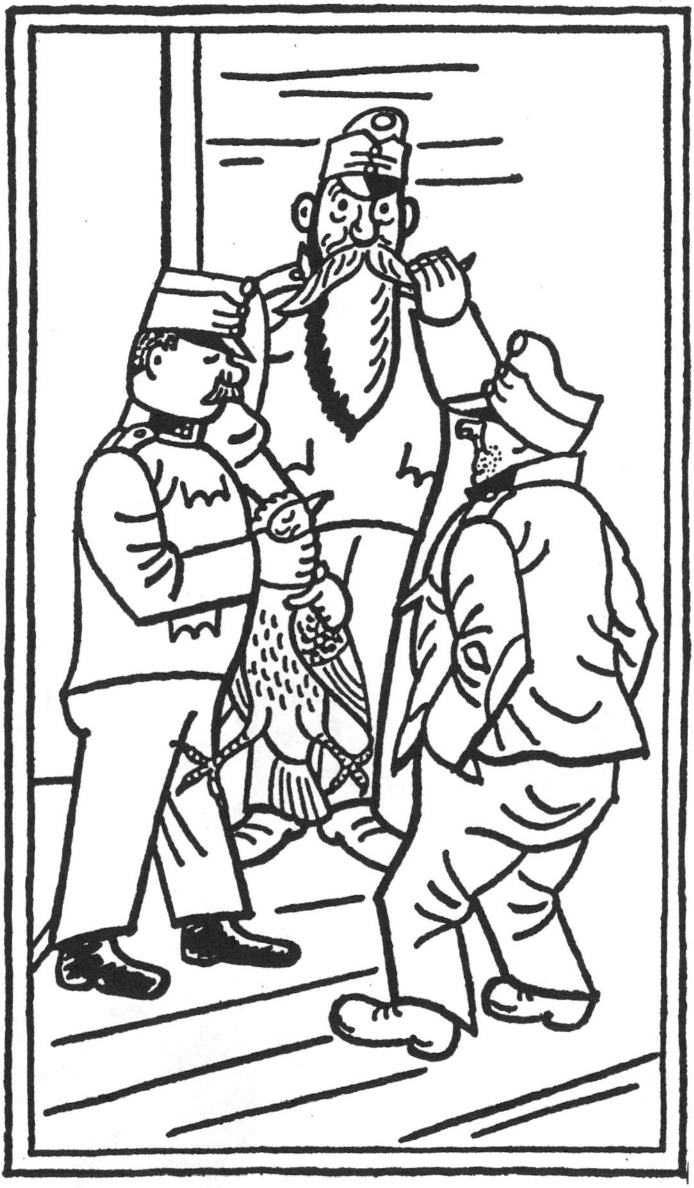

「是我們自己做來吃的。報告，中尉先生！您瞧，牠多肥呀！」

杜布中尉生氣地走開了，嘴裡嘟囔著說：「我們菲利浦見！」[115]

「他跟你說了什麼？」約賴達轉身問帥克。

「要我們菲利浦見。這些高貴的大人們都是些同性戀者。[116]」

約賴達說，只有唯美主義者才是同性戀者。同性戀這個詞是從唯美主義中引申出來的一個觀念。

軍需上士萬尼克又接著談到西班牙修道院的教師強姦幼童的事情。

這時酒精爐上的那鍋水已煮開了。帥克仍接著談到有人把一批維也納的孤兒託給一個教養員的事，結果這些孤兒都被那個教養員給禍害了。

「這類人就是有這種嗜好。最糟糕的是女人也染上了這種嗜好就更可怕了。幾年前，在布拉格二區，有兩個被遺棄的女人，她們離婚後當了野雞。一個叫莫爾柯娃，另一個叫肖斯科娃。有一天晚上，正是羅斯多基林蔭道上櫻桃花盛開的季節，她們在那裡抓住了一個有陽痿病的搖手風琴的老頭，

硬把他拉進羅斯多基小叢林中進行強暴。她們跟他什麼事都幹盡了！在日什科夫，有一個叫阿克薩米特的教授，為了尋找矮人屍體和骨頭架子，正在那一帶挖掘古墳。他已挖開了好幾處，取走了他所要的標本。那兩個野雞就把搖手風琴的老頭拖到一個已挖開的墳洞裡，在那裡折磨他，強迫他行姦。第二天，阿克薩米特去那裡，一見墳墓裡躺著什麼東西，十分高興。原來那是受了兩個女流氓糟蹋過的手風琴老頭。他的周圍淨是碎木柴。那老頭只待了五天就死了，而那兩個女流氓還厚顏無恥地去給他送葬。這簡直是陰陽顛倒亂了套了！」

「你在雞湯裡放鹽了嗎？咦？拿出來，你在做什麼？」帥克轉過身問巴倫。而巴倫正利用大家津津有味地聽帥克講故事的機會，偷偷地把什麼東西藏進了背囊裡。

「巴倫，」帥克嚴肅地說：「你拿這雞腿做什麼？你們瞧，他偷了我們的雞腿，想偷偷地煮了自己吃。你知道嗎，巴倫，你幹了什麼？你知道，在前線偷戰友東西的人會受到怎樣的處罰嗎？大家會把他綁在砲筒上，然後讓人用刷子刷他。你現在嘆氣已經晚了。等我們在前線遇到砲兵隊時，你就得到離我們最近的砲兵隊去報到。可是你現在得先操練操練，好為將來受刑作些準備。滾到車下去吧！」

可憐的巴倫下了車，帥克坐在車窗口喊著口令：「立正！稍息！立正！向右看齊！立正！向前看！稍息！現在原地踏步！向右轉！老兄，你真是頭牛，你的犄角當初是長在肩膀上的。向右轉走！向右轉！向左轉！半邊向右轉！不是這樣的，笨驢！向後轉走！半邊向右轉走！瞧，笨蛋！還行！半邊向左轉！向左轉！向左轉！齊步走！齊步走！白痴！你不知道什麼是齊步走嗎？筆直朝前走！向後轉！跪下！臥倒！屈膝！起立！屈膝！臥倒！起立！臥倒！起立！屈膝！起立！稍息！」

帥克說：「你瞧，巴倫，這對健康很有好處吧！至少能幫助你消化！」

115 菲利浦是古代色雷斯王國城市。這裡的意思是：不久再和你們算帳。

116 帥克誤以為菲利浦是個花天酒地的地方，所以這樣說。

此時，他們的周圍聚滿了看熱鬧的人群，不時地發出歡樂的笑聲。

「請讓一讓，」帥克喊道：「他要操練了！來吧，巴倫，注意點，別讓我老叫你重來一遍。我可不喜歡無謂地折騰士兵！開始吧！」

「目標車站！看我指的方向。五班朝裡走！立定！站住，他媽的，否則我關你禁閉。立定！你這笨蛋終於站住了！小步走！難道你不知道什麼是小步走嗎？我告訴你，也就是讓你鼻青臉腫！正步走！換步！原地踏步！你這笨蛋！我要你原地踏步！」

這時，至少有兩連的人在圍著看熱鬧。

巴倫滿頭大汗，暈頭轉向。帥克又喊起口令：

「全班向右轉，齊步走！」

「全班立定！」

「跑步走！」

「全班齊步走！」

「正步走！」

「全班立定！」

「稍息！」

「立正！目標車站！跑步走！立定！向右轉！目標車站！跑步！縮小步子！立正！稍息！現在你休息一會兒！等一會兒我們再做一遍。有志者事竟成。」

「這裡發生了什麼事？」杜布中尉憂心忡忡地跑了過來。

「報告，中尉先生！」帥克說：「我們在操練，怕忘了軍人的基本功，也為了不讓大好的光陰白白地浪費掉。」

「你下車！」杜布中尉命令道：「你太放肆了！跟我去見營長。」

當帥克來到軍官車廂時，盧卡斯上尉從車廂的另一道門走到月台上去了。杜布中尉向札格納大尉報告了好兵帥克所有胡作非為的事情。此時，大尉剛喝了著名的岡波茲爾基森葡萄酒，興致極好。

「你不想白白地浪費大好光陰嗎？」大尉意味深長地笑著說：「馬杜西奇，你來一下。」營傳令兵遵命把十二連的上士納薩克洛叫了過來，那是個出了名的「暴君」。他一來立刻遞給帥克一把步槍。

「這位士兵，」札格納大尉對納薩克洛上士說：「他不願白白浪費大好光陰，你帶他到車廂後面去進行一個小時的持槍操練。不要心軟，要馬不停蹄地做，主要是舉槍，放下，舉槍！」

「帥克，等一會兒你就不會感到日子無聊了！」他說完話就讓帥克離開了車廂。不久，在車廂後面鐵軌的上空，響起了嚴厲的口令聲。這位納薩克洛上士剛才還在玩「二十一點」，當著莊家，現在卻在這裡大聲叫著口令「槍靠腿！槍上肩！槍靠腿！槍上肩！」

後來，他們休息了一會兒。帥克心滿意足並一本正經地說：「幾年前我剛服役時就學過這套操練，叫到『槍靠腿』時，步槍要緊靠著右腰，槍托尖要與腳尖成垂直線，右手要自然伸直。握住槍時，要把大拇指扣住槍筒，其他的手指必須握緊槍托的前部。當叫到『槍上肩』時，要輕鬆地把槍帶挎到右肩上，槍口向上，槍筒向後……」

「好了，別再扯這些老掉牙的廢話了！」納薩克洛上士重又叫起口令：「立正，向右看齊！笨蛋！你是怎麼做的……」

「我正在做槍上肩的動作。做向右看齊時，我的右手沿槍帶向下，握著槍托頸部，頭向右轉；做到立下時，右手重又握住槍帶，頭向前，朝著您看。」

接著重又響起上士的聲音：「端槍！槍靠腿！槍上肩！上刺刀！刺刀進鞘！走向祭壇！出祭壇！祭壇前跪下！子彈上膛！射擊！起立射擊！向右開步走！目標參謀車！距離二百步……預備，槍靠臉！

射擊！槍回拉！瞄準器垂直！退膛！稍息！」上士點燃一根香菸抽了起來。

帥克利用這段間隙，看了看這槍的號碼，吃驚地說：「四二六八！在貝切克鐵路線第十六股軌道上有一輛火車頭也是這個號碼。他們正要把它拉到拉貝河畔利薩車廠進行修理，可是遇到一些麻煩。上士先生，因為那輛車的司機特別記不住數字，段長就把他叫到辦公室，囑咐他說：『在第十六股軌道上停著一輛號碼為四二六八的火車頭。我知道你不善於記住數字。如果把那個數字寫在紙上，又怕你會把那張紙丟了。你這麼不擅長數字，得多注意點才好。我對你說，其實記住數字並不難。你聽好，那輛要拖到拉貝河畔利薩車廠去的火車頭號碼是四二六八。注意聽著，第一個數字是四，第二個是二，這樣你記住了四十二。還可以這樣記，二乘二等於四，這是第一個數，然後四除二等於二，這同樣是四十二。現在你別害怕，二乘四等於幾？是八，對嗎？這樣你又記住了八，它是四二六八的最後一個數字。還剩下一個數字，既然你已記住了第一個是四，第二個是二，第四個是八，那麼你再聰明點，把八之前的那個六字記牢了，不就行了嗎！這不是很簡單嗎？第一個數字是四，第二個數字是二，四加二等於六，那你可以倒數第二個數字是六。這樣記法，你會一輩子也忘不了這個數字的排列順序的。四二六八這個數字會牢牢地扎根在腦海裡的。我這裡還有一個更容易的記法……』」

上士停止了吸菸，睜大眼睛望著他，只是嘟囔了一句：「把帽子脫下來！」

帥克嚴肅地繼續說：「他又給他講了一個更加容易的記憶方法，可以更容易記住四二六八車頭的號碼。八減二等於六，這樣就知道六八這兩個數，然後六減二等於四，這樣就有了四和六八，再加進去二，就有了四二六八了。此外還可以用乘法和除法來記，也相當簡單，也能得出這個數字。段長說：『你記住，二乘四十二等於八十四。一年有十二個月，八十四減去十二個月，是六十，這個數字裡有六，我們把後面的零去掉，我們就有了四二六八了。既然我們可以去零，那我們也可以去掉最後面的那個四，這樣我們就能得出去拉貝河畔利薩車廠修理的那輛火車頭的號碼四二六八了。此外，我還說過，用除法也很容易，我們可以用海關稅率計算法來記。上士先生，您那裡不舒服了？假如您願意的話，我就開始操練：『大家一起放槍！預備，瞄準，放！』他媽的，大尉先生根本就不該派我們到這種晒死人的太陽底下操練的。我得去找擔架來！」

軍醫來到上士的身邊，做了一番檢查，說這不是中暑。就是腦膜炎。

等上士醒來時，帥克站在他的身旁對他說：「讓我接著把剛才的故事講完吧！上士先生，您以為那個司機會記得住那個號碼嗎？他全搞混了，把三種方法都攪在一起了，因為他想起上帝是三位一體的。結果是，他沒有找到那個火車頭，至今那輛火車頭還停在第十六股軌道上呢！」

上士再度閉上了眼睛。

帥克回到了自己的車廂，人家問他那麼久到哪裡去了，他回答：「如果一個人叫人做『跑步走』，自己就得先做一百次『槍上肩』！」

此時巴倫正在車廂裡直打哆嗦。帥克不在時，老母雞就已燉熟了，他把帥克的那一份吃掉了一半。

在他們的列車沒有開走之前，一輛混合軍列車趕到了這裡。車上滿載著來自各單位的人員，有掉

隊的士兵，有剛出醫院重返部隊的士兵，也有出完差或坐完牢重新歸隊的可疑分子。

一年制志願兵馬列克也從這輛火車上走了下來。他曾因為拒絕打掃廁所而被指控為叛亂分子，但師軍法處釋放了他，對他的審訊也就此結束了。現在，志願兵馬列克來到軍官車廂，向營長報到。由於他經常被從這個監牢轉到另一個監牢，因此他究竟屬於哪個機構，也還是個問題。

札格納大尉見到志願兵馬列克，從他手裡接過了證件，看到上面寫了一條祕密評語：「此人不可靠，應嚴加戒備。」大尉心中甚是不快。幸好他突然想起「廁所將軍」曾風趣地建議他增設一個營史編寫員的事。

「你這個志願兵也太懶散了！」大尉對他說：「你在一年制志願兵軍校時就總惹禍，要不然，就憑你的聰明才智早就出人頭地並取得官銜了。如今你卻落得個從這個監牢押到另一個監牢的下場，連我們營也為你蒙受了恥辱。你這個志願兵，應該改正自己的錯誤才是。只要你今後能出色地完成各項任務，還是可以成為一名優秀士兵的。你必須熱愛我們營，把全部力量獻給我們營。我要考驗考驗你，你是一個有才華的青年，會寫作，而且會寫得很有文采。我想跟你說件事，現在戰場上每個營都需要有個人來記錄自己營在前線作戰的一切光輝事跡，然後編寫出本營的大事記。這裡包括各營參與過的、擔任過主導地位的一切勝利進攻、重大光榮業績等，你要認真地把它們記載下來，為寫軍史積累資料。你明白我的意思嗎？」

「報告，大尉先生！我明白您的意思，也就是要把部隊中一切重要事情都要認真地搜集起來，好編寫成全營的歷史。然後，團部在各營歷史的基礎上再形成團史，團史再匯集成旅史，旅史再匯集成師史，以此類推。大尉先生，我一定竭盡全力去完成這項任務！」

志願兵馬列克把手放在胸前說：

「我一定懷著真誠的愛記錄下我營的光輝事跡，特別是今天，當我軍正在全力進攻，進行大決戰的緊要關頭，當我營的英雄男兒奮不顧身走向戰場的時候，我要把一切重要事件的過程全部記錄下來，讓我營歷史的每一項都充滿光榮與勝利的驕傲，使它像戴著美麗的桂冠一樣輝煌。」

「你就留在營部工作好了，志願兵。你的任務是留心我營的哪些人榮獲了獎章，然後把他們的姓名和事跡記錄下來。當然，這要根據我們的意見把那些特別能反映我營堅強鬥志和鋼鐵紀律的進軍情況記錄下來。這可不是一件容易的事啊！志願兵，但我希望你有這樣的觀察才能，再加上我給你的指點，經過你的生花妙筆，我們營一定會勝過其他營的。我已給團部發去電報，任命你為營部戰績記錄編寫員。你現在去十一連軍需上士萬尼克那裡，請他幫你在車廂裡安排個位置，那裡還有許多空位置。然後你讓他到我這裡來一趟。當然你的編制屬於營部，我會給全營發道命令的。」

炊事兵約賴達已躺下睡覺了。巴倫因為打開了上尉的沙丁魚罐頭害怕地直打哆嗦。軍需上士萬尼克去札格納大尉那裡了。通信兵霍托翁斯基在火車站附近偷偷地弄到一瓶松子酒，拿起來一飲而盡，傷感地唱起歌來：

在那快樂甜蜜的日子裡，
我感到一切是那樣的美好和真誠；
我的胸膛呼吸著信念，
我的眼睛燃燒著愛情。
但當我看到，
世界充滿了豺狼般的奸詐與背叛，
我的信念幻滅了，愛情枯萎了，
我生平第一次痛哭了。

然後，他站了起來，走到軍需上士萬尼克的桌旁，在一張紙上寫下幾個大字：

我恭敬地請求，任命我為營部號手。

通信兵　霍托翁斯基

札格納大尉與軍需上士萬尼克的談話並不太久，大尉只是讓他把這位營部臨時戰績記錄員、志願兵馬列克安排在帥克的那個車廂裡。

「我只能告訴你這一點，馬列克這個人是個可疑分子，政治上不可靠。我的上帝！如今這樣的事其實也沒有什麼大驚小怪的，對誰都可以這麼說。現在各式各樣的猜疑有的是。你懂我的意思嗎？我只是讓你注意一下，假如他胡說些什麼，喂，你懂嗎？你要立即制止他，別讓他給我捅婁子！你可以直接跟他說，叫他別胡說八道，這樣也就行了。我還想，今後你遇到這種事也不必馬上跑來向我報告，你可以跟他友好地談談，這種推心置腹的談話往往比那種愚蠢的告密要好得多。總之，我不希望聽到什麼，因為……你明白嗎？這種事常常會影響全營聲譽的。」

萬尼克回到車廂，把志願兵馬列克拉到一邊說：「老兄，你是個可疑分子呢！不過不要緊的，只是你當著通信兵霍托翁斯基的面，可別說廢話就是了！」

他剛說完話，霍托翁斯基就搖搖晃晃地撞了進來，一頭倒在萬尼克的懷裡，嘴裡嗚咽著發出醉漢的嗓音，哼著一首情歌：

所有人都離我而去時，
我把頭傾倒在你的胸前。
我痛苦地哭泣著，
淚珠兒落在你那熱烈而純潔的心上。

你的眼睛燃燒著熾烈的火焰，
就像夜空中的星星在灼灼發光。
你啟開珊瑚般的嘴唇低聲地說：
「我永遠也不會離開你！」

「我永遠也不離開你！」霍托翁斯基大聲說：「這是我從電話裡聽到的，我馬上就來告訴你們了。我發誓！」

巴倫坐在角落裡恐懼地畫著十字，大聲祈禱著：「聖母啊！請不要拒絕我的請求，要仁慈地聽著我的訴說，求您給我善意的安慰，拯救我這個可憐的人！我懷著對您的堅定信仰、忠誠的希望和熱烈的愛戴，在這淚水浸透的深谷裡向您呼喚，啊！聖母啊！請您為我說情，讓我在上帝的仁慈和庇護下活到生命的最後一刻吧！」

仁慈的聖母瑪利亞還真的沒有拋棄他，因為過了一會兒，志願兵便從他那窮背囊中拿出幾盒沙丁魚罐頭，每人給了一盒。

巴倫大膽地打開了盧卡斯上尉的箱子，把這盒天上掉下來的沙丁魚罐頭放了進去。

後來，當大家打開沙丁魚罐頭吃得津津有味時，巴倫又忍不住自己的饞癮，打開箱子，拿出沙丁魚罐頭，狼吞虎嚥地吃了起來。

可是這一次，最仁慈、最心軟的聖母瑪利亞卻救不了他了。因為就在此時，當巴倫喝光罐頭盒裡最後一滴油時，營部傳令兵馬杜西奇出現在車廂的門前，喊道：「巴倫，快把沙丁魚罐頭給上尉送去！」

「你又得挨耳光了！」軍需上士萬尼克說。

「你最好不要空著手去！」帥克說：「你至少得拿上五個空罐頭盒再去。」

「您究竟做了什麼壞事，上帝要這樣懲罰您？」志願兵說：「您一定做過什麼罪孽深重的事情。您是不是偷吃過什麼聖物？是不是偷吃了神父供奉上帝的燻火腿？是不是偷喝了神父放在地窖裡準備做彌撒的葡萄酒？或者您小時候爬到神父的花園裡偷吃過梨子？」

這時，巴倫臉色蒼白，充滿沮喪，絕望地搖搖手，傷心地說：「我的痛苦到什麼時候才能完呢？」

「朋友，」志願兵聽了可憐的巴倫泣訴後說：「這是因為您已失去了和上帝之間的連結。因為您不會祈禱，不能讓上帝儘快地把您從世界上拯救出來。」

帥克補充說：「巴倫總是下不了決心，沒有把自己的軍旅生活，對軍隊的想法、語言、行為，乃至自己的生死都交給至高無上的、有著慈母心腸的上帝來安排。我們的隨軍神父卡茲喝醉了酒在大街上打士兵時，就是這樣諄諄教導我們的。」

巴倫嘟囔著，說他已對上帝失去了信心，因為他已經向上帝祈禱過許多次，請求祂給自己力量，把胃縮小一點，但總不見效。

「這不是來軍隊以後才有的事，」巴倫抱怨地說：「這饞嘴病已是老毛病了。為了它我的老婆還帶著孩子一道去克羅柯特朝過聖呢！」

「我認識那個地方，」帥克說：「它離塔博爾不遠。那裡有一尊戴滿假寶石的聖母瑪利亞塑像，十分富麗堂皇。斯洛伐克一個看守教堂的人曾經想把它偷走。那人是個十分虔誠的信徒。他到了那裡，心想要是在還沒有偷之前，先找神父懺悔一下，把自己以往的罪孽都洗淨，這可能會使這次偷竊行為更順利些。於是他擒找神父懺悔，但在懺悔時，他把自己打算在第二天去偷聖母像的事也一股腦兒說了出來。神父聽了這話以後，為了穩住他，不讓他逃掉，就讓他念三百句禱文。結果他還沒有把話說完，也沒有能把神父給他的三百句禱文念完，就被當地教堂的看守人抓住，送到憲兵隊去了。」

炊事兵約賴達與通信兵霍托翁斯基之間展開了一場爭論：這是不是一種懺悔洩密呢？或者說，既然聖母身上的寶石是假的，那麼這能算犯了竊盜罪嗎？兩個人爭論不休。最後炊事兵對霍托翁斯基證明說，這是一種懲罰，是一種早已命中注定了的事。也許在遠古時代，這位斯洛伐克可憐的教堂守護人還是個古怪的外星人呢！同樣，那位克羅柯特教堂的神父，當時也可能是一個會飛的、現在已滅種的哺乳類動物——會飛的袋鼠。那時牠就命中注定要變成神父來洩露這次懺悔祕密的，儘管現在從法律觀點看，或者根據教規的條文，都不算什麼問題了，即使涉及到教堂的財產問題。

對此，帥克又作了一點簡單的說明：「你說得對，任何人也不知道自己幾百萬年以後會做什麼，也不能拒絕幹什麼。我們在卡爾林當兵時，有一位叫克瓦斯尼切克的中尉也常說：『你們這些笨豬，別以為這次世界大戰很快就會結束。我們死了以後也還會見面的。到那時，我要把你們打入地獄，把你們變成鹿！你們這幫笨豬！』」

在這期間，巴倫受著痛苦的內心煎熬，他以為大家正在談論著他的事情，便繼續大聲地祈禱：「就連去克羅柯特朝聖都不能治好我的饞嘴病呀！我的老婆帶著孩子們朝聖回來，一數家裡養的老母雞少了一隻或兩隻。我也是出於無奈啊！我知道家裡需這這些雞來下蛋，但我一走到院子裡，看到這些雞，我的肚子就突然感到餓得慌，等過了一小時後，我肚子感覺好一點了，可一隻老母雞沒有了。有一次，家裡的人去克羅柯特為我祈禱，讓我這個當爸爸的在家裡不要饞嘴，不要又偷吃雞。可是我在院子裡蹓躂時，突然看到一隻公火雞。這一次差一點讓我丟了性命，因為吃雞時，一根雞腿骨頭卡住了我的喉嚨，幸虧那個磨坊小徒弟幫我取出了那根骨頭，否則今天我就不會和大家一起坐在這裡了，也等不到這次世界大戰了……是啊，幸虧這位磨坊小伙子了！他那麼年輕、健壯、白白胖胖的……」

帥克走到巴倫的跟前說：「你把舌頭伸出來給我看看！」

巴倫伸出舌頭，帥克看了看，轉身對車廂裡所有人說：「我知道了，他把那個小徒弟也吃掉了吧！你說實話，什麼時候吃掉他的！又是在你家裡人去克羅柯特朝聖時吃的吧！對嗎？」

巴倫絕望地合著雙手喊道：「你饒了我吧，朋友，我的好朋友居然也說出這樣的話！」

「我們並不責備您，」志願兵說：「相反的，這證明您會成為一名好兵的。在拿破崙戰爭時期，法國人把馬德里城圍得水洩不通，城裡鬧起飢荒。當時西班牙駐守馬德里的城防司令為了不想因為飢餓就獻城投降！便殺了自己的副官來充飢，連鹽都沒有放。」

「這確實是一種犧牲，因為放了鹽的副官一定會更好吃。軍需上士先生，我們營的那位副官叫什麼名字呢？叫齊格勒嗎？他太瘦。把他宰了燉肉還不夠一個先遣連吃一頓呢！」

「你們瞧，」軍需上士萬尼克說：「巴倫手裡還拿著念珠呢！」

的確，巴倫在他最痛苦的時候，就曾去維也納的一家名叫莫利茲－諾文斯頓公司買過念珠，想用它來減輕自己的煩惱。

「這也是從克羅柯特買來的。」巴倫憂傷地說：「在他們把念珠給我之前，就聽到兩隻鵝在叫，我看那鵝挺瘦的，沒有什麼肉，叫得可憐兮兮的，也就沒有動牠們。」

過了一會兒，一道命令傳遍整個列車，說十五分鐘以後就要開車。但誰也不相信這是真的，因為儘管戒備森嚴，有些人還是溜了出去，如今還在外面閒逛。火車開動時，少了十八個人，其中包括十二先遣營的上士納薩克洛。當火車開過伊撒塔爾塞很久以後，這位上士還在火車站後面幽暗的小灌木林裡跟一個流浪女談交易，女的要五克朗，男的只肯給一克朗或幾個耳光作為服務費。他們大聲嚷嚷，鬧得連火車站上的人都跑來看熱鬧。

3 從豪特萬到加里西亞邊境

在全營開往東加里西亞博雷茲河、再步行到前線去奪取軍事榮譽的路上，人們在帥克和志願兵馬列克乘坐的車廂裡一直談論著有關叛國的各種怪事。這種情況不僅出現在這裡，事實上，在其他車廂裡也都是如此，甚至在軍官車廂裡也籠罩著某種不滿情緒。因為在菲澤什奧博尼鎮，團裡發來一道命令，決定要把配給軍官們的葡萄酒減少八分之一公升。當然，這種事也沒有忘記找上士兵們，給他們的西谷米口糧也每人減少了十克。但最不能理解的是，軍隊裡的人從來就沒有見過什麼西谷米。

當這件事通知給軍需上士包坦柴爾時，他感到很委屈，說如今西谷米是短缺食品，一公斤至少值八克朗，可是公家的西谷米竟被人偷了。

在菲澤什奧博尼還發生了一件事。有一個先遣連的隨軍炊事班失蹤了，那位「廁所將軍」還曾一再強調要在這個鎮上給大家做一道馬鈴薯燉牛肉吃的。經查明才知道這個倒楣的炊事班在布魯克站就沒有上車，也許現在還在一八六號破房子後面餓著肚子傻傻站著呢！

開車的前一天，這個炊事班的一名伙伴因為在城裡撒野而被關在禁閉室裡，他們的先遣連已開過匈牙利時，他還在那裡。

有一個連因為沒有炊事班，而被安排到另一個連的炊事班用餐，於是產生了一些磨擦，比如說，兩個連的士兵在一起削馬鈴薯時，彼此就難免爭吵起來，各自都認為自己在為別人受累，說什麼「我們又不是畜生，為什麼伺候你們？」後來才知道，這次做馬鈴薯燉牛肉只不過是演習而已，好讓士兵們能早點習慣，到了前線和敵人作戰時也能氣定神閒做馬鈴薯燉牛肉吃。到時在戰場上假如突然一聲令下：

「撤退！」鍋裡煮的馬鈴薯燉牛肉只好倒掉，誰也來不及舔上一口。

這就是一種演習。雖說沒有產生什麼悲劇性的結果，倒也能給人一些教訓。正當要配給馬鈴薯燉牛肉的時候，突然來了一道命令：「上車！」列車就一口氣開到米什柯利茲。可到了那裡，士兵們還是沒有吃到馬鈴薯燉牛肉，因為鐵路線上停了一輛俄國列車，士兵們都不許下車，士兵們又一次失望了。接著，士兵們又盼望著能在加里西亞下車時吃到馬鈴薯燉牛肉，可是到了那裡，又宣布牛肉已經壞了，沒辦法吃了，便把那些牛肉全都倒了。

後來，他們繼續把肉拉到蒂薩遼克、松博爾，一直等到大家再也不指望吃什麼馬鈴薯燉牛肉的時候，火車才在西亞多爾的諾維鎮停了下來，這時他們才重又開始架起鍋，點燃火，煮起燉肉來，士兵們盼了又盼的燉肉才終於盼到了。

火車站上擠滿了列車和人群。有兩列裝滿火藥的列車應該首先開出去，然後接著開出的是兩列砲兵軍車和一列架橋部隊的列車。應該說，這裡聚集了所有兵種的列車。

車站後面有幾個穿著盛裝的匈牙利驃騎兵抓住兩個波蘭猶太人。他們搶奪猶太人的酒籃開玩笑，不僅不給錢，還無理地打他們的耳光。很顯然，他們這樣放肆是得到上司允許的，因為他們的上司就在附近，看到他們打人正得意地笑呢！此時，在車庫後面也有幾個匈牙利驃騎兵打傷了一些猶太人，還把手伸到他們長著黑眼睛的女兒裙子下面。

車站上還停著一輛裝著航空部隊士兵的列車。在它旁邊一些軌道上，有的列車滿載著被擊壞的大砲。運到前方去的都是些嶄新的武器，而這些被擊壞的光榮殘骸則是運到後方去修理和改裝的。

杜布中尉對圍觀被擊壞飛機大砲的士兵們解釋說：「這些都是我們的戰利品。」可是他突然看到，在不遠處，帥克也在人群中說些什麼。他走了過去，聽到帥克正慎重說：「不管怎麼說，這些都是戰利品。雖然乍一看來，那砲架上用德文寫的皇家王室砲兵師的字樣，似乎會令我們懷疑，但實際情況是這樣的，這座大砲先是落到了俄國人的手裡，現在我們又把它奪了回來，這樣的戰利品豈不是更珍貴嗎？

因為……」

「因為，」當帥克見到杜布中尉，他就更加鄭重地說：「不能讓敵人留下我們一絲一毫的東西。不管是在普舍米斯爾戰役中被敵人繳去的東西，還是在其他戰場，哪怕某個士兵被繳去的一個水壺，我們都要把它們奪回來。說到水壺，在拿破崙戰爭時期，有一個士兵夜裡潛入敵人的營地，將自己的軍團水壺悄悄拿了回來。他還賺到一點呢！因為敵人在那天晚上剛剛領到了燒酒。」

杜布中尉只說了一句話：「快滾開，愈遠愈好，帥克，別讓我再在這裡看到你！」

「遵命，中尉先生！」帥克離開了那裡，來到另外一群人中。如果杜布中尉能聽到他在那裡說了什麼的話，也許他會氣得跳起來的。其實，帥克只是引用了《聖經》上的幾句話：「看見我也罷，不想看見我也罷，全都無所謂。」

在帥克走了以後，杜布中尉又做了一件傻事。他指著一架機輪上用德文清楚地寫著「維也納新城」字樣、被擊毀的奧地利飛機，對在場的士兵們大聲說：

「這是我們在利沃夫打下來的俄國飛機。」這句

話被路過的盧卡斯上尉聽到了，他又大聲地補充了一句：「同時還有兩個俄國飛行員也被燒死了呢！」

盧卡斯上尉默默地離開了那裡，心裡卻暗暗地罵道，這個杜布中尉真是個畜生。

他走過幾節車廂，遇到了帥克。他本想避開帥克，但他從帥克的眼神中看出，帥克心中似乎有許多話要向他傾訴，也就沒有再迴避他。

帥克逕直向他走來說：「報告，連部傳令兵帥克向您請示有什麼吩咐。報告，上尉先生，我已經去軍官車廂找過您了！」

「你聽著，帥克！」盧卡斯上尉用一種十分厭惡的腔調對他說：「你知道你姓什麼嗎？你已經忘了我是怎麼稱呼你的，對吧！」

「報告，上尉先生，我沒有忘記這件事。我不是一年制志願兵日萊茲尼那樣的人。說起他，那已是大戰以前很久的事了。那時，我們在卡爾林兵營服役。當時還有一位叫費利勒・馮・布梅蘭的上校，或者叫別的什麼名字，我已記不清了。」

盧卡斯上尉聽到他說「別的什麼」時，不由自主地笑了起來。帥克繼續說：「報告，上尉先生，我記得那位上校只有您一半高，他像羅布柯維茲公爵那樣，滿臉大鬍子，像個猴子。他生氣的時候，一跳可以比他自己的身高還要高出一倍，所以我們都叫他『彈性橡皮老爺』。有一次，五一節快到了，我們都做了戰鬥準備。在五一節的前夕，上校把大家都召集到院子中間聽他訓話。他說，我們明天都得待在兵營裡，不准外出，讓我們聽候最高命令。說必要時，要槍斃所有社會主義匪徒。還說，凡是這一天不準時集合，外出不歸，第二天才回到營房的士兵，都得作為叛徒處理。不過，他說在放排槍時，那些酒鬼是打不中任何人的，還會往天上開槍。志願兵日萊茲尼回到房間裡後說：『彈性橡皮老爺的主意真不錯，其實就是那麼一回事。明天不讓任何人回到營地，那麼最好就是根本不回來。』報告，上尉先生，他真的這樣做了。這位弗利勒上校真是個壞透頂的人，但願上帝懲罰他！第二天，他到布拉格四處亂竄，尋找我們團是否有人私自離開軍營而在街上遊蕩。他在布拉格大門那裡遇到日萊茲尼，馬上就衝他大發雷霆說：『我得給你點顏色看看，我得教訓教訓你，我得讓你加倍吃點苦頭！』他還說了很多這樣的話，然後把他揪回兵營，一路上還說了許多十分骯髒的、嚇唬人的話，總是問他叫什麼名字？『日萊茲尼，日萊茲尼！你這酒鬼，抓到你，我真高興。我要讓你看看什麼是五一節！日萊茲尼，日萊茲尼！你落到我手裡，我得把你關起來，關得牢牢的！』日萊茲尼卻顯得滿不在乎的樣子，跟他一道走過波西奇，等到了羅茲瓦希利時，他突然鑽進路邊的通道裡，過了通道以後轉眼就無影無蹤了。這一下把『彈性橡皮老爺』想要關日萊茲尼禁閉的那股高興勁全都弄沒了！上校因為他的犯人逃跑了而大發雷霆，氣得連那個犯人的名字也忘得一乾二淨了。他一回到兵營便蹦得頭都撞到天花板上，因為那天花板並不高。營部值日官很奇怪，為什麼這位先生會突然說不好捷克語呢？他總是嚷：『把姓銅的關起來！不，不是把姓銅的關起來，是把姓鉛的關起來，把姓錫的關起來！[117]』上校就這樣一天一天地折磨著自己，總是問是不是已經抓到到姓銅的、姓鉛的、姓錫的逃犯。他叫全團的人都走出來讓他檢查，而人們已把大家都熟悉的日萊茲尼移到醫務室去了，因為他曾當過牙科醫師。後來有一次，我們團的一個人在布采吉酒館把一個龍騎兵捅了一刀，因為那個龍騎兵總是糾纏他的女朋友。為了這件事，團部讓大家都到院子裡集合，圍成方陣，病人也得去，得由兩個人扶著去。這就毫無辦法了，日萊茲尼也只好到院子裡站著。在那裡，他們向全團官兵宣讀了一份德文寫的命令，大意是龍騎兵也是兵，禁止對他們捅刀子，因為他們是我們的戰友。當時，一個志願兵在給大家做翻譯，上校虎視眈眈地審視著每一個人。他先是在隊伍的前面走著，後來又來到隊伍的後面，然後又圍著方陣繞了一圈，他突然發現了日萊茲尼時，志願兵也停止了翻譯，上校在高大的日萊茲尼面前一跳一跳的，就好像一條狗撲向一匹雌馬似的，十分滑稽。他一邊跳一邊喊：『這一次你可逃不了啦！他那裡也去不了啦！現在我會叫你日萊茲尼了。我一直把你叫成姓銅、姓鉛、姓錫的呢！你是姓鐵的，是姓鐵的臭小子。我要教訓你這個姓錫、姓鉛、姓

117 「日萊茲尼」在捷文裡是「鐵」的意思。這裡上校忘記了日萊茲尼這個名字，而胡亂叫什麼姓銅、姓鉛、姓錫的名字。

銅的。你這個骯髒的畜生！你這頭豬！你這個姓鐵的！』後來，上校罰他關一個月的禁閉。可是大約半個月以後，上校的牙疼起來，他想起日萊茲尼是牙科醫師，於是派人把他從禁閉室帶到醫療室，叫他為自己拔牙。日萊茲尼大約只花了半個小時就給他拔掉了牙，只讓老先生漱了三次口，上校就感到舒服多了，於是他把日萊茲尼還沒有坐完的十四天禁閉也給免了。上尉先生，這就是上級忘記下級名字所發生的情況；但下級永遠也不可以忘記上的級的名字，正像這位上校曾經對我們說的，許多年以後，我們也不能忘記，我們曾經有個叫費利勒的上校……上尉先生，我是不是說得太長了點？」

「帥克，你知道嗎？」盧卡斯上尉回答：「我怎麼愈聽愈感到你對自己的上司很不尊重呢？一個士兵在許多年後談自己過去的上司時，應該多說好話才是。」

可以看出，盧卡斯上尉開始想聊天了。

「報告，上尉先生！」帥克遺憾地打斷了他的話說：「可是費利勒上校先生早已去世了。如果上尉先生願意聽的話，我可以只講他的好話。上尉先生，他對待士兵就像天使那樣體貼入微；他仁慈得

像聖馬丁，把自己的鵝分給飢餓的窮人吃。他曾把從軍官食堂領來的飯菜分給了他在院子裡碰到的士兵。當我們吃膩了麵包和果醬時，他就吩咐食堂給我們煎豬肉。在演習的時候，他就更加慷慨仁慈了。當我們開到下克拉羅維采時，他下令由他請客，讓我們把整個下克拉羅維采啤酒廠的啤酒全都喝光。假如碰上他有什麼好事或生日，就給全團士兵做酸奶調味的兔肉和麵餃吃。他對士兵們太好了，有一次，上尉先生……」

盧卡斯上尉在帥克的耳朵邊輕輕拍了一下，和藹地說：「好了，你這個機靈鬼，你可以走了，別再說下去了！」

「是，上尉先生！」帥克說完便回到自己的車廂。這期間，在裝有電話機和電線設備的營部車廂門前，也出現了一幕戲劇性的場景：按照札格納大尉的命令，在營部門前設立了一個崗哨，由一個士兵站在那裡把守，一切都按照戰場上的要求聽從大尉指揮。在其他一些重要車廂兩頭也布置了崗哨，並統一由營部辦公室下達「問與答」的口令。

那一天的口令如下：問「Kappe」（帽子），答「Hatvan」（豪特萬）。當時守在電話機旁的哨兵是一個波蘭人，家住科洛米亞，是由於某種偶然的機會來到九十一團的。他應該記住當天的口令，可是要想讓他知道「Kappe」是什麼意思就太難了。幸好他天生有一種速記的本領才記住了這個詞的第一個字母是「K」。那天營裡的值日官杜布中尉走過來問他口令，他馬上回答說「Kaffee」（咖啡）。他這樣回答也很自然，因為這位來自科洛米亞的波蘭人始終回憶著他在布魯克營房裡早晚喝咖啡的美好情景呢！

這位波蘭人又喊了幾聲「咖啡」，而杜布中尉沒有回答，仍向他靠近。這時他想到自己的誓言和堅守崗位的職責，又用威脅的口氣大聲喊了一聲「站住！」當杜布中尉又朝他走了兩步，他仍沒有聽到中尉回答口令時，便馬上端起槍對著中尉，他本想喊一聲「我要開槍」，可是由於他不會德語，卻用波德混合的語言喊出了一句令人尷尬的話「我要拉屎」！

杜布中尉明白了，開始往後退，用德語喊道：「我是哨兵指揮官，是哨兵指揮官！」

此時耶林內克排長來了，把波蘭人帶到哨所。一會兒杜布中尉也來了。他們一道問他口令，那位來自科洛米亞的波蘭人大聲地回答：「咖啡！咖啡！」他的叫聲傳遍了整個車站。士兵們從車廂裡湧了出來，突然間一片混亂，直到把那位已解除了武裝的老實士兵送到禁閉車廂以後，混亂才算結束。

杜布中尉對帥克有些懷疑。他看到帥克手裡拿著飯盒第一個從車廂裡出來，還聽見他大聲喊叫：「拿著飯盒出來，拿著飯盒出來！」

後半夜，列車向拉多夫采—特舍比肖夫城開去。第二天清晨時，一些老兵協會的人來到車站迎接他們。不過這些老兵協會的人把這個先遣營當成了匈牙利兵團十四先遣營了，而那個先遣營夜裡就已經通過了這個車站。這些老兵都是些老油條，大聲以匈牙利語喊著：「上帝保佑我們的皇帝！」他們的喧囂聲把全車廂的人都吵醒了。有幾個搗蛋的士兵把頭探出窗外對他們說：「親我們的屁股吧！光榮！」

這些老兵們的大叫大嚷，甚至把車站大樓的窗戶也震得顫抖了：「光榮！光榮屬於十四營！」

五分鐘以後，列車繼續向霍麥納開去。這裡已能清楚看到戰爭的痕跡了，那是俄國人在進攻蒂薩谷地所留下的。谷地兩邊是簡陋的戰壕，到處可見被大火燒毀的殘垣廢墟。旁邊有些剛搭好的簡陋小茅舍，表明原來的主人現又回到了這裡。

快到晌午時分，列車到達霍麥納車站。車站上也有戰爭的殘痕。午飯正在準備之中。士兵們趁此機會窺視著一個公開的祕密：俄國人走了以後，這裡的政府怎樣對待當地那些在語言和宗教信仰方面都與俄國人相近的居民。

月台上，有許多被俘的匈牙利人見俄國人被匈牙利憲兵包圍著，其中有一些是從周圍郊區抓來的神父、教師和農民，他們的手被反綁著，而且是兩人一對地拴在一起。大部分被捕者不是鼻子被打破了，就是腦袋上腫起一個大包，這些都是被捕時被憲兵打的。

離月台不遠的地方，一個匈牙利憲兵正在侮辱一位神父。他在神父的左腳捆上一根繩子，用手牽著，然後用槍托逼他跳匈牙利民間舞蹈，跳著跳著，他把繩子一拉，讓神父摔個鼻子朝地，手又反綁著，爬也爬不起來。他絕望地掙扎著，想翻過身來仰面朝天，以為這樣也許能從地上支撐起來。那位憲兵看著這種情景，在一邊笑得連眼淚都流了下來。神父好不容易爬起來時，他又突然一拉繩子，神父又鼻子朝地倒了下去。

憲兵隊長來了以後，才終於制止了這種惡作劇。他吩咐在火車到來之前先把這些被俘的人員帶到車站後面的空倉庫裡去，在那裡打他們、侮辱他們，都不會被別人看見。

軍官車廂在談論這些情況時，大部分軍官通常是持反對態度的。

旗手克勞斯以為，假如他們是叛國分子，理應受到絞刑處置，但不應該虐待他們。而杜布中尉對那些憲兵的所作所為卻表示完全贊同。他甚至認為這些犯人與塞拉耶佛暗殺事件也有聯繫。他是這樣解釋的：霍麥納車站的憲兵是在為斐迪南大公和他的夫人報仇雪恨。中尉為了使自己的話更有說服力，說他曾在西馬切克《四葉》雜誌戰前六月號上看到過有關暗殺大公的文章，說這一殘暴罪行將在人民心中留下長久難癒的創傷，尤其令人痛心的是，它不僅結束了一位國家要人的生命，而且也毀滅了他那忠誠仁慈伴侶的生命。他們的死亡又使一個幸福美滿的家庭遭到破壞，受眾人喜愛的孩子們也成了孤兒。

盧卡斯上尉只是獨自咕噥著，說霍麥納的憲兵大概也訂閱了西馬切克的《四葉》雜誌，看了那篇感人的文章了。他突然對周圍的一切都感到十分厭惡，只想喝酒，喝得醉醺醺的，以解除心中的無限煩惱，於是他走出車廂，去找帥克去了。

「你聽我說，帥克！」他對帥克說：「你知道哪裡能弄到一瓶白蘭地酒嗎？我現在有些不舒服。」

「報告，上尉先生！這是因為天氣變化的緣故。等到我們到了前線，還會更糟呢！一個士兵離開自己的軍事基地愈遠，就愈感到頭暈得厲害。在斯特拉斯尼采，有一個名叫約瑟夫．卡連達的園藝家。他有一次離開了家，從斯特拉斯尼采走到維諾堡，在車站的旅店過夜，那時他還沒有感到累。可當他來到柯魯尼大街的水塔，就著沿著那條街，進了一家酒館，又進了酒館，一直走到柳德米拉教堂時，他就感到虛弱無力了。但他並不示弱，因為在他離開家的前一天晚上，他在斯特拉斯尼采小樹林酒館曾跟一位電車司機打過賭，說他步行三個星期就能繞地球一周。於是他又繼續往前走，走呀走呀，離開家愈來愈遠，一路上他跌跌撞撞，先走到查理廣場的黑啤酒館，又從那裡走到小城廣場，進入聖托馬什啤酒館，又在烏蒙達古飯店歇息，再到布拉班王朝酒館停停，然後走到美景酒館，再從那裡到斯特拉柯夫修道院附近的啤酒館。可是那時氣候開始變得寒冷起來，當他一直走到羅來達廣場時，他突然想家想得很厲害，感到頭暈、眼睛發黑，終於突然跌倒在地上，在人行道上滾了滾，嘴裡叫道：『諸位，我再也不能往前走了，也不管他媽的什麼繞地球一周了！』請原諒，上尉先生，我說了髒話。上尉先生，如果您願意的話，我馬上去買白蘭地酒。我只是擔心，還沒等我回來，火車就開走了！」

盧卡斯上尉向他保證，列車要在兩小時後才開，讓他放心地去買酒，並說，在車站後面有人在偷偷地賣瓶裝的白蘭地，札格納大尉就曾派馬杜西奇去那裡，花了十五克朗買回來一瓶十分好的白蘭地。盧卡斯上尉也給了帥克十五克朗，讓他馬上去買酒，並囑咐他別對任何人提起這件事，因為這是違背上級規定的。

「您放心好了，上尉先生！」帥克說：「我會處理好的，因為我偏偏喜歡幹上級不准幹的事呢！我常常會被捲進這類糾紛中，可有些事連我也不清楚。有一次，在卡爾林兵營，他們不准我們……」

「向後轉，開步走！」盧卡斯上尉打斷了他的話。

帥克向車站後面走去。一路上反覆想著如何把這趟差事完成好，白蘭地要好的，這就得先嘗嘗；這件事是不准幹的，那麼就得當心點。

帥克剛走過月台時，就又碰到杜布中尉。「你在這裡逛什麼？」中尉問帥克：「你認識我嗎？」

「報告！」帥克向中尉敬了一個軍禮說：「我不想認識您惡的一面。」

杜布中尉吃了一驚，而帥克鎮靜地站著，一隻手仍放在帽沿上行著禮。他接著說：「報告，中尉先生！我只想認識您善的一面，免得您逼得我流眼淚，這是您上次告誡我的。」

面對著帥克倔強的樣子，杜布中尉氣得直搖頭。他憤怒地嚷道：「滾吧！你這個壞蛋，我們走著瞧！」

帥克離開了月台，杜布中尉突然心想自己應該跟蹤帥克，看他究竟想幹些什麼。在車站後面有一條公路，路邊擺著一排排籃子，籃底朝上放著，上面放著藤條編的托盤，裡面放著各式各樣好吃的東西，看起來好像是為那些青年學生旅遊用的。其中有糖塊等。有些攤子上還有賣切片的麵包裡夾香腸的，那一定是用馬肉製作的。從表面上看，出售這些食品都是合法的，可是在籃子的下面卻藏著各式各樣的烈酒，有瓶裝的白蘭地、蘭姆酒、花椒酒，以及其他甜酒與烈酒等。

在公路水溝的對面，有一座小棚子，那裡正進行著非法的小吃生意。

士兵們先在藤籃前與賣主談好價錢，然後一個鬈髮的猶太人從籃子下面取出一瓶烈酒，藏在大袍子下面，把酒帶到木棚子裡交給士兵，士兵再悄悄地把酒藏在褲子裡或揣在懷裡。

這時，帥克一心想著去買上尉要的東西。杜布中尉則用盡偵探的本領跟蹤帥克。

帥克逕直來到路邊第一個攤位面前，首先買了一些糖果，付了錢，把糖果塞進口袋裡。這時一個長著鬈髮的商人悄悄問他：「您要買烈酒嗎？」

很快就談好了價錢，帥克來到木棚子裡。那留著鬈髮的人開了瓶子，帥克嘗了嘗，付了錢，滿意地把白蘭地塞進軍衣下面，便往車站走去。

「你到哪裡去了？你這壞蛋！」杜布中尉在去月台的路上攔住了帥克。

「報告，中尉先生！我去買了一些糖果。」帥克把手伸到口袋裡，拿出一把髒兮兮、滿是塵土的糖果。「如果中尉不嫌棄的話，就請嘗一嘗。我已經嘗過了，還行。中尉先生，這糖果有一種像果子醬那樣的特殊味道，挺香甜的。」

帥克的軍便服下面鼓出一個圓瓶狀的輪廓。

杜布中尉摸了一下帥克的軍上衣說：「這是什麼？你這壞蛋，把它拿出來！」

帥克把裝著黃色液體的瓶子拿了出來，瓶子上清楚地貼著「白蘭地」字樣。

「報告，中尉先生！」帥克泰然地回答：「我往裝白蘭地酒的空瓶子中灌了些水，用來解渴用的，因為昨天晚上我吃了不少燉肉，到現在還渴得厲害。中尉先生，您瞧，就是從那邊一口井裡打出來的水，水有點黃，大概是一種含鐵質的水。這種水對人的身體健康很有好處呢！」

「既然你這麼渴，帥克！」中尉惡狠狠地笑了笑。他想把這場帥克必敗的戲演得盡量長點，於是說道：「那你就喝吧，要一口氣把它喝光。」

杜布中尉心想，帥克喝幾口以後就會喝不下去了，到那時，他杜布中尉就會大獲全勝，然後他再說：「把酒瓶給我，讓我也喝點，我也渴了！」他要好好看看帥克在那種可怕的時刻所出現的狼狽相才痛快呢！然後他再回去報告等等。

帥克打開瓶塞，把瓶口放到嘴邊，大口大口地喝了起來，一會兒就把酒喝光了。杜布中尉頓時被他嚇呆了。帥克當著他的面一下子把整瓶白蘭地喝光，連眼睫毛也沒動一下，然後把空酒瓶扔到公路旁的池塘裡，吐了一口口水，像剛喝完一瓶礦泉水似的說：「報告，中尉先生！這水真的有股鐵腥味道。在伏爾塔瓦河畔的卡密古城堡附近也有一家酒館，老闆把舊馬蹄鐵扔在井裡浸泡，使井水含有鐵的味道，然後賣給夏天的遊客做鐵質水喝。」

「我真該用馬蹄鐵敲你一下！帶我去看看你打水的那口井！」

「離這裡不遠，中尉先生，就在這木棚子的後面。」

「你在前面走，你這壞蛋！我倒要看看你怎麼個走法？」

杜布中尉暗自想道：「真怪！這壞蛋究竟要幹什麼？」

帥克聽天由命地在前面走著，他總覺得那裡一定會有井的，結果那裡真有一口井，但他並不怎麼驚奇，而且井旁邊連抽手機筒也是完好的。他們走到井邊，帥克扳動把手，機筒裡就流出黃澄澄的水來，於是帥克莊重地說：「這就是鐵質水，中尉先生！」

那個留著鬈髮的男子害怕地走了過來，帥克用德語對他說：「拿個杯子來，中尉先生想喝水。」

杜布中尉完全愣住了。他喝完了一整杯水，嘴裡冒出馬屎和糞水的氣味。他被弄得暈頭轉向，不知道事情怎麼會變成這樣，而且他還得給那個留著鬈髮的猶太人五克朗的水錢。他轉向帥克說：「你還在這裡傻看什麼？趕快回去吧！」

五分鐘以後，帥克來到盧卡斯上尉的軍官車廂。他悄悄地向盧卡斯上尉打著手勢，讓他到外面說話。「報告，上尉先生！再過五分鐘，最多再過十分鐘，我就要醉倒了，會醉得不省人事的。可是我要躺在自己的車廂裡。我請求您，上尉先生，至少過三個小時後您再叫我，在這以前，請您別派我幹什麼事，我是醒不了的。我把一切都辦妥了，但是杜布中尉抓住了我。我說這是水，他就逼我當著他的面把整瓶白蘭地都喝乾淨，來證明這是水。現在一切事情都辦得妥妥貼貼，沒有任何紕漏，正像您所吩咐的那樣，而且我也十分小心。可是現在，報告，上尉先生，我的兩條腿已經感到發麻了！報告，上尉先生！當然嘍，我的酒量也不小，我曾跟卡茲神父……」

「你走吧，畜生！」盧卡斯嚷道，他沒有生帥克的氣，但他對杜布中尉更加地厭惡了。

帥克跌跌撞撞地回到自己的車廂，脫了衣服，放下背囊，就躺下了。他對軍需上士萬尼克和其他的人說：「從前從前有一個人喝醉了，請大家不要叫醒他……」

他說完這話，便翻轉身去，呼呼大睡了。

他打嗝兒時散發出的氣味瀰漫在整個車廂裡。炊事兵約賴達聞到這股氣味後喊道：「見鬼了，這裡哪裡來的白蘭地酒味？」

曾吃過很多苦才弄到這份營史編寫員工作的志願兵馬列克，這時正坐在一張摺疊桌旁。

他現在負責搜集並記錄營裡英雄事跡的工作，好為將來編寫營史作準備。從他的臉上可以看得出，這種展望未來的工作給了他極大的樂趣。

軍需上士萬尼克饒有興趣地看著志願兵勤奮地寫著，不時地還放聲大笑。他站起來，俯下身子看著志願兵寫些什麼。志願兵向他解釋說：「為寫營史準備資料太有趣了。這項工作的主要特點就是要注意系統性，讓整體和局部形成一個系統體系。」

「系統體系？」軍需上士萬尼克有點輕蔑地笑了笑。

「是的。」志願兵漫不經心地回答：「在寫營史時也應該注意系統性，要有一個系統體系。首先，不能一開頭就寫我們營所取得的重大軍事勝利事件，而要按照計畫慢慢地展開。我們營不可能一下子就打贏這次世界大戰的。不能只報喜不報憂。對於一個徹底的歷史學家來說，首先要為我們的勝利制訂一個計畫，比如說，我要描寫：我們營，也許在兩個月以後，剛剛進入俄國邊境，而那裡有敵人的頓河軍團在駐守，有幾個師的敵軍向我軍陣地包抄過來，眼看我們營就要被敵人消滅，就在這千鈞一髮之際，札格納大尉向全營發出命令：『上帝不願意我們在這裡死去，我們快逃吧！』我們營便開始逃跑，但是已經繞到我們後面去的敵方師團一看，竟以為我們是來追趕他們的，便嚇得四處逃散。結果，我們一槍未發，敵人的一個師團就落到我們後備軍手裡。這樣，我們營全部光輝歷史的序幕也就此拉開了。萬尼克先生，請允許我用預言家的口吻說，我們要從微不足道的小事寫起，看看是如何發展成具深遠意義的大事，並寫我們營是如何從勝利走向勝利的。還要寫一些十分有趣的事情，比如說描寫我們營是怎樣夜襲正熟睡在夢中的敵人的，當然這裡最好用日俄戰爭時期威廉麥克『戰地插圖記者』的風格來寫。標題是：我營夜襲敵營，敵軍熟睡喪命。我軍士兵夜間悄悄潛入敵營，每個士兵分頭找到一個敵人，使盡全力把刺刀扎進敵人胸膛，鋒利的刺刀像切奶油一樣扎進去。此時，到處響起肋骨斷裂的聲音。睡夢中的敵人全身抽搐，頃刻間就只能瞪著驚恐的眼睛，欲看不能，欲說無聲，直挺挺地躺在那裡，嘴裡淌著鮮血。事情到此結束。我們營取得了偉大勝利。還有更精采的呢！大約三個月以後，我們營俘虜了俄國沙皇。萬尼克先生，不過我想這段故事還是留到以後講更好些。在這期間，我還要搜集一些資料，寫一些小插曲，來說明我們營的士兵是多麼英勇善戰的。而且我還要構想出一些全新的軍事情節。我已經想出一段情節了，那是表現我方士兵身中榴彈殘片仍不怕犧牲、勇敢戰鬥的。還有一位排長，比方說是十二連或十三連的，被敵人的地雷把腦袋炸飛了……」

「順便說一句，」志願兵突然又想起什麼，補充說：「我差點忘了，上士先生，或者按普通百姓的稱呼，叫您萬尼克先生吧。您得幫我弄一份所有上士名單。請先告訴我十二連上士的姓名。是霍斯卡嗎？好，那麼就寫他的頭被地雷炸掉了，可是身體還移動了幾步，他還能瞄得準準的，打下敵人一架飛機。很顯然，要隆重地慶祝這重勝利，只能在以後申布隆家庭範圍內舉行。奧地利有許多個營，但唯獨我們營能獲得如此殊榮，能在皇帝家中舉行這樣一個小型的慶祝宴會。您可以從我的筆記中看到，我打算這樣寫：瑪麗亞・瓦萊莉大公夫人全家為此也從瓦爾薩來到申布隆。慶祝會充滿溫馨的家庭氣氛。它是在皇帝臥室隔壁的大廳中舉行的。大廳裡點著許多白色蠟燭。大家知道，由於那位年老的皇帝認為電燈會短路，宮裡的人也都跟著不喜歡用電燈了。晚上六點時，為我營慶功的晚會開始了。這時，皇帝的孫輩們被帶進大廳，他們實際上已經在皇后的臥室裡睡過一覺了。這裡有幾個問題：首先，除了皇帝一家人出席外，還應該讓誰來參加呢？毫無疑問，皇帝的內侍長巴爾伯爵必須參加，而且他也一定會到場。其次，在這種家庭式私人宴會上也許會有人頭暈等健康上的問題，當然不會是巴爾伯爵了，這樣就得請宮庭顧問蓋爾采醫師參加。第三是維持宮廷秩序問題。為了讓宮廷中的僕人們不至於跟宴會上的婦人們產生不軌行為，還得請宮廷總監萊德爾男爵、內侍官貝萊爾特伯爵和宮廷最高女侍官波貝萊索娃伯爵夫人等參加。這位最高女侍官在宮廷女眷中起的作用就像舒希妓院中老鴇夫人那樣。當顯貴的宮廷大臣到齊後就立即稟報皇帝，皇帝在孫輩們的簇擁下來到大廳，向大家頻頻致意。等皇帝和皇孫們就席以後，皇帝就舉起金樽，首先向我們先遣營致祝賀詞。接著大公夫人瑪麗亞・瓦萊莉也講了幾句話。她還特別表揚了您，軍需上士先生。當然，按照我的想法，我們營也會遭受重大傷亡的，因為先遣營沒有傷亡也就不能稱為先遣營了。因此，還得寫一篇新的文章來描述我們營陣亡將士的事跡。我們的營史不能只是一些乾巴巴的勝利，這些勝利我已搜集了四十二篇了。比如談您吧，萬尼克先生，您曾在一條小河邊倒下了，而那位好奇地看著我們的巴倫呢？他的陣亡應該是完全另一種樣子，他不是死於槍彈、榴霰彈和手榴彈，而是死於敵機扔下的炸彈，而且是在他偷吃盧卡斯上尉午餐的那一剎那。」

巴倫往後退了一點，絕望地擺了擺手，灰心喪氣地說：「我生性就是這樣！我在正規軍服役時，只要沒有把我關起來，我每天中午都得去伙房打三次飯。有一次中午，我吃了三份肋排，為了這件事我被關了一個月禁閉。這是上帝的安排啊！」

「別怕，巴倫！」志願兵安慰他說：「我們營史裡不會寫您在軍官食堂到戰壕的路上為了偷吃食堂飯菜而死去的。您的名字將和營那些為帝國榮譽而光榮犧牲的戰士們的名字寫在一起，您也會像軍需上士萬尼克一樣光榮的。」

「您打算安排我什麼樣的死法呢，馬列克？」

「請您別著急，上士先生！事情還來不了這麼快呢！」志願兵想了一會兒說：「您是卡拉羅普人吧？是不是？那您就給家人寫封信，說您已經銷聲匿跡了。不過您要寫得真切些。也許您願意身受重傷倒在鐵絲網的旁邊吧？那麼您就帶著被打斷的腿好好在那裡躺上一天，等到夜裡，敵人用探照燈照亮我們陣地時，發現了您，他們以為您是執行偵察任務的，於是向您扔來手榴彈和榴霰彈。您為我軍作出了重要貢獻，因為敵人把對付一個營的彈藥都扔在您的身上。您被炸得粉身碎骨，屍體的碎末飛到空中，在空氣中自由浮游，並隨著空氣的旋轉，唱起凱旋之歌。總之，我們營的每個人都是傑出的戰士，都會立功受獎。他們的豐功偉績使我們營的歷史充滿了光輝勝利的篇章——雖然我並不想寫那麼多有關我營勝利的文章，但是我別無選擇，我必須把這一切如實地寫出來，給後人留下一些值得紀念的東西。假如說，我們營的人到九月全都犧牲了，但它留下的這部歷史將深深地感動著所有奧地利人的心。它會告訴人們，書中的這些人雖然再也看不到自己的家園了，但他們都曾英勇頑強地戰鬥過。萬尼克先生，您知道嗎？我已經把祭文結尾也寫好了：光榮歸於陣亡的將士們！他們對我們帝國的愛是最神聖的愛，因為他們是至死不渝地愛著帝國的，讓後人一提到他們的名字就肅然起敬吧！比如提到萬尼克。讓那些失去了贍養者而萬分沉痛的人們自豪地擦乾自己的眼淚吧！因為陣亡將士都是我們營的英雄啊！」

通信兵霍托翁斯基和炊事兵約賴達興致勃勃地聽著志願兵講述他如何著手寫營史的事。

「先生們，請過來一下。」志願兵一邊翻著自己的筆記本一邊說：「在第十五頁上，寫著通信兵霍托翁斯基與炊事兵約賴達同時犧牲。你們再往下聽，史無前例的英雄氣概。前者為了保護指揮所電話線路的暢通，不惜犧牲自己的生命，在電話機旁堅守了三天三夜，無人替換；後者冒著敵人從側面圍攻的危險，端起沸騰的湯鍋向敵人猛撲過去，敵人被燙得死去活來。兩人都壯烈犧牲，流芳千古。前者是被榴彈炸死的，後者受到敵人包圍，在毫無退路的情況下，把毒瓦斯塞在鼻子裡薰死的。兩人在臨死前都曾高呼：『我營營長萬歲！』此時我軍總參謀部別的事都不幹，只是每天給我們發嘉獎令，並讓我軍其他軍團學習我營的英勇事跡，要以我營為榜樣。我可以讀一段軍部命令的摘要給你們聽，這個命令不久將在全軍各部門宣讀，它很像一八〇五年卡雷爾大公率領大軍來到義大利帕多爾城時發布的指令一樣，但他在下命令後的第二天就吃了個大敗仗。好吧，你們聽著，命令是怎樣誇獎我們營是全軍英雄營的：『……我希望，我們都要以上面提到這個營為榜樣，特別要學習他們的自信與勇敢精神，學習他們臨危不懼的無與倫比的英雄主義，以及他們對上級軍官的愛戴、信任與尊敬等優秀品德，正是該營具有這些高尚的美德，他們才交出如此驚天動地的英雄戰績，給我們帝國帶來了幸福與勝利。全體軍官，讓我們以他們為榜樣吧！』」

從帥克躺著的地方傳來了哈欠聲，還能聽到他在說夢話：「妳說得有理，穆勒太太，他們的長相都很相似。在卡德魯比有一位叫雅洛什的先生，曾給那裡的水井安裝過一個幫浦。他長得很像帕爾多比茲的萊漢茲鐘錶匠，而鐘錶匠又長得像伊琴的皮斯科爾一樣，他們三個人的長相又都像位陌生的自殺者。那位自殺者是在英德希赫．赫拉德茲附近鐵路邊的池塘裡被人發現的，他也許就在那裡臥軌的……」接著又響起哈欠聲，還補充說了一句：「後來，竟將其他幾個人罰了一大筆錢，穆勒太太，明天給我做一碗湯……」帥克翻了一下身，接著打起呼。這時炊事兵約賴達和志願兵馬列克正在爭論有關未來的問題。

炊事兵約賴達認為，人們往往用說笑話的形式寫一些關於未來的事情，乍看之下這似乎有些荒誕，但可以說，這些笑話在很大程度上其實包含著預言性的事實，這是因為精神的目光可以通過神祕的力量透過未知的帷幕而達到對未來的預測。從此刻起，約賴達就開始大談起帷幕的問題。每說兩句話就有一句提到「未來的帷幕」這個術語。後來他又談到再生的事，也就是所謂人體再生問題。他還舉例說纖毛蟲就有著身體再生的本能。他最後說，每個人都可以扯掉壁虎的尾巴，可是壁虎還會讓自己的尾巴長回來的。

通信兵霍托翁斯基補充說，如果人也能像壁虎一樣有再生能力，人們一定會高興死了。比如說，在戰爭中，某人的腦袋掉了，或者身體的某個部分掉了，都能失而再生，這種事一定會受到軍隊管理機構的歡迎的，因為這樣一來，軍隊裡就不再有任何殘疾人士了。如果能有這樣一個奧地利士兵，他能不斷地再生出腿啦、手啦、腦袋啦，那麼這個人一定比一個旅的價值都大。

志願兵說，今天先進的軍事技術可以把一個敵人成功地橫切成三個部分。根據纖毛蟲身體再生的規律，被切斷的每一部分都能再生，變成新的器官，並獨立生長。以此類推，奧地利的軍隊每經一次戰役以後不就可以擴大三倍、十倍了嗎？每一隻腳都會長出活蹦亂跳的新兵呢！

「如果帥克聽到您的這番話，」軍需上士萬尼克說：「他一定會給我們舉出更多的例子來呢！」

帥克在睡夢中聽到有人在叫自己的名字，喃喃地嘟囔著「到」，然後又繼續打起呼。由此可見，他的軍事紀律性還是很強的。

杜布中尉從半開的車廂門中探進腦袋問道：「帥克在嗎？」

「報告，中尉先生！他在睡覺。」志願兵馬列克回答說。

「既然我問到他，你作為一名志願兵，就該馬上叫他起來！」

「不行，中尉先生，他正在睡覺。」

「你必須喚醒他！我真奇怪，志願兵先生，難道你真的不懂得該怎麼做嗎？你應該聽從上級的命令！你還不認識我吧？你會認識我的……」

志願兵去叫帥克起來。

「帥克，失火了，快起來！」

「當初奧特科爾磨坊失火時，」帥克嘟囔著，翻了個身：「消防隊人員還是從維索昌趕來的呢……」

「您瞧，」志願兵輕聲細語地對杜布中尉說：「我叫他，他就是不醒。」

杜布中尉發脾氣了：「你叫什麼名字？志願兵？馬列克？啊哈，你就是志願兵馬列克，是那個被關了好長一段禁閉的傢伙，對嗎？」

「是的，中尉先生！正像大家說的那樣，我在禁閉室裡完成了一年制志願兵的學業。後來平反了，師部軍法處決定釋放我，證明我是無辜的，任命我為營史編寫員，並保留了志願兵這個稱號。」

「你當不了多久的！」杜布中尉咆哮著，滿臉通紅，好像被人打了耳光之後臉上不斷變換著顏色，「我會讓你當不成的！」

「中尉先生，請您把我的事情報告上級。」志願兵嚴肅地說。

「你別跟我耍花招！」杜布中尉說：「我會打報告的。我們後會有期，但他媽的，那時你會懊悔的！你現在還不認識我，你會認識我的！」

杜布中尉生氣地離開了車廂，把帥克的事也給忘了。他原想把帥克叫起來，讓他哈一口氣，以證明帥克違反了禁酒規定，這是他企圖抓帥克把柄的最後一步棋。可是現在晚了，因為當他半個小時以後再回到這節車廂時，士兵們都已領到蘭姆酒和咖啡。帥克也已起床。聽到杜布中尉叫他時，他馬上像母鹿般從車廂裡跳了出來。

「朝我哈一口氣！」杜布中尉對他吼道。

帥克對著他哈了一大口氣，就像一陣熱風把造酒廠的香氣全吹到大地上來了。

「你知道，你哈出來的氣是什麼味道嗎？你這小子！」

「報告，中尉先生！我聞到的是蘭姆酒的味道！」

「這麼說，小子！」杜布中尉得意地喊道：「你終於被我抓住了吧！」

「是的，中尉先生！」帥克坦然地說：「我們剛剛領到咖啡和蘭姆酒，我先喝了蘭姆酒。中尉先生，是不是有什麼新規定，要大家必須先喝咖啡，後喝蘭姆酒呢？如果有的話，那就請您原諒，下一次我一定先喝咖啡。」

「半小時前我來你們車廂時，你為什麼總在打呼？他們叫你，你也醒不了，這是怎麼回事？」

「報告，中尉先生！我昨天通宵沒睡覺，總在回憶我們在匈牙利維斯普利姆演習的那些日子。當時，一二軍團假裝敵軍，他們穿過史迪爾斯柯和匈牙利西部地區，來到維也納我們四軍團駐紮的兵營附近。當時我們在那裡修了許多碉堡，他們企圖包圍我軍，於是繞過我們，開到多瑙河右岸一座橋前，那橋是他們先頭部隊建造的。演習開始時約定我軍為攻方，並由北面的部隊和南面從沃塞克來的部隊做我們的援軍。這時我們接到命令，說三軍團將支援我們，以免我們在進攻二軍團時被對方消滅在巴拉頓湖和普列斯堡交界的地方。其實這命令一點意義也沒有，因為那時我方已經勝利在望，不久演習結束的號聲就吹響了，我們束白腰帶[118]的一方最終取得了勝利。」

杜布中尉什麼話也沒說，搖搖頭，便無可奈何地離開了。但是他又馬上從軍官車廂返回，對帥克說：「你們所有人都給我記住，總有一天你們會在我面前哭泣的！」他再也想不出什麼新招數了。他回到軍官車廂，札格納大尉正在審問十二連的一個可憐士兵。那人為了加強戰壕的防衛能力，就從車站附近弄來了一扇鐵皮的豬圈門來。現在他正驚恐地站在大尉的面前，說他拿這扇門只是為了擋敵人的榴霰彈用的，這樣可以更萬無一失地保護自己的安全。

杜布中尉卻抓住此事大做文章，把這個士兵大大教訓了一番，說一個士兵應當規規矩矩地做人，應當懂得對祖國、對最高統帥和最高軍事首領的君主所負的責任。如果在我們營裡有什麼不軌分子，就必須把他們揭發出來，讓他們受到懲罰、關禁閉，乃至開除軍籍。他的這番說教十分枯燥，於是札格納大尉拍拍那位士兵的肩膀說：「如果你腦子裡沒有別的什麼壞想法，那麼以後就不要拿人家的東西了。你也太愚蠢了！這扇門是從哪裡拿來的，

就送回到哪裡去吧。滾吧！」

杜布中尉咬了一下嘴唇，感到自己應該肩負起整頓全營紀律的責任，於是他巡視了整個車站。在一個用匈德兩種文字寫著「禁止吸菸」的倉庫旁邊，他發現一個士兵正坐在那裡看報，報紙遮著他的領章。杜布中尉衝著他大叫一聲：「起立！」那人是匈牙利某團在霍麥納放哨的一個士兵。

杜布中尉走過去搖了他一下。他馬上站起來，也沒有行軍禮，把報紙往口袋裡一塞，撒腿就跑，向著公路的方向逃去。杜布中尉也緊跟其後，懵懵懂懂地追了過去。可是匈牙利士兵加快了腳步，等雙方的距離加大了，那士兵便轉過身來，舉起雙手奚落中尉。此時杜布中尉清楚地認出，他就是某捷克軍團的士兵。後來那人繼續快跑，消失在公路那邊的小村子裡了。

杜布中尉裝著跟剛才那幕戲無關的模樣，堂而皇之地走進公路邊的一家小雜貨鋪裡，胡亂買了一大團黑線塞進袋裡，付了錢，然後回到軍官車廂。他讓營部傳令兵叫來自己的勤務兵古納爾特，把錢交給他說：「一切都得讓我操心，我知道，你又忘記買線了吧！」

「報告，中尉先生！我們還有很多很多的線呢！」

「那你立刻拿來看看！馬上拿到這裡來！你以為我會相信你嗎？」

古納爾物拿來一小箱的黑線團和白線團。杜布中尉說：「瞧，你這愚蠢的傢伙！你仔細看看你拿來的這些線，再看看我買的這一大團線！你的線多細，一扯就斷，再看看我的線，想扯斷它可不容易呢！我們在前線打仗可不能穿破爛衣服，任何東西都必須是結結實實的。你把這些線都保存好，聽候我的命令。記住，你以後做事不要自作主張，要買什麼東西，都得先問問我！你還不認識我呢！你還不認識我惡的一面呢！」

古納爾特走了以後，杜布中尉對盧卡斯上尉說：「我的勤務兵是個聰明人。雖然有時候也做錯點事

118 奧地利軍隊進行軍事演習時，把部隊分為兩部分：一部分束白腰帶，另一部分束黑腰帶。

情，但多數情況下還是明白事理的。他的主要優點就是忠厚老實。在布魯克的時候，我的小舅子從鄉下給我寄來一個包裹，裡面有幾隻烤小鵝，您相信嗎？他連碰也沒碰一下，因為我一下子吃不完，只好任它們臭掉了。這說明他的紀律還是很高的。當軍官的就得培養士兵們具有良好的紀律性。」

盧卡斯上尉為了表示他不願意聽這位神經病的嘮叨，轉身望著窗外說：「對，今天是星期三。」

杜布中尉還想說些什麼，轉過身對札格納大尉親暱地說：「札格納大尉先生，您對此有何高見呢？……」

「對不起，請等一會兒！」札格納大尉打斷了他的話，離開了車廂。

在這期間，帥克和古納爾特正在談論他的主子。

「好久沒有見到你了，你到哪裡去了！」帥克問道。

「你知道，」古納爾特說：「我的這位上司是個老神經病，是個疑心病很重的人，他經常叫我到他跟前，問一些與我不相干的問題。比如說，他問我，我和你是不是好朋友。我說，我們很少見面。」

「謝謝他問起我。我很喜歡你們這位中尉先生。他是這樣的善良、好心腸，對待士兵就像親生父親一樣。」帥克一本正經地說道。

「喲，你真的這麼想嗎？」古納爾特不同意地說：「他是個笨豬，蠢得像狗屎！在他手下做事真是受不了，他總是找我的碴！」

「別這麼說，」帥克感到有些奇怪似的說：「我倒認為他真的是個好人，可你卻把自己的長官說得那麼怪。這也許是所有當勤務兵的通病吧！就拿文策爾少校的勤務兵來說吧，他總是把他的長官叫做『無可救藥的白痴』；施雷特上校的勤務兵叫自己的長官為『臭妖怪』和『臭屎蛋』。其實，勤務兵的毛病也都是從他們長官那裡學來的。如果長官不罵人，那麼勤務兵也就不會罵人了。我在布傑約維采服役的時候，那裡有個普羅哈斯卡中尉，他不愛罵人，總把自己的勤務兵叫做『你這頭漂亮的母牛！』他那個叫希普曼的勤務兵除聽到這麼叫他外，就再也沒有聽到別的什麼罵法了。因為他對這句話已經聽習慣了，等他復員回家以後，他對自己的爸爸、媽媽和姐妹們，也對他的新娘子都叫：『你這頭漂亮的母牛！』結果他的新娘子就和他分手了，還控告他侮辱了她的人格。說他在一次舞會上，公開地對他的爸爸、媽媽和他的新娘子都統統叫『你這頭漂亮的母牛！』他的新娘不能容忍他的這種行為，在法庭上說，在私下裡叫她母牛，她還可以諒解，但他現在這麼公開地叫她母牛，簡直就是對歐洲法庭的一種蔑視。說句心底話，古納爾特，我對你的長官還從未有過這樣的想法。我第一次跟他說話時，他給我的印象是一個十分可親的人，就像剛從加工場裡拿出來的新鮮臘香腸一樣可愛。第二次跟他說話時，我感到他是一個很有學問、道德高尚的人……你是哪裡人？是布傑約維采人嗎？恭喜你，一個人能有個好的出生地，就算不錯的了。你家住那裡的什麼地方？住在走廊裡，那也好，至少夏天還涼快。你成家了嗎？有一個老婆和三個孩子，是嗎？你真幸福，朋友！至少將來會有人為你哭泣，就像神父佈道時說的那樣。你說得對，有一次我們從布魯克開往塞爾維亞去，路上我聽到一位上校對一個後備兵說，一個士兵在故鄉有家室老小，如果他在戰場上陣亡了，同家裡的關係也就中斷了——他是這麼說的：『雖然他死了，同家人永別了，與家庭的關係終止了，但他雖死猶榮，因為他為了更大的家庭、為了祖國犧牲了自己的生命。』你是住在五層樓上嗎？在一樓，你說得對，我現在記起來了，在布傑約維采廣場上沒有五層樓房。好了，你現在該走了。噢，你的長官正站在軍官車廂門口向我們這裡瞧呢！他也許會問你，我是不是說了有關他的事。你完全可以說我說起過他，但不要忘記我是這麼說他好的，說我很少遇到像他這樣好的軍官，對待士兵就像朋友和父親那樣親切；別忘了我覺得他很有學問，說他學識淵博；你還要對他說，我勸過你要聽他的話，要有觀察力，看到工作就得快去幹，免得他操心，記住了嗎？」

帥克走進車廂，古納爾特拿著線團也回到自己的窩裡了。

十五分鐘以後，火車經過被燒毀的布萊斯托夫村和大拉特瓦尼村向新恰布納駛去。一路上可以看到，這裡曾經歷過殘酷的戰爭。

喀爾巴阡山的斜坡沿著裝了新枕木的鐵路從一個山谷向另一個山谷伸展著，這裡到處挖滿了戰壕，路兩邊可以看到許多手榴彈炸出的巨大洞坑。沿著鐵路，有一條流向麥齊拉博爾采的小溪，在溪的上游能夠看到新建的橋梁和燒毀的橋身。

整個麥齊拉博爾采山谷都挖得亂七八糟，好像鼴鼠大軍曾在這裡翻騰過。小溪那邊的公路也被炸得破爛不堪，旁邊是軍隊踐踏過的大片土地。

在手榴彈炸成的洞坑口，可以看到被雨水沖出來的奧地利士兵的軍服碎片。

在新恰布納村外，一棵被燒過的老松樹枝上還掛著一隻帶有奧地利士兵小腿的皮鞋。

可以看出砲火在這裡轟擊得多麼激烈。森林中的樹木光禿禿的，沒有枝葉，沒有樹冠。戰爭只給這裡留下一片被擊毀後的孤寂。

火車在剛修復的路基上緩緩地行駛，使得全營官兵都能盡情地欣賞和享受著這次戰爭的快樂。當他們看到那不毛之地和荒蕪的斜坡上到處豎著白色十字架的軍人墓地時，感到他們也要準備慢慢地而且一定地走向這種光榮的地方。他們的終點就是：在那白色的十字架上將搖晃著一頂沾有污泥的奧地利軍帽。

在後面幾個車廂裡，坐著來自卡什貝爾山區的德國士兵。他們在火車進入米洛維采車站時就高聲唱著：「等著我回來，等我再回來……」從霍麥納站開始，他們就小聲地唱了，因為他們看見，那些帽子掛在墓地上的人們也曾唱過這首歌：「等我再回來，永遠和我親愛的人留在家鄉，共度美好時光。」

列車在麥齊拉博爾采被破壞和燃燒的車站後面停了下來，車站建築物薰黑的牆壁上面還高聳著彎曲的橫梁。

那裡又很快修建起一長排新木房，來代替被燒毀的車站。到處貼著各種文字寫的標語：「歡迎購買奧地利戰時公債！」

在另一排木房裡是紅十字衛生站。從裡面走出來一位胖子軍醫和兩位護士小姐。兩位護士對著胖軍醫不停地笑著，因為那位軍醫正津津有味地模仿著各種野獸的叫聲，怪裡怪氣地亂叫著，逗她們開心。

在鐵路路基的下面一條小溪流過的山谷裡，有一所破爛的戰地伙房。帥克指著那伙房對巴倫說：「你瞧，巴倫，你知道我們在不久的將來會遇到什麼事嗎？也許有一天，我們正要開飯的時候，突然飛來一顆榴彈，把我們伙房也炸成那個模樣呢！」

「這真可怕！」巴倫嘆了一口氣說：「我從來也沒有想到我會落到這種地步，都怪我太傲氣了。我真不成材，去年冬天我在布傑約維采買了一雙皮手套，因為我不願意像我老爸那樣在自己粗糙的手上戴著針織的舊手套，而總想著買一雙皮手套……老爸總愛吃豌豆，我對豌豆連看都不看一眼，我總愛吃雞鴨。一般的豬肉我也不愛吃，老婆還得給我準備啤酒呢！上帝饒恕我吧！」

巴倫十分絕望地懺悔著自己的罪過：「我曾在馬爾舍街的小酒館裡褻瀆過聖徒和神的侍者。在下扎哈伊城我打過牧師。我是相信上帝的，我堅信這一點，但對聖若望我表示懷疑。殿堂裡供奉的所有聖像我也都能容忍，但聖若望的像必須拿掉。那麼現在就請上帝對我犯的這一切罪孽和不道德行為進行懲罰吧！我在磨坊裡也幹過不道德的事，我經常罵我的叔叔，讓他的晚年過不好。我還虐待過自己的老婆。」

帥克考慮了一下說：「那麼說，您是磨坊主了，對嗎？那您就應該知道，如果這次世界大戰是為了你而爆發的，上帝的磨子才會磨得這麼慢又細。」

志願兵插嘴說：「巴倫褻瀆上帝，不承認聖徒和教徒，這絕對是錯誤的。您應該知道，我們奧地利軍隊多少年以前就已經是清一色的天主教徒，我們的最高統帥就是我軍最光輝的榜樣。當軍政部為衛戍部隊軍官們講解耶穌教教義時，我們還參加了重振軍人雄風的宗教慶典。您怎麼可以帶著對某些聖徒和教徒的惡毒仇恨而走上戰場呢？您明白我的意思嗎？巴倫，您知道，您實際上是在反對我們軍隊的光榮理念呀！您提到，您不同意把聖若望的畫像掛在您的房間裡。可是，巴倫，他實際上就是所有企圖離開部隊的人的守護神啊！他曾做過木匠。您一定知道這個諺語：『我們來找一找，看看木匠在那裡留下了小窟窿！』有許多人就是在這諺語的影響下投降當了俘虜的。他們被敵人包圍，無路可走，於是從利己主義角度出發，說什麼自己是軍隊的一員，應該保住自己的性命，等到以後自己從俘虜營回來，可以對皇帝說：『我們正在這裡等待您新命令呢！』巴倫，你現在明白我的意思了嗎？」

「我還是不懂！」巴倫嘆了一口氣說：「我的腦袋就像棒槌一樣笨，所有事情都得讓人家重複說十遍，我才能搞明白呢！」

「你真的還沒聽懂嗎？」帥克問道：「那麼我再解釋一下。他說的是，你的言行舉止都必須按照我們部隊最高統帥的理念來進行，因此您必須信奉聖若望，當你被敵人包圍時，你要找一找木匠在哪裡留下了一個窟窿，以便你為皇帝陛下，為將來的戰鬥而保住自己的性命。也許你現在已經明白了吧！如果你能再徹底一點，把你在磨坊裡幹的那些不道德的事告訴我們，那你就更棒了。但是您可別糊弄我們，給我們講一個什麼小姑娘去神父那裡懺悔的故事。聽說，從前有一個小姑娘到神父那裡懺悔，當她把各種罪孽都說完以後，開始害羞起來，說她每夜都做不道德的事。不用說，神父一聽到這事，馬上垂涎三尺地說：『喂，別害羞，親愛的女兒，我是在上帝的位置上呀，妳詳細地說說妳的不道德行為吧！』那女孩就大哭起來，說她說不出口，那是很不道德的行為。神父又勸她，說自己是她的懺悔神父。小姑娘猶豫了很久以後，終於開口說了，說她總是脫了衣服，爬到床上。然後又說不下去了，只是哭得更厲害了。神父又勸她不要害臊，說男人天生就是罪孽，但上帝還是寬恕他們的。於是那小女孩鼓起了勇氣，邊哭邊說：『當我脫了衣服爬上床躺著時，我就開始摳腳丫，還把手放到鼻子上聞聞。』這就是她全部的不道德行為。可是，巴倫，我希望你在磨坊裡幹的不是這樣的事，你應該對我們講些更真實的、實實在在的不道德勾當。」

其實，巴倫所理解的不道德的行為，就是他在磨坊裡給農婦們磨麵時摻了壞麵粉，這在他淳樸的心靈中就認為是不道德行為了。通信兵霍托翁斯基感到很失望，他接著問巴倫：「你真的沒有跟農婦們在麵粉袋上幹什麼缺德事嗎？」巴倫搖搖手說：「我太笨了，幹不了這種事。」

士兵們得到了通知，說午飯要在過了盧普科夫隘口的帕羅塔才開飯。這時，軍需上士和各連的炊事兵，以及負責全營後勤工作的柴坦麥爾中尉都去麥齊拉博爾采村了，隨行的還有四個巡邏兵。

不到半個小時，他們帶著三頭捆著後腿的活豬回來了。後面跟著好幾個養豬的人。他們中有匈牙利籍俄羅斯人一家老小，正大喊大叫著，說老總們硬是買走他家的豬；另一個是紅十字會醫院的胖醫師，他正氣憤地對柴坦麥爾中尉講些什麼，中尉只是聳聳肩膀。

他們在軍官車廂的門口爭得面紅耳赤，幾乎要打起來。那位胖軍醫指著札格納大尉的臉說，這豬是他為紅十字會醫院養的。那位農民老鄉根本不理這一套，只是要求把豬還給他，說這是他們僅有的財產，絕對不能照他們付的價錢賤賣給他們。

同時，他把他們買豬的錢塞回給札格納大尉，而他的妻子正抓著大尉的另一隻手，卑賤地親吻著。札格納大尉面對這種場景完全呆了。過了好一會兒，他才把那老太婆甩開。但這樣也還是無濟於事，甩掉了老的，那年輕的又上來抓著他的手親吻著。

柴坦麥爾中尉用商人的腔調說：「這傢伙還有十二頭豬。我們已經按師部一二四二〇號命令第十六條規定，在非戰區購買豬肉毛重每公斤不超過二克朗十六哈萊什；在戰區毛重每公斤豬肉再增加三十六哈萊什，也就是合二克朗五十二哈萊什一公斤豬肉。對此，命令中還有一條注解：有些戰區，如果其經濟完好無損，豬源豐富，或有義務向過往部隊提供豬肉，其售價與非戰區相同；特殊情況下，毛重每公斤豬肉可增付十二哈萊什。如果情況不明，可立刻就地成立由相關人士、過往部隊的指揮官、主管後勤工作的軍官或軍需上士組成的委員會進行審議。」

柴坦麥爾中尉按照師部命令的副本宣讀了相關規定，這個副本他一直帶在身上，幾乎能背得出來。例如，在前沿陣地附近，買胡蘿蔔每公斤價格應上調十五個哈萊什，為軍官伙房買花椰菜，每公斤一克朗七十五哈萊什等等，他都記得清清楚楚。

在維也納擬訂這些條款的人把前沿陣地想像成似乎是長滿胡蘿蔔和花椰菜的大菜園了。

柴坦麥爾中尉向憤怒的農夫用德語宣讀了命令之後，問他聽懂了沒有。農夫搖搖頭，中尉對他嚷嚷道：「你想成立委員會嗎？」

農民聽懂了「委員會」這個詞，於是點點頭。這時，他的豬已被拉到戰地伙房去屠宰了。幾個負責徵購的士兵扛著刺刀槍，帶著他到村子裡去就地議事，研究究竟一公斤豬肉是付兩克朗五十二哈萊什呢，還是兩克朗二十八哈萊什呢？

他們還沒有走到通向村子的路上，就聽到從戰地伙房傳來的尖銳刺耳豬叫聲。

農民知道，一切都完了。他絕望地叫道：「你們就付給我每頭豬兩個金幣吧！」

四個士兵把他緊緊圍住，農民全家人都跪在塵土飛揚的公路上，擋住札格納大尉和柴坦麥爾的去路。

母親帶著兩個女兒抱著他們兩人的雙膝，苦苦地哀求著他們施恩，直到那農民用匈牙利腔調的烏克蘭方言喊她們站起來，那個女的才鬆開手。然後那農民罵道：祝那些當兵的吃了豬肉不得好死！

這樣，委員會的工作也就結束了。但不知道怎麼的，那農民又突然暴跳起來，舉著拳頭想要打架，於是一個士兵用槍托猛擊了他一下，他的腦子感到一陣轟鳴，全家人畫著十字，便拉著他一起逃走了。

十分鐘以後，營部軍需上士和營部傳令兵馬杜西奇一起在自己的車廂裡吃著豬腦子。軍需上士邊狼吞虎嚥地吃著邊挖苦地對文書說：「弟兄們，你們也饞了吧，這些美味只能給軍官們享用呢，腰花和豬肝留給炊事兵了，豬腦子和豬頭肉分給了司務長了，文書就只能吃兩份士兵的豬肉罷了！」

札格納大尉已經向有關軍官伙房下了命令：「做小茴香燉肉，要挑選最好的豬肉，不要太肥的。」這樣，在盧普科夫隘口開飯時，每個士兵在自己的湯裡只能找到兩小片肉，那些運氣不好的士兵只吃到一塊豬肉皮。

軍隊伙房裡也沾染了不良風氣，好吃的飯菜盡給那些接近領導層的人享用。所有勤務兵在盧普科夫隘口都吃得滿嘴流油。每個傳令兵的肚子都吃得鼓鼓的。事情就是這樣不公道，又有什麼法子呢？

志願兵馬列克為了伸張正義在伙房裡惹起一場風波。開飯時，炊事兵往他碗裡放了一塊上好的後腿肉，說：「這是給我們營史編寫員的。」可是馬列克說，戰爭時期所有士兵都是平等的。這句話深得眾人的贊同，並成為大家指責炊事兵的理由。

志願兵還把那塊肉扔了回去，並強調說他不需要什麼照顧。伙房裡的人沒理解他的意思，以為這位營史編寫員還不滿足，於是一位炊事兵就把他拉到一邊說，讓他等到開過飯以後再來，那裡再給他補上一隻豬蹄兒。

文書們也吃得嘴巴油光光的，衛生員吃得肚子發脹。然而就在他們所在的地方，卻到處可見剛剛打過仗的一片淒慘景象。到處是壕溝、空罐頭盒，俄軍、奧軍、德軍的制服碎片，破爛的車骸，血跡斑斑的長繃帶與棉花。

舊火車站只剩下一片廢墟，它旁邊的老松樹林曾被一顆沒有爆炸的榴彈所擊中。到處可見榴彈的碎片。附近想必埋葬著不少士兵的屍體，因為空氣中瀰漫的臭氣令人噁心。

路過這裡的部隊都在附近紮營。到處都有奧地利、德國和俄羅斯等世界各民族士兵的糞便，一堆緊貼著一堆，或者重疊在一起，它們之間倒沒有任何糾紛。

已被毀壞的水塔、鐵路看守工人的小木屋和許多建築物的牆上都被槍彈打成像篩子一樣的麻點。

為了讓大家有一個更真實的戰地印象，在附近山丘的後面開起了大片的煙霧，彷彿那裡的村莊正在燃燒，正進行著最激烈的戰鬥。其實，那是為了討好一些先生們的高興，正在焚燒一處霍亂、痢疾病房。這些先生們曾在大公夫人瑪麗亞的贊助下籌建過這家醫院，並利用提供不存在的霍亂、痢疾病房的虛假帳目單據來中飽私囊。

現在，一部分病房替其餘病房承擔了這場被焚燒的災難，如此一來，受到大公爵庇護的整個騙局就在稻草燃燒的臭氣中升向了天空。

在火車站後面的斷崖上，德國人已經在為勃蘭登堡的陣亡將士樹立起「盧普科夫山口英雄紀念碑」，在碑的上面嵌著一只銅製的德意志大鷹，在下面的碑座上注明：此碑徽是用德國兵團在攻喀爾巴阡山時繳獲的俄國大砲所鑄成。

午飯後，全營官兵就在這種奇怪和令人不習慣的氣氛中在車廂裡休息了。而札格納大尉和他的一位副官還在研究旅部發來的那封密電內容。電文中關於他們營下一步應該如何行動的問題，措辭很不清楚，似乎是說，他們根本不應該開到盧普科夫隘口來，而應該從夏托爾山下的新城向另一個方向前進。電文中有幾個地名是這樣的：「喬普——翁塔瓦爾，基什——別列茲納——烏若克。」十分鐘以後才弄清楚：旅部值班的軍官是個粗心大意的人。他曾給七十五團八營發了一封密電（軍事密碼為G3），後來他誤把九十一團七營的來電當成七十五團八營的回電了。於是他感到很奇怪：既然預定的行軍路線是經過薩諾克的盧普科夫隘口到加里西亞，誰命令他們沿著通向斯特利伊的軍用鐵路開向摩卡切沃。這位愚蠢的軍官還納悶道這封電報怎麼會是從盧普科夫隘口發來的，於是回電報說：「路線未變。盧普科夫隘口——薩諾克。原地待命。」

札格納大尉回來後，軍官車廂裡對這種沒頭沒腦的事正議論紛紛，有的還竊竊私語說，假如沒有帝國內的德國人，東方軍事集團恐怕會成為一隻沒有頭的蒼蠅，亂了套。

杜布中尉試圖為奧地利指揮部門沒頭沒腦的來電進行辯護，瞎扯什麼這個地區不久前曾遭到戰爭的嚴重破壞，鐵路還沒有完全修復。

所有軍官都用同情的眼光望著他，彷彿想說：「這位先生真是太傻了，不過也沒辦法怪他。」中尉先生看見沒有人反駁他，便繼續大談這片被破壞的土地給他留下的美好印象，這正好說明我軍的鐵拳頭是多麼地有力。但誰也不理他，於是他又重複發表高見：「是的，當然了。俄國佬從這裡逃跑時，亂得一塌糊塗。」

札格納大尉已拿定主意，等大家進入戰壕，情況到了非常危險的時候，就馬上派杜布中尉作為偵察軍官到鐵絲網那邊去偵察敵人的陣地。他和盧卡斯上尉一起把頭探出窗外，悄悄地說：「這裡的居民真是邪門了，愈是聰明，愈是缺乏人性！」

看起來，杜布中尉意猶未盡，仍想奢談不停。他對軍官們說，他曾在報紙上看到有關喀爾巴阡山戰鬥的報導，以及奧、德部隊如何攻打薩河奪取喀爾巴阡山隘口的。他向大家介紹上述戰役時，就好像他曾經參加了這些戰鬥似的，甚至還似乎親自指揮了整個戰役的全過程。

特別是他說的某些話，聽起來真叫人噁心，什麼「後來我們就到了布科維納，這樣我們就有了從布科維納到迪諾夫的這條保險路線，使我們能同駐守在大波朗卡的巴爾傑約夫兵團聯合起來，在那裡粉碎了敵人薩瑪爾的整整一個師。」

盧卡斯上尉實在忍不住了，於是挖苦地對他說：「你在戰前早就已經把這件事跟家鄉的那位城裡長官說過了吧？」

杜布中尉狠狠地瞪了盧卡斯上尉一眼，便離開了車廂。

軍車停在路基上。在斜坡下幾米外的地方堆著各式各樣的物品，那一定是俄軍從這條壕溝撤退時扔下的。這裡還可以看到一些生鏽水壺、茶壺、救護包，以及鐵絲網、血跡斑斑的繃帶和棉花等物品。在壕溝上面站著一群士兵，杜布中尉馬上斷定，一定是帥克在那裡宣傳著什麼。

於是他走了過去。

「這裡發生了什麼事？」杜布中尉站在帥克的面前，聲色俱厲地嚷道。

「報告，中尉先生！」帥克代表大家回答：「我們隨便看看。」

「你們看什麼？」杜布中尉大聲喊道。

「報告，中尉先生！我們在看下面的壕溝。」

「誰讓你們這樣做的？」

「報告，中尉先生！這是我們的施拉爾上校的意思。當我們告別他開往前線時，他曾對我們說過，假如我們經過某個打完仗以後的戰場，應該好好看看，研究一下這個仗是怎麼打的，有什麼經驗可供我們參考。中尉先生，我們在這裡可以看到，一個士兵在逃跑的時候扔掉了多少東西啊！報告，中尉先生！由此可見，士兵們在逃跑時背許多無用的東西是多麼愚蠢啊！假如他背著沉重的東西，又怎麼能輕鬆地打仗呢？」

杜布中尉突然看到一線希望，認為他終於抓到帥克進行反軍叛國宣傳的罪證，可以把他送到前線軍事法庭了。於是他馬上問道：「那麼你是認為，士兵應該扔掉彈藥或刺刀等東西，就像我們眼前看到的壕溝裡的情況那樣，是嗎？」

「噢，不是那樣的，報告，中尉先生！」帥克邊笑邊回答：「請看看下面那只鐵皮夜壺吧！」

果不其然，在鐵路的路基下面，在那些破罐殘片中間，有一只又鏽又破的搪瓷尿壺。這些破爛東西顯然是車站站長家裡用壞了以後扔到這裡，以便好給未來的考古學家留下一點研究資料。等他們將來發現這塊地方時，一定會欣喜若狂，學校裡的孩子們還會學習有關這只搪瓷尿壺產自何年何月呢！」

杜布中尉看了看那只尿壺，也感到這只尿壺確實是一個殘疾人用過的東西，可能曾在那人床底下陪伴主人度過了青春時期。

這件事給在場的人留下了深刻的印象。當杜布中尉沉默時，帥克繼續說：「報告，中尉先生！談到這只尿壺，我倒想起了在波傑布拉迪療養院所發生的一件可笑的事情。這個笑話一直在我們維諾堡酒館裡流傳著。那時在波傑布拉迪發行一種叫《獨立》的雜誌，雜誌的主要負責人是當地一個藥鋪的老闆，另外有一個多瑪日利采人拉季斯拉夫．哈耶克任編輯。這位藥鋪老闆是個怪人，酷愛搜集舊夜壺罐和其他類似的小玩意兒，人們稱他是個『博物館』。有一天，這位多瑪日利采的哈耶克邀請一位朋友到波傑布拉迪溫泉去遊玩，那人也曾為雜誌寫過稿子。兩個人已有一個多星期沒有見面了，所以在一起多喝了些酒：那人為了感謝他的盛情款待，就答應給他的《獨立》雜誌寫篇小品文：於是他的那位朋友就寫了篇關於一個收藏家的小品文，說那位收藏家在易卜河邊的沙灘上找到了一只古老的鐵製夜壺，而他認為那是聖．瓦茲拉夫的鋼盔。文章發表後，卻引起一場軒然大波，使住在赫拉德茲的主教布里尼赫也領著大隊人馬前來瞻仰這只鋼盔。但是那位波傑布拉迪的藥鋪老闆可氣惱了，認為他們這樣做，是想取笑他。結果藥鋪老闆和那位哈耶克先生兩個人就爭吵得面紅耳赤！」

杜布中尉恨不得一下子把帥克推到壕溝下面去，但他克制了自己，衝著所有人嚷道：「我對你們說，別在這裡傻看了！你們還不知道我的厲害呢，總有一天你們會知道的！」

「帥克，你給我留下！」帥克正打算跟其他人一起回到車廂去時，中尉大聲叫住他。

他們面對面站著，杜布中尉在想著該說句什麼更厲害的話，好鎮住帥克。

但帥克卻搶先對他說：「報告，中尉先生！這種天氣要能持久下去就好了，白天不太炎熱，晚上又很涼爽，真是打仗的最佳時光！」

杜布中尉掏出左輪手槍問他：「你認識這傢伙嗎？」

「報告，中尉先生！我認識。盧卡斯上尉也有這傢伙。」

「你給我記住，你這壞蛋！」杜布中尉非常嚴厲地對他說，並把左輪手槍收了回去。「你放明白點，如果你再繼續宣傳自己的一套歪理，你就不會有好下場！」

杜布中尉離開了那裡，嘴裡總重複說著：「我這次說得最準確了，說他在宣傳叛國思想，對，他確實在宣傳……」

帥克在回到車廂之前，又在外面逛了一會兒。他自言自語地說：「他算哪一級呢？」他想了好一會兒，終於想出了一個比較恰當的稱號：半吊子醜惡老頭。

在軍事字典裡「醜惡老頭」一詞是很久以前人們對上校或年紀大一些的大尉和少校的尊稱或愛稱。它是「討厭老頭」一詞的升級。如果沒有前面「討厭」這個形容詞，「老頭」一詞就是對年老的上校或少校的愛稱。儘管這些軍官往往愛大喊大叫，但他們卻愛護自己的士兵，也愛維護自己團的名譽，特別是在別的團面前。當別團的巡邏兵把自己的部下從酒館裡拖出來時，他更是拚命庇護自己的士兵。平時，老頭關心自己的士兵，總要伙房把伙食做得好些，但他又常常愛挑東挑西，所以叫他「老頭」。

當老頭無理取鬧、隨便指責士兵和下級軍官，或別出心裁地讓士兵們做什麼夜間操練等活動，這樣他就該叫做「討厭老頭」了。

比「討厭老頭」更高一級的是「醜惡老頭」，他們往往無理指責下級，亂幹蠢事，行為舉止也很糟糕。「醜惡老頭」一詞的應用範圍比較廣泛，有地方上所談的「醜惡老頭」，也有軍隊裡的「醜惡老頭」。二者有很大區別。

首先，在地方上，一般是機關裡的雜役工和下級公務員對那些心胸狹窄的上級官員用這種稱呼，比如說，某個下級公務員因為多喝了些酒耽誤了一張草圖的晾晒工作，於是當官的就大發雷霆，對部下備加指責，等等。在社會上這種人很愚蠢，但他們卻總裝著很老練的樣子，好像什麼都懂、什麼都會，結果是到處碰壁。

在軍隊裡，「醜惡老頭」是指那些特別討厭的老頭。他們對任何人和事都十分尖刻，但自己遇到困難就退縮不前。他們不喜歡士兵，莫名其妙地跟士兵作對。他們根本不懂得建立自己的威信，而這種威信恰恰是「老頭」，甚至「討厭老頭」都應該有的。

在某些軍隊裡，例如在特里頓的駐防軍裡，他們不叫這種人為「醜惡老頭」，而叫「老屁股」。這通常叫一些年紀比較老的人。如果帥克想叫杜布中尉為「半吊子老屁股」，這倒也合乎邏輯，因為杜布中尉不管年齡上，還是在官銜上也還只是「老屁股」的百分之五十。

帥克帶著這種想法回到自己的車廂，見到勤務兵古納爾特。他的臉被打腫了，嘴裡嘟囔著，說他剛剛跟他的杜布中尉頂撞起來，杜布中尉狠狠地搧了他兩記耳光，並說有確鑿的證據證明古納爾特與帥克有來往。

「既然如此，」帥克冷靜地說：「我們得上告。奧地利士兵只能在一定的情況下才能挨耳光，而你的這位長官卻大大超了這個界線，正像老將歐根・薩沃伊斯基王子所說『你走多遠，我跟多遠』。現在你必須親自上告。如果你不去上告，我也得打你一記耳光，好讓你知道什麼叫做軍隊的紀律。在卡爾林兵營曾經有一位叫霍烏斯納爾的中尉，他也有一個勤務兵，也常打自己勤務兵的耳光，還用腳踢他。有一次，那位勤務兵被打愣了，就去上告，說中尉踢了他。可是他在陳述時有些語無倫次，而那位中尉卻說他誣告，說他沒有踢他，只是打他耳光。結果這倒楣的勤務兵以誣告罪被關了三個星期的禁閉。」

帥克繼續說：「如果是這樣的話，是解決不了問題的。正如醫師霍烏皮切卡所說，在解剖室裡不管這個人是上吊死的還是服毒死的，都是一樣的切法。我跟你一起去，在前方挨兩記耳光不是件小事！」

古納爾特嚇傻了，帥克把他帶到軍官車廂。

杜布中尉從窗口中探出頭來，喊道：「鄉巴佬，你們想幹什麼？」

「別害怕，」帥克囑咐古納爾特，把他推進了軍官車廂。

在走廊裡出現了盧卡斯上尉，隨後是札格納大尉。

儘管盧卡斯上尉對帥克十分了解，而這一次他感到很吃驚，因為帥克的臉上已失去平時那種溫順謙讓的表情，而是充滿了憤怒。他的臉色說明，一定發生了什麼嚴重不愉快的事情。

「報告，上尉先生！」帥克說：「我們要告狀。」

「別犯傻了，帥克，我嫌煩！」

「請你原諒我的無禮，」帥克說：「您是十一連的連長，我是您連裡的傳令兵。我知道，這件事似乎很棘手，但我也知道，杜布中尉先生是您的部下。」

「帥克，你真的瘋了！」盧卡斯上尉打斷了他的話，「假如你喝多了，最好給我滾開，知道嗎！你這個白痴、畜生！」

「報告，上尉先生！」帥克說，把古納爾特推到自己的前面，「您看他這副樣子，就好像從前在布拉格街上一個想用防護面具抵擋迎面駛來的電車的人一樣。這位發明家親自為這個試驗獻身了，後來市政府還給他的遺孀付了一筆賠償費。」

札格納大尉不知道說什麼好，只是點點頭表示同意的樣子，而盧卡斯上尉則露出為難的表情。

「報告，上尉先生！我應當把我知道的一切事情向您報告。」帥克不講情面地繼續說道，「還在布魯克時，您就對我說過，上尉先生，我是連裡的傳令兵，除掉執行命令外，還要負責把連裡發生的一切事情報告給您。根據這一指示，請允許我向您報告，上尉先生，杜布中尉先生平白無故地打了自己勤務兵的耳光。報告，上尉先生，我本想不說出這件事的，可是我一想，杜布中尉先生是您的部下，我就打定主意向您報告了。」

「這真是怪事，」札格納大尉說：「帥克，那你為什麼把古納爾特帶到這裡來呢？」

「報告，營長先生，無論事情大小，我都應該向領導報告。他是個笨蛋，挨了杜布中尉先生的耳光，卻不敢報告。報告，大尉先生！請您看看，他的膝蓋還打哆嗦呢！他一聽說要來報告，就嚇得魂不附體了。要是沒有我，他可能就不會到這裡來了。在皮特烏霍夫有一個叫德拉的人，他在服役時，常去告狀，一直到他被調到軍艦上去當了吹號兵才不再告狀了。後來，他又到太平洋一個島上服役，還當了逃兵。然後他在那裡娶了老婆，還見過旅行家哈夫拉斯，和他說過話，但人家根本不認識他，也不承認跟他是同鄉。一個人為了幾記耳光就告狀也實在太可悲了。古納爾特本不想來這裡的，因為他說過，他不想到這裡來。他是個常挨耳光的勤務兵，簡直不知道該報告的是關於哪一個耳光的事，他自己是根本不想來這裡的，更不會來告狀。他已經受慣了挨耳光的苦楚了。報告，大尉先生，請您看看，他已經嚇得連魂都沒有了！但換一個角度來看，他挨了耳光，本應該馬上來報告的，可是他沒有勇氣，因為他感到正像一個詩人寫的那樣，『當一朵不引人注目的紫羅蘭更好些』。他就是這樣侍奉杜布中尉先生的。」

帥克把古納爾特推到前面，對他說：「別總像白楊樹葉那樣哆哆嗦嗦的！」

札格納大尉問古納爾特，究竟是怎麼一回事。

古納爾特全身哆嗦著說，可以問杜布中尉先生本人，我沒有挨過什麼耳光。

這個全身還在發抖的猶大古納爾特甚至說這些全是帥克臆造出來的。

這個可悲的事件終於由杜布中尉先生做了一個了結。他突然出現，衝著古納爾特大聲嚷道：「你還想再挨幾記耳光嗎？」

事情到此已真相大白。札格納大尉對杜布中尉只簡單地說了幾句：「從今天起，古納爾特調到營部伙房工作，至於誰來擔任你的新勤務兵，你去找軍需上士萬尼克商量。」

杜布中尉行了一個軍禮。他離開時對帥克說：「我敢打賭，你總有一天會被絞死的！」

中尉走後，帥克轉身對盧卡斯上尉友好地輕聲地說：「在慕尼黑城堡附近有這樣一位先生，也總是這樣跟別人說話，而那個人回答他說：『我們刑場上見！』」

「帥克，」盧卡斯上尉說：「你真是個白痴！我不准你在回我的話時，總像平常那樣對我說：『報告長官，我就是個白痴！』」

「真倒楣！」札格納大尉嚷了一聲，因為他把身子探到窗外時，正好看到杜布中尉就在窗下，等他再想把身子縮回來已經來不及了，他知道麻煩的事又來了。

杜布中尉對札格納大尉在聽完他對東方戰線應該開始進攻的論述之前就離開，感到很遺憾。

「假如要弄清楚為什麼我們要進行這次大規模的進攻，」杜布中尉朝著上面的窗口嚷道，「就得了解一下四月底我們的進攻形勢是怎樣發展的。我們必須突破俄軍的陣線。我已經為突破喀爾巴阡山和維斯拉河之間的防線找到了一個最合適的突破點。」

「關於這個問題，我們之間沒有什麼可爭論的。」札格納大尉回答說，隨即離開了窗口。

半個小時後，列車繼續向薩諾克駛去。札格納大尉伸直身子躺在座位上，裝作睡覺的樣子，以免杜布中尉又拿那些陳腐的進攻理論來打擾他。

巴倫在車廂裡見到了帥克，說他已獲准用麵包蘸著鍋底上的牛肉汁吃了。並且說，他如今與車上的戰地伙房的關係有些緊張，因為列車開動時，他把腦袋鑽到鍋裡去了，兩隻腳倒豎在鍋外。不過後來他做這種事就好多了。你可以聽他在舔鍋底時發出的舔嘴聲音，就像刺猬在追蟑螂的那種聲音。然後是巴倫的哀求聲：「求求你們了，兄弟們，看在上帝的面上，扔給我一塊麵包吧，還有很多肉汁呢！」這種田園詩的情景一直持續到下一站。這期間，十一連的鍋已被擦得乾乾淨淨，像鍍了錫般閃閃發光。

「多謝你們的幫忙，朋友們！」巴倫衷心地感謝大家，「這是我來部隊以後，幸福第一次向我露出的笑臉啊！」

事實也是如此。在盧普科夫山口，巴倫分到了兩份燉肉，盧卡斯上尉對他很滿意。因為巴倫從軍官食堂取回來的飯菜，沒有吃得太多，給上尉至少留下了一半多。巴倫感到非常幸福，晃動著自己伸出車廂的那雙腳，突然感到整個部隊都是他溫馨的家人了。

連裡的夥計也開始跟他開玩笑，說列車到薩諾克以後，伙房裡將煮一頓晚飯和一頓午飯和大家吃，說是為了彌補大家路上沒有領過晚飯和午飯的緣故。巴頓頻頻點頭稱是，輕聲地說：「你們瞧，朋友們，上帝沒有拋棄我們吧！」

大家為此情不自禁地笑了。炊事兵們坐在戰地伙房裡開始唱起歌來：

瘸腿的人，一拐一拐地走，

上帝不會拋棄我們的。
如果把我們放到沼澤裡，
他還會把我們拯救出來的……
如果把我們放到叢林裡，
他還會把我們鍛煉得更堅強。
瘸腿的人，一拐一拐地走，
上帝不會拋棄我們的……

過了什恰夫納車站，山谷裡重又出現了許多新的軍人墳墓。從車上可以看到，在什恰夫納下面有一個石頭十字架，架上釘著一個無頭的耶穌像，那顯然是鐵路線被炸時給炸掉的。

火車加快了速度，駛過山谷，向著薩諾克開去。這時，火車兩邊的視野也漸漸地開闊起來，鐵路西邊被戰爭毀壞的村落也愈來愈多。

在庫拉納，我們可以看到小河裡躺著一輛被擊毀的紅十字會列車和已倒塌的鐵路路基。

巴倫睜大著眼睛看著這一切，特別令他驚奇的是下面躺著的那個被擊毀的火車頭，煙囪插在鐵路的路基中，煙囪口朝著天，活像一口二十八毫米口徑的大砲。

這一情景也引起帥克等人的注意。特別是炊事兵約賴達最為憤怒。他說：「怎麼可以朝紅十字會的火車轟擊呢？」

「不可以，但有可能。」帥克說：「因為找個藉口並不難。他們可以說，事情發生在夜間，誰也沒有看到什麼紅十字會的標誌啊！世界上這樣的事多得很，本來不可以做的事，但還是能夠成的。俗語說『事在人為』。關鍵是每個人都應該試試，看看自己能不能做到。有時看起來不可能的事，也許通過努力，就成為可能的事了。皇家軍隊在皮塞克演習時，上面下來一道命令：行軍時不准對士兵實施把雙手和雙腿綁在一起的處罰。可是我們的大尉認為執行這個命令也太容易了，因為這道命令很可笑。誰都清楚，一個士兵的手和腿被綁在一起，那他怎麼能行軍呢？於是大尉在處理某些士兵時，就把他們的手和腿綁在一起，往運輸車上一扔，載著他們繼續行軍，這樣既簡單又合情合理，也不算違反上級命令了。還有這樣一件事，大約在五六年前，在我們街上住著一個叫卡爾利克的先生。他住在二樓，在他樓上住著一個十分忠厚的人，名字叫米格什，是音樂學院的學生。這個米格什很喜歡女人，除了別的女孩子外，還追卡爾利克先生的女兒。卡爾利克先生除經營著運輸公司和糖果店外，還在摩拉維亞有一所為外國公司服務的裝訂工廠。當他知道這位音樂學院的學生追求他的女兒時，便到那位學生處，跟他說：『你別想娶我的女兒，你這流氓，我絕不會把女兒嫁給你的！』『好吧，』米格什回答說，『既然你不允許我娶她，我又有什麼辦法呢？難道我還得為這件事去上吊嗎？』兩個星期以後，卡爾利克先生又來找他，這一次連他的老婆也一起來了。他們兩口子異口同聲地對他說：『你這混蛋，你敗壞了我女兒的名聲！』『是的。』那位學生

回答說，『對不起，我是和她上過床，親愛的太太！』這位卡爾利克先生白費力氣地衝他大喊大叫，說他說過，他不能娶她，他也絕不會把女兒嫁給他的！而大學生卻義正詞嚴地回答說，他並沒有娶他的女兒呀，而那一次也沒有明確約定他和他的女兒之間該幹什麼、不該幹什麼呀，這些問題都沒有討論過。並說他是嚴守諾言的，請他們不要為此擔心，他不會娶她的。說他不是那種見風轉舵、看人行事的人；他是說一不二、一言九鼎的人。如果他為了這件事受到迫害，那也沒有辦法，但他問心無愧，因為他那已故的媽媽在斷氣之前要他發誓，一生一世不說謊。他答應她絕不撒謊。這樣的誓言是靠得住的。他們全家人都沒有說過謊，他本人在學校裡的操行分數也總是優等。你們瞧，有些事不准幹，但可以幹。道路是多種多樣的，但看我們怎麼走了！」

「親愛的朋友們！」正在熱中於寫營史的志願兵馬列克說：「一切壞事也會有它好的一面。這輛被炸壞的、燒掉了一半的、倒在路基下面的紅十字會列車也會用它新的英雄事跡來豐富我營的光輝歷史的。我記得，大約九月十六日那天，就像我在筆記本裡寫的那樣，我營各連都曾有幾個普通士兵要求跟隨班長去炸毀一輛正在向我們射擊、阻止我們渡河的敵軍裝甲車的事。他們喬裝成農夫，出色地完成了任務。」

「瞧，我看見誰啦？」志願兵在翻看筆記本時，突然驚叫起來，「我們的萬尼克先生，您怎麼也來到這裡了！」

「您聽著，上士先生！」志願兵轉過身對萬尼克說：「在營史裡也將有一篇您的精采故事。我記得那上面已經有過一篇介紹您的文章，但是現在這篇文章絕對會更精采、更豐富。」志願兵大聲念道：

【軍需上士萬尼克英勇犧牲】

軍需上士萬尼克也報名參加了炸毀敵軍裝甲車的勇敢行動。他和其他人一樣穿著農夫的衣服，隨著一聲砲響，受傷昏迷過去。當他醒來時，看見周圍盡是敵人。敵人將他立刻送往敵軍師部。他面臨死亡，仍堅決拒絕說出我軍的位置和軍事實力等情況。由於他是喬裝過的，所以決定判他為密探，處以絞刑，又因為他身分較高，將絞刑改為槍決，立即在墓地牆邊執行。勇敢的軍需上士萬尼克要求執行時不要蒙住他的眼睛。問他還有什麼要求，他回答：「請通過軍使向我營士兵致以我最後的問候，告訴他們，我是懷著我營必勝的信念而就義的。此外，請轉告札格納大尉先生，根據旅部最新命令，每人每天的罐頭額度將提高到兩盒半。」我們的軍需上士就這樣犧牲了，但他臨終的遺言使帝人萬分驚恐。敵人原以為，阻止我們渡河、隔斷我們與後勤補給的聯繫，就可以使我軍迅速陷入飢荒之中，造成混亂，從而瓦解我們的隊伍。關於萬尼克視死如歸的鎮靜，還可以補充一點，就是他在被槍決之前還跟敵軍參謀部的軍官一起玩過撲克牌，並對那個軍官說：「請把我贏的錢轉交給俄國紅十字會。」他說完這句話，就站到槍口的前面。他這種鎮靜和豁達精神使在場的軍官們都感動得流下了眼淚。

「請原諒，萬尼克先生！」志願兵接著說：「我擅自處理了您贏來的錢。我考慮過，是否應該把這些錢交給奧地利紅十字會呢？但最後我還是認為，從人性的觀點出發，把錢交給哪個紅十字會都一樣，只要是交給了能實行人道主義的機構就行。」

「我們這位已故的朋友應該把這筆錢交給布拉格的熱湯布施所，」帥克說：「這樣可能更妥當些，否則某位市長大人會把這份錢拿去買肝腸當早餐吃了呢！」

「是的，到處都有小偷。」通信兵霍托翁斯基說。

「特別在紅十字會裡偷竊行為尤為嚴重。」炊事兵約賴達十分氣憤地說：「我在布魯克認識一位廚師，他在一家醫院裡給護士小姐做飯。他對我說，那裡的領導和護士長們經常把整箱整箱的西班牙瑪拉加酒和巧克力糖拿回家。這些人一旦有了機會，就無法控制自己。每個人在自己漫長的人生道路上都會有許多難關的，在某個特定時期還可能會成為小偷。我就有過這樣的時期。」

炊事兵約賴達從自己背囊裡掏出一瓶白蘭地。

「你們瞧這裡，」他邊說邊打開酒瓶，「這就是我論點的確鑿證據。這是我在開車前從軍官食堂裡拿來的。這是最好的名牌白蘭地，應該用它來配蜜汁糕點吃。但是要想實現這個願望，也只能去偷才行。這同我以前被迫做賊是一樣的道理。」

「假如我們命中注定會成為你同夥的話，」帥克接著說：「我想這倒也不錯嘛，至少我有這種想法。」

命中注定的事真的出現了。他們開始喝起酒來，酒瓶在他們中間轉著圈圈。但是軍需上士萬尼克認為這樣的喝法不公平，應該用酒杯分著喝。因為他們總共五個人，共喝一瓶酒，這樣輪流一口口喝的話，處於奇數的人會比其他的人多喝一口。帥克說：「你說得對，假如萬尼克先生希望我們成為偶數的話，那麼你退出去就行了。這樣我們這裡也就不會有爭吵和不愉快的事了。」大家不顧萬尼克的抗議，仍然你一口我一口地輪流喝著。

萬尼克放棄了自己的提議，再次提出一個慷慨大度的意見，照這個意見辦，萬尼克可以多喝兩口，當然又遭到大家的強烈反對，因為萬尼克在開瓶時就先嘗了兩口白蘭地。

最後大家採納了志願兵的建議，按照各人名字的第一個字母的次序來輪著喝，因為一個人叫什麼名字都是命中注定的。

根據字母的順序，霍托翁斯基該第一個喝，萬尼克狠狠地瞪了他一眼，心裡盤算著，即使他最後喝，也還能多喝一口酒，可是他的算術並不高明，因為實際上只有二十一口酒。

後來，他們又玩起撲克牌。發現志願兵每次抓到牌時總要引用幾句《聖經》中的話。他抓到J時，便喊道：「上帝啊，您今年給了我J，我要為它鬆土、為它施肥，讓它為我開花結果。」

當有人責備他怎麼最後還敢要八時，志願兵就大聲喊道：「如果有個女人帶著十個銅板卻丟了一個，在沒有找回那枚銅板時，她是不是要點起蠟燭去拚命找呢？但當她找到那枚銅板之後，她一定會把鄰居和朋友們都找來，對他們說：『你們一起高興一下吧！因為我抓了一個八，又有了K和ACE。』好啦，你們都攤牌吧，你們都輸了！」

志願兵馬列克的牌運真好。當別人相互壓對方時，他總能拿出最大的牌壓住大家。就這樣，他們一個接一個地敗下陣來，而他贏了一盤又一盤，還對著輸牌的嚷道：「大地震就要來了，還有飢荒、瘟疫，天空中各種奇怪的現象也都會降臨到我們中間！」大家終於玩夠了，不想再玩了。這時，通信兵霍托翁斯基已經輸掉了半年的軍餉，他十分沮喪。志願兵要求他立個字據，還讓軍需上士萬尼克在發軍餉時，把霍托翁斯基的軍餉發給他。

「別害怕，霍托翁斯基！」帥克安慰他說：「也許你運氣好，在第一次交戰時，你就陣亡了。這樣一來馬列克也只能乾瞪眼了！你就簽個字吧！」

「陣亡」二字使霍托翁斯基很不舒服。他很有把握地說：「我不會陣亡的，因為我是通信兵。通信兵總在掩護所裡接電話線，或者在戰鬥結束之後去查線路有沒有出現故障。」

志願兵卻說：「事實恰恰相反。傳令兵遇到的危險會更大，因為敵人大砲的主要射擊目標是通信兵。而通信兵不是只要待在掩護所裡就不會有危險。即使你在十米以下的地下掩護所裡，敵人的大砲也能找到你，通信兵就會如同夏日裡的冰雹一樣消失掉。這是我們放棄布魯克時，在培訓二十八個通信兵的班上，老師給大家講的。」

霍托翁斯基傷心地看著前方，這神色引起帥克的同情。帥克便安慰他說：「你別往心裡去，其實大家只是跟你開個玩笑而已。」霍托翁斯基親切地回答：「別說了，大爺！」

「讓我在營史資料筆記本中查查看，關於霍托翁斯基的記載是怎麼說的……好，在這裡：通信兵霍托翁斯基被地雷埋住了，但他還在土穴裡打電話給參謀部說：『我要死了，祝賀我營取得重大勝利！』」

「這你該滿意了吧！」帥克說：「你還打算補充點什麼嗎？你還記得鐵達尼號輪船上的那位通信兵嗎？當輪船下沉時，他還總是往下面已淹沒的廚房打電話，問什麼時候開午飯呢！」

「這倒好辦，」志願兵說：「只要霍托翁斯基臨終遺言中加上一句，就說他在犧牲之前還朝電話機喊道：向我們的鋼鐵之旅致敬！」

4 齊步走！

在十一先遣連戰地伙房的車廂裡，也就是巴倫因吃得過飽而出洋相的地方，人們曾傳說，等列車到了薩諾克就能吃到一頓晚餐，還可以補領到這些日子全營沒有領到的那些口糧，現在看來他們真的說對了。人們還說過，「鋼鐵旅」就駐紮在薩諾克，九十一團這個先遣營按照它成立時的證明也應該屬於這個「鋼鐵旅」，這也是真的，因為大家下了火車以後，就找到了「鋼鐵旅」的旅部，在那裡得到了證明。不過又出現了一個新的謎：既然當時的前線就在從布羅迪城到布柯河，再沿布格河向北到索卡爾這一廣闊地帶，而從這裡到利沃夫及其北部大橋城的鐵路交通線又都完好無阻，為什麼東方戰區司令部卻作出這樣的部署：讓「鋼鐵旅」把各先遣營集中起來，部署在離前線一百五十公里的後方呢？

當札格納大尉到旅部報告我們先遣營已經到達薩諾克時，這個極其有趣的戰略問題就很快有了答案。

值日官是旅部副官泰爾勒大尉。

「我真的很疑惑，」泰爾勒大尉說：「你們竟然沒有接到確切的消息。行軍計畫是規定好的，你們應該把行軍路線提前通知我們。按照參謀部的部署，你們應該在大後天到達這裡，而你們卻提前到了。」

札格納大尉的臉有些發紅，他懊悔沒有把一路上收到的電報指示仔細地再看一遍。

「我對您真的感到很驚訝！」泰爾納副官說。

「我認為，」札格納大尉回答：「在所有軍官之間應該稱呼『你』，而不必稱『您』。」

「好吧！」泰爾勒大尉說：「請你告訴我，你是現役軍人，還是老百姓出身的軍人？如果是現役軍人。那就是另外一回事了……還真的看不出來。如今有許多後備中尉都是白痴。我們從利曼諾夫和克拉斯尼克撤走時，所有這樣的『飯桶』一見到哥薩克巡邏兵就嚇得屁滾尿流，不知所措。我們旅部的人都不喜歡這種寄生蟲。這些酒囊飯袋因為有點文化就當上了現役軍人，有的人在地方上通過了軍官考試就成了軍官。他們入伍前只是傻瓜，打起仗來根本擔當不起中尉的任務，一個個都是怕死鬼！」

泰爾勒大尉吐了一口口水，然後親切地拍了拍札格納大尉的肩膀說：「你在這裡大約得逗留兩天。我陪你四處逛逛，還可以去跳跳舞。我們這裡有許多漂亮的『天使般的妓女』，其中還有一位是將軍的女兒，她以前專搞同性戀。等我們穿上女人的衣服去找她，你就會領教到她的本領了。她瘦得像小豬似的，這也許是你意想不到的。朋友，反正你自己會見到她的，她簡直就是個迷人的狐狸精！」

泰爾勒突然感到有些不舒服，抱歉地說：「對不起！我想吐，今天這已是第三次了！」

當泰爾勒回來後，他為了證明這裡的日子過得很快樂，就對札格納大尉說，他的嘔吐是因為昨天晚宴上吃喝不注意引起的，當時工兵隊的軍官也出席了晚會。

札格納大尉很快就結識了大尉軍銜的工兵隊隊長。這位細高個子隊長穿著配有三顆金星的軍服，昏昏沉沉地走進了辦公室。他連札格納也沒有注意到，便十分親暱地招泰爾勒說：「你在幹啥呀？小豬！昨天晚上你把伯爵夫人可整得真夠意思！」他一屁股坐到椅子上，用一根細藤條敲著自己的小腿，笑著說：「我一想起你把那些髒東西吐到她的膝蓋上就覺得好笑……」

「是的。」泰爾勒說：「昨天晚上玩得真開心！」當他把札格納大尉介紹給這位拿著藤條的軍官之後，他們三個人就一起走出了旅部行政辦公室，來到一家咖啡館。這家咖啡館不久前還只是個小啤酒館，但很快就發展到現在的規模。

當他們穿過外面的辦公室時，泰爾勒從工兵隊長手裡接過藤條向長桌上一抽，圍桌而坐的十二名文書都猛地站了起來，按照命令排成隊站著。這些人都是從事軍隊後方平靜、沒有危險工作的小人物，他們大腹便便，制服筆挺。

泰爾勒大尉想在札格納和另一位大尉面前逞威風，便對這十二個腦滿腸肥的「懶漢聖徒」說：「你們別以為這裡是豬圈。你們這些笨豬！少吃點，不要總貪吃，要多跑跑步！」

「現在再請你們看看我的另一套教練方法！」泰爾勒對他的同伴說。

他又把藤條往桌子上一抽，問那十二個人：「你們什麼時候滾開！」

十二個人一致回答：「聽候您的命令，大尉先生！」

泰爾勒大尉對自己這套愚蠢的做法感到十分滿意，笑嘻嘻地走出了辦公室。

當他們三個人在咖啡館裡坐下以後，泰爾勒要了一瓶花椒酒，還要叫幾位閒著的小姐來陪酒。這個咖啡館實際上是個妓院。因為當時小姐們都正忙著，沒有人來伺候他們，於是泰爾勒大尉就大發雷霆，在前廳裡大罵老鴇子，並問艾莉小姐在陪什麼人？當他得知艾莉小姐在陪一位中尉時，更是火冒三丈，罵得愈發凶狠。

當時跟艾莉小姐在一起的不是別人，正是杜布中尉。先遣營進駐城裡一所中學時，他曾把自己的士兵召集起來，對他們進行了一番訓話，說俄國佬撤退時，在許多地方建立了花柳病醫院，想用這種陰謀詭計使奧地利軍隊受到巨大損失。他警告士兵們不要到這種地方去。並說他要親自到這種地方進行檢查，看看他的命令有沒有得到貫徹，因為部隊已經到達前線地區，假如誰違反命令，被他抓住了，將受到戰地軍事法庭的審判。

杜布中尉為了要親自檢查這裡有沒有誰違反他的命令，便在這家「城市咖啡館」二樓的艾莉小姐房間裡，選了一張長沙發作為他檢查工作的據點。現在他正悠閒地坐在沙發上消遣呢！

這期間，札格納大尉已回到自己的營部。泰爾勒一夥人也散了。旅部的人在到處尋找泰爾勒，旅長派自己的副官已經找了他一個多小時了。

師部下來了新的命令，必須最終確定九十一團新的行軍路線，因為根據新的部署該團原有的前進方向現改為一〇二團先遣營的行軍路線。

目前一切都亂套了。俄國佬正從加里西亞東北部迅速撤退，使得那裡幾部分奧地利部隊相互之間的關係複雜起來，德國軍隊又到處像楔子似的插進了奧地利部隊，加以各先遣營和其他部隊又開到了前線，使這裡的混亂更為加劇。離前線比較近的地方也有類似的情況，比如在薩諾克，突然來了個德國漢諾威後備師，指揮官是個上校，他的長相十分凶狠，使得旅長一見到他就頭疼。漢諾威後備師的上校出示們師部的命令，說他們旅應該駐紮在一所中學裡，如今那裡已被九十一團占了。他要求把旅部現在住的克拉科夫銀行大樓騰出來給他們師部住。

旅長直接給師部掛了電話，把這裡的情況如實報告一番，後來那位凶狠的漢諾威人也和師部通了電話。最後師部給旅部下了一道命令，讓旅部於今晚六時撤出薩諾克城，沿著吐洛瓦——沃爾斯卡——利斯科維茲——斯特拉索爾——桑博爾這條路線進發。同時命令九十一團先遣營與之隨行，作為掩護。於是旅部根據新的命令對自己的部隊進行了部署：先頭部隊於下午五時半向吐洛瓦進發，南北的掩護隊應保持三公里半的距離。後衛部隊於下午六點四十五分出發。

這樣一來，那所中學裡就發生了巨大的混亂。營部開軍官會議時，找不到杜布中尉，便派帥克去找他。

「我希望，」盧卡斯上尉對帥克說：「你會順利地找到他的，因為你們之間曾經有點什麼過節。」

「報告，上尉先生！我請求您給我寫份連部的書面命令。之所以這樣做，正是因為我們之間曾經有些過節的關係。」

盧卡斯上尉從自己筆記本中撕下一張活頁紙，寫了一張讓杜布中尉立刻回到學校參加會議的便條。帥克接著說：「對啦，上尉先生！您就像平時那樣，可以放一百個心吧！我會找到他的，因為他曾經下過命令，禁止士兵到妓院去。他現在一定正在妓院裡進行檢查，看看他們排的士兵有沒有誰敢違反他的命令，好把他們送到戰地軍事法庭受審呢！他通常就是這樣威脅士兵的。他曾在士兵面前說過，要親自到所有妓院去，說然後要讓他們看到他惡的一面。我知道他現在就在那裡，就在對面的咖啡館裡，因為所有士兵都曾盯著他，看他先到哪個妓院去。」

帥克所說的那家咖啡館分為兩部分：一個是聯合娛樂部，另一個是城市咖啡館。如果要去聯合娛樂部，不想穿過咖啡館走進去，也可以從後門進，那裡通常有個老太太在門口晒著太陽，她會用德語、波蘭語和匈牙利語說：「請進，士兵先生！我們這裡有的是漂亮小姐！」

當士兵走進門，她就領他穿過走廊，走進一間接待客人的前廳，然後她去後面叫小姐，接著一位穿著睡衣的小姐馬上跑了過來。她先提出要價，士兵就把錢放在那裡，當他解下刺刀帶以後，老鴇就把錢收走了。

軍官們到這裡時，總是穿過咖啡館過來的。這條路線比較曲折些，因為他們得通過後面一排房子，那是供軍官們選小姐的住所。在那裡小姐們穿著花邊的衣服，陪軍官喝著葡萄酒和烈甜酒。在這裡老鴇不准你胡來，一切都在樓上的小房間裡進行才行。這時，杜布中尉正穿著襯褲，躺在一張滿是臭蟲的、猶如天堂的長沙發椅上，艾莉小姐正向他訴說著自己的悲慘命運。這是她接待客人時常講的一套虛假的故事，說她的父親是一位工廠老闆，她自己曾在布達佩斯的一所中學裡當教師，因為不幸的愛情才做了酒家女的……

在杜布中尉背後伸手就能摸到的一張小桌子上，擺著一瓶花椒酒和一只玻璃杯。酒瓶已有一半空了。艾莉和杜布中尉都不勝酒力，此時講起話來都支支吾吾了，尤其是杜布中尉幾乎就要癱下來。從他的話裡可以聽得出，他把一切都攪混了，他把艾莉當成了自己的勤務兵古納爾特。他不僅這樣稱呼她，還按照自己的習慣對這位想像中的古納爾特作威作福地說：「古納爾特，古納爾特，你這個畜生，你會認識我這惡的一面的……」

帥克也必須跟其他所有從後門進來的士兵一樣履行各種手續，但他巧妙地擺脫了那位穿睡衣小姐的糾纏。波蘭老鴇聽到小姐的叫聲匆忙地跑了過來，厚顏無恥地對帥克說：「我們這裡根本沒有什麼中尉軍官客人！」

「妳別對我嚷嚷，太太！」帥克和藹地對她笑笑說：「要不然我會給妳一記耳光的。在我們普拉特內爾大街上，有一次一位老鴇被打得半死。因為輪胎店老闆的兒子去她那裡找自己的爸爸沃德拉切克，與她吵了起來。這位老鴇叫克肖烏洛娃。等她在急救站醒過來時，問她叫什麼名字，她只說了個『霍』字。請問您尊姓大名呢？」

帥克說完這些話，把老鴇推到一旁，就大搖大擺地登上木製樓梯向樓上走去。這位尊貴的太太被嚇得大叫起來。

在樓下，妓院老闆露面了。他原是一位波蘭的沒落貴族。他迅速沿著樓梯追上帥克，抓住他的衣服，用德語對帥克喊道：「士兵不准到樓上去，那裡是招待軍官先生的地方，士兵們只能在樓下！」

帥克提醒他說，他是代表軍隊的利益來這裡尋找一位中尉先生的，找不到他，整個軍隊都不能開往前線去。可是這位老闆並不理會，而且更加凶狠，開始動起武來，於是帥克一掌就把他從樓梯上推了下去。接著，帥克在樓上開始沿著每間房間尋找起來。他發現所有房間都是空的。當他走到樓盡頭的最後一個房間時，他敲了一下門，扭了一下門閂，門開了，裡面響起艾莉刺耳的尖叫聲：「有人！」緊接著是杜布中尉深沉的聲音：「請進！」也許他還以為自己是在軍營裡呢！

帥克走了進去，來到那張沙發前，把那張用筆記本紙寫的便箋交給了杜布中尉，眼睛望著放在床頭邊的軍裝說：「報告，中尉先生！請您穿好衣服，按照我轉交給您的這道命令，馬上回到中學，去我們兵營參加重要的軍事會議。」

杜布中尉用一雙小姑娘般的眼睛傻傻地望著帥克，終於想起站在他面前的人是誰，總算還沒有糊塗到連帥克都認不出來的地步。他馬上想到這是營裡派帥克來找他，於是他說：「我會收拾你的，帥克！你等著瞧，你……不會……有……好下場的……」

「古納爾特，」中尉對艾莉喊道，「再……給我……倒一杯！」

他喝了酒，隨手撕掉了那張書面命令，笑著說：「這是……假命令吧！在……我們這裡……任何

假命令……都不管。我們現在……是在軍隊裡，而不……是在……學校裡。他們……在妓院裡……把你抓住了……是嗎？你過來……帥克……我給你一個……耳光。馬其頓國王腓力浦……哪一年……打敗了羅馬人？你……不知道了吧！你……這頭……公馬！」

「報告，中尉先生！」帥克仍堅持說：「這是旅部下的緊急命令，要所有軍官都穿好制服去營部開會。我們就要出發了。軍官們馬上就要商量出：哪個連為先頭部隊，哪個連擔任側翼部隊，哪個連為後衛。現在就要對這個問題作出決定了。我想，中尉先生，您也該對這個問題談談自己的看法吧！」

這套外交辭令使杜布中尉清醒了一些。他開始有點明白過來，他現在不是在軍營裡，而且為了慎重起見，他又問道：「我如今在什麼地方？」

「您現在在妓院裡，中尉先生！他們跟您可不是一路人呀！」

杜布中尉嘆了一聲，從沙發上爬了起來，開始尋找自己的制服，帥克也忙著幫他找。他終於穿好衣服，和帥克一道走出門去。帥克一會兒又轉了回來，他沒有理會艾莉，而艾莉卻對他的回來理解為另一種意思。她懷著不幸的愛情又爬上床去。帥克迅速把酒瓶中剩下的那點花椒酒喝了個乾淨，就緊跟著追趕中尉去了。

由於天氣太悶熱，杜布中尉到了大街上也仍未完全清醒過來。他對帥克說了許多語無倫次的廢話。說他家裡有一張赫爾戈蘭郵票，馬上又說他中學畢業以後就去打台球了，還說他見到中學時代的班主任也不打招呼，而且每說一句話，總要說：「我想你會懂得我的意思的。」

「是的，我完全明白你的意思。」帥克回答：「您說話就像布傑約維采的洋鐵匠波哥爾尼一樣。人們問他：『今年你到馬爾夏河游過泳嗎？』他回答：『沒有去游泳過，可是今年李子的收成很好。』人們問他：「你今年吃過小蘑菇嗎？」他就回答：『沒有吃過，可是摩洛哥的新蘇丹據說是個非常好的人。』」

杜布中尉停了下來，自言自語地說：「摩洛哥的蘇丹！這是一位已經過時的人大物。」他擦了擦額頭上的汗，用一雙無神的眼睛望著帥克嘟囔著說：「我在冬天都沒有流過這麼多汗。你說對嗎？你明白我的意思嗎？」

「我明白，中尉先生！有一位老先生，他是地方委員會已退休的顧問，常到我們那裡的『喝兩杯』酒館喝酒。他常常說，他很奇怪，為什麼夏天和冬天之間的溫差那麼大呢？令他更加奇怪的是，為什麼人們至今還沒有發現這個問題呢？」

到了學校大門口，帥克離開了杜布中尉。中尉跌跌撞撞地上了樓，走進老師休息室，那裡的軍官們正在開軍事會議。他馬上向札格納大尉報告，說他已喝醉了。整個會議期間他都低垂著頭。在討論問題時，他偶爾抬起頭來喊一聲：「你們的意見完全正確，先生們，可是我已經醉得不行了！」

會議制訂了全部行動方案，決定讓盧卡斯上尉的連擔任先頭部隊，杜布中尉突然一愣，站起來說：「先生們，我想起我們班的班主任，光榮屬於他，光榮屬於他，光榮屬於他！」

盧卡斯上尉看到中尉這種狀況，感到最好讓中尉的勤務兵暫時把他送到隔壁的物理實驗室去休息，因為那裡有一個士兵在門口站崗。這裡設崗是因為實驗室的標本已被人偷掉了一半，為免有人繼續偷，所以才設立崗哨的。旅部也經常給來這裡駐

紮的部隊打招呼，提醒他們注意。

當初建立這一制度是因為有一個匈牙利營來學校駐紮，搶劫了這個實驗室。匈牙利人特別喜歡收藏礦物標本、晶瑩剔透的水晶和黃鐵礦石等，他們來此就把實驗室的許多標本都塞到自己的背包裡了。

在這裡的軍人墓地上豎著許多白色十字架牌，其中有一塊寫著「拉斯洛．加爾岡」的名字，裡面安息著一位匈牙利士兵，他在那次竊盜中曾錯把瓶子中泡了爬行動物標本的酒精喝了下去才死掉的。

世界大戰甚至用毒性蛇酒來殘殺人類。

在大家都已離開會場以後，盧卡斯上尉把杜布中尉的勤務兵古納爾特叫來，讓他把中尉安置到隔壁房間的沙發椅上去躺著。

杜布中尉突然像小孩一樣拉著古納爾特的手，觀察他的手掌心，說從他的手心中可以猜出他未來妻子的名字。

「您叫什麼名字？請您從我的上衣口袋裡把筆記本和鉛筆拿給我。您叫古納爾特。十分鐘以後您再來這裡，我把您太太的名字寫在一張紙條上留給您！」

他說完話就呼嚕呼嚕地睡著了，可過了一會兒又醒了，還拿起筆在筆記本上亂寫著什麼，寫完以後，又把那張紙從本子上撕了下來，扔在地上，還神祕地把手指放在嘴邊說著瘋話：「現在還不行，再等十分鐘。最好找一張有裝訂孔的活頁紙就完美了。」

古納爾特實在太老實了，十分鐘以後他還真的來了。他打開那張紙條一看，杜布中尉潦草地在紙上寫道：「您未來妻子名叫：古納爾特太太。」

過了一會兒，古納爾特把這張紙條拿給帥克看。帥克讓他好好保存這張條子，說每個士兵都應該珍惜自己長官所寫的真跡。在以往現役軍隊裡，還沒有見到哪位軍官給自己勤務兵寫信稱『您』的。」

那位被漢諾威上校巧妙地趕出駐地的旅長將軍，在完成了上述開拔準備工作以後，開始召集全營集合，讓大家排成方陣，進行訓話。這位旅長很喜歡演講，東拉西扯地講個沒完，到了實在無話可說的時候，他還想談什麼戰地的郵政問題。

「士兵們，」他朝著方陣大聲喊道，「我們現在要開往離敵人很近的前線去了。這大約需要幾天的路程。士兵們，到目前為止，大家總忙著準備行軍，還一直沒有機會把自己的通訊地址告訴你們離別已久的親友們呢！你們應該讓遠方的親人知道該把寫給你們的信寄到哪，使你們能從活著的親人們信中得到安慰！」

他說到這裡突然說不下去了，總是重複地說：「遠方的親人們……親愛的朋友們……還活著的老鄉們……」但最後他終於擺脫了這個怪圈，大喊一聲：「為此，我們在前線設立了戰地郵局！」

接下來他說的一番話，似乎是說所有穿著灰色制服的人，都應該懷著最大的喜悅，為了在前線建立戰地郵局而英勇戰鬥，即使一個士兵的兩條腿都被榴彈炸掉了，但他一想起他的軍郵號碼是七十二號，也許那裡有他遠方親人寄來的信件和包裹，裡面還放著燻肉、鹹肉和家鄉的點心，他就會愉快地死去。

旅長訓完話以後，軍樂隊奏起國歌，大家高呼皇帝萬歲，這群被送到布格河對岸屠宰場去的「人類畜生」，就按照既訂計畫分成幾個支隊，開始出發了。

十一連於五點半鐘開始向吐洛瓦—沃爾斯卡進發。帥克、連部和衛生隊的人跟在隊伍的後面。盧卡斯上尉巡視完整個縱隊後馬上來到後面，向衛生隊的人詢問杜布中尉在哪輛帳篷車裡，有沒有幹出什麼最新的莫名其妙事；同時也想和帥克聊聊天，以減少旅途疲勞。當時帥克正背著自己的背包和步槍。和軍需上士萬尼克談論著他們幾年前在大麥齊希契進行軍事演習的事情。

「當時演習的地方也和這裡一樣，只不過我們背的東西沒有今天這麼多，因為那時我們還不知道什麼叫做儲備罐頭呢！那時我們排一領到罐頭就到附近的旅店裡把它吃光，再撿一塊磚頭放到背包裡。等到一個村子裡，有人來檢查，我們大家就把磚頭從背包裡掏出來扔掉，那磚頭多得後來有人用它蓋了一間小房子。」

一會兒以後，帥克又興高采烈地跟騎在馬上的盧卡斯上尉一道走著，談起戰地郵局的事：「他說得倒好聽，士兵們在軍隊裡能收到家裡人的來信是多麼高興呀！可是幾年前我在布傑約維采服兵役的時候，就只收到過一封信，那還是寄到兵營的。這封信我還一直藏在身上呢！」

帥克從骯髒的皮夾子裡拿出那封油污斑斑的信，一邊讀，一邊跟盧卡斯上尉那裡小跑步的馬兒保持同等速度。信是這樣的：

你這個下流的士兵，你是個殺人犯和無賴！克希什班長來布拉格休假時，我跟他去「烏科查」酒館跳舞了。他對我說，你在布傑約維采的「綠青蛙」酒館裡跟一個下流女人跳舞，說你已徹底拋棄了我。我現在寫信到你那個鬼地方，是想讓你知道，我們的關係到此就吹了。你過去的鮑日娜。附注：我還忘了告訴你，那個班長一定會給你一點顏色看看的！這是我求他這樣做的。還有一點我不能忘了對你說，等你回來休假的時候，你再也不會在活人

當中見到我了！

「誰都知道，」帥克一邊小跑著，一邊繼續說：「當我回去休假時，她還和活人待在一起，但那都是些什麼人啊！我在『烏科查』酒館找到了她，看到其他連的兩個士兵正在脫她的衣服，其中一個卑鄙到當著眾人的面把手伸到她的肚臍下面，正像愛情小說家說的，彷彿要把她的天真爛漫從那裡拉出來似的。報告，上尉先生！這就好像一個十六歲左右的姑娘，有一次在上舞蹈課時，一個男中學生捏了一把她的肩膀，她就大聲哭了起來，對那男生說：『先生，你玷污了我的童貞！』當時在場的人都笑了。陪她來的女孩媽媽把她帶到『娛樂廳』的走廊上，把這位傻姑娘痛打了一頓。但是，上尉先生，我倒認為，農村的姑娘比城裡熱中於跳舞的姑娘要誠實得多。幾年前，我們的隊伍駐紮在姆尼什克時，我常去『老古寧』飯店跳舞，在那裡我愛上了一個叫卡爾・維爾科洛娃的女孩，可她並不喜歡我。有一個星期天的傍晚，我陪著她到魚塘邊去玩，我們一起坐在堤防上，我對她說，太陽落山以後，你還會這樣喜歡我嗎？報告，上尉先生，那時野外的空氣非常新鮮，所有鳥兒都在娓娓地唱歌，可她卻可怕地笑著回答我說：『我喜歡你就像放屁那樣枯燥，因為你是個傻瓜！』我的太傻了！在此之前，我們曾在田野間遊蕩。我們穿過空無一人的莊稼地，但我們老是走啊走啊！連坐都沒坐一下，就在這幸福的時光，我這個傻瓜還總在向這位農村姑娘講什麼這是黑麥，這是小麥，這是燕麥呢！」

說到燕麥，也真巧，前面連裡的一些士兵正在高唱著燕麥的歌曲。伴著歌聲，捷克部隊正在向索爾菲林前進，去為奧地利流血犧牲。

半夜時分，
燕麥從口袋中跳了出來，
給我吻一下吧，吻一下吧！

所有姑娘都給它吻了一下。

另一組士兵又接著唱：

吻呀吻，吻呀吻！
為什麼不讓它吻？
對著你的臉，
吻著你的雙頰。
給它吻吧，給它吻吧！
所有姑娘都給它吻。
吻呀吻，吻呀吻，
為什麼不給它吻？

然後，德國人又用德語唱著這首歌。

這是一支古老的軍歌，大約在拿破崙戰爭時期，大兵們就用不同的語言唱它。如今，士兵們在這吐洛瓦—沃爾斯卡滿是塵土的公路上，在加里西亞平原上重又快樂地唱著它。公路兩旁一直到南邊的綠色山丘，是一片被戰馬鐵蹄和成千上萬隻沉重軍靴所踐踏毀壞的田野。

「我們在皮塞克演習時，」帥克環顧了四周的情況以後說：「有一次，我們也把老百姓的莊稼地給糟蹋成這個樣子。那時有一位大公曾參加了我們的演習，他倒是個滿講理的人。由於出自戰略的考慮，他的隊伍才穿過這片莊稼地的，於是他立即讓副官估算了一下這片地究竟損失了多少錢。有個叫皮哈的農民很痛恨我們這些不速之客，拒不接受賠償他五英里地莊稼受損的那十八個克朗，他還想多要。上尉先生，他當時還去告我們，結果被關了十八個月的禁閉。」

「我倒認為，上尉先生！」帥克繼續說：「有皇親國戚來訪問他，他應該感到高興才對。要是換一個莊稼漢，比他聰明點，一定會把他所有女兒打扮成伴娘一樣，穿上白衣裙，手裡拿著鮮花，站在自家的土地上，熱情地歡迎著來訪的高貴客人。就像我在書中讀到的有關印度的情況那樣，農奴們總是順從某個大象的主人，心甘情願地任他們去踐踏自己。」

「你在嘮叨些什麼呀，帥克？」盧卡斯上尉在馬上衝著帥克喊道。

「報告，上尉先生！我在說那頭大象呢！牠的背上馱著自己的主人，這是我在書中讀到的。」

「帥克，假如你能對一切事情都有個正確的解釋就好了！」盧卡斯上尉說完話，騎著馬往前面去了。他到了前面一看，隊伍已經開始渙散。士兵們只在火車上休息了一會兒，就一直全副武裝地進行著不習慣的長途行軍。現在大家的肩膀開始疼痛起來，都在想方設法讓自己輕鬆一下。有的把槍從這個肩換到那個肩，大部分人已把槍從肩上卸了下來，幾乎要把它們當成耙子和叉子扔到一邊了。有的人埋怨說，如果沿著壕溝或田埂走在柔軟的泥土路上，可比走在如今這種塵土飛揚的大路上要好得多了。

大部分士兵走得腦袋快掉到地上了。所有人都渴得要命。儘管太陽已經落山，但天氣仍然像中午那樣又熱又悶，令人十分難熬。士兵們的軍用水壺裡都已經沒有一滴水了。這是第一天行軍。這種不習慣的、愈來愈難忍受的狀況使得大家更加虛弱和疲憊不堪。現在誰也不想唱歌了，彼此都在猜想離吐洛瓦—沃爾斯卡還有多遠路程，盼望著到了那裡可以睡上一宿。有的人坐在壕溝上想休息一會兒，但又不願意別人看出他們的這種想法，於是就在那裡解開裹腿布，假裝本來裹腿布沒有纏好，現在再重新纏一纏，以免影響下一步的行軍。還有的人在縮短或放長步槍的皮帶。有的打開背包整理東西，說這是為了調整重心，免得背包帶子長短不一，兩肩負重不平衡。當盧卡斯上尉走近他們時，他們就站起來報告說自己在整理一些原先沒有擺好的東西等等。在此之前，當他們看到盧卡斯上尉的馬離大家很遠時，士官長或排長都不會催他們快點走的。

盧卡斯上尉看了看四周的情況，十分和藹地勸他們站起來，說離吐洛瓦—沃爾斯卡只有三公里，到了那裡大家就可以休息了。

這時，躺在衛生隊雙輪車上的杜布中尉被顛簸震醒了。雖然他還沒有完全清醒，但他已能探起頭從雙輪車上叫喊連部的人。當時連部的巴倫、霍托翁斯基等所有人都把自己的背包放在雙輪車上，正輕鬆地跟著雙輪車走著。唯獨帥克不怕吃苦仍背著背包，扛著槍，抽著菸斗，唱著歌，像龍騎兵那樣向前走著。他唱道：

我們正向雅洛米什前進，
不管你信與不信，
到那裡正是吃晚飯的時辰……

在離杜布中尉五百多步的前方，公路上揚起一大片塵土，塵霧中隱約可見許多士兵的身影。杜布中尉精神又振奮起來，他把頭探出車外，向著公路上的塵霧叫喊說：「士兵們，你們的崇高任務是艱巨的，你們面臨著艱苦的行軍、供應的不足和各式各樣的困難，但我滿懷信心地注視著你們的堅韌精神和頑強毅力。」

「你這頭笨牛！」帥克譏諷地說。

杜布中尉繼續說：「對於你們來說，士兵們，沒有什麼克服不了的困難！士兵們，我再向你們重覆一遍，我不會帶領你們去爭取那種輕而易舉的勝利的。這一次戰鬥對你們來說是一枚硬核桃，但你們會把它嚼碎的。你們的名字將永遠載入史冊！」

「用手指堵住你的喉嚨吧！」帥克又罵了一句。

杜布中尉好像聽見了似的，他突然低下頭，朝著公路上的塵土嘔吐起來。吐完後，他又大叫一聲：

「士兵們，向前進！」然後就倒在通信兵霍托翁斯基的背包上了，一直睡到吐洛瓦─沃爾斯卡。到了那裡，士兵們遵照盧卡斯上尉的命令，把他扶了起來，抬到車下。盧卡斯上尉與他進行了一次長時間的、十分艱難的談話，而中尉卻完全想不起來自己幹了什麼，不過他回答：「從邏輯上推斷，我是幹了蠢事，我將在與敵人戰鬥之時彌補這一錯誤。」

杜布中尉顯然還沒有完全清醒過來，當他要回到自己排的時候，還對盧卡斯上尉說：「你還不了解我，我會讓你知道我的厲害！」

「你可以找帥克了解一下你幹了些什麼，好嗎？」

杜布中尉在回自己排之前，先去找了帥克。帥克正在同巴倫、軍需上士萬尼克一起聊天。

巴倫正講到磨坊的井裡總泡著一瓶啤酒，那啤酒涼得要命，喝著讓人牙齒發麻。在別的磨坊裡，晚上喝這種啤酒總是配著奶油布丁的。可是他吃得多，常常在吃了奶油布丁以後，還要吞下一大塊肉，可現在，公正的上帝要懲罰他喝吐洛瓦─沃爾斯卡井裡有臭味的水，為了預防瘟疫還往酒裡摻了檸檬酸，剛才領井水時也發了檸檬酸。巴倫認為這可能是為了怕大家挨餓才發檸檬酸的，雖然在薩諾克已吃得夠飽的，而且盧卡斯上尉還把旅部發給他的一份小牛肉分給了巴倫半盤子。可是不像話的是，巴倫還總在想著：既然到這裡來宿營，伙房一定會煮些東西給大家吃的。他見到炊事兵們正在往鍋裡倒水，就更覺得是這麼回事了，於是他立刻跑去問伙房的人，是不是又要做頓飯了，他們回答說，現在只收到把水放到鍋裡的命令，等會兒也許還會收到把水倒出來的命令。

這時杜布中尉走了過來，因為他對自己究竟幹了什麼事還沒有弄清楚，便向大家問道：「你們在聊天嗎？」

「是的，中尉先生，我們在聊天。」帥克代表大家說：「我們正聊得高興呢！最好能經常這樣聊聊天。現在我們正談著檸檬酸的事。當兵的不聊天，就不叫當兵的了。聊天至少可以讓人忘掉一切勞累。」

杜布中尉要帥克和他走到一旁，說要問他一點事。他們走到一旁以後，中尉疑惑地問道：「你們是不是在聊我的事？」

「沒有，絕對沒有，中尉先生！我們只是在談檸檬酸和燻肉的事。」

「盧卡斯上尉曾對我說，我幹了些什麼，說你知道得最清楚，帥克。」

帥克嚴肅地說：「您什麼也沒有幹，中尉先生！您只是去過一趟妓院。大概是有些誤會吧！在山城廣場有一位叫平波爾的洋鐵匠，當他去城裡購買鐵皮時，人們常找他，但總可以到某個地方找到他，不是在『舒赫』或者就在『德沃夏克』妓院，就像我找到您一樣。樓下是咖啡館，樓上就像我見到的是酒家女住的地方。您就在那裡，中尉先生！也許是一種誤會，我確實是在那裡找到您的，因為天氣太熱，假如一個人不習慣喝酒，在這種高溫下，就是喝一點蘭姆酒也會喝醉的，何況您又喝的是花椒酒。中尉先生，在隊伍要出發之前，我奉命找您回營部開會，便在樓上那些小姐的住處找到了您。由於天氣太熱，您又不勝酒力，當時您醉得連我也認不出來了。您躺在沙發上，衣服也脫光了。您在那裡沒有幹什麼不體面的事，更沒有說『你不認識我』這句話。其實，天氣太熱，誰都可能幹出這種事的。有的人幹了很難過，有的人無所謂。也許您還不認識一位叫維沃達的老傢伙，中尉先生，他是沃爾舍維采的一個工長。當他喝醉了酒以後，就會對您說，他不再喝任何含酒精的酒了。可他還是喝了一小杯酒才從家裡出去尋找沒有酒精的酒來喝。他首先來到一家『小憩』酒館，在那裡喝了四分之一升的苦艾酒，然後悄悄問店老闆：『禁酒主義者究竟喝些什麼飲料？』他還十分正確地斷言，純淨水對於禁酒主義者來說絕對是一種很難喝的飲料。店老闆對他解釋說，他們喝的是蘇打水、檸檬汽水、牛奶，以及沒有酒精的葡萄酒、冷清湯，以及其他沒有酒精的飲料。在這些飲料中，維沃達還是最喜歡沒有摻酒精的葡萄酒。他還問道：『有沒有不摻酒精的烈酒？』一邊說，一邊又喝了四分之一升的酒。他又對老闆說，經常喝酒確實是一種罪孽。老闆對他說，在這世界上，他什麼事情都能忍受，就是忍受不了那些在別的地方已吃飽喝足的酒鬼，為了醒醒酒才來本店只要一杯蘇打水，而且還吵吵嚷嚷地胡鬧。老闆又說：『你是本店喝醉的，那你就是我的人，否則我是不歡迎你的。』然後，維沃達老傢伙一口氣把酒喝完就走了。中尉先生，接著他去了查理廣場，到他常去的一家葡萄酒館打聽有沒有不摻酒精的葡萄酒，酒館的人回答：『我們沒有不摻酒精的葡萄酒，維沃達先生，可是我們有苦艾酒和西班牙葡萄酒。』維沃達老先生有些不好意思，於是就又要了四分之一升的苦艾酒和西班牙葡萄酒。中尉先生，他在那裡還認識了另一位禁酒主義者。他們一起聊天，十分高興，聊著聊著，他又喝了四分之一公升西班牙葡萄酒。在談話中間，那位禁酒主義者又說到他知道有一家酒館賣不含酒精的葡萄酒。他說：『這家酒館就在博爾扎諾瓦街，到了那裡，從一個階梯上往下走，店裡有一架留聲機在放著音樂。』維沃達老先生一聽到這個好消息，連桌子上放著的一整瓶苦艾酒也不要了，就同那禁酒主義者一起去了博爾扎諾瓦大街，從那裡沿階梯往下走，來到了那個有留聲機的酒館。那家酒館確實只出售水果酒，不僅不含酒精，而且味道平和。開始每人各要了半公升醋栗酒，然後又各要了半公升灌木果酒。當他們喝完了半公升醋栗酒以後，在此以前喝的苦艾酒和西班牙葡萄酒的酒力開始發作起來，他感到兩腿發麻，於是嚷嚷要酒館給他們開證明，說明他們在這裡喝的酒是不含酒精的葡萄酒，說他們是禁酒主義者，如果酒館不開證明，就把這裡的東西，包括留聲機都統統砸個稀巴爛。後來警察來了，不得不把他們從階梯上拉到博爾扎諾瓦大街上，然後裝上警車，並他們分別投入獨自的牢房。結果，他們倆都被作為禁酒主義者酗酒而判了刑。」

「為什麼你要對我說這個故事？」杜布中尉喊道。說完這句話以後，他開始完全清醒過來了。

「報告，中尉先生！這個故事確實與您無關，但我也只是聊聊罷了……」

杜布中尉一會兒又突然感到帥克在侮辱他，因為他已經完全清醒過來，便衝著帥克嚷道：「你總有一天會認識我的！你是怎麼站的？」

「報告，我站得不好。報告，我忘了把腳跟並攏。我立刻改正過來。」帥克再度做了一次最標準的「立正」動作。

杜布中尉覺得還應該做些什麼，但他最後只說：「你給我小心點，別讓我總罵你！」然後他又補充

了一句他已經重複多次的話：「你還不認識我，但我是認識你的！」

杜布中尉離開帥克以後，仍然感到喝醉酒以後的那種難受勁。但他又感到，如果他對帥克說：「小子，我早就認識你那惡的一面了！」那樣就會更能刺激帥克了。

後來，杜布中尉讓人把勤務兵古納爾特叫來，吩咐他找一罐水來。

說句公道話，古納爾特為了在吐洛瓦—沃爾斯卡找這一罐水，可費了九牛二虎之力了。罐子總算從一個鄉村牧師那裡偷來了，可卻沒辦法從那口被嚴嚴實實地蓋著木板蓋子的井裡把水打上來，再灌到罐子裡。為此，古納爾特還不得不用力橇掉幾塊木板。據說，對這口井採取封井的措施，是因為大家懷疑這井裡的水有傷寒菌。

杜布中尉喝完了這罐水以後，倒也沒生病，平平安安的。這真的應了一句俗語：「好豬吃什麼都不生病。」

大家以為，到了吐洛瓦—沃爾斯卡會住上一宿的，結果是大失所望。

盧卡斯上尉把通信兵霍托翁斯基、軍需上士萬尼克、連部傳令兵帥克和巴倫都召集起來，向他們宣布了一道簡短的命令：讓大家把自己的物品留在救護隊，立刻出發，穿過田間小路到小波拉涅茲，然後再沿著小河向東南方向的利斯科維茲前進。

帥克、萬尼克和霍托翁斯基負責後勤工作，必須提前做好為全連宿營的準備工作。全連士兵將比後勤人員晚一個小時、最多一個半小時出發。巴倫必須在盧卡斯上尉過夜的地方把鵝烤好。他們都要看住巴倫，別讓他又偷吃掉半隻。此外，萬尼克和帥克還要按照全連供肉的標準去買一頭豬，連夜把肉燉好。士兵宿營的地方也必須整齊清潔，不要找那些有臭蟲蝨子的小木房住。要讓士兵們好好歇上一夜，因為第二天早晨六點半鐘，全連官兵還得從利斯科維茲經過科羅森科開往老鹽城。

現在先遣營已經有足夠的經費了，因為旅部軍需處在薩諾克就已經把這次戰役以前的經費全部發給了營裡，連裡財務科現有十多萬克朗存款。軍需上士萬尼克已接到命令，當全連官兵進入戰壕面臨死亡威脅之際，財務科就應把過去沒有給足分量的士兵口糧結算清楚，折成現金發給大家。

正當他們四人準備出發時，當地神父來到連裡。他按照士兵們不同民族屬性，分發各種文字的傳單和讚美歌。這些讚美歌有一大包，是當時一位具有高級軍銜的教會顯赫人物，在幾個女孩的陪同下，坐著汽車巡視遭受破壞的加里西亞的時候，分發給路過部隊的。神父拿來的，就是他們留下的一部分宣傳品。

在山坡下小溪流淌的山谷裡，鐘聲傳來天使向大家的問候。
祝你快樂，祝你健康！
啊，貝納爾達，親愛的姑娘，天使領著她走向綠草茵茵的小河邊。
祝你快樂，祝你健康！
少女看到懸崖的上空星星在閃爍，星光中映出莊重的身影、聖潔的臉龐。
祝你快樂，祝你健康！
她穿著百合花般的美麗衣裳，一條雲彩似的淡雅絲帶繫在腰間。
祝你快樂，祝你健康！
她手上拿著一串念珠，宛如天國裡慈祥的王后娘娘。
祝你快樂，祝你健康！
啊，貝納爾達，你那天真無邪的臉龐，在神奇的天國光芒中變得無比漂亮。
祝你快樂，祝你健康！

她跪下對王后娘娘祈禱，王后用天國的語言跟她交談。
祝你快樂，祝你健康！
孩子，你知道嗎？我本無罪，只是想成為人們的強大保護者。
祝你快樂，祝你健康！
我那虔誠的人們正成群結隊地向這裡擁來，他們只是為了向我致敬，尋求平安。
祝你快樂，祝你健康！
大理石的聖殿可以向各族人民作證，在這裡，我的心情十分舒坦。
祝你快樂，祝你健康！
但是，這裡流淌著一股清泉，它用堅貞的愛情把你們邀請。
祝你快樂，祝你健康！
啊，光榮屬於你，仁慈的山谷，在這裡居住著最快樂的母親。
祝你快樂，祝你健康！
懸崖上是您神奇的岩洞，你給了我們天堂，善良的女王。
祝你快樂，祝你健康！
無比光榮愉快的一天開始了，男人女人的隊伍來這裡向您致敬。
祝你快樂，祝你健康！
您想有一群自己的善男信女，但也請看看我們這些苦難中的乞丐們。

祝你快樂，祝你健康！

啊，救世之星，請從我們面前走過吧！把我們這些忠誠的人帶到上帝的聖殿去！

祝你快樂，祝你健康！

啊，無限光榮的女神，愛我們吧！把你慈母般的仁愛賜給自己的孩子們吧！

哈洛瓦—沃爾斯卡有許多公共廁所，那裡到處都是這種《讚美歌》的紙片，在地面上翻滾著。

來自卡什貝爾群山的納赫吉格爾班長，從一位膽小的猶太人那裡買來一瓶烈酒。他請了幾位好朋友，聚在一起，仿著《歐根王子歌》的曲調，去掉讚美歌中的疊句「祝你快樂，祝你健康」，用德語唱起這首「讚美歌」。

天黑了下來，這四位為十一連尋找宿營地的軍人來到了一條小河旁的小樹林裡。這條小河和小樹林一直延伸到利斯科維茲，路也更加難走了。

巴倫第一次碰上這種兩眼漆黑、不知東西南北的情況，而且還要摸黑去尋找全連的宿營地，這簡直不可思議。他突然恐懼地懷疑起來，認為這裡一定有什麼不可告人的祕密。

「朋友們，」他輕聲地說，一邊沿著河邊的小路踉蹌地走著，「他們把我們甩了！」

「怎麼可能呢？」帥克責備他說。

「朋友，別嚷嚷，好嗎？」巴倫輕聲地請求道，「我感覺到有人在聽我們說話，馬上就會向我們開槍。我覺得他們派我們來打頭陣，就是想試探一下附近有沒有敵人。如果他們聽到槍聲，就會馬上知道有情況，不再往這裡來了。朋友們，我們當了前哨了，這是班長特爾納曾經傳授給我的經驗。」

「那麼你在前頭走吧！」帥克說：「我們就跟在你後面。你的身體那麼魁梧，那就用你的身體來保護我們。假如敵人朝你開槍，你就通知我們一聲，我們也好及時趴下呀！既然你是一個士兵，你就不會怕敵人朝你開槍的。每個士兵都應該以此為榮，都應懂得，敵人朝你每開一槍，他們的戰鬥力就會削弱一分。敵人也會樂於這樣做的，因為這樣他們就不必再背那麼笨重的子彈了，逃跑起來也會輕鬆得多的。」

巴倫長嘆了一聲說：「可家裡的人還得靠我養活呢！」

「還談什麼養家呢？」帥克安慰他說：「還是去為皇帝賣命吧！難道你當了這麼久的兵還不懂得這個道理嗎？」

「他們確實曾說到過，」愚蠢的巴倫說：「那是他們叫我到操場去做操的時候。後來就再沒有聽人提起過，因為我當了勤務兵……可皇帝至少也該把我們餵飽些呀……」

「你真是一頭永遠填不飽的豬！士兵們在打仗之前，是根本不餵食的。關於這一點，幾年前翁特格里茲大尉在學校裡就給我們講過了。他常說：『渾小子們，有一天戰爭爆發了，你們開到前方陣地，可別在打仗之前吃得太飽。如果有人吃得太飽，子彈一進肚子，馬上就會完蛋，因為子彈進了肚子，所有吃的糧食和喝的湯都會從腸子裡流出來，傷口一發炎，人就會馬上死掉。如果肚子裡空空的，那麼子彈進了肚子，就什麼事也沒有，還會像只被黃蜂螫了一口，舒服得很。』」

「我消化得快，」巴倫說：「我的胃從來留不下多少吃的。朋友，比如說，我吃了一滿盤的麵餃、燉肉和白菜，半個小時以後，就剩沒多少了，只有三匙湯了吧，其他的就都消化掉了。據說，有一個人吃了一隻狐狸，拉出來還是一隻狐狸，只要清洗一下，加點酸的調味汁，還可以再吃。可是我恰相反，我一次能吃下幾隻狐狸，如果換成別人，可是會把肚子撐破的，可我一會兒以後去上廁所時，只拉出來一點黃湯，跟小孩子拉的一樣，其餘的都被消化吸收了。」

巴倫親密地對帥克說：「朋友，我的肚子連魚骨頭、李子核都能消化掉。有一次我故意數了一下，我吃了七十個帶核的李子餃，等到要大便時，我就溜到後院，把屎拉在一個小木盒裡，把李子核挑出來，一數，七十個李子核消化了一半多。」

巴倫大大喘了一口氣接著說：「在家裡，我老婆用馬鈴薯泥給我做李子餃，裡面還加點乳渣，讓麵餃更加美味可口。她總喜歡撒點罌粟子，而不願意加起司，可我相反，為了這事，我有一回還動手打了她一記耳光……我真的不懂得珍惜我妻子給我的幸福呀！」

巴倫停了一會兒，嘖嘖嘴，舌頭舔了一下上顎，然後傷感地說：「朋友，你知道，如今我沒有東西吃了，這才想起我老婆當初說得對，按她的想法放點罌粟子味道確實會更好的，可那時我總覺得那罌粟子塞牙，如今我倒想，塞就塞吧，又有什麼關係呢？我的老婆跟著我真是吃了不少苦、受了不少罪啊！我還逼著她往肝香腸裡多放些馬約蘭，總是跟她作對，有意刺痛她，她為這不知道哭過多少次。有一次我把我可憐的老婆打得爬不起來，在家躺了兩天，因為她做晚飯時不肯宰火雞，而只殺了一隻小公雞就想打發我。」

「朋友，」巴倫哭了，「如今哪怕來點不放馬約蘭的肝香腸和公雞也好呀！你喜歡蒔蘿汁嗎？瞧，為了讓我喝這玩意兒，我們倆也爭吵得不可開交，如今我可以把蒔蘿汁當咖啡來喝呢！」

巴倫漸漸地忘記了他剛才所幻想的種種危險了。在寂靜的深夜裡，他們繼續朝著利斯科維茲走去，巴倫仍興致勃勃地不停對帥克講述著他過去沒有珍惜什麼、現在想吃什麼，還不時地流出眼淚。

通信兵霍托翁斯基和軍需上士萬尼克跟在他們後面。

霍托翁斯基對萬尼克說，他認為發動這次世界大戰真是太愚蠢了。

糟糕的是，在大戰期間有哪個地方電話線斷了，你只能在夜間趕到那裡去修理，還有更糟糕的，過去打仗，沒有探照燈；可現在，當你正搶修那些該死的電線時，敵人的探照燈一亮，整個砲兵隊都朝著你開砲。

他們終於到達為連隊找宿營地的那個村子。四周一片漆黑，村裡所有狗都汪汪叫了起來。他們只好停了下來，商量怎樣對付這些畜生。

「我們還是回去吧！」巴倫輕聲地說。

「巴倫呀巴倫，假如把你的這句話彙報給長官，你就得被當成膽小鬼槍斃掉。」帥克說。

狗愈叫愈凶，連羅巴河南邊的狗，以及克洛津采等村子的狗也都叫了起來。帥克朝著黑夜嚷道：

「趴下，趴下，趴下！」正像他當年販賣狗時斥喝自己的狗一樣。

狗叫得更凶了。軍需上士萬尼克對帥克說：

「別對牠們嚷嚷，帥克，否則整個加里西亞的狗都會叫起來的！」

「類似這樣的事，」帥克回答：「我們在塔博爾演習時也曾發生過。我們夜間開進那裡的一個村莊，狗馬上吠叫起來。四周都住著人家，狗的叫聲從一個村莊傳到另一個村莊，一直這樣傳著。等我們宿營那個村子的狗不叫了，但從遠處傳來的狗叫聲仍然不斷，比如說，從佩赫希姆瓦傳來的，這一來我們村的狗又叫了起來。不久，塔博爾、佩赫希姆瓦、布傑約維采、霍姆波爾、特舍波尼和伊赫拉瓦等地方的狗全都叫起來了。我們的大尉是個神經質的老頭，他受不了狗的叫聲，整夜沒睡覺，總是走過來問巡邏兵：『誰在叫，叫什麼？』士兵們報告是狗在叫，於是他就大發雷霆，把那幾個巡邏兵關了禁閉，直到我們演習結束時才放了出來。後來他挑選了一些士兵組成『管狗隊』，派他們打前站，主要任務是通知村民，在我們宿營的地方，任何狗都不得在夜間吠叫，如有叫者，格殺勿論。我也是這個隊的成員。當我們來到米萊夫斯科區的一個村子時，我在通知當地村長時，把『狗』和『狗主人』這兩個概念給弄混了。我對那村長是這樣說的：誰家的狗在夜間吠叫，出於戰略原因，狗主人當格殺勿論。這樣一來，可把村長嚇壞了，他馬上趕往參謀部為全村老少求情。參謀部的門衛根本不讓他進門，他還差點用槍打了他，他無奈地回到村裡。在我們的隊伍進村之前，全村老百姓在村長的勸說下都用布把狗纏起來拴在身上，惹得其中三條狗發起火來。」

帥克還說到狗在夜裡害怕香菸燃著的火芯，用這個方法可以治狗叫。可惜他們幾個都不吸菸，他的建議也就作罷了。同時大家還認為，狗高興的時候也會叫的，因為牠們對軍人有著懷念之情，牠們記得，軍隊從這裡路過時總給牠們留下一些好吃的東西。

狗老遠就已感覺到這些曾經給牠們留下過骨頭和馬屍的人愈來愈近了。等他們走進村子時，突然有四條狗跑到帥克身邊，高興地搖著尾巴，親暱地把腿抬了起來。

帥克撫摸著牠們，拍拍牠們，像對孩子那樣地同牠們說話。

「我們又來到了，要在這裡過夜，還要做好吃的。我們會把骨頭呀、肉皮呀都留給你們吃。明天一早我們還要趕路，上前線打敵人呢！」

這時，村子裡的小農舍都亮起了燈。他們走到第一家農房，敲門問村長家在那裡。裡面響起一聲尖銳刺耳的女人聲音，用一種既非波蘭語又非烏克蘭語的腔調回答：她的丈夫在部隊裡，孩子生病出天花躺在床上，說莫斯科人把家裡的東西都搶光了。男人在離家前曾吩咐過，夜裡誰敲門都不要開。直到他們猛烈地把門敲個震天作響，說他們是奉命找宿營地的，才有一隻陌生的手把門打開。他們進去之後，發現這裡正是村長的家。村長拚命向帥克解釋，說他沒有裝那個尖銳刺耳的女人聲音，那時他正在乾草上睡覺。還說他老婆如果突然被人叫醒，總是會亂說話。至於給全連找宿營地的事，

他說，這個村子太小了，連一個士兵住的地方都沒有，實在沒有睡覺的地方。這裡也沒有可買的東西，莫斯科人早已把這裡洗劫一空了。

他說假如長官們不嫌棄，他可以帶他們到克羅辛卡去。那裡有大莊園，離這裡只有四十分鐘的路程。那裡有的是地方，每個士兵都能蓋上羊皮。那裡有的是牛，每個士兵都能喝上一杯牛奶。那裡的水質也好。軍官們可以在莊園裡睡覺。而在這裡的利斯科維茲呢？只有疥瘡和蝨子。他曾經養了五頭牛，可全都被莫斯科人搶走了。現在他想給生病的孩子弄點牛奶喝，也不得不跑到克辛卡去買了。

說來真巧，就在這時他家旁邊牛棚裡的牛哞哞地叫了起來，隨後又聽到那女人的尖叫聲在罵那些倒楣的母牛，讓牠們都得霍亂病死掉。

「老總們，你們剛才聽到的牛叫聲，是我的鄰居沃依采克家的牛叫的。這是我們這裡唯一的一頭牛。這牛有病，可憐得很。自從莫斯科人把牠的牛犢子牽走後，牠就一直悶悶不樂，連奶也擠不出來了。可是牛的主人捨不得殺牠，心想聖母會大發慈悲，一切都會變好的。」

他一邊說著話，一邊把羊皮衣穿到身上。

「老總們，我們到克羅辛卡去吧！可能用不著走四十分鐘，我剛才計算錯了，也許連半個小時也用不著。我知道有一條近路，過一條小溪，然後走到一棵橡樹那裡，再穿過一片小白樺林……那村子很大，酒鋪裡的燒酒也很香。老總們，我們走吧，還猶豫什麼？應該給你們這個光榮團的長官們安排一個整潔的、舒服的住處。你們是皇帝和國王陛下的士兵，跟莫斯科人打仗，想必需要乾淨的宿營地……可在我們這裡？——你瞧，又是蝨子、疥瘡、天花、霍亂。昨天我們這個倒楣的村子裡就有三個人得了霍亂死掉了……連最仁慈的上帝也在詛咒我們利斯科維茲呢……」

這時，帥克神氣地揮了揮手。

「老總們，」帥克模仿著村長的聲調說：「我在一本書中讀到過，在瑞典戰爭期間，當部隊奉命在村子裡宿營時，有個村長總是推來推去，不肯幫忙，於是他們就把他吊死在離他家最近的一棵樹上。今天

薩諾克有一位波蘭神父對我說，部隊來宿營，村長應該把所有鄉紳都召集起來，和他們一起挨家挨戶拜訪，商量著說，這裡可以三個人，那裡可以住四個人，神父家裡讓當官的住。只用半個小時一切都安排妥當了。」

「村長先生，」帥克轉過身嚴肅地問村長：「離這裡最近的一棵樹是哪棵？」

村長沒有聽懂「樹」是怎麼回事，於是帥克就向他解釋說，就是樺樹、橡樹、梨樹、蘋果樹，總而言之，就是長著結實樹枝的樹。村長還是沒有懂，可當他聽到一些果樹的名字時，突然吃了一驚，因為櫻桃已經熟了，於是他說，他對於這些果樹並不清楚，只知道自己家門前有棵橡樹。

「好！」帥克做了一個「上吊」的手勢說：「現在我們就把你吊在你家門前的那棵樹上。你應該知道，戰爭時期，我們奉命來這裡宿營，而不是宿營在克羅辛卡。伙計，你不能改變我們的戰略計畫，那只好把你吊死，正像書中寫的在瑞典戰爭期間那樣……先生們，有一次我們在大麥齊希契演習時就有過這樣的事……」

這時軍需上士萬尼克打斷了帥克的說話。

「你以後再和我們說這件事吧，帥克！」他轉身對村長說：「這是最後警告，你快給我們安排住處吧！」

村長直打哆嗦，結結巴巴地說，他原本是為長官們著想的，既然不行，也許能在村子裡找到一些住的地方，讓大家滿意，說他馬上就去取燈。

村長從房裡走了出來，這間房裡只點了一盞小小的煤油燈，燈光極為微弱，燈的上方掛著一張聖人的畫像，那聖人就像個殘疾人似的。突然霍托翁斯基叫道：

「巴倫不知道跑到哪裡去了！」

還沒等大家去尋找巴倫時，爐子後面通向外邊的那扇小門輕輕地打開了，巴倫從那裡走了進來。他掃視一下周圍的情況，看村長在不在，然後像得了傷風般，帶著很重的鼻音說：

「我到他家儲藏室去了，往一個缽裡抓了一把什麼東西放在嘴裡，黏在了我的上顎，它不甜也不鹹，大概是塊做麵包的發麵。」

軍需上士萬尼克用手電筒朝他照了一下，大家都感到此生不曾見到過樣子如此難看的奧地利士兵，又吃驚地看到巴倫的肚子鼓得像個快要分娩的孕婦一樣。

「怎麼啦，巴倫！」帥克摸著他那鼓鼓的肚子同情說。

「這都是些黃瓜！」巴倫啞著嗓子說，因為一小塊發麵堵著他的喉嚨，他吐不出來，又嚥不下去。「小心點摸，這是醃黃瓜。我慌慌張張地吃了三條，其他的都替你們拿過來了。」

他從懷裡把黃瓜一根一根地掏出來分給大家。

村長提著燈站在門口，看到這種情景就畫著十字哀號起來：

「莫斯科人來搶我們的東西，我們的人來，竟也搶我們的東西！」

他們在一群狗的簇擁下走進了村子。這些狗總在巴倫的周圍轉來轉去，現在又盯著他的褲子口袋，因為裡面藏著一塊鹹肉，也是巴倫從儲藏室裡摸來的，由於嘴饞，他瞞著沒告訴大家。

「為什麼那些狗總跟著你呢？」帥克問巴倫。巴倫考慮了好一會兒才回答：

「因為這狗聞出我是個好人。」

巴倫沒有說他的手在口袋裡正抓著那塊鹹肉，有條狗的牙齒已經碰到了他的手……

在尋找宿營地時，他們發現利斯科維茲是個很大的村子，但也確實被戰爭摧殘得相當淒慘。雖然戰爭中交戰，雙方卻沒有把它畫入各自的戰區裡，從而使它避免了砲火轟炸的災難。可是遭到破壞的希羅夫、格格博夫、霍魯布拉等村子的難民卻湧到這個村子來了。

有的木屋裡甚至住了八戶人家。掠奪性的戰爭使他們陷於赤貪的境地，一個像洪水猛獸的時代突然降臨到他們的頭上。

看來只好把連隊的士兵安排到村子另一頭一所破舊的釀酒廠去住了，加上那裡的發酵室再安排一些人，總共可以容納一半士兵，其他的十人一組分住在幾家田莊上。這些田莊的土財主以往是不讓一貧如洗的窮光蛋走近他們莊園的。

連部的所有軍官、軍需上士萬尼克、勤務兵、電話員、醫護人員、炊事兵和帥克都住在神父家中。神父也不願意收留鄰近的難民，所以他家還有不少空地住人。

神父是一位又高又瘦的老先生，穿著一件褪了色的、油污斑斑的教袍。他很吝嗇，什麼也捨不得吃。他的父親教育他要仇恨俄國人，但他對俄國人的仇恨卻突然消失了，因為俄國人在這裡時，他家曾住過幾個貝加爾湖來的哥薩克大鬍子兵。他們從沒有動過他家的雞鵝，可俄國人走後，奧地利兵來時，卻把這些雞鵝都統統殺了吃掉。

後來，他對奧地利軍隊的仇恨更深了，因為匈牙利人來到村子裡，把他家蜂房裡的蜂蜜全都拿走了。如今他用極端仇恨的眼神注視著這些夜行的不速之客。現在好了，他可以在他們的周圍踱著步，聳聳肩膀，反覆地說著：「我已經一貧如洗，是個叫化子了。長官們，你們在我這裡連一小片麵包也找不到啦！」

這裡最悲傷的人就數巴倫了。他看到神父家如此貧窮，幾乎要哭起來。這時，他正坐在神父家廚房裡打瞌睡，腦海裡總是隱約想像著自己正在吃一隻像蜂蜜一樣甜香的小豬崽。一個瘦長身材的小伙子不時窺視，他是神父家的長工兼廚子，幫著看護院子，以防有人偷盜。

巴倫在廚房裡什麼也沒有找到，只發現在小鹽碟子裡有一點用紙包著的小茴香，於是他把小茴香倒進嘴裡，那茴香的香味又喚起他想吃美味豬肉的幻覺。

神父住宅後面那家釀酒廠的院子裡，戰地伙房的鐵鍋下面爐火正旺，鍋裡煮著水，而水裡卻空空如也。

軍需上士和炊事兵走遍了全村想買頭豬，也都落了空。他們得到的回答都是：莫斯科人把能吃的都吃光了，能拿的都拿走了。

他們又在一家小酒館裡叫醒了一位猶太人。那人一開始梳理著兩邊的鬈髮，裝出很遺憾的樣子，說他不能幫上長官們什麼忙，可最後他終於硬勸著他們買下他一頭老掉牙的牛，那牛已經瘦得只剩下皮包骨頭了，一點肉也沒有。他要價很高，還扯著鬍鬚發誓說，在整個加里西亞、整個奧地利和德國、整個歐洲，甚至全世界都找不到這樣的好牛。他連哭帶起誓：這是奉耶和華旨意降生到世上來最肥的牛。他以自己祖宗的名義賭咒，連沃羅齊斯卡的人都來這裡參觀過這頭牛，四鄉鄰里的人都把牠當神話談論，說牠不是一頭母牛，而是一頭油水最多的水牛。最後，他跪在他們的面前，一個接一個輪流抱著他們的腿，哀求著：

「你們寧可把我這個可憐的猶太老人殺了，也別不買這頭牛就走！」

他一番又哭又喊的表演把大家都鬧暈了，結果他們還是把這頭沒人要的牛牽到戰地伙房。猶太人把錢放進口袋以後，還在他們面前哭了好久，訴說著，這麼好的牛只賣了這點錢，真是虧大了，他完蛋了，以後他只能靠乞討過日子了。他請求長官們把他吊死，說他晚年竟幹了這種蠢事，為此他的祖先在墳墓裡也會睡不安穩的。

他還在老總們面前的塵土地上打了一陣滾，突然站起來，抖落掉身上的全部憐憫，就跑回家去。他在小屋中對妻子說：

「伊麗莎白，那些當兵的都是傻瓜，只有你的唐納我才是最機靈的人！」

為了吃這頭牛，大家可費了不少力氣，有一陣子大家覺得根本沒辦法剝下牠的皮。剝下的時候，他們曾好幾次硬把皮撕開，底下露出的腱子肉就像船上扭緊的纜繩一樣。

這時，他們不知道從那裡弄來一袋馬鈴薯，便開始煮起這堆牛腱子肉和骨頭來。隔壁軍官食堂的廚師們也在拚命熬著幾塊牛骨頭，想用它為軍官們做點什麼。

如果能把這樣的怪物也叫做牛的話，那麼這頭可憐的牛倒給十一連的全體官兵留下了深刻的印象。說來也怪，後來在索卡爾戰役的前夕，軍官們只要讓士兵們想想利斯科維茲那頭牛，十一連的士兵就會厲聲呼喊著，憤怒地握著刺刀向敵人殺去。

這牛真可惡，連一點肉湯都熬不出來。牛肉愈是熬愈是往下沉，跟骨頭絞在一起，成為一個堅固的整體，硬得就像在辦公室裡啃了半個世紀公文的官員一樣。

帥克像信徒一樣總保持著連部和伙房的聯繫，以便知道牛肉何時煮好。最後他向盧卡斯上尉報告說：

「上尉先生，牛肉已煮得變成瓷器了，可以用它畫玻璃。炊事兵巴沃切克和巴倫試著咬一口，結果炊事兵咬掉了一顆門牙，巴倫掉了顆臼齒。」

巴倫嚴肅地站在盧卡斯上尉的面前，用他從讚美詩上撕下的那張紙包著那顆臼齒交給了上尉，結結巴巴地說：

「報告，上尉先生！我已竭盡全力了。這顆牙是在軍官食堂掉下的，當時我想試試這牛肉能不能做成牛排。」

在窗子旁邊的那張躺椅上，一位愁眉苦臉的人聽到他們談話後欠起身來。這是救護隊用救護雙輪車推來的杜布中尉，經醫師診斷，他已經不行了。

「請你們安靜一點！」他絕望地說：「我快不行

了！」

然後他又躺回到那張舊椅子上。那椅子的每條縫裡都有著數以千計的蝨子蛋。

「我太累了！」他悲傷地說：「我已是一個病入膏肓的人了。請你們別在我面前談什麼咬掉牙齒的事。我家的住址是：斯米霍夫城查理大街十八號。假如我活不到明天早晨，請務必把我的情況通知我家裡的人，請別忘了在我的墓碑上寫明我在戰前是中學老師。」

接著，他輕聲打起鼾來，也沒有聽到帥克念的送葬詞：

你對瑪利亞犯了罪，
你讓暴徒逞凶狂，
但願你的勤奮能拯救我。

後來，軍需上士又聽說，這頭「絕妙」的牛還得到軍官食堂煮兩個小時，根本不能做什麼牛排，頂多能做點肉丁。

最後決定：在吹吃飯號之前，讓士兵們先去睡覺，反正晚飯到明天早晨才能做好。

軍需上士萬尼克從某個地方弄來一捆乾草鋪在神父家的飯廳裡，自己躺在上面，興奮地捻著鬍鬚。他輕聲地對躺在舊臥榻上的盧卡斯上尉說：

「請您相信我，上尉先生！我服役以來，還從來沒有吃過這樣的牛肉呢……」

廚房裡點著一根教堂用過的蠟燭頭，通信兵霍托翁斯基正在燭光下給家裡寫信，想在營裡戰地郵箱號碼確定之前先寫好它，以免到時候又弄得手忙腳亂。他寫道：

親愛的、珍貴的老婆，最珍貴的鮑仁卡：

夜深了，我還在想妳，我親愛的。我彷彿看到，當妳望著妳身旁那空著的半邊床時，妳也在想著我。妳必須原諒我，此時我又想起許多事情。妳是知道的，戰爭開始以來，我就一直在前線。我從許多受傷回家休養的朋友那裡聽說，當他們得知有一些無賴在勾引他們的老婆時，感到比死還難受。親愛的鮑仁卡，我不得不寫信給妳，對此我很痛苦。我本不想寫這些的，可妳知道，妳曾對我說過，我不是第一個和妳相愛的人，在我之前妳還曾和米古拉什大街的克勞斯克先生好過。在這靜靜的深夜裡，當我想起這個殘疾人可能趁我不在家時又去糾纏妳，親愛的鮑仁卡，要真的那樣，我會把他當場掐死的。長期以來，我一直在控制著自己，沒有提這件事，但當我一想到他可能又來勾引妳時，我的心就碎了。我只想提醒妳一點，我不能容忍在我身邊有一條跟誰都可以鬼混的母豬來玷污我的名譽。請原諒我，親愛的鮑仁卡，我的話有些尖銳。但請妳注意，別讓我聽到關於妳的任何閒話，否則我會把妳們兩個人的五臟六腑都挖出來，因為我已經豁出去了，甚至不惜付出自己的性命。吻妳一千次，請問候父母親好。

妳的托諾烏斯

又：別忘記妳冠的我的姓啊！

接著他又寫了一封待發的信：

我最親愛的鮑仁卡：

當妳收到這封信的時候，妳知道嗎？我們又幸運地打完了一次大勝仗了。我們大約擊落了十架敵機，打死了一個鼻子上長著疣子的將軍。在這次大戰中，當榴彈在我們的上空爆炸時，我曾想到妳，親愛的鮑仁卡，妳在做什麼呢？妳好嗎？家裡一切都好嗎？同時，我經常回憶我們那次在「烏托馬斯」啤酒館的情景，妳如何把我領回家，第二天妳的手也累疼了。現在，我們又要往前線出發，沒有時間繼續寫這封信了。希望妳永遠忠實於我，因為妳清楚地知道，在這方面我是義無反顧的。出發的時間到了。吻妳一千次，親愛的鮑仁卡，祝妳萬事如意！

妳誠摯的托諾烏斯

通信兵開始打起瞌睡，然後趴在桌上呼呼大睡了。

神父還沒有睡，在住宅裡四處蹓躂。他開廚房門，進去把霍托翁斯基旁邊點著的半截教堂蠟燭吹滅了，生怕浪費。

在餐廳裡，除了杜布中尉，誰都沒睡。軍需上士萬尼克正在仔細閱讀他從薩諾克旅部辦公室取來的那份新部隊給養預算規定，發現部隊離前線愈近，給養愈少。尤其可笑的是：其中有一條規定甚至禁止士兵在湯裡放番紅花和生薑。規定中還有一條注釋說：戰地伙房必須把骨頭收集起來送到師部倉庫去。這一條也沒有說清楚，是什麼骨頭？是人的骨頭呢？還是那些供屠宰的牲口骨頭呢？

「你聽我說，帥克！」盧卡斯上尉打著哈欠說：「吃飯之前，你能給大家講點什麼故事嗎？」

「噢，行！」帥克回答：「吃飯之前，上尉先生，我可以給大家講講整個捷克民族的歷史。可我現在先講一個關於塞德爾昌斯科縣郵政局長太太的小故事。她在她丈夫逝世後接替了他的職位。有人一提到戰地郵局，我就會想起她，儘管她跟戰地郵局毫不相干。

「帥克！」盧卡斯上尉躺在臥榻上說：「你又開始說傻話了！」

「是的，報告，上尉先生！這的確是一個十分愚蠢的故事。可我也不知道為什麼會想起這些愚蠢事的。若不是我生來就傻，也許就是我對少年時代的回憶吧！上尉先生，還是約賴達說得對，在我們這裡什麼人都有。有一次，他在布魯克喝醉了，掉到溝裡爬不上，在下面嚷嚷說：

「『人天生就有責任去認識真理，讓自己的理念同永恆的宇宙保持和諧一致，使自己不斷發展、提高，逐步進入更高的境界、更高的文化和充滿愛的世界。』當我們把他從溝裡往上拉時，他又抓又咬。

他還以為自己是在家裡呢！等到我們要把他再度扔回溝裡時，他才苦苦地哀求我們把他拉上來。」

「這跟女郵政局長太太又有什麼關係呢？」盧卡斯上尉失望地喊道。

「她是一個很能幹的女人，但有時候也夠可惡的。上尉先生，她能把郵局的工作都管理得很好，就是有一個毛病，她總認為所有人都對她眼紅，要害她。她每天下班後，總要向機關裡的人打聽周圍發生了什麼事。有一天早晨，她到森林裡去採蘑菇。她明明知道，她經過一所學校時，遇到一個男老師，那人向她問好，並問她一大早往哪裡去。她回答說去採蘑菇。那男老師又說，他待一會兒也去。就憑這個，她就斷定，那位男老師對她這位老太婆存有歹心。後來，她看到那位男老師還果真從林子裡跑了出來，她嚇了一大跳，拔腿就跑，回到家就馬上寫信給當地教育委員會，控告那位男教師強暴了她。於是他們對那位男教師進行紀律審查，學校檢查官不想有損學校名譽的事傳開來，也親自參加了審訊，他請憲兵警官首先弄清楚這位老師有沒有能力幹得了這種事。憲兵警官看了一下檔案，說這不可能，因為有一次一位神父曾告發過這位教師跟他的侄女相好，可這位神父也跟這個侄女睡過覺。後來這位老師拿來醫院醫師的證明，說他六歲時就已失去性能力，因為他從梯子上跌下來時得了陽痿症。接著，這個女混蛋一計不成又生一計，就到處散布憲兵警察、醫院醫師、學校檢察官都受了這位男老師的賄賂。而憲兵警察等人又控告這女的，要把她抓起來。後來這女人又再次上訴說他們不負責任。最後那女人受到法醫的檢查，給她的鑑定是：她雖然愚蠢怪誕，但還是能勝任政府公務的。」

盧卡斯上尉嚷道：「我的天啊！」他又補充了一句：「我真想罵你幾句，帥克，可是我怕倒了我吃晚飯的胃口。」

帥克回答：

「上尉先生，我早就向您說明過，我給您講的是一個非常愚蠢的故事。」

盧卡斯上尉擺擺手說：「我早就知道你那點機靈勁了！」

「不可能所有人都會那麼聰明的，上尉先生，」帥克令人信服地說：「總有些蠢材作為例外的，因為如果每個人都非常聰明，那麼世界上的智慧就太多了，多到每出現第二個人就絕對是個十足的傻瓜。報告，上尉先生！比如說，每個人都懂得自然規律，都會計算天體之間的距離，這樣就只能給周圍的人和事增添不少麻煩。就像恰佩克先生那樣，他常常去『喝兩杯』酒館喝酒，夜裡，當他從酒館走到大街上時，總要觀察天空中的星星，然後才往家的方向走，路上逢人就問：『今晚木星特別亮，你知道嗎？你這個土包子，你連頭頂上有什麼都不知道！遠得很呢，你這笨蛋，假如用大砲把你轟出去，按照砲彈的速度你得在太空中飛上好幾百萬年呢！』其實他自己也是個笨蛋。他經常用電車的速度，大約每小時十公里吧，從酒館那裡飛快地往家跑。上尉先生，要不要我再舉一個例子，是有關螞蟻的……」

盧卡斯上尉從臥榻上欠起身來，雙手交叉地抱在胸前說：

「說來奇怪，我怎麼總要找你來聊天呢？也許我們相處已經太久了，我太了解你了……」

帥克同意地點點頭說：

「這是一種習慣，上尉先生！主要是我們長期在一起，彼此都熟悉了，又真同經歷許多風風雨雨，吃過許多苦，渡過許多難關，才建立了這樣深厚的情誼。報告，上尉先生，這也許就是命吧！這也要感謝皇帝呢，是他指揮有方，才使我們聚到一起的。我現在別無他求，只希望能更常更有效率地為您效勞……您餓了嗎？上尉先生！」

這時，盧卡斯上尉又躺回到那張舊臥榻上。他說，帥克最後說的一席話可以說是他們這次不愉快談話的最好收場。他讓帥克去看看晚飯好了沒有？帥克離開他一會兒，他想必會好受一點，因為他聽帥克講那些愚蠢故事比他從薩諾克開始到現在這一路上的行軍還要累很多。他真想睡一會兒，可又睡不著。

「這是臭蟲害的，上尉先生！有一種迷信說法，說神父愛長臭蟲。你到那裡也找不到像在神父家那麼多的臭蟲。上斯托杜爾教區的神父扎馬斯迪爾還寫了一本論臭蟲的書，說在他傳教時，那些臭蟲還在他身上到處亂爬呢！」

「剛才我說什麼了，帥克，你是去廚房還是不去？」

帥克走了，巴倫踮著腳尖像影子似的跟著他走了出去……

當第二天早晨部隊要從利斯科維茲開往斯塔拉薩爾、桑博爾一線去時，那倒楣的牛肉還沒有煮爛。戰地廚房決定帶著它走，在路上繼續煮，等到在利斯科維茲到斯塔拉薩爾的半路上休息時再吃。

在路上，戰地伙房給士兵們煮了黑咖啡。

杜布中尉因為從昨天起病又加重了，只好又躺到雙輪救護車上。最辛苦的是他的勤務兵，他得圍著雙輪車忙個不停，杜布中尉還總是罵他，說他昨天根本沒有伺候他，有朝一日他要狠狠地收拾他。他總叫著要喝水，可給了他水，他喝下去又馬上吐了出來。

「你笑誰？笑什麼？」他躺在雙輪車上嚷道，「我要教訓教訓你，別跟我耍什麼花樣！你會認識我的厲害的！」

盧卡斯上尉騎著馬，帥克在旁邊跟著。帥克匆匆忙忙地往前走時，就像要跟敵人打一仗似的。這時他又開始聊起來了。

「您注意到了嗎？上尉先生。我們有些人就像蒼蠅似的，身上沒有背上三十公斤的東西就受不了啦。對這些人應該好好教教訓一頓，就像已故的布哈內克上尉教訓我們那樣。布哈內克上尉是因為一筆陪嫁費自殺的。他從他未來的丈母娘那裡拿到那筆陪嫁費，卻花在別的姑娘身上。後來又從他第二個未來的丈母娘那裡拿到第二筆陪嫁費，這次他倒是節省多了，他是慢慢地在牌桌上輸掉的，並沒有花在女人身上。沒有多久，他又得尋找第三個未來的丈母娘，他成功了，用第三筆陪嫁費買了一匹阿拉伯公馬，是一匹雜交馬……」

盧卡斯上尉從馬上跳了下來。

「帥克，」他厲聲地說：「假如你再說第四筆陪嫁費，我就把你扔到壕溝裡去！」

他又跳上了馬。帥克一本正經地說：

「報告，上尉先生！第四筆陪嫁費已沒辦法提了，因為他拿到了第三筆陪嫁費以後就自殺了！」

「你總算說完了。」盧卡斯上尉說。

「我們可不要忘了，」帥克繼續說：「還應該談談布哈內克上尉先生是怎樣教導我們的呢！我認為，部隊剛出發的時候，就應該像他那樣能很好地控制住所有士兵。他善於利用『休息』的時候，把大家召集起來，就像小雞圍著母雞那樣，給大家講解說：『你們這些笨蛋，根本不懂得珍惜在地球上行軍的好處，因為你們都是一幫沒有文化的傢伙，任何人看到你們都會噁心！如果讓你們到太陽上去行軍，一個在我們地球上體重六十公斤的人，到了那裡就會有一千七百多公斤，你們的軍用背包就有二百八十多公斤，幾乎有三公擔多，那步槍也有一百五十多公斤。假如你們在那裡行軍，一定會一個個唉聲嘆氣，累得像狗一樣，吐出個舌尖，活不成了。』我們中間有個老師出身的倒楣蛋，竟敢要求對這個問題發表自己的看法：『請允許我說幾句話，上尉先生，在地球上體重六十公斤的人在月亮上只有十三公斤。在月亮上行軍要比在地球上輕鬆得多，因為我們的軍用背包在月亮上只有四公斤重。在月亮上我們會飄起來，根本用不著行軍。』『簡直不像話！』布哈內克上尉先生對那位倒楣蛋說：『你這混蛋，想要我賞你耳光是嗎？好吧，我就成全你，讓你吃一記地球上的普通耳光吧！如果我給你一記月亮上的耳光，那你可能就會輕飄飄地飛到阿爾卑斯山去，摔得扁扁的。假如我給你一記太陽上的重耳光，那你的軍裝會變成一攤稀粥，你的腦袋就會飛到非洲去了。』於是他給了那倒楣蛋一記地球上的普通耳光，那個愛多嘴的人哭了起來，而我們繼續行軍。在整個行軍過程中，他總是哭著。上尉先生總給我們講什麼人的尊嚴問題，說對他應該像對待牲口那樣。然後上尉把他送到警衛室關了十四天禁閉，又罰了他六個星期的勞役。可是他沒等勞役服完，就得了疝氣病，可他們說他裝病，逼他在兵營裡翻單槓，他受不了他們的折磨，結果這個所謂『裝病』的人就死在醫院裡了。」

「其實這只是一件很特殊的事情，帥克！」盧卡斯上尉說：「我已經說過好多遍了，他慣於用特殊的方法來貶低軍官的形象。」

「我沒有，」帥克誠懇地說：「我只想告訴您，上尉先生，在過去的軍隊裡，總有些人喜歡自找麻煩。他們總以為自己的文化比上尉先生高，想用月球的問題來貶低上尉先生。不過，當他吃了這一記地球上的耳光以後，大家倒鬆了一口氣，誰也不覺得難受了，反而高興起來，因為上尉先生用了『一個地球上的耳光』這一概念，大家覺得這倒挺幽默的，也許這也就是『緊急解圍』吧！假如一個人能識相，就不會出事了。在布拉格的卡爾麥利迪修道院的對門，上尉先生，耶諾姆幾年前在那裡開了一個賣兔子和鳥兒的商店。這位先生跟一位叫比萊克的裝訂工人的女兒相好。比萊克先生不同意他們相好，並在自己的店裡公開揚言，說如果耶諾姆先生來向他女兒求婚，他就把他從台階上推下去，讓他再也看不見這個世界。可是耶諾姆先生不怕他，就喝了許多酒，然後去找比萊克先生。比萊克先生正在前廳裡用一把大刀切書邊，活像在解剖青蛙。他拿著這把大刀在前廳裡迎接了耶諾姆。他大聲問道：『你來幹什麼？』這時，可愛的耶諾姆先生突然放了一個響屁，把牆上的掛鐘都給震停了。比萊克先生哈哈大笑，把手伸給他，高興地說：『請進，耶諾姆先生……請坐……也許你還沒有上廁所吧……其實我也不是什麼壞人。不錯，我是想要把你趕出去的，可是我現在看到，您是一個令人喜歡的人，是一位出類拔萃的人。我是個裝訂工人，也讀過許多長篇和短篇小說，但從沒一本書裡也沒有寫過當女婿的會這樣來作自我介紹的。』他邊說邊笑，把肚子都笑疼了。他非常高興，說他們生來就有緣，好像親兄弟一樣。他馬上遞過去一支雪茄菸，又叫人去買啤酒和義大利香腸，還把他妻子也叫了來。他從耶諾姆先生怎麼放屁講起，對她作了詳細介紹，他妻子吐了一口口水走了。後來他又把他女兒叫來，對她說，這位先生是在什麼情況下向她求婚的。女兒馬上哭了起來，說她不認識這個人，也根本不想見到他。這樣一來，他們兩人只好無奈地喝完啤酒，吃光香腸，分手了。後來這位耶諾姆先生在比萊克先生常去的酒館裡又出了一些洋相，因此這一帶的人都叫他『放屁大王耶諾姆』，到處都流傳著他怎麼想扭轉形勢的笑話……報告，上尉先生，人的命運是非常複雜的，有些人的生命就像破布一樣一文不值。戰前有個叫胡比契克的警長先生，常常到我們包伊斯基的那家『喝兩杯』酒館喝酒。還有一位編輯先生，他專門收集斷了腿的、被車子壓壞了的、自殺的事件，登在報紙上。他坐在警察局值班室的時間要比他坐在編輯室的時間還長得多。有一次他把警長胡比契克灌醉了，在廚房裡彼此換穿了衣服，警長穿上了老百姓的服裝，編輯先生卻變成了警長。他還把槍的號碼遮起來，就到布拉格大街上巡邏去了。在靜靜的深夜裡，他在原來的瓦茲拉夫監獄後面的列塞大街上遇到一位上了年紀的先生，這個頭戴大禮帽，身穿皮大衣，正挽著一位穿著皮大衣的、上了年紀的太太走來。他們倆沒有交談，正趕著回家。他突然向他們倆撲了過去，衝著那老頭喊道：『不准喊，否則我把你們帶走！』您想想看，大尉先生，那兩個人會嚇成什麼樣子呢！他們白費力氣地跟他解釋，說這絕對是個誤會，因為他們剛從總督先生的宴會上回來，馬車把他們送到民族大劇院的後面，現在他是和夫人一起出來透透氣的。他們就住在離這裡不遠的摩拉尼大街。他是總督的高級顧問，那是他的夫人。『你別胡扯了！』穿著警官制服的編輯向他嚷道：『你也不感到害臊，就算像你說的那樣你是總督的高級顧問，為什麼你的舉止像個孩子似的呢？我已注意你好久了，你一路上總是用手杖敲著每一家鋪子的門板，而你所說的那位夫人還幫你的忙。』『你瞧，我哪裡有什麼手杖？你說的可能是我們前面的那個人吧！』『你剛才是拿著手杖的！』穿著警長制服的編輯說，『我看見你在拐角處一家酒鋪裡抽打一個賣烤馬鈴薯和栗子的老太婆，連手杖也打斷了。』那位夫人真是欲哭不能，這位總督高級顧問也惱怒得說了不少難聽話，於是穿警官制服的編輯便拘捕了他們，把他們交給了附近薩莫瓦街警察所的巡邏隊，吩咐他們把這兩個人帶到警察所去。並且說他自己是聖英德希赫警察所的警官，要到維諾堡去辦案，路上碰到這兩個人參加夜間鬥毆，攪亂治安，而且還辱罵警察。說他現在要趕到聖英德希赫警察所辦理自己的事情，一個小時以後再來薩莫瓦警察所。於是巡邏隊就把他們帶走了。這兩個人在那裡一直坐到天亮，等待著這位警長的到來；而他卻繞了一個圈子回到了『喝兩杯』酒館，把那位真正的警長胡比契克叫醒，小聲地告訴他發生了什麼事，並且要他保密，如果把這件事說出去，可能會出大亂子……」

盧卡斯上尉似乎已聽累了。他在馬屁股上輕輕打了一下，趕著馬兒小跑起來，好趕上前面的隊伍，並對帥克說：

691　齊步走！

「假如你這樣說到晚上的話，你會變得愈來愈愚蠢的！」

「上尉先生，」帥克衝著騎馬而去的上尉喊道：「難道您不想聽完故事的結尾嗎？」

盧卡斯上尉催著馬迅速遠去了。

杜布中尉的病情有了明顯的好轉，他已經從救護雙輪車上爬了下來，還把連部的人全都叫到自己的身邊，暈暈乎乎地跟大家訓話。他給大家說的那番冗長的話，大家聽了感到比自己身上背的彈藥槍枝還要累得多。

他的那番話可以說是一些警言和寓言的大雜燴。

他說：「士兵對軍官的愛戴能使自己作出令人難以置信的犧牲。如果這種愛戴並不是出於士兵的真心，也無關緊要，我們可以用強制的方法促使他產生這種愛戴。在老百姓的生活中，一個人被迫愛另一個人，比如說，學生被迫愛全體老師，那麼這種愛必須依靠強大的外部力量才能維持長久。但是在軍隊裡，我們看到的正相反，因為軍官不允許士兵對上司的愛戴有半點放鬆。這種愛戴不僅是一種愛戴，它實際上還包含著尊敬、畏懼和紀律。

在中尉講話期間，帥克一直在他左邊走著，並不斷把臉轉過來看著他，來個「向右看齊」的姿勢。

杜布中尉起初沒有留意到這一點，仍繼續往下說：

「這種紀律和服從的義務，士兵對長官所應有的愛戴都表現得很簡單，因為士兵和軍官之間的關係就十分簡單：一個服從，另一個下命令，我們早就從有關軍事藝術的書中讀到過，軍人的簡單性、軍人的樸素性是每一個士兵都應該好好修煉和掌握的美德，不管你願意還是不願意，都應該熱愛自己的上級軍官，上軍官在士兵的眼中都必須是最偉大的、胸有成竹的、爐火純青的代表，是堅強和完美意志的化身。」

現在他才留意到帥克對他做出的那種「向右看齊」姿勢。他突然覺得很不舒服，他的演講也開始語無倫次起來，關於士兵如何愛上級軍官的問題，他也弄不清楚該怎麼往下講了，於是他就衝著帥克嚷了起來：

「你為什麼總傻乎乎地盯著我看？」

「報告，中尉先生，我在執行命令。有一次您曾提醒過我，說您說話時，我應該盯著您的嘴，因為每個士兵都必須執行自己上級的命令，而且要永遠牢記上級的話，所以我不得不這樣做。」

「轉過臉去向那邊看，」杜布中尉嚷道：「你這個笨蛋，不准你朝我看，你知道嗎？我不喜歡，這樣我受不了。如果我再看到你這樣，我就對你不客氣了……」

帥克把臉轉向左邊，在杜布中尉身旁直僵僵地走著。杜布中尉忍不住又衝著他嚷起來：

「我跟你說話時，你往那裡瞧？」

「報告，中尉先生，我正遵照您的命令『向左看齊』呢！」

「唉！」中尉先生嘆了一口氣說：「你這個該死的東西，應該向前看，心裡想著：我是個大傻瓜，這樣做，我不會吃什麼虧的。記住了嗎？」

帥克向前看著說：

「報告，中尉先生！我可以回答您這個問題嗎？」

「你太放肆了！」杜布中尉衝著帥克喊道，「你怎麼敢這樣對我說話，你這是什麼意思呢？」

「報告，中尉先生！我只是想起您曾在一個車站上指示過我，說您說完了話以後，我什麼也不用回答。」

「那麼說你開始害怕我了，」杜布中尉高興地說：「可是你還不認識我。你記住，除你以外，還有許多人在我面前都怕得發抖呢！那些笨蛋，我會制服他們的。你也給我住嘴，乖乖地到後面去跟著，我不想見到你！」

帥克就到後面跟救護隊的人待在一起了。他坐在雙輪車上，舒舒服服地一直坐到指定的休息地。在那裡，大家終於等來了用那頭倒楣的牛做成的湯和肉。

「這頭牛該放在醋裡泡上兩個星期，」帥克說：「既然牛已沒有了，應該把買牛的人拿來泡泡。」

旅部的一位傳令兵騎馬奔馳而來。他送來旅部給十一連的新命令，讓十一連的行軍路線改為去費爾施泰因，原計畫去沃拉里奇和桑博爾的路線作廢，因為那裡已有兩個波茲南團在駐守，再也住不下一個連了。

盧卡斯上尉馬上作出新的安排，讓軍需上士萬尼克和帥克去費爾施泰因找宿營地。

「喂，帥克，小心點，別在路上出什麼亂子了！」盧卡斯上尉提他說：「特別是對當地老百姓的態度要好一點！」

「報告，上尉先生，我盡力去做。我今天早晨打瞌睡時做了一個夢，夢到我住房走廊裡的洗臉池漏了一整夜的水，把房東家的天花板也漏溼了。第二天一大早房東就來找我，要我搬走。上尉先生，這樣的事在生活中確實有過。在卡爾林鐵路橋的下面……」

「別再囉嗦了，帥克，還是跟萬尼克看看這張地圖吧，研究一下去費爾施泰因怎麼個走法。你們瞧，這裡是一些村子。你們從這個村子往右一直走到河邊，再沿著那條河走到離它最近的另一個村子，到了那裡在你們右邊又會出現一條小河，你們再從那裡通過一條田間小路往北走，然後就不會迷路，可以順順利利到達費爾施泰因了。記住了嗎？」

於是，帥克和軍需上士萬尼克便遵照指示出發了。

午後，悶熱的天氣讓人喘不過氣來，掩埋士兵屍體的彈坑沒蓋好土，散發出一股腐爛的臭氣。他們來到的這個地區，在進攻普舍米斯爾時曾發生過戰鬥，有好幾個營的士兵都被敵人的機槍掃射而犧牲在那裡。在河邊小森林裡可以見到砲火破壞的痕跡。在廣闊的平原和山坡上，樹木被摧毀得只剩下殘缺不齊的樹幹和樹墩子立在地上。縱橫交錯的戰壕把這片荒原分割成幾大塊。

「這裡跟布拉格郊外可不大一樣！」帥克為了打破眼前的沉寂說。

「在我們那裡，莊稼已經收割了，」軍需上士萬尼克說：「收割總是從克拉盧普斯克最先開始的。」

「戰後這裡會有好收成的，」停了一會兒，帥克又說：「莊稼人用不著再買骨粉了。這裡將有整團的人爛在地裡可以做肥料，老鄉們可占了大便宜。總之，這塊地肥得很呢！我只是擔心老鄉們會把這些士兵的骨頭賣到製糖廠去做骨炭，那可就糟了。在卡爾林兵營有個名叫霍盧普的中尉，他很有學問，但全連的人都說他是個傻瓜，因為他一心鑽研學問，還沒有學會怎麼謾罵士兵，對任何事情總喜歡用科學的觀點去分析。有一次，士兵們向他報告說領來的麵包沒辦法吃。假如別的軍官遇到這種放肆行為就會大發雷霆，但他不這樣，他總是和和氣氣地既不罵人笨豬，也不打部下的耳光，只是把士兵們召集起來，耐心地說：『首先，士兵們，你們必須知道，兵營不是什麼高級食品店，讓你們隨便挑選什麼醃鰻魚啦、油漬沙丁魚啦，以及各式各樣的夾心麵包啦，等等。我們每個士兵都應該放聰明點，毫無怨言地去吃領來的配給麵包，應該懂得遵守紀律，不要對配給的食品質量說三道四。士兵們，你們想一想戰爭的情況吧！一仗打完，你們都要埋在這塊土地下了。你們死前吃了些什麼麵包，對這塊土地來說還不都是一樣嗎？大地母親還不是同樣把你們分解掉，連人帶靴子都吞吃掉嗎！在這個世界上，任何東西都不會消失的，士兵們，從你們的枯骨上又會長出新的穀子來，用它做成軍用麵包供新的士兵們食用。那些士兵也許像你們一樣，不愛吃那種麵包，就發牢騷，頂撞上級，於是有的上級就會把他送去關禁閉，因為他有這種權力。士兵們，如今我已經清清楚楚地解釋過了，想必不用我再提醒你們了吧！如果以後還有人向上級發牢騷，那他就得好好思考思考。希望你們好自為之。』『還不如罵我們一頓呢！』士兵們私下議論著。中尉這一番和藹的說教弄得大家很喪氣。有一次，他們把我從連部叫出來，讓我去跟那位中尉說，士兵們都很喜歡他，但是不罵人還算什麼軍隊呢？於是我就去到他的住處，請求他不用客氣，軍隊就像皮帶一樣應該繃得緊緊的。因為士兵們已經習慣了每天有人提醒他們，罵他們是狗是豬，不然的話他們就會對上級不尊敬的。開始時，他還控制著自己，跟我講了一些關於文明的問題，說如今士兵們不能再在鞭子下服役了；可是最後，為了提高他的威信，他還是給了我一記耳光，把我推出門外。後來，當我把這次會談的結果告訴大家時，他們都很高興；可第二天中尉又懊悔了，他來找我說：『帥

克，昨天我的舉動太粗魯了。這裡有一塊金幣，你拿去打酒喝，為我的健康乾杯吧！我應該善於跟士兵們和睦相處才是。』」

帥克看了看周圍的地形。

「我覺得，」帥克說：「我們好像走錯路了。上尉先生已經給我們講得很清楚，我們應該先往上，後往下，然後向左拐，再向右拐，再然後向右拐，再向左拐……可我們總是筆直地向前走。要不就是我們在聊天中間不知不覺地按他說的路線走過來了。瞧，現在我已清清楚楚地看見，前面有兩條路可以通向費爾施泰因。我建議我們就走左邊的這條路吧！」

軍需上士萬尼克仍按照他以往的習慣，一碰到十字路口，總是堅持走右邊的路。

「我的這條路，」帥克說：「一定比您的那條路要好走些。我沿著小河走，這裡河岸上長著勿忘我小草呢！您就去走那條被太陽晒焦的土路吧！我按照盧卡斯上尉先生指示的路走，絕對不會迷路的。既然不會迷路，又為什麼去爬那些小坡呢？我輕鬆地走在草地上，採點花插在帽子上，也給上尉捎上一束鮮花。再說，我們可以證明一下，看誰走的路對。希望我們就像好朋友一樣在這裡分開走吧！這裡正是條條道路通向費爾施泰因的好地方呀！」

「別傻了，帥克！」萬尼克說：「從地圖上看，正像我所說的，應該走右邊的那條路。」

「地圖也可能出錯的。」帥克一邊回答說，一邊往山谷那邊的小河走去，「有一次，維諾堡的香腸師傅克謝內克就是按照布拉格城市地圖走路的，他夜裡從小城廣場的『蒙太古』酒館回家去維諾堡，可是第二天早晨卻走到了克拉德諾州的羅茲傑洛夫。早晨人們在麥地裡發現他時，他已經凍僵了，躺在地裡。既然您有自己的主意，聽不進去我的意見，那麼，上士先生，我們分道揚鑣吧，在費爾施泰因見。現在來看一下錶，看我們誰先到費爾施泰因。假如您遇到什麼危險，就朝天上放一槍，好讓我知道您在什麼地方。」

午後，帥克來到一個小池塘邊，遇到一個逃跑出來的俄國俘虜正在池塘裡洗澡。俄國佬一看到帥克，馬上從水裡爬上岸，光著身子就飛快地逃跑了。

在一棵小小的柳樹下，散亂地放著一套俄國制服。帥克很好奇，不知道自己穿上它是個啥樣子，便脫下自己的制服，換上那位倒楣的光屁股俄國俘虜的軍服。那個俘虜是從森林後面一個村子的押送隊逃出來的。帥克很想藉池塘裡的一汪清水來照照自己的模樣，便在池塘邊流連了很久很久。就在這時，搜捕俄國俘虜的巡邏兵在這裡發現了他。這些巡邏憲兵都是些匈牙利人，根本不理帥克的一再抗議，便把他拉到赫魯瓦兵站。在那裡把他和其他俄國俘虜關在一起，然後再運去修理通往普舍米斯爾的鐵路線。

事情來得如此突然，以至於第二天帥克才意識到事情的嚴重性。他從這間曾住過一些俘虜的教室裡找到一根燒焦的木炭，在白色的牆上寫道：

九十一團十一先遣連傳令兵、布拉格人約瑟夫・帥克在奉命去費爾施泰因執行準備工作途中，被誤認奧地利部隊俘虜，在此住過一夜。

第四部

光榮敗北續篇

軍需上士萬尼克開玩笑問了一句：「帥克，你認為戰爭還要打多久呢？」

「還得打十五年。」帥克回答：「問題很簡單，歷史上曾經有三十年戰爭，現在我們比過去的人聰明一倍，這樣一算，三十除二等於十五，不就是十五年嗎？」

1　帥克在俄國俘虜押送隊

帥克因為穿了俄國軍服被誤認為是從費爾施泰因附近村子裡逃出來的俄國俘虜，後來他用木炭在牆上寫下了絕望的呼救，但誰也沒有注意到這件事。在赫魯瓦兵站分發堅硬的玉米麵包時，他想對一位過路的軍官詳細說說自己的情況，但又被一個押送俘虜的匈牙利士兵用槍托捅了一下他的肩膀，還衝他嚷道：「他媽的，滾回隊裡去，俄國笨豬！」

這是不懂俄語的匈牙利士兵經常對待俄國俘虜的一貫做法。

帥克回到隊裡向站在他旁邊的一位俘虜說：

「這個士兵也是在執行任務呀，可是他這樣做會給自己帶來生命危險的。假如槍膛裡有子彈，槍走了火，後果又會怎樣呢？很可能他在用槍托捅別人肩膀時，子彈就會飛進自己的喉嚨，那他不就在執行任務時一命嗚呼了嗎？在舒瑪瓦的一個採石場裡，有人偷了炸藥，想儲藏起來，留到冬天炸樹樁時用。可是石場看守人得到命令，讓他在採石場工人們下班時，對工人一個個搜身檢查，於是他就起地搜查起來。他很快就抓到一個可疑的工人，便拚命拍那人的口袋，結果把炸藥給弄爆炸了，兩個人都被炸得血肉橫飛。在最後的時刻，還相互緊緊抱著對方的脖子不放呢！」

那個俄國俘虜在聽帥克講故事時，用非常理解的眼光望著他，雖然帥克究竟說了些什麼，他一個字也沒有聽懂。

「我不懂，我是克里米亞的韃靼人。真主偉大！」韃靼人坐在地上，兩腿盤成十字，雙手合在胸前，開始禱告起來，「真主偉大，真主偉大，仁慈寬厚的真主，冥冥中的主宰……」

「原來你是韃靼人，」帥克同情地說：「你真幸運，你應該能聽懂我說的話，我也能聽懂你說的。既然你是韃靼人，那麼你認識施騰堡的雅洛斯拉夫[119]嗎？連這個人的名字都不知道，你這韃靼小伙子！他在霍斯丁城下把你們打得落花流水。你們韃靼人就從我們摩拉維亞夾著尾巴逃跑了。看來，在你們學校教科書裡是不會像我們那樣編寫這段歷史來教育孩子的。你知道霍斯丁的聖母瑪利亞嗎[120]？顯然，你也不知道。祂此時此刻在為你們這些被俘的韃靼小伙子們做洗禮呢！」

帥克又轉身問另一個俘虜：「你也是韃靼人嗎？」那個俘虜聽懂了「韃靼人」這三個字，便搖搖頭說：「我不是韃靼人，我是契爾克斯人，我是個剃頭師傅。」

帥克非常高興，他能同東方各民族的人在一起。在俘虜隊裡有韃靼人、格魯吉亞人、沃舍梯人、契爾克斯人、摩爾多瓦人和加爾梅克人。

帥克不高興的是，由於語言不通，相互間無法好好交談。再說，他們還要一起被運送到多布羅米爾去修築從裡經過普舍米斯爾到尼冉柯維采的鐵路線。

在多布羅米爾兵站的辦公室裡，他們要對俘虜逐一進行登記，這樣一來就麻煩大了，因為在押送來的三百多名俘虜中，誰也聽不懂坐在桌子後面上士所說的俄語。上士說他會俄語，所以才來東加里西亞當翻譯的。他在三週前曾訂購了一本德俄字典和一本會話書，但他至今也沒有收到。所以他現在沒有說俄語，而說的是蹩腳的斯洛伐克語，那是他在擔任維也納公司代表在斯洛伐克賣聖斯特凡像、聖水盆和念珠時學到的。

119　公元一二四一年捷克施騰堡的雅洛斯拉夫在摩拉維亞的霍斯丁城打敗了土耳其。

120　傳說一二四〇年捷克將領雅洛斯拉夫因聖母瑪利亞顯靈取得霍斯丁戰役的勝利。為此後人在那裡建立了聖母瑪利亞教堂和修道院。

他跟這些奇怪的人根本無法交談，傻坐在那裡也無濟於事，只好走了出去，用德語對俘虜們嚷道：「你們誰會說德語？」

帥克從人群中走了出來，面帶笑容向上士走去。上士吩咐他立刻跟他到辦公室去。

上士在一堆記載著俘虜姓名、出生日期和國籍的表格旁邊坐了下來。接著，他與帥克開始了一段有趣的德語對話：

「你是猶太人，對嗎？」上士問帥克。

帥克搖搖頭。

「你不用否認，」上士翻譯官堅持說：「在你們俘虜中間，誰會說德語，誰就是猶太人。你叫什麼名字？帥赫？你瞧，連你的名字也是猶太人的，你還否認什麼呢？在我們這裡，你不必害怕承認這件事。我們奧地利並不迫害猶太人。你是哪裡的人？哈哈，普拉加？我知道，我知道，那是華沙附近的一個小市鎮。一個星期以前，我在這裡還見到過兩個從華沙普拉加來的猶太人。你是哪個團的？番號是多少？是九十一團？」

上士拿起登記冊，一頁一頁地翻著，「九十一團是埃里溫團，高加索、梯弗里斯的。你瞧，我們這裡什麼都清清楚楚。」

帥克聽了他的這番話還真的有些驚訝。上士把自己沒有抽完的那半根香菸遞給帥克，接著很認真地對他說：「這菸跟你們的菸完全不一樣。猶太人，我是這裡的最高權威。我如果說句話，這裡所有人都得發抖，誰都得聽！我們的軍隊紀律和你們的也不一樣。你們沙皇是個惡棍，我們的皇帝有著開明的頭腦。現在我想讓你瞧瞧，什麼是我們的紀律。」

他推開隔壁房間的門，叫道：「漢斯・勞夫勒！」

「到！」一個身患先天性甲狀腺機能低下的矮小奧地利士兵哭喪著臉走了進來。他是兵站上供大家使喚的雜役工。

「漢斯．勞夫勒，」上士命令說：「去拿我的菸斗叼在嘴裡，像狗那樣銜著，然後圍著桌子爬！我叫你停，你才能停！同時，你要學狗叫，而且不能讓菸斗掉下來，要不然我叫人把你捆起來！」

那位矮小的士兵四肢著地爬了起來，一邊爬一邊學狗汪汪地叫著。

上士得意洋洋地望著帥克：「猶太人，我不是對你說過，我們的紀律是個什麼樣子嗎？」上士欣慰地望著那來自阿爾卑斯山小茅屋的啞巴士兵的臉。他終於喊了一聲：「停！」然後說：「現在你要像狗那樣銜著菸斗跟我親熱親熱……很好，現在再汪汪叫幾聲！」房間裡響起了「汪！汪！」的狗叫聲。

表演結束後，上士從桌子抽屜裡拿出四根運動牌香菸，慷慨地賞給了漢斯。然後，帥克用蹩腳的德語對上士講了一個故事。說過去某某團有一位軍官也有這樣一個順從的勤務兵，他的長官叫他做什麼，他總是百依百順地去做。有一次，有人問他，假如長官命令他用湯匙吃他拉的屎，他吃不吃，他回答：「只要我的中尉命令我吃，我就吃。但是大便裡不能有一根頭髮，如果是那樣，我會很難受，還會生病的。」

上士笑了：「你們猶太人還真有許多奇談趣聞呢！可是我敢打賭，你們的軍隊紀律一定不如我們。我們還是談點實質性的問題吧！我現在就任命你為俘虜隊的頭目，天黑以前你必須把所有俘虜的姓名登記完畢；以後你要代他們領口糧，每十個人一份，領完分給大家；而且你還要保證一個也不能跑掉。如果有人逃跑掉，我就把你斃了！」

「上士先生，我想和你談談。」帥克說。

「別囉嗦！」上士回答：「我不愛聽，要不然我就把你送到兵營裡去。你在我們奧地利已經很久了，應該知道我們的習慣。居然有人想和我私下談談……對你們這些俘虜愈好，事情就會愈糟糕……馬上收拾一下，拿著紙和鉛筆，趕快去編名冊吧！……你還要什麼？」

「報告，上士先生……」

「快滾吧！瞧，我還忙著呢！」上士臉上立刻表現出疲勞過度的樣子。

帥克敬了一個禮，便向俘虜隊走去。他暗自思忖：為皇帝效忠，只要耐心去做，總會有好的收穫的。

當然，編名冊可不是一件容易的事情。首先要讓俘虜說清楚他們的名字就得費很大的勁。儘管帥克也經歷過不少事情，但是這些韃靼人、格魯吉亞人、摩爾多瓦人的名字就是裝不進他的腦子裡。「誰也不會相信，」帥克暗自想道：「居然韃靼人會叫這樣稀奇古怪的名字：什麼穆赫拉哈萊依．阿布德拉赫馬諾夫、貝穆拉特．阿拉哈里、德列捷．切爾德茲、達夫拉特巴萊依．魯爾達戛萊耶夫等。我們的名字比他們的就好念多了，比如齊多霍什捷的神父就叫沃貝達。」

帥克從那些穿著整齊的俘虜隊伍前面走過。俘虜們一個接著一個地向報告自己的姓名：津德拉萊依．哈涅馬萊依、巴巴莫萊依．米爾扎哈利等。

「請講清楚些，」帥克微笑地對每一個俘虜說：「如果你們也像我們那裡的人一樣，叫什麼博胡斯拉夫．什傑潘內克、雅洛斯拉夫．馬托謝克，或者魯日娜．斯沃博多娃，不就好念多了嗎？」

帥克受了不少罪才終於把什麼巴布拉．哈萊

拉、胡吉・穆吉等所有稀奇古怪的名字記了下來。他想再對上士翻譯官說明一下他被弄到這裡來純屬誤會，他在被當著俘虜押送的路上，曾幾次請求合理解決他的問題，也都沒有任何結果。

上士翻譯官本來頭腦就不清醒，現在也同樣不明事理。

在他的面前擺著一些德國報紙，上面登載著各種廣告，他一邊看，一邊按照拉德茲的進行曲旋律唱著廣告上的詞句：「我想用留聲機換兒童車！」「我想收購碎玻璃以及白色的和綠色的平板玻璃！」「凡是學過簿記的和能做平衡表的，就可以參加會計學學習班」等。

遇上有些廣告詞配不上進行曲，上士便想方設法地去克服障礙，不是用拳頭在桌子上打著拍子，就是用雙腳在地上踩。他嘴巴上被波蘭白酒黏著的大鬍子向兩邊翹著，就好像插了兩把用膠黏成的乾刷子。雖然他的一雙腫泡眼睛凝視著帥克，可是帥克對他這種所謂的發明卻毫無反應，上士只得無奈地停止了又敲桌子又跺腳的動作，而在桌子上「咚咚咚」敲著拍子，唱起「我不知道這是什麼意思……」的曲調，然後配上新的廣告詞句：「卡羅利娜・德雷埃爾，接生婆，隨時為女士們服務。」

因為唱太久，上士的嗓子嘶啞了，聲音愈來愈小，最後一點聲音也沒有了，只好一動不動地坐在那裡，望著整張廣告。這給了帥克講述自己不幸遭遇的機會。帥克用他那蹩腳的、勉強能交流的德語敘述了事情的經過。

帥克說，他選擇沿小河去費爾施泰因的建議是正確的，因為他作為打前哨的士兵，有責任必須抄近路早些到達費爾施泰因，但路上遇到了一個從俘虜隊潛逃出來的陌生俄國士兵。正在池塘裡洗澡，而這條路又是他必經之路，這也不能怪罪於他。那個俄國人一見到他，拔腿就跑，連衣服也顧不得穿上，把全部制服都丟在灌木叢裡。帥克說自己曾多次聽說過，在必要的時候，可以換上陣亡敵人的制服去進行偵探工作，於是他就試著穿了人家丟下的制服，想看看穿上外國兵的衣服會是什麼樣子。

帥克解釋完這場誤會後，才發現自己所說的一大堆話，全都是白費工夫，因為上士在他講到去池塘邊時就已經睡著了。帥克悄悄地走近上士，親暱地推了他的肩膀，沒想到差點把上士從椅子上推倒到地上，但上士仍安靜地接著睡大覺。

「請原諒，上士先生！」帥克說，然後敬了一個禮，便從辦公室走了出去。

第二天清晨，軍事建築指揮部改變了原有的計畫，決定將帥克所在的俘虜隊直接運往普舍米斯爾去修築從普舍米斯爾至魯巴楚烏的鐵路。

其他一切照舊。帥克仍繼續在俄國俘虜隊裡過著自己的歷險生涯。匈牙利押送兵驅趕著所有俘虜以最快的速度奔向目的地。

他們在一個村子裡休息的時候遇到了運輸隊。走到隊伍前面的一位軍官，過來打量著俘虜們。帥克從隊伍中走出來，在軍官的面前喊道：「報告，中尉先生！」可是沒有等到他把話說完，馬上就有兩名匈牙利士兵朝他背上捶了幾拳，又把他扔回到俘虜隊伍之中。

軍官把一根還沒有抽完的香菸扔到帥克的背後，一個俘虜很快把它撿起來繼續抽。軍官對身邊的一個班長說，在俄國也有德國移民，他們也必須上前線打仗。

然後在整個到普舍米斯爾的途中，都不曾給帥克提供任何申訴的機會，讓他說明他是九十一團十

一先遣連的傳令兵。黃昏時分，他們才趕到普舍米斯爾。然後住進了一座已被戰爭破壞的城堡裡，裡面還有一所馬廄，是供當初守衛城堡的砲兵用的。

馬廄旁邊堆著長滿蝨子的麥稈。蝨子在短短的麥稈上到處亂爬，牠們不像蝨子，倒像螞蟻在搬運材料搭建巢穴。

每個俘虜也分到一點用苣菊製成的黑色垃圾飲料和一大塊玉米糖做的麵包。

後來沃爾夫少校來接管他們。這段時間裡，他是修築普舍米斯爾城堡和周圍建築物的總管。他為人剛愎自用，好大喜功，身邊還有一些翻譯當他的參謀，幫他了解俘虜們有什麼專長，以便按照他們的能力和所學知識分配合適的工作。

沃爾夫少校有一個固執的想法，總以為俄國俘虜愛裝傻，不願意承認自己有任何技能。因為有好幾回，他要翻譯問他們：「你們會修鐵路嗎？」所有俘虜都異口同聲地回答：「我什麼都不會，也從來沒有聽說過這種事。我是個老實人。」

他們被叫來站在沃爾夫少校和翻譯人員的面前，沃爾夫少校先用德語問俘虜們，他們中間有誰會說德語。

帥克馬上從隊伍中走了出來，站在少校的面前，行了一個舉手禮，報告說他會德語。

沃爾夫少校十分高興，立即問帥克是不是工程師。

「報告，少校先生！」帥克回答：「我不是工程師，而是九十一團十一先遣連的傳令兵。由於誤會被抓進了俘虜隊。事情是這樣的，少校先生……」

「怎麼回事？」沃爾夫大聲嚷道。

「報告，少校先生，事情是這樣的……」

「你是捷克人。」少校又嚷道，「你換了一身俄國人的軍服。」

「報告，少校先生，事情確實如此。我真的很高興，少校先生很快就了解了我的處境。也許我們的人正在什麼地方打仗，而我卻在這裡虛度年華，不能參加作戰，請允許我，少校先生，再對您談談我的情況。」

「夠了！」沃爾夫少校說。他叫來兩個士兵，命令他們立刻把帥克帶到禁閉室去，而他和另一位軍官卻跟在帥克的後面慢慢走著。他一邊走一邊跟那位軍官打著手勢在說些什麼。他的每一句話裡似乎都提到了「捷克走狗」幾個字。那位軍官從他的談吐中感到少校有些沾沾自喜，自以為憑著他尖銳的眼光就發現了一個潛逃的叛徒。幾個月來，軍隊裡各級指揮官一再接到有關捷克軍人越境潛逃叛變的密令，說已經查明：一些捷克軍團的潛逃者已經忘記了自己的誓言，投靠俄國軍隊，為敵人服務，尤其是幫助敵人從事間諜活動。

奧地利內政部正在偵查逃往俄國叛變分子中某個戰鬥組織，不過該部對境外的革命組織仍毫無所知。直到八月，索克爾－米利亞丁－布勃諾沃沿線的各營營長才收到密令，說原奧地利馬薩利克教授已逃亡國外，在境外從事反奧地利的宣傳。師部的一個笨蛋還在密令中補充了一句：「一經捕獲，立即押送師部。」

有一段時期，沃爾夫還不清楚這些奧地利逃亡者究竟為什麼要出逃。後來他在基輔遇到他們時問道：「你們在這裡幹些什麼？」他們愉快地回答：「我們背叛皇帝了！」

當時他只是從密令中得知有一些逃亡者在從事間諜活動，沒想到其中有一個已被他抓住正送往禁閉室呢，而且是這個逃亡者輕易投入陷阱的。沃爾夫少校是個愛虛榮的人，他想像著這一次他會得到上級表揚的，還會為他的謹慎、細心和幹練發給他獎章呢！

在到達禁閉室之前，他就自認為他提出「誰會說德語」這個問題是有用意的，因為他一見到那些俘虜，就馬上感到此人可疑。

跟少校同行的那位軍官點了點頭，說有必要把抓到叛逃者的事通知駐防司令部，並告訴他們，我們下一步的處理建議，以及把被告送至更高一級軍事法庭的問題。因為正如少校所說，只在禁閉室審訊一下就立刻處以絞刑，這是絕對不行的。將他處以絞刑必須通過法律途徑，按照軍事法庭的審訊條例來處理，最後還要進行行刑前的詳細審訊，以便弄清楚他與其他類似囚犯的聯繫，以及這其中會不會還有什麼更加重大的案情呢？

沃爾夫少校突然被一種固執情緒所控制，一直隱藏在內心深處的殘忍獸性開始發作起來。他宣稱：審訊之後，他要親自將這個潛逃犯——間諜處以絞刑。他是可以這樣做的，因為他有權力很大的後台，他們之間的關係非同一般。在這裡如同在前線，在靠近戰場的地方發現和抓到間諜，經過審訊後就可以立即毫不留情地將他們處以絞刑。此外，上尉自己也知道，在戰場上，上尉和上尉以上的指揮官都有權絞死一切嫌疑犯。

關於哪一級軍官有權處理嫌疑犯的問題，顯然沃爾夫少校也沒有搞清楚。

在東加里西亞，離戰場愈近，掌握這種生殺大權的軍官級別愈低，甚至會出現這樣的情況，一個巡邏隊的班長也可以命令把一個十二歲的孩子處以死刑，只因為他在無人居住、洗劫一空的村子裡一間小破房裡煮馬鈴薯皮吃而遭到懷疑。

上尉和少校之間的爭論在不斷升溫。

「您沒有這個權力！」上尉氣憤地說：「要判他絞刑，必須由軍事法庭的判決說了算！」

「沒有法庭判決也可以吊死他！」沃爾夫少校的嗓子也喊啞了。

被押著走在前面的帥克從頭至尾聽完了他們這場有趣的對話。帥克對押送他的人說：「我的事只能聽天由命了！想當年我在一家酒館與人爭論，什麼時候把那個經常在舞會上耍流氓的賣帽人瓦夏克攆出去為好，是在他一進門時就立刻把他攆出去呢？還是等他要了啤酒，付完錢，喝完後再攆呢？或者在他跳完第一場舞以後攆他呢？酒館老闆最後拍板說，在整個舞會進行了一半的時候，等那小子的錢也花得差不多了，不得不結帳走了，我們再把他攆出去。結果您知道，那個混蛋怎麼啦？他根本就沒來。您說這該怎麼辦呢？」兩個來自迪洛爾的士兵同時用德語回答：「我們不懂捷克語。」

「你們懂德語嗎？」帥克又用德語問了一句。

「懂！」那兩個士兵回答說。帥克說：「太好了，跟自己人在一起，我的處境會好些的。」

他們在友好的交談中來到了禁閉室。在這裡，沃爾夫少校仍與上尉繼續爭論著有關帥克命運的問題。這時，帥克謙恭地坐在後面的長椅上。

最後，沃爾夫少校終於接受了上尉的看法，認為此人必須經過較長的審訊程序，也就是所謂的「法律途徑」才能處以絞刑。

如果他們問帥克本人對這樣的判決有什麼看法，也許他會說：「我很遺憾，少校先生！您的軍銜比上尉先生高，但是上尉先生是正確的。任何輕率魯莽都會釀成禍害的。想當年，在布拉格一個區法院裡，有一位法官瘋了。好長時間都沒有人看出他瘋了，直到有一次在處理一件傷害人格嚴尊案時才被大家看出來。有一個叫茲納麥納切克的人，因為他兒子在上宗教課時，被副牧師霍爾基克打了一記耳光，就懷恨在心。這一回他在街上碰到那個副牧師，便破口大罵：『你這閹牛，你這黑妖怪，你這信教的白痴，你這黑笨豬，你這頭教區的公山羊，你這耶穌學說的強姦犯，你這披著教袍的偽君子和騙子！』這位有瘋病的法官是個十分虔誠的教徒，他的三個姊姊都在教區裡當廚娘，他們家人的孩子也都在教會學校學習。當他聽到有人竟敢如此謾罵褻瀆牧師時就火冒三丈，氣得突然失去了理智。他對著被告大聲嚷了起來：『我以皇帝和國王陛下的名義判你死刑，不得上訴！霍拉切克先生！』他命令看守，『把這位先生帶下去，把他吊死在那個地方，大家都知道的，那個拍地毯的地方，然後你們就回來喝啤酒！』不用說，茲納麥納切克先生和那位看守見到這種情景，都嚇得目瞪口呆，不知所措。而那位法官還向他們直跺腳，大聲嚷道：『你執行不執行我的判決？』那位看守被嚇得馬上拉著茲納麥納克先生就往外跑。當時在場的人誰也沒有出來干預這件事，也沒有人去向救護站求援。我不知道茲納麥納切克先生後來的情況怎樣了，只知道他們把法官先生押上車時，他還在嚷嚷：『假如找不到繩子，就用床單吊死他，一切費用從我們半年的撥款中支出……』」

帥克被押送到駐防司令部，因為他已在沃爾夫少校編寫的供詞上簽了字，說他作為奧地利軍隊的士兵，有意識地、在沒有任何外力壓迫的情況下自主換上了俄國軍服，在俄國人撤離之際，在前線被我戰地憲兵捕獲。

這些都是事實，帥克為人忠厚，無法反對這些指控。在他們編寫供詞時，他試圖補充幾句能準確說明他當時情況的文字，沃爾夫少校立刻大發雷霆，喝道：「住嘴，我沒有問你這個！事情是一清二楚的。」

帥克只好向他行了一個軍禮，報告說：「報告，我住嘴，事情是一清二楚的。」

後來，帥克被押送到駐防司令部，關在一個黑暗的牢房裡。這個牢房從前是儲藏大米的倉庫，也是老鼠的宿舍。如今地上還到處撒著大米，老鼠在帥克的周圍竄來竄去，吃著糧食，十分快活。帥克不得不去為自己找了一個草墊子，可是當他能在昏暗中看清周圍的東西時，看到老鼠已把全家老小都搬到了他的草墊子中了。毫無疑問，牠們是想在腐朽的奧地利草墊子的光榮廢墟上構建自己的新窩了。帥克開始用力敲著緊閉的大門，一位波蘭人班長走了過來。帥克請求他幫忙換個地方，要不然他躺下睡覺時會誤把草墊子裡面的老鼠壓死的，那就會給國家帶來損失，因為軍糧庫裡的一切東西，都是國家財產呀！

波蘭人聽懂了一部分他的話。在關門之前，他用拳頭嚇唬帥克，並說了一些「臭死蛋」之類的話。他走遠了還在氣呼呼地嘟囔著什麼霍亂病的事，只有上帝才知道帥克是怎樣得罪了他的。

帥克平靜地度過了一個夜晚，因為耗子對他沒有太大興趣，牠們顯然還有更重要的夜間活動：到隔壁倉庫咬軍大衣和軍帽，牠們可以堅定不移、安然無恙在那裡啃著，因為一年以後軍需處才會想起這些物資，派來一些不領津貼的軍貓進駐這類軍用倉庫。這些軍貓在軍需處文件中被列為「軍事倉庫皇家軍貓」欄目。其實這種貓的軍銜制只不過是恢復了一八六六年戰爭後被廢除的舊制度而已。

早在瑪利亞·德萊齊婭戰爭時期，軍需處的一些大人們曾把自己竊盜軍服的罪責全都推到了倒楣的老鼠身上，於是就有了派軍貓到軍事倉庫抓老鼠的先例。

由於皇家軍貓在很多情況下都不履行自己的義務，以致發生了這樣的事情：捷克萊奧波爾特皇帝在

位時期，有一次在波雷舍爾采的軍事倉庫裡，根據軍事法庭的判決，將駐往軍事倉庫的六隻軍貓處以死刑。聽說，當時所有與這個軍事倉庫有關係的人對這件事都感到暗自好笑。

早晨，帥克的咖啡送來時，他們又將一位戴著俄國軍帽、穿著俄國軍大衣的人塞進了這個黑黑的牢房。此人操一口波蘭腔調的捷克語，是某軍團反間諜處的一名卑鄙小人。該軍團司令部在普舍米斯爾。這位軍事祕密警察機關的密探，現在正準備巧妙地刺探帥克。他一開始就開門見山地說：「我是因為不謹慎才幹了這種骯髒差事的。我原在二十八團服役，不久就轉向為俄國人效勞。後來我又愚蠢地被他們抓住了。我向俄國人請求到偵察隊去工作……我在第六基輔師幹事。朋友，你在俄國哪個團？我覺得，我們曾在俄國某個地方見過面。我在基輔識好多捷克人，他們和我一道上過前線，後來我們一道投奔俄國軍隊。可現在已記不起他們叫什麼名字、是哪裡人了！也許你還能想起某個跟你關係密切的人吧！我很想知道，我們二十八團還有誰留在那裡？」

帥克沒有回答，卻關心地摸摸他的額頭，試試他的脈搏，然後讓他站到窗前，叫他伸出舌頭看看。那人對帥克這一系列行為都沒有反抗，他想，這也許是間諜接觸的一種暗號吧。後來，帥克就死勁地敲門，看守走過來問他為什麼胡鬧，他用捷語和德語讓看守馬上叫醫師來，說剛剛送來的那個人發瘋了。

可是他這一招也無濟於事，因為誰也沒有馬上來給這人看病。那人仍安安穩穩地坐在那裡，喋喋不休地聊著基輔的事情，還說他跟俄國部隊一道行軍時，看見過帥克。

「您一定是喝多了污泥漿了吧！」帥克說：「正像我們那裡的一位年輕人迪涅斯基一樣，人倒挺機靈，可是有一次他出門旅遊，竟跑到義大利去了。後來他逢人就談義大利怎樣怎樣，說那裡光是污泥漿，沒有什麼可看的。說他就是喝了那裡的污泥漿才染上了瘧疾的。一年要犯四次病，而且總在聖徒節日期間犯病：即聖若望節、彼得節、保羅節和聖母升天節。他一犯病，就像您一樣，把所有人，無論是外國人還是不認識的人，都說成是他認識的人。比如說在電車上，他跟身邊的人搭話，他總說他認識人家，說他們在維也納火車站曾見過面。所有他在大街上遇到的人，他不是說在米蘭火車站見過，就是在斯迪爾斯基・赫拉茲市政廳地下酒館裡一起喝過葡萄酒。當他坐在酒館裡，犯起瘧疾時，他就會說他認識那裡所有人，說是在開往威尼斯的輪船上認識的。這種病無藥可醫，只有卡特辛基城新來的護士才能治它。有一回，這個護士護理一個病人，那病人整天坐在角落裡，別的事都不幹，只是數著數字：『一、二、三、四、五、六。』然後又重頭數起：『一、二、三、四、五、六。』這個病人還是個什麼教授。護士見到這個精神病人來回地數著，總是超不過六，鼻子都氣歪。起初，護士還耐心教他，要他說『七、八、九、十』，但總不奏效，因為教授根本就不理這一套，還是坐在角落裡數著：『一、二、三、四、五、六。』護士氣得實在忍不住了，於是在他數到『六』時，就跳上去給了他後腦勺一記，說：『這是七，這是八、九、十。』每說一個數字，就搧他一下後腦勺。喂，說來也怪，病人反倒清醒了。他捂著自己的腦袋問，如今他在什麼地方？護士告訴他說在瘋人院裡。他這才想起是怎麼到這裡的。那是因為一顆彗星的事，當時他計算出在明年七月十八日早晨六點鐘時會出現這顆彗星，可是有人向他證實，這顆彗星早在幾百萬年以前就已焚毀了……他還說他認識這位護士。後來，這位教授完全恢復了記憶，醫院讓他出院回去休息，他就雇了這位護士照顧他。護士在他家裡不用做別的事，只需要每天早晨給教授搧四下後腦勺。她幹這件事，既熟練又準確。」

「我認識你在基輔的所有熟人，」反間諜偵察理的密探真不怕累，還是嘮嘮叨叨地繼續說：「那裡不是有一個胖子和瘦子跟你在一起嗎？我現在已記不清他們的名字和哪一個團了……」

「你犯不著為這種事難過，」帥克安慰他說：「這樣的事每個人都會發生的。誰能記得住所有胖子和瘦子的名字？特別是瘦子的名字更難記住，因為世界上的人大多是瘦子。常言道，他們占多數。」

「朋友，」這位皇帝和國王陛下的壞蛋訴苦說：「你不信任我。其實我們倆的命運都是一樣的呀！」

「我們都是軍人，」帥克漫不經心地說：「做母親的就是為了這個才生下我們的。她們把我們拉拔大，再幫我們穿上軍裝。而我們也心甘情願這樣，因為我們懂得，我們的骨頭不會白白地腐爛掉的。我們願意為皇帝陛下和他的皇室成員而死，我們已經為他們奪得了黑塞哥維那。死後我們的骨頭還會煉成糖廠所需的骨灰造福後代。齊麥爾中尉先生幾年前就是這樣對我們講的。他說：『你們這些蠢豬似的土匪，你們這些沒有教養的公豬，你們這些沒有用的懶猴，你們這些遊手好閒的傢伙，活著簡直一文不值。假設有一天你們在打仗時挨了子彈被打死了，用你們每個人的骨頭倒還可以做出半公斤骨灰呢！糖廠可以用你們這些白痴的骨灰去過濾糖。也許你們根本就不知道，你們死後造福後代子孫的價值有多大呢。你們的孩子將來喝咖啡放的糖，就是用你們的骨灰過濾出來的。你們這些糊塗蟲！』當我正在尋思著中尉的話時，他卻來到我的面前，問我在想什麼。我說：『報告，我在想，如果用軍官先生的骨頭煉成骨灰，絕對比我們普通士兵的骨灰更值錢！』為了這句話，我被關了三天的禁閉。」

帥克的同伴敲了敲門，跟看守說了幾句，然後看守就去了辦公室。不多久，參謀部的一位上士來帶走了帥克的那位同伴。於是，在那間黑暗的牢房裡又只剩下孤單的帥克了。

那壞蛋臨走時還指著帥克大聲地對參謀部的上士說：「這是我在基輔的老朋友。」

除了有人送飯來的幾分鐘以外，整整二十四小時就只有帥克一人孤獨地待在那裡。

夜間，他得出了一個結論，俄國人的軍大衣比奧地利的大些、暖和些。他睡覺時，老鼠到他耳邊嗅嗅，也沒有什麼不舒服的感覺。他覺得這彷彿是一種溫柔的耳語。第二天清晨，提犯人的士兵來了，把他從那「溫柔的耳語聲」中叫醒過來。

如今帥克已想不起來，在那個淒慘的早晨，他們是怎樣把他帶到法庭，又是怎樣審他的。那是個軍事法庭，這是毫無疑問的。法庭上坐著將軍、上校、少校、上尉、中尉、上士和一位書記官。此外還有一個步兵，他不幹別的事，只負責給抽菸的人點火。

他們沒有問帥克太多問題。

只有那位少校對這次審問有著更大的興趣。他說著一口捷克語。

「你背叛了皇帝陛下嗎？」他對帥克斥喝道。

「我的天哪，什麼時候？」帥克問道，「我為什麼要背叛皇帝陛下？我為什麼要背叛我曾經為之吃盡苦頭的、我們最最英明的君主呢？」

「別裝傻！」少校說。

「報告，少校先生！說誰背叛皇帝陛下可不是什麼裝傻的事。我們軍人是宣過誓要誓死忠於皇帝陛下的，正像劇院裡唱的那些誓言，我作為一名忠誠的士兵都已不折不扣地做到了！」

「資料就在這裡。」少校說：「這些就是你的全部罪證和事實。」他指著桌上的一大卷資料。這些資料主要是他們安插在帥克身邊的那個傢伙提供的。

「你還不承認嗎？」少校問道，「你自己也承認你是奧地利軍隊的軍人，是自願穿上俄國軍服的。我最後再問你一次，有人強迫你這樣幹過嗎？」

「沒有人強迫我這樣幹。」

「是自願的嗎？」

「是自願的。」

「不是被迫的嗎？」

「不是被迫的。」

「你知道你失蹤了嗎？」

「我知道，九十一團的人現在一定都在找我。可是請您允許我，少校先生，讓我對人們怎樣會自願穿上外國衣服的問題解釋幾句。公元一九〇八年七月的一天，布拉格普什切尼街的一個叫鮑熱捷赫的圖書裝訂工到郊區茲布拉斯拉夫縣的別羅翁基河支流去洗澡，他把衣服掛在一棵小柳樹上。過了一會兒，又有一位先生跳進水中，向他游來。鮑熱捷赫非常高興。他們在水裡天南地北地聊起來，還相互逗耍著、潑著水，一直泡到黃昏時分。後來那位陌生人先上了岸，說他要回家吃晚飯。他離去後，鮑熱捷赫先生又在水中待了一會兒，才上岸到小柳樹邊取衣服，可結果沒有找到自己的衣服，只發現一套流浪漢穿的破爛衣服和字條：

當我們在水中高興地聊天時，我就考慮：該拿呢？還是不該拿？我拿不定主意，於是上岸後我摘下一朵法蘭西菊花，數著花瓣，數到最後一瓣是「該拿」。於是我就用我的那套舊衣服跟您的換了。您用不著害怕穿它，一個星期前我已在多布什監獄裡滅過蝨子。今後您要好好警惕和您一道洗澡的人，在水中每個光著身子的人看起來都像參議員似的，哪怕他是個殺人犯。您根本不知道您究竟跟誰在一起洗澡。為了游泳丟件衣服也值得。傍晚的河水是最愜意的。您不妨再跳下游一次，好清醒清醒。

「鮑熱捷赫先生無可奈何，只好等到天黑，才穿上那套破爛的衣服，朝布拉格走去。他避開去城裡的公路，而走草地小道。路上他遇到從胡赫爾出

來抓流浪漢的憲兵巡邏隊，就把他抓住了。第二天早晨，他們把他帶到茲布斯拉夫縣法院，而那裡的人都認識他是住在布拉格普什切尼大街十六號的約瑟夫・鮑熱捷赫。」

書記官不大懂捷克語，以為被告供出了同伙的地址，於是又問了一次：「布拉格十六號，約瑟夫・鮑熱捷赫，對嗎？」

「我不知道他如今是不是住在那裡。」帥克說：「但是，一九〇八年是住在那裡的。他裝訂的書非常漂亮，但花的時間也很長，因為在裝訂之前，他總要把書從頭到尾先讀一遍，然後再按書的內容來裝訂。假如他裝的那部書是黑邊的，你不用看書的內容，馬上就能知道那一定是一部悲劇性的小說。假如您想了解更詳細的情況，您可以到烏弗萊庫酒館找他，他每天都要去烏弗萊庫酒館，給人們講述他裝訂的書的內容。」

少校走到書記官的面前，跟他悄悄地說了幾句，書記官就把記錄中新編造出的背叛者鮑熱捷赫的地址給畫掉了。

後來，這個奇怪的法庭繼續採用這種突擊審訊的方法這場審判，並由芬克・馮・芬克爾斯泰因將軍主持。

正像有些人有搜集火柴盒的癖好那樣，這位先生的癖好就是組織突擊審訊，儘管這樣做在很大程度上，其實是違背軍事法庭條例的。

這位將軍說，他不需要任何軍事法官，他自己就可以找幾個人來組成法庭，三個小時內就可以把一個彪形大漢給吊死。如今在前線，他組織突擊審訊更是易如反掌。

正像有些人每天都得下盤棋，打一場撞球，或者玩玩撲克牌那樣，這位赫赫有名的將軍每天都要組織一次戰地突擊審訊。他親自主持，並十分威嚴地、高興地宣判被告人的死刑。

如果一位感傷主義者見到他這樣胡作非為，可能會這樣寫道：他應該對許多人的生命負責。特別是在東方，正像他說的，他同加里西亞烏克蘭人中間的大俄羅斯主義宣傳所進行的那場鬥爭，更是不把殺人當一回事。僅僅從他的立場來看，我們不能說他對誰犯了什麼罪。但他從來不受良心的責備，對他來說根本不存在什麼良心問題。當他根據突擊審訊的判決絞死了一個男老師、一個女老師、一個神父和一個人的全家以後回到自己的住處時，他也若無其事，就像一個玩完撲克的人心滿意足地從酒館回到家裡，還在回味著他怎樣出牌、怎樣調配、怎樣贏牌、怎樣得到一百零七分呢！他把絞刑只看成是一種尋常的、自然的事，就像普通人家每天必需的家常便飯一樣。他宣判時總是忘記皇帝陛下，從來不說「以皇帝陛下的名義判處你絞刑」，而總是說「我判處你絞刑」。

有時候，在判絞刑過程中碰上一些滑稽事時，總要給自己在維也納的老婆寫信說：

……比如說，我親愛的，您怎麼也不會想像到，幾天前我在判處一個從事間諜活動的老師時，先後發生的事情真讓我笑壞了。我手下有個上士行刑官，他執行絞刑很內行，絞犯人就像玩遊戲似的。我坐在指揮所裡，那上士拿著判決書來問我，應該把這個老師吊到那裡？我說吊在最近的一棵樹上。現在你就會看到一齣喜劇場面了：我們周圍是一望無際的大草原，一英里內連棵樹苗都沒有。命令畢竟是命令，上士便帶著老師和押送隊坐車去找樹，直到傍晚才回來，老師也跟他們一道回來了。上士跑來問我：「我把這傢伙吊在那裡呢？」我把他罵了一頓，我說：「我不是命令你把他吊在最近的一棵樹上嗎！」他說：「那麼明天早上我再辦吧！」第二天一清早他來了，臉色蒼白，說是老師夜裡跑了。我覺得這事太可笑了，也就把他們所有人都饒恕了。我還幽默地說了一句，這個老師一定是去找樹了。你瞧，我親愛的，我們這裡並不寂寞吧！告訴我們的小雛洛什，說爸爸吻他。我不久就會派人抓一個活的俄國人回來，給他當小馬駒兒騎。我親愛的，我還要說一件可笑的事呢！有一次，我們要絞死一個猶太人間諜。雖然這傢伙也沒有幹什麼，只是說他是賣香菸的，妨礙了我們走路。於是我們就把他吊起來，剛吊了幾秒，繩子就斷了，他也掉了下來。可他很快清醒過來，衝著我嚷嚷說：「將軍先生，我要回家。您已經吊過我了，按照法律，我不能為一件事判兩次絞刑。」他的話把我逗笑了，我也就把他放了。我親愛的，我們這裡真挺快活的……

芬克將軍當上普舍米什爾要塞司令之後，已沒有太多機會再舉辦那種滑稽戲了。如今他抓住了帥克這個案子，真有說不出的高興。

帥克正站在這隻「老虎」的面前，這位將軍則坐在一張長桌的前排，一根接著一根地抽著菸，聽著別人給他翻譯帥克的供詞，還不時地點點頭。

少校建議打電報給旅部詢問目前九十一團十一先遣連如今的駐地，以便弄清楚被告說他屬於這個連的事是否屬實。

將軍反對這個建議，認為這樣做有礙於審訊的突擊性，也不符合這一措施的本意。現在被告已供認不諱他穿了俄國軍裝，還有一個重要證據，就是被告承認他在基輔待過，因此他建議開庭審訊，作出判決，立即執行。

可是少校還是堅持自己的主張，認為有必要弄清楚被告的身分，因此這是一件極其重要的政治性案件。並通過弄清被告的身分進一步找出被告在其所屬部隊裡與哪些人來往密切、有哪些老朋友等情況。

少校是個浪漫主義的幻想家。他繼續堅持說：「問題是我們要找出他們的聯繫網，而不僅是判決他一個人。判決只是某種審訊的結果，而這種審訊則包括弄清案子的各種聯繫網，而聯繫網……」他被這些聯繫網給搞糊塗，說不下去了。不過大家倒都聽懂了他的意思，贊同地點點頭，就連將軍先生對他所說的『聯繫網』也發生了興趣。他甚至設想通過少校所說的聯繫網還會帶來許多新的突擊審訊機會，因此他也就不再反對給旅部發電報查問帥克是不是九十一團的人，以及在執行十一先遣連任務時走到俄國方面去等事情了。

在他們爭論不休的期間，兩個背著刺槍的士兵押著帥克在走廊裡等著。後來他們又把帥克帶上法庭進行了一次審訊，問他是哪個團的士兵，然後就把他押送到了駐防軍監獄。

芬克將軍在突擊審訊未獲成功以後回到家中，躺在沙發上思考著，究竟怎樣才能加快事情的進程呢？

他堅信很快就會收到回音的，但絕不會快得像法庭那樣雷厲風行。同時還得請神父來給犯人做行刑前的祈禱，那也會耽誤兩個小時行刑時間的。

「反正都是一樣的，」芬克將軍尋思著：「我們可以在收到旅部回音之前，給他做行刑前的祈禱，然後再給他處以絞刑。」

芬克將軍派人把隨軍神父馬蒂尼茲請了過來。

他是一位可憐的神學老師，摩拉維亞某地的副職神父。他曾在一個道德敗壞的神父手下工作。由於在那裡工作很不順心，才不得不來軍隊服役的。他是一位十分虔誠的信徒，總是懷著十分憐憫的心情想著那位正職神父是如何一天天墮落下去，想著他怎樣拚命喝李子酒醉得不省人事。有一天夜裡，他從釀酒廠搖搖晃晃地回來，在村子外面遇到一位流浪的茲岡女人，他就把那個女人拉到他的床上。

隨軍神父馬蒂尼茲總以為自己給戰場上受傷的

和快要死去的士兵做臨死前祈禱，一定會給那墮落的神父贖罪的。那個神父夜裡一回到家總要把他吵醒，對他說：

「葉尼切克，葉尼切克！豐滿浪漫的姑娘就是我的整個生命。」

他的願望並沒有實現。來到這裡以後，他沒有太多的工作可做，唯一的工作就是從這個駐防軍走到另一個駐防軍，在他們的禮拜堂裡每隔十四天給士兵們做一次彌撒。此外就是要抵制軍官俱樂部的荒淫風氣，因為軍官們說出的下流話比起那位神父所說的『豐滿浪漫的姑娘』的話要骯髒得多了，兩者相比，後者的話還可以稱得上是對守護天使的純潔祈禱詞呢！

每當前線有重大軍事行動，要慶祝奧地利軍隊的光榮勝利時，芬克將軍總要叫馬蒂尼茲去參加慶典。芬克將軍對舉行戰地彌撒的愛好也像他對組織突擊審訊一樣上了癮。

芬克這個怪物是一個狹隘的奧地利愛國主義者。他從來沒有為德意志帝國或土耳其軍隊的勝利做過任何彌撒。當德意志帝國軍隊打敗法國人和英國人時，他的祭壇上則是一片寂靜，完全被人遺忘了。

有一次奧地利偵察隊與俄國前沿哨兵發生了一次小小的衝突，取得了微不足道的勝利，而司令部卻像吹肥皂泡般把它吹成使俄國整整一個軍團遭到慘重失敗。芬克將軍還就此舉行了一次隆重的祈禱儀式，以示祝賀。於是，可憐的隨軍神父馬蒂尼茲就有了一個印象，芬克將軍還是普舍米斯爾地區天主教的最高教主。

芬克將軍還親自決定把他舉辦的祝捷彌撒禮儀，程序和規模等同於聖體節和八日節那樣隆重辦理。將軍還有一個習慣，就是在做完彌撒祈禱之後，總要騎著馬在練兵場上飛快地奔跑，到祭壇前大聲高呼：「嗚啦——嗚啦——嗚啦！」

隨軍神父馬蒂尼茲是個虔誠正直的人，是那些仍然虔心信奉上帝的少數人中之一，因此他並不喜歡去芬克將軍那裡。

駐防司令芬克在給馬蒂尼茲神父下完指令之後，總要給他一些烈酒喝，還對他講一些十分荒唐的笑話。這些笑話是從一種專門供軍隊士兵閱讀的《快樂篇》雜誌中來的。

將軍收藏了大量無聊的小冊子，這些書的名字都很低級，例如什麼《士兵背囊中的幽默：為了眼睛和耳朵》、《興登堡的笑話》、《幽默鏡子中的興登堡》、《費利克思．什萊彼爾的第二隻充滿幽默的士兵背囊》、《來自我們的燉肉大砲》、《從壕溝裡飛來的多汁手榴彈碎片》等。還有一些亂七八糟的小木子，如：《在雙鷹的下面》、《皇家戰地伙房的維也納烤肉排，由阿瑟．洛克什燒烤》。有時候，將軍還給神父唱《我們必勝》歌集裡輕鬆愉快的軍歌。同時還不停地給隨軍神父斟酒，逼著他喝下去，讓神父跟著他一塊兒大聲地叫著，然後便說些下流話。此時，馬蒂尼茲神父就痛苦地想起以前的那位神父，他在說髒話方面的下流程度也不比芬克將軍遜色。

隨軍神父害怕地意識到，他到芬克將軍那裡去的次數愈多，他的道德品質就愈是糟糕。

這個可憐的人開始愛上在將軍那裡喝的烈酒了。他漸漸地習慣了將軍的那些下流語言，在他的腦海裡也開始出現了放蕩的念頭。他喝了芬克將軍給他的摻有波蘭白酒、花椒酒和珠絲酒的陳葡萄酒，美得連上帝也忘得一乾二淨。在他的祈禱書的字裡行間還出現了將軍給他講到的那些姑娘在跳舞。他對將軍的邀請也漸漸不再反感了。

將軍喜歡神父馬蒂尼茲。神父開始時總是以聖徒伊格那修．羅伊奧拉為榜樣，保持刻苦堅貞的品德，後來他則慢慢習慣了將軍周圍的環境了。

有一次，將軍把戰地醫院的兩位女護士叫到自己的住處。其實她們並不為那個醫院工作，只在那裡掛了個名，好領一份薪水，而她們大部分收入是靠賣淫取得的。這種事在困難時期是司空見慣的。隨後將軍又派人把隨軍神父馬蒂尼茲請來，他已深深地陷入魔鬼的圈套，在半個小時內就已玩弄了兩個女人，在玩到狂熱時把沙發上的墊子也舔溼了。後來他對自己的放蕩行為自責了好長一段時間，儘管木已成舟，無法挽回自己的過錯了。那天夜裡他回家時，還在公園裡跪在建築師、市長格拉博夫斯基先生的塑像面前，請求這位學術與文藝的庇護者、曾在八十年代為保衛普舍米斯爾城立過大功的市長先生寬恕他的罪過呢！

在這寂靜的深夜裡，只有巡邏隊的腳步聲和他虔誠熱烈的祈禱聲交相迴響著：

「主啊！請別您的僕人送上法庭了。如果您不饒恕他的罪過，就沒有任何人在您的面前得到拯救了。我請求您，饒恕他吧！這對您並非困難事呀！我請求您的幫助，主啊，我的靈魂永遠皈依於您。」

後來，他作了多次嘗試，如果芬克將軍召他去時，他將藉口說自己的胃壞了，拒絕一切世俗的享受。他認為說這樣的謊話是必要的，這可以使他的靈魂免於在地獄中受煎熬。同時，他也知道軍隊的紀律要求：當將軍對隨軍神父說：「盡情喝吧，朋友！」他出於對上司的尊敬，就必須盡情喝。

但是，他有時候也做不到這一點。特別是將軍舉行完盛大戰地祈禱儀式以後，又要辦一次更加隆重的宴會，筵席的費用要從駐防軍財務費用中支付。事後，當一些人到財務室吵著鬧著要報銷這些吃喝費用時，神父總會感到內疚，認為自己在主的面前是個道德敗壞的人，嚇得渾身發抖。

後來，他像幽靈一樣昏昏沉沉地走著，但他還沒有在混亂中喪失對上帝的信仰，而且開始十分嚴肅地思考這樣一個問題：他應不應該每天都這樣猶豫不決地搖擺著。

現在，他又像往常那樣渾渾噩噩地應召去見將軍了。

芬克將軍滿面紅光，十分高興地出來迎接他。

「您聽說了嗎？」他興奮地說：「我又要舉行突擊審訊了。我要絞死您的一位同鄉。」

當隨軍神父馬蒂尼茲聽到「同鄉」二字時感到十分痛苦。他悲傷地望著將軍。他曾經多次反駁人家說他是捷克人，而且解釋過無數次，說在他們摩拉維亞教區，有兩個小鎮，一個是捷克的，另一個是德國的。他一個星期為捷克人做禮拜，另一個星期為德國人做禮拜。由於捷克小鎮裡沒有捷克學校，只有一所德國學校，因此他不得不在兩個小鎮裡都用德語傳教。所以說他並不是什麼捷克人。他這種具有邏輯性的理由有一回卻引起一位坐在桌子旁的少校的興趣，他接著說了一句：其實這位摩拉維亞的隨軍神父只不過是個賣雜貨的商人。

「請您原諒，」將軍說：「我忘了，他不是您的同鄉，他是捷克人，是個逃兵、叛徒，俄國的走狗。必須絞死他！不過暫時還不行，還得通過一定程序。等我們弄清了他的身分才行。不過這不要緊，只等我們一收到回電，馬上就絞死他。」

將軍讓隨軍神父坐在旁邊沙發椅上，繼續高興地說：「既然我設立了突擊審訊法庭，那麼一切都得符合審訊的突擊性要求，這是我的原則。大戰初期，我還在利沃夫城下的時候，在審判完後的三分鐘內，就把一個彪形大漢的罪犯絞死了，他是個猶太人。不過另一次絞死一個俄國人，是在我們休庭後的五分鐘內才被絞死的。」

將軍和善地笑著說：「碰巧他們倆都不需要行刑前的祈禱儀式，因為一個是猶太拉比，另一個是東正教神父。可是這一次的情況不一樣，問題是我們要絞死的是個天主教徒。於是我想出來一個好主意，為了不耽誤時間，我們可以提前給他做臨刑前的祈禱。正像我說的，這是為了不耽誤時間。」

將軍按了按鈴，吩咐勤務兵說：「把昨天弄來的葡萄酒給我拿兩瓶過來！」

過了一會兒，他給隨軍神父斟了一杯葡萄酒，親切地對他說：「請在舉行絞刑祈禱之前喝些酒，好好放鬆一下……」

在這可怕的時刻，帥克坐在牢房裡的行軍床上，唱起自己的歌。歌聲從牢房的窗口傳了出去：

我們軍人都是男子漢，
女孩們向我們獻上深深的愛；
我們領軍餉有錢花，
四海為家多自在。
啦啦啦……

2 臨刑的祈禱

準確地說，隨軍神父馬蒂尼茲不是走到帥克面前的，而是像舞台上的芭蕾舞演員飄到他那裡去的。由於他對天堂和陳年老酒的渴望，才令在這驚心動魄的時刻變得如此輕如鴻毛的。當他向他帥克走去時，他彷彿感到，在這莊嚴和神聖的時刻，他愈來愈接近上帝了。

他身後的門關上了，只留下他們兩個人在屋裡。神父興奮地對坐在行軍床上的帥克說：「我親愛的孩子，我是隨軍神父馬蒂尼茲。」

神父一路上都在思考，用這樣的稱呼最為合適，這能給人一種慈父般的愛心。

帥克從床上起來，熱忱地搖著神父的手說：「非常高興，我是帥克，九十一團十一先遣連的傳令兵。不久前，我們的部隊曾開到萊塔河畔的布魯克。請您坐到我的旁邊，隨軍神父先生。請告訴我，他們為什麼把您也關到這裡來呢？您是有軍

銜的神父，有權要求他們把您關到駐防軍軍官監獄的，怎麼可以關到這裡呢！這裡的行軍床上滿是蝨子呀！當然嘍，有時候由於辦公室工作人員的失誤，或者其他某種偶然因素，也會使得有些人不知道自己該坐在哪種監獄裡。例如，有一次在布傑約維采，我被關在團部監獄裡，他們把一個沒有軍銜的士官生也關了進來。這位士官生也類似隨軍神父一樣，既非軍官又非士兵。可他卻像軍官那樣吆喝著士兵。後來不知道他出了什麼事，就被關到普通士兵的牢房裡去了。神父先生，他們這些人就像沒有媽的孩子，人家不讓他們到軍官食堂去用膳，他們又無權到士兵食堂去吃飯，因為他們比士兵高一點，又不夠軍官的資格。當時，我們那裡有五個這樣的人。一開始，食堂裡沒有他們的飯，他們還可以到士兵販賣部去啃點起司。後來烏姆上尉來了，說這與沒有軍銜的士官生尊嚴不相稱，所以就禁止他們去販賣部。可是他們試著去軍官販賣部，那裡更是不讓他們進去。怎麼辦呢？他們懸在半空中，上不著天，下不著地，受了好幾天的罪。他們走投無路，一個跳進了馬爾夏河，另一個乾脆逃兵。過了兩個月，那個逃兵的士官生寫了一封信來，說他已在摩洛哥當了軍政部長。剩下的幾個人把跳河的那人從河裡撈了上來，救活了。那人說，他跳河時忘了自己會游泳，游泳考試時他的成績是優等呢！在人家把他送到醫院時，醫院裡的人也不知道該如何對待他：該給他蓋軍官用的毯子呢？還是普通士兵的呢？最後的辦法是，不給他蓋任何毯子，只用一條溼被單裹著他。他被裹了半個小時後，便懇求醫院放他回兵營去。這個人當時送到我住的牢房時全身還是溼的。他在牢裡待了大約四天，覺得挺自在的，因為在這裡終於有口飯吃了。雖然是囚飯，但畢竟是頓飯，可以維持生命啊！第五天，有人把他領走了。過了半個小時，他又轉回來取帽子，高興得哭了起來。他對我說：『上面終於就我們吃飯的問題做了決定：從今天起，沒軍銜的士官生可以跟軍官關在一起。我們的伙食由軍官食堂管，但必須等軍官們吃飽以後，我們才能去吃。我們睡覺同普通士兵在一起，咖啡也在士兵食堂領。菸草也跟士兵一塊兒發。』」

直到現在，隨軍神父馬蒂尼茲才想起來，他該打斷帥克的話了，因為帥克後來的那些事與他們一開始談話的內容已毫不相干了。

「是，是，我的孩子！對待天地之間的事情，我們都應當用自己的熱心腸和對上帝大慈大悲的無比信仰來考慮。親愛的孩子，我是來為你做刑前祈禱的啊！」

神父又沉默下來，因為他現在說什麼都不合適。一路上他想了好多說詞，想引導這位可憐的人認真思考自己的一生，只要他能懺悔，有憐憫之心，是會受到上帝寬恕的。

當他正想著怎樣繼續談下去時，可帥克卻先開口問他：「您有菸嗎？」

隨軍神父馬蒂尼茲至今還沒有學會吸菸。這也是他來這裡以前一輩子所保持下來的唯一好習慣。有時候他在芬克將軍那裡，當他有幾分醉意時，他曾試著吸過一種最柔和的菸，可馬上又全吐掉了，因為他感到好像守護天使在搔他的喉嚨，嗆得受不了。

「我不吸菸，我親愛的兒子！」他十分嚴肅地對帥克說。

「這就奇怪了，」帥克說：「我認識許多隨軍神父，他們都是些菸鬼。我真不能想像居然有不抽菸不喝酒的隨軍神父。我只認識一個不抽菸的，他雖不抽菸，卻喜歡嚼菸草。在傳教的時候，把整個講壇都吐滿了菸草渣。神父先生，您是哪裡人？」

「我是新伊欽人。」隨軍神父馬蒂尼茲沮喪地回答說。

「神父先生，也許您認識一個叫魯日娜・考德爾索娃的人吧！她前年在布拉格普拉特涅什街一家酒館做事。她因為生了一對雙胞胎，要尋找這兩個孩子的父親，好給她孩子出撫養金，於是她一下子控告了十八個男人。在這兩個孩子當中，一個孩子的眼睛一隻是藍色的，另一隻是褐色的；而另一個孩子的眼睛，一隻是灰色的，另一隻是黑色的。於是她猜想，有四個經常到酒館來喝酒的人，他們的眼睛有這種顏色。後來，她又發現，這雙胞胎中有個長著一條瘸腿的，跟市政府一位顧問一樣。那人也常來酒館胡鬧。還有一個孩子的一隻腳上長著六個腳趾，本市的一位參議員，他也是這家酒館的常客。您瞧，神父先生，有十八位客人與她有染，不是跟她開過房間，就是把她帶到家中胡搞。他們都在雙胞胎上留下印記，這可能嗎？後來法院判決，在這麼多人中間，法院無法辨認誰是孩子的父親。最後那位女人又一口咬定酒館老闆，說這孩子是她和老闆生的。老闆拿出證據，說他在二十年前就已做過手術，根本沒有性交能力。最後，她被押送到新伊欽去了。神父先生，由此可見，野心太大，往往會落得一場空的。她應該抓住一個人，而不要在法庭上亂說雙胞胎中這個是參議員的，那個是市長顧問的，或者每個人都是孩子的父親。其實，根據每個孩子的出生日期就能很容易推算出這個孩子是誰的。比如，某月某日她與誰在旅館睡過，某月某日她生下了一個孩子，只要按照正常分娩時間，就能推算出來。在這種旅館裡只要花五個克朗就能找到一個證人，像門房啦、女服務員啦，他們都能發誓說，那天晚上他們確實在這裡一塊兒睡過覺，當他們下樓時，那女的還對那男的說：『假如我懷了孕怎麼辦？』男的回答：『別怕，我的寶貝，有了孩子，我來撫養。』」

隨軍神父陷入了沉思。他感到現在很難再進行刑前祈禱儀式了。事前他準備好了一整套計畫，其中包括他應該對他親愛的孩子談些什麼和怎麼個談法的問題，並告訴他在庭審最後的那一天：所有帶著絞索的軍人犯罪分子只要懺悔了，都會像《新約》中的一個強盜那樣受到上帝仁慈寬恕的。

此外，他還準備了一篇最熱忱的刑前祈禱詞，全文共分三個部分：首先，他想講講，只要一個人能完全跟上帝和好，那他被絞死也是輕鬆的。說軍事法律是因為犯罪分子背叛了皇帝才懲罰他的。皇帝是全軍之父，軍人對皇帝即使做了極其微小的錯事都應看作是弒父行為。其次，他為了進一步展開自己的論點，說皇帝是上帝恩賜世人的君主，是上帝派來管理世俗事務的，正像教皇被派來管理宗教事務一樣。背叛皇帝就是背叛上帝，等待這種軍人犯罪分子的，除絞刑之外，還會遭人唾罵，遺臭萬年。最後，他還指出，如果世俗的公正審判無權改變軍隊紀律所作出的處以絞刑的判決，也還是可以通過一定程序改為處以無期徒刑的，只要犯罪分子能懺悔，就能爭取到這一結局。這是犯人的最佳選擇。

隨軍神父幻想會有這樣一個感人的場景：只要他能拯救一個死囚犯，就能在上帝面前洗刷掉他在普舍米斯爾的芬克將軍府上所留下的污跡。

他設想，他一開始時可以怎樣向那個犯人大聲叫道：「懺悔吧，孩子啊！我們一起跪下吧，你跟著我念，孩子啊！」

然後，在這個臭氣沖天、蝨子滿床的牢房裡就會響起念祈禱詞的聲音：「上帝啊！您一向大慈大悲，寬恕有罪的人。我現在替一個士兵的靈魂向您祈禱。根據普舍米斯爾地方突擊軍事審訊的判決，這位士兵將要離開這個世界了。他正悲傷地、真誠地懺悔著自己的罪過。請您饒恕他吧，別讓他受地獄之苦，而享受著人間的永久快樂吧！」

「請原諒，神父先生，您已在這裡默默地坐了五分鐘了，就好像我們沒有交談過似的。一看就知道您這人是第一次被關禁閉的。」

「我是為做刑前祈禱來的。」隨軍神父嚴肅地說。

「這就怪了，神父先生，您怎麼總說刑前祈禱呢？我是個粗人，怎能為您做刑前祈禱呢？您不是第一位，也不是最後一位被關進監獄的隨軍神父。神父先生，說實在的，我確實沒有本領給任何處境困難的人做刑前祈禱呀！有一次，我也試過，可我把事情弄得一團糟。您先請坐，聽我慢慢道來：想當年，我住在奧巴托維茲卡街的時候，有一位叫伏斯丁的朋友。他在一家旅館裡當看門人。他為人善良、又正派、又勤快。他認識街上的所有野雞。夜裡，您不管什麼時候要到旅館裡去找他，只要說一聲：『伏斯丁先生，我想要一位小姐！』他會馬上問您：『您想要金髮的還是褐黑髮的？小個兒的還是高個兒的？瘦的還是胖的？德國女人、捷克女人，還是猶太女人？沒嫁過人的還是離婚的？或者有老公的？有文化的還是沒文化的？』」

帥克親暱地靠著隨軍神父，摟著他的腰，接著說：「神父先生，我們來試試看，您就說：『我要一個金頭髮的、長腿、沒文化的寡婦。』十分鐘後，您的床上就會有這樣一個帶著洗禮證的酒家女。」

隨軍神父開始感到渾身發熱。帥克像母親般緊緊地摟著他，又說：「神父先生，伏斯丁先生的道德人品真是無可挑剔，由他牽線送到各個房間去的女人也不少，但他從來沒有拿過她們一分小費。有時候，這些女人中間偶然有人忘記了這一點，想給他塞點錢，您瞧吧，他就大發雷霆，對她嚷嚷說：『妳這頭母豬，妳出賣身體，已經犯下了深重的罪孽，妳就別想妳那六歲的孩子還能幫我什麼忙。我不是拉皮條的，妳這個不知廉恥的婊子！我之所以這樣做，只是同情妳。既然妳已經墮落到這種地步，就不要再去公共場合當眾丟人現眼了，挨眾人唾罵，然後再被夜間巡邏隊抓去，把妳帶到警察局關上三天牢房。像現在這樣，妳至少還會暖和些，誰也不會看見妳在什麼地方幹了什麼醜事。』他既然不想像狗那樣拿她們的錢，於是就在客人身上打起主意。他開了個價碼：藍眼睛的六個硬幣，黑眼睛的十五個硬幣。他把各種支出都詳細地寫在一張紙上交給客人。這是一般人都能接受的價格。此外，如果有人點沒有文化的女孩，還要另加六個硬幣，因為他認為，玩這樣的下賤貨比起玩有文化的女人會更開心。有一天傍晚，伏斯丁先生怒氣沖沖地來奧巴托維茲卡大街找我，他那樣子就好像有人偷了他的錶還把他從電車上推了下來似的。他開始時一言不發，只是從口袋裡掏出一瓶蘭姆酒，喝了一大口，然後遞給我說：『喝吧！』我們什麼都沒說，等把這瓶酒喝完以後，他突然對我說：『朋友，我求求你幫我個忙吧，你幫我把面對街道的窗戶打開，讓我坐到窗戶上去，然後你抓住我的腳，把我從四層樓上推下去。我已經活夠了，再也不需要什麼了。我只有最後一個願望，就是能找到一個好朋友，把我從這個世界上送走。我已經沒辦法再活下去了，像我這樣一個老實人，有人還告我是猶太區放野雞的人，說我是什麼皮條客。我們的旅館可是一級旅館呀！三個女招待和我老婆都有身分證，也不欠醫師的診療費。假如你還對我有一點點感情的話，就把我從四層樓上推下去，請給我做最後的祈禱吧！』於是我對他說：『你爬到窗戶上去吧！』然後我就把他推到街上去了。神父先生，您不用怕！」

帥克爬到床上，站起來，把神父也拉了上去，對他說：「您瞧，神父先生，我就是這樣抓著他，突然一下子把他推下去了！」

帥克把神父扶了起來，然後又把他放倒在地板上。當失魂落魄的神父正要爬起來時，帥克接著對他說：「您瞧，神父先生，您什麼事也沒有吧！伏斯丁先生也和您一樣，什麼事也沒有。只是那窗戶比這床要高三倍。因為那時伏斯丁先生已醉得不省人事，忘了我是住在奧巴托維茲卡街上大樓一樓，以為我還住在一年前的四樓上呢！一年前我住在克謝蒙佐瓦大街時，他常來我家聊天。」

隨軍神父在地上驚恐地望著帥克，帥克高高地站在床上，向兩邊伸開著雙手。

神父這時才想起該治治這個瘋子了，於是結結巴巴地說：「喂，親愛的孩子，還沒有這裡三倍高呢！」他一邊說，一邊慢慢地移動著身體，等到了門口，突然猛力地捶著門，大聲叫起來，隨後很快就有人把門打開了。

帥克從鐵柵欄的窗戶中看著神父在衛兵的帶領下迅速穿過庭院，他一邊走還一邊憤怒地打著手勢。

「這一下很可能會把他帶到神經病院去了！」帥克思考著。然後，他從床上跳了下來，用軍人的步伐在牢房裡走來去去，還唱著歌：

他送我的戒指我沒戴，
他媽的。為啥你不戴。
等我回到自己團裡時，
我要把它裝進槍膛裡……

幾分鐘以後，隨軍神父來到芬克將軍府。

將軍府高朋滿座，正在舉行宴會。兩位漂亮的小姐是這次宴會的主角。大家頻頻舉杯，喝著葡萄酒和甜酒。

參加早晨突擊審訊的軍官們，以及早晨給他們點菸的普通士兵也都參加了宴會。

神父像童話中的鬼怪一樣搖搖晃晃地走了進來。他臉色蒼白，渾身發抖，但他意識到，儘管剛才受到了莫名的委屈，這時他應該堅強起來，不能失去自己的尊嚴。

最近，芬克將軍對隨軍神父特別親密。他把神父拉到身旁的沙發上，醉醺醺地問他：「您怎麼樣

了，我的刑前祈禱？」

這時，一位快活的小姐扔給神父一根香菸。「喝吧！刑前祈禱！」芬克將軍又說，一邊往神父先生的綠色高腳杯中斟著酒。還沒等神父把酒喝光，將軍又親自給他灌酒，要不是神父勇敢地把酒快速吞了下去，他全身上下都會灑滿酒的。

這時將軍才開始問起犯人對刑前祈禱有沒有什麼反應。神父站了起來，十分沮喪地說：「他瘋了！」

「這絕對是一次絕妙的刑前祈禱！」將軍說完哈哈大笑起來。大家也都附和著笑了起來。兩位小姐活躍地向神父扔著香菸。

少校因為多喝了幾杯，坐在桌子另一頭的椅子裡正打瞌睡。這時少校從昏昏欲睡中清醒過來，馬上斟滿兩杯甜酒，跨過椅子匆忙走到神父面前，非要這位著名的上帝僕人跟他為友誼乾杯。然後他回到自己的座位上繼續打瞌睡去了。

正是這位「為友誼乾杯」把神父推到了魔鬼的深淵。魔鬼會從桌子上所有酒杯中、從快活小姐們的秋波和笑臉中，向神父張開雙臂去擁抱他。小姐們坐在神父的對面，把腿架在桌子上，這時地獄中的魔鬼統領巴力西卜便從小姐們的裙子裡窺視著神父。

直到最後時刻，神父仍堅信：在拯救靈魂的鬥爭中，他是一個殉道者。

當將軍的兩個勤務兵把他抬到隔壁房間的沙發上時，他把自己的想法告訴了他們：「只要你們不帶偏見，而是以純正的思想去回顧那些為了信念而犧牲的無數名人和殉道者時，你們就會看到一幕幕既悲慘又崇高的人物及其感天動地的故事。從我的身上，你們也可以看到，當一個人心中擁有了真理和尊嚴，他就會蔑視任何折磨和苦難，而勇敢地去奪取光輝的勝利。」

他說完話就翻過身去，面對著牆呼呼大睡。

他睡得並不安穩。

他作了一個夢，夢見他白天還在盡神父的職責，晚上卻變成了被帥克從四層樓上推下來的那個旅館看門人伏斯丁。

他夢見許多客人都來向將軍控告，說客人需要一個金髮女郎，他卻給他送去一個深褐色頭髮的女人；有客人需要一個離了婚、有文化的女人，他卻送去一個沒有文化的寡婦。

第二天早晨他醒來時，渾身是汗，像隻落水的老鼠。他的胃難受得像要爆炸似的。他總覺得那個在摩拉維亞傳教的正職神父與他相比就像一位純潔的天使，而他自己則感到無地自容了。

3 帥克重返先遣連

昨天上午審訊帥克時擔任軍事法官的那位少校，就是當天晚上在將軍府與隨軍神父為友誼乾杯、直打瞌睡的那個人。

可以確定的是，誰也不知道少校是什麼時候、怎麼樣離開將軍府的。當時大家都喝得迷迷糊糊，誰也沒有察覺到他已經走了。將軍甚至弄不清誰在說什麼。少校不辭而別已有兩個多鐘頭了，而將軍還在捻著鬍鬚傻笑說：「您說得對，少校先生。」

第二天早晨，大家到處找少校也沒有找到。他的軍大衣和馬刀還都掛在前廳的衣架上，只是他的軍帽不見了。大家猜想，也許他在廁所裡睡著了，於是又到公館的所有廁所裡去找，但還是沒有他的人影。雖然沒有找到少校，但在四層樓上倒發現了一位睡著了的上尉，他也是來參加宴會的客人。他跪在馬桶旁邊，嘴對著馬桶，像是在嘔吐到一半時了，就這樣睡著了。

少校就像掉在水裡那樣消失了。但如果有人朝關著帥克的牢房的鐵柵欄窗戶裡看一眼，就會看到在帥克的俄國軍大衣底下有兩個人睡在一張行軍床上，下面還露出兩雙皮鞋。

帶馬刺的那雙是少校的，沒有馬刺的那雙是帥克的。

兩人緊貼著，親密得像兩隻小貓。帥克的爪子就枕在少校的腦袋底下，少校摟著帥克的腰，活像小公狗挨著小母狗似的。

這並不神祕，而是少校先生意識到了自己的職責之後才出現的情況。

有時候你也許會遇到這種狀況，比如說，你跟某人一起喝了一整夜酒，到了第二天上午，突然你的酒伴摸著腦袋，跳起來叫道：「老天爺，八點鐘我該上班了！」這就是所謂的「職責突發感」，也就是一個做錯了事的人突然受到良心責備時的感覺。如果一個人突然產生了這種高尚感覺，那麼任何人企圖改變他的這種神聖的信念都是不可能的。他必須馬上回到辦公室去，對他們貽誤的事加以彌補。這些人就是那些不戴禮帽、被看門人在走廊裡看到後，而被安置在他們住所裡的沙發上好好睡上一大覺的怪物。

少校也產生了這種類似的「職責突發感」。

那天夜裡，少校坐在椅子上打瞌睡，醒來時他突然感到必須立刻提審帥克。這種對公事的突發職責感來得十分猛烈，使得他的行為也不由自主地變得迅速而果斷，以至於誰也沒注意他是怎樣突然離去的。

然而，在軍人監獄的守衛室裡，那裡的衛兵卻明顯地感到了他的光臨。他像一枚炸彈掉到了那裡。值班的上士正趴在桌子上睡覺。其他的看守兵在他周圍東倒西歪地打盹。歪戴著軍帽的少校正破口大罵，所有人都被嚇得張大著嘴，不知所措。他們的臉變得十分難看，絕望地望著少校，古怪得不像是一隊士兵，倒像一群齜牙咧嘴的猴子。

少校用拳頭捶著桌子，斥喝那位上士說：「你們這些不負責任的傢伙，我已跟你們說了一千次，你們這幫人都是臭豬土匪！」他轉過身又向著那些目瞪口呆的士兵嚷道：「士兵們，瞧你們這副傻相，不管你們是睡著了，還是醒著的，你們的那副尊容都像是吞了一車廂火藥似的。」

後來，他又向大家作了有關看守兵職責問題的訓話，內容又臭又長。最後他要求馬上打開帥克住的那間牢房，說他要對犯人進行一次詳細的審訊。

就這樣，少校在深夜裡來到了帥克那裡。

當他跨進牢門時，他在宴會上喝的全部甜酒、烈酒也跟著在肚子裡發作起來，最後爆發為一陣巨吼，命令看守兵交出牢房的鑰匙。

值班上士在這關鍵時刻仍牢記著自己的職責，拒不交出鑰匙。沒想到這倒給少校留下了極好的印象。

「你們這幫臭豬土匪！」少校對著院子吼道：「你們如果不交出鑰匙，我就要你們好看！」

「報告，」上士回答：「您這樣逼我，我只好也把您關起來了。不過為了您的安全，我們會在這裡設崗的，好防止犯人傷了您。如果您想出來，您就敲敲門好了！」

「你這個傻瓜，」少校罵道，「你是個狒狒、駱駝！你以為我會害怕犯人嗎？我提審他的時候，還要你設什麼崗嗎？見鬼了，快把我關起來！你就在外面待著吧！」

在牢房上方窺視洞裡的提燈架上有一盞點著燈芯草的煤油燈，燈光微弱得正好夠少校看見被吵醒的帥克。帥克用立正的姿勢站在自己行軍床的旁邊，耐心等待著少校這次的來訪，看他又會鬧出什麼新花樣。

帥克想，最好先向少校先生報告一下，於是他便精神抖擻地喊道：「報告，少校先生，這裡有一名被關的士兵，其他一切平安。」

少校突然忘了他究竟來這裡是幹什麼的，便回答：「稍息，那犯人在那裡？」

「報告，少校先生，那士兵就是我。」帥克驕傲地說。

但少校並沒有在意帥克的回答，因為將軍的葡萄酒、列性酒正在他腦子裡產生著最後的酒精反應。他一個接著一個地打哈欠，任何文官要是像他那樣個打法，都會把下巴骨打脫臼的。可是少校這種打法卻使他的思想轉移到掌管唱歌的神經上，他便很自覺地倒在帥克的行軍床上，用小豬被宰前發出的那種刺耳聲音唱起歌來：

啊，聖誕樹！啊，聖誕樹！

你的綠色樹葉是多麼美麗！

他一遍又一遍地反覆唱著，有時候還冒出幾句誰也聽不懂的歌詞。

然後，他像小狗熊似的躺在床上翻來覆去地轉動著，最後把身子縮成一團，便打起呼來。

「少校先生，」帥克想叫醒他：「報告，蝨子會咬您的！」

帥克沒能叫醒他，因為少校睡得很死，這時就算有人把他扔到水裡，他也不會醒。

帥克望著他，溫和地說：「你就睡吧，酒鬼！」說完，把軍大衣蓋在他的身上。然後他自己也鑽到大衣下面，跟他一塊兒睡了。於是，第二天上午人們便發現他們倆緊緊依偎在一起。

第二天上午九點，尋找少校的事達到了高潮。這時帥克從行軍床上爬起來，感到該叫醒少校先生了。他使勁地搖晃著他，還掀開他身上的俄國軍大衣，把他抱起來坐在行軍床上。這才使少校慢慢地甦醒過來。醒來時，他呆呆地望著帥克，想弄清楚究竟發生了什麼事。

「報告，少校先生！」帥克說：「守衛室的人已

經來過這裡好幾趟了，打聽您是不是還活著，所以我就冒昧地叫醒您。我也不知道您平時睡覺究竟睡多久，也許您就不要再睡了吧！烏赫希涅夫采的啤酒廠有個箍桶匠，他通常睡到早晨六點，假如睡過了頭，比如說多睡了十分鐘，那他就會乾脆睡到中午才醒。他一直就是這麼個毛病。後來工廠把他辭退了，他一氣之下就大罵教會和我們君王家族中的一位成員。」

「你是個白痴，是嗎？」少校有些沮喪地說，因為他從昨天起腦袋就暈得厲害，弄不清自己為什麼會在這裡，為什麼守衛室的人總往這裡來，為什麼站在自己面前的這位漢子總是沒頭沒腦地嘮叨些蠢話。他覺得一切都非常奇怪。他矇矇矓矓地記得前天夜裡他來過這裡，但為什麼來這裡呢？

「我夜裡來過這裡嗎？」他半信半疑地問道。

「報告，少校先生，」帥克回答：「從您當時所說的話看，我覺得您是來審問我。」

少校突然清醒過來。他打量著自己，又看看身後，好像在尋找什麼似的。

「您不必擔心，少校先生，」帥克說：「您醒來時跟進來時的樣子一模一樣。您來的時候沒有穿軍大衣，沒帶軍刀，只戴了一頂帽子。帽子在那裡，因為您要把它枕在頭底下，我就把它從您的手裡拿了過來。這樣講究的軍官帽就像高筒大禮帽似的，拿它做枕頭，只有羅捷尼采的卡爾佳拉斯先生才會這樣做呢！他常常躺在酒館裡的長板凳上，總把那頂高筒大禮帽枕在頭底下。他是個唱喪歌的，每次送葬，他都戴著那頂高筒帽。回來後，他就把高筒帽小心地放在腦袋底下，還提醒自己不要把它壓皺了。他整夜壓著帽子，因為他體重輕，不但沒有壓壞帽子，而且帽子變得更乾淨、更漂亮了，因為他翻身時，頭髮總是慢慢地刷著、熨著那帽子。」

這時，少校終於明白了怎麼一回事。可他仍然呆呆地望著帥克，只是重複說著：「你這個傻子，你知道嗎？我如今在這裡，可我要離開……」他站了起來，走到門口，咚咚地敲門。

門沒開之前，他又回來對帥克說：「如果不來電報，你，你，就得被絞死！」

「衷心地感謝您，」帥克說：「我知道，少校先生，您非常關心我，可是也許，少校先生，您在這裡的行軍床上抓到什麼東西，如果是隻小小的，背脊紅紅的，那就是公的；假如只有一隻，沒有找到那隻肚皮長長的，有著灰紅色條紋的小東西，那就好，否則，牠們是一對。這些小東西繁殖力極強，比家兔還快呢！」

「別瞎扯淡了！」看守兵來開門時，少校有氣無力地說了一聲。

少校在守衛室裡沒有什麼粗暴的舉止，而是十分溫和地吩咐他們叫來一輛四輪馬車。馬車沿著通向普舍米斯爾破舊的石子路咯吱咯吱地走著。此時少校腦海裡又有一個想法：犯人是個十足的白痴，顯然是個被冤枉了的畜生。至於他少校自己，如今只能是：要不一回到家馬上自殺，要不派人到將軍府把大衣和軍刀取回來，去城裡澡堂洗個澡，然後去「沃爾格魯貝爾」酒館坐坐，喝點甜美的葡萄酒，吃點可口的菜餚，同時給市劇院打個電話，訂張當晚的戲票去看看戲。

他在回到家以前，選擇了第二個方案。

可是這時，在他的家裡正有著一件令他意想不到的事情在等待著他。他回來得正是時候。

芬克將軍站在走廊上，一隻手抓著少校勤務兵的衣領子，憤怒地衝著他喊道：「你把少校弄到哪裡去了？畜生！快說，你這個畜生！」

畜生沒有回答，因為將軍正掐著他的脖子，他的臉也變青了。

少校進門時看到這樣的情景，可憐的勤務兵腋下緊緊夾著他的軍大衣和軍刀，這顯然是他從將軍府前廳取回來的。

少校看到這一場景，感到十分開心，便站在半掩的門後繼續看他忠實的奴僕是如何受懲罰的。他一直認為他的勤務兵有種種偷竊行為，可沒有想到他還具有這樣可貴的品德。

將軍為了要從他的口袋裡取出電報，才把這個臉色青紫的勤務兵放開了。然後又打了他幾下嘴巴，邊打邊嚷道：「你把自己的少校弄到哪裡去了？畜生，你把自己的少校、軍事法官弄到哪裡去了？畜生，你得把這份公務電報交給他！」

「我在這裡。」德沃爾夫少校在門口喊道。當他聽到「少校軍事法官」和「電報」等複合詞組時，馬上又聯想起自己的職責所在。

「啊！」芬克將軍喊道：「你回來了！」他的口氣帶有挖苦的意思，弄得少校不敢回答，只是猶豫地站在那裡。

將軍要他跟自己到房間裡去。當他們坐下來以後，將軍把那封勤務兵為之挨打的電報扔在桌上，沮喪地對他說：「看吧，這就是你的功勞！」

少校看電報時，將軍從椅子上站起來，氣憤地在房間裡走來走去，把椅子和凳子都碰倒了。他大聲叫著：「我非把他絞死不可！」

電報上寫著：

步兵約瑟夫‧帥克，十一先遣連傳令兵，於本月十六日奉命尋找宿營地，在前往希羅夫—費爾施泰因的途中失蹤。請速將步兵帥克送至沃耶利奇旅部。

少校拉開抽屜，拿出一張地圖仔細看了看，然後尋思著：費爾施泰因在普舍米斯爾東南，兩者相距四十公里，而整個防禦陣地是布置在從索卡爾—吐爾澤—科茲羅沿線，那麼為什麼帥克會在離前線一百五十公里的地方穿上俄國軍裝呢？這裡存在著一個極大的謎。

少校把自己的想法報告了將軍，並把電報中提到的幾天前帥克失蹤的地方指給他看。將軍像公牛一樣叫了起來，因為他感到自己以前組織的突擊審訊等一切希望都要破滅了。他走到電話機旁，接通了守衛室的電話。命令他們立刻把犯人帥克帶到少校住處。

在他們奉命帶犯人時，將軍又無數次破口大罵，說他本該自擔風險，根本不必審問就應該立即將犯人處以死刑的。

少校則持反對意見，認為權力和正義是相輔相成的。他講了歷史上太平盛世時期法庭審判的公正性、法庭審訊上的謀殺行為，以及其他許許多多的問題。總之，他要竭盡全力為他昨天的拙劣行為進行辯護。

他們終於把帥克帶來了。少校要帥克解釋一下他在費爾施泰因究竟是怎麼一回事，又是怎麼會穿上俄國軍裝的。

帥克作了適當的解釋，並舉了幾件他遇到的麻煩事。少校又問他為什麼法庭審訊時沒有說明這些情況呢？帥克回答說，當時誰也沒有問過他怎麼會穿上俄國軍大衣的，只是提問說：「你承認你是自願的，而不是被強迫穿上敵人軍大衣的？」因為這是事實，我只能說：「當然——是——絕對是這樣——無可爭辯。」但他憤怒地否決了審訊時說他背叛皇帝的誣諂。

「這個人真是個白痴，」將軍對少校說：「在池塘邊隨便換上天曉得什麼人丟下的俄國軍裝，然後又隨隨便便地讓人家把他抓到俄國俘虜隊裡去，這種事只有白痴才會做得出來！」

「報告，」帥克回答：「說真的，有時我也在

思考自己，我確實是個弱智的人，特別是在晚上……」

「閉起你的臭嘴，你這閹牛！」少校罵他說，然後轉身問將軍如何處置帥克。

「就由他們旅部去絞死他吧！」將軍最後決定說。

一小時後，押送隊把帥克帶到火車站，準備送他到駐紮在沃耶利奇的旅部。

在監獄裡，帥克給自己留下了一個小小的紀念品：他從三根柱子上撕下一些小木塊，在牆壁上刻出他在服兵役以前吃過的全部菜湯、肉汁和配菜清單，以表示他對二十四小時內沒有獲得任何食物的一種抗議。

連同帥克一起送去的還有一張便條：

根據四六九號電報的意見，送上十一先遣連的逃兵約瑟夫・帥克，請旅部進一步處理。

由四個士兵組成的押送隊是一個多民族的混合體，其中有波蘭人、匈牙利人、德國人和捷克人。

捷克人是押送隊的頭頭，上士軍銜。他對自己同胞犯人總擺出一副十分傲慢的架勢，處理事情也非常霸道。帥克到火車站時要求去廁所小便，上士就粗暴地說：「等到旅部再說！」

「那好，」帥克說：「不過您得給我寫個字據。假如我的膀胱漲破了，就可以知道是誰的責任。這裡有法律管著的，上士先生。」

這個鬮牛漢子上士一聽會漲破膀胱，十分吃驚，便讓整個押送隊的人在火車站上小心翼翼地帶著帥克去上廁所。上士一路上像野蠻人一樣凶狠，傲慢得彷彿明天就會登上軍區司令寶座似的。

他們坐火車從普舍米斯爾往希羅夫去的時候，帥克對上士說：

「上士先生，我一見到您就想起一個叫博茲巴的上士。那時他在特里頓服役。在他升為上士的那一天，不知道為什麼他就胖了起來，臉也鼓了，肚子鼓得第二天沒辦法穿上褲子。更糟糕的是他的耳朵開始長長，於是他們只好把他送到醫務室治療。團裡的醫師說，所有上士都曾有過這種情況，開始時是發胖，有的過了一陣子也就好了。可是他的病情卻愈來愈嚴重，他的肚子胖得要爆炸。要想救他，只有把他的那顆星星摘下來，他的肥腫病才會消退下去。」

從此，帥克再想跟上士搭話，或者想友好地向他說明，為什麼大家總說他是連裡的災禍，但結果都是白費力。

上士不回答帥克的話，總是陰沉著臉，還威脅他說，等到了旅部以後，看他們兩個誰能笑到最後。總之，他不願理睬他的同胞。帥克問他是哪裡人，他回答：「這不關你的事！」

帥克想方設法跟他交談，說他已不是第一次被押送了，每一次押送時，他同押送的人都聊得很開心。

上士仍然保持沉默。帥克接著又說：「這樣下去，上士先生，您如果變成啞巴，活在世上會很不幸的。我見過許多可憐的上士，但是像您這樣不幸的人，上士先生，恕我直言，我還沒有見過呢！請告訴我，您有什麼傷心的事，也許我能幫上您的忙，因為一個被押送的士兵往往比看守他的人會有更多的閱歷和經驗的。要不，上士先生，您給我們講些好玩的事，好讓我們解解悶，可以感到路途短一點。比方談談你們家鄉的環境怎麼樣啦，那裡有沒有池塘，或者破舊的古堡啦，以及相關傳說故事啦！」

「夠了，別煩我了！」上士嚷嚷道。

「您是個幸運的人，」帥克說：「有些人想被煩還沒這運氣呢！」

「到了旅部以後會有人教訓你的，我現在犯不著跟你多費口舌。」上士說完這句話以後就一直保持沉默，再也沒說什麼了。

押送隊的人一路上都感到很沉悶。匈牙利人跟德國人用一種特殊的方法聊著天。匈牙利人只會兩個德文詞，一個是「是」，另一個「什麼」。當德國人敘述一件事情時，匈牙利人就點點頭，說「是」；當德國人不說話時，匈牙利人就問「什麼？」德國人便重說一遍。押送隊的波蘭人保持著高貴的風度，對誰都不大理睬，而是獨自玩擤鼻涕的遊戲：他用右手大拇指把鼻涕擤到地上，然後若有所思地用槍托在地上蹭那鼻涕，又文雅地把槍托上的鼻涕蹭在自己的褲子上，一邊蹭還一邊念念有詞地說：「聖母瑪利亞！」

「你玩鼻涕的本領還不夠高明，」帥克對波蘭人說：「在博伊斯基街的一間地下室裡住著一位叫麥哈切克的清道夫，他往窗戶上擤一把鼻涕，能巧妙地用手抹出一幅圖畫來，那畫就好像傳說中莉布謝女大公在預言布拉格的光輝前景那樣。他每畫出這樣一幅畫，他老婆就給他發一次所謂的『國家獎金』，他高興得嘴巴張得像布袋那樣大。可他並不滿足，仍然精益求精地用鼻涕畫畫。這也許是他唯一的樂趣吧！」

波蘭人沒有回答他的話。後來整個押送隊都很肅靜，就像一群送葬的人默默地走向墓地在虔誠地想念著已故的人那樣。

就這樣，他們離駐紮在沃耶利奇的旅部愈來愈近了。

這期間，旅部發生了很大變化。

上校赫爾比希當了旅長。他是一位很有軍事才能的人，這表現在他那雙患有風溼病的腿上。他在國防部裡認識許多顯赫人物，由於他們的撐腰他才沒有退休，而且通過他在各大軍事機構的奔走，還取得了豐厚的薪俸和各種戰時津貼。要不是他的風溼病突然發作而鬧出了一些蠢事，他還會穩穩地坐在自己寶座上的。後來他被調到其他地方工作，但他的薪俸也有增加。他跟軍官們一道吃飯時，一般不談別的事，而總喜歡談他那腫脹的腳趾，說有時候腳趾腫又發作了，還得請人為他專門做一雙特大號的鞋才行。

每逢吃飯時，他最大的樂趣就是跟大家談他的腳趾是怎麼流膿和出汗的，所以不得不用棉花去包紮它，還說他感到流出的膿就像發酸的牛肉湯那樣難聞。

因此，當他調到別處時，所有軍官都懷著最真摯的感情來與他話別。他是個和藹的人，對待下級軍官十分友善。他常對下面的人講，他沒有得這個病以前，還是能吃能喝的。

當帥克被帶到旅部時，押送隊依照值日官的命令將帥克和相關文件一併交給了赫爾比希上校。這時杜布中尉正坐在上校辦公室裡。

在部隊從薩諾克開往桑博爾這幾天中，杜布中尉又經歷了一場驚險的事情。十一先遣連在費爾施泰因遇到了去薩多瓦・維什尼亞的龍騎兵團的馬隊。

這時，杜布中尉不知道為什麼突然想在盧卡斯上尉面前露一手他的騎馬技術。他一躍跳到一匹馬的背上，那馬馱著他迅速地向那山谷的小溪深處奔去，走得無影無蹤了。後來才發現他被牢牢地卡在一個小沼澤地裡。據說他當時栽在那裡的樣子，就連最能幹的園丁恐怕也會自愧不如。當人們用繩索把他拉上來時，杜布中尉沒有絲毫怨言，只是像幹完了什麼粗重活一般在那裡輕聲地呻吟著。後來人們把他抬到旅部，安置在一處小型戰地醫務室裡。

幾天以後他才清醒過來，醫師說再給他的背和肚子抹上兩、三次碘酒，然後他就可以放心地去追趕自己的隊伍了。

現在，他正坐在赫爾比希上校的旁邊，聊著各式各樣的疾病問題。

因為他知道帥克在費爾施泰因附近神祕失蹤的事，所以他一看到帥克就大聲叫了起來：「我們終於找到你了！許多人都像幽靈一樣在外面遊蕩，然後又變成了更凶猛的野獸回來。你就是其中的一個。」

這裡還應當補充幾句：杜布中尉在騎馬遇險時得了輕微腦震盪，因此我們不必奇怪，當他走近帥克時，還大聲地朗誦詩文，呼喚上帝來幫著懲罰帥克。他嚷道：

「天父啊，我呼喚祢！讓轟鳴的大砲煙霧遮住我，讓颼颼的子彈可怕地閃爍而過。主管戰爭的天父啊，我呼喚祢！請祢伴送我到那流氓的身邊……這麼久以來祢到哪裡去了，王八蛋？祢穿的是誰的軍裝？」

再補充幾句：上校在風溼病不發作時，他在辦公室裡處理事情是很民主的。許多軍官都輪流到他那裡去聽他講有關流膿的腳趾頭是怎樣發出牛肉湯酸味的道理。

在赫爾比希上校沒有發病的時期，他的辦公室裡總是擠滿各式各樣的軍官，因為在這種特殊情況下，他非常快活，十分健談，喜歡人們圍在他的周圍，聽他講些不三不四的笑話，並誇他講得好，給別人帶來了快樂，說他們聽了這些老掉牙的，也許在十八世紀勞登將軍時期就有的笑話，也不得不捧腹大笑。

在這樣的時候，為赫爾比希上校服務是非常輕鬆的。誰想做什麼就做什麼。赫爾比希上校出現在哪個部隊，哪個地方絕對就會出現偷竊和各種胡鬧的事情。

今天，各級軍官都隨著帥克走進上校的辦公室，看他怎麼處置帥克。這時上校正看著少校從普舍米斯爾寫給旅部的呈文。

這時，杜布中尉繼續以他慣有的巧妙方式跟帥克談話：「你還不認識我，但等你認識了我以後，你會嚇死的！」

上校沒有看懂少校寫來的呈文，因為那位普舍米斯爾的少校在寫這份呈文時，體內酒精的餘毒正在起作用。

此時赫爾比希上校的心情正好比較舒坦，因為昨天和今天他的腳都沒有痛，他的腳趾安靜得像溫馴的小羔羊一樣。

「那麼你究竟幹了些什麼？」上校用溫和的口氣問帥克。杜布中尉見上校如此溫和地對待帥克，彷彿有人在他心上刺了一刀，馬上代帥克回答：

「上校先生，這個兵，」他向上校介紹帥克說：「他總愛裝傻，想用裝傻來掩蓋自己的卑劣行為。雖然我不知道公文上寫了什麼，但我可以想像得到，這個傢伙一定又幹了什麼壞事，而且問題很嚴重。上校先生，如果您同意的話，讓我看一下公文，我保證會給您提供一個處置他的可行辦法。」

中尉轉過身用捷語對帥克說：「你在喝我的血，知道嗎？」

「在喝！」帥克一本正經地回答說。

「您瞧，上校先生！」杜布中尉接著又用德語說：「您不必問他什麼，他是什麼也不會說的。總有一天他會遇到能治他的人，會有人來狠狠地收拾他的！請允許我，上校先生……」

杜布中尉仔細地讀著少校從普舍米斯爾寫來的公文。讀完後，他高興地叫了起來：「這下子你可完了！你的軍裝到哪裡去了？」

「我把它放在池塘邊了，因為當時我想試試穿上這套俄國軍裝是不是合身。」帥克回答：「這只不過是一場誤會罷了！」

帥克開始向杜布中尉敘述他由於這場誤會所遭遇到的一切苦難。等他說完以後，杜布中尉衝著他大聲嚷起來：

「你現在認識我了吧！你知道嗎？什麼叫做丟失國家財產？你知道嗎？你這混蛋！戰爭時期丟失了軍裝意味著什麼，你知道嗎？」

「報告，中尉先生！」帥克回答：「士兵丟失了軍裝，應該再去領一套新的軍裝。」

「我的天！」杜布中尉大叫一聲，「你這頭笨牛，你這個畜生，如果你敢再這樣耍我，我一定讓在戰後繼續服一百年的軍役！」

一直安靜地坐在桌旁的赫爾比希上校的臉突然皺成一團，口眼歪斜得十分可怕，因為他那一直安靜的腳趾頭由於風溼病發作使其從一隻溫馴的羔羊變成了咆哮的老虎，他痛苦得就像有六百伏特的電流通過他的身體，他的四肢在被大鐵錘慢慢敲碎似的。赫爾比希上校只是揮了揮手，用一種受到鐵板煎烤時所發出的那種可怕聲音喊道：「你們都出去，給我左輪手槍！」

大家見到這種狀況都溜了出去，看守的衛兵也跟著把帥克帶到走廊上。只有杜布中尉還留在那裡，他想藉此機會再加油添醋地告帥克一狀，於是他便向臉眼歪斜的上校說：「請允許我提醒您，上校先生，這個兵……」

此時，上校正痛苦得不知所措，順手拿起墨水瓶就向中尉扔去。驚恐萬狀的杜布中尉連忙向上校行了一個軍禮說：「當然嘍！上校先生！」便溜之大吉騰。

後來有很長一段時間，還能聽到上校辦公室裡傳出來的怒吼聲和哀叫聲，直到最後，疼痛的呻吟才終於停止了，上校的腳趾頭又突然變成了溫馴的羔羊，風溼病的猝發症又過去了。上校按了一下電鈴，吩咐把帥克帶進來。

「你究竟發生了什麼事？」上校問帥克。好像什麼不愉快的事都沒有發生過似的，他感到那樣地輕鬆自在和說不出的舒服，就好像瀟灑地漫步在海邊沙灘上一樣。

帥克友好地對上校笑笑，向他敘述了自己的全部歷險遭遇，還說他是九十一團十一先遣連的傳令兵，假如連裡沒有了他，不知道他們會多麼不便呢！

上校也笑了，然後做了如下指示：給帥克辦一個通過利沃夫到佐爾坦采車站的軍事通行證，他們連隊明天將抵達那裡；再給他從倉庫裡領一套新軍裝，並發給他六克朗八十二個哈萊什作為路上的伙食費。

後來，當帥克穿著奧地利新軍裝離開旅部打算去火車站時，杜布中尉發呆了。帥克嚴格地按軍紀向他報告，給他看文件，關心地問他，有沒有什麼話要捎給上尉盧卡斯先生的。

杜布中尉別無表示，只是說了一句「你滾吧」。他望著遠去的帥克自言自語地說：「你還不認識我，耶穌瑪利亞！你會認識我的……」

在佐爾坦采火車站上，札格納大尉把全營的士兵召集在一起，只缺十四連的一位「後衛」，他是在部隊撤出利沃夫時失蹤的。

帥克來到這座小城之後，頓時感到這裡的情況與其他地方完全不同。從一切繁忙的景象中可以看出，這裡離前線已近在咫尺了。到處都是砲兵隊和運輸隊，每一所房子裡都有各種部隊的士兵進進出出。其中，數帝國的日耳曼人最為高貴，他們像紳士一樣派頭十足，不時地從口袋裡拿香菸賞給奧地利人抽。在廣場上，帝國日耳曼人的伙房裡甚至還有大桶的啤酒，在吃午飯和晚飯時，德國士兵拿著杯子去那裡取啤酒喝。毫不理睬肚子裡只裝著骯髒甜菊米茶的奧地利人，像饞貓一樣圍著啤酒桶。

有一些穿著土耳其大袍子的猶太人正指點著西方天空中的煙雲，揮著手，高喊著：「沿布格河的烏吉什吉夫、布斯克和德雷維尼亞等地方都燃起大火了！」

這裡已能清楚地聽到大砲的轟隆聲，也有人在高喊：「俄國人正在砲轟格拉波維、卡明克、斯特魯米洛，整個布格河沿岸都打起來了，士兵們正在堵擊從布格河敗退後企圖回家的逃兵呢！」

到處是一片混亂。誰也不知道，俄國人是要再度進攻？還是要繼續全線撤退呢？戰地憲兵隊不時地把那些被指責為散布不準確和騙人消息的猶太人押送到城防司令部來。這些可憐的猶太人驚恐萬分，在那裡被打得皮開肉綻，遍體鱗傷，才被放回家。

就在這一片混亂的時刻，帥克來到了這座小城，尋找自己的連隊。在火車站上，他差一點跟兵站指揮部的人打了起來。當他走到一個專門為尋找自己部隊士兵服務的訊問處時，在桌子旁邊坐著的一位班長衝著他嚷了起來，說什麼要不要他親自幫他找他的部隊去。帥克說沒有這個意思，只是想打聽一下九十一團十一先遣連駐紮在城裡什麼地方。帥克強調說：「這對我來說非常重要。我想知道十一先遣連的地址，因為我是這個連的傳令兵。」

糟糕的是，坐在另一張桌子旁的一位指揮部上士卻像老虎般跳了出來，衝著帥克嚷道：「該死的笨豬，既然你是個傳令兵，你就應該知道自己的先遣連在什麼地方！」

還沒有等到帥克回話，指揮部的那位上士就進了辦公室。過了一會兒，他從裡面帶出來一位胖上尉，那人大腹便便，就像某個屠宰公司的大老闆。

兵部指揮部一直在蒐羅那些脫隊在社會上遊蕩變野了的士兵，怕他們在整個戰爭時期藉口找自己的部隊而到處亂竄。這些人總喜歡在兵部附近走動，等到吃飯時就在掛著指揮部「提供免費伙食」牌子的桌子旁排隊等著發吃的食品。

那位胖上尉一進來，上士馬上用德語喊道：「立正！」上尉問帥克：「你有證件嗎？」

帥克遞上自己的證件。上尉看了看，確信他是從旅部到佐爾坦采找自己先遣連的，便把證件還給了他。他對坐在桌旁的那位班長說：「回答他的詢問吧！」說完又回到隔壁的辦公室，順手關上了門。

等上尉關上身後的門以後，那位指揮部上士就抓住帥克的肩膀，拉著他到門口，給了他這樣的諮詢：「去你的吧，你這臭蛋，快給我滾出去！」

這樣，帥克又開始在人海茫茫的混亂中繼續尋找自己的連隊了。他現在十分希望能找到營裡的某個熟人，但在街上走了好久好久，也沒有碰上什麼熟人，最後他決定孤注一擲。

帥克在路上攔住了一位上校，用蹩腳的德語懇求他幫忙，問他是不是知道他的先遣營和先遣連駐紮在哪裡。

「你可以用捷克語跟我說話。」上校說：「我也是捷克人。你們營就駐紮在鐵路那邊的克里姆托瓦村裡。他們不能住在城裡，因為你們營某個連的人剛進城就在巴沃拉基廣場跟人打起架來。」

於是帥克就向克里姆托瓦村走去。

上校叫住帥克，從口袋裡掏出五個克朗給他買菸抽。又一次與他友好地道別。他望著帥克遠去的身影，暗自嘆息說：「多麼可憐的一位士兵呀！」

帥克在通向村子的路上繼續走著，心裡還在想著那位上校，不禁想起十二年前在特蘭托也曾有位上校，名叫黑貝邁爾，對待士兵也十分友好，後來才發現他是個同性戀者。當他在阿迪傑河療養院療養時，曾企圖雞姦一名士官生，還用「軍事紀律」來威脅他。

帥克帶著這種陰暗的思想來到離他不遠的村子裡，然後沒費多大工夫就找到了營部。因為儘管村子很分散，但只有一所像樣的房子，那就是當地的一所小學，是當年加里西亞地方政府為推行「村子波蘭化」在這個純烏克蘭人地區建造的。

在大戰期間，這所學校曾經歷了幾個階段。這裡多次駐紮過俄國參謀部和奧地利參謀部。有一段時期，學校的體育館還成了決定利沃夫命運大決戰的手術室，在這裡鋸過腿，截過肢，做過頭骨環鑽手術。

在學校後面的花園裡，有一個漏斗形的大坑，那是大口徑砲彈打中爆炸後留下的。花園的角落裡有一棵粗壯的大梨樹，它的一根枝椏上還掛著一節斷繩，不久前當地一位希臘天主教神父就吊死在那裡。他被當地的一個波蘭主任教師告狀，說他是老俄國人社團的成員，在俄國人占領時期曾在教堂裡為俄國沙皇正教派的勝利做過彌撒。但事實並非如此，因為當時這位神父根本就不在那裡，他正在遠離戰爭的博赫尼亞．扎莫沙瓦一所小療養院裡做膽結石手術。

在絞死希臘天主教神父這件案子中還另有一些隱情：這裡有民族的、宗教的矛盾，甚至還有為了一隻老母雞爭吵的糾紛。在戰爭開始前不久，倒楣的神父在自己院子裡打死了那位主任教師家一隻老母雞，因為那雞扒開了神父種在地裡的西瓜籽。

希臘天主教神父死後只留下一所空蕩蕩的住宅，可以說每個人都曾趁機拿過他家的東西留作紀念。有一個波蘭老鄉甚至從他家搬回去一架舊鋼琴，用鋼琴的蓋子來修補豬圈門。還有些當兵的把他家一些家具拿去劈掉當柴燒了。不過有幸的是他家廚房裡精美的炊爐和大烤爐倒還沒有被毀掉，因為希臘天主教神父在世時，跟他的上級同事們一樣總愛吃些精緻美食，還喜歡在炊爐上和烤爐裡放著罐子和鐵盤等東西。

所有路過這裡的部隊都在這個廚房裡給軍官們做過飯，這已成為一種傳統了。樓上的一間大房間通常用來做軍官餐廳，桌子和椅子都是從村子裡居民家中弄來的。

今天營部軍官們正在這裡舉行盛大宴會。他們湊錢買了頭豬，炊事兵約賴達正給軍官們置辦著豬肉筵席。許多軍官的勤務兵都圍著約賴達看他做菜，特別是軍需上士萬尼克更加起勁，他還給約賴達出主意，建議怎麼切豬頭，以便給他萬尼克也留出一塊豬頭肉。

在所有人中，眼睛瞪得最大的是永遠吃不飽的巴倫。

也許吃人的生番野人也就是這樣貪婪地望著鐵叉上串烤著的傳教士是怎樣流油，以及在煎炸時散發出誘人香味的吧！巴倫就像牛奶加工房的一條拉車狗，車子旁邊是臘腸店的小伙計，他頭上頂著一只籃子，裡面裝著剛從燻肉房出鍋的新鮮小臘腸，那臘腸串從籃子裡垂掛到他的背上，那狗只要一跳就能吃到它，可是狗被可惡的鐵鏈子拴著，牠的嘴也還套著該死的嘴套，牠欲吃不能，十分難受。

第一批製成的肝泥餡香腸和肝泥堆在一起，散發出胡椒、油脂和肝的香味。

約賴達正挽著袖子起勁地幹著，像畫家在專心畫模特兒時那樣嚴肅，又像上帝在混沌中創造世界時那樣專心。

巴倫饞得口水直流，甚至忍不住大聲哭了起來。

「你為什麼像頭公牛般號叫呀？」約賴達問道。

「我想家了！」巴倫抽泣著回答：「我想起這時候我在家裡的情景。那時我連一小塊肝也捨不得送給我最好的鄰居，我總是自己一個人獨自享受，而且總能把所有肝啊、腸啊吃個精光。有一次我吃了許多豬肝、血腸子和燉豬頭肉，大家以為我吃撐了，就用鞭子趕著我圍著院子轉，就像趕著一頭吃飽三葉

草的母牛一樣。」

「約賴達先生，就讓我摸一下小香腸吧！然後您再把我捆起來也行呀！我實在忍受不了啦！」

巴倫從凳子上站了起來，像個喝醉了酒的人踉踉蹌蹌地向桌子邊走去，把爪子伸向那堆小香腸。於是引起一場激烈的鬥爭。所有在場的人都去阻止巴倫去摸小香腸，但又沒辦法制止他，只得把他從廚房裡攆了出去，免得他因為吃不到香腸而把手伸到裝有做肝腸用的湯汁罐子裡去。

約賴達十分氣憤，把一整捆柴朝著逃跑的巴倫扔去，還衝他喊道：「啃你的木頭棍去吧！你這貪吃的壞蛋！」

這時營裡的軍官們已經聚集在樓上，正隆重地等待著下面廚師給他們準備的美酒佳餚。由於沒有好的烈酒，他們只能喝黑麥釀的酒，這種酒是由蔥汁染成黃色的，猶太人還硬說是他們家祖傳的上等法國烈酒。

「你這小子，」札格納大尉對那位猶太商人說：「如果你再說這是你曾祖父逃到莫斯科時從法國人那裡買來的，我就得把你關起來，把你們家裡你這個最年輕的人一直關到變成你們家最老的人為止。」

正當他們邊飲酒邊罵那猶太人時，帥克已經坐在營部辦公室裡了。那裡除志願兵馬列克外沒有其他人。作為營史編寫員，他正利用全營在佐爾坦采停留的機會，抓緊編寫他們營未來要進行的幾次戰鬥勝利的情景，以留作他寫營史的資料。

帥克進來時，馬列克正在打草稿，並已寫了這樣一段文字：

在我們的前方，出現了參加N村戰鬥的所有英雄。在那裡，N團的一營、二營與我營並肩作戰。我們看到，我營在那裡表現出最為傑出的戰略才能，無可置疑地為N師的勝利作出了重要貢獻，從而最終鞏固了我們在N村的重要地位。

「瞧！」帥克對志願兵說：「我又回到這裡了！」

「我的天哪，讓我好好看看你！」志願兵馬列克驚奇地說：「嗯，你身上確實有一股監獄裡的味道！」

「不要緊，」帥克說：「只是一場小小的誤會。你在做什麼？」

「你已經看到了，」馬列克說：「我在寫保衛奧地利的英雄們呢！可我不想把有些事情寫得太清楚了，而用『N』這個字母來表示。我所以用『N』這個字母，是因為它在現在和未來都具有極大的完美。我除了有這個本領外，札格納大尉還發現我有著不尋常的數學天才，要我檢查營裡的帳目。我現在得出了一個結論：我們營缺乏一種積極進取的精神，總等著跟自己的俄國債權人取得平衡，因為我們營不管是打敗了還是打勝了，反應總不強烈，其他方面也都表現出無所謂的樣子。即使我們的腦袋都開花了，但記錄我營勝利的文字資料還在，因為賦予我這個營史記錄員的職責就是要寫：『我營又對敵人發動了進攻。我們早已料到這次戰鬥的勝利一定在我們方面。我營士兵衝上去與敵人廝殺，不一會兒，敵人就被我們打得狼狽不堪，紛紛躲進戰壕之中。我方士兵則乘勝追擊，無情地刺殺敵人，敵人一片慌亂，只好放棄戰壕，落荒而逃。他們丟下許多受傷的和沒有受傷的士兵，都當了我們的俘虜。這是我營歷史上最光榮的一頁。』假如誰經歷了這一切，他就可以通過戰地郵政給家裡人寫封信說：『有些人總被打屁股，親愛的妻子！我的身體很好。妳給我們的孩子斷奶了嗎？妳可別教他給別人叫爸爸呀，因為這會令我傷心的！』後來，書信檢查部門把『有些人總被打屁股』，這句話給刪掉了，因為弄不清誰打了誰的屁股，這句話可以有各種不同的解釋，模棱兩可。

「要緊的是應該把話說明白。」帥克隨便說了一句：「一九一二年，在布格拉的聖伊格納茲教堂住著許多傳教士，其中有一位在講台上說，在天上大概是碰不到任何人的。一個叫庫利謝克的洋鐵匠參加了這次晚間祈禱會。會後他來到一家酒館裡對人說，這位傳教士想必要大禍臨頭了，因為他竟敢在教堂裡公開說在天上碰不到任何人。為什麼他們讓這樣的人上講壇呢？所以說，說話時要把話說明白，不要拐彎抹角。幾年前，在烏布萊什庫酒館裡有一位管事，他有一個習慣，就是在下班以後興致勃勃回家時，總要去一家夜間咖啡館，跟一些陌生人一道喝上幾杯酒，還常一邊喝一邊說：『我們對你們，你們我們……』可有一次，他因為這樣說話被伊赫拉瓦一位彬彬有禮的先生打了一記耳光，連牙齒也打掉了。第二天早晨，咖啡館的老闆打掃店裡時發現了他的牙齒，便叫來他還在上小學五年級的女兒，問她：『成年人有幾顆牙齒？』他女兒答不上來，他就打掉了她嘴裡的兩顆牙齒。第三天，他收到那位管事的來信，說他對那天所發生的一切不愉快事情表示深深的歉意，說他並不是想說什麼粗話，只是大家誤解了他的意思。他本來想說的是：『我們對你們，你們對我們，都沒有什麼可生氣的！』所以說，任何人想說什麼雙關語，都應該先考慮周到些再說。如果是一個心直口快的人，最好能長著一張像鳥一樣長的嘴巴，就會少挨耳光了。假如有人因為說話不清楚已挨了幾次耳光，那他就應該小心了，最好在大庭廣眾面前免開尊口。是的，有人會認為這種人很陰險，誰也不知道他心裡想些什麼，他還會挨別人的打，但他要保持冷靜，要控制自己，因為他應該權衡利弊，他只是一個人，而反對他的人卻是多數，他們都感到受了他的侮辱。如果一旦他同他們作對，他就會受到加倍懲罰的。因此這種人必須謙虛、有耐心。在魯斯列有一位叫考柏的先生。有一次星期天，他從貝爾東克磨坊附近遊玩回來，在庫德拉吉采公路上被人在背後扎了一刀。他插著這把刀子就回家了。他老婆給他脫外衣時，細心地把刀子從背上拔了出來。那天下午還用它切了肉丁，因為那把刀子是用德國佐林根鋼製造的，而且還磨得很鋒利，而他家裡的刀子全都鈍得像鋸子一樣沒辦法用了。後來他老婆還想得到一整套這種刀子，就叫他每個星期天都去庫德拉吉采公路上散步，可他沒有按他老婆的話去做，反而去了魯斯列的潘采特家。他知道，在潘家的廚房裡坐著，假如有人來碰他時，潘采特就會把那人扔出去的。」

「你一點都沒有變。」志願兵對帥克說：「沒有變。」帥克回答：「我也沒有時間去想這些事。他們甚至想槍斃我，可這還不是最糟糕的。最糟糕的是我從十二號起就沒有地方可領軍餉了！」

「你如今在我們這裡是拿不到軍餉的，因為我們就要開往索卡爾去了，等打完這一仗以後才能發軍餉呢！我們必須節省開支。我計算了一下，打仗得用十四天時間，這樣，每陣亡一個士兵就可以節省二十四克朗七十二個哈萊什。」

「你們這裡還有什麼新鮮事嗎？」

「首先是我們有個後衛隊成員失蹤了；其實是軍官們要在神父家舉行豬肉宴會；此外，士兵們都跑到村子裡跟當地的女人們幹一些不道德的事去了。今天上午還抓了你們連的一個士兵，因為他爬到閣樓上去調戲一位七十多歲的大嬸。這個士兵其實冤枉得很，因為明明還沒有命令規定可以找多大年紀的。」

「我也認為這個士兵是冤枉的。」帥克說：「假如這個老太婆在爬樓梯，那麼別人是看不到她的臉的。我們在塔博爾進行軍事演習時，也曾發生過這樣的事。我們有一個排駐紮在一家酒館裡，有個女人在前廳擦地板，一個叫赫拉莫士的士兵走過去拍了拍她的……我怎麼說呢？……裙子吧！她的裙子很肥厚，他拍她時，她沒反應，他又拍了第二次，第三次，她還是沒反應，就像沒有拍她似的，於是他便決定對她採取行動，而她像沒事似的繼續擦她周圍的地板，然後她轉過身來對他說：『當兵的，這下子我可逮住你了！』一看，這個女人已有七十多歲了。後來這件事就在村子裡傳開了……現在我還想問你一個問題。在我不在的時候，你有沒有被關過禁閉？」

「還不曾有這樣的機會。」馬列克抱歉地回答：「可是，我卻有一件與你有關的事情想告訴你，營裡已經發出逮捕你的命令了！」

「這沒有關係。」帥克說：「他們做得完全正確，營裡必須這樣做，必須下逮捕令抓我，這是他們的職責所在，因為他們已很久沒有我的消息了。這不能說是營部的問題。你剛才說所有軍官都在神父家吃豬肉宴，是嗎？這我得去那裡看看，我要向他們說一聲，我已回到這裡了。再說，盧卡斯上尉也還在為我擔心呢！」

帥克邁著堅定的軍人步伐向神父家走去，並哼著歌兒：

瞧瞧我吧！親愛的！
瞧瞧我吧！他們讓我成了一位大老爺！

當帥克走進神父家沿著樓梯往上走時，就已聽到樓上軍官們一片說笑聲了。軍官們正開懷暢飲，天南地北地聊著天。這時大家正議論著旅部的混亂現象，旅部副官卻辯解說：「關於帥克的事，我們曾發過電報，帥克……」

「到！」在半掩的門後，帥克用德語喊了一聲，然後他走進來，又重複說：「到！報告，步兵帥克，十一先遣連傳令兵到！」

帥克看到札格納大尉和盧卡斯上尉那吃驚的臉上有一種隱約的絕望神情，他沒等他們問話就喊道：「報告，他們要槍斃我，說我背叛皇帝。」

「我的上帝，你在胡說什麼，帥克？」臉色蒼白的盧卡斯上尉沮喪地喊道。

「報告，事情是這樣的，上尉先生……」

帥克詳細地描述了他所遭遇的一切。

大家驚訝地望著他，聽他敘述著事情的來龍去脈。帥克說得十分詳細，連他在池塘邊遭遇不幸時，那裡還長著勿忘我的事也沒有忘記給大家講。後來他又把路上認識的韃靼人的名字也說了一遍，如哈里英拉巴里貝等；他還添了一些自己創造出來的名字，如瓦里沃拉瓦里維、馬里莫拉馬里梅等。盧卡斯上尉實在忍不住了，說：「我該踢你一腳，你這畜生，你接著說吧，簡單點，挑重要的說！」

帥克仍然按照自己的思路往下說，說他們是怎樣把他帶到將軍和少校那裡接受突擊法庭審訊的，還提到將軍左眼是斜眼，少校有一雙藍眼睛。

「那藍眼睛啊，滴溜溜地轉，總是盯著我呀！」帥克還押著韻補充了一句。

十二連連長日麥爾曼氣得拿起一只小罐子向帥克扔了過去，那是他一直以來到猶太人那裡買酒喝用的罐子。

帥克仍然若無其事地繼續說，後來他怎樣進行臨刑前的祈禱，怎樣摟抱著少校睡到大天亮的。再後來他們把他帶到旅部。當營部要求把他當做失蹤者送回自己部隊時，他又怎樣在那裡出色地為自己進行辯護的。然後他把證件拿出來交給札格納大尉看，說由此可見他是經過旅部高級訴訟程序排除了對他的懷疑之後而被釋放出來的。他又補充說：「請允許我報告，杜布中尉先生由於腦震盪還待在旅部，他讓我問大家好。我請求發給我軍餉和菸草費。」

札格納大尉和盧卡斯上尉相互交換了一下懷疑的眼色。可就在這時房門開了，炊事兵們端進來一盆盆熱氣騰騰的豬肝湯。

這是他們期盼已久的各種美食中的頭一道菜。

「你這個該死的傢伙，」札格納大尉在美酒佳餚送來的時候，興致極好，便對帥克說：「這次豬肉宴救了你了！」

「帥克，」盧卡斯上尉補充了一句：「如果你再出什麼亂子，那就有你好看了！」

「報告，那樣我絕對會遭殃的。」帥克行了一個

軍禮說：「既然在軍隊裡當兵，就該明白這一點……」

「滾吧！」札格納大尉衝他嚷道。

帥克離開那裡以後，來到樓下的伙房裡。這時可憐的巴倫正在那裡哀求約賴達讓他去宴會上伺候盧卡斯上尉。

帥克恰巧在約賴達與巴倫爭論的時候來到那裡。

這時，約賴達正一本正經地跟巴倫說話。

「你是個貪食的饞蟲，」他對巴倫說：「你吃起東西來，就是吃到汗流浹背也吃不夠。假如我讓你上樓送豬肝湯，你在樓梯上就會把湯喝個精光。」

現在伙房裡的規矩有了新的變化。營裡和連裡的軍需上士都是按各自的軍銜大小和約賴達制訂的計畫分別吃飯，他們吃得好些；而營裡文書、連裡的電話員和其他幾個上士只能喝著鏽搪瓷盆裡摻了熱水的豬肝湯，他們饞得要命，在喝湯時還總想再撈點什麼乾貨吃吃。

「你好！」軍需上士萬尼克一邊啃著豬蹄，一邊對帥克說：「剛才志願兵馬列克來這裡說你回來了，身上還穿著新軍裝。可你回來了，卻給我帶來不少麻煩呢！他還嚇唬我說，為了你這套軍裝，我們和旅部的帳也算不清楚了。因為你原來的那套舊軍裝在池塘邊又找到了，我們就通過營部轉報到旅部，而我這裡已把你作為淹死在池塘裡的人給勾銷了。其實你根本就不該回來。這一回來，為了這兩套軍裝弄得我們都很煩惱。你甚至不知道，你給營裡帶來的麻煩有多大呢。你的軍裝每一部分我們都要登記在冊。我這裡是把你的這套軍裝作為連裡多餘的一套軍裝登記的。那就是說連裡多出一套軍裝，因此我就向營裡彙報了。現在我們又從旅部收到通知，說你在旅部也領了一套新的軍裝。而在這期間，營部軍裝報表上也出現了多一套軍裝的註明……我知道，這樣一來會引起一場帳目檢查風波的。這種小事，檢查署會派人來查的，假如丟掉了兩千雙鞋，反倒沒有人過問了……」

「可是我們又把你那套軍裝給丟了！」萬尼克傷心地說。他吸著流到他手上的骨髓，還用一根火柴棍剔著骨頭縫裡的殘渣吃，又用它當牙籤剔自己的牙齒。然後又說：「為了這點小事，他們一定會派人來檢查的。我們在喀爾巴阡山的時候，就有一位檢察官到我們那裡，讓我們按照規定把凍僵了的士兵還沒有穿壞的鞋脫下來，於是我們就脫呀脫……有兩雙鞋在脫的時候壞了，還有一雙鞋在那士兵死前就已壞了。可是更加不幸的是，檢查署派一位上校到那裡，不久就被俄國人的一顆子彈打進了腦袋，滾到山谷裡去了。我不知道這到底是怎麼一回事。」

「他們有沒有把他的鞋也脫下來呢？」帥克開玩笑地說。

「脫下來了。」萬尼克想了一下回答：「因為沒人知道他叫什麼名字，我們也就沒辦法把這位上校的鞋登記到報表去了。」

約賴達從樓上下來回到伙房，第一眼就看到沮喪的巴倫正坐在一塊大石頭旁的凳子上，絕望地望著自己癟癟的肚皮。

「你也許是赫西哈斯特[121]教徒吧！」博學的約賴達同情地對他說：「這些教徒整天望著自己的肚臍眼，直到他們彷彿見到肚臍周圍發出了聖光才罷休。然後他們認為自己已經修到第三階段了！」

約賴達從爐子裡勾出一根血腸。

「吃吧，巴倫！」他親切地說：「讓你吃個夠，撐破你的肚皮！小心別噎著你，你這個永遠吃不飽的傢伙！」

巴倫的眼睛溼潤了。

「在家裡的時候，每逢殺豬，我總是第一個先吃。」巴倫一邊吃著血腸子，一邊訴說著，「我能吃下一大塊豬頭肉、整個豬臉、豬心、豬耳朵、豬肝、一個腰子、豬脾、一條豬後腿、豬舌頭，然後……」

他輕聲訴說著，就像在講童話故事，「後來又給我送來肝腸，六根、十根，還有粗大的血腸，有大麥的、有白麵的，我都不知道先吃哪種好了，見吃白麵的還是先吃大麥的？真不知道先吃什麼好……我就一個勁地吃呀！吃呀！」

「我是這樣想的，」巴倫說著哭了起來，「如今我逃過了敵人的子彈，可肚子裡的飢餓又來折磨我，我這一輩子都不會吃到像家裡那樣美味的血腸了……我一向不喜歡吃凍肉，因為它沒有滋味。可我老婆喜歡吃它。我不讓她做這種凍肉，哪怕一丁點。因為我自私，總想讓她做我最喜歡吃的東西，然後我獨自一人把它們吃個精光。我沒有珍惜家裡人給我的溫暖和幸福啊！有一次，我跟我的老丈人，一個少有的好人，為了一隻豬爭吵起來，我一生氣就把豬殺了，一個人把牠全吃了，一丁點也沒有留給我那可憐的老丈人。後來他老人家預言我會餓死的。」

「現在看來，你老丈人的話還挺靈驗的。」帥克說。

炊事兵約賴達突然對巴倫厭惡起來，因為巴倫又很快轉向炊爐，從口袋裡拿出一塊麵包，想用它蘸烤豬肉的湯汁吃，這些汁正從一個大鐵盤中朝周圍的烤豬肉上面流著。

約賴達迅速打了一下巴倫的手，那麵包就像游泳運動員從跳板上一躍跳到游泳池裡一樣掉到肉汁裡去了。

約賴達沒等巴倫從烤爐中拿回麵包，就把他攆出了門外。

傷心的巴倫從窗戶中看著約賴達用叉子叉著那塊蘸著湯汁的黃黃的麵包給了帥克，還外加一大塊烤肉。約賴達對帥克說：「吃吧，我忠厚的朋友！」

「聖母瑪利亞！」巴倫在窗子外面嚷道，「我的麵包進了茅坑裡了！」他憤憤不平地揮動著長臂，到村子中去找吃的了。

帥克吃著約賴達給他的美味佳餚，嘴裡塞得滿滿地說：「我真高興，重又回到自己的人中間了。假如我再也沒辦法為連裡做事的話，我會很難過的。」他用麵包擦著流在下巴上的肉汁和油脂，然後又說

121　十四世紀時期，從僧侶中派生出來的一種教派。認為人們只要低頭看著自己的肚臍就能看到神光，由此會帶來好運。這是一種封建迷信的幻想。

了一句：「假如他們還把我扣在那裡，而且戰爭還要打上好幾年，我真不知道，你們這裡沒有我會怎麼辦呢？」

軍需上士萬尼克開玩笑問了一句：「帥克，你認為戰爭還要打多久呢？」

「還得打十五年。」帥克回答：「問題很簡單，歷史上曾經有三十年戰爭，現在我們比過去的人聰明一倍，這樣一算，三十除二等於十五，不就是十五年嗎？」

「據我們大尉的勤務兵說，」約賴達插話說：「他曾聽人說過，一旦我們占領了加里西亞的邊境，就不再往前推進了，那時俄國人會提出和平談判的。」

「如果是這樣，真沒有必要打這次戰爭了。」帥克強調說：「既然打仗，就得打到底。我認為，不打到莫斯科和彼得堡，堅決不同意談和。既然是世界大戰，只打到邊境上，只在邊境周圍轉轉，那還要發動這次戰爭幹什麼？這太不值得了。比如說，瑞典的三十年戰爭，倒是沒有打到我們這裡……可是他們打到德意志、布洛特和利普尼采，還在那裡建立了自己的家園。直到今天，那裡的人半夜在小酒館裡喝酒還講著瑞典語，他們彼此交往，沒有人不懂瑞典語的。再比如說普魯士人吧，當然他們也不是什麼外鄉人。如今在利普尼采還住著許多普魯士人。他們曾打到耶多霍夫和美洲，然後又揮戈返回自己的國家。」

「除此之外，」約賴達因為忙著辦今天的豬肉宴有些暈頭轉向，也插話說：「所有人都是鯉魚變的。朋友們，我們可以用達爾文的進化論來證明……」

志願兵馬列克的突然到來打斷了約賴達的進一步論證。

「大家提防著點，」馬列克喊道，「杜布中尉剛才乘著小汽車到了營部，把那討厭的士官生比勒也帶來了。」

「他的樣子很可怕，」馬列克繼續說：「他跟比勒一下車就闖進了辦公室。你們一定還記得，我離開這裡時，說過我要去打個盹，然後我就去辦公室的長椅上躺下了。當我正在作美夢的時候，他們突然來

到我那裡。士官生比勒喊了一聲：『起立！』杜布中尉就把我拉起來，還要我站直，然後就開始指責我說：『你覺得很奇怪吧！當你在辦公室睡大覺疏忽職守時，我怎麼會突然出現在你的面前呢？睡覺得在吹熄燈號以後才能睡呢！』比勒在一旁插嘴說：『這是兵營生活守則第十六條第九款規定的。』這時杜布中尉猛地用拳頭捶了一下桌子，嚷嚷道：『也許你們想把我從營裡勾銷掉吧！可是你們沒有想到，我只是有一點腦震盪，我的腦袋還能用上好一陣子呢！』這時士官生比勒正翻著桌子上的文件，然後開始大聲念著其中一份「師部第二百八十號命令」。杜布中尉以為比勒是在拿他最後一句話『我的腦袋還能用上好一陣子呢』開玩笑，便指責他不嚴肅，對待上級軍官不禮貌。現在中尉正帶著比勒到大尉那裡告狀呢！」

不一會兒，他們來到廚房，這是上樓時必經之路。這時樓上正坐著營裡的所有軍官。圓胖臉的馬利中尉吃過豬腿肉以後，唱起歌劇《茶花女》中的詠嘆調，因為吃多了甘藍菜和肉，唱的時候直打嗝。

杜布中尉一進廚房，帥克就大聲喊道：「全體起立！」

杜布中尉逕直走到帥克面前，看著帥克的臉孔嚷道：「你高興點吧！如今你完蛋了！我要把你製成標本留給九十一團做個紀念！」

「是，中尉先生！」帥克行了一個軍禮說：「報告，有一次我從書中看到：瑞典國王在一次大戰中跟自己忠實的戰馬一起犧牲了。後來人們把他和戰馬的屍體運回到瑞典製成了標本，至今還擱在斯德哥爾摩博物館供人參觀呢！」

「你從哪裡來的這些荒誕常識！鄉巴佬！」杜布中尉憤怒地嚷道。

「報告，中尉先生，是聽我當老師的哥哥說的。」

杜布中尉轉過身去，吐了一口口水，推著站在他前面的士官生比勒向樓上大廳走去。臨走時在廚房門口還回過頭來衝著帥克嚷嚷，他模仿古羅馬皇帝判決鬥敗的摔角鬥士死刑時把右手大拇指向下一指的姿勢，繃著臉對帥克說：「大拇指朝下！」意思是說帥克也沒有好下場。

「報告，」帥克也朝著他嚷道：「我已經先把大拇指朝下了！」

士官生比勒現在瘦得像隻蒼蠅一樣。在這段時期裡，他被當成疑似霍亂病人，做過不少檢查。那時他的大便完全失禁，總把屎拉在褲子裡。後來他被送到一個防治站，經過那裡的一位專家檢查，證明在他的糞便裡沒有霍亂病菌，便用鞣酸把他的腸子縫了起來，就像鞋匠用麻線縫破鞋一樣，最後，他被送到附近的一個兵站，並承認他是可以從事部隊後勤工作的。

那位專家是個熱心腸的人。

當士官生比勒對他說自己感到身體極度虛弱的時候，專家還笑著鼓勵他說：「你還可以獲得勇敢金質獎章呢！因為你是自願報名參加軍隊的呀！」

就這樣，士官生比勒開始了他爭取金質獎章的生活歷程。

現在士官生的腸道病已經好多了，不再往褲子裡拉屎了，不過還常常有拉屎的錯覺。這樣，他從最後一個兵站到他在旅部和杜布中尉會面這段旅途中，就成了他尋找廁所的一場大演習。路上他好幾

次誤了火車，因為他在車站廁所裡蹲的時間太長，等他從廁所裡出來時，火車已開走了。還有好幾次因為蹲在火車上的廁所裡耽誤了換車。

儘管士官生比勒沿途為上廁所的事焦慮不已，但最終還是來到了旅部。

杜布中尉本來需要在旅部護理幾天的，但在帥克來到旅部的那一天，旅部的醫師聽說下午有救護車要到九十一團某營去，就考慮讓杜布中尉也跟著搭車回他的營部去。

對此，醫師很高興，這樣一來就可以擺脫杜布了，因為醫師討厭中尉常常擺出一副「三年早知道」的樣子，跟別人談話時總是說：「這個問題，我在戰前就跟我們老家的長官說過了！」

「你跟你長官還會舔我的屁股呢！」醫師暗自罵道。他十分慶幸有這樣的機會，旅部的救護車正好要經過佐爾坦采開往卡米奧卡－斯特魯米洛夫去。

帥克在旅部沒有見到士官生比勒，因為當時比勒在旅軍官廁所裡又蹲了兩個多小時。可以大膽地說，士官生比勒絕不會在這種地方白白浪費時間，因為他會在那裡反覆思考光榮的奧匈軍隊所經歷的各種光輝戰役的，從一六三四非九月六日的內德林根戰役開始到一八八八年八月十九日的塞拉耶佛戰役為止。

當他無數次地拉動抽水馬桶水箱的繩子，讓水嘩啦啦地沖掉大便時，他總閉上眼睛，想像著戰火紛飛的戰地上騎兵衝殺和大砲轟鳴的情景。

杜布中尉與士官生比勒的相遇顯得相當冷淡，這無疑是他們後來在公務和私事方面都相處得不愉快的原因。

杜布中尉已第四次去上廁所了。他憤怒地嚷道：

「誰在裡面？」

「九十一團Ｎ營十一先遣連士官生比勒。」裡面響起自豪的回話聲。

「我是本連的杜布中尉。」爭廁所的人在門外自我介紹。

「馬上就好，中尉先生！」

「我等著！」

杜布中尉不耐煩地看著手錶。誰都不會相信，一個人在這種情況下需要多大的耐心和韌性啊！當你在廁所門口等了十五分鐘，然後又是五分鐘，再來五分鐘，任你叩門、敲門、踢門，而裡面的回話照樣是：「馬上就好，中尉先生！」

特別是當杜布中尉滿懷希望地聽到裡面有手紙響聲時，可又等了七分鐘，門仍然沒有開，於是他真的發火了。

士官生比勒還是懂得事情分寸的，於是他不再總拉水箱了。

杜布中尉的火氣也消了一些。他尋思著，要不要把這件事報告旅部，那，他們也許會下令砸門，把士官生比勒從裡面拖了出來，但他又想，這樣可能會傷害上下級的關係。

杜布中尉又等了五分鐘，似乎感到再在門外等下去已沒有必要了，因為等了這麼久，他的那泡尿也已經憋回去了。但是出於某種原則，中尉在廁所外面又踢了幾下門，裡面照樣又傳來：「馬上就好，中尉先生！」

最後終於聽到比勒拉水箱的聲音。過了好一會兒，他們便面面相覷地站在廁所門外。

「士官生比勒，」杜布中尉衝他大發雷霆說：「你不要以為，我來這裡的目的會跟你一樣。我來這裡是因為你沒有向我報到就擅自來旅部。你不懂得規定嗎？你知道誰該優先嗎？」

士官生比勒竭力回憶，他是不是在下級軍官對待上級軍官的問題上觸犯了什麼紀律或什麼指令。

他在這方面的知識確實還有很大缺陷。

在學校裡老師沒有授過這方面的課。在這種情況下，下級軍官應該怎樣對待上級軍官呢？是不是沒拉完屎就急著跑出廁所，一隻手提著褲子，另一隻手向上級軍官行軍禮呢？

「你必須回答，士官生比勒！」杜布中尉挑釁地喊道。

士官生比勒突然想出一個簡單的回答：「中尉先生，我沒有料到，我來旅部之後，您也來到這裡。我曾去辦公室辦了一些自己的事，然後就馬上來廁所，在這裡一直蹲到您來的時候。」

他接著鄭重地大聲補充了一句：「士官生比勒向杜布中尉報到。」

「你知道嗎？這不是一件小事！」杜布中尉不愉快地說：「依照我的看法，士官生比勒，你一到旅部就應該立即到辦公室打聽一下，這裡有沒有你們營的軍官，或者你們連的軍官。關於你今天的事，我們回到營裡再說。我就要搭汽車回營裡去了，你也跟我一道走！……可別說『但是』！」

士官生比勒本想拒絕他的，因為旅部辦公室已經安排他乘軍列回去，坐火車對於他這種直腸顫抖的病人來說會方便些。連小孩都知道，汽車上沒有廁所。如果坐汽車去，沒等到車走完一百八十公里，他早就拉了一褲襠了。

鬼知道是怎麼一回事，他們出發後，汽車的顛簸倒沒有讓比勒感到什麼不舒服。杜布的報復計畫沒有得逞，他感到非常沮喪。

他們出發時，杜布中尉暗自想道：「你等著瞧吧，士官生比勒，假如你想拉屎，你別指望我會吩咐司機為你停車！」

根據交通規則，他們行駛的那條公路是應該保持時速的，因此杜布中尉就有了藉口。他和藹地說：「我們軍用汽車所走的公路線是有規定的，我們應該按照規定保持汽車的時速，不應當白白浪費汽油，因此任何地方都不能停車。」

士官生比勒據理反對這種說法，認為汽車停車時並不浪費什麼汽油，因為司機在停車時已關掉了發動機。

「即便如此，」杜布中尉仍然死纏爛打地說：「汽車也必須在規定的時間內趕到目的地，哪裡都不能停車。」

於是，士官生比勒也就不再反駁了。

汽車按規定的時速向前駛去。二十分鐘以後，杜布中尉突然感到肚子發脹，他想，假如讓車子停下來，他下車到壕溝裡去，解開褲子方便一下，該有多好啊！

但他醜話已說在了前頭，現在已無法反悔了，於是他打起精神，像個英雄一樣，咬緊牙關，堅持把屎憋住。當他憋了一百二十六公里時，實在憋不住了，他突然一把揪住司機的大衣，衝著他的耳朵大叫一聲：「停車！」

「士官生比勒，」杜布中尉一邊跳下車向壕溝跑去，一邊開恩似的說：「現在你也有機會去方便一下了！」

「謝謝！」士官生比勒回答：「我不想白白地耽誤汽車趕路。」

其實，士官生比勒也急著拉屎，但他下定決心，即使把屎拉在褲子裡，也得看看杜布中尉醜態百出的樣子。

在到達佐爾坦采之前，杜布中尉又讓汽車停了兩次。最後一次停車時，他還固執地對比勒說：「我今天中午吃的是波蘭式的燉豬肉酸菜。我已在營裡給旅部發了一封電報，控告這裡的伙房給我們吃的酸菜是餿的，豬肉是臭的。炊事兵們的膽子也真的太大了。他們現在還不認識我是什麼人，但總有一天會認識我的厲害的！」

「諾斯蒂茲・里內克元帥，後備騎兵隊的傑出人物，」比勒回答：「他出了一本書《戰爭期間的傷胃食品》，根本不主張在艱難困苦的戰爭歲月裡吃什麼豬肉。任何不節制的飲食行為對於行軍來說都是有害的。」

杜布中尉對這個問題沒有作任何回答，只是在想：「小子，你這點學問我會有辦法對付的。」後來他考慮再三，結果只提了一個十分愚蠢的問題：「你以為，士官生比勒，就憑你這個官銜就可以批評上級軍官不節制嗎？士官生比勒，也許你想說我吃得太多了吧！我得謝謝你說的這些無禮的話呢！你還是管好你自己吧，我會跟你算帳的。你還不認識我，但總有一天你會認識我的，你會想起杜布中尉的！」

中尉說到最後一個字時，差一點咬到自己的舌頭，發音也不清楚了，因為這時汽車正越過公路上的一個大坑。

士官生比勒還是不回答他的話，這就更加激怒了杜布中尉，於是他粗暴地喊道：「你聽著，士官生比勒，我認為你應該懂得怎樣回答自己長官提問！」

「當然，」士官生比勒說：「是有這樣一個規定。不過，首先要弄清楚我們之間的關係。我以為，我現在還不屬於任何單位，因此根本談不上我就是您的直接下級。而且最重要的是，這一規定只限於軍官之間在執行公務時才有效。現在我們兩個人坐在汽車裡，並不等於我們就是同一個軍事單位的人在執行某個共同的戰鬥任務。所以說，我們之間既不存在直接的從屬關係，也不存在任何公務關係。現在我們兩個人是各回各的單位。您問我剛才我說的話是不是在責怪您吃多了，中尉先生，這個問題絕對不是什麼公務問題，我想也就不必回答了吧！」

「你說完了沒有？」杜布中尉衝著他喊道：「你這個……」

「是的，」士官生比勒堅定地說：「你別忘了，中尉先生，關於我們之間的關係問題，莊嚴的軍官法庭會作出判斷的。」

杜布中尉氣惱得幾乎控制不住自己。他有個特殊的習慣，就是發脾氣時，會比平靜時說出更多、更愚蠢的話。

這一次他又嘟囔著說：「軍事法庭會對你的問題作出判決的。」

士官生比勒想利用這個機會狠狠地整他一下，便用最友好的腔調說：「您在開玩笑吧，朋友！」

杜布中尉嚷著，讓司機快停車。

「我們中間必須有一個人步行。」他嘟囔著。

「我坐車。」士官生比勒說：「朋友，至於您想做什麼就隨您的便了！」

「繼續開車！」杜布中尉迷迷糊糊地衝司機喊了一聲，隨即便閉上眼睛，陷入莊嚴的沉靜之中，就像古羅馬的凱撒大帝，當謀叛者手持短劍前去刺殺他時，他的那副神情一樣。

他們就這樣來到佐爾坦采，一起找到了營部的駐紮地。

杜布中尉和士官生比勒在樓梯上爭論著：士官生現在還沒有所屬單位，他究竟該不該去領取分給各連軍官的肝腸。這時，樓下伙房裡的人已吃得飽飽的，橫七豎八地躺在長凳上，抽著菸草，天南地北地聊大天。

炊事兵約賴達對大家說：「我今天搞了一項絕妙的發明。我認為，這會引起烹調藝術的重大變革。你一定知道，萬尼克，在這個倒楣的村子裡，那那裡也找不到做肝腸用的香料馬約蘭。」

「馬約蘭的學名在拉丁文是Herba majoranae，」軍需上士萬尼克想起自己在做草藥生意時見過這種植物，便這樣說了一句。

約賴達接著說：「我現在還沒有研究出來，人的思想是怎樣在缺乏物資和其他條件的情況下想出各式各樣的方法的，是怎樣有了新的發明、又是怎樣發明出人類至今都不曾夢想到、完全不可能的新產品的……如今我到挨家挨戶找馬約蘭，我跑呀，找呀，對他們解釋說，我找馬約蘭幹什麼用、它是個什麼樣子……」

「你還應該描述一下它的氣味是怎麼回事！」帥克躺在長椅上說：「你應該說，馬約蘭發出的芬芳，就像你在洋槐樹盛開的林蔭道間聞一瓶小墨水瓶的味道一樣。在布拉格附近的博赫達小山岡上……」

「帥克，還是讓約賴達說完吧！」志願兵馬列克用懇求的語調打斷了他的話。

約賴達接著說：「有一次，我在一家莊園裡，曾拜訪一位參加過占領波士尼亞與黑塞哥維那戰役的老兵。他是在捷克博爾多別采城騎兵營服完兵役退伍的，所以至今還沒有忘記捷克語。他當時跟我爭論，說在捷克，人們在做肝腸時，放的不是馬約蘭，而是甘菊。對他這種說法，我真不知道怎麼回答才好，因為大凡一個有點常識和沒有偏見的人都會認為馬約蘭是做肝腸的最好香料，並且稱它為『美麗的公主』。後來我感到，必須儘快找到有這種特殊香味的代用品來代替馬約蘭。於是我在一個人家裡看到他家聖像下面掛著一只桃金孃花環，那是他們不久前結婚時置辦的。花環上桃金孃的枝葉還相當新鮮。我就把桃金孃放進肝腸裡。當然，我事先已把這只結婚花環放在水裡煮了三次，讓它的葉子變軟，去掉那股辛辣味。不用說，當我把桃金孃花環拿去做肝腸時，他倆哭得十分傷心！後來，他們跟我分手時，還說我褻瀆了上帝，因為花環是供奉上帝用的，我這樣做一定會被砲彈打死的。你們不是喝了我做的肝腸湯了嗎？可誰能吃得出這湯裡放的香料不是馬約蘭，而是桃金孃呢？」

「在英德希赫．赫拉德采城，」帥克說：「幾年前，有一個叫約瑟夫．利涅克的香腸商人。他在貨架上放了兩個盒子，一個盒子裡裝著做肝腸和血腸的混合香料；另一個裝的是殺蟲藥粉，因為他已經好多次聽顧客說，他們曾在他的臘腸裡吃到過臭蟲和蟑螂。他常常說，臭蟲有一種像苦杏仁的辛香味，就像他放在圓麵包裡的那種苦杏仁的味道；而蟑螂在臘腸裡則會發出像一本舊《聖經》書被蟲蛀空後發霉的那種臭味。因此他很注意作坊的清潔，到處撒些殺蟲粉。有一次做血腸時，正好他感冒，不小心把放殺蟲粉的盒子給碰倒了，藥粉撒到灌血腸的餡兒上。從此英德希赫．赫拉德采城的人想吃血腸都只到利涅克家來買，他鋪子裡每天都擠滿了人。他很聰明，馬上就想到這是殺蟲藥粉起的作用。於是就訂購了箱整箱的殺蟲藥粉，事先還讓供貨公司的老闆在箱子上寫著『印度香料』幾個字。這是他的祕密，他一直守著這個祕密直至進了墳墓。最有趣的是，經常去他鋪子買血腸吃的那些人家，家中的臭蟲和蟑螂都搬了家。從那時起，英德希赫．赫拉德采城就成了全捷克最清潔的城市。」

「你說完了嗎？」志願兵馬列克也迫不及待地想發表看法。

「這件事算是講完了。」帥克回答：「但是我還知道在貝斯基德也發生過類似的事情，等我們以後打仗的時候，我再給大家講。」

志願兵馬列克說：「烹調藝術在戰爭時期，特別在前線能得到人們最好的認同。我想做一點小小的比較：在和平時期，我們曾從書本中讀到過，也聽人說過有一種所謂的『冰湯』，也就是在湯裡放些冰。在德國北部、丹麥和瑞典等地的人們都很喜歡吃它。可是你們瞧，戰爭來了，今年冬天在喀爾巴阡山的士兵們可以有很多冰凍起來的冰湯，儘管它是一道名菜，而他們還不想吃它。」

「冰凍了的匈牙利燉肉可以吃。」軍需上士萬尼克持反對意見說：「但不能放得太久，最多一個星期。為了這件事，我們九連還放棄了陣地呢！」

「那還是在和平時期，」帥克嚴肅地說：「整個部隊都圍著伙房和各式各樣的食物轉。我們在布傑約維采時，有一個叫扎克萊斯的上尉，他總是圍著軍官食堂轉。假如哪個士兵做了什麼錯誤的事情，他就馬上叫住他，然後破口大罵說：『你這個鄉巴佬，假如你下次還要做這種事，我就把你這張嘴剁成肉末，煎成肉餅，再拌上馬鈴薯泥，統統吃光。要不就用你做鵝雜碎炒飯，或者把你做成鐵板豬油烤兔肉。你瞧，假如你不想讓我把你做成甘藍菜烤牛排，那麼你就得改正自己的錯誤。』」

他們還談了一些為教育士兵熟悉菜譜的有趣故事，但都被樓上宴會結束後傳來的巨大喧囂聲打斷了。

在一片喧鬧聲中，老士官生比勒的嗓門最高。

他說：「在和平時期，士兵就應該知道戰爭需要什麼，在戰爭時期，他們也不能忘記自己當初在操場上所學到的本領。」

然後又聽到杜布中尉氣喘吁吁的聲音：「對不起，我必須指出，我已經第三次遭到別人的侮辱了！」

樓上大鬧了起來。

因為杜布中尉當著軍官們的面，懷著惡意攻擊士官生比勒，引起眾人的大聲爭吵。顯然，猶太人的酒此時也在起作用。

大家就杜布中尉的騎馬技術問題爭先恐後地爭論起來：

「沒有馬夫是不行的！」

「是馬受驚了！」

「朋友，你在西方馬童中混了多久？」

「是花樣騎手！」

受侮辱的杜布中尉坐在桌子旁邊，札格納大尉迅速給他斟上一杯該死的酒。中尉站起來，把自己那張破舊的椅子拉到盧卡斯上尉旁邊，上尉友好地歡迎他說：「朋友，我們已把所有東西都吃光了！」

儘管士官生比勒嚴格按照規定，圍著桌子向札格納大尉和其他軍官殷勤地一一報告，反覆地說：「士官生比勒到營部報到。」對此大家也都看見也知道了，可是他們對這個可憐的人物仍然十分冷漠。比勒端著滿滿一杯酒，十分謙恭地坐在窗戶旁邊，等待著有適當時機，展示一下自己從書中學到的知識。

杜布中尉酒勁大發，用指頭敲著桌子，然後轉過身對札格納大尉說：「過去我經常對我們家鄉的長官說：『愛國主義、忠於職守、自我完善，這些才是戰爭中的真正武器。』特別是現在，當我們的部隊就要越過國境線的時候，我想提醒您，務必要十分注意這一點。」

*

病中的雅洛斯拉夫・哈謝克將《好兵帥克》一書口授至此，他沒來及寫完這部第一次世界大戰後最著名、最受讀者歡迎的小說，死神就於一九二三年一月三日迫使他永遠沉默下來，與世長辭了。

哈謝克年表

一八八三年　四月三十日出生於布拉格。父親約瑟夫・哈謝克（Josef Hašek）為中學教師，母親卡特辛娜（Kateřina）為家庭主婦。父系家族一向有高度政治意識，祖父曾參與一八四八年布拉格街頭革命。

一八九三年　進入日特納中學。

一八九六年　嗜酒的父親因酒精中毒過世。母親帶著哈謝克，以及哈謝克的弟弟博胡斯拉夫（Bohuslav）、表姊瑪莉亞（Maria）過著有一餐沒一餐、到處遷徙的生活。

一八九八年　輟學，到藥店工作。

一八九九年　進入商業學校學習。開始創作短篇小說和幽默雜文，並嘗試發表於報刊。

一九〇二年　從商業學校畢業，成為銀行職員。

一九〇三年　與同窗好友哈耶克合作出版諷刺詩集《五月的吶喊》，進入幽默文學的殿堂。獨自前往巴爾幹半島協助塞爾維亞農民反抗土耳其壓迫運動，返國途中遭警察逮捕，回到布拉格後旋即遭銀行解雇。此後加入無政府主義組織，積極參加運動，頻與警察發生衝突。

一九〇五年　與人合作撰寫《捷克幽默作品圖書》。

一九〇六年　擔任無政府主義雜誌《窮人》、《新青年》、《公社》編輯。

一九〇七年　結識雅爾米拉・瑪葉蘿娃（Jarmila Mayerová），開始交往通信。在雅爾米拉勸誡下告別無政府主義，轉為《幽默報》、《人民權利》等報章撰稿。

一九〇九年　擔任《動物世界》雜誌編輯。以想像任意杜撰內容而惹來非議，最後遭雜誌社解雇。

一九一〇年　與瑪葉蘿娃結婚。

開始從事販狗生意。曾創立公司，但很快就因經營不善倒閉。

一九一一年　在其創作中首次出現「好兵帥克」的形象。

一九一二年　出版以帥克為主人翁的短篇故事集《好兵帥克與其他幽默故事》。兒子理查德出生，與瑪葉蘿娃分居。

一九一四年　第一次世界大戰爆發。出版《我的販狗生意和其他幽默故事》。

一九一五年　一月應徵人伍，於九十一團第一後備連服役。同年九月，在奧匈帝國軍隊撤退時遭俄軍逮捕，落入基輔附近的俘虜營中。反隨俄軍轉向對抗奧匈帝國軍隊，在軍團中常任文書工作，負責主編內部刊物。

一九一六年　離開戰俘營，加入捷克軍團。

一九一七年　十月革命以後，成為布爾什維克黨黨員，參與紅軍各雜誌文宣編輯。在基輔的斯拉夫出版社出版《在戰俘營的好兵帥克短篇小說集》。後屢因參加反對派運動、批評領導，而遭職務調動。

一九二〇年　與印刷廠女工爾沃沃娃（Alexandra Grigorjevna Lvovová）結婚，雖然在捷克與瑪葉蘿娃的婚姻並未正式結束。十二月，為了在捷克斯洛伐克組織革命工作，偕爾沃沃娃返回布拉格。

一九二一年　開始寫作《好兵帥克》，全書預計共六部，起初屢遭挫折，然自費出版後廣受讀者歡迎。
此時期於酒館兼差，以幽默表演維生。
八月，遷至利普尼采，專心寫作《好兵帥克》。

一九二二年　陸續完成《好兵帥克》第二部、第三部，並出版其他短篇幽默故事集。

一九二三年　一月三日，因心臟麻痺和肺炎與世長辭。《好兵帥克》只寫至第四部，最後一部分因體力不支改以口述方式進行，然終究未能完成，卻仍成為其最高遺作。

GREAT! 44 **好兵帥克**（經典反戰文學・捷克國寶作家哈謝克崇高遺作）

作　　者	雅洛斯拉夫・哈謝克（Jaroslav Hašek）
譯　　者	蔣承俊、徐耀宗
繪　　者	約瑟夫・拉達（Josef Lada）
封面設計	徐睿紳
責任編輯	徐　凡
國際版權	吳玲緯
行　　銷	何維民　吳宇軒　陳欣岑　林欣平
業　　務	李再星　陳美燕　陳紫晴　葉晉源
總 編 輯	巫維珍
編輯總監	劉麗真
總 經 理	陳逸瑛
發 行 人	凃玉雲
出　　版	麥田出版 地址：10483台北市中山區民生東路二段141號5樓 電話：(02)2500-7696 傳真：(02)2500-1967
發　　行	英屬蓋曼群島商家庭傳媒股份有限公司城邦分公司 地址：10483台北市中山區民生東路二段141號11樓 網址：www.cite.com.tw 客服專線：(02)2500-7718｜2500-7719 24小時傳真專線：(02)-2500-1990｜2500-1991 服務時間：週一至週五09:30-12:00｜13:30-17:00 劃撥帳號：19863813 戶名：書虫股份有限公司 讀者服務信箱：service@readingclub.com.tw
香港發行所	城邦（香港）出版集團有限公司 地址：香港灣仔駱克道193號東超商業中心1樓 電話：+852-2508-6231 傳真：+852-2578-9337
馬新發行所	城邦（馬新）出版集團【Cite(M) Sdn. Bhd. (458372U)】 地址：41-3, Jalan Radin Anum, Bandar Baru Sri Petaling, 57000 Kuala Lumpur, Malaysia. 電話：+603-9056-3833 傳真：+603-9057-6622 電郵：services@cite.my
麥田部落格	http://ryefield.pixnet.net
印　　刷	前進彩藝有限公司
初　　版	2018年2月
初版二刷	2022年6月
售　　價	720元
I S B N	978-986-344-534-0

國家圖書館出版品預行編目(CIP)資料

好兵帥克（經典反戰文學・捷克國寶作家哈謝克崇高遺作）/雅洛斯拉夫・哈謝克（Jaroslav Hašek）著；蔣承俊、徐耀宗譯. -- 初版. -- 臺北市：麥田出版：家庭傳媒城邦分公司發行，民107.2
面；　公分. -- (Great! ; RC7044)
譯自：Osudy dobrého vojáka Švejka za sv tové války by Jaroslav Hašek
ISBN 978-986-344-534-0　(平裝)

882.457　　　　106025064

城邦讀書花園
www.cite.com.tw

Printed in Taiwan.
本書若有缺頁、破損、裝訂錯誤，請寄回更換。